Knaur

Über den Autor:

Jörg Kastner, 1962 in Minden an der Weser geboren, studierte Rechtswissenschaften mit der Befähigung zum Richteramt – folgte jedoch seiner Neigung und machte sich mit phantastischen Erzählungen und historischen Romanen einen Namen, zuletzt *Widukinds Wölfe* (Ehrenwirth 1998). Jörg Kastner lebt als freier Schriftsteller in Hannover.

Jörg Kastner

Im Schatten von Notre-Dame

Roman

Nach den Aufzeichnungen
des Armand Sauveur de Sablé

Knaur

Besuchen Sie uns im Internet:
www.droemer-weltbild.de

Vollständige Taschenbuchausgabe Juli 2000
Droemersche Verlagsanstalt Th. Knaur Nachf., München

Umschlaggestaltung: Agentur Zero, München
Texterfassung: Brigitte Apel, Hannover
Umbruch: Ventura Publisher im Verlag
Druck und Bindung: Elsnerdruck Berlin
Printed in Germany
ISBN 3-426-61735-8

4 5 3

Victor Hugo und Walter Scott gewidmet – den Meistern.
Und meiner Frau Corinna – zum Dank für
Guernsey und Paris.

Wozu braucht ihr Priester,
wenn ihr Künstler unter euch habt?

Victor Hugo

Victor Hugo muß sehr zornig mit Gott gewesen sein,
als er »Notre-Dame de Paris« geschrieben hat.

Charles Laughton

Wer Sünde tut, der stammt vom Teufel;
denn der Teufel sündigt von Anfang an.

1. Johannes 3.8

Vorbemerkung

Victor Hugo hat mit seinem Roman *Notre-Dame de Paris* (*Der Glöckner von Notre-Dame*) Generationen von Lesern und später auch von Kinogängern fasziniert. Zugleich mühten sich Heerscharen von Literaturwissenschaftlern und Historikern damit ab, viele kleine Fehler und Ungereimtheiten in dem Buch nachzuweisen. Zählt man die Unstimmigkeiten zusammen, kommt man zu einer beachtlichen Zahl, und es entsteht der Verdacht, Hugo habe die Geschichte um die Tänzerin Esmeralda, den Archidiakon Claude Frollo und den buckligen Glöckner Quasimodo absichtlich verändert, habe die Wahrheit über diese unsterblichen Gestalten verschwiegen.

Die lange nach Hugos Tod in seinem Haus auf der Kanalinsel Guernsey entdeckten Aufzeichnungen des spätmittelalterlichen Schreibers Armand Sauveur de Sablé, unzweifelhaft die Grundlage für Hugos Roman, untermauern diesen Verdacht und decken zugleich das große Geheimnis auf, das Hugo nicht preiszugeben wagte. Hier wird Armand Sauveurs Bericht erstmals der Öffentlichkeit zugänglich gemacht, wird die wahre Geschichte von Quasimodo, Frollo und la Esmeralda erzählt. Und erhellendes Licht fällt auf die Schatten von Notre-Dame …

ERSTES BUCH

Kapitel 1

Der Geistermönch

Sie wird sterben, und ich kann es nicht verhindern. Der große schwarze Vogel, Sendbote des Todes, hat seinen Horst auf dem Mondberg verlassen und ist unterwegs, um seine mächtigen Schwingen über *sie* zu breiten. *Sie* ahnt es schon lange, und jetzt, da sich das Verhängnis den alten Mauern von Notre-Dame nähert, fühle ich es auch. *Ihr* Entschluß, nicht zu fliehen, steht unverrückbar fest, und ich habe mein Schicksal an *ihres* gekettet. Doch kann ich nichts weiter tun, als auf die zu warten, die *sie* zu retten vorgeben und *ihr* doch den Tod bringen werden. Der schwarze Vogel wird kommen. Ich weiß es, nicht im Kopf, aber tief drinnen in meinem verzweifelten Herzen.

Dunkle Nacht, ewige Verbündete des Todesvogels, hat sich über Paris gesenkt, und die Häuser rund um die Kathedrale sind nur noch schemenhafte Wesen, kauernde Raubtiere, bereit zum Sprung. Die Seine ist eine riesige Schlange und ringelt sich, dem rätselhaften Ouroboros gleich, um die Insel, jeden Fluchtweg versperrend. Alles hat sich verschworen, um *ihr* das junge Leben zu rauben.

Um mich abzulenken von den düsteren Gedanken, bin ich in meine Zelle auf den Nordturm gegangen, habe die zweischnabelige Lampe auf dem Tisch entzündet, Papier, Tintenfaß und Feder zurechtgerückt und beginne, meine Geschichte, die zugleich die *ihre* ist, aufzuschreiben. Ich weiß nicht, ob ich diese Aufzeichnungen werde beenden können, ob fremde Augen sie jemals lesen werden. Höre ich nicht schon ein dumpfes Dröhnen, die tausendfachen Schritte jener, die vom Wunderhof kommen und sich zu Vollstreckern des Verhängnisses aufschwingen, ohne zu ahnen, daß sie Satans Willen erfüllen? Vielleicht komme ich dennoch bis ans Ende, wird mein Bericht den Menschen eine Warnung sein, sich nicht die Rolle Gottes anzumaßen, indem sie unbändige, zerstörerische Kräfte entfesseln. Kräfte, die stärker sind als jeder Mensch.

Der Ort, an dem ich dies niederschreibe, die Kathedrale von Notre-Dame zu Paris, ist nur scheinbar ein friedlicher Platz der Besinnung und inneren Einkehr. Irgendwo in ihren unzähligen Kammern und Ecken, ihren Kapellen und Türmen birgt Unsere Liebe Frau ein Geheimnis, dessen Entschleierung über das Schicksal der Menschheit entscheidet. Und ich verfluche den Mann, der ausgerechnet mich dazu ausersehen hat, dieses Geheimnis zu lüften.

Belauern mich die finsteren Kreaturen der Kathedrale, das bucklige Ungetüm und sein gestrenger Meister? Auch sie suchen das Geheimnis von Notre-Dame zu ergründen. Ob es ihnen gelingen wird oder mir, weiß ich nicht. Nur eins scheint mir sicher: Mein Schicksal wird sich an diesem Ort, in dieser Stadt erfüllen.

Doch ich greife vor, sollte besser am Anfang beginnen, ein halbes Jahr in der Zeit zurückeilen zu jenem Winter, als ich voller Hoffnungen nach Paris kam. Nicht ahnend, daß eine unbekannte Macht mich zu ihrem Spielball gemacht hatte, zu einem Bauern auf dem unüberschaubaren Schachbrett, dessen Felder die verwinkelten Pariser Gassen bilden. Der Weg, der mich zu Notre-Dame führte, war längst von fremder Hand vorgezeichnet. Hätte ich es geahnt, wäre ich wohl sogleich umgekehrt, hätte mich nicht auf dieses Spiel um Leben und Tod, um himmlisches Glück oder ewige Verdammnis eingelassen. – Zu spät.

Ich wollte in Paris ein neues Leben beginnen und nahm,

als ich zwei Tage vor Weihnachten das Saint-Michel-Tor durchschritt, den lärmenden Trubel der großen Stadt begierig in mich auf. Nicht im entferntesten erwartete ich, daß ich schon bald daran denken würde, meinem Leben ein Ende zu setzen, daß ich zum gesuchten Mörder werden sollte, daß eine finstere Gestalt mir auflauerte – der Geistermönch ...

In der wolkendüsteren Nacht zum sechsten Januar Anno Domini 1483 verwünschte ich den Satan Johannes Gutenberg mitsamt seiner schwarzschmierigen Druckerpresse und beschloß zu sterben. Nur durch den Tod, so glaubte ich damals, konnte ich dem Würgegriff der verwünschten Druckerzunft mit ihren monströsen Teufelsmaschinen entkommen. Ganz Paris schien ihren gnadenlosen Händen ausgeliefert, umklammert von schmutzigen, ölüberzogenen Fingern. Waren es keine dichten Wolkenbänke, die den Nachthimmel zusätzlich verdunkelten, sondern schwarze Himmelsdämonen, Sendboten einer neuen düsteren Zeit, die gar nach diesem Deutschen, Gutenberg, sich einmal nennen würde? Mich schauderte bei diesem Gedanken, als mein Blick über das Gewirr der Dächer, Türme und Zinnen von Paris wanderte und sich in der grenzenlosen Finsternis verlor.

Schlimmer als die Angst vor dem Neuen, dem Unbekannten, und die Verwirrung angesichts dessen, was Gutenbergs Jünger über den Erdkreis brachten, war nur die grobe Faust, die sich in meinem Magen zusammenballte, mir die Gedärme zuschnürte und mir zum Bewußtsein brachte, daß Gevatter Hunger sich anschickte, meinen Entschluß, freiwillig aus diesem nicht länger lebenswerten Leben zu scheiden, zunichte zu machen. Ich hatte auch nicht einen trokkenen, schimmelpelzigen Brotkrümel im Magen und nicht einen Sol in der Börse, um diesem höchst mißlichen Zustand abzuhelfen. Um aufrichtig zu sein: Ich besaß nicht einmal mehr eine Geldkatze. Das mit teurem Brokat besetzte Ledersäckchen, Erinnerung an eine bessere Zeit, hatte sich bei einem knauserigen Pfandleiher auf dem Pont-aux-Changeurs in den Gegenwert von einem Krug Aniswein, einem Laib Roggenbrot und einem guten Stück Brie verwandelt. Zwei Abende war das jetzt her, und von den Köstlichkeiten war nicht einmal mehr die Erinnerung an den Geschmack übrig.

Ich drehte mich um mich selbst wie ein vom Veitstanz Heimgesuchter, ohne daß mein suchender Blick Hilfe oder wenigstens Hoffnung fand. Düster und menschenleer erschien die Seine-Insel, umspült von den unermüdlichen Wassern des großen Stroms. Längst hatte die Angelusglokke drüben an der Sorbonne die Nachtruhe befohlen. Die Geräusche aus den Handwerkerstuben waren ebenso verhallt wie die Stimmen der in lilafarbener Pracht umherstolzierenden Ausrufer, welche die Festlichkeiten des morgigen Tages angekündigt hatten. Zu Ehren von Kaspar, Melchior und Balthasar sollten vor der Kapelle des Arnauld de Braque ein Maibaum aufgestellt, im Justizpalast ein Mysterienspiel des jungen Dichters Pierre Gringoire aufgeführt und auf der Place de Grève ein Freudenfeuer angezündet werden.

Vermaledeiter Grève-Platz! Nicht weit von mir lag er am rechten Flußufer, nichts als ein riesiger dunkler Fleck in der alles verschlingenden Schwärze. Sollten sie dort morgen die Heiligen Drei Könige und das Narrenfest feiern, mit tausend Feuern meinethalben. Mir war es einerlei, ich würde es nicht mehr erleben, würde keinen Fuß mehr auf diesen Platz der Schande setzen. Geh zur Place de Grève, hatten sie mir geraten, früh am Morgen, und ein paar ehrlich verdiente Sols werden dir sicher sein. Pah!

Ich stand mir in klirrender Morgenkälte die Beine in den

Bauch, ohne auch nur ein einziges Mal Arbeit zu erhalten. Zu viele andere, die mit mir froren, wollten das gleiche. Keine Erfahrung, taten die Baumeister mich hochmütig ab. Zu feine Hände hätte ich, eher zum Nähen und Sticken geeignet, spöttelten die Flußschiffer und die Fuhrleute. Und als Kopist zu arbeiten, in meinem angestammten Beruf, erwies sich erst recht als unmöglich. Gutenbergs teuflische Erfindung hatte viele Pariser Schreiber um ihre Anstellung gebracht, und die hielten zusammen, gönnten keinem Zugewanderten etwas. Geh doch zurück nach Sablé, sagten sie, doch das konnte ich nicht.

Das Unglück hatte mich kurz vor dem Weihnachtsfest in meiner Heimatstadt ereilt, als mein Dienstherr, der ehrenwerte Advokat Donatien Frondeur, zu früh von einer auswärtigen Angelegenheit heimkehrte und mich an dem einzigen Ort in seinem Haus vorfand, an dem ich seiner Meinung nach nichts zu suchen hatte. Aber wer will mir verübeln, daß die kecken Blicke und die frischen Rundungen seiner viel zu jungen, viel zu hübschen Gemahlin Etiennette mich in ihr großes, warmes Bett lockten?

Der alte Knaster Donatien war so aufgebracht, daß er sich wie ein Rasender auf mich stürzte. Um meine Gurgel vor seinen Klauen zu retten, schubste ich ihn weg, und er stieß sich den fast kahlen Schädel ein wenig unsanft an einer Kommode. Das bißchen Blut, viel war es wirklich nicht, versetzte ihn in noch größeren Zorn. Wenn ich Sablé nicht augenblicklich verließe, brüllte er mich an, würde er mich wegen versuchten Mordes an den Galgen bringen. Er hatte die Macht dazu und ich zu wenige einflußreiche Freunde. Also ließ ich die süße, um Verzeihung wimmernde Etiennette unter seinen strafenden Händen zurück und stapfte im ersten Morgendunst durch den Schnee davon, um rechtzeitig zum Fest des Herrn in Paris zu sein, wo ich neue Gunst zu finden hoffte. Welch trügerischer Schluß!

Hinter mir erhob sich die Königin der Insel, ja von ganz Paris: die Kathedrale von Notre-Dame. Unter ihren unzähligen nachtdunklen Augen, in die sich die tagsüber so bunt leuchtenden Fenster verwandelt hatten, kam ich mir klein und unwichtig vor. Stolz und mächtig reckten sich die beiden stumpfen Türme nach oben, wie um von himmlischer Macht ihre nie vollendeten Helme zu erflehen. Ein Gedanke, der meine Verzweiflung nährte. Wenn selbst Notre-Dame nur eine Bettlerin vor dem Herrn war, wie konnte dann ich, der arme, heimatlose Kopist Armand Sauveur de Sablé, Gnade erhoffen?

Den meisten Gebeutelten mochte die Kathedrale Trost spenden, wie ihre Erbauer es erhofft hatten, aber seltsam, auf mich übte sie eine ganz andere Wirkung aus. Nicht prächtig und verheißungsvoll wie das Paradies erschien sie mir, sondern finster, unheimlich und schreckenerregend. Die Schatten von Notre-Dame verwuchsen mit dem Dunkel der Nacht, verwoben sich mit ihm zu einem undurchschaubaren Geflecht von Verzweiflung und Verhängnis. Aber vielleicht bilde ich mir das auch nur nachträglich ein, jetzt, da ich um das Geheimnis von Notre-Dame weiß.

Aus welchen Gründen auch immer, in jener grimmen Januarnacht waren meine Hoffnung und mein Lebenswille erloschen. Der alte Pont Notre-Dame schob seine windschiefen Häuserreihen wenige Schritte vor mir zum rechten Ufer der Seine. Ich trat zum Brückenkopf, an einer Ecke, wo weder Häuser noch Mauern den Zugang zum Fluß versperrten. An dieser Stelle fiel das Ufer ungewöhnlich steil ab. Ein Schritt nur, ein kleiner Sprung, und der Fluß würde mich mit tröstenden Armen umfangen und meinen knurrenden, schmerzenden Magen mit seinem Wasser füllen.

War es der Herr im Himmel, der mich zurückhielt? Hatte er seine Engelsscharen gesandt, mich an Schultern, Armen und Beinen zu packen und von der Todsünde abzuhalten?

Doch kaum erspähten meine Augen die zerlumpten, dreckstarrenden Gestalten, die wie Auswürfe der Finsternis aus dem Nichts aufgetaucht waren, wußte ich, daß es keine Engel waren. Eher das Gegenteil!

Hände, die mehr Klauen waren, zerrten und rissen an meinen abgewetzten Kleidern. Triefäugige Gesichter, bösartige Fratzen oder Masken des Elends, starrten mich halb flehend, halb befehlend an. Immer mehr dieser menschgewordenen Ratten krochen aus ihren Verstecken, lösten sich aus den Schatten und scharten sich um mich wie räuberische Wölfe um ihre Beute.

»Gnade, Monsieur!« – »Herr, erbarme dich unser!« – »Einen Sol für einen Blinden!« – »Ein Stück Brot für einen Krüppel!« – »Eine milde Gabe für einen Lahmen, o Ehrwürdiger!« – »Der Allmächtige segne Eure Mildtätigkeit, Messire!«

Die gekreischten, gequiekten und gestammelten Ausrufe mochten noch so flehend, schmeichlerisch, drängend und erbärmlich sein, bei mir waren die teils traurigen, teils abscheuerregenden Kreaturen an den Falschen geraten. Vergeblich erhob ich meine Stimme, um dem Bettlervolk klarzumachen, daß ich eher einer der Ihren war denn einer, der sich Mildtätigkeit erlauben konnte. Mir gelang es kaum, das lärmende Flehen zu übertönen. Vielleicht wollten die kotigen, amputierten Gestalten jene Botschaft auch gar nicht hören. Meine Weigerung, wie sie es wohl sahen, stachelte sie erst recht an, verwandelte ihr Betteln in ein Fordern. Sie schienen gewillt, sich mit Gewalt zu holen, was ich ihnen verwehrte. Schon riß mein löchriger Mantel, zerfetzt unter den Bettlerhänden.

Und ich, der ich mich eben noch nach der Erlösung des Todes gesehnt hatte, bekam es mit der Angst zu tun. O Mensch, wie wankelmütig ist dein Geist, wie täuschend dein Selbstmitleid, wie stark der Lebensfunke!

Ich wollte davonrennen, vermochte aber nur einen Schritt zu tun. Ein garstiges Wesen, mehr Spinne als Mensch, schob sich vor meine Füße und brachte mich zu Fall. Mein Gesicht schlug in feuchten Modder, den die Nachtkälte noch nicht erhärtet hatte. Dicht vor mir das verhängnisvolle Wesen, das sich in grotesker Gewandtheit in meinen Weg geschwungen hatte, obgleich es weder Füße noch Beine besaß. Ein verhutzelter Kopf saß auf einem mageren Leib, der sich auf unverhältnismäßig kräftigen Händen und Armen fortbewegte, seit ein unbekanntes Schicksal ihm die Beine geraubt hatte. Mit fast zahnlosem Maul griente er mich an und verlangte als Wegzoll einen Sol von mir oder, besser noch, einen Gulden.

»Warum nicht gleich zwei Gulden oder zwanzig?« grinste ich zurück und wußte selbst nicht, woher ich diese Frechheit nahm. Sie kam mich teuer zu stehen, als mir die Spinne einen schmerzhaften Schlag – oder sollte man es in diesem Fall Tritt nennen? – gegen den Schädel versetzte. Sie schwang sich auf mich wie ein Ritter auf sein Roß, und die Meute johlte beifällig.

»Recht so, Escarbot, zeig dem feinen Pinkel, wer in der Nacht das Regiment führt!« – »Reite den Stutzer zuschanden, braver Escarbot!« – »Nehmen wir uns, was er uns nicht geben will, beim Hermes!« – »Und beim Merkur, falls es 'nen Unterschied macht!« – »Reißt dem Pinsel die Kleider vom Leib!« – »Die Zähne aus dem Maul!« – »Die Haut in Fetzen!« – »Die Knochen aus dem Körper!«

Mich derart aufgeteilt zu sehen, setzte ungeahnte Kräfte in mir frei. Ich bäumte mich auf und schüttelte die widerliche Spinne, die sie Escarbot (Käfer) nannten, ab. Das mißgestaltete Wesen stauchte oder brach sich beim Aufprall einen Arm – oder ein Bein, wie man's nimmt – und quiekte jämmerlich. Mich rührte das nicht, dachte ich doch vor allem an meine Knochen, meine Haut und meine Zähne.

Doch kaum stand ich auf meinen Beinen, hing die Meute an mir wie eine Fuhre steinschwerer Kletten und riß mich erneut zu Boden.

Spitze Knochen und scharfe Fingernägel stachen in mein Fleisch. Schreie dröhnten mir in den Ohren. Speichel troff auf mich aus fauligen Mäulern. Knüffe, Püffe und Tritte ließen mich mit meinem Leben abschließen. Der Tod erschien mir beileibe nicht mehr so wünschenswert wie noch kurz zuvor, gleichwohl ebenso nahe wie unausweichlich.

Rasch erlahmten meine Kräfte unter der Vielzahl von Armen und Beinen, die mich traktierten und am Boden hielten. Eine erstaunliche Überzahl schmutziger Gliedmaßen, bedachte man die eben noch zur Schau gestellten Gebrechen. Manch ein Krüppel war plötzlich keiner mehr, hatte sein fehlendes Glied aus dem Nichts hervorgezaubert, um schmerzhaften Gebrauch davon zu machen.

Als meine Pein alles andere auslöschen wollte, als ein würgender Griff um meine Kehle mir in einem nahezu gnädigen Akt den Atem zu rauben drohte, ließ der Druck der unzähligen Leiber unvermittelt nach. Ein Spiel, das die Lumpenkerle trieben, um mein Leid und ihren Spaß daran zu verlängern?

Doch sie wichen vor mir zurück wie vor einem Aussätzigen, Erschrecken und Furcht in den eben noch höhnischen Fratzen. Wie ein Haufen Herbstlaub, der von einem Windstoß durcheinandergewirbelt wird.

Es war ein schwarzer Wind, ein Nachtschatten, der unter das Bettelpack gefahren war. Ein seltsam unbeweglicher Wind, der nichts weiter tat, als starr dazustehen und in befehlender Geste einen Arm auszustrecken, der in die Finsternis wies. Doch das genügte.

Die Schnorrer und Halsabschneider erbleichten, bekreuzigten sich und riefen den Herrgott an, dessen Gebote sie eben noch sehr großzügig ausgelegt hatten. Fast erleichtert folgten sie dem stummen Befehl des Nachtschwarzen und ergriffen die Flucht, in solch wilder Angst, daß sie über ihre – vorhandenen wie nicht vorhandenen – Beine stolperten. Nur wenige Augenblicke nachdem ich mich als lebloser Fleischklumpen in der Seine hatte treiben sehen, war der letzte meiner Peiniger in den engen, düsteren Gassen verschwunden.

Nur der Schwarze stand noch da, halb verschmolzen mit den Schatten, gehüllt in eine dunkle Kutte, deren weit vorgezogene Kapuze sein Gesicht in einem finsteren Loch verbarg. Ich lag am Boden, eine zerschundene Kreatur; wie ein geprügelter Hund, der ergeben zu seinem Herrn aufschaut.

Seltsamerweise empfand ich kaum Erleichterung, geschweige denn Freude über meine wundersame Errettung. Das Gaunerpack war ein Schrecken gewesen. War dann die starre Gestalt, der Schrecken eines Schreckens, nicht eine noch größere Bedrohung? Von den würgenden Händen befreit, atmete ich durch, aufatmen konnte ich nicht. Zu ungewiß erschien mir, was diese unheimliche Nacht im Herzen von Paris noch für mich bereithielt.

Der Schwarze trat auf mich zu, und mir war, als wehe plötzlich ein eiskalter Wind über die Ile de la Cité. Doch die Apfelbäume am Uferstreifen standen unbewegt, und das Wasser kräuselte sich nicht. Die Wolken verharrten am Himmel. Ich aber erschauerte und spürte, wie sich die Haare in meinem Nacken sträubten.

Unheimlich, fast tonlos, drang ein flüsternder Singsang an mein Ohr: »Sucht Eure Sachen zusammen, die Nacht wird kalt.«

Wem sagte er das! Verwirrt über die Besorgnis, die der Schwarze meiner Gesundheit angedeihen ließ, befolgte ich seinen Rat. Oder sollte ich sagen, seinen Befehl? Während ich so am Ufer herumkroch, warf ich dem Unheimlichen scheue Blicke zu, in der Hoffnung, unter der Kapuze sein Antlitz zu erspähen. Vergeblich. Entweder hielt er sich zu geschickt im Schatten, oder er besaß gar kein Gesicht.

War er einer der Dämonen, die, wie jeder weiß, in der Nacht zum Dreikönigstag über die Erde spuken? Diese letzte Rauhnacht und der folgende Tag vermögen Wunder zu vollbringen, Wasser mit Heilkräften und Tiere mit der menschlichen Sprache zu segnen. Aber auch die Dämonen kommen zu den Menschen, versunkene Glocken läuten aus unirdischen Tiefen, und der Teufel zieht mit seinem Heer auf Seelenfang aus. Nicht wahr?

»So zerlumpt und zerschunden werdet Ihr nie eine ehrbahre Anstellung finden«, stellte der Dämon fest und bedurfte dazu keines besonderen Scharfsinns; mein von den Bettlern zerschlissener Mantel ließ mich wie eine Vogelscheuche aussehen. Mein Magen knurrte zur Bejahung seiner Worte wie ein in die Ecke getriebener Straßenköter. »Und Hunger habt Ihr auch, keine Frage. Eßt Euch satt und richtet Euch her, dann soll Euch auch ein guter Posten zufallen.«

Zunächst allerdings fiel mit leisem Klirren ein kleines Ledersäckchen vor mir ins zertretene Ufergras. Ich ahnte, was es enthielt, wagte aber nicht, es anzurühren.

»Geht morgen in den Justizpalast. Die hohen Herren werden dort sein, um dem Mysterienspiel im Großen Saal beizuwohnen. Fragt nach Dom Claude Frollo, dem Archidiakon von Notre-Dame. Er sucht einen verläßlichen Kopisten. Stellt Euch geschickt an, und Euer täglich Brot ist Euch sicher, Armand Sauveur!«

Die Stimme sprach so leise, daß sie vom Rauschen der Seine verschluckt zu werden drohte. Mein Name war kaum zu verstehen, und der Schwarze verschwand, bevor seine Worte ganz verklungen waren. Ein Dämon, fürwahr, aber ein mir gutgesinnter offenbar. Wenn er kein Geisterwesen war, woher hätte der Schwarze meinen Namen kennen, woher meine Geldkatze haben sollen?

Denn der hingeworfene Beutel war, ohne Zweifel, das Geschenk meiner Angebeteten zu einem längst vergangenen Weihnachtsfest. Andächtig tasteten meine Finger über die Brokatstreifen, die Etiennettes zarte Hände auf das Leder geheftet hatten, und für die viel zu kurzen Augenblicke einer zärtlichen Erinnerung lag ich wieder in den weichen Armen der Geliebten.

Meine Gedanken kehrten in die rauhe, kalte Wirklichkeit zurück, als meine Finger unter Brokat und Leder etwas Hartes ertasteten, und hastig lockerte ich die Schnur, um den Inhalt der Börse in meine Hand zu schütten. Die Wolken rissen ein wenig auf, und das Licht der Gestirne ließ blankes Kupfer glänzen und zwischen den Sols sogar das hübsche Silber von drei Turnoser Groschen. Der schwarze Dreikönigsdämon erwies sich als wahrer Wohltäter! Die Rückkehr der Lumpen befürchtend, ließ ich den unerwarteten Geldsegen hastig wieder in meiner Börse verschwinden, verbarg diese unter Wams und Hemd und sah zu, daß ich von diesem unseligen Ort fortkam.

In den Gasthäusern der Seine-Insel wurde, wie in allen Spelunken der Stadt, ausgelassen die Dreikönigsnacht gefeiert. Völlerei war heute nicht nur erlaubt, sondern geboten. Strafe über den, der zuwenig aß! Sofern er Geld hatte, seinen Magen zu füllen, wie ich Glücklicher. ›Zum Hirschen‹ hieß die nächste Schenke, deren windschiefes Eingangsschild ein verwittertes Abbild seines Namenstieres zeigte.

Von Vorfreude ergriffen, drückte ich die knarrende Tür auf und taumelte im Rausch vollkommenen Glücks in den dichten Dunst aus Wein- und Biergeruch, Schweiß und Bratenduft. Der nächste freie Tisch, und ich winkte eine offenherzige Magd heran, die in eindeutiger Absicht alles anbot, was ich nur wünschte. Nur flüchtig streifte ich die feisten, teigigen Knödel, die nahezu aus ihrem Ausschnitt fielen. Das war nicht das Fleisch, auf das ich aus war, nicht jetzt. Ich bestellte einen Krug Burgunder und einen Laib Weizenbrot und ein Stück Brie und eine große Portion von dem Lamm, das von einem Jungen über dem Feuer gedreht wurde und den Raum mit dem verlockenden Duft seiner Füllung schwängerte: Äpfel, Birnen, Zwiebeln und Speck roch ich heraus.

»Zuvor eine fette Hühnersuppe für den Herrn?« fragte die dralle Magd, und ich nickte gierig.

Kurz darauf stand die Suppe vor mir, so heiß, daß sie Blasen warf. Dazu kamen Brot und Käse und Wein, den das Mädchen aus einem Tonkrug in einen abgegriffenen Zinnbecher goß. Ich wollte nach dem Burgunder greifen, doch eine haarige Pranke, der eines Bären ähnlich, nagelte meine eher schmale Hand auf der abgewetzten Tischplatte fest.

»Kann der *feine Herr* denn auch bezahlen?«

Die Frage entströmte, zusammen mit dem beißenden Geruch von Zwiebeln und Knoblauch, dem vor Fett triefenden Maul des wohlbeleibten Gastwirts. Seine zwischen Fleischwülsten fast verschwindenden Äuglein musterten mich mißtrauisch, und der feste Griff der Bärentatze tat mir allmählich weh. Gleichwohl verstand ich sein Zögern, einem so abgerissenen, verdreckten Kerl ein opulentes Mahl zu servieren. Ich befreite meine Hand von der Last aus Fleisch und Knochen und hielt meine geöffnete Geldkatze unter die Schweinsäuglein. Die leuchteten auf, und der fettige Mund lächelte geschäftsmäßig freundlich.

»Nur das Beste für Messire!« wies er die Magd an und wollte zu seinem Ausschank zurückkehren.

Eine klapprige Gestalt schob sich ihm in den Weg und deutete mit dürrem Arm auf mich. »Nehmt das Geld nur, Gevatter Chabert, und laßt damit Eure Beerdigung bezahlen, falls nach dieser Nacht von Euch noch etwas übrigbleibt, das den Weg zum Friedhof der Unschuldigen Kindlein lohnt.«

»Was soll ich auf dem Friedhof, Gevatter Chiart?«

»Euch begraben lassen, wenn Ihr das Totengeld nehmt«, krächzte der Dürre und bedachte mich mit einem stechenden Blick, in dem sich Angst und Abscheu mischten. »Ich war in der Nähe der Notre-Dame-Brücke, als ich sah, wie dieser Strolch das Geld vom Geistermönch erhielt, um Seelen für die Dämonen der Dreikönigsnacht zu kaufen.«

Er sprach laut genug, um Gesang, Gelächter und Gelärm zu übertönen. Alles verstummte, erstarrte und blickte mich entsetzt an. Ich kannte das bereits vom Fluß, wo die Bettler sich beim Erscheinen des Schwarzen ähnlich verhalten hatten. Ein Wort machte die Runde, nur verhalten ausgestoßen, mit Andacht und mit Angst: »Der Geistermönch!«

Als der Wirt mich aus seinem Haus werfen wollte, versuchte ich ihm zu verdeutlichen, daß Geister kein Geld verschenken. »Sind ganz gewöhnliche Münzen hier drin, so gut oder so schlecht wie jeder andere Sol und Turnoser!«

»Und woher hast du sie?«

»Ein Mann am Floß schenkte sie mir.«

»Ein Wohltäter, was? Wie sah er aus?«

Ich hob die Schultern und ließ sie wieder sinken. »Wie sieht einer aus, der eine dunkle Kutte trägt und eine Kapuze über dem Kopf? Fragt Ihr nach dem Aussehen eines Mannes, der Euch einen hübschen Batzen Geld vermacht? Mag er aussehen wie Apollo oder wie Hephaistos!«

»Aber nicht wie der Geistermönch!« kreischte der Wirt, packte mich am Kragen und schleuderte mich vor die Tür. »Verschwinde, sofort, Teufelsbündler, oder ich spreche mit dem Feuerhaken zu dir!«

So brachte mir der Besuch im ›Hirschen‹ statt der erhofften Sättigung die Erkenntnis, daß eine gefüllte Börse nicht mit einem gefüllten Magen gleichzusetzen ist. Um diese wenig tröstliche Weisheit reicher, wankte ich ziellos durch die dunkle Gasse, als ich hinter mir Schritte und ein leises Rufen hörte.

Ich fuhr herum, drückte mich in die Vertiefung eines Hauseingangs und wollte nach meinem Dolch greifen, bis mir bewußt wurde, daß ich den am Tag nach Weihnachten für Brot und Braten versetzt hatte. Wie es aussah, war eine Waffe auch gar nicht vonnöten. Die offenherzige Magd aus dem ›Hirschen‹ klapperte mir auf hölzernen Schuhen, die sie vor dem Straßendreck schützten, entgegen und preßte etwas gegen ihren wogenden Busen, wie eine junge Mutter, die ihr Kind hält.

»Was wollt Ihr?« fragte ich barsch, eine neuerliche Schmähung witternd. »Soll ich den Wein bezahlen, den ich nicht getrunken, und die Suppe, die ich nicht gegessen habe? Bedenkt, es ist Dämonengeld!«

Keuchend blieb sie zwei Schritte vor mir stehen, scheu, wie sie es in der Schenke nicht gewesen war, und streckte mir etwas entgegen: das Weizenbrot. »Man sieht Euch an, wie Ihr hungert, Herr. Nehmt!«

»Die Nacht ist voller Barmherzigkeit, doch leider hält diese Tugend der Garstigkeit nicht die Waage«, grunzte ich, nahm das Brot und gab ihr einen Sol. Ihre Finger schlossen sich zögernd um das Kupfer, die Geisterangst erlag der Gewinnsucht.

»Zu essen habe ich jetzt, wenn auch nicht Lamm, Brie und Suppe. Sei's drum, auch Weizenbrot ist gut und teuer und wird meinen Magen füllen. Was mir nun noch fehlt, ist ein warmes Bett für die Nacht. Gilt Euer Angebot noch, Aphrodite?«

»Ihr irrt, Herr, ich heiße Marianne.«

Sie verriet mir ihren Namen, aber nicht den Weg in ihr Bett. Der war nur mit Geld zu erkaufen, worauf Gevatter

Chabert achtete. Aber nicht mit Geld vom Geistermönch, worauf der fette Wirt ebenfalls achtgab.

»Verfluchter Geistermönch!« entfuhr es mir. »Was hat es mit ihm auf sich?«

»Ihr seid wohl nicht aus Paris, Herr?«

»Wahrlich nicht. Und hätte ich geahnt, wie es mir hier ergeht, wäre ich niemals hergekommen.«

»Seit Jahr und Tag, vielleicht auch schon länger, spukt des Nachts der Geistermönch herum.«

»Was tut er denn?«

»Er bringt den Leuten Unglück.«

»Woher weiß man das?«

»Weil er der Geistermönch ist.«

Wer will sich anmaßen, zu widerlegen, was ein schlichtes Gemüt für Logik hält? Ich tat es nicht und fragte Marianne statt dessen nach einem Schlafplatz.

»Jedes Gasthaus ist bis auf den letzten Winkel gefüllt. Von der ganzen Ile de France sind sie gekommen, um in Paris den Dreikönigstag zu feiern. Versucht es doch bei Notre-Dame, Herr. Dort seid Ihr wenigstens sicher vor bösen Geistern.«

Wie unrecht sie damit hatte, konnte Marianne nicht wissen. Und ebensowenig ich, der ich ihren Rat befolgte und mit kauendem Mundwerk auf die große Kathedrale an der Ostspitze der Insel zuhielt. Wie soll der Mensch ahnen, daß Gottes Haus den größten aller Dämonen beherbergt? Hätte ich es geahnt, ich hätte Paris wohl noch in jener Nacht verlassen. Doch damals erschien mir Notre-Dame de Paris als ein Ort der Zuflucht, nicht des Grauens.

Voller Gottvertrauen schritt ich durch die Rue Saint-Christophe, geradewegs auf die vor mir in den Himmel wachsende Kathedrale zu. Notre-Dame ragte majestätisch aus dem Gewirr schmaler Gassen und enger Häuser auf, die sich beinahe ängstlich in den Schatten des Gotteshauses drückten. In seiner Gewaltigkeit erinnerte es an den Turm zu Babel. Ein erhabenes, verwirrendes Konglomerat aus Blei und Glas, Mörtel und Stein.

Doch war die Kathedrale nicht leblos, wie der Stein es verhieß. Als ich über den düsteren Vorplatz schritt, vernahm ich ein vielfältiges Atmen und Schnarchen, als hätten sich sämtliche Teufel der Hölle hier zur Ruhe niedergelassen. In jedem Winkel, unter jedem Mauervorsprung lag oder kauerte eine zerlumpte Gestalt. Die Erinnerung an den nächtlichen Überfall kehrte zurück, und ich drückte die auf so wundersame Weise wiedergewonnene Geldkatze fest an meinen Leib.

Zu meinem Erstaunen fand ich das Hauptportal verschlossen und in seinem Schatten eine Vielzahl Schlafender. Bei meinem ungeschickten Versuch, die Treppe zu erklimmen und zum Tor zu gelangen, trat ich auf eine Hand und erntete einen gotteslästerlichen Fluch mit heftiger Beschimpfung: »Paß doch auf, du Blödian! Gehörst wohl zur Gilde der Blinden, daß du die Schläfer nicht siehst!«

»Ich will nur in die Kirche.«

»Komm morgen wieder.«

»Nachts schlafe ich lieber als bei Tag.«

»Aber nicht in Notre-Dame.«

»Es ist in Frankreich allgemeiner Brauch, daß die Kirchen den Obdachlosen eine Ruhestätte bieten.«

»Aber nicht Notre-Dame.«

»Warum nicht?«

»Frag nicht mich, Bruder, sondern Frollo.«

»Dom Claude Frollo?«

»Ja«, hauchte der Bettler unter mir und bekreuzigte sich ungelenk. Ein bärtiges, schorfiges Gesicht reckte sich mir entgegen. »Bist wohl nicht aus Paris? Merk dir, der Archidiakon von Notre-Dame hält nichts von uns Krippenreitern. Mag uns fast sowenig wie die Ägypter und hält sein großes Gotteshaus vor uns verschlossen. Deshalb liegen wir vor dem Portal und nicht drinnen.«

»Wer sind die Ägypter?«

»Die Zigeuner.«

»Weshalb nennst du sie Ägypter?«

»Tu ich nicht, kommt von Frollo.«

Ich hörte die Worte, doch ich begriff sie nicht und zeigte auf die beiden Seitenportale. »Warum liegt hier in jeder Ecke ein Schläfer, dort aber ist niemand?«

»Weil die Seitenportale verflucht sind, noch verfluchter als dieses ganze Bauwerk«, grunzte der Bärtige und drehte sich auf die Seite, um weiterzuschlafen.

Ich fühlte mich so zerschunden und müde, daß jeder Fluch mir gleichgültig war. Was sollte mir schon zustoßen, nachdem ich eine Begegnung mit dem gefürchteten Geistermönch nicht nur unbeschadet, sondern gar auf höchst vorteilhafte Weise überstanden hatte! Also steuerte ich unbekümmert das südliche Seitenportal an, das von den Mauern des Hôtel-Dieu flankiert wurde.

Ein harter Griff an meine Schulter, und ich wurde zurückgerissen. »Bist du des Teufels, Bruder?« schnaubte der Bärtige, der sein Nachtlager verlassen hatte und nun mit geweiteten Augen vor mir stand; sie glühten in dem Bartgestrüpp wie Kohlen, die jemand in dorniges Buschwerk geworfen hat. »Warum hörst du nicht auf den alten Colin?« Er zerrte an meinem Arm. »Komm schon, Bruder. Ich mach mich eng, dann hast du ein Plätzchen im Hauptportal. Dort bist du vor dem Satan sicher.«

Ich wollte nur noch schlafen, folgte dem Alten willig und kauerte mich neben ihn. Mir träumte von Gutenberg, der mich in einer schmutzigen Druckerstube auf seine teuflische Erfindung gespannt hatte wie auf eine Folterbank. Daneben stand eine vermummte, finstere Gestalt, das Gesicht von einer Kapuze verhüllt. Ich dachte an den Geistermönch, der mir schon einmal geholfen hatte. Doch diesmal rührte sich der Schwarze nicht, erhörte nicht mein lautes Flehen. Der Drucktiegel senkte sich auf mich nieder, als sei ich ein Blatt Papier. Ich wollte von der Presse springen, aber Gutenberg hatte mich festgeschnallt. Zur Strafe für mein Aufbegehren versetzte er mir einen schmerzhaften Schlag ins Gesicht.

Kapitel 2

Das Fest der Narren

Ich schrie und wand mich, um weiteren Schlägen zu entgehen. Kräftige Arme hielten mich gepackt, und jemand blickte mich tadelnd an. Nicht jene strenge, grausame Fratze, die mein Traum dem teuflischen Erfinder aus Mainz zugeschrieben hatte. Auch nicht der gesichtslose Schatten des Geistermönchs. Es war ein volles, rosiges Antlitz, das im rötlichen Licht der hinter Notre-Dame aufsteigenden Sonne gesund und gutmütig glänzte. Der dickliche Mann dazu trug das Gewand eines Zölestineroblaten und machte den zufriedenen, abgerundeten Eindruck eines O.

Die Angewohnheit, Menschen mit Buchstaben zu vergleichen, mag mit meinem Handwerk zusammenhängen, jedoch fand ich darin schon häufig eine tiefere Wahrheit. Sind Buchstaben nicht Zeichen, die aus Bildern entstanden? Und wenn Buchstaben auf dem Papier alle Dinge ausdrücken, den Menschen eingeschlossen, müssen dann Menschen und alle Dinge unserer Welt nicht auch Buchstaben verkörpern?

»Seid nicht zu grob zu ihm, ihr Mesner!« ermahnte der Zölestiner die beiden Kirchendiener, die mich in ihrem festen Griff hielten. »Er hat nur verschlafen, der arme Tropf. Wer schläft, der sündigt nicht.«

»Ihr habt gut reden, Maître Philippot Avrillot«, schimpfte der Mesner zu meiner Linken so laut, daß mein Ohr schmerzte. »Ihr müßt nicht jeden Morgen das Bettelpack von Eurer Schwelle fegen!«

»Auch die Ärmsten sind Geschöpfe des Herrn, mein

Freund.« Philippot Avrillot lächelte sanftmütig. »Beherzigt es, und bedenkt in Eurer Gnade, daß dieser Mann einfach nur verschlafen hat. Euer plötzlicher Zugriff hat ihn erschreckt, und er wehrte sich noch halb im Schlaf. Doch den hat Eure saftige Ohrfeige sicher vertrieben.«

Der Laienbruder hatte recht. Meine Wange schmerzte, meine Glieder nicht minder. Mochten die Pariser beim Bau von Notre-Dame auch nur den besten Stein verwendet haben, als Lager für einen gesunden Schlaf waren die elf Treppenstufen vor dem Portal gleichwohl nicht geschaffen.

Zu Schmerz und Gliedersteifheit gesellte sich Verwirrung. Ich hörte Musik und Geschrei und blickte auf. Am Rande des Domplatzes zog eine Gruppe Maskierter – Teufel, Hexen und Dämonen – mit obszönen Verrenkungen vorüber und verschwand, die entblößten Hinterteile in Richtung der Kathedrale schwenkend, in der Rue Neuve. Das Fest der Narren hatte begonnen. Und die Bettler, mit denen ich das Nachtlager geteilt hatte, waren längst verschwunden. Auch der alte Colin.

Der gutmütige Zölestiner erlöste mich von den beiden Kirchendienern, indem er den Arm um mich legte und mich mit sich fortzog. »Hast wohl gestern zu gute Geschäfte gemacht und die Münzen der Mildtätigkeit aus lauter Mitleid mit einem armen Wirt gleich in Wein umgesetzt, was? Und heute bist du müde wie ein Bauer nach dem Pflügen.«

Ohrenbetäubendes Geläut mischte sich in seine letzten Worte. Maître Avrillot wandte den Kopf und blickte hinauf zu den Türmen von Notre-Dame. »Ein hübsches Gebimmel, das der Teufelssohn von Glöckner da veranstaltet. Bei allen wahrhaft Tauben unter den Bettlern von Paris, der gute Quasimodo ist heute ordentlich in Fahrt!«

Ich verstand den Sinn seiner letzten Worte nicht so ganz, das Gerede vom Teufelssohn und von den tauben Bettlern. Deshalb ging ich lieber auf den ersten Teil seiner Rede ein und versuchte ihm zu erklären, daß ich kein Bettelsack und nur durch widrige Umstände auf die Stufen von Notre-Dame gelangt sei.

»Aha, du bist also nicht arm, sondern hast nur kein Geld.« Der Laienbruder schmunzelte. »Na, die Geschichte nenn ich nicht neu, aber zum Narrenfest soll dein Magen nicht knurren. Einen Sol hat der alte Philippot Avrillot für dich übrig.«

Ich hielt seine Hand fest, die unter das Gewand zur Börse langte. Der Mann gefiel mir, und ich wollte seine Güte nicht ausnutzen. »Haltet ein Maître. Ich habe Geld, fand nur kein Quartier für die Nacht.«

Er starrte mich ungläubig an und wollte etwas erwidern, doch sein Blick wurde abgelenkt, glitt zur Seite und verharrte auf einer schmalen, dunklen Gasse am Hôtel-Dieu. »Schön, wenn du ohne meine Hilfe auskommst. Ich habe soeben einen Bekannten erspäht«, murmelte er geistesabwesend und fügte einen Abschiedsgruß an. Dann verschwand er in der krummen Gasse, ohne mich noch eines Blickes zu würdigen.

Bevor die Schatten der eng zusammenstehenden Häuser ihn verschluckten, glaubte ich eine zweite Gestalt zu sehen, Maître Philippots Bekannten. Daß dieser, nur ein dunkler Umriß im Zwielicht, mich an den geheimnisvollen Geistermönch erinnerte, war sicher nicht mehr als ein Zufall, ein naheliegender Eindruck nach den Erlebnissen der vergangenen Nacht.

Mit einem Mal standen diese seltsamen Ereignisse wieder vor mir, so lebhaft und gleichzeitig unwirklich wie ein schweißtreibender Alptraum. Von plötzlicher Angst ergriffen, faßte ich unter meinen zerfledderten Mantel – und atmete auf, als ich meine Börse fühlte. Also doch nicht nur ein Traum! Fast liebevoll zog ich den Lederbeutel hervor.

Doch was war das? Das Band war geöffnet, die Geldkatze leer! Ungläubig starrte ich in das schlaffe Säckchen. War ich unvorsichtig gewesen und hatte die Börse nicht richtig verschlossen?

Ich eilte zurück zum Hauptportal der Kathedrale, wo ich unter dem mißtrauischen Blick eines der beiden Mesner hastig meinen Schlafplatz absuchte. Da lag nicht ein Sol, von einem Turnoser ganz zu schweigen.

Und dann packte mich die Erkenntnis: Der Lump Colin hatte nicht aus brüderlichem Mitleid meine Nähe gesucht, er mußte mich im Schlaf beraubt haben. Eigentlich hätte ich gewarnt sein müssen, doch die Müdigkeit hatte mich betäubt. Der Bettler war mir gleich wie ein typischer S-Mensch erschienen: gewunden, verschlungen, mit Haken und Schnörkeln, doch aufgrund seiner gerundeten Bögen schwer zu fassen.

Ich wünschte den Dieb zur Hölle, auf einen besonders heißen Platz gleich neben Gutenberg, und eilte auf die Gebäude des Hôtel-Dieu zu, von der Hoffnung getrieben, der Zölestiner möge sich noch in seiner mildtätigen Stimmung befinden. Aber ich fand ihn nicht, weder in der engen Gasse, die ich bis zu ihrem Ende entlangging, noch auf den angrenzenden Höfen. Als habe er sich mitsamt seinem Bekannten in Luft aufgelöst.

Jetzt konnte mir nur noch der Rat des Unbekannten helfen, den sie Geistermönch nannten. Auch ohne meinen äußeren Adam aufzuputzen, mußte es mir gelingen, eine Anstellung zu erhalten. Also, auf zum Justizpalast!

Während ich das Hôtel-Dieu verließ, meldete sich mein Magen mit einem veritablen Knurren, und zugleich zerrte, wie schon so häufig in den letzten Tagen, die Faust des Hungers an meinen Eingeweiden. Wie um mich zu verspotten, gerade jetzt, da ich abermals ohne einen Sol war. Halblaut verfluchte ich meinen Hunger und achtete nicht auf das, was um mich her geschah. Ein warnender Zuruf, der schrille Schrei einer Frau, rettete mich in letzter Sekunde.

Ein Reiter, der aus den Winkeln des Hôtel aufgetaucht war, sprengte direkt auf mich zu, wohl in der Erwartung, ein zerlumpter Bettler werde schon zurückweichen. Dank der Warnung tat ich es mit einem weiten Satz, verlor dabei das Gleichgewicht und landete in einem Dreckhaufen.

Dicht vor mir jagte ein kräftiger Apfelschimmel in leichtem Galopp vorüber. Der Reiter war ein kantiger, grimmig dreinschauender Mann in der Tracht eines wohlhabenden Bürgers. Rücksichtslos bahnte er sich einen Weg durch die zusehends voller werdende Rue Neuve. Daß er fast einen Menschen getötet hätte, schien ihm entweder entgangen oder vollkommen gleichgültig zu sein.

Ächzend rappelte ich mich auf und suchte nach meiner Retterin. Dabei fingen meine Augen einen Blick auf, nur für einen halben Atemzug. Zu kurz, um das Gesicht der Fremden zu erfassen. War es schmal oder breit, von blonden oder von schwarzen Locken umrahmt, jugendlich straff oder schon von den Falten des Alters durchzogen? Ich konnte es nicht sagen, zu schnell verschwand die Unbekannte hinter einem Pulk krakeelender Bauern, die in westlicher Richtung marschierten, zum Justizpalast. Aber seltsam, obwohl ich die Augen nur für den Bruchteil einer Sekunde gesehen hatte, erschienen sie mir vertraut.

Nun war ich nicht nur abgerissen und hungrig, sondern stank auch noch zum Himmel gleich einem ganzen Sündenpfuhl. Konnte es ungeeignetere Voraussetzungen geben, um eine ehrbare Anstellung zu erlangen? In dieser trübseligen Verfassung ließ ich mich von der Menge mitreißen, dem alten Königspalast entgegen. Das turmbewehrte Gebäude unterhalb der Wechsler- und der Müllerbrücke wurde trotz der frühen Stunde von Vergnügungssüchtigen und Schaulustigen in unübersehbarer Zahl belagert.

»So viel Publikum?« wunderte ich mich. »Dann hat das Mysterienspiel sicher schon begonnen.«

»I wo«, meckerte ein kleiner blonder Kerl, dessen schmaler Kopf zu Ehren des Tages von Teufelshörnern geschmückt wurde. »Die Aufführung ist erst für die Mittagsstunde angesetzt, wenn die flämische Gesandtschaft hier eintrifft.«

»Wozu dann jetzt schon das Gedränge?«

»Alles Gaffer«, wieherte der kleine Teufel, der sich über jedes seiner eigenen Worte zu amüsieren schien. Er erschien mir wie ein T, das mit ständig rudernden Armen versucht, die mangelnde Standfestigkeit seines kleinen Fußes auszugleichen.

»Und was begaffen sie?« fragte ich.

»Andere Gaffer. Reicht das nicht? Zudem gilt es, sich rechtzeitig einen guten Platz zu sichern. Das Feuer auf dem Grève-Platz mag einen in diesen kalten Tagen erwärmen, aber mehr Vorteile hat's nicht. Und der Maibaum, das prophezei' ich Euch, wird auf dem Friedhof der Braque-Kapelle schneller verfaulen als die Verbuddelten. Nein, glaubt mir, zerlumpter Freund, hier im Palast schlägt heut das Herz von Paris. Hier gibt's hohe Herren und schlechte Komödianten zu bestaunen. Haltet Euch nur an mich, Meister Bettelrock, und Ihr sollt eine gute Aussicht genießen!«

Ob das Angebot ernst gemeint war oder nicht, ich nahm es an. Zu meiner Verwunderung gelang es dem blonden Dämon, sich mittels allerlei Verrenkungen und Schabernacks immer weiter nach vorn zu drängen, bis er schließlich, gefolgt von einem Schatten namens Armand Sauveur, in das alte Gemäuer eindrang und demselben Ort zustrebte wie alle andern auch: dem Großen Saal.

Hier, wo sonst über die Auslegung der Gesetze verhandelt und Recht gesprochen wurde, feierte heute das Volk von Paris, hohe Bürger und niederes Gesindel. Zielstrebig kämpfte sich mein Dämon zu einem großen Fenster vor, dessen Verglasung von ein paar jungen Burschen eingedrückt worden war. Sie hatten sich auf dem Sims niedergelassen, um von diesem erhöhten Aussichtspunkt die Festlichkeiten zu beobachten und mit reichlich Spott zu kommentieren. Flink wie eine Eidechse hangelte sich das blonde Teufelchen am reich verzierten Mauerwerk zu den vorlauten Studenten hinauf, ich hinterdrein.

Noch war ich damit beschäftigt, mir auf dem dicht besetzten Sims einen halbwegs sicheren Platz zu suchen, da horchte ich auf, als einer der Studenten meinen blonden Führer begrüßte:

»Bei meiner Seele, da seid Ihr endlich, Jehan Frollo de Molendino! Schon von weitem sah ich Eure flinken Arme und Beine wie Windmühlenflügel die Menge zerteilen. Zu Recht nennt man Euch Joannes von der Mühle! Wir hatten alle Mühe, Euch einen Ehrenplatz freizuhalten. Und jetzt schleppt Ihr auch noch einen stinkenden Bettler an. Hat die Festtagsstimmung Euch vergessen lassen, daß Ihr Euch Mildtätigkeit nicht leisten könnt?«

»Der eine ist arm und stinkt von außen, der andere ist reich und tut's von innen!« krähte mein blonder Bekannter. »Nur am Narrentag sind wir alle gleich, die Nasen fest verschlossen von einem Schnupfen, den weder Medicus noch Bader heilen kann, sondern allein der Schenkenwirt.«

Erregt über den eben gehörten Namen, beschloß ich großmütig, der Reden über meine angegriffene körperliche Erscheinung nicht zu achten und fragte meinen neuen Bekannten: »Ihr heißt wirklich Frollo?«

»So sagte man mir, seit ich aufwuchs. Mißfällt Euch der Name? Dann nennt mich Jehan du Moulin nach dem Ort, wo ich die Muttermilch genoß, wenn's auch die einer fremden Müllerin war.«

»O nein, Euer Name gefällt mir sehr.«

Der Teufel griente. »Mit wie wenig eine arme Seele doch zu beglücken ist!«

»Ich suche nämlich einen Frollo«, erklärte ich.

»Ihr habt ihn gefunden.«

»Wohl kaum. Für den Erzdiakon von Notre-Dame erscheint Ihr mir reichlich jung und, mit Verlaub, ein wenig zu ausgelassen.«

Jehan Frollo, den man auch Jehan oder Joannes du Moulin nannte, wurde von einem Lachkrampf gepackt und so arg geschüttelt, daß er vom Fenstersims in die Menge unter uns gefallen wäre, hätten nicht seine Freunde und ich im letzten Augenblick sein abgeschabtes Wams gepackt »Ihr seid köstlich, mein Freund, einfach köstlich!« kicherte er und schüttelte die Tränen seiner unbegreiflichen Erheiterung auf meinen Mantel.

»Wieso?«

»Weil ich mir gerade einen ausgelassenen Dom Claude Frollo vorgestellt habe. Das ist so, als denke man sich ein eckiges Rad, einen reißenden Strom ohne Wasser oder ein verführerisches Weib ohne dralle Rundungen.« Erneut verfiel Jehan du Moulin in hysterisches Gekicher. »O hätte mein Bruder doch nur Euren Scherz gehört – vielleicht hätte er dann einmal in seinem traurigen, ernsten Leben gelacht!«

»Der Archidiakon ist Euer Bruder?«

»So sagte man mir, seit ich aufwuchs. Mißfällt Euch das?«

»Ganz im Gegenteil«, erwiderte ich, stellte mich vor und erklärte, weshalb ich den Archidiakon suchte. Allerdings ließ ich den Geistermönch unerwähnt, um nicht womöglich unsanft vom Fenstersims gestoßen zu werden.

»Ihr habt recht, Monsieur Armand, mein Bruder sucht tatsächlich einen neuen Schreiber, seit Pierre Gringoire wieder unter die Dichter gegangen ist. Aber daß Ihr mein staubtrockenes Bruderherz hier findet halte ich für fraglich. Bei Notre-Dame solltet Ihr Euch umtun!«

»Dort verbrachte ich schon eine wenig angenehme Nacht«, knurrte ich und bat den Blonden, mir seinen Bruder zu zeigen, falls er doch in den Justizpalast käme.

Statt Claude Frollo erschien eine Vielzahl ehrbarer und hoher Herren, die von Jehan Frollo und seinen Kommilitonen mit spöttischen Rufen begrüßt wurden. Für mich eine gute Gelegenheit, mich mit dem Adel und dem hohen Bürgertum von Paris vertraut zu machen. Wenn es mir beim Archidiakon nicht gelang, würde ich vielleicht bei einem von ihnen Lohn und Brot finden.

Die Studentenbande ergoß ihren Spott über einen wohlbeleibten Mann, der sogleich laut seinen Unmut äußerte: »Solch dreiste Kerle wären zu meiner Zeit mit Reisig gepeitscht und danach mit demselben Reisig verbrannt worden!«

Die suchenden Blicke meiner Begleiter richteten sich auf den Vorlauten. »Wer spuckt denn solche frechen Töne?« – »Den kenn ich doch, das ist Monsieur Andry Musnier.« – »Na klar, Musnier, einer von unseren vier vereidigten Universitätsbuchhändlern.« – »He, Bücherlindwurm, spei nicht zu heißen Atem, sonst verbrennst du mitsamt deinem Papierkram!«

»Dann müßte alles neu geschrieben werden, und mein Freund Armand Sauveur riebe sich die Hände«, krakeelte Jehan Frollo von allen am lautesten.

Unter uns erhob sich erneut die kreidige Stimme des Universitätsbuchhändlers: »Das ist der Weltuntergang. Solch zügellose Dreistigkeit der Studentenschaft ist unerhört. Alles wird verdorben durch die verfluchten Erfindungen, die unser unseliges Jahrhundert hervorgebracht hat, die Kanonen, die Feldschlangen, die Mörser und zuvörderst der Buchdruck, diese neue Pest aus Deutschland. Gibt's nicht länger Manuskripte, gibt's auch keine Bücher mehr. Das Ende der Welt naht!«

Joannes von der Mühle und die Seinen ließen neuerlichen Spott erschallen, ich aber schwieg und fand, daß Monsieur Andry die rechte Einstellung besaß und kluge Gedanken äußerte. Ein zwölffaches Geläut ließ alles Gejohle und Gerufe verstummen. Es erklang nicht mit der Macht, die den Glokken von Notre-Dame innewohnt, war aber laut durch seine Nähe: die große Uhr des Justizpalastes. Die Mittagsstunde war endlich gekommen und mit ihr die Zeit, zu der das Eintreffen der flämischen Gesandtschaft und die Aufführung des Mysterienspiels erwartet wurden.

Ich blickte zu der samt- und brokatgeschmückten Tribüne, die man für die flämischen Gesandten errichtet hatte und die so leer war wie mein Magen. »Warum wird um diese Flamen soviel Aufhebens gemacht? Man könnte meinen, das Schicksal Frankreichs hinge von ihnen ab.«

»Vielleicht meint der König genau das und hat sich deshalb aus seiner Festung in Plessis-les-Tours herausgewagt, mitten in unser schönes, altes, schmutziges, lautes Paris«, antwortete Jehan Frollo. »Zumindest geht's ihm um das Schicksal Burgunds. Er möchte den Dauphin liebend gern mit Margarethe von Flandern vermählen. Die Pfeffersäcke aus dem Norden sind vorgestern hier eingetroffen, um die Einzelheiten zu regeln. Der König will die Guldenzähler gnädig stimmen und schmiert ihnen Honig um die Bärte, wo's nur geht. Wenn sie es wünschten, würde das Mysterienspiel erst um Mitternacht beginnen.«

»Das ist wahr«, pflichtete ein fleischiger Scholar namens Robin Poussepain bei. »Seit im letzten März die holde Maria von Burgund bei einem Ritt durch Brügge vom Pferd gefallen ist, malmen Ludwigs Kiefer, um ein paar saftige Happen vom Burgunder Braten zu schlucken.«

»Oder vom Pferd gestoßen wurde, wie manche munkeln.« Jehans Augen glitzerten listig. »So oder so, es kam König Ludwig gerade recht, daß Maria ihrem Vater, dem kühnen Karl, ins Grab folgte. Sie stand einer Verbindung ihrer Tochter mit Ludwigs Sohn nicht eben wohlwollend gegenüber.«

»Töchterlein Margarethe dagegen kennt solche Bedenken nicht«, spann Poussepain den Faden weiter. »Wie sollte sie auch, mit ihren drei Lebensjahren?«

»Klein, aber fein, bringt sie Ludwig 'ne hübsche Mitgift ein«, sang Frollo. »Das Artois, die Freigrafschaft, das Mâconnais und Auxerrois, Salins, Bar-sur-Seine und Noyers, wie man munkelt. Nur einen Teil davon möcht' ich besitzen.«

»Um ihn bei Karten und Würfeln in einer Nacht zu verlieren!« spottete Poussepain. »Nur so kennt man Euch, Freund Frollo.«

Jehan Frollos sprunghafte Gedanken waren schon weitergewandert, und er machte seiner Ungeduld mit lauten Schreien Luft: »Das Mysterienspiel, und zum Teufel mit den Flamen!«

Seine Freunde und die unruhige Menge nahmen den Ruf auf, um ihn in einem lauter und lauter werdenden Chor zu skandieren. Die Ungeduld drohte in Zorn, der Zorn in handgreifliche Raserei auszuarten. Einem großen blonden Mann, der trotz seiner Jugend schon eine zerfurchte Stirn hatte, gelang es, die Menge von Raufereien abzuhalten, indem er den Beginn des Stücks *Das weise Urteil der Jungfrau Maria* ankündigte.

»Sehr schön, Monsieur Tintenkleckser, nun laßt Euren Worten auch Taten folgen!« knurrte Joannes Frollo du Moulin. »Bin schon gespannt, ob Ihr in den Diensten meines Bruders die Dichtkunst verlernt habt.«

»Dieser Mann hat für Euren Bruder, den Archidiakon, gearbeitet?« vergewisserte ich mich.

Frollo nickte beiläufig. »Monsieur Pierre Gringoire mußte für ihn eine dicke Schwarte verfassen.«

»Worüber?«

Der blonde Teufel zuckte mit den Schultern. »Irgend etwas Gelehrtes, also nichts, was einen jungen Studenten interessiert.«

Schließlich, und obgleich die hohen Herren aus Flandern ihre Prunktribüne noch nicht bezogen hatten, erscholl tatsächlich laute Musik, und vier Schauspieler betraten die Bühne zum Vorspiel. Spiel und Rede fanden bei weitem nicht so großen Anklang wie die grellen Kostüme. So nahm es nicht wunder, daß das Publikum sich leicht ablenken ließ, besonders als endlich die achtundvierzig flämischen Gesandten und nach ihnen hohe Pariser Herrschaften die Tribüne betraten. Sie wurden, Mysterienspiel hin oder her, vom Türsteher aus vollem Halse vorgestellt: »Maître Jacques Charmolue, königlicher Ankläger beim Kirchengericht.« – »Jehan de Harlay, Rittmeister und Befehlshaber der berittenen Nachtwache der Stadt Paris.« – »Messire Galiot de Genoilhac, Ritter, Lehnsherr von Brussac, Geschützmeister der königlichen Artillerie.« – »Maître Dreux-Raguier, Wasser- und Forstaufseher unseres Herrn Königs über die Länder Frankreich, Champagne und Brie.« – »Messire Louis de Graville, Ritter, Rats- und Kammerherr des Königs, Admiral von Frankreich, Vogt des Schlosses im Wald von Vincennes.« – »Maître Denis Le Mercier, Vorsteher des Blindenhauses von Paris.«

Wacker stritten das dröhnende Organ des Türstehers und die wehklagenden Stimmen der Schauspieler um die Gunst des Publikums, das sich endlich, als auch der letzte Platz auf der Ehrentribüne ausgefüllt war, dem Mysterium zuwenden mußte. So schien es, doch da erhob sich der flämische Gesandtschaftsführer, ein Genter Strumpfwirker namens Jacques Coppenole, zu einer Ansprache an die Allgemeinheit. Er verhöhnte das so wenig aufregende Mysterienspiel, schmeichelte den Pariser Bürgern, indem er sie als ›Junker‹ anredete, und schlug vor, das Narrenfest nach Genter Art zu feiern und die häßlichste Fratze zum Narrenpapst zu küren. Das fand so stürmischen Beifall, daß der sprachlose Pierre Gringoire seine Aufführung vollends untergehen sah. Die Bürger hatten entschieden und durften es auch, denn dies war ihr Spektakel: das Fest der Narren.

Kapitel 3
Quasimodo

Empört über die unerwartete und pöbelhafte Wendung des Festes, verließen viele der hohen Herren den Großen Saal des Justizpalastes. Andere aber, allen voran Jacques Coppenole, blieben auf ihren Plätzen, um staunend, kreischend, lachend, brüllend, Beifall klatschend oder schmähend die unzähligen Fratzen, Visagen und Grimassen zu begutachten, die sich, allesamt Aspiranten auf den Titel des Narrenpapstes, durch die steinumrandete Lücke in einer hübschen Türrosette schoben. Ort des Wettbewerbs war die kleine Kapelle gegenüber der großen Marmortafel. Die Anwärter und Anwärterinnen – denn es mochte statt eines Papstes auch eine Narrenpäpstin gewählt werden – mußten bloß zwei jenseits der Tür aufgestapelte Tonnen ersteigen und zeigen, zu welchen Verwerfungen und Verrenkungen ihres Gesichts sie fähig waren.

Am lautesten schrie und stöhnte die Meute bei einer Erscheinung, die sich so schwer in Worte fassen läßt wie der Zauber der ersten Verliebtheit oder die Erregung des mittellosen Hungernden, der zusieht, wie ein dampfendes Brot aus dem Ofen gezogen wird. Was sich da oben durch die Rosette schob, hatte weniger mit einem menschlichen Gesicht gemein als manche der abschreckenden Dämonenfiguren an der Kathedrale von Notre-Dame, von denen man nur hoffen kann, daß sie wirklich bloß aus Stein sind.

Die fratzenhafte Parodie eines menschlichen Antlitzes wirkte, als habe sich ein wahnsinnig gewordener Bildhauer einen Spaß daraus gemacht, alles zu entstellen, was an einem Gesicht ins Unnatürliche verändert werden kann. Mittelpunkt des verwucherten Gewebes war eine gewaltige vierkantige Nase, ein wahrer Zinken, der sich über ein hufeisenförmiges Maul reckte. Das beherbergte lückenhafte und krumm stehende Zähne der unterschiedlichsten Größe. Einer war so gewaltig, daß er wie der Hauer eine Ebers über die schwieligen Lippen ragte, selbst wenn das Teufelsmaul geschlossen war. Beim ersten Hinsehen schien die Kreatur nur über ein Auge zu verfügen: das linke, das sehr klein erschien, dafür aber von einer mächtigen roten Braue überwuchert wurde. Erst ein zweites Hinschauen verriet, daß das rechte Auge sehr wohl vorhanden, aber dermaßen von einer gigantischen Warze überwachsen war, daß es seinem Besitzer keinen Nutzen bringen konnte und dieser mit Fug und Recht als Einäugiger bezeichnet werden durfte. Das Kinn war gespalten wie von einem Axthieb, den der wahnsinnige Erschaffer dieser Dämonenfratze in einem seltenen lichten Augenblick gegen seine Kreatur geführt hatte. Auch der klobige Schädel hätte sicher manche Mißbildung offenbart, wäre er nicht gnädig von einem dichten Filz strubbeligen roten Haares verdeckt worden.

»Mein Gott!« krächzte ich in das allgemeine Aufstöhnen. »Wer – oder was – ist das?«

»Das ist der Glöckner von Notre-Dame«, antwortete Joannes du Moulin und erfreute sich an meiner Verwirrung. »Fürwahr, das ist Quasimodo, mein Bruder!«

Sein Bruder? Bevor ich den blonden Teufel noch um eine Erklärung bitten konnte, kletterte er, gefolgt von seinen Freunden, in den Saal hinab. Sie tauchten in die Menge ein, die auf die kleine Kapelle zudrängte und unter lautem Geschrei ihren Narrenpapst feierte: »Quasimodo, Quasimodo!« – »Der Glöckner ist der Häßlichste von allen, häßlicher noch als der Teufel!« – »Quasimodo ist der

Teufel!« – »Nein, er ist der Papst!« – »Wo liegt der Unterschied?«

Während ich zusah, wie das begeisterte Volk die seltsame Gestalt von den Tonnen zerrte, erinnerte ich mich, den nicht minder seltsamen Namen Quasimodo schon gehört zu haben, am selben Morgen, von Maître Philippot Avrillot, dem mitleidigen Zölestiner.

Jetzt, da der Glöckner seine ganze Gestalt offenbarte, wirkte er noch grotesker. Es schien, als habe der verrückte Schöpfer in einem Anfall von Raserei, von Haß auf alles Menschliche, nicht nur das Gesicht, sondern den ganzen Mann verunstaltet. Quasimodo schleppte einen Buckel auf seinen Schultern herum, so groß, daß er sogar noch die Brust ausbeulte. Die Beine waren so verdreht und verwachsen, daß sie sich nur an den Knien berührten. Normales Gehen war der unglaublichen Kreatur unmöglich; statt dessen war sie auf ein seltsames, schwankendes Schlurfen angewiesen. Paradoxerweise lag in diesen ungelenken Bewegungen eine gewisse Behendigkeit, auf eine unmenschliche, tierische Weise. Dazu gesellte sich große Körperkraft, was an den mächtigen Händen und Füßen deutlich wurde. Und der Leib war fast so breit wie hoch.

Der Bucklige war kaum mit einem einzigen Buchstaben zu beschreiben. Es wirkte, als habe einer dieser verwünschten Drucker sämtliche Lettern übereinandergelegt und dadurch jedem Buchstaben seine Kontur genommen. Am ehesten entsprach er mit seinen krummen Beinen und dem unförmigen Leib einem wuchtigen W, das mit zunehmendem Wuchs die Klarheit der Linien verlor.

Wie stark er war, bewies der Glöckner, als Robin Poussepain vor ihn trat und ihn verhöhnte, ihm geradewegs ins häßliche Antlitz lachte. Quasimodo packte den fülligen Studenten am Gürtel und warf ihn zehn Fuß weit durch den Saal, ohne daß es ihn die geringste Anstrengung zu kosten schien. Ich wußte nicht, ob ich über das Scheusal weinen oder über den Narrenpapst in dem rot-violetten, mit silbernen Glockenblumen bestickten Rock lachen sollte.

Monsieur Coppenole wagte sich als nächster an ihn heran und legte ihm begeistert die Hand auf die Schulter. Er lobte Quasimodos schöne Häßlichkeit, die ihm eigentlich nicht nur die Pariser Papstwürde, sondern auch die von Rom eintragen müsse. »Zur Abwechslung«, lachte der Flame, »säße dann jemand auf dem Heiligen Stuhl, der am Leib statt an der Seele verunstaltet ist!«

Als Quasimodo auf Coppenoles Einladung, mit ihm zusammen einen zu heben, nichts erwiderte, sondern steif und starr dastand, wußte ich, was Maître Avrillot mit den Tauben gemeint hatte. Vielleicht war es die einzige Gnade, die der Schöpfer Quasimodo gewährt hatte, nicht zu hören, wie die anderen über ihn spotteten und lästerten.

Der Flame begriff nicht so schnell und wiederholte seine Einladung, wobei er versuchte, den Glöckner mit sich fortzuziehen. Der Bucklige, der sich bedrängt fühlte, geriet in Wut und fletschte seine Zähne so fürchterlich, daß Coppenole einen Satz nach hinten machte. Sofort wichen auch alle anderen zurück, erkennend, daß sie nicht nur einen Narren, sondern auch ein Ungeheuer vor sich hatten.

Sie krönten ihren Papst mit einer papiernen Tiara, streiften ihm eine flittergoldene Stola samt Mitra über, drückten ihm sogar einen mit Goldfarbe überzogenen Krummstab in die klobige Hand und drängten ihn, auf einer nicht minder bunten Sänfte Platz zu nehmen. Zwölf narrenpäpstliche Träger hoben die Sänfte an, und Quasimodo blickte in einer komisch-schaurigen Mischung aus Huld und Befriedigung auf seine Untertanen herab. Unter mißtönendem Gesang, der Quasimodos mannigfache körperliche Eigenheiten feierte, setzte sich die seltsame Prozession in Bewegung, um nach altem Brauch erst durch die Gänge und Säle des Justizpalastes und anschließend über die Straßen und Plätze von Paris zu ziehen.

Ich schloß mich dem Umzug an. Vielleicht spürte ich, daß der Bucklige für mich noch Bedeutung erlangen würde, vielleicht wollte ich auch nur Jehan Frollo nicht aus den Augen verlieren, der den Zug anführte. Durch ihn, so hoffte ich, würde ich es zu der begehrten Anstellung beim Archidiakon von Notre-Dame bringen. Wenn mich auch der Gedanke, mein zukünftiger Dienstherr sei der Bruder des Buckligen, nicht gerade beruhigte. Doch ein hungriger Magen ist stärker als ein beunruhigter Kopf.

Die Prozession vergrößerte sich von Minute zu Minute, zog Zigeuner und Gauner, Bettler und Bürger an, während sie durch die Gassen der Cité-Insel flutete. Die Bettler wurden angeführt von ihrem König, dem vierschrötigen Clopin Trouillefou, der in einem von zwei struppigen Hunden gezogenen Karren halb lag und halb saß, einen Weinschlauch schwenkte und ebenso laut wie falsch zu den Klängen der Musikanten sang, die dem Zug einen feierlichen Anstrich verliehen. Nicht nur das Publikum, auch die Kapelle hatte Pierre Gringoire verlassen und das fröhliche Vergnügen dem erbaulichen Mysterienspiel vorgezogen.

An der Spitze der Parade marschierte das bunte Volk der Zigeuner zu seiner eigenen und eigenartigen Musik, einem mal wilden, mal melancholischen Rhythmus, den Balafone und Tamburine schlugen. Ihr Anführer war ein verwegener Kerl namens Mathias Hungadi Spicali, den sie ›Herzog von Ägypten und Böhmen‹ oder einfach nur ›Ägypterherzog‹ nannten. Die runzlige gelbe Haut zeugte von vielen bewegten Jahren, innerlich aber schien er nicht so alt: In den dunklen Augen brannte ein wildes Feuer. Auf einem prächtigen Schimmel, der fast so bunt geschmückt war wie der Reiter selbst, zog er hocherhobenen Hauptes vor den Männern, Frauen und Kindern seines kleinen, lauten Volkes her, umringt von seinen Grafen, die ihm Zaum und Steigbügel hielten.

Als der seltsame Festzug sich über die Notre-Dame-Brücke in die Neustadt ergoß, dämmerte es längst, und ein unheimlicher Feuerschein lag über dem rechten Ufer der Seine. Wie heißt es doch: Am Dreikönigstag reißt der Himmel auf, und die Dreieinigkeit wird sichtbar; wer sie erblickt, hat drei Wünsche frei.

Aber nicht von Gott kam der Flammenschein, sondern vom Grève-Platz, dem unsere Prozession durch die Rue de la Vannerie zustrebte. Auf der Südseite durch den Fluß, auf den drei anderen Seiten durch hohe, enge und düstere Häuser begrenzt, die zum Schutz gegen das Wasser auf Pfählen standen, bildete die Grève ein Trapez, dessen Umrisse im unsteten Schein des Dreikönigsfeuers zerflossen. Alles schien im feurigen Tanz begriffen, selbst der mitten auf dem Platz aufragende Galgen und sein kleiner Bruder, der Pranger. Und erst recht das Mädchen, das die Blicke der Versammelten auf sich zog. Auch die meinen, und wie!

Was der Schöpfer dem unheimlichen Quasimodo an Schönheit verwehrt hatte, hatte er diesem umherwirbelnden Geschöpf doppelt und dreifach geschenkt. Der schlanke, zarte Wuchs ließ sie größer erscheinen, als sie wohl eigentlich war. Schwarzes, mit bunten Bändern durchflochtenes Haar umspielte ein Gesicht, das noch der jugendlichen Hübschheit verhaftet war, aber schon bald die glühende Schönheit einer erwachsenen Frau spiegeln würde. Das bezaubernde Wesen, das flink wie eine Wespe über den Platz flog und mit seinen Blicken die Männer in Scharen entflammte, zählte nicht mehr als sechzehn Lenze. Sie war eine Zigeunerin, eine Nymphe, eine Göttin!

Während ich ihren Tanz verfolgte, dessen Rhythmus die zarten Mädchenhände auf einem Tamburin schlugen, verblaßte die Erinnerung an Etiennette Frondeur mit einer

Schnelligkeit, die an Zauberei grenzte. Wahrlich, die glutäugige Zigeunerin schien einen ganz eigenen Zauber zu verbreiten. Mit jeder Drehung ihrer bloßen, samtigen Schultern. Mit jedem Schwung ihrer nackten Beine, die immer wieder verlockend unter dem sich bauschenden bunten Rock hervorlugten. Mit jedem Blitzstrahl aus den schwarzen Augen, der mich traf oder von dem ich mir einbildete, daß er mir galt. Von einem Augenblick auf den anderen war ich der Unbekannten, der Wunderschönen, der Bezaubernden verfallen. Kann es das geben, Liebe, Hingabe, Leidenschaft, nur durch kurze Blicke, Augenblicke wahrhaftig, geschürt?

Ja! Ja, wenn es die Blicke eines so engelhaften Wesens sind. So fühlte ich damals und bemerkte nur am Rande, daß es Hunderten von Männern, die mit mir um das Feuer standen, ganz genauso erging. Vergessen waren der Hunger und die Sorge um eine Anstellung bei Dom Claude Frollo. In diesen Minuten zählten nur der Tanz, das Mädchen, die Liebe.

Mathias Hungadi Spicali, der Herzog von Ägypten, hatte sein weißes Roß längst angehalten. Auch seine Augen hingen an der Tänzerin, aber nicht nur mit Hingabe, wie es mir schien. Noch etwas anderes lag in seinem Blick. Vielleicht Stolz.

Aus meinem Mund kam wie aus hundert anderen die Frage, wer diese Fee sei.

»La Esmeralda«, hörte ich jemanden andächtig sagen. »Das ist la Esmeralda, die Ägypterin.«

»Die Königin Ägyptens müßte sie sein«, setzte ich hinzu, meinen Blick nicht von dem sich drehenden Fabelwesen wendend. »Eine neue Cleopatra, nicht weniger.«

»Und Ihr wärt wohl gern ihr Julius Caesar?« kam es mit mildem Spott von meinem Gegenüber.

»Sogar ihr Marcus Antonius!« versetzte ich mit Inbrunst

und wandte mich um, nur so weit, daß ich la Esmeralda nicht aus den Augen verlor.

Der Spötter war niemand anderer als Pierre Gringoire, der glücklose Dichter, der sich dem Umzug wohl oder übel angeschlossen hatte. In jener winzigen Nische des Verstands, die einem Menschen bei aller Verzückung und Hingabe bleibt, wurde mir bewußt, daß dies eine einmalige Gelegenheit war, mehr über meinen Dienstherrn in spe zu erfahren.

»Ihr habt doch für Dom Claude Frollo gearbeitet, den Archidiakon von Notre-Dame. Könnt Ihr mir sagen, ob ...«

Ein plötzlicher Tumult verschluckte meine Worte und beanspruchte Gringoires Aufmerksamkeit. Eine Gestalt in der dunklen, schmucklosen Kutte eines Geistlichen löste sich aus der Zuschauermenge, rannte mit den Worten »Sünde! Frevel!« die Tänzerin fast über den Haufen, sprang zur Sänfte und entriß dem merkwürdigen Narrenpapst seinen goldglitzernden Hirtenstab.

Ich erschrak, weniger über den Vorgang selbst als über das Gesicht des Angreifers: Tiefliegende Augen funkelten unter einer hohen, breiten Stirn, die von ersten Falten durchzogen war. Obwohl der Mann keine vierzig Jahre zählte, war sein Schädel kahl, und nur über den Schläfen sprossen Büschel früh ergrauten Haares. Im Feuerlicht wirkte das Gesicht wild und dämonisch. Und es erinnerte mich höllisch an das Antlitz, das mein Alptraum Johannes Gutenberg verliehen hatte.

»Sieh an!« entfuhr es Gringoire. »Das ist ja mein Lehrer in den hermetischen Künsten, Dom Claude Frollo, der Archidiakon. Was in Teufels Namen will er von dem häßlichen Einauge?«

Das also war der Erzdiakon von Notre-Dame. Verwirrt verfolgte ich, wie ein wutentbrannter Quasimodo von der herabgelassenen Sänfte sprang und sich vor dem Geistlichen aufbaute, als wolle er ihn im nächsten Augenblick verschlingen. Schon wandte eine Anzahl zartfühlender Weiber sich ab, während andere, Frauen wie Männer, blutlüstern die Augen aufrissen.

Doch Quasimodo sank vor dem Priester auf die verbogenen Knie und senkte demütig sein klobiges Haupt, ließ es widerstandslos geschehen, daß Claude Frollo den Krummstab zerbrach und ins Feuer schleuderte, ihm die Tiara vom Kopf riß und die Stola aus Goldflitter zerfetzte. Quasimodo duldete das alles nicht nur, er faltete sogar die Hände vor Frollo wie jemand, der um Vergebung bittet.

Erst da erinnerte ich mich der Worte Jehan Frollos und begriff, weshalb der Glöckner den Priester schonte. Mehr laut gedacht als zu anderen gesprochen, murmelte ich: »Aber ja, der Archidiakon ist Quasimodos Bruder!«

»Was redet Ihr da?« Gringoire starrte mich befremdet an. »Dom Claude Frollo ist doch nicht der Bruder dieser Kreatur. Er ist ihr Vater!«

Nun war ich vollends verwirrt. Daß zwischen Archidiakon und Glöckner eine besondere Verbindung bestand, war augenscheinlich. Sie sprachen miteinander, wenn auch ohne Worte. Was hätte das bei einem Tauben auch nutzen sollen? Mit knappen, kaum wahrnehmbaren Fingerzeigen erteilte der Vater dem Sohn – oder der eine Bruder dem anderen – einen strengen Verweis. Quasimodo duckte sich in einer jämmerlichen Verrenkung seines massigen Körpers zusammen und schien am liebsten im Boden versinken zu wollen.

Claude Frollo gewährte ihm mit einem Griff an die Schulter Absolution und hieß ihn aufstehen. Als Quasimodo ihm wie ein braver Schoßhund zum Floß folgen wollte, erholte sich die Narrenbruderschaft von ihrem Schrecken. Nicht gewillt, sich ihren Papst einfach entführen zu lassen, stellten sich die Enttäuschten dem Archidiakon mit drohender Gebärde in den Weg. Einige hielten mit geballten Fäusten auf den Priester zu, um ihm eine handfeste Lektion zu erteilen.

Ein Fingerzeig des Archidiakons, und der Bucklige baute sich vor dem Pöbel auf, sprang vor und ließ seine unförmigen Muskeln spielen. Seine Zunge leckte über den Eberhauer. Mit wütendem, tierhaftem Fauchen, mit wilden Blikken und drohenden Gesten der kräftigen Fäuste trieb er die Menge rasch auseinander. Dann folgte er Frollo in eine kleine, finstere Gasse und verschmolz mit den Abendschatten.

Ich wandte mich um und wollte Gringoire um eine Erklärung bitten, doch der Dichter war ebenso verschwunden wie die schöne Tänzerin. Der Vorfall hatte die Menge ernüchtert, und sie löste sich auf wie Schnee in der Frühlingssonne. Auch Jehan Frollo war nirgends mehr zu erblicken. Eingedenk des wütenden Glöckners hielt ich es nicht für ratsam, dem Archidiakon zu folgen, um ihn nach einer Anstellung zu fragen. Ich mußte die Sache auf den nächsten Tag verschieben und eine weitere Nacht auf kalten Steinen verbringen, noch dazu mit leerem Magen. Paris schien mich wahrlich nicht zu lieben.

KAPITEL 4

Ich, der Mörder

DAS FEUER AUF DEM GRÈVE-PLATZ sank in sich zusammen. Das bißchen Hitze, das es noch abstrahlte, wurde von der gierigen Kälte der heraufziehenden Januarnacht verschluckt. An der Uferseite des Platzes, wo Schiffe und Kähne verlassen im kalten Wasser dümpelten, schlenderte ich zur Notre-Dame-Brücke, um abermals im Schatten der Kathedrale zu nächtigen. Ich kam nicht dazu, die Brücke zu betreten. Bewaffnete Reiter, denen ein langer Musikantenzug folgte, drängten mich ab.

Unter Trompetengeschmetter, Flötenklang, Trommelschlägen und dem Flattern bunter Wimpel zog von der Seine-Insel eine Prozession herüber, die jener des Narrenpapstes an Umfang, Buntheit und Gelärm in nichts nachstand. Es waren die Flamen, die der Universitäts- und der Altstadt ihre Aufwartung gemacht hatten und nun auch die Neustadt beglücken wollten. Ein Bekannter tauchte auf, als die Gesandten schon an mir vorüber waren. In den Reihen der sie begleitenden Pariser entdeckte ich die beleibte Gestalt des Zölestiners Philippot Avrillot. Mit seltsam watschelndem Gang trottete er hinter den vornehmeren und deshalb berittenen Parisern dahin. Fast widerwillig, wie ein Rind auf dem Weg zur Schlachtbank. Sein runder Kopf pendelte hin und her, die aufgerissenen Augen schienen einen Weg aus der Menge zu suchen, aber er war zwischen anderen Laienbrüdern eingekeilt.

Die Erinnerung an seine mildtätige Gesinnung versprach

die Aussicht auf ein Bett und ein anständiges Abendessen. Da er mitten im Gedränge marschierte, blieb mir nichts anderes übrig, als mich der Prozession anzuschließen; ich wollte auf eine bessere Gelegenheit warten, auf das großzügige Angebot zurückzukommen, das der Zölestiner mir am Morgen unterbreitet hatte.

Der Umzug schwenkte nach links und zog über den Saint-Jacques-Platz, wo dich an dicht die inzwischen geschlossenen Buden der Pariser Schreiber standen. Der Gedanke an meine hartherzigen Kollegen, die jetzt sicher alle einen vollen Bauch und den Geschmack guten Weins im Mund hatten, versetzte mir einen Stich, wurde mir doch schmerzlich bewußt, daß ich vor kurzem noch ein gutes, sorgenfreies Leben gehabt hatte und nun darum kämpfte, nicht endgültig unter das Bettelvolk zu geraten.

Die flämische Gesandtschaft umrundete in einem sanften Bogen die Türme und Mauern des Grand-Châtelet. Der Amtssitz von Jacques d'Estouteville, Profos und Vicomte von Paris, bildete den trutzigen Brückenkopf der aus Stein erbauten Wechslerbrücke und der hölzernen Müllerbrücke. Schon vor drei Jahrhunderten war diese mächtige Festung errichtet worden, um die Cité-Insel vor Übergriffen vom rechten Seine-Ufer zu schützen. Sie war Gefängnis und Gerichtssitz des Profoses. Der trat, den trotz seiner Jugend schon fülligen Leib in ein goldbesticktes Wams gezwängt und ein edelsteinbesetztes Prunkschwert an der Seite, zur Begrüßung der flämischen Gäste in den Hof seiner Burg. Die Pariser im Umzug verteilten sich, um den Flamen den Vortritt zu lassen. Das war meine Gelegenheit, mit Maître Avrillot zu sprechen.

Er schien unsere Begegnung bereits vergessen zu haben. Als ich vor ihm stand, ging sein Blick durch mich hindurch. Ich erschrak bei dem, was ich in seinen Augen las: Furcht, Entsetzen. Erst als ich meine Hände auf seine Schultern legte, nahm er mich wahr. »Oh, Ihr seid es. Euch schickt der Himmel, vielleicht ...« Erneut flackerte Angst, ja Panik in seinen Augen auf, während sein Blick über meine Schulter ging. »Nein, zu spät, sie werden mich töten!«

War der Zölestiner dem Wahnsinn verfallen? Das laute, schrille Wiehern eines Pferdes hinter mir lenkte mich von diesem Gedanken ab. Es gehörte einem Franzosen, einem Bürger, keinem Edelmann. Ich kannte ihn und auch sein getupftes Roß. Am Morgen, als ich vom Hôtel-Dieu kam, wäre ich fast unter die Hufe des großen Apfelschimmels geraten. Und wieder schien es, als habe der Reiter sein Tier nicht in der Gewalt. Der Versuch, Platz für die Flamen zu machen, beunruhigte das Pferd. Es scheute, stieg mit den Vorderbeinen in die Luft und hätte, so sah es aus, seinen Herrn beinahe aus dem Sattel geworfen. Doch auch als der Gaul wieder mit allen vier Hufen auf der Erde stand, war die Gefahr noch nicht gebannt. Das Tier brach aus, verfiel in einen schnellen Galopp und hielt genau auf Maître Avrillot und mich zu. Fast schien es mir, als lenke der Bürger sein Tier absichtlich in unsere Richtung.

Ich sprang nach links und wollte den Zölestiner mit mir reißen. Der aber machte in seinem Schrecken eine ungeschickte Bewegung zur anderen Seite. Dadurch entging er meinem Zugriff, jedoch nicht dem rasenden Apfelschimmel. Das laut schnaubende Tier rannte den Laienbruder über den Haufen und kam erst vor einer Mauerwand des Châtelet zum Stehen.

Besorgt beugte ich mich über Maître Avrillot, der reglos am Boden lag. Ich sah das Blut an seinem Gewand, und mir schwante nichts Gutes. Hoffnung kam auf, als seine Lider sich öffneten, dann die Lippen. Er wollte etwas sagen, doch sprudelte nur ein Blutschwall aus seinem Mund und benetzte mich. Kein Zweifel, dem Mann war nicht mehr zu helfen. Die Hufe hatten sein Innerstes zerstampft.

Mit einer letzten Kraftanstrengung faßte er meine Hand und drückte etwas hinein. »Das Geheimnis ... bei Euch ...« Seine Stimme zitterte und erstarb. Mit heftig zuckendem Gesicht näherte er seine blutigen Lippen meinem linken Ohr und röchelte, kaum verständlich, ein einziges Wort. Ich verstand es nicht. Es hörte sich an wie »Anker« oder wie »Danke«.

Letzteres ergab einen Sinn. Er bedankte sich dafür, daß ich ihn hatte retten wollen. Rührung wallte in mir auf und sandte heiße Wellen durch meinen Leib. Was für ein gutes Herz mußte der Zölestiner haben, daß er die Minute seines Todes einem Fremden weihte.

Was er mit dem »Geheimnis« meinte, war mir unklar und würde es wohl auch bleiben. Avrillots Kopf fiel kraftlos nach hinten und rollte zur Seite. Die Augen, weit aufgerissen und glasig, starrten ins Leere. Sein Atem war erloschen.

»Er ist ... tot!« stellte ich fest, und das Wort machte eilends die Runde.

Eine kreischende Stimme übertönte das entsetzte Gemurmel: »Der Bettler hat den Zölestiner ermordet! Ich sah es genau: Er stieß den Unglücklichen so vor mein Pferd, daß ich nicht mehr ausweichen konnte. Was hat der abgerissene Strolch überhaupt hier zu suchen? Ergreift den Mörder!«

Der Schreihals war niemand anderer als der Reiter des Apfelschimmels. Das Pferd hatte sich beruhigt, der Mann keineswegs. Er hatte sich im Sattel aufgerichtet und wies mit ausgestrecktem Arm auf mich.

»Mörder!« schrie er wieder, und Schaum trat vor seinen Mund. »Packt den Mörder!«

Erst als die Menge sich drohend um mich scharte, begriff ich das ganze Ausmaß der Anschuldigung. Nicht nur beschuldigte der Unglücksrabe von einem Sonntagsreiter einen anderen Mann, den Tod des Zölestiners verursacht zu haben, er meinte auch noch mich, Armand Sauveur de Sablé!

So überrascht und verwirrt ich war, eins stand mir doch klar vor Augen: Was immer ich zu meiner Verteidigung vorbringen würde, dem Reiter würde man mehr glauben. Er war ein angesehener Pariser Bürger, ich dagegen ein Bettler ohne Ruf und Freunde. So einen wie mich hängte man schnell auf dem Grève-Platz oder auf dem Montfaucon, dem Pariser Galgenhügel. Da war ich vergessen, bevor noch Krähen und Raben meine Augen auspickten.

Um mich herum erhoben sich die Mauern des Châtelet, Hauptquartier der Wachen und Gefängnis. Einen ungünstigeren Ort hätte ich mir nicht aussuchen können, um des Mordes beschuldigt zu werden. Aus wohl verständlichen Gründen ergriff ich die Flucht.

Inzwischen hatte sich vollends die Nacht über Paris gesenkt. Licht kam nur von den erleuchteten Fenstern des Châtelet und von den Fackeln, die einige aus dem Umzug mit sich führten. Ich drückte mich in den Schatten der nächsten Mauer, rannte zu dem Torbogen, durch den die Prozession auf den Innenhof gelangt war, und sprang nach draußen, ehe die bewaffneten Wächter ihre Hellebarden gegen mich richten konnten. Die nächstbeste der kleinen Gassen, die sich vor mir auftaten, verschluckte mich.

Hinter mir hörte ich Schreie, Waffenklirren, Schritte und Hufgetrappel. Sie suchten mich, natürlich. Wahrscheinlich bot in dieser Minute der Profos von Paris seine gesamte Scharwache auf, um mich einzufangen. Dazu die berittene Zwölferschar, seine persönliche Leibwache; die städtischen Bogenschützen, die zu Ehren der flämischen Gesandten im Châtelet aufmarschiert waren; und die königlichen Bogenschützen, von denen eine Abteilung als Ehrengeleit die Prozession begleitet hatte. Halb Paris mußte hinter mir hersein. Und der Lärm, der mich verfolgte, bestätigte das.

Ich konnte nur eins tun: fortlaufen. Durch dunkle Gassen, von denen eine aussah wie die andere. Vorbei an finsteren Häusern mit geschlossenen Türen und Fensterläden sowie an hell erleuchteten Schenken, aus denen Gesang und Gelächter drangen, wie um mich zu verhöhnen. Über Plätze, die verlassen waren. Und über solche, auf denen Weinselige auf gewiß fachkundige Weise grölend disputierten, ob für diese kalte Jahreszeit ein kräftiger, mit Pfeffer und Honig gewürzter Burgunder oder ein schwerer Port der bessere Schlaftrunk sei.

Mein Atem pfiff und rasselte wie ein ganzer Trupp Spielleute. Tausend winzige Messer stachen in meine Seiten und machten jeden Schritt zur Qual. Unter anderen Umständen hätte ich länger ausgehalten, aber mit seit Tagen nichts anderem im Magen als einem Laib Brot läuft man nicht wie jener verehrungswürdige Held, der die Siegesbotschaft von Marathon nach Athen getragen hat. Meine einzige Rettung war ein Versteck.

Als ich anhielt und mich suchend umsah, hörte ich, wie die Verfolger näher kamen. Vielleicht hatten sie keine deutliche Spur, aber sie hielten zumindest die Richtung ein. Vermutlich hatten die Weinkenner auf jenem Platz hinter mir oder andere Bummler mich gesehen und den Greifern den Weg gewiesen. Ich mußte mich beeilen: ein Versteck!

Ich stand in einer jener engen Handwerkerstraßen, die nach dem Verlöschen der Lichter in den Häusern vollkommen finster sind. Die Gebäude standen so dicht gedrängt, daß die Giebel einander über der Straßenmitte fast berührten und kaum etwas Mondlicht durchließen. Hätte nicht an einer Mauerecke eine Marienstatue gelehnt, zu deren Füßen ein ölgetränktes Stück Werg hinter einem Eisengitter eine ruhige Flamme erstrahlen ließ, hätte ich kaum die Hand vor Augen gesehen.

Kurz dachte ich an einen Hinterhof oder einen tiefen

Hauseingang. Aber an genau solchen Orten würden meine Häscher zuerst nach mir suchen. Bei einem Blick gen Himmel – wobei auch sonst – kam mir die Erleuchtung. Ich stand vor dem Anwesen eines Böttchers. Als Zeichen seiner Handwerkskunst hing eine große, an beiden Seiten offene Tonne an zwei Eisenhaken über der Hofeinfahrt.

Ich kletterte am Mauerwerk hinauf, kroch in das Faß und kauerte mich so zusammen, daß ich hoffen konnte, in der Dunkelheit von draußen nicht gesehen zu werden. Leise Schritte klapperten durch die Gasse. Gleich würde sich erweisen, ob es klug gewesen war, Diogenes von Sinope nachzueifern.

Immer noch hielt ich den Gegenstand in der Hand, den ich von dem sterbenden Zölestiner empfangen hatte, doch erst jetzt wurde ich mir dessen bewußt. Es schien sich um eine hölzerne Figur zu handeln, ein Schnitzwerk, das ich in der Dunkelheit meines Verstecks nicht näher zu betrachten vermochte. Ich steckte Maître Avrillots Gabe in meine Geldkatze, um sie mir bei anderer Gelegenheit anzuschauen. Jetzt war es angebrachter, auf meine Häscher zu achten, und ich spitzte die Ohren.

Start eines aufgeregten Verfolgertrupps schien nur eine einzelne Person auf mein Versteck zuzukommen. Hatte ich mich in meiner rasenden Furcht getäuscht? Hatte ich die Häscher längst abgehängt und mich von einem einsamen Nachtbummler erschrecken lassen? Neugierig schob ich meinen Kopf so weit vor, daß ich über den Rand der Tonne hinwegspähen konnte.

Und wirklich, es war nur ein Mann, der durch die Gasse schlich. Aber wie ein weinmüder Bürger auf dem Weg ins ersehnte Bett wirkte er nicht. Er sah sich suchend um, und dabei fiel der Schein des Marienlichts auf sein bleiches, hageres Antlitz. Augenblicklich erkannte ich in dem großen blonden Mann jenen unglücklichen Dichter, dessen Mysterienspiel im Justizpalast für die Zuschauer wahrhaftig ein Mysterium geblieben war: Monsieur Pierre Gringoire.

Ich zuckte zusammen, da er seine Schritte beschleunigte, als habe er etwas erspäht. Mich?

Doch er ging unter der Tonne entlang und drückte sich zwischen den Häusern eines Korbflechters und eines Siebmachers in einen dunklen Winkel, den das Licht der Heiligen Jungfrau nicht erreichte. Also war Gringoire kein Jäger, sondern ein Fallensteller. Aber wem lauerte er hier auf? Und wie sollte ich mein Versteck unbemerkt verlassen, solange er in jenem Winkel stand und auf die Straße spähte?

Neuerliche Schritte verhießen Antworten auf meine Fragen, ich erhoffte es zumindest. Auch diesmal schien es sich um keine Verfolgerrotte zu handeln. Die Schritte klangen noch leiser als die Gringoires. Ich sah eine schmale Gestalt sich umrißhaft am Ende der Gasse abzeichnen. Sie zögerte, blieb stehen, bückte sich ein wenig und sprach – so leise, daß ich nichts verstand. Was sagte sie? Und vor allen Dingen, mit wem redete sie?

Während ich mich noch wunderte, mit wieviel Leben eine stille Pariser Handwerkergasse des Nachts erfüllt war, trat die Gestalt in den Lichtschein Mariens. Es war eine junge Frau, und sie mußte zu der kleinen Ziege gesprochen haben, die sie an einem Band mit sich führte. Das Tier interessierte mich nicht, seine Herrin dagegen um so mehr. La Esmeralda! Die Zigeunerin, die mit ihrem Tanz die Männer auf dem Grève-Platz verzaubert hatte.

Fast unter meiner Tonne, sträubte sich die weiße Ziege weiterzugehen und stieß ein schrilles, ängstliches Meckern aus. Wieder beugte sich la Esmeralda zu ihr hinunter und redete leise auf sie ein. Ich hörte die Worte, aber ich verstand die Sprache nicht.

In diesem Augenblick erwies sich, daß jene Gasse der wohl am wenigsten ruhige Ort im nächtlichen Paris war.

Zwei weitere Gestalten lösten sich aus der Dunkelheit und sprangen auf die Tänzerin zu. Die Ziege mußte ihre Anwesenheit gespürt haben. Den Umrissen und den kraftvollen Bewegungen nach waren es Männer, von denen der eine unter einer dunklen Kutte mit übergezogener Kapuze verborgen war. Den anderen aber erkannte ich – und zuckte zusammen. Es war der unförmige, häßliche Glöckner von Notre-Dame, der sich auf die Zigeunerin stürzte und sie fest mit den Armen umschlang.

Mein Herz pochte, wie wohl auch das des bedauernswerten Mädchens, bis zum Hals. Und doch wagte ich nicht, la Esmeralda beizustehen. Hätte ich gegen zwei Männer, von denen der eine das Monstrum von Notre-Dame war, bestehen können? Und selbst wenn, lief ich dann nicht Gefahr, den Häschern in die Hände zu fallen und als einzigen Lohn für meine Ritterlichkeit einen Hanfstrick zu erhalten, der sich rauh um meinen Hals legte?

Da schien von anderer Seite Hilfe zu nahen. Der Mysteriendichter, den ich in meiner Erregung ganz vergessen hatte, sprang aus seinem Versteck. Sein Blick kreuzte sich mit dem des Vermummten, soweit das mit einem, dessen Gesicht im Schatten liegt, möglich ist. Wie mit einem Bann belegt, blieb Gringoire stehen, ohne der kreischenden und in Quasimodos Armen heftig strampelnden Frau beizuspringen.

Der Glöckner schleppte sein zappelndes Opfer davon, begleitet von dem Vermummten und der böse meckernden Ziege – und wäre um ein Haar unter die Hufe eines Rappen geraten, der an der nächsten Ecke aus einer anderen Gasse galoppierte.

»Halt, ihr Pack, laßt das Weib los!« schrie der Reiter mit befehlsgewohnter Stimme, die wie Donnerhall durchs Dunkel rollte. Er trug die Rüstung eines Offiziers, eines Hauptmanns der königlichen Bogenschützen.

Ich dankte meinem Instinkt, der mich davor bewahrt hatte, der Zigeunerin vorschnell zu Hilfe zu eilen. Der Hauptmann war dem Mädchen ein besserer Helfer, und ich wäre jetzt vermutlich sein Gefangener geworden. Denn natürlich gab es nur einen Grund für seine Anwesenheit in dieser düsteren Gegend: Er suchte nach dem vermeintlichen Mörder von Maître Philippot Avrillot.

Der Offizier, ein hochgewachsener Mann mit martialischem Burgunderschnurrbart, zügelte den Rappen und entriß dem verdutzten Glöckner die schon sicher geglaubte Beute. Der Hauptmann legte la Esmeralda vor sich übers Pferd und hieb dem angreifenden Glöckner die stumpfe Seite seiner Degenklinge über das Haupt. Quasimodo taumelte zurück, geradewegs in die Arme einer bewaffneten Schar. Es waren die Männer des Hauptmanns, die ihrem Anführer mit gezücktem Pallasch folgten. In der Finsternis hatte Quasimodos Äußeres keinen Schrecken, und so fielen die königlichen Bogenschützen furchtlos über ihn her, bis er gefesselt vor ihnen lag.

Und der vermummte Begleiter des Glöckners? Er schien sich ebenso in Luft aufgelöst zu haben wie Pierre Gringoire. Einmal mehr erschien mir Paris als Stadt der endlosen Aufregungen. Oder der Wunder?

La Esmeralda richtete sich im Sattel auf und hielt sich am kräftigen Körper des Hauptmanns fest, was diesem wohl alles andere als unangenehm war. »Wie heißt Ihr, mein tapferer Retter?« fragte sie in unserer Sprache, aber mit fremdartigem Zungenschlag.

Der eitle Gockel reckte seine gepanzerte Brust vor. »Hauptmann Phoebus de Châteaupers, zu Euren Diensten, meine Schöne.«

La Esmeralda hauchte ein zartes »Danke«, glitt mit der Schnelligkeit eines von der Sehne gelassenen Pfeils zu Boden, schnappte sich die kleine Ziege und wurde auch schon eins mit den Schatten. Offenbar verspürten alle an diesem nächtlichen Schauerstück Beteiligten den drängenden Wunsch, sich schnellstmöglich zu verflüchtigen. Ich übrigens auch, doch mein schwebendes Versteck ließ das nicht so ohne weiteres zu.

Der Hauptmann blickte ihr enttäuscht nach, gab Befehl, den Gefangenen noch fester zu binden, und knurrte: »Beim Nabel des Heiligen Vaters, ich hätte lieber das Weib behalten als diese Mißgeburt!«

»Man kann's nicht ändern, Herr Hauptmann«, gluckste einer seiner Männer. »Das Grasmückchen ist davongehüpft, nur die Fledermaus ist uns geblieben.«

»Und noch nicht mal die, die wir suchten.« Der Offizier schien noch immer wütend. »Na, macht nichts, ein Frauenräuber ist fast so gut wie ein Mörder. Und wer weiß, vielleicht hat unser Fang etwas mit dem Kerl zu schaffen, der uns entgangen ist. Geben wir die Suche auf. Hier ist der Mörder jedenfalls nicht.«

Ich begrüßte den Irrtum (der eigentlich keiner war, denn ich betrachtete mich keineswegs als Mörder), der Phoebus de Châteaupers mitsamt seiner Rotte und ihrem Gefangenen abrücken ließ.

Als Hufschlag, Schritte und Stimmen verklungen waren, harrte ich noch eine ganze Weile in meinem Versteck aus. Der nächtliche Aufruhr mußte die Bürger geweckt haben. Hinter den dunklen Fenstern mochten sie stehen und durch die Ritzen in den zugezogenen Läden nach draußen spähen. So wartete ich ab, und nur der schmerzhaft nagende Hunger hinderte mich am Einschlafen.

Erst nach einer guten Stunde kroch ich aus meinem Faß. Zu hastig wie sich herausstellte. Die Tonne schwankte an den Haken, und dieselben rissen aus der Mauer. Bevor ich noch Diogenes für sein unglückseliges Beispiel verfluchen konnte, landete ich, Kopf voran, mitsamt dem zersplitternden Faß auf dem Pflaster. Mir war, als platze mein Schädel auf. Dann erlosch die Helligkeit des Marienlichts und mit ihm ganz Paris.

Kapitel 5

Dom Claude Frollo

O Glück, das der sanften Berührung durch eine zarte Frauenhand entspringt! Schauer jagen über den Körper, Wärme durchflutet ihn. Beides geboren aus der Lust der Empfindungen und der Vorfreude auf das, was noch kommen mag. Mein Geist war schläfrig und verwirrt, weshalb ich dieses Glücksgefühl nicht genießen konnte, wie es ihm gebührt. Noch waren meine Augen geschlossen, war die Welt um mich herum finster wie die wolkigste Nacht. Und doch wußte ich, daß es eine Frau war, die mir mit einem feuchten, wohltuend kühlen Tuch über Stirn und Wangen strich. Nur ein Weib konnte solche mütterliche Sorgfalt walten lassen.

Etiennettes schmales Gesicht tauchte vor meinem inneren Auge auf. Ich lag wieder in jenem warmen Bett, das Donatien Frondeur, zugunsten seiner auswärtigen Geschäfte und in sträflichem Leichtsinn, seiner Gemahlin allein überlassen hatte. Und mir. Die süße Etiennette beugte sich über mich, kitzelte mich mit ihren blonden Locken und gewährte mir einen Blick auf die beiden spitzen Hügel ihrer Weiblichkeit, die aus dem engen Dekolleté hervorlugten. Ich flüsterte den Namen der Geliebten und griff begehrlich nach den beiden rosigen Birnen, die wie reife Früchte über mir hingen und nur darauf warteten, gepflückt zu werden.

Die Berührungen waren nicht länger sanft und zärtlich. Derb klatschte der feuchte Lappen auf meine Wangen, und Etiennette wurde meinen ausgestreckten Armen entrissen.

Ganz so wie an jenem unglückseligen Abend, als ihr Gemahl unerwartet ins Schlafgemach stürmte und die Fackel unserer Leidenschaft mit Hieben und Schreien zum vorzeitigen Erlöschen brachte.

»Euch geht's wohl schon wieder recht gut, Monsieur! Zu gut, daß Ihr mit geschlossenen Augen nach den Frauen greift. Sucht Euch gefälligst eine, die nicht das Gelübde nach der Regel des heiligen Augustinus abgelegt hat!«

Die keifende Stimme scheuchte mich im Verein mit dem jetzt höchst unsanft geschwungenen nassen Lappen aus meinem schönen Traum. Erschrocken riß ich die Augen auf, und Etiennette war Vergangenheit. Ich lag tatsächlich in einem Bett, doch der Ort war mir unbekannt. Ein großer, von Sonnenlicht durchfluteter Saal, in dem sich in zwei langen Reihen ein Bett ans andere drängte. Die meisten waren belegt, mit Kranken, wie mein allmählich erwachender Verstand vermutete. Einige Betten waren mit Baldachinen überspannt und mit Vorhängen vor neugierigen Blicken geschützt. Dort lagen wohl jene Siechen, die besondere Ruhe benötigten. Dazwischen bewegten sich eilfertig Frauen im Habit der Augustinerinnen. Sie fegten den Boden, schüttelten die Betten auf und kümmerten sich um die Kranken.

Auch das breite Gesicht über mir, das so gar nichts mit dem blonden Engel Etiennette gemeinsam hatte, steckte im schwarzen Nonnenschleier. Die fleischigen Nasenflügel zitterten erbost, und die aufgeworfenen Lippen verzogen sich zu einer vorwurfsvollen Miene. Aus großen Augen fielen strafende Blicke auf mich herab. Kräftige Hände, denen solch zarte Berührungen, wie sie mir widerfahren waren, beim ersten Anblick gar nicht zuzutrauen waren, hielten eine kleine Wasserschale aus Zinn und das feuchte Tuch, mit dem ich anfangs mehr und dann weniger zärtliche Bekanntschaft geschlossen hatte.

»Wo bin ich?« fragte ich und wandte den Kopf, um mich

umzusehen. Das hatte zwei Auswirkungen. Zum einen erblickte ich weitere Betten mit Kranken sowie Nonnen und Novizinnen, welche die Bettlägerigen umsorgten. Zum anderen fuhr ein gehöriger Schmerz durch meinen Kopf. Ich sackte zurück auf mein Lager, schloß für kurze Zeit die Augen und stieß ein unterdrücktes Stöhnen aus.

»Ihr seid im Hôtel-Dieu, Monsieur, dort, wohin Euer Freund Euch gebracht hat. Es war sehr leichtsinnig von Euch, mit dem Gaunerpack in der Neustadt anzubändeln.« Die Nonne stieß einen tiefen Seufzer aus. »Hätten die Heiligen Drei Könige gewußt, daß Paris an ihrem Ehrentag einmal das Narrenfest begehen und soviel Gaunerpack auf die Straßen locken würde, wie es wohl sonst auf der ganzen Welt nicht zu finden ist, hätten sie vielleicht einen anderen Termin für ihren Antrittsbesuch bei unserem Herrn Jesus gewählt.«

Als ich still in meinen Kissen lag, klang der Kopfschmerz ab und gab klärenden Gedanken Raum. Ich erinnerte mich an die schrecklichen Vorfälle des Abends, an meine Flucht und an das Versteck in der Tonne, die plötzlich zu Boden gekracht war. Aber des Gaunerpacks, mit dem ich mich eingelassen haben sollte, konnte ich mich beim besten Willen nicht entsinnen. Und noch etwas wollte mir nicht einleuchten.

»Ihr spracht von meinem Freund, ehrwürdige Schwester«, sagte ich und schlug die Augen wieder auf. »Wo ist er jetzt?«

»Fortgegangen, nachdem er den Bruder Portarius wachgeklopft und auf Euch aufmerksam gemacht hatte.«

Ich rieb meinen Kopf und suchte verzweifelt nach verlorenen Erinnerungen. »War es so spät?«

Die Antwort klang vorwurfsvoll. »Die Komplet war längst gesprochen, und die Zeit der Mette lag nur noch wenige Stunden entfernt.«

»Also gegen Mitternacht.«

»So kann man es auch ausdrücken, Monsieur Sauveur.«

»Ihr kennt meinen Namen?« fragte ich überrascht.

»Euer Freund nannte ihn dem Bruder Portarius. Ihr seht nicht nach einem Kopisten aus, doch das kann schon vorkommen, wenn man unter die Gauner fällt. Vielleicht seid Ihr daran nicht ganz unschuldig, wenn Ihr Eure Freunde unter den Bettlern wählt.«

»Wie kommt Ihr darauf?«

»Weil sich der Bettelbruder, der euch herbrachte, als Euer Freund vorstellte.«

»Welchen Namen nannte er?«

»Ich war nicht dabei, ich weiß es nicht.« Das eben noch strenge Gesicht der Augustinerin nahm einen milderen Ausdruck an, und sie fuhr fort: »Aber ich will Euch keine Vorwürfe machen, das steht nur unserem letzten Richter zu. Gestern abend war ganz Paris ein Tollhaus. Habt Ihr gehört, daß man Maître Avrillot, den Almosenier vom Ordo Sancti Benedicti Coelestinensis, auf schändliche Weise ermordet hat? Noch dazu im Hof des Grand-Châtelet, vor den Augen des Profoses! Wenn so etwas geschehen kann, wo soll sich ein Christenmensch dann noch sicher fühlen, frage ich Euch?«

Die Antwort kannte ich nicht, sie war mir auch gleichgültig. Ganz andere Fragen schossen durch meinen Schädel wie ein wilder Hagelschauer. Erneuter Kopfschmerz war die Folge. Und ein plötzlicher Anfall von Furcht drohte mir die Luft zum Atmen zu nehmen. In diesem jämmerlich kalten Januar war mir auf einmal heiß wie am sonnigsten Julitag, und ich spürte dicke Schweißperlen auf meiner Stirn.

Ich war Maître Avrillots Mörder!

Nein, natürlich war ich es nicht, der Herr ist mein Zeuge! Ich wollte den Zölestiner vielmehr retten. Aber wer würde mir das glauben? Offenbar und ohne mein Wissen der

Freund von Bettlern, wurde ich verdächtigt und gejagt. Kannten die Häscher mein Gesicht, gar meinen Namen? Aber wie kam es dann, daß ich unbehelligt im Hôtel-Dieu lag, direkt unter den Türmen von Notre-Dame? Fast hätte ich die Nonne danach gefragt, doch die Einsicht, daß ich mich damit selbst ans Messer geliefert hätte, ließ mich schweigen.

»Was habt Ihr, Monsieur, ein Schwächeanfall?« Die Nonne tupfte mit dem Tuch über mein Gesicht und wies eine der weißgekleideten Novizinnen an, eine kräftige Fleischbrühe zu bringen.

»Mir wurde schwindlig bei dem Gedanken, was mir gestern nacht alles hätte zustoßen können«, erklärte ich und log damit nicht einmal. »Ein Mord an einem Ordensbruder! Kennt man den Mörder?«

»Nein, nur den Mann, der Maître Avrillot getötet hat.«

Ich tat überrascht. »Ist es nicht ein und derselbe?«

Die Nonne schüttelte ihr massiges Haupt. »Verursacht hat den Tod des Almoseniers das durchgegangene Roß von Messire Gilles Godin, der Notar am Châtelet ist. Zweifellos ein Ehrenmann und über jeden Verdacht erhaben.«

»Zweifellos«, murmelte ich und dachte an den grimmigen Reiter des Apfelschimmels, der erst den Laienbruder über den Haufen geritten und anschließend mich des Mordes beschuldigt hatte.

»Die Schuld an Maître Avrillots Tod trifft nicht ihn, sondern einen Bettler aus der Menge, die sich dem Umzug der flämischen Gesandtschaft angeschlossen hatte. Messire Godin hat deutlich gesehen, wie der Bettler den armen Avrillot vor sein Pferd stieß. Dann floh dieser Sohn des Teufels in die finstere Nacht hinaus.« Bei der Erwähnung des Bösen schlug die Augustinerin hastig das Kreuz vor ihrer Brust.

»Und man konnte ihn nicht fassen?«

»Nein, Monsieur. Vielleicht haben diejenigen recht, die behaupten, daß sich am Dreikönigstag nicht nur der Himmel, sondern auch die Hölle öffne, um die Dämonen auf die Welt loszulassen und um Mitternacht wieder zu verschlingen.« Erneut bekreuzigte sie sich. »Der Mörder blieb verschwunden. Nur einen anderen Satanssohn griffen die königlichen Bogenschützen bei der Jagd nach ihm auf.«

Die Novizin brachte die Suppe und reichte sie der Nonne, die Wasserschale und Tuch auf einem wackligen Schemel deponierte, um mich mit einem groben Holzlöffel zu füttern. Wohlige Wärme breitete sich mit der lang entbehrten Nahrung in meinem Magen aus. Und mein Mund labte sich am Geschmack von Geflügelfleisch, Schweineschmalz, Erbsen und Milch, verfeinert mit Ei, Ingwer und Safran.

Erst als ich den letzten Löffel der schmackhaften Cretonnée verspeist hatte, fragte ich: »Wer ist dieser Satanssohn, den die Schützen festnahmen?«

»Der Teufel von Notre-Dame, der Bucklige!« flüsterte sie mit weit aufgerissenen Augen und schlug, ich nahm es kaum noch wahr, erneut das Kreuz des Herrn.

»Quasimodo«, murmelte ich und erinnerte mich des seltsamen nächtlichen Vorfalls, in den die schöne Zigeunerin, der Dichter Gringoire, Quasimodo und sein vermummter Begleiter verwickelt gewesen waren.

»Ihr kennt ihn schon, obwohl Ihr neu seid in Paris?«

Ich schalt mich einen Narren, hatte ich mich doch beinahe verraten. Schnell sagte ich: »Ich war im Justizpalast, als man den Glöckner zum Narrenpapst wählte.«

»Eine Schande, ein Frevel!« schimpfte die Augustinerin. »Solch eine böse Kreatur zum Papst zu küren, und sei's auch nur zu dem der Narren, ist eine Verhöhnung unseres Heiligen Vaters in Rom. Dieser Quasimodo ist von bösen Geistern besessen. Er hat es bewiesen, als er gestern abend versuchte, ein Mädchen zu entführen. Ich mag gar nicht daran denken, für welch grausiges, schändliches Ritual er sein Opfer benötigte.«

Ihre zerfurchte Stirn und ihre glänzenden, ins Leere blikkenden Augen verrieten, daß die Nonne gründlich darüber nachdachte.

»Woher wißt Ihr eigentlich, daß dieser Quasimodo ein Sohn des Teufels ist, ehrwürdige Schwester?«

»Na, schaut ihn Euch doch an!« antwortete sie im Brustton der Überzeugung. »Seine Wildheit und seine übermenschliche Kraft sprechen für sich. Ihr solltet einmal sehen, wie Quasimodo an der Fassade der Kathedrale entlangklettert, als sei die Kirche ein Baum und er ein Affe im Geäst. Wie er mit den großen Glocken spielt, als seien sie Kätzchen. Und man hat ihn schon an mehreren Stellen Notre-Dames gesehen, zur gleichen Zeit!«

»Das ist in der Tat ein Beweis«, sagte ich lahm, wider besseres Wissen; der vergangene Abend hatte mir gezeigt, wie leicht eine falsche Anschuldigung zur scheinbaren Wahrheit geraten konnte. »Wenn dieser Quasimodo solch ein teuflischer Geselle ist, weshalb duldet man ihn gleichwohl in Notre-Dame?«

»Weil er der Vertraute des Archidiakons ist«, antwortete die Schwester mit gemäßigter Stimme und unstetem Seitenblick, als fürchte sie, man könne sie belauschen.

Jetzt hatte ich also eine dritte Variante. Laut Jehan Frollo war Quasimodo der Bruder, laut Pierre Gringoire der Sohn und nach den Worten der Augustinerin der Vertraute des Archidiakons. Verwirrt blickte ich die Nonne an. »Wie kann ein halbes Tier der Vertraute eines hohen, gebildeten Klerikers sein?«

»Dann nennt Quasimodo den Diener Frollos, seinen folgsamen Hund, es bleibt sich gleich. Ihr könntet Dom Claude Frollo sogar als Quasimodos Vater bezeichnen. Unser Archidiakon hat keine Gemahlin, aber er zog gleich zwei Söhne groß.«

»Wie kann das angehen?«

»Claude Frollo war noch jung, keine zwanzig, und studierte nach der Theologie mit Eifer die Medizin, die freien Künste und die Sprachen, als der Herrgott beschloß, ihn einer schweren Prüfung zu unterziehen. Es war im heißen Sommer von 1466, als der Pesthauch über die Stadt Paris und die ganze Grafschaft wehte. Auch Frollos Eltern wurden vom Schwarzen Tod hinweggerafft, und plötzlich oblag ihm die Sorge für seinen kleinen Bruder Joannes, der noch in den Windeln lag. Dominus Frollo ließ ihn von einer Müllerin stillen und aufziehen. Und als sei das noch nicht genug, bescherte ihm das Schicksal kein Jahr später einen zweiten Sohn, Quasimodo. Es war ...«

Die Augustinerin verstummte schlagartig. Ihre eben noch rosigen Züge wurden bleich, die Augen starr und geweitet, als blicke sie ins Antlitz eines Geistes. Und tatsächlich mochten die asketischen Züge der dunkel gekleideten Gestalt, die hinter meinem Lager aufgetaucht war, den Glauben an ein jenseitiges Wesen nähren.

Ich aber wußte seit dem vergangenen Abend, als ich den ernsten, verschlossenen Mann auf dem Grève-Platz gesehen hatte, daß er Dom Claude Frollo war, Archidiakon von Notre-Dame. Unmöglich zu sagen, wieviel von unserem Gespräch er mit angehört hatte. Seine Augen lagen kalt in ihren tiefen Höhlen, und seine Züge waren unbewegt, wie versteinert.

»Verzeiht, wenn ich Euch unterbreche, Schwester Victoire«, sagte Claude Frollo mit einer Stimme, die jegliche Gefühlsregung, auch die des Bedauerns, vermissen ließ. »Aber ich suche einen Patienten namens Armand Sauveur, und man sagte mir, Ihr hättet ihn in Eure Obhut genommen.«

Die Augustinerin schluckte und nickte, brachte aber kein Wort über ihre bebenden Lippen. Sie schien mehr als Ungemach darüber zu verspüren, sich über den Archidiakon ausgelassen zu haben. Ich begriff es nicht ganz, aber sie wirkte regelrecht verängstigt. Wie ein kleines Kind, das sich in einem kalten Winter unversehens einem in die Stadt eingedrungenen hungrigen Wolf gegenübersieht. Vielleicht übte er diese Wirkung auf die Nonne aus, weil er ein G-Mensch war, geheimnisvoll und schwer einzuordnen, mal scheinbar offen, dann mit wenig Aufwand verschlossen. Und neigte er sich vor, hatte er einen am Haken.

»Ich bin Armand Sauveur«, sagte ich und hoffte, mich damit nicht dem Henker auszuliefern.

Kaum wahrnehmbar huschte der Anflug eines Lächelns über Frollos maskenhaftes Gesicht. »Sehr schön, Monsieur Sauveur. Ihr seid ein erfahrener Kopist und Schreiber aus Sablé und sucht eine neue Stellung?«

»Das ist wahr«, antwortete ich verblüfft. »Aber woher wißt Ihr das, Monseigneur?«

»Euer Freund richtete es einem meiner Diakone aus.«

»Mein Freund? Etwa der Bettler?«

»Derselbe.«

»Ihr wißt nicht zufällig seinen Namen, Dom Frollo?«

Frollos Augen verengten sich vor Verwunderung, daß ich nach dem Namen meines eigenen Freundes fragte. Hatte ich einen Fehler begangen? Doch der Archidiakon sprach ganz ruhig weiter: »Soviel ich weiß, nannte er sich Colin.«

»Colin!« ächzte ich. »So ein dürrer Kerl mit bärtigem Gesicht?«

»So wurde er mir beschrieben.«

Wahrlich, dies war ein Morgen der Überraschungen. Vergeblich suchte ich zu ergründen, weshalb der alte Gauner mir diesen Freundschaftsdienst erwiesen hatte. Hatte er mich zufällig nach meinem Sturz mit der Tonne gefunden und zum Hôtel-Dieu gebracht, um den an mir begangenen Diebstahl zu vergelten? Doch konnte es solch einen Zufall geben? Und seit wann hatte ein Dieb so viel Ehre im Leib?

»Ihr scheint einige Mühe zu haben, Euch Eures Freundes zu entsinnen, Monsieur Sauveur«, sagte Frollo in fragendem Ton.

»Das sind vielleicht die Nachwirkungen der Kopfhiebe, Monseigneur«, erwiderte Schwester Victoire, deren Blick in einer Mischung aus Ehrerbietung und Furcht auf dem Archidiakon ruhte.

»Ach ja, Ihr seid unter die Räuber gefallen«, nickte Frollo. »Um das Ganze abzukürzen: Ich suche dringend nach einem neuen Schreiber. Ihr habt vielleicht gehört, daß Monsieur Pierre Gringoire, der bis vor kurzem für mich arbeitete, unter die Mysteriendichter gegangen ist. Wenn auch sein gestriges Debüt nicht zum durchschlagenden Erfolg geraten ist, steht nicht zu erwarten, daß er in meine Dienste zurückkehrt. Falls Eure Verletzungen nicht zu stark sind, Monsieur Sauveur, könntet Ihr mein Mann sein. Zumal Ihr aus der Fremde kommt und hoffentlich nicht so versessen auf Weiber und Wein seid wie die hiesigen, von zu vielen Schenkenbesuchen verdorbenen Schreiber. Am Lohn soll es nicht fehlen. Kost und Unterkunft habt Ihr frei in Notre-Dame. Bloß wäre es mir am liebsten, Ihr könntet gleich anfangen.«

»Monsieur Armand hat nur ein paar oberflächliche Prellungen und Hautabschürfungen davongetragen«, erklärte die Augustinerin. »Noch ein paar Tage Kopfweh und Gliederschmerz, dann ist alles überstanden.«

»Wenn Ihr wollt, komme ich gleich mit Euch, Maître Frollo«, sagte ich rasch, da ich weder Geld noch eine Bleibe besaß.

Der Archidiakon nickte, und ich wälzte mich aus dem Bett.

»Ihr seht ein wenig abgerissen aus«, sagte Frollo. »Nehmt Ihr mir den Hinweis übel, daß neue und vor allen Dingen saubere Kleidung dem Schreiber des Archidiakons gut zu Gesicht stünde?«

»Keineswegs, Monseigneur. Leider verfüge ich nicht über die Mittel, diesem Hinweis zu folgen.«

»Die Strolche, die Euch überfielen, haben Euch ausgeraubt, wie?«

Ich nickte, weil es mir langwierige Erklärungen ersparte.

Frollo entnahm einer Ledertasche an seinem Gürtel zehn Sols und zählte sie in meine Hände. »Diese Anzahlung auf Euren Lohn dürfte als erstes genügen. Geht, kleidet Euch neu ein, und meldet Euch heute abend bei mir.«

Ich stammelte ein paar Dankesworte und griff nach meiner Geldkatze, um den unerwarteten Reichtum zu verstauen. Als meine Rechte unter das Wams fuhr und das gefüllte Leder ertastete, erstarrte ich in der Bewegung. Die Gabe des sterbenden Zölestiners! Fast hätte ich sie ans Tageslicht befördert und mich verraten.

»Was habt Ihr?« fragte Frollo und betrachtete mich mit forschendem Blick.

»Mich durchfuhr nur gerade der Gedanke, wie sehr ich dem Allmächtigen für die Gnade dankbar sein muß, die er mir mit Eurem Angebot erwiesen hat, Maître Frollo.«

»In der Tat. Betet vor dem Altar und dankt dem Herrn, wenn Ihr die Kathedrale betretet.«

Damit verließ er den Krankensaal. Und auch Schwester Victoire schien nicht geneigt, sich länger mit mir zu unterhalten. Sie verabschiedete sich mit knappen Worten und wandte sich anderen Kranken zu. Was ich bedauerte, denn gern hätte ich erfahren, was meinen neuen Dienstherrn mit dem unheimlichen Glöckner verband.

Als ich aus dem Hospital trat, fiel mein Blick auf die Kathedrale. Ihre Türme stachen ins wolkenlose Blau des Himmels, als wollten sie sich mit der Sonne vereinigen. Trotz der wärmenden Strahlen von Mutter Sonne fröstelte ich. Dom Claude Frollo erschien mir nicht ganz geheuer. Noch beunruhigender aber war der Gedanke, fortan mit dem schrecklichen Quasimodo unter einem Dach leben zu sollen.

Kapitel 6

Blut, Sand und Wasser

Bald wurde mir klar, weshalb ich nordwärts strebte und meine Schritte über die Notre-Dame-Brücke in die Neustadt lenkte. Eine Menschenmenge drängte in diese Richtung wie die Strömung eines Flusses, in der ich nur ein winziger Tropfen war und willenlos mitgerissen wurde. Aus Angst, Frollos Münzen ebenso rasch zu verlieren wie die des Geistermönchs, ließ ich sie jetzt doch in die Geldkatze fallen, die ich fest unter mein Wams drückte. Das Gedränge erlaubte mir nicht, einen Blick auf den Gegenstand zu werfen, der unter den Sols lag.

Das Ziel der Menge war die Grève. Der große Platz am Nordufer der Seine schien noch überfüllter als tags zuvor. Über den Köpfen, Hüten und spitzen Weiberhauben mit ihren Bändern, Federn und anderem Firlefanz erhob sich starr und beinahe stolz das Galgengerüst, Mittelpunkt des allgemeinen Geschiebes, Geschreis und Gegaffes. Der Galgen hielt all dem ruhig und würdig stand.

»Was ist los? Was soll geschehen?« fragte ich einen Vorbeieilenden und hielt ihn einfach am altmodisch weiten Ärmel seines groben Kittels fest. An den kräftigen, furchigen Händen und der sonnengebräunten, windgegerbten Haut erkannte ich den Bauern, der wohl zum Dreikönigsfest nach Paris gekommen war und heute noch in der Stadt aushielt, um die sich anbahnende Darbietung zu verfolgen.

»Weiß nicht«, knurrte er, unwillig über die Störung seines Bestrebens, sich einen Platz nahe der Hinrichtungsstätte zu sichern. »Schon seit der Frühe stehen die Scharwächter am Galgen. Schätze, heute wird einer baumeln. Und jetzt laßt mich, damit ich sehen kann, wie der Pechvogel im Todeskampf die Augen verdreht! Wenn ich ganz dicht rankomme, kann ich vielleicht ein Kleidungsstück des Toten erhaschen. Es heißt, schmerzende Glieder, die man darin einwickelt, heilen über Nacht.«

Der Bauer gebrauchte seine starken Hände und seine Ellbogen, um sich näher an den Galgen heranzuschieben. Ich nutzte die von ihm aufgerissene Gasse und folgte ihm. Wollte ich mich auch am Tod eines anderen Menschen ergötzen? War es die pure Neugier, die mich antrieb? Oder ahnte, spürte ich tief in meinem Innern, daß das Bevorstehende eng mit meinem eigenen Schicksal verknüpft war, mit dem, was Paris für mich bereithielt?

Vielleicht war es einfach nur die Erleichterung darüber, daß ich selbst dem Henker entgangen war. Heute weiß ich es nicht mehr zu sagen, damals machte ich mir keine Gedanken darüber.

Gaffer und Gaukler, ehrbare Damen und Dirnen, Spielleute und Taschelzieher wurden beiseite gedrängt, als unter Trompetenstößen und Trommelschlägen ein bewaffneter Trupp der Scharwache aus der Rue de la Vannerie marschiert kam. Mit Huftritten und Stockhieben verschafften sich die Soldaten des Profoses Platz, wo die Menge nicht rasch genug zurückwich. In ihren prächtigen Waffenröcken aus violettem Kamelott, deren Brust ein großes weißes Kreuz zierte, wirkten die Scharwächter wie die Vollstrecker des Jüngsten Gerichts.

Für den armen Delinquenten, der auf einen Maultierkarren gebunden war, mochten sie genau das sein. Gefesselt und krummgeschlossen, war er von dort, wo ich stand, nur undeutlich zu sehen. Eine unförmige Masse aus Fleisch und Haaren, Kleidern, Stricken und Ketten. Ich erkannte ihn erst, als sein Name über die Menge flog, von Mund zu Mund mit erstaunten Rufen weitergegeben.

»Quasimodo!« – »Er ist's, wahrhaftig, der Glöckner von Notre-Dame!« – »Der Bucklige!« – »Der Teufelssohn!« – »Der Sodomit!« – »Der Galgenstrick! Jetzt findet er sein verdientes Ende!« – »Ja, hängt das Scheusal! Aber nehmt ein doppelt dickes Seil, damit sein schwerer Höcker es nicht zerfasert!«

Das anfängliche Entsetzen über den Anblick des Delinquenten verwandelte sich in Haß und Hohn, in Spott und Schadenfreude, je näher der Karren zur Richtstätte rumpelte und je deutlicher die Gaffer erkannten, daß der Bucklige wehrlos war unter den festen Stricken und Ketten. Sie saßen so stramm, daß sie in sein verwachsenes Fleisch schnitten. Blut tränkte die zerrissene Kleidung.

Der Abscheu, den der Anblick des Buckligen unweigerlich hervorrief, wich von mir. Ich empfand Mitleid für die geschundene Kreatur, wenn ich mir auch sagte, daß sein gestriges Vergehen, der Überfall auf la Esmeralda, Strafe verdient hatte. Aber gleich der Strick? Niemand war durch Quasimodos Tat geschädigt worden, mochte der Vorfall auch nur durch das Auftauchen der Bogenschützen einen glücklichen Ausgang genommen haben. Wenn Quasimodo dafür gehängt wurde, was taten sie in Paris dann erst mit einem Mörder? Eine Überlegung, bei der sich meine Kehle trocken anfühlte, wie zugeschnürt.

Ein Raunen ging durch die Menge, und Erleichterung erfaßte mich, als die Soldaten den Karren nicht zum Galgen führten. Der Trupp hielt vor dem Pranger an, einem etwa zehn Fuß hohen, innen hohlen Würfel aus grobem Mauerwerk. Die Piken und Hellebarden hielten das Volk zurück, während ein bunt gekleideter Reiter ein Papier entrollte.

»Das ist Michel Noiret«, erscholl es irgendwo hinter mir, »der vereidigte Ausrufer des Königs!« – »Was gibt's, Messire Noiret? Warum bringt Ihr den Buckligen nicht zum Galgen, nur zum Pranger?« – »Nicht vortragen, lieber hängen!«

Der Ausrufer brachte die Menge mit kräftiger Stimme zum Schweigen und verlas das zu vollstreckende Urteil: »Quasimodo, auch als Glöckner unserer Kathedrale Notre-Dame bekannt, ist folgender Vergehen angeklagt und für schuldig befunden worden: primo der Störung der Nachtruhe, secundo des gewalttätigen und unsittlichen Übergriffs gegen ein loses Weib, tertio des Widerstands und Ungehorsams gegen die Bogenschützen unseres hochverehrten Herrn Königs. Die zur Mittagszeit auf dem Grève-Platz zu vollstreckende Strafe lautet auf eine Stunde Pranger, während deren die Drillfolter angewandt wird und der Verurteilte auszupeitschen ist. Nach Ablauf dieser Stunde ist er dem Volk noch für eine weitere Stunde zur Schau zu stellen. So erwogen und beschlossen am siebten Januar Anno Domini 1483 im Gerichtshof des Grand-Châtelet vom ehrwürdigen Herrn Jacques d'Estouteville, königlicher Profos der Stadt Paris.«

Das Urteil gefiel dem Volk. Es verhieß ein hübsches Schauspiel und eine Entschädigung dafür, daß man vergeblich auf das brechende Genick eines Baumelnden gehofft hatte. Unter Beifallsrufen wurde Quasimodo über die ›Leiter‹, wie man die Treppenstufen aus unbehauenem Stein nannte, auf die Sandsteinplatten des Prangerwürfels geführt.

Der Glöckner schien von jedem Willen, von jeder menschlichen Regung verlassen, er gehorchte wie ein gefügiges Stück Vieh. Was mochte in dem Wesen vorgehen, das gestern noch am selben Ort der von denselben Menschen gefeierte Narrenpapst gewesen war? Oder ging in dem unförmigen Kopf gar nichts vor? War das Gehirn verkrüppelt wie der Körper?

Auf dem Prangerwürfel erhob sich das große, waagerecht stehende hölzerne Rad für die Drillfolter. Quasimodo mußte auf dem Rad niederknien und wurde in dieser Stellung, die Arme auf den Rücken gezerrt, angebunden. Als die Scharwächter ihm mit rauhen Griffen Wams und Hemd vom Leib rissen, ging ein Aufstöhnen durch die Menge. Bekleidet war der Glöckner schon eine groteske Erscheinung, doch sein nackter Oberkörper wirkte ungleich schauerlicher. Man hätte den Blick abwenden mögen, wäre die Gier, das Scheusal in seiner ganzen Häßlichkeit zu betrachten, nicht so groß gewesen. Und der Glöckner war häßlich!

Wie ein vulkanischer Berg erhob sich der Höcker auf seinem Rücken, umgeben von kleineren Hügeln, die wie erstarrte Lava aussahen. Jetzt schlief der Vulkan, doch konnte er nicht mit der ganzen Wut und Kraft, die das Ungeheuer Quasimodo aufzubringen vermochte, jederzeit erwachen?

Sobald das Erschrecken über diesen Anblick verwunden war, erhob sich erneut das Spottgeschrei: »Der Kerl schleppt ein ganzes Gebirge mit sich rum!« – »Ein Berg, den man wahrlich zum Propheten bringen könnte!« – »Wenn das ein Mensch ist, sind wir andern keine!«

In der Masse der Schreihälse entdeckte ich ein pfiffiges Gesicht unter blonden Locken, das ich sogleich erkannte: Jehan Frollo de Molendino oder Joannes du Moulin. Der Bruder meines neuen Dienstherrn. Und der Bruder Quasimodos, wenn ich ihn richtig verstanden hatte. Aber weshalb verspottete er den Glöckner, seinen Bruder?

Ein untersetzter, stämmiger Mann in der Tracht der Scharwache erstieg den Pranger, und die Menge raunte sofort seinen Namen: Maître Pierrat Torterue, vereidigter Foltermeister am Châtelet. Die erste Stunde der Züchtigung begann, als er eine große schwarze Sanduhr in eine Ecke stellte. Roter Sand rieselte durch den dünnen Kanal vom oberen Glasbehälter in den unteren.

Beifall brandete auf, als der Foltermeister seinen violetten Rock auszog und mit der Rechten nach einer Peitsche griff, einer neunschwänzigen Katze. Die hell glänzenden, geflochtenen Lederriemen waren mit Knoten und metallenen Nägeln bestückt, um auf und in der Haut des Delinquenten einen besonders starken Eindruck zu hinterlassen. In aller Ruhe krempelte Torterue mit der linken Hand den rechten Hemdsärmel bis zur Achselhöhle auf.

»Laßt die Katze endlich zubeißen, Maître Torterue! Aber nicht mit dem Maul, sondern mit den Schwänzen. Dort sitzen die Zähne, die besonders hübsch zwicken.« Der ungeduldige Schreihals war Jehan Frollo jetzt deutlich zu sehen, weil er sich weit über die Köpfe der Menge erhob. Er hockte auf den breiten Schultern eines anderen Mannes, in dem ich seinen Freund Robin Poussepain erkannte. Jehans Züge spiegelten Schadenfreude und Gemeinheit, glänzten in Erwartung des Bevorstehenden vor Entzücken.

Wäre ich nicht selbst ohne Eltern gewesen, hätte ich ihn zu gern als lebenden Beweis dafür betrachtet, daß aus einem Kind, welches die Güte der Mutter und die züchtigende Hand des Vaters entbehren muß, nichts werden kann. Mich ergriff ein Abscheu, der nicht der unglücklichen Kreatur auf dem Pranger galt, um so mehr aber Joannes du Moulin. Herzenskälte und Gemeinheit strahlten von ihm aus wie eine Pestseuche. Hatte der Schwarze Tod, der seine Eltern mordete, ihm das Leben gelassen, nur um sein Herz zu vergiften?

»Tretet nur heran, meine Herren und Damen«, fuhr Jehan im Tonfall eines Marktschreiers fort. »Kommt und seht, wie man Maître Quasimodo, den Glöckner meines Bruders Dom Claude Frollo, auf allerhöchsten Befehl geißelt. Beachtet dieses ungewöhnliche Beispiel orientalischer Architektur, in das sich gleich die neun Schwänze der Katze verbeißen werden. Dieser prächtige, an ein Kuppeldach gemahnende Rücken und diese Beine, die wie gewundene Säulen anmuten!«

Das allgemeine Gelächter erstarb, als Maître Torterue mit dem Fuß aufstampfte, das Zeichen für seine beiden Gehilfen, die durch einen schmalen Schlitz ins Innere des Prangerwürfels gestiegen waren, mit der Drillfolter zu beginnen. Sie drehten die Achse des schweren Eichenholzrades, auf dem Quasimodo hockte. Der Glöckner begann, sich langsam und gleichmäßig zu drehen, so daß jeder Gaffer in den Genuß des krummen Rückens und jener Fratze kam, die man nur mit einigem Wohlwollen als menschliches Antlitz bezeichnen konnte.

Als sich ihm der verwachsene Rücken darbot, schlug der Foltermeister zu. Es wirkte nicht besonders kraftvoll, aber das täuschte. Die Wucht des Schlags lag nicht in der aufgewendeten Körperkraft, sondern in der Technik, die Pierrat Torterue meisterlich beherrschte. Neun feine Peitschenriemen pfiffen durch die Luft und bissen sich mit ihren Knoten und Nägeln in der Haut des Buckligen fest.

Der Vulkan erwachte! Ein Ruck ging durch Quasimodos Leib, als wolle er sich erheben, und die Ketten klirrten laut. Für einen langen Augenblick hielt das Volk den Atem an und erwartete die Rache des Ungeheuers, die Vergeltung für Schimpf und Spott. Niemand hätte Quasimodos Wut entkommen können, so dicht gedrängt standen die Gaffer. Aber die Ketten waren stark genug, und die Stricke hielten den Glöckner krumm.

Hilflos drehte er sich vor der bereits wieder jauchzenden Menge, während Pierrat Torterue Schlag auf Schlag niedergehen ließ. Quasimodo zuckte unter den Hieben zusammen, aber er ächzte nicht, stöhnte nicht, jammerte nicht. Nur sein gesundes Auge war weit aufgerissen und leuchtete unter der wuchernden Braue hervor. Wen der Blick traf, für den war es wie ein Peitschenhieb des Foltermeisters. Erstaunen mischte sich in diesem Blick mit Traurigkeit, Traurigkeit mit Bosheit und Bosheit mit der wilden Gier nach Vergeltung.

Die Knoten und Nägel der neunschwänzigen Katze rissen unzählige Furchen in den Rücken des Buckligen. Rote Rinnsale entströmten den Wunden und ergossen sich über den höckrigen Buckel wie Lavabäche. Tropfen um Tropfen, Bach um Bach rann das Blut aus Quasimodos zerfetzter Haut, doch die Folter wollte kein Ende nehmen. Unendlich langsam rieselte der rote Sand vom oberen Behälter in den unteren. Körnchen für Körnchen quälte sich durch den feinen Durchlaß, ein jedes rot wie Blut. Das Auge des Zyklopen schloß sich irgendwann, Quasimodos Kinn sackte auf die Brust, und wie ein Toter ließ er das Gewitter aus Peitschenhieben und anfeuernden Rufen über sich ergehen.

Während ich dem zusah, unfähig, aus der Menge zu entkommen oder auch nur die Augen zu verschließen, fragte ich mich unentwegt, ob der Richtige auf dem Holzrad hockte. Ich sah die Szenerie des vergangenen Abends deutlich vor mir. Quasimodo war bei dem Überfall nicht allein gewesen. Ich wußte nicht, welche Rolle in dem Schauerstück Pierre Gringoire zukam, aber die vermummte Gestalt, die den Glöckner begleitet hatte, mußte zumindest als sein Komplize betrachtet werden. Wer immer dieser Komplize war, Quasimodo litt für ihn mit, erduldete Qualen, die für zwei und mehr ausgereicht hätten.

Nach einer Ewigkeit hob ein schwarz gekleideter Reiter auf einem schwarzen Pferd, ein Gerichtsdiener des Châtelet, seinen Ebenholzstab und zeigte auf die Sanduhr. Das obere Gefäß war leer, im unteren erhob sich ein spitzer roter Kegel.

Mit bedauernder Miene – wohl weil er den Delinquenten nicht zu Schmerzensschreien und Gnadengewimmer gepeitscht hatte – ließ Maître Torterue sein rotgefärbtes Werkzeug sinken und das Blut abtropfen. Er schüttelte die Neunschwänzige, und es schüttelte mich, als rote Tropfen in mein Gesicht spritzten. Das Blut des Buckligen, des Teufelssohns!

Ein Fußstampfen des Foltermeisters, und das Drillrad hielt mit einem leisen Knarren inne, ohne daß der Gepeinigte auch nur eine Regung zeigte. Die Drillfolter war vorüber, die Geißelung auch, aber nicht die Qualen des Glöckners. Bevor Torterue den Pranger verließ, drehte er die Sanduhr um, und die Stunde von Quasimodos Zurschaustellung begann. Rot rann der Sand, und rot rann das Blut.

Da wenigstens gab es ein wenig Erbarmen für Quasimodo, wenn auch nicht aus gutem Herzen geboren, sondern aus den Buchstaben des Gesetzes. Die beiden Folterknechte, die das Rad gedreht hatten, wuschen die Schultern des Glöckners und strichen eine dicke Schicht gelber Paste auf den zerschundenen Rücken. Ich konnte zusehen, wie die Wunden sich schlossen. Bevor Torterues Helfer die ›Leiter‹ hinabstiegen, warfen sie der armen Kreatur ein seltsames Hemd über den Rücken, zugeschnitten wie ein Meßgewand, aber vom selben leuchtenden Gelb wie die Röcke der Pariser Straßenhuren.

Mehr Mitleid schien das Schicksal dem Buckligen nicht zu gönnen. Erneut erhob sich schadenfrohes Geheul, und am lautesten krakeelte Jehan Frollo. Das Volk war nicht gewillt, die Stunde verstreichen zu lassen, ohne seinen Spaß mit dem Wehrlosen zu haben. Die wüstesten Beschimpfungen prasselten auf den reglosen Berg aus Fleisch und Muskeln nieder, gefolgt von faulen Eiern, verdorbenem Obst und schließlich auch Steinen. Was die Bisse der neun Katzenschwänze nicht vermocht hatten, gelang schließlich den zahllosen Insektenstichen des Pöbels. Das Zyklopenauge öffnete sich und schoß wütende Blitze in die Menge. Die wäre unter anderen Umständen angsterfüllt zurückgewichen, doch Ketten und Stricke, die den Eindruck dieser

Geste schwächten, stärkten des Volkes feigen Mut um so mehr.

Der Bucklige zerrte wieder an seinen Fesseln. Das schwere Rad schaukelte bedenklich, hielt aber letztlich stand. Quasimodo blieb nichts anderes übrig, als die Beschimpfungen und den Hagel aus Abfall und Steinen über sich ergehen zu lassen, wobei die Schimpfreden ihn ob seiner Taubheit wohl wenig störten. Er schien sich wieder in sein Schicksal zu ergeben und stieß nur ab und an einen tiefen Seufzer aus, der die Fleischmassen seines ungeschlachten Leibes erbeben ließ.

Nach geraumer Zeit weitete sich das halbgeschlossene Auge unerwartet, und statt strafender, hassender Blicke sandte es ein hoffnungsvolles Leuchten aus. Auf dem verunstalteten Gesicht lag so etwas wie ein Lächeln, ein Ausdruck von Glück, von Hoffnung. Ich wandte mein Haupt, um dem Blick des Einäugigen zu folgen, und entdeckte einen schwarzgewandeten Reiter, der auf einem Maulesel aus der Richtung der Notre-Dame-Brücke kam. Wohl von Neugier getrieben, lenkte der Schwarze sein Tier durch die Menge, die ihm ehrfürchtig Platz machte.

Dom Claude Frollo hielt das Maultier an und erwiderte ernst den glückseligen, zärtlichen Blick des Glöckners. Gestern hatte Quasimodo auf diesem Platz den Archidiakon gegen den wütenden Pöbel verteidigt, heute erwartete er von seinem Herrn Vergeltung. Der aber riß sein Tier grob am Zügel herum und trabte davon, daß es aussah wie eine Flucht. Hinter ihm schloß die Menge ihre Reihen, und Claude Frollo verschwand zwischen den ersten Häusern der Rue de la Tannerie.

Der junge Bruder Frollo verhöhnte ihn, der ältere verriet ihn. Quasimodos Gesicht versteinerte, doch tief in seinem Innern mußte es noch einen Hauch von Hoffnung geben, den fast, aber nicht gänzlich verschütteten Glauben an das

Gute im Menschen, an Mitleid und Erbarmen. Mit der winselnden Stimme eines kleinen Kindes bettelte er immer wieder um »was zu trinken«.

Für die Menge nur ein neuer Grund zum Spott. Sie schlugen ihm feuchte Lappen um die Ohren und setzten ihm leere Krüge vor oder zerbrochene. Oder gefüllte Krüge, die zu weit entfernt auf dem Prangerblock standen, mochte sich der Gefesselte auch noch so recken. Ich wollte mich an den Pranger herandrängen, um einen randvollen Krug den ein offenherzig gekleidetes Weib unter wildem Kichern auf der Rand des Würfels gesetzt hatte, in Quasimodos Reichweite zu schieben Ein Stockhieb zerschlug das irdene Gefäß vor meiner Nase, und das Wasser vermischte sich mit dem getrockneten Blut dieser und vieler anderer Folterstrafen, das die Sandsteinplatten befleckte.

»Was zu trinken!«

Unendlich langsam rieselte der rote Sand.

Als sich das Meer von Menschen aufs neue teilte, glaubte ich schon Dom Frollo sei zurückgekehrt. Aber es war eine junge Frau mit einem Tamburin in der Hand, die, gefolgt von einer weißen Ziege, zum Pranger ging und die ›Leiter‹ erklomm.

»La Esmeralda!« flog es wie ein Chorgesang über den Platz. Wich die Menge vor der Schönheit zurück, vor der Magie der Ägypterin oder bloß aus Überraschung? Es blieb sich gleich. Unangefochten konnte die Zigeunerin die grobe Stiege erklimmen, und selbst bei diesem profanen Akt bewegte sie sich bezaubernd graziös.

Angst huschte über Quasimodos Antlitz. Das Auftauchen des Mädchens konnte nach seiner Vorstellung nur eins bedeuten: Rache für den gestrigen Anschlag. Aber la Esmeralda war nicht gekommen, um ihn zu schlagen und zu verhöhnen. Furchtlos beugte sie sich über den Unglücklichen, löste eine Kürbisflasche von ihrem Gürtel, entstöpselte sie und setzte den Flaschenhals an seine rissigen Lippen.

Zur allgemeinen Überraschung trank Quasimodo nicht. Sein Auge heftete sich mit aller Zärtlichkeit, die er zuvor für Claude Frollo aufgebracht hatte, an die Ägypterin. Vielleicht empfand der Glöckner gar noch größeres Glück als vorhin. Ich sah deutlich, wie sich eine dicke Träne löste und über die Furchen des schrecklichen Antlitzes floß.

La Esmeralda sagte etwas, das ich nicht verstand und der Bucklige wohl erst recht nicht. Trotzdem schien er zu nikken. Und dann trank er in langen, gierigen Zügen, bis die Kürbisflasche leer war. Sein Auge war dabei beständig auf seine Wohltäterin gerichtet, wie auch ihr Blick ohne jeden Abscheu auf ihm ruhte. Das Bild war so anrührend, daß die Stimmung des Pöbels umkippte. Die Menge spendete la Esmeralda Beifall. Die Schönheit einer Frau war stärker als das Leid eines Krüppels.

Der schwarz gekleidete Gerichtsbeamte zeigte erneut mit dem Ebenholzstab auf die Sanduhr. Das letzte rote Korn lag auf dem Haufen, das Schauspiel war beendet. Während die Männer der Scharwache den Glöckner losschlossen, zerstreute sich die Menge und verlor sich in den umliegenden Gassen. Einen anderen Delinquenten hätten die Gaffer noch auf seinem Heimweg verhöhnt, doch bei Quasimodo wagten sie das nicht. Sein fürchterliches Auftreten am gestrigen Abend, als er sich schützend vor Claude Frollo gestellt hatte, haftete allen noch gut im Gedächtnis. Wer nicht dabeigewesen war, hatte die Geschichte von anderen gehört.

La Esmeralda entschwand meinem Blick. Wahrscheinlich wurde sie von dem Strom aus Leibern mitgerissen. Ich war einer der letzten, die auf dem Platz ausharrten, und sah dem unheimlichen Buckligen nach. Er wankte in seinem seltsamen Schaukelgang zum Flußufer und hielt auf die Brücke zu. Er schien nicht auf Rache zu sinnen, jedenfalls nicht im Augenblick. Wie ein verwundetes Tier wollte er sich in seine Höhle zurückziehen, um seine Wunden zu lecken. Die Höhle war mein neues Heim: Die Kathedrale von Notre-Dame.

Kapitel 7

Stabzehn

Das abstossende Bild des blutig gepeitschten, dürstenden Buckligen verschwand erst, als ich im heißen Wasser versank und wohltuende Dämpfe die Badestube an der Rue de la Pelleterie durchzogen. Der spitzköpfige Bader, den sie Maître Aubert riefen, stand mit einem Eimer am Holzkohlebecken und übergoß die Glut mit Wasser, das er mit streng, aber angenehm riechenden Kräutern versetzt hatte. Weiße Schwaden stiegen auf wie der Nebel, der sich morgens über der Seine erhebt. Im Zuber neben meinem saß ein Spielmann und entlockte seiner Laute eine sanfte Melodie. Das Mädchen, das ihn wusch, sang dazu mit heller, reiner Stimme. Wie eine Sirene, die ihren tödlich schönen Lockruf in den Nebel schickt.

Dom Claudes großzügiger Vorschuß hatte mich in die Lage versetzt, mich mit neuen Kleidern und anderen wichtigen Dingen zu versehen. doch wollte ich meine neue Kluft nicht überstreifen, ohne zuvor den Schmutz und Gestank des Bettlers getilgt zu haben. Und das Blut Quasimodos, mit dem Maître Torterue mich befleckt hatte. Außerdem hatte mein stoppeliges Gesicht eine Rasur und mein knurrender Magen ein gutes Mahl mehr als verdient.

Mich bediente eine Magd namens Toinette. Ein kräftiges, junges Ding mit viel Fleisch an den richtigen Stellen. Wegen des Wassers und der heißen Dämpfe war sie nur mit einem leichten, ärmellosen Trägerhemd bekleidet. Wenn sie sich über mich beugte, um heißes Wasser nachzugießen, hingen ihre rosigen Brüste, die aus dem Stoff zu fallen drohten, wie reife Früchte vor mir.

Wohlig ließ ich mich von ihr mit einem dicken Stück duftender Kamillenseife ein- und anschließend mit Laubwedel und Kardenbürste abreiben. Seit jener Nacht, als Maître Frondeur mich so unsanft aus den Armen der süßen Etiennette gerissen hatte, hatte keine Frau mit mir jenes Vergnügen geteilt, auf das die frommen Brüder in den Klöstern leichtfertig zu verzichten geloben. Bedauern beschlich mich, als Toinette mit dem Waschen aufhörte, um mir Haar und Bart zu scheren.

»Welche Dienste wünscht Ihr noch, Messire?« flötete sie, während sie das Schermesser an einem feuchten Lappen abwischte. »Wenn Euch das Blut zu sehr drückt, setzt Maître Aubert Euch Schröpfköpfe auf«, bot sie mit einem Seitenblick auf den Bader an.

»Mich drückt nur die viele Luft in meinem leeren Magen. Ein gutes Mahl mit reichlich Wein wäre das richtige. Vielleicht willst du es mit mir teilen?«

Toinette wollte und brachte kurz darauf eine große Platte aus leichtem Holz, die auf dem Wasser meines Zubers schwamm, beladen mit einer Hammelkeule, einer Brotpastete, einem Stück Roquefort, einer kleinen Tonkaraffe und zwei hölzernen Bechern. Während ich zur Karaffe griff und hellroten Hypokras in die Becher füllte, schlüpfte die Magd aus ihrem Hemd. Ganz unverhohlen ließ ich meinen Blick auf ihren prachtvollen Rundungen ruhen und bemerkte, daß sich zu dem Druck meines leeren Magens der eines in letzter Zeit ebenfalls sträflich vernachlässigten Organs gesellte.

Toinette setzte sich zu mir, ihre Haut streifte meine. Heiß und mit deftigen Gewürzen versetzt, rann der Wein durch unsere Kehlen. Selig stieß ich auf und lobte das Gesöff.

»Ich habe Ingwer, Zimt und grünen Pfeffer hineingetan.«

Toinette schlug ihre unregelmäßigen Zähne in die Pastete und fuhr kauend fort: »Maître Aubert sagt, diese Zutaten im heißen Hypokras stärken den Mann.«

Ich verstand und grinste, zumal ich die Wirkung spürte, mochte sie nun im Würzwein begründet sein oder in der nackten Üppigkeit Toinettes. Mit der linken Hand schob ich die schwimmende Holzplatte beiseite, um mit der rechten nach den vollen Brüsten greifen zu können. »Maître Auberts Gewürze schlagen rasch an.«

»Hier können uns alle sehen«, kicherte die Magd und schlug meine Hand zur Seite.

»In diesem Nebel wohl kaum«, stellte ich nach einem kurzen Blick in die Runde fest. Hinter dem dicken Vorhang aus Dampfschwaden verschwammen die anderen Zuber, in denen die Badegäste hockten, viele zusammen mit einer Magd. »Außerdem sind hier alle beschäftigt.«

Noch einmal wich Toinette mir aus, und Badewasser spritzte. Dann hatte sie Erbarmen und flüsterte: »Reiben kostet extra.« Die Bademagd ließ ihre Hände ins Wasser gleiten, dorthin, wo niemand sie sehen konnte, und bald spritzte auch ich. Mir ging durch den Kopf, daß man die Bademägde mit voller Berechtigung ›Reiberinnen‹ nannte.

Zufrieden lehnte ich mich zurück, um Hammelfleisch, Käse und Wein zu genießen. Als ich den Holzbecher lehrte, mußte ich wieder an den armen Teufel auf dem Prangerblock denken. Was hätte er für einen Becher Wein gegeben, als er nach Wasser schrie und nur Spott erntete. Ihm hatte Claude Frollo nicht geholfen, aber mir, dem Fremden, hatte der Archidiakon zehn Sols in die Hand gedrückt!

Toinette blickte mich stirnrunzelnd an. »Was habt Ihr, Maître? Ihr schaut auf einmal so ernst drein. Wie der Drache, als der heilige Georg ihn erschlug. Schmeckt Euch der Hypokras nicht? Hab ich zuviel grünen Pfeffer genommen?«

Ich schüttelte den Kopf, erzählte von der Bestrafung des Glöckners und meinte: »Dieser Quasimodo ist ein seltsamer Kauz.«

»Ein Sohn des Teufels«, fügte Toinette hinzu und schlug vor ihren schweren Brüsten das Kreuz, was mich an Schwester Victoire erinnerte.

»So etwas habe ich heute schon mal gehört«, sagte ich. »Wie kommst du darauf, in dem Buckligen einen Teufelssohn zu sehen?«

»Na, alle sagen's! Er hat den bösen Blick. Es heißt, eine schwangere Magd, die dem Glöckner begegnet, erspart sich den Gang zur Schaberin.« Sie seufzte tief. »Beim Allmächtigen, vielleicht wäre die Begegnung mit Quasimodo eine schmerzlosere Methode, seinen dicken Bauch loszuwerden.«

Toinette blickte ernst drein. Ich begriff, daß sie aus schmerzvoller Erfahrung sprach. Um sie aufzuheitern, wollte ich Wein nachgießen, aber die Karaffe war leer. Da gerade eine andere Bademagd an unserem Zuber vorbeiging, erhob ich mich und reichte ihr den leeren Krug. »Bring ihn voll zurück, am besten mit heißem Hypokras!«

Dabei wandte ich Toinette den Rücken zu. Als ich mich umdrehte und wieder ins Wasser glitt, hatte sich ihre Betrübnis in Erstaunen, ja fast in Erschrecken verwandelt. Mit aufgerissenen Augen starrte sie mich an, als sei ich Quasimodo, der Sohn des Teufels.

»Was hast du?« fragte ich.

»Die Muschel!« flüsterte sie entrückt. »Ihr habt die Muschel!«

Mir schwante, weshalb die Weinkaraffe so schnell leer gewesen war. Grinsend zeigte ich auf das behaarte Dreieck zwischen ihren Schenkeln »*Du* hast die Muschel, Toinette. Aber ich hätte sie gern zu meiner Verfügung.«

Abrupt stand sie auf – verängstigt, nicht empört – und

stieg so unsanft aus dem Wasser, daß ein ordentlicher Schuß über den Rand schwappte. Sogleich verließ ich den Zuber ebenfalls, um sie festzuhalten.

»Kommt mir nicht zu nahe, Muschelbruder!« zischte sie und lief, nackt wie sie war, davon.

Kaum hatte ich mich mit einem großen Tuch trokkengerieben und meine neuen Kleider übergezogen, baute sich Maître Aubert mit zwei kräftigen Gehilfen vor mir auf. Der eine Badeknecht hielt drohend ein großes Schermesser in der Hand, der andere einen eisernen Feuerhaken.

»Du bist also der mit der Muschel«, sagte der Bader, und ich zuckte ratlos mit den Schultern. »Ich weiß nicht, was du hier willst, aber eins weiß ich sicher: Wenn du mein Badehaus noch einmal betrittst, verkoch ich dich zu Seife. Muschelbrüder sind hier nicht erwünscht!«

Der drohend erhobene Feuerhaken und die scharfe Klinge des Schermessers, die dicht vor meinem Gesicht die Dampfschwaden durchschnitt, verliehen Maître Auberts Worten gehörigen Nachdruck. Also verließ ich das Badehaus schleunigst. Allerdings war der Widerwille des Baders gegen meine Anwesenheit nicht so groß, daß er seinen und Toinettes Lohn vergessen hätte, auch nicht den für das ›Reiben‹.

Auf der Straße fror ich, obgleich die Sonne noch nicht untergegangen war. Der frische Januarwind war etwas anderes als die schwülen Dämpfe in der Badestube. Vielleicht waren sie Maître Aubert und den Seinen zu Kopf gestiegen. Gab es nicht die Theorie, zu häufiges Baden weiche Körper und Geist auf? Mochte sein, das galt nicht nur für Badende, auch für die Bader. Oder tranken sie von morgens bis abends ihren heißen Hypokras? Ich konnte mir keinen Reim auf die Muschelgeschichte machen. Aber da Paris mich in den wenigen Tagen meines Hierseins schon mit allerlei Seltsamkeiten überhäufe hatte, maß ich dem Vorfall keine große Bedeutung bei. Vielleicht war dies einfach Auberts Art, die Badezuber für neue Gäste zu leeren.

Ich beschritt die Rue de la Pelleterie in östlicher Richtung und schlug jenseits der Notre-Dame-Brücke den kürzesten Weg zur Kathedrale ein. Mein neuer Dienstherr würde mich schon erwarten. Als ich das große Gotteshaus in den dunkler werdenden Himmel ragen sah, verharrte ich unschlüssig, blickte nach rechts zu den Gebäuden des Hôtel-Dieu und änderte meine Richtung.

Aus welchem Grund ich zum Hospital ging anstatt zur Kathedrale? Vielleicht erschien mir die Aussicht, mit dem finsteren Archidiakon und seinem verunstalteten Glöckner unter einem Dach zu schlafen, nicht sonderlich reizvoll. Vielleicht wollte ich das Versäumte nachholen und einen Teil von Frollos Vorschuß für eine Dankesspende an die Augustinerinnen verwenden. Bestimmt aber hoffte ich, der gesprächigen Schwester Victoire noch mehr Einzelheiten über Claude Frollo und Quasimodo zu entlocken.

Obwohl sich allerlei Volk auf dem Domplatz herumtrieb, fühlte ich mich verfolgt. Wie von einem Schatten, der mir anhing, aber nicht greifbar war. Zu der Kälte des auffrischenden Abendwinds gesellte sich ein innerer Schauer. Bildete ich mir das nur ein?

Um das herauszufinden, trat ich blitzschnell in eine schmale Gasse zu meiner Rechten und drückte mich hinter einen Mauervorsprung. Mit angehaltenem Atem wartete ich ab und schob den Kopf gerade so weit über die Mauer, daß ich den Eingang der Gasse erspähen konnte. Meine schweißfeuchten Hände klebten an dem brüchigen Gestein.

Schon glaubte ich, mich getäuscht zu haben, und stieß den angehaltenen Atem aus. Da verdunkelte ein Schatten – mein heimlicher Begleiter? – die Öffnung der Gasse zum Domplatz. Ich traute meinen Augen kaum: Der dürre Kerl mit dem bärtigen, schartigen Gesicht war Colin. Colin der Bettler, Colin der Dieb!

In der Erregung hatte ich wohl zu fest gegen das alte Mauerwerk gedrückt. Der trockene Mörtel hielt das Gestein kaum noch, und ein faustgroßer Brocken krachte auf das zertretene Pflaster. Mehr brauchte es nicht, um meinen Verfolger zu warnen. Von einem Augenblick auf den anderen war er verschwunden.

Ich sprang auf, rannte hinaus auf den Domplatz und blickte mich nach allen Seiten um. Von Colin keine Spur. War er in eine der anderen Gassen getaucht? Hielt er sich in der bunten Menge verborgen, die den Platz vor der Kathedrale füllte? Unmöglich, ihn zwischen all den Klerikern, Gläubigen, Händlern und Bettlern auszumachen. War er überhaupt dagewesen? Oder hatte auch ich dem heißen Hypokras zu kräftig zugesprochen?

Zweifelnd setzte ich meinen Weg fort und klopfte an die verschlossene Pforte des Hospitals. Ein triefäugiger Pförtner öffnete und musterte mich wie einen Störenfried.

»Ich wurde letzte Nacht hierhergebracht«, erklärte ich. »Nun möchte ich mich bei Schwester Victoire mit einer kleinen Spende bedanken.«

Sein feuchter Blick wollte mich schier durchdringen. »Bei Schwester Victoire?« vergewisserte er sich, als sei er schwerhörig.

»Ja, sie hat mich gepflegt.«

»Ihr seid das also«, brummte der Triefäugige. Er ließ mich ein, verriegelte das Portal wieder und übernahm die Führung.

»Bringt Ihr mich zu Schwester Victoire, Bruder Portarius?«

»Hm?« Er blieb kurz stehen, kratzte sich den fast kahlen Schädel und nickte verlegen. »O ja, natürlich, ich führe Euch zu ihr.«

Wider Erwarten ging es nicht in einen Krankensaal. Der Pförtner öffnete eine schmale Tür, die in einen mit Tischen und Bänken ausgestatteten Raum führte. Auf einem Tisch flackerte eine Talgfunzel und warf ihr tanzendes Licht auf vier Gesichter. Eins gehörte einer alten, runzligen Augustinerin. Die anderen drei Anwesenden waren Männer, zwei kräftige Kerle und ein kleiner, schmaler, so dürr wie Colin.

»Das ist der Strolch!« krähte der Bruder Portarius mit sich überschlagender Stimme und versetzte mir einen Stoß in den Rücken, daß ich in den Raum taumelte. »Er ist der Mörder!«

Ich stolperte über eine Bank und schlug mit der Stirn gegen einen Tisch. Der scharfe Kopfschmerz vom Morgen kehrte zurück. Viel Schonung war meinem Schädel wirklich nicht vergönnt.

Bevor ich mich erheben konnte, waren die beiden kräftigen Kerle auf einen Wink des Kleinen über mir. Sie packten mich, rissen meine Arme auf den Rücken und mich selbst so ruckartig in die Höhe, als wollten sie mich in einem Schwung zu den himmlischen Heerscharen befördern. Jetzt erst nahm ich war, daß die beiden den violetten Waffenrock der Scharwache trugen.

Mein Herz sackte in die tiefste Hölle. Ich dachte an den armen Maître Avrillot, der doch in Wahrheit einen gnädigen Tod gehabt hatte. Ich selbst würde auf dem Grève-Platz am Galgen baumeln, noch dazu für einen Mord, den ich nicht begangen hatte.

»Du also bist der Mörder?« fragte der kleine Mann, dem die beiden Scharwächter gehorchten, obgleich er in seinem zerschlissenen Mantel höchst unscheinbar wirkte.

»Nein, ich habe damit nichts zu tun!« stieß ich hervor.

»Was machst du hier?« fragte der Kleine mit einer Stimme, die das Fragen und Befehlen gewöhnt war.

»Ich wollte zu Schwester Victoire, um ihr eine Spende für das Hospital zu geben. Sie hat mich heute morgen gepflegt.«

Ein fragender Blick des Kleinen, und der Bruder Portarius bestätigte meine Worte. Der Kleine fuhr sich durch die dunklen Locken und wies die Sergeanten der Scharwache an, mich loszulassen.

»Warum?« fragte die alte Frau.

»Weil der Mörder bestimmt nicht nach Schwester Victoire fragt, ehrwürdige Mutter Oberin«, erklärte der Kleine.

Ich verstand das zwar nicht, freute mich aber, daß er so dachte.

»Bringen wir ihn zu Schwester Victoire«, fuhr der Kleine fort. »Vielleicht wird sich dann einiges klären.«

Der Pförtner stammelte: »Ich hielt ihn für den Mörder, weil er nach Schwester Vic ...«

Eine knappe Handbewegung der Mutter Oberin brachte ihn zum Schweigen, und ein weiterer Wink verwies ihn zurück auf seinen Posten.

Ich betrat mit den drei Männern und der Oberin den Krankensaal, in dem ich am Morgen zu mir gekommen war. Inständig hoffte ich, daß ein Gespräch mit der gutmütigen Schwester tatsächlich alles klären würde, wenn ich mir auch nicht vorstellen konnte, wie die Augustinerin mich von dem Verdacht befreien sollte, der Mörder des Zölestiners zu sein.

Nirgends konnte ich Schwester Victoire entdecken. Dafür sah ich zwei weitere Schwarwächter vor einem der baldachinüberspannten, verhängten Betten stehen. Schwestern wie Kranke warfen ihnen scheue, fast ängstliche Blicke zu. Nein, nicht den Sergeanten, wie ich erkannte, sondern dem Bett, das unser Ziel war.

»Bitte, Monsieur, hier ist Schwester Victoire«, sagte der kleine Mann und zog den Vorhang mit einem kräftigen Ruck beiseite.

Die füllige Gestalt der Schwester lag auf dem Bett, reglos,

wie schlafend, wenngleich die Augen offen waren. Sofort erkannte ich das Vollmondgesicht wieder, auch wenn es nicht mehr rosig schimmerte. Es war bleich. Totenblaß. Die Augen blickten starr zum Betthimmel hinauf, so glasig und leer wie gestern die des Zölestiners, nachdem er sein Leben in meinen Armen ausgehaucht hatte. Im scharfen Kontrast zu dem bleichen Antlitz stand der rote Hals. Blut war in großer Menge ausgetreten, verursacht durch einen tiefen Schnitt.

Der Tod kitzelte meine Nase mit süßlichem Duft, und Ekel überwältigte mich. Ich fiel auf die Knie und übergab mich, bis nichts mehr von Hammelfleisch und Roquefort in meinem Magen war, höchstens noch ein wenig Hypokras. Die Mutter Oberin winkte eine Novizin herbei und befahl ihr, mein Erbrochenes aufzuwischen.

»Wer ...«, krächzte ich mit rauher Stimme, als ich mich an einen Bettpfosten hochzog. »Warum?«

»Genau das sind die beiden Fragen, die ich mir auch stelle«, sagte der kleine Mann mit dem schwarzen Lokkenhaar und lächelte unangemessenerweise. »Die Beantwortung der zweiten Frage führt hoffentlich zur Erhellung der ersten. Leider stehen bislang noch beide offen. Vielleicht könnt Ihr mir helfen, ein wenig Licht in die Sache zu bringen.«

»Wer seid Ihr?« fragte ich teils aus ehrlichem Interesse, teils um Zeit zu gewinnen.

Ich mußte die Lage überdenken. Daß es hier nicht um den Tod des Zölestiners ging, erleichterte mich. Daß die gute Schwester Victoire auf so grausige Weise aus dem Leben geschieden war, warf allerdings einen großen Schatten auf meine Erleichterung.

»Oh, Verzeihung.« Der Kleine lächelte wieder und deutete eine spielerische Verbeugung an. »Mein Name ist Piero Falcone. Ich bin Kriminalleutnant am Châtelet und mit der Untersuchung des Falles betraut.«

»Ein seltsamer Name«, murmelte ich.

Der Leutnant setzte eine entschuldigende Miene auf. »Mein Vater stammt aus Sizilien. Und Ihr? Wie heißt Ihr? Und wer seid Ihr, Monsieur?«

»Armand Sauveur de Sablé«, antwortete ich lahm, noch immer im Bann des unvermuteten Todesfalls. Obwohl der Anblick gräßlich war, vermochte ich den Blick nicht von dem blassen Gesicht und dem roten Hals der Augustinerin zu wenden.

»Aus Sablé an der Sarthe?«

Ich nickte.

»Und Euer Beruf?«

»Kopist.«

»Wo arbeitet Ihr?«

»In Notre-Dame.«

Falcone warf mir einen überraschten Blick zu. »Was gibt es dort zu kopieren?«

»Noch weiß ich es nicht. Ich war gerade auf dem Weg, meine Stellung bei Dom Frollo anzutreten.«

»Oh, beim Archidiakon.« Falcone schien beeindruckt.

»Dom Frollo war heute morgen im Hospital«, sagte die Mutter Oberin. »Es heißt, er habe mit Schwester Victoire gesprochen.«

»Das stimmt«, bestätigte ich. »Er kam, um mir die Stelle des Kopisten anzubieten. Kurz darauf verließ ich das Hospital, und seitdem habe ich Schwester Victoire nicht mehr gesehen.«

»Sie starb am Nachmittag«, erklärte der Kriminalleutnant. »Die Mildtätigkeit brachte ihr den Tod.«

Ich verstand ihn nicht und sagte es.

»Schwester Victoires Mörder muß ein Bettler gewesen sein, der nun verschwunden ist«, erläuterte Falcone. »Er wurde völlig entkräftet an der Pforte des Hospitals gefunden und in dieses Bett gelegt. Schwester Victoire kümmerte sich um ihn. Danach sah man sie nicht mehr. Als eine Novizin nach dem Bettler sehen wollte und den Vorhang des Bettes zurückzog, lag nicht der Sieche darin, sondern …«

Er zeigte auf die Tote.

»Ein Bettler!« stieß ich hervor und dachte an den rätselhaften Colin.

»Ja«, nickte Falcone. »Warum? Habt Ihr einen Verdacht, Monsieur Sauveur?«

»Nein. Ich dachte nur daran, wie viele Bettler es in Paris gibt. Es müssen Hunderte sein.«

»Tausende«, erwiderte der Leutnant. »In die Hunderte gehen allein die verschiedenen Bruderschaften, zu denen sie sich zusammengeschlossen haben.«

War es richtig, nicht von Colin zu erzählen? Aber was konnte es nützen? Der Strolch war sowenig faßbar wie ein Schatten. Wie sollte ich erklären, welche Rolle er spielte, welcher Art die Verbindung zwischen ihm und mir war, lag beides doch für mich selbst im dunkeln. Das wenige, was ich wußte, klang so seltsam, daß der Verdacht nur auf mich fallen würde. Falcone mußte denken, ich wolle von mir ablenken.

»Ihr seht so nachdenklich aus, Monsieur Sauveur.« Falcones Ton war beiläufig, doch sein Blick durchbohrte mich.

»Ich frage mich, warum der unbekannte Bettler Schwester Victoire getötet hat. Was gibt es bei einer Nonne zu rauben?«

»Ihre Stimme.«

»Wie kann man eine Stimme stehlen?«

»Indem man die Kehle durchschneidet, so wie der Mörder es hier getan hat.«

Allmählich begriff ich. »Das heißt, er wollte Schwester Victoire zum Schweigen bringen?«

»So sieht es aus, und darauf deutet auch das hier hin. Es steckte im Mund der Toten, als sie gefunden wurde.«

Falcone zog etwas aus der Manteltasche und reichte es mir. Ein verknicktes Stück festen Papiers, auf der Rückseite mit einem einfachen Gittermuster und auf der Vorderseite mit bunter Malerei versehen. Sie zeigte eine Hand, die einen knorrigen Stab nach oben reckte, und daneben die Zahl X.

»Eine Spielkarte«, stellte ich fest, »die Stabzehn. Und was hat das zu bedeuten?«

»Das wißt Ihr nicht, Monsieur Sauveur?«

»Würde ich sonst fragen?«

»Aber Ihr wißt, daß die Karte etwas bedeutet!« rief Falcone.

»Da die Karte im Mund der Toten steckte, muß sie wohl etwas bedeuten.«

Nun lächelte der Leutnant wieder. »In der Tat. Zum Glück kennt die Mutter Oberin sich in der geheimen Bedeutung der Karten aus. Erklärt es Monsieur Sauveur bitte, ehrwürdige Mutter.«

»Eine Karte hat mehrere Bedeutungen«, sagte die Oberin mit starrer Miene. »Bei der Stabzehn sind es drei: Hindernis, Verräter sowie Anfang und Ende.«

»Woraus wir folgern können«, riß Falcone wieder das Wort an sich, »daß der Mörder uns folgendes mitteilen wollte: Mit der Tötung von Schwester Victoire hat er ein Hindernis aus dem Weg geräumt, nämlich eine Verräterin zu ihrem verdienten Ende gebracht.«

Die Mutter Oberin nickte. »So ist es.«

Falcone warf ihr einen schnellen Seitenblick zu. »Übrigens erstaunlich, daß Ihr Euch so gut mit den Karten auskennt, ehrwürdige Mutter. Sagt die Kirche nicht, die Karten seien Teufelswerk?«

»Um das Werk des Teufels zu verdammen, muß man es kennen«, erwiderte die alte Augustinerin ungerührt.

»Eine lobenswerte Ansicht«, meinte der Leutnant.

»Schade, daß die Kirche sie sich nicht allgemein zu eigen macht.«

»Aber was hat Schwester Victoire verraten?« warf ich ein. »Und wem?«

»Gut gefragt«, sagte Falcone lächelnd. »Und die Antwort kennt Ihr nicht?«

»Weshalb ich?«

»Habt Ihr Euch heute morgen nicht angeregt mit der Toten unterhalten?«

»Nicht über wichtige Dinge.«

»Und um welche unwichtigen Dinge ging es?«

Es lag mir fern, meinen neuen Dienstherrn in Verruf zu bringen, deshalb antwortete ich nach kurzem Zögern: »Wir sprachen ganz allgemein über Paris. Ich kenne die Stadt noch nicht sehr gut.«

»Dann muß Schwester Victoire zu jemand anderem etwas gesagt haben, das sie besser für sich behalten hätte.«

»Und das soll genügen, um ihren Tod zu veranlassen?« rief ich erschrocken.

»Worte haben schon so manchem den Tod gebracht«, sagte die Mutter Oberin leise.

»Aber wozu die Spielkarte?« fragte ich. »Warum gibt der Mörder diesen Hinweis?«

»Gerade darauf kam es ihm an«, erwiderte Falcone. »Der Mord soll andere abschrecken, ihren Mund zu weit aufzusperren. Verräter finden ein Ende wie Schwester Victoire. Das ist die Botschaft dieser Tat. Oder, besser ausgedrückt: Die Tat ist die Botschaft.«

»Verzeiht, wenn ich mich einmische«, sagte die Mutter Oberin. »Ich würde Schwester Victoire gern waschen und für die Totenwache herrichten lassen.«

Falcone nickte. »Selbstverständlich, ehrwürdige Mutter.«

Die Oberin ließ zwei Knechte mit einer Bahre kommen, auf die Schwester Victoire mit Hilfe der Sergeanten gelegt wurde. Als die Knechte den Leichnam forttrugen, zeigte ein Sergeant auf das zerwühlte Laken und rief den Leutnant herbei. Auch ich trat näher und sah etwas, das bislang vom Gewand der Toten verdeckt gewesen war: eine rote Zeichnung im Leinen.

»Das hat Schwester Victoire gemalt«, stellte Falcone fest und schien zum erstenmal überrascht. »Im Todeskampf, mit ihrem Blut.«

Es sah aus wie ein Kreis, ein Ring. An einer Stelle sehr dick und ausgefranst, wurde die Linie dünner und dünner.

»Was stellt das dar?« fragte der Sergeant, der den Fund gemacht hatte.

»Ich weiß es nicht.« Falcone sah erst die Mutter Oberin und dann mich an. »Habt Ihr eine Erklärung, ehrwürdige Mutter? Oder Ihr, Monsieur Sauveur?«

Ich hatte keine, und die Äbtissin sagte: »Vielleicht hat es gar nichts zu bedeuten. Es könnte zufällig entstanden sein, als Schwester Victoire mit dem Tod rang und ihre Bewegungen nicht mehr beherrschte.«

»Möglich, aber unwahrscheinlich. Dann wäre es nicht solch ein geschlossener Kreis. Wie auch immer, wir werden das Laken mitnehmen Es könnte noch wichtig werden.« Falcone wandte sich wieder mir zu, mit einem listigen Ausdruck im faltigen Gesicht. »Da wir gerade bei wichtigen Dingen sind, Monsieur Sauveur: Wo habt Ihr den Nachmittag verbracht?«

Kapitel 8

Der rote Drache

Auf dem mittlerweile dunklen Platz zwischen Hôtel und Kathedrale blieb ich stehen und sog die kühle Luft tief in meine Lungen. Trotz des kalten Windes fühlte ich mich erhitzt, und meine Glieder zitterten. Falcones letzte Frage steckte mir in den Knochen.

Wie ein Fuchs, der seinem Opfer auflauert, hatte der kleine Kriminalleutnant vor mir gestanden, hatte mich mit zu Schlitzen verengten Augen fixiert, damit ihm keine Regung meines Körpers und meines Gesichts entging. Einem Sukkubus gleich, der keinen Tropfen Lebenssaft verschwenden will. Wie ein V mit ausgestreckten Armen, bereit, mich beim kleinsten Fehler zu umschließen und nicht mehr loszulassen.

Obwohl ich unschuldig war, am Tod der Augustinerin wie an dem des Zölestiners, mußte ich mich zur Ruhe zwingen, hatte ich doch schon den rauhen Hanf gespürt, der sich um meine Kehle zusammenzog. Ich hatte Falcone die Händler genannt, bei denen ich eingekauft hatte, und die Badestube. Er hatte unverbindlich gelächelt und gesagt, die Frage habe er mir stellen müssen, selbstverständlich bestehe keinerlei Verdacht gegen mich, den Schreiber des Archidiakons von Notre-Dame. Dann, endlich, hatte er mich gehen lassen. Als ich den Krankensaal durchschritt, hatte ich, obschon ich Falcone nicht ansah, seinen bohrenden Blick in meinem Rücken gespürt.

Gelärm drang von der Kathedrale zu mir herüber. Eine

Handvoll Mesner schwärmte aus, um das Volk aus dem Gotteshaus und dem Schatten seiner Portale zu vertreiben. Notre-Dame wollte ihre Tore schließen und sich zur Nachtruhe begeben. Gleichzeitig rief Glockengeläut die Priester, Diakone und Mönche zum Nachtgebet. Ich blickte hinauf zu den hohen Türmen der Kathedrale und fragte mich, in welchem von ihnen der schreckliche Glöckner jetzt wohl weilte und die Nachtglocke schwang.

Ich lief über den Platz, hastete die Stufen zum Portal des Jüngsten Gerichts hinauf und erklärte einem pferdegesichtigen Mesner, daß ich der neue Schreiber des Archidiakons sei. »Dom Claude Frollo wird mich nach Beendigung der Komplet gewiß empfangen wollen.«

Der Mesner bleckte Zähne, die so groß waren, daß die Grimasse einem Grinsen glich. »Das glaube ich nicht, Monsieur, o nein.«

»Weshalb nicht?«

»Ich habe erst kürzlich gesehen, wie Dom Frollo auf den Nordturm gestiegen ist. Da wird er sich nicht zum Nachtgebet herunterbemühen.«

»Führt mich zu ihm!« bat ich.

Der Pferdegesichtige wiegte seinen Kopf hin und her. »Wenn ich wüßte, ob ich den Archidiakon stören darf, wenn ich's nur wüßte. Er hat's nämlich nicht gern, gestört zu werden, wenn er oben bei den Glocken ist. O nein, gar nicht gern hat er's. Andererseits ...« Die letzte Bemerkung versickerte in einem Zähneblecken, das etwas Unterwürfiges und zugleich etwas Forderndes und Verschlagenes hatte.

»Was wolltet Ihr sagen?« fragte ich ein wenig barsch, vergrätzt von der Aussicht, eine weitere Nacht im Freien und auf kaltem Stein verbringen zu müssen.

»Eine gewisse Entschädigung dafür, daß ich vielleicht Dom Frollos Zorn auf mich lade, wäre nicht unangebracht.

Zumal es gute Sitte in Notre-Dame ist, daß ein Neuer hier was springen läßt. Eine milde Gabe, wenn Ihr so wollt, Monsieur.«

Also zückte ich meine Geldkatze, um die gierig ausgestreckte Klaue mit einem Sol zu befriedigen. Dabei stieß meine Hand an einen harten Gegenstand unten in meinem Lederbeutel – die Gabe des sterbenden Oblaten. Ich war noch immer nicht dazu gekommen, sie genauer zu betrachten. Um die Wahrheit zu sagen: Ich verspürte nicht das geringste Bedürfnis, mich an die schreckliche Nacht zu erinnern.

Schnell verschwand die Münze in den Gewandfalten des Pferdegesichtigen, und er führte mich ins Innere Notre-Dames. Hinter mir schlug mit einem dumpfen Krachen das schwere Mittelportal zu.

Ich stutzte, erschrak fast, denn ich kam mir wie ein Gefangener vor nicht wie ein Gast. Das Gefühl verstärkte sich beim Anblick der unzähligen Figuren, welche die Räume zwischen den Säulen des Chors und de Schiffes bevölkerten. Engel und Dämonen, Heilige und Sünder, Menschen und Ungeheuer. Ein Kosmos aus Stein und Marmor, Gold und Silber, Erz und Wachs. Gleichwohl voller Leben, wie es mir schien. Tausende von Augen starrten mich an, verfolgten mich mit neugierigen Blicken. Wie eine Armee von Wächtern, die mich nicht mehr aus ihren Klauen lassen wollte. Vielleicht rief das Flackern der vielen Kerzen und Talglichter diesen lebendigen Eindruck hervor. Etwas anderes konnte, durfte es nicht sein.

Ich war froh, als ich hinter dem Mesner in einen schummrigen Turmaufgang zur Linken trat und diese Heerschar nicht länger anschauen mußte. Klamm und abgestanden war die Luft in den engen Mauern des Glockenturms. Stufe um Stufe erstieg der Mesner, ich hinterdrein. Nur hin und wieder warf eine Kerze in einem eisernen Wandhalter ihren

Lichtschein ins Halbdunkel, gerade genug, daß ich die steinerne Treppe erahnen konnte. Mehrere hundert Stufen mußten hinter uns liegen, als wir endlich ins Freie traten.

Schwindel packte mich, als ich auf die Dächer der finsteren Stadt tief unter uns hinabschaute. Die Menschen schienen aus der Welt verschwunden. Hier oben auf dem Turm herrschten steinerne Wesen, Verwandte jener Statuen, die mich zuvor im Kirchenschiff begrüßt hatten. Ungeheuer mit gräßlichen Fratzen, mit Flügeln und Klauen hockten auf den Balustraden, den finsteren Blick oder ein höhnisches Grinsen auf Paris gerichtet. Im Tageslicht mochten sie wie harmlose Wasserspeier scheinen, doch die Nacht enthüllte ihre wahre – dämonische – Natur.

Fast war mir, als erhöben sich die Geflügelten unter den Monstren und als ließe der Schlag ihrer steinernen Flügel die Luft erzittern. In Wahrheit mußte es sich um den Nachhall der verstummten Glocken handeln, deren Vibrieren sich durch Luft, Holz und Stein fortsetzte. Ich starrte die Turmaufbauten an, in denen sich das Glockengestühl befinden mußte. Hockte darin noch der Glöckner, der Bucklige, Quasimodo?

Ich mußte den Namen laut ausgesprochen haben, denn mein Führer nickte und sagte: »Ihr habt recht, Monsieur, hier oben herrscht Quasimodo. Die Kathedrale ist seine Welt, und ihre Glockentürme sind sein Reich. Aber der Bucklige ist nur der Fürst. Sein Lehnsherr und König ist Dom Frollo. Wollen sehen, wo wir ihn finden.«

Wir folgten den verwinkelten Wegen und Stiegen des Turms bis zu einer kleinen Zelle in der hintersten Ecke, fast unter dem Dach des Turms. Lichtschein drang durch die Ritzen der geschlossenen Tür, dazu Stimmen.

»Hier also steckt er«, brummte der Mesner mehr zu sich selbst. »Und Besuch hat er auch noch.« Als er sich zu mir umwandte, lag Furcht auf seinen grobknochigen Zügen.

»Besser ist's, wir gehen wieder, Monsieur. Dom Frollo mag es nicht, wenn man ihn in dieser Zelle stört.«

»Weshalb nicht? Was tut er hier?«

»Niemand weiß es«, flüsterte der Mesner und legte den Finger an die Lippen, damit auch ich leise sei. »Die Tür ist stets verschlossen, und den einzigen Schlüssel trägt Frollo immer bei sich. Nicht einmal der Bischof wagt es, diesen Raum ohne seine Erlaubnis zu betreten.«

»Dann klopfen wir einfach an und fragen um Erlaubnis«, schlug ich vor. »Dom Frollo wird es noch weniger schätzen, wenn ich ihn spät am Abend behellige.«

Die Augen unter der vorspringenden Stirn des Mesners weiteten sich, und nachdrücklich schüttelte er sein kantiges Haupt. »Ihr solltet das Unheil nicht beschwören, Monsieur. Dom Frollo ist ...«

»Was bin ich?« fragte eine scharfe Stimme, begleitet vom leisen Quietschen der Zellentür. Sie öffnete sich nur einen Spalt, durch den Claude Frollo unwillig nach draußen blickte. Als er den Mesner erkannte, fuhr er in barschem Ton fort: »Was stört Ihr mich so spät, Odon? Ihr wißt doch, daß ich hier oben keinen Menschen sehen will!«

»Ich weiß es sehr wohl, aber dieser Herr hier will es mir nicht glauben«, erwiderte Odon und machte ängstlich einen Schritt nach hinten, so daß der Lichtschein aus der Zelle auf mich fiel.

Sofort hellten sich Frollos Züge ein wenig auf. »Ah, Ihr seid's, Monsieur Sauveur. Ich dachte schon, an meinem Geld sei Euch mehr gelegen als an meinen Büchern. Odon, führt meinen neuen Schreiber in Pierre Gringoires Zelle. Sie soll fortan sein Schlafgemach und sein Arbeitsraum sein. Wartet dort auf mich, Monsieur.«

Er schloß die Tür, doch vorher erhaschte ich noch einen kurzen Blick auf seine Gäste. Ich sah zwei Männer, und beider Gesichter kamen mir bekannt vor. Aber nur das fleischige Antlitz des einen verband ich in jenem Augenblick des Schreckens, der mein Blut erhitzte und meine Gedanken durcheinanderwirbelte, mit einem Namen. Zweimal hatte ich es bereits erblickt, und beide Male hatte der Mann auf einem Apfelschimmel gesessen.

Wie zuvor der Mesner Odon trat jetzt ich rasch zurück in den Schatten und hoffte, daß Gilles Godin, Notar am Châtelet, mich nicht erkannt hatte. Denn welche Gründe ihn auch trieben, er sah in mir den Mörder des Zölestiners.

»Was habt Ihr, Monsieur? Ist euch nicht wohl?« fragte Odon, als ich rücklings gegen eine Mauer prallte und mit dem Hinterkopf unsanft aufschlug.

»Die Dunkelheit ließ mich stolpern«, murmelte ich. »Besser, Ihr geht voran. Ich bin keine Fledermaus, daß ich mich in dieser Finsternis zurechtfinde.«

»Ist auch kein Ort hier oben für einen Menschen aus Fleisch und Blut, nicht in der Nacht, o nein«, brummte Odon und übernahm erneut die Führung.

Unterwegs fragte ich beiläufig: »Sind Euch die Gäste des Archidiakons bekannt, Odon?«

»Ich hab sie gar nicht sehen können«, antwortete der Mesner zu meiner Enttäuschung.

Ich hatte geglaubt, er würde mich wieder nach unten führen, doch Pierre Gringoires Zelle lag nicht auf dem Klostergelände von Notre-Dame und auch nicht im Wohnviertel der Kleriker, sondern hier oben im Glockenturm.

Als ich mich laut darüber wunderte, meinte Odon: »Ich würde hier auch nicht wohnen wollen. Dom Frollo und sein Glöckner sind nicht gerade eine heitere Gesellschaft, wie?« Er blickte sich nach allen Seiten um und fügte im Flüsterton hinzu: »Nehmt Euch in acht, Monsieur Sauveur!«

Bevor ich noch fragen konnte, wovor, war der Mesner schon verschwunden, vermutlich froh, den Glockenturm verlassen zu können.

Da die Zelle nicht verschlossen war, trat ich ein und sah mich in meiner neuen Bleibe um. Eine zweischnabelige Bronzelampe auf einem großen Tisch verbreitete hinreichend Licht; entgegen seinen Worten mußte der Archidiakon mit meinem späten Erscheinen gerechnet haben. Die Zelle war geräumig und sauber, und wenn man den kleinen Kamin beheizte, würde sie sogar behaglich warm sein. Zwei große Fenster sorgten für ausreichendes Tageslicht, was für die Arbeit eines Kopisten nicht unerheblich war.

Neben der Lampe fanden sich alle Hilfsmittel, die ich für meine Tätigkeit benötigte: Schreibfedern, Pinsel, Tintenfässer, Dornen, Lineale und Winkel, Schaber und Federmesser. Ich nahm die Federn aus dem mit Schnitzereien verzierten Holzkasten und ließ prüfend Zeigefinger und Daumen über die Schnäbel streichen. Die Werkzeuge waren von bester Güte, ganz nach Vorschrift aus einer der ersten fünf Schwungfedern vom linken Flügel einer ausgewachsenen Gans gefertigt und in heißem Sand gehärtet.

Daneben lagen drei in Leder gebundene Bücher, zwei dikke und ein schmales. Zwei der Bücher waren jungfräulich wie die Muttergottes, im dritten aber waren sämtliche sechshundert Seiten vollgeschrieben, in einer verschnörkelten Schrift, wie sie in den Skriptorien der Klöster üblich ist. Ein Mönch als Verfasser schied jedoch aus, denn die Sätze waren in Französisch verfaßt, nicht in Latein. Ein Blick auf das Titelblatt bestätigte meine Vermutung: *Denk- und Merkwürdigkeiten um den Kometen, welcher Anno Domini 1465 erschienen ist. Gesammelt und niedergeschrieben von Pierre Gringoire.*

»Ihr beschäftigt Euch bereits mit Eurer Arbeit, sehr löblich, Monsieur Sauveur.« Dom Claude Frollo, wie aus dem Nichts aufgetaucht, trat ein und wies mit einem dünnen Lächeln auf das aufgeschlagene Buch. »Gringoire hat meine Dienste leider verlassen, nachdem er für mich das Buch über den Kometen verfaßt hat. Ihm war es hier oben zu einsam. Ich hoffe, Ihr seid den weltlichen Genüssen nicht so sehr verfallen, daß Ihr Euch an den Rocksaum einer Ungläubigen hängt.«

»Ich weiß nicht, wovon Ihr sprecht, Domine.«

»Von Gringoire, der den Himmel von Paris« – Frollos Arme beschrieben einen Kreis, als wolle er den ganzen Glockenturm umfassen – »gegen den niedersten Sumpf der Gosse eingetauscht hat. Habt Ihr nicht gehört, was die Gassenjungen einander zupfeifen?«

»Nein«, antwortete ich wahrheitsgemäß. »Was ist mit Gringoire?«

»In der vergangenen Nacht hat er Hochzeit gefeiert mit dieser ägyptischen Tänzerin.«

»Meint Ihr etwa la Esmeralda, Dom Claude?«

»Ja, la Esmeralda, so nennt man sie.« Ärger und Verachtung schwangen in Frollos Stimme mit. Als hoher Kleriker konnte er nicht verstehen, daß es einem Mann verlockender erschien, sein Leben an der Seite der feurigen Zigeunerin zu verbringen als in dieser abgeschiedenen Schreibstube.

»Wie kam Gringoire dazu, la Esmeralda zu heiraten?«

»Fragt lieber, wie die Ägypterin dazu kam, ihn zum Mann zu erwählen. Er war so dumm, sich ins Reich der Bettler und Gauner vorzuwagen. Sie wollten ihn schon aufknüpfen, als la Esmeralda sich auf das alte Gaunergesetz berief, demzufolge ein Weib den Mann vom Galgen pflücken darf. Ein ketzerischer Heidenbrauch, der Lust und Laster huldigt!« Ein tiefer Seufzer, und Frollos Gestalt straffte sich. »Der neue Besen kehret wohl. Schrieb das nicht Maître Freidank? In diesem Sinne ist es vielleicht am besten, wenn ein anderer, wenn Ihr Gringoires Arbeit fortfürt, Monsieur Sauveur. Seid fleißig und gewissenhaft, dann soll Euch nicht nur Gottes Lohn überreichlich zuteil werden.«

»Ist das Buch über den Kometen denn nicht fertiggestellt?«

»Doch. Monsieur Gringoire hat gewissenhaft alles zusammengetragen, was er über die Geschichte der Kometen und besonders über den Kometen von 1465 ausfindig machen konnte. Eure Arbeit ist es, das Buch abzuschreiben. Aber nicht nur das, in das kleine Buch sollt Ihr alles eintragen, was Euch bei der Arbeit an Seltsamkeiten, an Widersprüchlichem oder Denkwürdigem begegnet.«

»Ein Index zu Gringoires Kometenbuch also«, meinte ich, und Frollo nickte. »Ist dieser Komet so wichtig?«

»Das eben will ich herausfinden, als Mann der Kirche und als Diener der Wissenschaften. Sind Kometen Zuchtruten Gottes oder Gesandte des Bösen? Schreibt alles auf, was Euch dazu in den Sinn kommt, Monsieur Sauveur. Ich werde mich über die Fortschritte Eurer Arbeit laufend unterrichten. Hier oben solltet Ihr die nötige Ruhe finden, um rasch voranzukommen. Wenn Ihr etwas benötigt, wendet Euch an Odon und die anderen Mesner. Ich werde sie anweisen, Euch in allem zu unterstützten.« Er wandte sich zum Gehen, blieb jedoch in der Tür stehen und drehte sich noch einmal um. »Ach ja, noch eine Bitte: Um meine Studien nicht zu stören, tretet niemals unaufgefordert in die Zelle, die ich mir hier oben eingerichtet habe!«

Er hatte es eine Bitte genannt, aber es klang wie ein Befehl, was durch seinen strengen Blick noch untermauert wurde. Als er gegangen war, fragte ich mich, welcher Art seine Studien wohl sein mochten, daß er dafür einen Notar hinzuzog. Für juristische Untersuchungen schien es mir nicht notwendig zu sein, sich auf die Türme von Notre-Dame zurückzuziehen. Und doch mußte es um ein rechtliches Problem gehen, wie mir klar wurde, als mir der Name von Frollos zweitem Besucher einfiel: Jacques Charmolue, königlicher Ankläger beim Kirchengericht. Ich hatte den grauhaarigen Mann mit dem zerfurchten Gesicht gestern im Justizpalast gesehen.

Angst packte mich, daß die juristische Versammlung mir gelten könne, dem angeblichen Mörder von Maître Avrillot. Aber hätte man mich erkannt, hätte man wohl längst die Sergeanten der Scharwache gerufen und mich festnehmen lassen.

Als ich Schritte hörte, hielt ich den Atem an und drängte mich an die Tür. Durch einen Spalt sah ich Claude Frollo und seine beiden Gäste auf dem Weg zur Treppe. Offenbar wollte der Archidiakon Charmolue und Godin verabschieden. Mir war's nur recht.

Ein wenig erleichtert ließ ich mich auf das weiche Kissen des massiven Schreiberstuhls fallen und sann darüber nach, wie ich mich von dem Mordverdacht befreien konnte. Dabei fiel mir die Schnitzerei ein, die Totengabe des Zölestiners.

Was Avrillot so am Herzen gelegen hatte, daß er es mir im Tod noch anvertraute, vermochte mir vielleicht Aufschluß über das Geheimnis zu geben, das über dem seltsamen Vorfall lag. Ich legte die Geldkatze auf den Tisch und zog den schweren Gegenstand hervor.

Eine rotbemalte Schachfigur aus festem Holz, dachte ich zunächst, als ich das handgroße Gebilde mit dem würfelförmigen Sockel auf die Tischplatte stellte. Doch ich kannte kein Schachspiel mit so seltsamen Figuren. Es war weder ein König noch eine Königin, kein Läufer, kein Springer, kein Turm und auch kein Bauer.

Vor mir stand ein blutrotes Fabeltier mit dickem Kopf und gezacktem Leib. Ein Drache, der sich zusammenrollte und in das Ende des eigenen Schwanzes biß. Was war an dieser häßlichen Figur so wertvoll, bedeutsamer als der Tod?

Nachdenklich drehte ich den Drachen im Lampenlicht, bis mir sein geringelter Leib wie ein Kreis vorkam. Ein blutiger Kreis, dick am Kopf und dünn am Schwanzende. Sehr ähnlich dem, den ich im Hôtel-Dieu gesehen hatte – im Bett der toten Schwester Victoire. Gezeichnet von der Sterbenden, mit ihrem eigenen Blut.

Sie hatte den Inhalt meiner Geldkatze gezeichnet, ohne ihn zu kennen!

Oder hatte sie heimlich meine Sachen durchwühlt, bevor ich mein Bewußtsein wiedererlangte? Aber weshalb die Blutzeichnung? Hatte sie mich damit beschuldigt, sie ermordet zu haben? Warum?

Hastig griff ich nach dem Drachen und steckte ihn zurück in den brokatbesetzten Lederbeutel, den ich mit fliegenden Fingern verschnürte. Trotzdem fühlte ich mich nicht wohler. Ich brauchte frische Luft und lief hinaus auf den Turm, bis zur Brüstung, wo mich die Steindämonen angrinsten.

Ich sah hinunter auf die unzähligen verwinkelten Dächer von Paris und fragte mich, wer über wen herrschte: die Menschen über die Stadt oder die Häuser über ihre Erbauer? Diese Stadt zog mich in einen Strudel unerklärlicher Vorfälle, als sei sie ein lebendiges Wesen und ich nur ein lebloser, willenloser Stein.

Aber auch Steine erwachten zum Leben. So schien es mir, als unter mir eine Skulptur an der Mauer des Glockenturms in Bewegung geriet. Sie kletterte an der senkrechten Fassade entlang, ungeachtet der Gefahr, abzugleiten und in die Tiefe zu stürzen.

Doch es war keine Steinfigur. Als das Sternenlicht auf den Kletterer fiel, erkannte ich die unförmige Gestalt des Buckligen. Quasimodo, der wie eine Spinne an der äußeren Turmmauer klebte, blickte aus seinem kleinen linken Auge nach oben, geradewegs zu mir. Ich taumelte zurück, nur darauf bedacht, aus dem Blickfeld des Glöckners zu verschwinden.

Als ich mir verdeutlichte, daß die unwirkliche Szene einzig meiner überreizten Phantasie entsprungen sein konnte, trat ich vorsichtig wieder an die Brüstung und schaute nach unten. Und tatsächlich, Quasimodo war verschwunden. Ich aber fühlte mich keineswegs erleichtert. Zu düster waren die Schatten von Notre-Dame, die mich umfingen.

ZWEITES BUCH

Kapitel 1

Das Rätsel von Notre-Dame

Die Januartage auf dem nördlichen Turm von Notre-Dame verstrichen so eintönig, daß ich nichts spürte von den verhängnisvollen Fäden, die sich dichter und dichter um mich zusammenzogen. Jedenfalls nicht in den Stunden des Tages, an denen ich wachte und arbeitete. Vielleicht lag es daran, daß Pierre Gringoires seltsames Buch meine ganze Aufmerksamkeit beanspruchte, mich derart in seinen Bann zog, daß ich fast alles um mich her vergaß, auch den Umstand, daß ich ein Gefangener von Notre-Dame war.

Voller Eifer tauchte ich die Gänsefeder ins Tintenfaß, um Gringoires gesammelte Erkenntnisse zu übertragen. Das erste Kapitel behandelte *Verschiedene Ansichten, welche Gelehrte des Altertums über Entstehung, Zusammensetzung und Bedeutung der Kometen äußerten.* Erregung ergriff mich ob dieser Gedanken, die ich zu durchdringen suchte und die dabei mich durchdrangen. Die frommen Brüder in Sablé hatten mich anhand der Heiligen Schrift das Schreiben gelehrt. Maître Frondeur hatte mich mit Schriftsätzen, Urkunden und Verträgen gefüttert. Nebenbei hatte ich mir etwas Handgeld mit dem Abfassen persönlicher und geschäftlicher Briefe für die Einwohner meiner Heimatstadt verdient, trockene Abrechnungen und alberne Familiengeschichten. Dies hier war etwas Neues: Meinungen, die miteinander im Widerstreit lagen; Sätze, die mich herausforderten, mir ein eigenes Urteil zu bilden. Hatte ich eine solche

Beschäftigung nicht längst gesucht, als mir die Arbeit für den Advokaten als zunehmend geistlos erschienen war?

Die Gedanken der großen Gelehrten ersetzten mir den Umgang mit den Menschen, der Glockenturm die Welt. Gern ließ ich einige Zeit verstreichen, bevor ich mich wieder hinunter ins brodelnde Paris wagte. Dann hielten Kriminalleutnants und Scharwächter vielleicht nicht länger Ausschau nach dem vermeintlichen Mörder des Oblaten Philippot Avrillot.

Außer den zweibeinigen Ameisen, deren wirres Treiben ich verfolgte, wenn ich in Momenten der Muße vom Turm hinuntersah, erblickte ich kaum einen Menschen. Hin und wieder erkundigte sich Claude Frollo nach dem Fortgang der Arbeit, wenn er auf den Turm stieg, um in seiner Zelle geheimnisvolle Studien zu betreiben; seine eigentliche Wohnung lag im Kloster von Notre-Dame. Ansonsten sorgte Odon für mein leibliches Wohl, brachte mir Essen und was ich zur Arbeit benötigte. Der Mesner zeigte sich nicht mehr so schwatzhaft wie am Abend unserer ersten Begegnung, eher schien er verschlossen und darauf erpicht, sich so schnell wie möglich wieder zu entfernen. Vielleicht aus Angst vor Frollo. Oder vor Quasimodo.

Letzteren erblickte ich zwei- oder dreimal als schattenhafte Gestalt, wie er in seinem eigentümlichen Wackelgang zum Glockengestühl huschte oder vom Läuten kam. Der Glöckner schien mich zu meiden, vielleicht auf Anweisung des Archidiakons, der mich nicht bei der Arbeit gestört sehen wollte. Dem Herrn war's gedankt, ich legte keinen Wert auf die Gesellschaft des buckligen Ungeheuers.

Mein Magen war immer gefüllt, mein Gaumen schmeckte Wein nach Belieben, das Kaminfeuer vertrieb des Januars kalten Hauch, und mein Geist hatte anregende Beschäftigung. Ich hätte rundum zufrieden sein können, wären nicht die schrecklichen Träume gewesen, die meinen

Schlaf zur Qual machten. Träume, wie ich sie so eindringlich nicht kannte, wie ein zweites nächtliches Leben.

Ein riesiges Adlernest aus Stein beherrschte meine Träume, ein so gewaltiger Fels, wie ihn nur eine ganze Armee von Nachtmahren in die unruhigen Gedanken meines Schlafs setzen konnte. Ich lernte zu unterscheiden zwischen dem naturgewachsenen Stein und dem von Menschenhand geformten. Mauern, Häuser und Türme erhoben sich auf dem Berg, ein Horst für Menschen, umringt von steilen Klippen: eine Fluchtburg zwischen Erde und Himmel.

Die Menschen, die sich hier zusammendrängten, waren wahrhaftig auf der Flucht. Ich sah Männer und Frauen, auch Kinder, Alte und Kranke, Ritter und Soldaten. Ich empfand Vertrauen und Angst, Zweifel und Schrecken, Kälte und Hunger. Ich war kein Beobachter, sondern gehörte zu ihnen, den Verzweifelten, Mutigen, Starken.

Wieder und wieder entführten mich die Mahre an jenen fernen Ort, in eine andere Zeit. Ich litt und betete mit den Geflohenen das Vaterunser, glaubte und hoffte mit ihnen, bangte und bebte vor Zorn. Und das Verhängnis rückte näher, unaufhaltsam wie der Tod, der einem Pestkranken sicher ist.

Regen setzte ein. In jener seltsamen Gegend konnte es nur ein steinerner Regen sein. Seine Tropfen waren Felsen, die gegen die wehrhaften Mauern schlugen, sie erschütterten, Lücken in sie rissen. Stein traf nicht nur auf Stein, sondern auch auf Fleisch, Knochen und Blut. Auf Menschen, die unter dem Steinhagel starben oder zu Krüppeln zerschmettert wurden. Schreie, Tränen, Flüche mischten sich mit dem Donnergrollen des steinernen Regens.

Dann wieder ein Raum voller Friede und Hoffnung, erfüllt von hellem Sonnenlicht, das in einem reinen Grün leuchtete und seine Strahlen durch alles sandte, bis hinein in die Seelen der hier Versammelten. Männer und Frauen in einfachen dunklen Gewändern umringten einen Tisch oder Altar, der geradewegs vom einfallenden Sonnenschein getroffen wurde und ihn in jenes friedliche grüne Licht verwandelte.

Auch ich stand dort und fühlte mich so froh wie noch nie. Meine Seele schrie, als ich dem grünen Licht entrissen wurde, wieder hinaus in die Kälte mußte, eisiger Wind mir auf jenen trostlosen Klippen entgegenschlug.

Feuer vertrieb die Kälte, Erlösung den Schmerz. Ein gewaltiges Feuer, dessen Nahrung Menschen waren. Freudig singend gingen sie in die Flammen, der Tod schien sie nicht zu schrecken. Ich aber schrie ob des unglaublichen Anblicks brennender Männer und Frauen, mit denen ich zuvor gelebt und gelitten hatte.

Der Wunsch, bei ihnen zu sein, mit ihnen zu singen und die Flammen zu spüren, überwältigte mich. Aber ich konnte es nicht.

Eine unsichtbare Macht zog mich fort und ließ die Flammen verschwinden. Nur die sengende Hitze blieb.

Blasses Mondlicht schien durch die großen Fenster in meine Zelle und verlieh allen Gegenständen verschwommene, unwirkliche Konturen, als wären auch sie nur Bestandteile eines Traums. Das Feuer im Kamin war erloschen, mochte nur noch dünn unter der Asche schwelen, zu schwach, mich zu wärmen, geschweige denn zu erhitzen. Der Schweiß, der meine Stirn, mein Gesicht und meinen ganzen Körper bedeckte, war ein Ausfluß des Traums. Ein Zeichen, wie heftig die wirren Gespinste des Schlafes mich ergriffen hatten.

Mit jeder Nacht waren die Träume eindringlicher geworden, beunruhigender, wirklicher. Warum? Und weshalb spielten sich immer die gleichen Szenen ab? Ich glaubte nicht an einen Zufall. Begonnen hatte es hier oben auf dem Turm, in der Schreiberstube von Pierre Gringoire. Gab es eine Verbindung zwischen der Kathedrale und der Bergfestung? Existierte diese Burg, so wirklich sie mir im Traum erschien, überhaupt? Oder vergifteten die Nachtmahre meinen Verstand, so daß sich die Grenze zwischen Traum und Wirklichkeit verlor?

Die Hitze, die mich trotz des längst erloschenen Kaminfeuers umfing, drohte mich zu ersticken. Ich konnte weder atmen noch klar denken, befand mich noch halb in der Traumwelt. Dumpf spürte ich: Ich mußte raus aus dem Bett und der Zelle!

Mit einer fahrigen Bewegung schlug ich die Decke zurück und wankte zur Waschecke, um mich mit einem der großen Wolltücher vom Schweiß zu befreien. Ich kleidete mich an und ging zur Tür. Der Januar neigte sich dem Ende zu, noch waren die Nächte kalt und frisch. Und kalte Nachtluft war genau das, was ich brauchte, um mein erhitztes Gemüt abzukühlen und meine wirren Gedanken zu klären. Ich zog die Tür auf – und erschrak.

Fast wäre ich gegen einen Dämon geprallt, der in der Finsternis aussah wie eins der wasserspeienden Ungeheuer, die zur Verhöhnung alles Menschlichen die Fassade von Notre-Dame säumten. Ein weiterer Nachtmahr, der mich heimsuchte, um die Grenze zwischen Wirklichkeit und Wahn endgültig zu verwischen? Meine Nackenhaare sträubten sich bei dem unerwarteten Anblick der reinen Häßlichkeit, und kalter Schweiß rann mir über den Rücken.

Das eine kleine Auge meines Gegenübers weitete sich, um mich mit seinem Blick zu umfangen. Der dicke Schädel reckte sich vor, und die schwieligen Lippen entblößten lükkenhafte Reihen krummer Zähne, von denen in Form und Stellung keiner dem anderen glich.

»Laßt mich ein, Maître!« Der dicke Schädel wandte sich

nach rechts und links, und das Auge blickte suchend, fast ängstlich in die Nacht. »Ist besser, wenn niemand mich sieht.«

Es war das erste Mal, daß Quasimodo, der Glöckner von Notre-Dame, zu mir sprach.

Ich wich zurück und ließ ihn eintreten – natürlich. Wer wie ich gesehen hat, wie der Bucklige den unglückseligen Robin Poussepain durch die Luft wirbelte, hätte es nicht gewagt, Quasimodo zu widersprechen

Er schloß die Tür mit einer raschen, ungelenk und ängstlich anmutenden Bewegung. Dann stand er verloren in meiner Zelle, wie zu Stein erstarrt. Und im kalten Mondlicht schien er tatsächlich nichts anderes zu sein als eine der unzähligen Statuen von Notre-Dame, verunglücktes Machwerk eines erschöpften Bildhauers.

Ich schürte das schwach glimmende Feuer mit dem Eisenhaken und legte ein paar Scheite auf, an denen bald gierige Flammen leckten, daß es knisterte. Mit einem dünnen Kienspan, der eine schwarze Rauchfahne hinter sich herzog, entzündete ich die bronzene Tischlampe, und bald erfüllte das brennende Bucheckernöl den Raum mit seinem herben Geruch.

Während ich den Kienspan ins Kaminfeuer warf, forderte ich meinen ungebetenen Gast auf, Platz zu nehmen, doch als ich mich zu ihm umdrehte, stand er immer noch stocksteif da, und sein Auge glotzte mich forschend an. Ich erinnerte mich seiner Taubheit und wies auf die beiden Stühle am Tisch. Quasimodo schob seine unförmige Körpermasse durch den Raum und nahm mit einer fast komischen Verrenkung Platz. Das Holz des Stuhls knarrte unter dem Gewicht, und der Glöckner schnaufte wie unter der Last seines Buckels. Zögernd setzte ich mich ihm gegenüber und bemerkte in der Ruine seines Gesichts eine Scheu, die nicht zu der groben Gestalt passen wollte. Offenbar verspürte er mir gegenüber nicht weniger Befangenheit, als mich bei seinem Anblick befiel.

»Nun, was kann ich für Euch tun?« fragte ich und wurde mir danach erst bewußt, daß die Frage vergeblich gestellt war.

Quasimodo aber öffnete den krummen Mund und sagte mit seiner kratzigen, das Sprechen nicht gewöhnten Stimme: »Ihr habt etwas gesagt, aber ich habe es nicht verstanden, Maître Sauveur. Das Geläut der Glocken hat mich taub gemacht für alles, was nicht so laut und dröhnend ist wie ihr Gesang. Aber wenn Ihr mich anseht und dabei langsam und deutlich sprecht, mag ich Euch verstehen, und noch besser, wenn Ihr mir bei schwierigen Dingen Zeichen gebt.«

»So wie Dom Frollo?« fragte ich langsamer und mit deutlicher Betonung.

Quasimodo nickte schwerfällig und seufzte: »Ja, so wie Frollo, dessen Finger schneller zu mir sprechen, als ein menschlicher Mund es je könnte.«

Abermals fragte ich, was ich für ihn tun könne, und diesmal verstand er mich.

»Ich will Euch bitten, mir zu helfen, Maître. Ihr seid ein kluger und gutherziger Mann.«

Er brachte mich wahrlich zum Lachen. »Wie kommt Ihr darauf, Quasimodo?«

»Ihr könnt lesen und schreiben, also müßt Ihr sehr klug sein. So wie Pierre Gringoire, der vor Euch hier oben wohnte. Und für Euer gutes Herz spricht, daß Ihr versucht habt, mir Wasser zu reichen, als ich am Pranger stand.«

»Das habt Ihr bemerkt?« murmelte ich.

Er verstand mich nicht und stierte mich einfach nur an. Ich sah die blutige Szene auf dem Pranger vor mir und die gebundene, gequälte Kreatur, die sich unter Peitschenhieben krümmte und als Antwort auf ihr verzweifeltes Betteln um

Wasser nur Mißgunst und Spott erntete. Jede Angst vor Quasimodo hatte mich verlassen, statt dessen spürte ich eine Verbundenheit mit ihm, die mir vollkommen unerklärlich war. Er, ein Fremder, der vielleicht häßlichste Mensch auf Gottes Erdboden, erschien mir nahe wie ein alter Freund. So ähnlich dachte ich, wenn ich auch keine alten Freunde besaß und mein Vergleich darum wohl so schief ausfiel wie Quasimodos Körperbau.

»Ich möchte Euch fragen, ob Ihr mir noch einmal helfen könnt«, fuhr Quasimodo zögerlich fort.

»Wobei?«

Er kramte in den Falten seines einstmals bunten, inzwischen aber reichlich abgeschabten Rocks und brachte ein Buch zum Vorschein, das er auf den Tisch legte. Der Einband aus glattem Schafsleder wies kaum Spuren des Gebrauchs auf, und als ich das Buch aufschlug, erkannte ich die Ursache seiner jungfräulichen Erscheinung: Es war ein neuartiges Druckwerk! Eine französischsprachige Ausgabe des Neuen Testaments, mit Holzschnitten verziert, gedruckt zu Paris im Jahre des Herrn 1481.

»Was habt Ihr, Maître, ist's kein gutes Buch?« fragte Quasimodo, dem meine mißbilligende Miene nicht entgangen war.

»Das Buch ist gut, aber die Art seiner Herstellung nicht.«

Quasimodo legte den Kopf schief und sah mich fragend an. »Also steht nichts Nützliches drin?«

»Doch, schon, man kann viel daraus lernen.«

»Das Buch spricht zu einem und erzählt Geschichten.«

»Das haben Bücher so an sich, und das wiederum macht sie erst wertvoll.«

»So ähnlich hat es der Italiener auch gesagt.«

»Der Italiener? Von wem sprecht Ihr?«

»Von dem Mann, der mir das Buch geschenkt hat. Ich bin so froh, daß es ein gutes Buch ist. Ich hab nur das eine.«

Quasimodo verzog das Gesicht zu einer schiefen Grimasse, was wohl ein Glücksgefühl zum Ausdruck bringen sollte.

»Was ist mit diesem Italiener? Wo habt Ihr ihn getroffen?«

»Unten in der Kathedrale. Er war in den letzten Tagen mehrmals da, um mit mir zu sprechen.«

»Konntet Ihr ihn verstehen?« fragte ich fassungslos.

»Er war sehr geschickt darin, seine Worte mit den Händen auszudrücken.«

Der Italiener!

Meine Vorstellungen kreisten nicht länger um Kometen und geheimnisvolle Burgen. Mir kam nur ein Italiener in den Sinn, und der wirbelte meine Gedanken durcheinander wie ein kräftiger Sturm das welke Herbstlaub in den Wäldern an der Sarthe. Ich dachte an den kleinen Mann mit dem schwarzen Lockenhaar über dem faltigen Gesicht, der in seinem zerschlissenen Mantel eher wie ein Bettler aussah denn wie ein Kriminalleutnant am Châtelet: Piero Falcone. Was trieb den Leutnant dazu, sich in der Kathedrale herumzudrücken und Quasimodo auszuhorchen? Ging es Falcone um den Glöckner – oder um mich?

»Worüber hat sich der Italiener mit Euch unterhalten, Quasimodo?«

»Er stellte viele Fragen über Notre-Dame, und er hat viel gezeichnet.«

»Gezeichnet? Was denn?«

»Die Kathedrale, die Skulpturen. Und mich!« Letzteres sagte er mit deutlichem Stolz, und eine seiner Bärenpranken klopfte gegen seine krumme Brust.

»Wieso Euch?«

»Er sagte, ich sei eine bemerkenswerte Erscheinung, die es verdiene, für die Nachwelt festgehalten zu werden. Findet Ihr das nicht, Maître Sauveur?«

»Doch, zweifellos, da hat er recht, Euer Italiener.«

»Warum fragt Ihr so nach ihm, Maître? Kennt Ihr ihn?«

»Möglich. War er von kleiner, schmaler Gestalt?«

»Nein, groß und stattlich.«

»War sein Gesicht von Falten durchzogen?«

»Es war so glatt und schön wie das einer Jungfrau.«

»War sein Haar lockig und schwarz wie Pech?«

»Lockig ja, aber eher hell.«

»Dann kenne ich ihn nicht«, sagte ich erleichtert und kam erst jetzt auf das Nächstliegende: »Nannte er Euch seinen Namen?«

»Ich sollte ihn mit Maître Leonardo ansprechen.«

Ich kannte keinen Mann dieses Namens und auch keinen, auf den Quasimodos Beschreibung paßte. Zwar blieb das Rätsel, weshalb sich dieser Leonardo für den Glöckner und die Kathedrale von Notre-Dame interessierte, ungelöst, aber mir konnte es gleich sein. Offenkundig hatte es nichts mit mir und den beiden Todesfällen zu tun. – Das sollte sich als Irrtum erweisen, wie diese Zeit für mich überhaupt reich an Irrtümern und bösen Überraschungen war.

Vielleicht sollte ich noch erwähnen, daß meine Unterhaltung mit Quasimodo keineswegs so reibungslos ablief, wie sie sich dem Auge des Lesers hier darbietet. Wollte ich jedes Nachfragen des Tauben und jede vermeintlich hilfreiche Geste, auf die ich zurückgriff, in allen Einzelheiten schildern, reichte die Tinte eines ganzen Fasses kaum aus.

Zudem war Quasimodo nicht leicht zu verstehen. Wie bei vielen Tauben, denen es an Umgang mit anderen Menschen mangelt, hatte sich sein Sprachvermögen zurückgebildet, und selten sprach er ein Wort in aller Deutlichkeit aus. Falsch betonend und ganze Silben verschluckend, redete er auch noch mit einer Stimme, die dem Knarren und Ächzen eines alten Mühlrades ähnelte.

»Was ist nun mit diesem Buch?« fragte ich und zeigte auf das Neue Testament, ohne es zu berühren; ich scheute das

Druckwerk wie der Teufel das geweihte Wasser. Für mich stellte es einen gewaltigen Frevel dar, die Heilige Schrift mit der Gutenbergschen Satanskunst zu verbreiten.

»Es soll zu mir sprechen, mir seine Geschichten erzählen.«

»Dann müßt Ihr es lesen.«

»Das will ich. Bringt Ihr mir das Lesen bei, Maître Sauveur?«

Soll ich sagen, daß ich überrascht war? Das wäre stark untertrieben. Verblüfft, ja sprachlos starrte ich den Glöckner an. Dieser grobe Klotz, diese Mißbildung der Natur, und die heilige Kunst des Lesens? Das schien mir fast ebenso unvereinbar wie die Heilige Schrift und Gutenbergs Druckgeschäft. Die Vorstellung, wie der krumme Kerl sich über das Buch beugte und sein haarüberwuchertes Auge auf den Zeilen der Evangelien ruhte, hatte etwas Absurdes an sich. Und dann gab es noch ein ganz anderes Hindernis, ihn zu unterrichten: seine Taubheit.

»Hattet Ihr früher nie das Bedürfnis zu lesen?« Damit folgte ich der alten Regel, derzufolge man geschickt ausweicht, indem man eine Frage mit einer Gegenfrage beantwortet.

»Dom Frollo hat immer gesagt, die Heilige Schrift sei nur für die Männer der Kirche, nur sie könnten das Wort Gottes deuten und verstehen. Und gelehrte Bücher seien nur für die Gelehrten. Das Volk werde durch Bücher nur auf unsinnige Gedanken gebracht und davon abgelenkt, dem Herrn in Demut zu dienen. Er wollte nicht, daß ich mich mit Büchern befasse. Und später, als die Glocken mir das Gehör genommen hatten, sprachen wir nicht mehr darüber.«

Erneutes Mitleid für Quasimodo keimte in mir auf, und ich schämte mich meiner Gedanken. Konnte nicht gerade für einen wie ihn die Heilige Schrift ein Trost sein? Ich spürte Wut auf Dom Frollo, daß er seinem Schützling diesen

Trost verwehrt hatte. Ich beschloß, wiedergutzumachen, was der Archidiakon an Quasimodo verbrochen hatte, und begann mit dem Unterricht, obwohl das Buch ein Druckwerk war.

Noch nie hatte ich das Evangelium nach Matthäus als so schwierig und Jesu Stammbaum als ein unüberwindbares Hindernis empfunden. Doch im Falle von Quasimodo, dem Tauben, mußte ich jeden Laut deutlich bilden und ihm die Begriffe zusätzlich verdeutlichen, am besten, indem ich auf sie zeigte. Aber wie sollte ich ihm die Namen aus dem Stammbaum des Erlösers begreiflich machen, wie ihm David, Abraham, Isaak, Jakob, Juda, Perez und Serach erklären?

Ich beschloß, das erste Kapitel zu überspringen, und begann erneut, diesmal mit Jesu Geburt. Doch kaum hatte ich dem verwirrten Quasimodo halbwegs verdeutlicht, was es bedeutet, schwanger zu sein vom Heiligen Geist, da sprang er mit solcher Heftigkeit auf, daß sein Stuhl umkippte. Er verbarg sich im hintersten Winkel der Zelle, den kein Lichtschein erreichte.

»*Er* kommt!« stieß der Glöckner im erregten Flüsterton hervor. »Vielleicht weiß er, daß ich gegen sein Gebot verstoßen habe. Bitte, Maître, verratet mich nicht! Tut so, als gehöre das Buch Euch!«

Sein Flehen erinnerte an das Jammern eines ungehorsamen Kindes, das seiner Mutter damit in den Ohren liegt, sie möge dem heimkehrenden Vater nichts von den bösen Streichen berichten. Wie eine zusammengerollte Katze lag Quasimodo auf dem Boden und rührte sich nicht, nur sein rasselnder Atem verriet seine heftige Erregung.

Gerade wollte ich ihn nach dem Grund seines seltsamen Benehmens fragen, da bemerkte ich, wie das Mondlicht von einem Schatten verdüstert wurde. Von einem Schatten in Menschengestalt.

Etwas von Quasimodos Furcht und Verstörung sprang auf mich über. Ich beugte mich über das Buch und mimte, die Ellbogen auf die Tischkante und den Kopf in die Hände gestützt, die Finger an der Stirn und die Daumen an den Wangen, den nächtens Studierenden. Doch blickte ich nicht auf die mit Druckerschwärze verunstalteten Seiten, sondern zwischen den Fingern hindurch zum nächsten Fenster. Fast wäre ich zu Quasimodo in die Ecke geflüchtet, als ich das unheimliche Gesicht erblickte.

Wie bei reichen Leuten waren die Fenster aus gutem Glas und hielten Wind und Regen ab, weshalb ich es für überflüssig hielt, nachts die Läden zu schließen. Lieber ließ ich das Mondlicht herein, als daß ich von völliger Finsternis umhüllt wurde. Doch der Anblick des Gesichts jenseits der Scheiben ließ mich diese Einstellung gründlich überdenken. Kam der Beobachter vielleicht jede Nacht und spähte in meine Zelle wie ein Sukkubus auf der Suche nach seinem Opfer?

Die Falten auf der hohen Stirn zuckten, als wälze der Mann schwerwiegende Gedanken. Es war Dom Frollo. Das Funkeln der Augen stach bedrohlich durch die Nachtschwärze, und ich war froh, als er sich endlich umwandte und im schattigen Steingewirr des Glockenturms verschwand.

»Er ist fort«, sagte ich leise. »Weshalb fürchtet Ihr ihn so, Quasimodo?«

Der Glöckner erhob sich zitternd und sah ängstlich zu den Fenstern Als er sich einstweilen sicher glaubte, erwiderte er: »Fürchtet Ihr ihn nicht?«

Diesmal verlegte ich mich darauf, so zu tun, als habe ich die Frage nicht gehört. Warum? Vielleicht wollte ich mir nicht eingestehen, daß der Archidiakon, mein Brotherr, mir Furcht einflößte. Mag sein, ich wollte vor mir selbst nicht als Feigling erscheinen.

Quasimodo verlangte keine Antwort. Vielleicht glaubte er, meine Worte seien – wie so viele andere – seinen tauben Ohren entgangen.

Er trat an den Tisch und versteckte die gedruckte Schrift wieder unter seinem Rock. »Ich hätte nicht kommen, nicht gegen Frollos Gebot verstoßen dürfen. Bitte, sagt Dom Frollo nichts, Maître!«

Und schon war er hinaus und ebenso mit der Dunkelheit verschmolzen wie zuvor der Archidiakon.

Ich schob die Tür zu und fragte mich, welches Gebot Quasimodo gemeint hatte. Das, sich nicht mit der Heiligen Schrift zu beschäftigen? Oder das, mich tunlichst zu meiden, wie ich auch bei Odon den Eindruck hatte?

Zu dieser Frage gesellte sich eine seltsame Traurigkeit. Ich vermißte Quasimodo, obgleich sein Erscheinen mich zunächst verwirrt und erschreckt hatte. War ich in den Wochen, seit ich in Frollos Dienste getreten war, derart vereinsamt, daß ich mich gar nach der Gesellschaft des Buckligen sehnte? War es eine Gefangenschaft, in der Frollo mich hielt? So wie er Quasimodo in Einsamkeit und Trostlosigkeit gefangenhielt, indem er ihm, den die Menschen ohnehin mieden, auch noch den Zuspruch der Heiligen Schrift verweigerte.

Die Wut auf Frollo übermannte mich, und ich stürmte hinaus. Ich nahm an, daß der Archidiakon zu seiner Zelle gegangen war. Dort wollte ich ihn aufsuchen und zur Rede stellen.

Wie damals, als ich zum erstenmal vor der kleinen Zelle gestanden hatte, sah ich Licht durch die Türritzen fallen und vernahm undeutliche Stimmen. Ich verharrte im Schatten eines gehörnten Steindämons und überlegte, wer so spät bei Frollo sein mochte. Am Fenster meiner Zelle hatte ich außer ihm niemanden gesehen.

Vorsichtig trat ich näher. Nur die Stimme des Archidiakons klang dumpf durch Wände und Tür der Zelle, keine andere. Er sprach mit sich selbst, offenbar in großer Erregung. Ich hörte Schreie und Flüche und verstand doch kein Wort. Vor den letzten Schritten schreckte ich zurück; das Wagnis, mein Ohr gegen das Holz der Tür zu pressen, mochte ich nicht eingehen. Was, wenn Frollo mich entdeckte?

Meine Wut war verflogen, vertrieben von der kühlen Nachtluft. Die Vernunft sagte mir, daß es höchst unklug wäre, meinen Brotherrn zu erzürnen, zumal er sich zweifellos ohnehin in aufgewühlter Gemütsverfassung befand. Mehrmals glaubte ich, das Wort ›Dank‹ oder ›Danke‹ zu verstehen, ausgestoßen in geradezu verzweifeltem Ton. Welchen Sinn konnte das ergeben?

Ich fühlte mich an das letzte Wort des Zölestiners erinnert und erschauerte. Nein, da konnte, da durfte kein Zusammenhang bestehen!

Die schlechten Träume, der Mangel an Schlaf und die nächtliche Begegnung mit dem Glöckner hatten mich offenkundig verwirrt. Es war das beste, zu schlafen. Die Nacht verzerrte alles, auch die Wahrnehmung. Morgen, bei Tageslicht, würde Claude Frollo nichts Dämonisches mehr an sich haben – jedenfalls nicht viel.

Als ich wieder in meinem Bett lag, kamen mir Zweifel. Einer Gefahr konnte man nicht aus dem Weg gehen, indem man die Augen vor ihr verschloß. Aber drohte mir Gefahr? Zumindest rätselhaft war vieles. In der Sicherheit meines warmen Bettes faßte ich neuen Mut und den festen Entschluß, das Rätsel von Notre-Dame zu lösen.

Tatsächlich schlief ich den Rest der Nacht tief und traumlos. Das wäre sicher anders gewesen, hätte ich gewußt, als wie folgenreich und verhängnisvoll sich mein Entschluß erweisen würde. Und wie viele Menschenleben er kosten sollte.

Kapitel 2

Beinahe ein Mensch

Ich erwachte erst, als die Sonne bereits über die Dächer von Notre-Dame kletterte und mein Frühmahl, frisches Roggenbrot und Haferbrei, auf der kleinen Bank vor meiner Zelle stand. Es war Brauch geworden, daß Odon meine Mahlzeiten hier abstellte, um mich nicht bei der Arbeit zu stören. Vielleicht auch, wie ich immer fester glaubte, um sich nicht auf eine Unterhaltung mit mir einlassen zu müssen. Heute hätte ich das Gespräch mit ihm gewiß gesucht, brannten mir nach der vergangenen Nacht doch viele Fragen auf der Seele.

Fürs erste war der Hunger stärker als die Neugier. Während ich die hölzerne Breischale auslöffelte und mit dem letzten Rest Brot auswischte, nahm ich mir vor, Odon zur Mittagszeit abzupassen. Ich trank zwei Becher von dem süßen Kirschwein, den Dom Frollo mir hatte zukommen lassen. Das Getränk stärkte meinen Mut und meinen Entschluß, je mehr es mein Blut in Wallung brachte. So dachte ich damals und vergaß wie jeder Berauschte, daß Mut und Stärke nur ein flüchtiges Trugbild sind, wenn sie dem Wein entströmen.

Zum Arbeiten kam ich an diesem Morgen nicht. Das seltsame Erlebnis der Nacht beschäftigte mich derart, daß in meinen Überlegungen kein Platz war für Kometen, mochten sie nun aus irdischen Dämpfen oder der Fünften Essenz bestehen. Zudem war mein Kopf vom Wein so schwer, daß er die gewichtigen Gedanken der großen Gelehrten kaum aufnehmen konnte. Als die Mittagszeit heranrückte, legte ich mich auf die Lauer. Ich kauerte mich neben der Tür auf den Boden, um Odon auch ganz bestimmt zu hören. Dabei machte ich es mir so bequem wie möglich, schloß die Augen und lauschte dem Wind, der in einem ständig an- und abschwellenden Singsang durch Fugen und Winkel des Nordturms pfiff.

Als ich erwachte, war es später Nachmittag und der Bohneneintopf auf der kleinen Bank längst erkaltet. Ich verfluchte den Kirschwein und hätte den Krug in meinem Zorn beinahe zerschlagen. Fast war ich geneigt, auch in dieser Gabe eine teuflische List Claude Frollos zu sehen, aber dafür schmeckte der Wein einfach zu gut. Gleichwohl trank ich nur Wasser zu meinem kalten Mittagsmahl und beschloß, das, was mir gegen Mittag so schändlich mißlungen war, am Abend ganz gewiß zu verwirklichen.

Die Schatten waren lang wie die Fastengebote der Kirche und die Sonne nur noch ein blasser Widerschein in den Fluten der Seine, als Odon mit dem Abendessen kam. Als ich seine Schritte hörte, saß ich bereits wieder hinter der Tür, und diesmal blieb ich wach!

Ich schob meinen Kopf weit genug hoch, um durch eins der Fenster zu linsen. Viel konnte ich im Dämmerlicht von dem Mesner nicht erkennen. Ich sah nur seine in eine grobe Kutte gehüllte Gestalt, die sich vor der Bank niederbeugte.

Schnell, zu schnell, sprang ich auf, riß die Tür auf und lief nach draußen. Das heißt, ich wollte hinauslaufen. Aber ich stolperte in der Eile über die Türschwelle, fiel gegen den Mesner und riß ihn zu Boden. Mit einem dumpfen Platschen zersprang die irdene Schale, die er in Händen gehalten hatte. Heiß brannte sich etwas in meine Haut, und es roch stark nach Fisch, Zwiebeln und Sauerampfer.

»Verflucht, verwünscht, verdammt!« schrie der Mesner

unter mir und stieß mich von sich. Ich schlug mit dem Hinterkopf an die Holzbank, und ein heftiger Schmerz durchzuckte mich.

Während ich noch meinen mißhandelten Schädel abtastete, stöhnte ich: »Verzeiht mir, Odon, ich wollte Euch nicht überfallen. Ich bin einfach gestolpert.«

»Odon mag Euch leicht verzeihen, Maître Sauveur, ihn habt Ihr ja nicht mit Fischsuppe verbrüht. Der gute Salm!«

Der Mann, der sich vor mir erhob und auf seine mit Suppe befleckte Kutte starrte, war von schmaler Gestalt; das Gesicht unter dem schütteren Blondhaar war flach wie ein Brett, so als hätten sich Stirn, Nase und Kinn bereits kurz nach der Geburt geeinigt, sich das kurze Menschenleben nicht mit dem Ausprägen der Formen zu erschweren.

»Aber ... wer seid Ihr?«

»Mein Name ist Gontier, und ich bin Mesner der Kathedrale Notre-Dame zu Paris. Dom Frollo hat mich beauftragt, Euch mit Speise, Trank und allem, was Ihr begehrt, zu versorgen.«

»Nein, Odon ist damit beauftragt.«

»Nicht mehr.«

»Seit wann?«

»Seit heute.«

»Weshalb?«

»Weil der Archidiakon ihn angewiesen hat, die Skulpturen in der Kathedrale vom Staub zu befreien.«

»Könnte das nicht jeder andere ebenso erledigen, auch Ihr?«

»Gewiß.«

»Warum hat Frollo dann Euch mit Odons Aufgabe, ihn aber mit einer anderen betraut?«

»Stellt diese Frage Frollo, Maître Sauveur. Mich beschäftigt etwas anderes.«

»Was?«

»Soll ich Euch eine neue Suppe bringen?«

Ich verzichtete auf die Suppe, entschuldigte mich noch einmal bei Gontier und reinigte mich, so gut es eben ging. Dabei überlegte ich, welchen Grund Frollo gehabt haben mochte, Odon eine neue Aufgabe zuzuweisen. Ausgerechnet nach dieser Nacht, in der Quasimodo mich besucht hatte! Zufall?

Natürlich hätte ich Frollo danach fragen können, aber dann hätte er mein Mißtrauen gespürt. Und schon wäre ich, mit ein wenig Pech, wieder ein hungriger, arbeitsloser Streuner in den Gassen von Paris gewesen. Also schweigen und so tun, als wäre nichts?

Nein! Obwohl die aufpeitschende Wirkung des Kirschweins nachgelassen hatte, hielt ich wacker an meinem Entschluß fest und schaute mich in der Kathedrale nach Odon um. Es war das erste Mal seit dem Abend nach dem Dreikönigstag, daß ich meinen Turm verließ und das ehrfurchtgebietende Gewölbe wieder betrat, das der Schein vieler hundert Kerzen in ein überirdisches Licht tauchte. Noch waren die Pforten der großen Kirche nicht geschlossen, und in Notre-Dame verkehrte nicht weniger Volk als in den Gassen von Paris. Neben Büßenden, Betenden und Kirchenmännern bevölkerten Händler mit Bauchläden und um Almosen flehende Bettler die Kathedrale. Ich schob mich durch die Masse und hielt Ausschau nach dem markanten Gesicht Odons. Vielleicht war dies genau der rechte Zeitpunkt, mit ihm zu sprechen. Das Gewimmel und der Lärm schützten uns besser vor Claude Frollo als die dickste Mauer.

Endlich entdeckte ich ihn in einer kleinen Kapelle, wo er die Heiligen Drei Könige entstaubte. »Wenn Ihr weiter so eifrig an den Königsköpfen herumpoliert, werden sie bald keine Kronen mehr tragen, Monsieur Odon.«

Da die lebensgroßen Statuen auf einer hüfthohen Mauer standen, war Odon auf einen wackligen Schemel gestiegen.

Mein unerwartetes Erscheinen hätte ihn fast vom selbigen gerissen. Im letzten Augenblick konnte er sich an Kaspars Kopfschmuck festhalten, womit belegt war, daß es nicht nur für edelblütige Herren von Vorteil sein kann, nach der Krone zu streben.

Von oben herab, doch bar jeden Hochmuts, eher mit Erschrecken in den geweiteten Augen, starrte der Mesner mich an. »Ihr hier?«

»Warum nicht? Habt Ihr vergessen, daß ich ein Gast Dom Frollos bin? Immerhin wart Ihr bis gestern noch damit betraut, für mein Wohl zu sorgen.«

»Bis gestern, Ihr sagt es, Messire. Jetzt hab ich anderes zu tun.«

Odon sagte ›anderes‹ und meinte ›Wichtigeres‹. Das schien er zumindest demonstrieren zu wollen, als er wie besessen Kaspars Krone putzte, wie um sie von den Fingerabdrücken des Rettung suchenden Mesners zu befreien. Da er meiner so wenig achtete, drohte ich wütend: »Ein Tritt gegen den Schemel, und die gesamte Dreikönigsmacht vermag Euch nicht vor dem Sturz zu bewahren!«

»Was wollt Ihr von mir?« Auch in seinem Blick lag jetzt Wut, gepaart mit etwas anderem. War es Angst?

»Ich will nur mit Euch reden.«

»Das tut Ihr bereits.«

»Ich rede mit einem zweiteiligen Entstauber, der aus Eurem Leib und einem Schemel besteht.«

Mit verkniffenem Gesicht stieg Odon herunter und blickte mich finster an, während seine Hände nervös mit dem wollenen Putzlappen spielten.

»Nun?«

»Ihr meidet mich seit vielen Tagen, Odon. Weshalb?«

»Was hab ich mit Euch zu schaffen? Ihr seid Kopist und wohnt oben im Turm, ich hab meine Pflichten hier unten. Zwei verschiedene Welten.«

»Welten, die sich berühren. Immerhin habt Ihr mir wochenlang Speise und Trank gebracht.«

»Bin ich meinen Pflichten nicht regelmäßig nachgekommen?«

»Doch, das seid Ihr.«

»Für mehr werde ich nicht bezahlt.«

Ich erinnerte mich an unsere erste Begegnung und verstand den Wink. Ein Griff in meine Geldkatze, ein Sol wechselte den Besitzer, und Odon schien nicht mehr ganz so abweisend. Um seine Lippen zuckte sogar ein Lächeln, als er auf die Münze in seiner rauhen Hand sah.

Nicht, daß seine Scheu vor mir nur gespielt gewesen war, aber der Sol kaufte ihm ein gut Teil der Befangenheit ab. Plötzlich, als befürchte er, ich könne einem Sinneswandel anheimfallen, schlossen sich seine Finger um die Kupferscheibe.

»Also, Maître Sauveur, womit kann ich dienen?«

»Erzählt mir von Quasimodo. Er ist doch nicht wirklich Dom Frollos Sohn?«

»Er ist's, und er ist's nicht.«

»Für einen Sol nenn ich das reichlich ungenau.«

»Folgt mir, Maître, und ich erklär's Euch.«

Wir durchschritten das Kirchenschiff und traten durch das Portal der Heiligen Jungfrau auf den Vorplatz. Sofort fühlte ich mich beflügelt und genoß mit ausgebreiteten Armen den frischen Abendwind, der vom linken Seineufer herüberwehte. Wie ein Vogel hätte ich mich in die Lüfte erheben und davonfliegen mögen! Und frei wie ein Vogel fühlte ich mich zum erstenmal, seit ich in Claude Frollos Dienste getreten war. Gewiß hatte ich auch dort oben auf dem Turm die frische Luft geatmet, aber stets mit dem Gefühl, kein Teil der Welt draußen zu sein, sondern der Gefangene von Notre-Dame.

Odon führte mich zu einem grob gezimmerten Bettgestell

aus Holz, das vor einem Kupferkessel stand. »Das ist, wenn Ihr's so wollt, die Wiege Quasimodos. Hier legen die guten Pariser Leute ihre Kinder ab, wenn die Brut nicht erwünscht oder ihr Hunger nicht zu stillen ist. Wer will, kann zugreifen und sich des Kindes annehmen.« Odon zeigte auf den Kessel. »Und eine Spende für die armen Waisen ist auch stets willkommen.«

»Ein Findelkind also.«

»Was sonst? Welche Mutter will ein Monstrum wie Quasimodo großziehen?«

»Und Claude Frollo nahm sich seiner an?«

»Sonst wollte niemand das ungeschlachte Wesen haben. Schätze, selbst im Hôpital de Saint-Esprit-en-Grace, das doch den Waisen eine Zuflucht sein soll, hätte man die Pforten für Quasimodo nicht geöffnet, und die ehrenwerten Waisenhüter unserer Stadt hätten sich mit Grausen abgewendet. Nein, nein, Maître, glaubt mir, Quasimodo kann von Glück sagen, daß unser Dom Frollo, damals noch ein junger Kaplan, seiner ansichtig wurde.«

»Und er zog ihn auf?«

»Er zog das Monstrum auf. Das war vor fünfzehn oder auch sechzehn Jahren, als der Schwarze Tod Frollos Familie dahingerafft hatte. Nur sein kleiner Bruder lebte noch.« Odon senkte seine Stimme und näherte seinen Mund meinem linken Ohr. »Man munkelt, der Archidiakon habe einen finsteren Pakt geschlossen, das Leben seines Bruders gegen Quasimodo. Frollo zog den Wechselbalg auf, und dafür fiel sein Bruder nicht der Pest anheim.«

»Mit wem schloß Frollo diesen Pakt?«

Odon wich zurück. »Weiß ich's? Gerüchte sind's doch nur. Aber man nennt den Glöckner auch des Teufels Sohn, nicht wahr?«

»Seinem Namen zufolge käme das hin«, überlegte ich laut.

»Er erhielt seinen Namen, weil er an Quasimodo gefunden wurde, dem ersten Sonntag nach Ostern.«

»Wärt Ihr im Lateinischen ein wenig bewanderter, wüßtet Ihr auch, was Quasimodo bedeutet. Nämlich soviel wie ›ungefähr‹ oder ›beinahe‹.«

»Beinahe?« wiederholte Odon.

»Ja, beinahe ein Mensch.«

»Ohne Dom Frollo wäre nicht mal das aus ihm geworden, sondern nur ein totes Monstrum.«

»Frollo ist ein sehr interessanter Mann. Erzählt mir mehr über ihn, Odon.«

»O nein, gewiß nicht! Hab Euch genug gesagt für Euren Sol, wirklich genug. Jetzt muß ich gehen, Statuen putzen.«

Die Zeit schien ihn weniger zu drängen als die Angst vor dem Archidiakon. Ich hielt den Forteilenden am Ärmel fest und holte einen weiteren Sol hervor.

»Das ist der Lohn, wenn Ihr mir noch etwas Zeit opfert.«

»Man soll nicht zu gierig sein«, versetzte Odon und riß sich los, um eiligen Schrittes auf das Portal der Heiligen Jungfrau zuzuhalten.

Unschlüssig stand ich da, die Münze noch in der Hand. Jetzt wußte ich, weshalb man Quasimodo mal den Bruder Jehan Frollos und dann wieder den Sohn Claude Frollos nannte. Er war beides und doch viel weniger. Ein Findelkind.

Nur beinahe ein Mensch.

So wie ich.

Vielleicht war das der Grund, warum ich letzte Nacht beim Zusammensein mit dem krummen Glöckner eine unerklärliche Vertrautheit verspürt hatte.

Die gewaltige Kathedrale verschwand und ebenso der belebte Vorplatz, das Hôtel-Dieu, der Bischofspalast links der Kathedrale und der Kanonikerbezirk rechts von ihr. Aus dem selbst im Abenddämmer noch geschäftigen Paris wurde das beschauliche Sablé, Ort meiner Kindheit und Jugend. Und Hort meines Geheimnisses, das mir so unlösbar schien wie das Rätsel von Notre-Dame.

Als sich die Bilder der Vergangenheit mit denen der Gegenwart vermischten, als die großen Bauernhäuser von Sablé mit den windschiefen Tavernen der Seine-Insel verschmolzen und das kleine Benediktinerkloster, dem ich meine Bildung verdanke, vom Koloß der Pariser Kathedrale verschluckt wurde, durchfuhr mich etwas wie ein aus heiterem Himmel einschlagender Blitz. Eine Vision? Oder erscheint es mir nur im Rückblick so? Nein, ich glaube, damals schon spürte, ahnte – wußte ich, daß ein Rätsel mit dem anderen verknüpft war. Das Schicksal hatte mich nach Paris, nach Notre-Dame verschlagen, damit ich hier das Geheimnis meiner Herkunft lüftete.

Eine andere Vergangenheit zog mich in ihren Bann. Ich starrte auf das schmucklose Holzgestell und meinte, das verunstaltete Kind vor mir zu sehen, das sich schreiend auf dem unbequemen Lager wand und nichts anderes erntete als Neugier, Abscheu und Spott. Wie der erwachsene Bucklige, den ich auf dem Grève-Platz am Pranger gesehen hatte. Damals, vor vielen Jahren, hatte Claude Frollo Erbarmen gezeigt, kürzlich auf der Grève nicht. Was war in diesen Jahren geschehen? Hatte Frollo sich so verändert? Oder Quasimodo?

Das Holzbett knarrte, schien sich gar zu bewegen, als läge ein unsichtbares Kind darin. Es mußte ein heftiger Windstoß gewesen sein. Ich fragte mich, ob ich anstelle des jungen Claude Frollo Erbarmen für ein Ungeheuer wie Quasimodo gezeigt hätte, und fand keine Antwort.

Ich warf die von Odon ausgeschlagene Münze in den Kupferkessel und wandte mich um, der Kathedrale zu. Da sah ich aus den Augenwinkeln auf dem Vorplatz einen Mann, der mich mit Angst erfüllte. Rasch, mit klopfendem

Herzen und rasendem Pulsschlag, drückte ich mich in den Schatten des Waisenbetts und hoffte, der andere werde an mir vor übergehen, ohne mich zu sehen. Andernfalls mochte es mich den Kopf kosten.

KAPITEL 3

Der Bart ist ab

AUS MEINEM DÜRFTIGEN VERSTECK heraus beobachtete ich den kräftigen Mann. Ich hatte ihn gleich erkannt, obwohl sein Gesicht zur Hälfte von der Krempe eines federgeschmückten Baretts verborgen wurde. Die rot und blau gefärbten Federn tanzten heiter im Abendwind, aber Gilles Godin wirkte ernst wie immer. Plötzlich, gar nicht weit von mir, blieb er stehen, und ich glaubte schon, er habe mich entdeckt.

Aber er sah nicht zu dem Waisenbett, hinter dem ich kauerte wie ein Verstecken spielendes Kind. Sein Blick folgte dem schwarzgewandeten Mann, der aus dem Portal des Jüngsten Gerichts trat und die Treppe zum Vorplatz hinabging: Claude Frollo. Ihre Blicke trafen sich, und Frollo hielt auf den Notar zu. Er hatte ihn kaum erreicht, da ging Godin ein wenig in die Knie, neigte das Haupt und sagte leise: »Verzeiht mir und segnet mich. Bittet Gott, daß er mich zu einem guten Ende führe und vor einem schlechten Tod bewahre.«

Frollo erwiderte ebenso leise: »Gott segne Euch. Er führe Euch zu einem guten Ende und bewahre Euch vor einem schlechten Tod.«

Ich war erstaunt. Aufgewachsen unter Mönchen, hatte ich eine Menge Segnungen, Gebete und fromme Grüße über mich ergehen lassen müssen, aber solche Worte hatte ich noch nie vernommen. Auch in den religiösen Schriften, die ich bei den Benediktinern von Sablé kopiert hatte, waren sie nicht vorgekommen. Bislang hatte Gilles Godin auf mich nicht den Eindruck eines besonders gläubigen Menschen gemacht. Gespannt verfolgte ich das mit gedämpften Stimmen geführte Gespräch und vergaß darüber sogar meine Furcht vor Entdeckung.

Godin straffte sich wieder. »Ich habe Euch gesucht, Monseigneur.«

»Ich wollte gerade aufbrechen.«

»Eure Untersuchungen betreffend Flamel?«

Frollo nickte. »Wir müssen uns beeilen. Unsere Feinde ziehen ihre Kreise enger und enger, ich spüre es. Sie sind uns dicht auf der Spur, selbst Notre-Dame ist nicht vor ihnen sicher.«

»Habt Ihr einen bestimmten Verdacht?«

»Hier ist nicht Ort und Zeit, darüber zu sprechen. Ich werde es auf der Zusammenkunft der Neun erläutern.«

»Deshalb komme ich, Monseigneur. Ich soll Euch davon unterrichten, daß die Zusammenkunft vorverlegt ist. Sie findet in fünf Nächten statt, wenn der Tag des Herrn verlischt.«

»Wer hat das angeordnet?«

»Der Großmeister.«

»Dann muß es einen wichtigen Grund geben.«

»Vielleicht hat der Großmeister einen Plan zur Vernichtung unserer Feinde.«

So etwas wie ein Lächeln umspielte Frollos schmale Lippen; es entsprang der Abgeklärtheit, nicht der Freude oder der Erleichterung. »Auch unsere Feinde haben Pläne, das macht die Sache so schwierig.«

Sie verabschiedeten sich und ließen mich verwirrt, aber zum Glück auch unentdeckt zurück. Ihre Worte waren gewiß nicht für fremde Ohren bestimmt und wären ungesagt geblieben, hätten mich nicht die zunehmende Dunkelheit und das Holzgestell verborgen. Was sie zu bedeuten hatten, blieb mir allerdings unklar. Ich hatte auch nicht viel Zeit, darüber nachzudenken.

Frollo wandte sich nordwärts und tauchte in den Kanonikerbezirk ein, dessen Pforten erst nach dem Läuten der Angelusglocke geschlossen wurden. Vielleicht wollte er den Weg zur Notre-Dame-Brücke abkürzen, oder er wollte seine Zelle im Stift aufsuchen. Der Notar hingegen verschwand im Gassengewirr gegenüber der Kathedrale. Mochte sein, er wollte über die Wechslerbrücke zum Châtelet gehen, vielleicht lag sein Ziel auch irgendwo auf der Seine-Insel.

Im Lichtschein der Kirche Saint-Christophe sah ich, wie eine schmale Gestalt sich aus einem dunklen Winkel löste und an Godins Fersen heftete. Nur für einen Augenblick fiel das durch die Kirchenfenster buntverzerrte Licht auf das bärtige Gesicht der zerlumpten Gestalt, und doch reichte die Zeit, um den Bettler zu erkennen.

»Colin!«

Ich glaube, in meiner Erregung rief ich den Namen aus. Zum Glück war der Bettler zu weit entfernt, um es zu hören. Augenblicklich sprang ich auf und eilte den beiden nach. Colin allein wäre mir Grund genug gewesen, daß er jedoch den Notar verfolgte, machte mich doppelt neugierig. Ich schien einen Knoten des Netzes aufgespürt zu haben, in dem ich seit Wochen zappelte. Ein Netz aus Unsicherheit, Vermutungen und Verdächtigungen. Gelang es mir, den Knoten an diesem Abend zu lösen, hoffte ich, aus dem Netz zu entkommen.

Meine Rolle, ich gestehe es, bereitete mir Vergnügen. Zu lange war ich mir hilflos vorgekommen wie ein verlassenes Kind, wie ein Blinder ohne Führer. Jetzt genoß ich es, der Verfolger eines Verfolgers zu sein – mit der Hoffnung, mehr über zwei dunkle Gestalten herauszufinden. Über Gilles Godin, der falsche Anklage gegen mich erhoben hatte, und über Colin, der mich bestohlen und sich dann als mein

Freund ausgegeben hatte. Offenbar gehörte er nicht zu Godins Freunden. Vielleicht war er einer der Feinde, von denen Frollo und der Notar gesprochen hatten?

Die Gassen wurden enger, verwinkelter und finsterer. Schon bald wußte ich nicht mehr, wo wir uns befanden. Ich hatte Mühe, Colin im zufälligen Lichtschein eines Fensters oder einer geöffneten Tavernentür im Auge zu behalten. Ob er noch Godin auf der Spur war, wußte ich nicht. In einer lichtlosen und ruhigen Gasse, die vornehmlich von Lagerschuppen gesäumt wurde, entwischte mir der Bettler. Ich sah und hörte nichts mehr von ihm, so starr ich auch stand und angestrengt in die Nacht lauschte, während meine Augen die Schatten sortierten. Die Gasse hatte mehrere Abzweigungen; unmöglich zu sagen, welche Colin genommen hatte.

Ein langgezogener, gellender Hilfeschrei fuhr in mein Spähen, ein Schrei, der mich frösteln ließ. Die Stimme einer Frau. Während ich noch die Richtung herauszufinden versuchte, erscholl ein weiterer schriller, angsterfüllter Ruf: »Hilfe! Räuber, Mörder! So helfe mir doch jemand!«

Schräg rechts vor mir – ich stürmte los. Doch mehrere Männerstimmen, Schreie und Flüche, ließen mich erneut anhalten. Zwar trug ich den Dolch, den ich mir von Claude Frollos Vorschuß gekauft hatte, in der Lederscheide an der rechten Hüfte, doch war der mehr zum Aufspießen von gebratenem Fleisch geeignet als zum Kampf gegen eine ganze Räuberbande.

Die Schreie der Frau erstarben schon, als mir der, wie ich hoffte, rettende Gedanke kam. Laut trampelte ich auf dem abgewetzten Pflaster herum und schrie aus Leibeskräften: »Zieht blank und kreist die Mordbande ein! – Sergeant Armand nach links, Sergeant Sauveur nach rechts! – Vorwärts, Scharwächter!«

Mir gezücktem Dolch stürmte ich tatsächlich vor und

nahm die nächste Abzweigung zur Rechten. Ich trat auf, so laut ich konnte, stieß kurze Kommandorufe aus und ließ meine Messerklinge an den Mauern entlangklirren, daß sie Funken schlug. Alles in der Hoffnung, daß mein Gelärm die Bande vertrieb. Falls nicht, würde sie leichtes Spiel haben mit der Ein-Mann-Scharwache aus Sablé.

Mondlicht fiel auf einen größeren Stapelplatz, wo ein paar leere Kisten und Fässer verlassen vor sich hin gammelten. Die Luft war feucht – der Platz mußte nahe am Fluß liegen –, und es stank nach Ratten und Unrat. Kein Mensch weit und breit. Doch ich war sicher, den Ort des Überfalls gefunden zu haben. Sich rasch entfernende Schritte übertönten meinen rasselnden Atem und das Pochen meines Blutes. War ich zu spät gekommen? Nicht nur die Räuber waren verschwunden, auch ihr Opfer.

Außer dem Weg, durch den ich gekommen war, gab es noch zwei weitere. Ich konnte nicht erkennen, durch welchen die anderen geflohen waren. Ich war nicht einmal in der Lage festzustellen, ob sie die Frau mitgenommen hatten oder ob die Ärmste ihren Peinigern entwischt war. Die Räuber zu verfolgen war nicht meine Angelegenheit und wäre mir wohl auch schlecht bekommen. Allein hätte ich ihnen die Frau nicht entreißen können. War die Unbekannte aber entkommen, konnte ich nichts mehr für sie tun. Mir blieb nichts anderes übrig, als mir durch das Gassengewirr einen Weg zurück nach Notre-Dame zu suchen.

Als ich den Platz verlassen wollte, trat ich auf etwas Weiches und wäre beinahe ausgerutscht. Neugierig bückte ich mich und sah ein großes Haarbüschel auf dem Boden liegen. Hatten die Räuber der Frau im Handgemenge Haare herausgerissen? Ich kniete mich hin. Das Haar war grau, frei von Blut. Als ich das Büschel aufnahm, klebte es an meiner Hand. Also doch Blut?

In einem plötzlichen Anfall von Ekel wollte ich die Haare

abschütteln. Vergebens, sie blieben an meiner Rechten haften. Und da erkannte ich, was es war: ein Bart. Der graue Bart des Bettlers Colin. Ich kann nicht sagen, daß diese Entdeckung meiner Verwirrung abgeholfen hätte. War der Bettler so falsch wie sein Bart? Selbst wenn – auch das brachte mich nicht weiter. Ich rollte mein Fundstück zusammen, die mit Leim bestrichene Fläche nach innen, und steckte es unter mein Wams, um es später bei besserem Licht genauer zu untersuchen.

Das Angelusläuten war längst verhallt, als ich den Weg zu Notre-Dame fand. Um so mehr erstaunte es mich, das Portal des Jüngsten Gerichts noch offen zu sehen. Licht fiel nach draußen auf ein paar Bewaffnete, die dort Wache hielten. Scharwächter. Vielleicht lag es an ihnen, daß sich nur wenige Bettler auf dem Vorplatz aufhielten. Colin konnte ich nicht entdecken, aber damit hatte ich auch nicht gerechnet. Vor der Treppe blieb ich stehen und überlegte, was der Aufmarsch der Scharwache bedeuten mochte. Hatte Gilles Godin mich etwa doch erkannt und im Châtelet die Wache alarmiert?

»Da ist er!« rief eine schrille Stimme. »Der dort unten an der Treppe steht, Armand Sauveur!«

Sofort eilten die Wachen treppab, um die Spitzen ihrer Piken und Schwerter auf mich zu richten. »Leistet keinen Widerstand, dann geschieht Euch nichts!« schnarrte ein bärtiger Sergeant. »Begleitet uns in die Kathedrale!«

»Ja, bringt ihn her, den Mörder!« Dieselbe kreischende Stimme. Ihr Besitzer sprang im Portal auf und ab wie ein tollwütiger Hund. Ich erkannte die quirlige Gestalt von Jehan Frollo.

Ein anderer Mann, nicht größer als der Student, drängte sich vor Frollo. Er war älter als der Scholar und hatte nicht blondes, sondern schwarzes Haar. Sein faltiges Gesicht verzog sich zu einem entschuldigenden, fast verlegenen Lächeln, und er befahl den Scharwächtern, ihre Waffen zu senken. »Nehmt ihnen ihr Ungestüm nicht übel, Monsieur Sauveur, aber sie sind auf der Suche nach einem Mörder.«

»Ein weiterer Toter?« fragte ich.

Leutnant Piero Falcone nickte mit einer Miene des Bedauerns. »Stabzehn.«

Er brauchte den Namen nicht zu nennen. Ich wußte auch so, wer sein Leben ausgehaucht hatte.

Kapitel 4

Zwei stumme Dämonen

FALCONE FORDERTE MICH AUF, ihm zu folgen. Zwei bewaffnete Sergeanten und Jehan Frollo schlossen sich uns an. Wir durchschritten die Kathedrale, vorbei an Kanonikern und Mesnern, die in kleinen Gruppen zusammenstanden und aufgeregt tuschelten. Finger zeigten auf uns – nein, auf mich! –, und die Erregung der Versammelten steigerte sich. Mehrmals fiel das harte Wort »Mörder«.

»Hat er einmal Blut geleckt, vergißt auch ein Priester schnell die christliche Nächstenliebe«, kicherte Joannes du Moulin. »Einige möchten dem Henker die Arbeit auf der Stelle abnehmen.«

Ein Schauer lief mir über den Rücken, und zugleich setzte sich ein dicker Kloß in meiner Kehle fest. Ich faßte an meinen Hals und gab ein würgendes Geräusch von mir.

»Dazu wird es wohl nicht kommen«, sagte Falcone. »Vermutlich nicht. Falls doch, werden meine Männer ihnen Einhalt gebieten.«

Jehan Frollo kicherte erneut. »Des Königs Macht gegen die der Kirche. Vielleicht zeigt diese Nacht, welche Macht die größere ist.«

Ich hätte ihm am liebsten die Faust ins Gesicht gerammt. Daß wir am Dreikönigstag Kameraden gewesen waren, zumindest für einige Stunden, schien er vergessen zu haben. Wie sagt doch ein Sprichwort der Deutschen: Den Freund zu erkennen, mußt du erst ein Scheffel Salz mit ihm gegessen haben. Bei dem Scholaren genügte schon eine Prise.

In der Nähe des Chors nahmen wir eine schmale Wendeltreppe hinauf zur Empore. Ich war dankbar, nicht länger in die anklagenden Gesichter der Priester und Kirchendiener sehen zu müssen. Der junge Frollo hatte ganz recht: Rachedurst lag in ihren Blicken, Blutdurst in den ernsten Mienen. Alle christliche Erziehung, mochte sie auch Jahre oder Jahrzehnte in Anspruch nehmen, war nicht so stark wie des Menschen Urtriebe. Auge um Auge, Zahn um Zahn!

Aber nicht weniger erbost als seine Kollegen unten blickte mir der Mesner Gontier entgegen. Seine schmale Gestalt lehnte an einer schlanken Säule – ein kränkelndes, mit halbtrockener Tinte geschriebenes I. Selbst im rötlichen Schein der von einem Scharwächter gehaltenen Fackel war sein plattes Gesicht kreidebleich. Wie tot. Voller Leben waren dagegen seine Augen; es schien, als wollten sie mich verbrennen.

Mehrere Schwarwächter umstanden den Mesner und eine Gruppe von mannshohen Skulpturen: Jesus und seine Jünger; vor ihnen wand sich eine weitere Steinfigur, eine krumme Gestalt, mit schmerzverzerrtem Gesicht am Boden, Schaum vor dem halb geöffneten Mund.

»Der stumme Dämon«, sagte ich. »Markus beschreibt, wie Jesus den Jungen vom Dämon der Sprach- und Hörlosigkeit heilt.«

»Famoser Kerl, dieser Jesus!« krähte Jehan Frollo. »Schade, daß er nicht mehr unter uns weilt. Seine Heilkunst wäre dem guten Quasimodo sicher recht nützlich gewesen.«

Ich beachtete das dumme Geschwätz des Scholaren nicht weiter. Meine ganze Aufmerksamkeit galt dem Toten, der seltsam verrenkt auf der Skulptur des dämonbesessenen Jungen lag. Blut war aus einer tiefen Halswunde gelaufen und hatte eine große dunkle Pfütze gebildet, geradewegs vor dem Gesicht des aus Stein gemeißelten Jungen. Es sah aus, als wolle der Knabe mit seinen geschürzten Lippen daraus trinken. Die Augen des Toten blickten ungläubig zur Dekkenwölbung hinauf. In seinem Mund steckte eine Spielkarte, die der bei Schwester Victoire gefundenen glich.

Obwohl mir sofort klar gewesen war, wer diesmal dem Mörder zum Opfer gefallen war, packte mich Entsetzen. Vielleicht gar nicht so sehr aus Trauer um den Toten, sondern weil ich spürte, daß ein unsichtbares, aber starkes Seil mich mit dem Mord verband, den Ermordeten wie eine schwere Bürde an mich kettete. Angesichts des steinernen Erlösers fragte ich mich, welche Schuld ich auf mich geladen haben mochte.

»*Zwei* stumme Dämonen.« Falcone wies auf den Jungen aus Stein und auf den Ermordeten. »Einen sinnigeren Ort hätte sich der Mörder nicht aussuchen können. Sein Opfer ist für immer zum Schweigen verdammt, wie es der Junge aus dem Neuen Testament gewesen wäre, hätte Jesu Gnade ihn nicht geheilt.«

»Ihr meint, dieser Ort verstärkt die Botschaft der Stabzehn?«

»Eure rasche Auffassungsgabe ehrt Euch, Monsieur Sauveur.«

Angespornt durch dieses Lob, überlegte ich laut: »Der Mörder hat abgewartet, bis Odon sich zum Putzen dieser Skulpturen auf die Empore begab.«

»Oder er hat ihn eigens hergelockt, weil er unten im Schiff und im Chor zu viele Zeugen gehabt hätte.«

»Dann müßte Odon seinen Mörder gekannt haben«, meinte ich.

»Armand Sauveur wird's schon wissen«, sagte Gontier mit vor Erregung zitternder Stimme. »Schließlich ist er der Mörder!«

»Wie könnt Ihr so etwas behaupten?« fuhr ich den Mesner an.

»Fragt den Leutnant, ihm hab ich's bereits erzählt.«

»Wiederholt es bitte für Monsieur Sauveur«, sagte Falcone so bestimmt, daß es schon keine Bitte mehr war.

»Als ich heute abend die Suppe zu Sauveur brachte, fiel er mich an und stieß mich zu Boden. Wie ein wildes Tier verhielt er sich. Er glaubte, Odon vor sich zu haben, und als er seinen Irrtum erkannte, fragte er mich nach Odon.«

»Ich habe Euch nicht *angefallen*, ich bin gestolpert!«

»Was wolltet Ihr so Dringendes von Odon?« Falcones Ton war beiläufig, seine Miene unverbindlich. Aber ich spürte das unterschwellige Lauern des Jägers darauf, daß das Wild endlich in die Falle ging.

»Ich fühlte mich einsam auf dem Turm und wollte mich etwas mit Odon unterhalten.«

»Warum gerade mit ihm?«

»Wie Ihr vielleicht wißt, Monsieur Falcone, war Odon bis gestern mit der Sorge um meine Person betraut. Wir waren ins Gespräch gekommen, das wollte ich fortsetzen.«

»Und seid Ihr Odon heute abend noch begegnet?«

»Natürlich ist er das!« platzte Joannes Frollo dazwischen. »Ich habe es Euch doch erzählt, Herr Leutnant. Ich kam auf der Suche nach meinem Bruder in die Kathedrale, wollte ihn um etwas, nun, finanzielle Unterstützung bitten, da sah ich, wie Armand Sauveur in einer der Seitenkapellen mit Odon sprach. Dann gingen sie hinaus auf den Vorplatz.«

»Stimmt das?« fragte Falcone.

»Das ist richtig. Ich hatte mich nach Quasimodo erkundigt, was wohl verständlich ist, und Odon zeigte mir das Waisenbett, in dem der Bucklige einst gefunden wurde. Danach ging Odon wieder hinein, um in seiner Arbeit fortzufahren.«

»Und Ihr?«

»Ich unternahm einen Gang über die Insel, wollte unter Leuten sein, die Einsamkeit auf dem Turm vergessen.«

Es wäre wohl nicht klug gewesen, Falcone von Colin und Godin zu erzählen. Der Leutnant hatte mich anscheinend ohnehin im Verdacht, da mußte ich nicht noch die Anschuldigungen des Notars auf mich laden.

»Habt Ihr dafür Zeugen, Monsieur Sauveur?«

»Nein.«

»Kein Wirt, keine Schankmagd, die Euch gesehen hat?«

»Ich war in keiner Schenke, bin einfach nur durch die Gassen gegangen.«

»Das nennt man ein billiges Vergnügen«, gackerte der Scholar.

»Lacht nicht darüber, Bruder!« erscholl eine scharfe Stimme vom Treppenaufgang. »Ich wäre froh, wenn Eure Vergnügungen nur halb so billig wären.«

Dom Claude Frollo löste sich aus dem Schatten der Wendeltreppe und trat auf uns zu.

Jehan feixte ihm entgegen. »Da Ihr das Thema gerade anschneidet, Bruderherz, ich kam nach Notre-Dame, um Euch um etwas Unterstützung meines Studiums zu bitten. Dem Herrn sei Dank, daß ich Euch doch noch antreffe.«

Der Archidiakon maß ihn mit strafendem Blick. »Angesichts eines Toten denkt Ihr nur an Euer Vergnügen, Jehan?«

»Vergnügen? Welchem Studenten bereitet das Studieren Vergnügen? Harte Arbeit ist's, und die Lehrer wollen gut bezahlt sein.«

»Sie *sind* bezahlt, das wißt Ihr so gut wie ich. Aber Eure Zeche und Eure Spielschulden sind es wohl weniger.«

»Nicht so laut, mein Bruder, die Polizei ist hier!«

»Ich glaube nicht, daß der Leutnant vom Châtelet nach Notre-Dame kommt, um wegen verbotenen Glücksspiels zu ermitteln.«

»Ganz recht, Monseigneur.« Falcone zeigte auf den toten Odon. »Das ist der einzige Grund meiner Anwesenheit. Ich vermute einen Zusammenhang mit dem Tod von Schwester Victoire.«

»Derselbe Mörder?« fragte Claude Frollo.

»Zumindest dieselbe Vorgehensweise und wohl auch dasselbe Motiv.«

»Welches?«

»Aus gesprächigen Menschen stumme Dämonen zu machen.«

»Weshalb?«

»Gute Frage«, seufzte Falcone. »Hätte ich die Antwort, hätte ich den Mörder.«

»Also verdächtigt Ihr nicht Monsieur Sauveur?«

»Wie kommt Ihr darauf, Monseigneur?«

»Ein Kaplan erzählte mir eben, Ihr hättet meinen neuen Kopisten im Verdacht. Ich befürchtete schon, nach einem Mesner auch noch den fleißigen Maître Sauveur zu verlieren.«

Claude Frollo bedachte mich mit einem geradezu warmherzigen Blick, so daß ich mich fragte, ob ich mich in ihm getäuscht hatte. Hatte ich ihn zu Unrecht verdächtigt, Odon den Umgang mit mir verboten zu haben? Aber weshalb fürchtete Quasimodo seinen Ziehvater, als sei er der Foltermeister Pierrat Torterue? Und warum hatte Odon sich so strikt geweigert, mit mir über Claude Frollo zu sprechen? Und nun war Odon tot. Wie Schwester Victoire, die von Claude Frollo überrascht worden war, als sie mir gerade mehr über ihn erzählen wollte. Ein Zusammenhang?

Ich erwiderte den Blick des Archidiakons und suchte zu ergründen, ob sein Mitgefühl wahrhaftig oder geheuchelt war. Vergebens. Sein Antlitz hatte etwas Maskenhaftes. Zudem war er als hoher Geistlicher im Heucheln von Mitleid wohl durchaus geübt.

»Euer Kopist bleibt Euch erhalten, Domine«, sagte Falcone nicht nur zu Claude Frollos, sondern vor allem auch zu meiner Beruhigung. »Ich wollte lediglich mit Monsieur Sauveur sprechen, weil er einer der letzten ist, die Odon lebend gesehen haben.«

»Ein Mord in der Kathedrale unserer Heiligen Jungfrau!« Claude Frollo schüttelte heftig den Kopf und bekreuzigte sich. »Wo dies geschehen kann, werden Recht und Gesetz ebenso verleugnet wie das Wort des Herrn.«

»Amen«, meinte Joannes Frollo. »Da Ihr das Wesentliche nun gesagt habt, teurer Bruder, könnten wir uns vielleicht noch einmal über meine finanziellen Nöte unterhalten.«

»Schämt Euch, angesichts des Toten nur an Euer Geld zu denken!« zischte der ältere Bruder.

»*Mein* Geld?« Die Augen des Jüngeren leuchteten auf. »Also gebt Ihr es mir?«

»Lagt uns woanders darüber sprechen, Jehan. Dieser Ort soll nicht noch mehr entweiht werden.«

Sie stiegen die Treppe hinab.

Falcone entließ auch Gontier, der bestimmt von den Kanonikern und Mesnern unten ausgequetscht werden würde.

»Mich braucht Ihr sicher auch nicht mehr, Leutnant Falcone?« fragte ich zaghaft.

»O doch!«

»Aber Ihr sagtet doch, Ihr haltet mich für unschuldig.«

»Wer ist schon unschuldig, die Muttergottes einmal ausgenommen? Irgendwie seid Ihr in die Sache verwickelt. Erst wird Schwester Victoire die Kehle durchgeschnitten, kurz nachdem sie mit Euch gesprochen hat, und nun haben wir bei diesem armen Tropf das gleiche.«

»Aber ich weiß nichts.«

»Vielleicht wißt Ihr etwas, ohne es zu wissen. Wir sollten uns in Ruhe unterhalten, am besten bei einem Glas Wein. Das haben wir beide uns wohl verdient. Was haltet Ihr davon, Monsieur Sauveur?«

Ich konnte die Einladung nicht ausschlagen, ohne mich verdächtig zu machen.

Falcone trug dem Sergeanten auf, den Leichnam fortzuschaffen. Bevor er mit mir die Treppe hinabstieg, nahm er die zusammengefaltete Spielkarte aus Odons Mund und murmelte: »Hindernis, Verräter, Anfang und Ende.«

Kapitel 5

Bei der Dicken Margot

Obschon Leutnant Falcone mich vom Mordverdacht freigesprochen hatte, wirkten die in der Kathedrale versammelten Kanoniker und Mesner keineswegs besänftigt. Ich war froh, ihren stierenden Blicken zu entkommen, und folgte Falcone auf den Vorplatz, wo er sich nach rechts wandte. Dicht an den Mauern des Klosters entlang führte unser Weg in Gassen, die kaum übersichtlicher waren als jene, durch die ich Gilles Godin und dem Bettler Colin gefolgt war. Erleuchtete Schenken, Gegröle und Gelächter, Mädchen und Frauen jeden Alters – trotz des kühlen Abends eher leicht und an den anstößigen Stellen oft gar nicht bekleidet – bestimmten das Bild. Die lockeren Weiber reckten uns ihre hochgeschnürten Brüste, ihre drallen Schenkel und Ärsche entgegen und versuchten, uns mit Zurufen zu locken, die mich angesichts der Nähe von Kloster und Kathedrale nicht nur schamlos, sondern geradezu gotteslästerlich dünkten. – Damals hatte ich noch nicht begriffen, daß Gotteshäuser und Gottesmänner ungeachtet ihrer Bezeichnung nur mit der Kirche verbunden sind und nicht mit Gott.

Falcone blieb vor einem großen Schankhaus stehen, dessen Namen ich auf dem windschiefen, verwitterten Schild nur mit einiger Mühe entziffern konnte: ›Bei der Dicken Margot‹. Neben der verblaßten Schrift zeigte eine nicht minder ausgeblichene Malerei das Gesicht und die Brust einer enorm drallen Frau, zwischen deren fleischigen Hügeln – Gebirge sollte ich besser sagen – ein üppiger und gewiß einstmals bunter Blumenstrauß entsproß. Vertrau nur einem guten Schild, sagt man. Dieses hier wirkte alles andere als vertrauenerweckend.

»Wir sind am Ziel«, erklärte Falcone zufrieden. »Gut, inzwischen habe ich einen gewaltigen Appetit. Geht es Euch ebenso, Monsieur?«

Skeptisch musterte ich das alte Gemäuer, hinter dessen blinden, löchrigen Fensterscheiben aus Marienglas Lichter und Schatten tanzten, Rufe und Lieder ertönten.

»Von außen nicht gerade einladend, da habt Ihr recht, Monsieur Sauveur. Die Dicke Margot hat ihre besten Jahre hinter sich, aber der wahre Kenner läßt sich von der Erfahrung des Alters lieber verwöhnen als vom vergänglichen Glanz der Jugend.«

»Auch der Name verheißt nichts Besonderes. Jede zweifelhafte Schenke in Frankreich wird so gerufen.«

Falcone nickte eiftig. »Gewiß, aber die hier ist die echte.«

»Wie meint Ihr das?«

»Wißt Ihr nicht, daß der Name durch eine von Villons Balladen Bekanntheit erlangt hat? Nun, dies hier ist das Vorbild für die anrüchige Dichtung des nicht minder anrüchigen Dichters. Und jetzt tretet endlich ein, bevor wir hier draußen festwachsen!«

Als Falcone die Tür aufstieß, schlugen uns dicke, warme Schwaden entgegen, wie sie sich von der kühlen Abendluft draußen nicht deutlicher hätten abheben können. Ich hätte den Dolch ziehen mögen, um die Wand aus Schweiß-, Bier- und Weindunst zu zerschneiden. Und mit den Gerüchen umfing uns der ausgelassene Lärm des gut besuchten Hauses. Der Schankraum war groß, und fast jeder der grobgezimmerten Tische war besetzt. Neben der Theke gab es einen Durchgang sowie eine nach oben führende Treppe.

Gelangte man dort zu jenen von Falcone gepriesenen Wonnen des warmen Fleisches?

Der Leutnant hatte einen freien Tisch erspäht und zog mich mit sich, vorbei an einem Spielmann mit Lockenmähne, dessen mit südlichem Zungenschlag vorgetragenes Lied von einem harten Kerkerleben nicht recht zu den lustigen Klängen seiner Laute passen wollte.

Ich sprach Falcone darauf an, während wir uns setzten, und er sagte: »Das ist auch eine von Villons Balladen. Bei der Dicken Margot dürfen nur Lieder von Villon gesungen werden. Der alte Muschelbruder hat ein aufregendes Leben geführt. Seine Verse sind gewiß nicht immer heiter, aber er wußte, worüber er schrieb.«

Ich mußte ihn verdutzt angestarrt haben, denn Falcone fragte mich, was mit mir los sei. Er konnte nicht wissen, daß seine Worte mich um einige Wochen zurückversetzt hatten, in das Badehaus an der Rue de la Pelleterie. Ich sah die süße Toinette vor mir, wie sie sich in plötzlichem Erschrecken von mir abwandte und mich einen ›Muschelbruder‹ nannte. Und ich fühlte mich von Maître Aubert und seinen rohen Gehilfen bedroht, die den vermeintlichen Muschelbruder aus der Badestube drängten.

»Ich verstehe Eure Worte nicht, Monsieur Falcone. Was ist ein Muschelbruder?«

»O selige unwissende Jugend!« seufzte der Leutnant mit gespieltem Pathos. »Als Ihr geboren wurdet, hatte die Organisation der Muschelbrüder ihre Macht schon verloren. Und selbst wenn sie weit verbreitet war, mag ein so entlegener Ort wie Sablé von ihr verschont geblieben sein. Habt Ihr wirklich nie von der Coquille gehört?«

»Von der Muschel? Nein.«

»Eine der gefürchtetsten und größten Gaunerbanden Frankreichs.«

»Ich wurde von Mönchen erzogen.«

»Das erklärt einiges.« Ein heiteres Glitzern trat in Falcones Augen. »Die eine Gaunerbande spricht nicht gern über die andere, wie?«

Ich zuckte mit den Schultern und winkte eine Magd heran, die sich vor derben Rufen und frechen Händen kaum retten konnte.

»Braten, Käse und Wein, schwarzen Morillon«, bestellte Falcone. »Den Braten am Stück, damit er schön saftig ist.« Er verfolgte den sich hüftschwingend entfernenden Rotschopf mit einem sehnsuchtsvollen Blick, bevor er sich wieder mir zuwandte. »Nun, Monsieur Sauveur aus dem beschaulichen Sablé, da Ihr die Coquille nicht kennt, beginne ich mit meiner Erklärung besser bei Adam und Eva. Ich vermute, auch von den Écorcheurs habt Ihr noch nie in Eurem jungen Leben gehört?«

»Von den Schindern? Natürlich habe ich von ihnen gehört!« erwiderte ich in einer Mischung aus Stolz und Empörung. Wem gefällt es schon, als dummer Junge dazustehen? »Während des Krieges wurde auch Sablé nicht von ihnen verschont, die älteren Bürger wußten wahre Schauergeschichten zu erzählen. Von den Schinderbanden, dem Abschaum des Krieges, entlassenen oder entlaufenen Söldnern, die jedes Dorf und jeden Hof auf ihrem Weg heimsuchten, die Menschen folterten und mißbrauchten und bis auf die Haut ausplünderten.«

»Oft nicht nur bis auf die Haut. Wenn die Bauern und Dörfler ihre Habe zu gut versteckt hatten oder tatsächlich bettelarm waren, zogen die Écorcheurs ihnen die Haut bei lebendigem Leib ab.«

»Als warnendes Beispiel?« fragte ich nach, während mich die bildhafte Vorstellung des Geschilderten erschauern ließ.

»Das auch. Und weil es den Schindern Spaß bereitete.«

»Und die Coquille ist eine ähnlich schlimme Bande?«

»Sie war es zumindest, seit etwa zwanzig Jahren gilt sie, wenn nicht als ausgerottet, dann wenigstens als gänzlich entmachtet. Man sagt, die Coquillards seien aus den Écorcheurs hervorgegangen. Als nach den über hundert Jahren Krieg das Land verwüstet war und den marodierenden Söldnerbanden keine Beute mehr bot, versuchten sie ihr Glück in den nur scheinbar sicheren Mauern der Städte. So entstand die Coquille, die Muschelbruderschaft.«

»Ein seltsamer Name. Woher stammt er?«

»Von einer Muschel, die den Mitgliedern dieser über ganz Frankreich verbreiteten Vereinigung als Erkennungszeichen diente. Vorzugsweise benutzten sie eine unter dem Gewand versteckte Pilgermuschel. Ebenso fest verschlossen wie die Schale einer Muschel war lange Zeit die gesamte Coquille. Immer größer wurde ihr Netz, und die Bruderschaft gliederte sich in eine ganze Anzahl von Untergruppen: Beutelschneider und Einbrecher, Falschspieler und Geldfälscher, Räuber und Mörder, um nur die wichtigsten zu nennen. Anno 1455 kam man der Bande in Dijon, wo sie einen ihrer Hauptstützpunkte hatte, allmählich auf die Spur. In den folgenden Jahren wurden die Coquillards immer mehr in die Enge getrieben, bis sie ihren Zusammenhalt verloren und sich schließlich auflösten. Ihren König allerdings hat man nie gefaßt.«

»Ihren König? Wer war das?«

»Niemand weiß es. Ihn zu verraten wäre jedem schlecht bekommen. Wißt Ihr, was die Coquillards mit Verrätern anstellten? Sie schnitten ihnen die Gurgel durch und steckten den Toten als Warnung für alle anderen Muschelbrüder eine Muschelschale in den Mund.«

Sofort standen mir Odon und Schwester Victoire vor Augen.

»Ich sehe Euch an, daß Ihr dasselbe denkt wie ich, Monsieur Sauveur. Der Mörder, hinter dem ich her bin, geht ähnlich vor wie damals die Coquillards. Nur daß die Stabzehn die Muschel verdrängt hat.«

»Glaubt Ihr an einen Zufall, Leutnant Falcone?«

»Ich glaube gar nichts, sonst wäre ich Priester geworden. Meine Aufgabe ist es, nach Zusammenhängen zu suchen, nach Motiven und – vor allen Dingen – nach Tätern.«

Die Rothaarige brachte ein großes Tablett an unseren Tisch, darauf zwei Zinnbecher und ein irdener Weinkrug, Käse, Braten und dunkles Brot. Falcone hielt die Magd am Arm fest und fragte, ob Margot im Hause sei.

»Ich weiß nicht«, antwortete der Rotschopf ausweichend.

»Also ja«, schmunzelte der Leutnant. »Sag ihr, Falcone möchte sie sprechen.« Als die Magd wieder im Gemenge verschwunden war, sagte Falcone: »Margot hat die Zeit der Coquillards miterlebt. Sie kann Euch vielleicht etwas über ihren König erzählen.«

»Ihr sagtet doch, man weiß nichts über ihn.«

»Aber es gibt eine Menge Gerüchte. Manche behaupten, Villon sei der König.«

»François Villon, der Dichter?«

»Derselbe. Villon, Gelehrter und Gossendichter, Magister und Messerheld. Er hat eine Weile in diesem Haus gelebt, als die Dicke Margot noch eine junge süße Made und er ihr Lude war.«

»Villon ein Kuppler?«

»Sagt das nicht so abfällig, Monsieur Sauveur!« Lachend goß Falcone den dunklen Wein in die Becher. »Ihr könntet damit so manchen Herrn hier im Raum beleidigen. Außerdem hat man Villon weitaus Schlimmeres vorgeworfen. Aber stärken wir uns erst einmal. Margot wird schon einiges über den famosen François zu berichten wissen.«

Er holte ein scharfes Messer unter seiner Jacke hervor, um sich Brot, Käse und Braten abzuschneiden. Auch mein Hunger hatte über den Schreck gesiegt, der mich angesichts des toten Mesners ergriffen hatte. Ich zog den Dolch und führte ihn zu dem knusprigen Braten. So flink und unerwartet, wie er zuvor die Magd festgehalten hatte, packte Falcone nun meinen Unterarm. Während meine derart gelähmte Dolchhand über dem Tablett schwebte, blickte ich den Leutnant überrascht an. Seine Augen waren forschend auf meinen Dolch gerichtet.

»Die Waffe ist noch recht neu«, stellte er fest. »Und doch weist sie seltsame Abnutzungserscheinungen auf. Die Klinge ist arg verschrammt.« Seine andere Hand fuhr zu meinem Dolch, und prüfend glitt sein Daumen über die Klinge. »Stumpf und schmutzig zudem.« Er rieb Daumen und Zeigefinger aneinander. »Fühlt sich an wie alter Mörtel.«

Sollte ich ihm verraten, daß ich meine Waffe gegen Mauern hatte schrammen lassen, um aus mir einen Trupp Scharwächter zu machen? Wohl kaum, denn dann hätte ich auch von Gilles Godin sprechen müssen. Also setzte ich ein möglichst unschuldiges Lächeln auf und sagte: »Daran mögt Ihr sehen, daß ich mehr ein Mann der Feder bin als einer der blanken Klinge. Ich habe kürzlich mit dem Dolch die Mauerfugen meiner Zelle gereinigt und nicht bedacht, wie schädlich das für das Werkzeug ist.«

»Säubert den Stahl lieber, bevor Ihr an Fleisch und Käse geht. Mit dem stumpfen Dolch werdet Ihr ordentlich an dem Braten herumsäbeln müssen.«

Es klang wohlmeinend, aber an Falcones Blick erkannte ich, daß mein Dolch ihn über Gebühr interessierte. Mein Dolch und ich. Und jetzt begriff ich, weshalb er mich eingeladen und den Braten bestellt hatte. Ich hielt ihm den Dolch unter die Nase. »Seht Euch die Klinge nur aus der Nähe an, Herr Leutnant. Ihr werdet keine Blutspuren finden. Und ebensowenig werdet Ihr an diesem Tisch einen Mörder überführen. Im Gegenteil, ich wünschte, Odon wäre noch am Leben!«

Falcone schob meine Hand mit der Waffe zurück. »Ereifert Euch nicht, Monsieur Sauveur. Ich sehe schon, mit diesem Dolch ist Odon gewiß nicht getötet worden.«

Ich verstand die Anspielung wohl. »Ihr meint, ich könnte eine andere Waffe benutzt haben? Wollt Ihr mich durchsuchen?«

Kaum hatte ich das ausgesprochen, hätte ich mich am liebsten geohrfeigt. Was, wenn Falcone den falschen Bart unter meinem Wams fand? Wie sollte ich das erklären? Sowenig ich das wußte, eins wußte ich genau: Falcone würde denken, ich hätte mich mit falschem Bart an Odon herangeschlichen, um ihn zu meucheln.

»Mit der Mordwaffe wärt Ihr kaum zur Kathedrale zurückgekehrt«, sagte der Leutnant und winkte ab.

»Wenn Ihr das denkt, wozu dann die Geschichte mit dem Braten?«

»Reine Routine, Monsieur. Verzeiht einem eingefleischten Polizisten seine kleinen Marotten. Außerdem habe ich wirklich Appetit.« Falcone biß herzhaft ins Fleisch und spülte mit einem Schluck Wein nach.

Ich fand seine Worte über den Zustand meiner Klinge bestätigt und mußte mich tatsächlich anstrengen, um eine Scheibe von dem Braten zu schneiden. Das Fleisch war saftig und gut gewürzt, der Morillon kräftig. Falcone und ich tafelten, als gäbe es zwischen uns kein Mißtrauen und keine Verdächtigungen.

»Schön, daß es dem Falken von Paris in meinem Hause schmeckt. Ihr wart lang nicht mehr hier zu Gast, Leutnant.«

Die Frau, die an unseren Tisch trat, mußte sich in der vollen Schenke nicht erst Platz schaffen. Wer nicht freiwillig und respektvoll zur Seite wich, wurde von den gewaltigen Fleischmassen, die das blau leuchtende Kleid bei jeder Bewegung zu sprengen drohten, einfach weggedrückt. Das aufgetürmte Haar war in einer seltsamen Mischung aus Rot und Braun gefärbt. Die fette Frau war fortgeschrittenen, wenn auch aufgrund ihrer aufgeschwemmten Züge nicht genau bestimmbaren Alters. Aus ihrem Ausschnitt lugten zwei rosige Fleischberge von gewaltigen Ausmaßen, aus deren Mitte ein bunter Blumenstrauß wuchs. Kein Zweifel, dies war die Dicke Margot, allerdings um einige Jahrzehnte älter als ihr verblaßtes Abbild auf dem Schild am Eingang.

Das überaus üppige Weib, eine ganze Ansammlung runder, praller Os, setzte sich an unseren Tisch und taxierte mich mit rotgeäderten Augen, als sei ich ein Rind und sie eine Viehaufkäuferin. Endlich wandte sie sich dem Leutnant zu und sagte mit einem sündigen Augenaufschlag: »Ein hübscher Bursche, Euer neuer Spürhund. Er könnte nur, wie Ihr selbst, ein bißchen mehr Fleisch auf den Rippen vertragen.«

»Wir können nicht alle so gut bestückt sein wie Ihr, Margot.« Falcone grinste und starrte auf ihren mächtigen Busen. »Außerdem irrt Ihr Euch in Monsieur Sauveur. Er gehört nicht zum Châtelet, er ist der neue Kopist von Dom Claude Frollo. Mit seiner Fertigkeit hätte er in der Fälscherzunft der Coquille gute Aussichten gehabt, nicht wahr?«

Margot nahm einen gehörigen Schluck Wein, indem sie einfach den Krug an die Lippen setzte. Dann stieß sie rülpsend hervor: »Warum fangt Ihr immer wieder mit den alten Geschichten an, Leutnant? Gibt's keine neuen Fälle, die Euch beschäftigen? Habt Ihr den Schnitter von Notre-Dame schon gefaßt?«

»Wen?«

»Na, den Kerl, der dem Mesner ein blutiges Halsband verschafft hat.«

»Das hat sich gerade erst ereignet. Wieso wißt Ihr schon davon, Margot?«

Sie lachte so heftig, daß ihre rosigen Hügel wie muntere

Frösche hüpften und jeden Augenblick aus dem dreieckigen Ausschnitt zu springen drohten. »Margot weiß immer, was sich in Paris ereignet. Ist das nicht der Grund, weshalb Ihr so oft den Weg zu mir findet, Hüter des Gesetzes?«

Falcone nickte. »Schnitter habt Ihr den Mörder also getauft.«

»Nicht ich, sondern meine Freunde hier.« Ihre säulendicken Arme beschrieben einen Kreis, als wollte sie sämtliche Besucher der Schenke an ihren Busen drücken, wo zweifellos genügend Platz war.

»Kennt Ihr das?« fragte Falcone, legte die Spielkarte aus Odons Mund auf den Tisch und strich sie glatt.

»Die Stabzehn, natürlich kenn ich die. Meint Ihr, in den Schenken von Paris spielt man keine Karten mehr, bloß weil die hohen Herren vom Châtelet das Glücksspiel verbieten? Wann hat das jemals jemanden gestört?«

»Mich würde es auch nicht stören, würden diese Karten nur für das Glücksspiel gebraucht.« Eben noch leutselig, wurde Falcone mit den folgenden Worten schärfer im Ton: »Diese Karte fand ich heute im Mund des toten Mesners und eine von derselben Art vor drei Wochen zwischen den Lippen einer toten Augustinerin im Hôtel-Dieu. Auch ihr hatte man die Kehle durchgeschnitten.«

»Der Herr sei mit ihr, und auch der heilige Augustinus«, sagte Margot, blickte himmelwärts und spielte die Betroffene.

»Mich erinnert die Vorgehensweise an die Coquillards«, fuhr Falcone unbeirrt fort. »Was damals die Muschel war, ist jetzt die Stabzehn.«

Margot lächelte unverbindlich und entblößte lückenhafte Reihen verfaulter Zahnstummel. »Die Zeiten wechseln, aber die Menschen bleiben gleich.«

»Auch die Coquillards?«

»Die Muschelbrüder existieren nicht mehr, Herr Leutnant. Viele Eurer fleißigen Kollegen haben der Bande damals den Garaus gemacht.«

»Vielleicht hat der Arm des Gesetzes nicht alle erreicht.«

»Woher soll ich das wissen?«

»Bei der Dicken Margot gingen die Muschelbrüder ein und aus!« trumpfte Falcone auf. »Und hier hat François Villon gehaust, von manchen der König der Coquillards geheißen.«

»Warum grabt Ihr Leichen aus, die längst zu Staub zerfallen sind?«

Margot sprach mit einem spöttischen Unterton, aber ich glaubte zu bemerken, wie sich ihre teigigen, mit ganzen Töpfen von weißer Schminke verklebten Züge verhärteten.

Falcone sah sie forschend an. »Ich wußte nicht, daß Villons Leichnam je gefunden wurde. Belehrt mich ruhig und sagt mir, wann und wo Euer Buhle sein Leben ausgehaucht hat. Mit dieser Nachricht könnte ich vor dem Profos ganz hübsch reüssieren.«

»Ihr wißt selbst, daß man von Villon seit fast zwanzig Jahren nichts mehr gehört hat. Viele sagen, er ist damals verreckt, hat sich die Lunge aus dem Leib gehustet. War die letzten Jahre immer am Husten, der Kerl. Die Flucht durch die kalten Wälder, die lange Zeit im Kerker, das alles war nicht gut für ihn, nee.«

Margot schnitt mit Falcones Messer ein Stück vom Braten ab und kaute heftig schmatzend darauf herum, alles andere scheinbar vergessend, auch Villon.

»Sein Tod ist nicht bewiesen«, sagte Falcone in belehrendem Ton. »Vor zwanzig Jahren verließ Villon Paris, nach seinen jüngsten Schurkereien nur knapp dem Galgen entgangen und auf zehn Jahre verbannt. Seine Spur hat sich von da an verloren, da habt Ihr recht, Margot. Aber als habe er sich mehrfach aus sich selbst geboren, hört man seitdem aus allen Himmelsrichtungen die wildesten Gerüchte.

Ich kann mir nicht vorstellen, daß sie Euch nicht zu Ohren kommen.«

»Ich höre viel Getratsche und kann mir längst nicht alles merken.« Margot pulte einen Fleischfaden zwischen den schwarzen Zähnen hervor und verschlang ihn. »Was für Gerüchte meint Ihr?«

»Daß er sich im Flandrischen einer Schaustellerschar angeschlossen hat und in Mysterienspielen den Judas Ischariot und den Apostel Paulus gibt. Zwei Rollen, die viel gemeinsam haben. Der eine verriet Jesus, der andere sich selbst.« Falcone trank einen Schluck und sagte: »Andere Gerüchte sagen, Villon habe sich beim Sultan Ibram Ali als Wesir verdingt. Oder er habe sich in das Kloster einer geheimen Bruderschaft zurückgezogen.«

Margot hatte dem Braten ein dickes Käsestück folgen lassen, das ihre Kiefer nun zermahlten. Ich glaubte zu bemerken, daß sie bei Falcones letztem Satz für einen Augenblick wie erstarrt innehielt. Doch es mußte eine Täuschung gewesen sein; schon kaute sie wieder und fragte zwischendrin: »Hat König Ludwig nicht siebenundsechzig, vier Jahre nach Villons Verbannung, eine allgemeine Amnestie erlassen, um die vom Schwarzen Tod entvölkerte Stadt wieder mit Menschen zu füllen? Wär ein Mann wie Villon, dessen Welt die Gassen von Paris waren, nicht augenblicklich zurückgekehrt, wär er noch am Leben gewesen?«

»Vielleicht war seine Welt eine andere geworden. Vielleicht hatte er Gründe, nicht zurückzukehren.« Falcone beugte sich vor, der Falke belauerte seine Beute. »Vielleicht ist er längst wieder in Paris, hält sich aber im verborgenen.«

»So ein Blödsinn!« Margot lachte mit solcher Inbrunst, daß mir ein paar Käsebrocken um die Ohren flogen. »Nach der Amnestie hat er nichts mehr zu befürchten.«

»Nicht von des Königs Soldaten, aber ein Mann wie Villon hat sicher viele Feinde.«

Ich fühlte mich bei dieser ganzen Unterhaltung ziemlich überflüssig und ärgerte mich darüber. Falcone und Margot stritten über einen Mann, von dem ich nicht mehr wußte, als daß er ein Liederdichter war. Freilich einer, der mehr der Gosse als den Tafeln der feinen Herrschaften zugeneigt gewesen war und dessen Lieder nicht auf großen Gesellschaften, dafür aber in allen Schenken Frankreichs gesungen wurden.

»Warum wird von diesem Kerl nur soviel Aufhebens gemacht!« schnaubte ich.

Margot warf mir einen strafenden Blick zu. »Niemand hat solche Lieder gedichtet wie er, nicht vor ihm und nicht nach ihm. Es sind Lieder der Menschen hier.« Wieder umarmte sie ihre ganze Schankstube. »Nicht der falsche Minnesang der hohen Herren und Edelfrauen. Lieder von Luden und Dirnen, von Wein und Rausch – und von den Coquillards.« Bei den letzten Worten schaute sie Falcone an.

»Er schrieb also über das, was er kannte«, sagte ich mißmutig.

Falcone bemerkte: »Was man den wenigsten Dichtern zugute halten kann und an Villon daher um so mehr schätzen muß.«

»Aber er war auch ein großer Gelehrter, Magister an der Sorbonne«, ereiferte sich Margot, die sich in Fahrt geredet hatte.

»Ein Magister und ein Messerheld, wie ich schon sagte.« Falcone biß in seinen Käse. »Ein Mann mit vielen Berufen, vielen Namen und, glaubt man den Gerüchten, vielen Leben.«

»Wieso mit vielen Namen?« erkundigte ich mich.

»Seinen richtigen Namen kennt wohl nur er selbst, wenn überhaupt. In den Akten der Sorbonne finden wir ihn auch als François de Montcorbier – François vom Galgenhügel, wahrlich ein schicksalhafter Name! Später trat er als François des Loges hervor, nannte sich aber auch Michel Mouton. Mit dieser Liste könnte ich noch eine ganze Weile fortfahren, und selbst dann würde unsere prächtige Margot insgeheim darüber lachen, wie wenig man am Châtelet weiß.«

»Ich lache niemals über die Polizei«, entrüstete sich Margot.

Falcone winkte ab. »Niemals dann, wenn die Polizei zugegen ist.«

»Und Villon?« fragte ich. »Wieso nennt man ihn so, wenn er doch viele Namen hatte?«

»Man weiß nicht, mit wem seine Mutter verheiratet war, als er geboren wurde«, antwortete der Leutnant. »*Falls* sie verheiratet war. Sie fand einen Gönner für den kleinen François, einen achtbaren Pflegevater, der dem Kind sogar seinen guten Namen gab, wenn's auch nicht viel nützte. Guillaume de Villon war Kaplan an der Kirche Saint-Benoît-le-Bétourné, drüben an der Sorbonne, und soll, glaubt man einem weiteren Gerücht, ein natürliches Recht gehabt haben, den kleinen François nach sich zu benennen. Nun, vielleicht hat Villon seine zwiespältige Seele von diesem frommen Mann geerbt.«

»Was redet Ihr geschwollen, Falcone?« fragte Margot zwischen zwei Schlucken aus dem Weinkrug.

»Guillaume de Villon war Kaplan, aber auch dem Leben zugetan, möglicherweise mehr als seinem Glauben. Wegen Verbreitung einer Irrlehre wurde er seines Amtes enthoben.« Spielerisch legte Falcone die Hand vor den Mund und fuhr im Flüsterton fort: »Genaues wurde nicht bekannt, aber er soll sich am Rande der Ketzerei bewegt haben.«

Margot wollte in Gelächter ausbrechen, verschluckte sich und prustete über den ganzen Tisch, daß ein weinroter Regen auf Falcone und mich niedersprühte. »Seid Ihr ein Polizist, Leutnant, oder ein Klatschweib? Bei der Seele meiner längst vermoderten Mutter, ich hab noch nie so viele Tratschereien an einem Abend gehört!«

»Eure Schuld, verehrte Margot. Da Ihr uns die Tatsachen über Villon vorenthaltet, müssen wir mit Vermutungen vorliebnehmen.«

Margot schlug mit der Faust auf die Tischplatte und stieß mit weinschwerer Zunge hervor: »Es gibt keine Tatsachen!«

»Werdet nicht philosophisch, das steht Euch nicht«, spottete Falcone.

»Spielmann!« Margot winkte den Lockenkopf an unseren Tisch; mir fiel die seltsame Form seiner Laute auf, wie der Kopf einer Ziege oder eher noch eines Pferdes und glänzend wie Silber. »Spielmann, die Herren wollen Tatsachen über Villon hören. Also, bring Ihnen die Tatsachen zu Gehör!«

Der Musikant griff in die Saiten, und zwar mit der linken Hand, und sang mit reiner Stimme:

»Schenk ewig Ruhe ihm, o Herr,
und auch dein ewig leuchtend Licht,
das ist von nun sein Leibgericht,
kein Lauchhalm schmeckt ihm da so sehr.

Er kniet vor dir mit kahlem Haupt,
geschält wie eine nackte Rübe,
ewig Frieden sei ihm erlaubt,
daß nichts dein ewig Licht betrübe.

Das Schicksal trieb ihn ins Exil,
trat ihn ganz kräftig in den Arsch,
obwohl sein Widerstand war barsch,
das nenne ich kein feines Spiel.

Schenk ewig Ruhe ihm, o Herr,
und auch dein ewig leuchtend Licht,
das ist von nun sein Leibgericht,
kein Lauchhalm schmeckt ihm da so sehr.«

Ein Mädchen, das ich vorher nicht bemerkt hatte, tanzte zum Gesang des Spielmanns um unseren Tisch. Für einen Augenblick glaubte ich, die Maid zu kennen, die betörende Esmeralda vor mir zu sehen. Doch die Tänzerin, die ihren bunten Rock und die schlanken Beine hochfliegen ließ, ähnelte der Ägypterin nur in Alter und Statur. Ihre Haut und ihr Haar dagegen waren heller, das hübsche Gesicht ein wenig runder, die Augen von einem hellen Braun. Und doch wollte das Gefühl der Vertrautheit nicht weichen. Ich kannte das Mädchen nicht und hatte zugleich das Gefühl, ihm schon begegnet zu sein.

Die Tänzerin, mitgerissen vom eigenen Schwung, stolperte plötzlich und fiel mir in die Arme. Nur zu gern fing ich sie auf, atmete ich den süßen Duft ihres erhitzten Leibes. Der Blick ihrer Augen konnte einen Mann entflammen, doch meinte ich, dahinter tiefe Trauer zu sehen. Für einen Atemzug nur, dann hatte sie sich mit einer gehauchten Entschuldigung und einem verlegenen Lächeln schon wieder von mir gelöst und verschwand im Gedränge, gefolgt von dem Spielmann.

»Keine Tatsachen, aber ein nettes Lied«, seufzte Falcone und ließ einen Silbergroschen über die Tischplatte rollen. »Nehmt diesen Turnoser für den Spielmann und die Tänzerin, Margot.«

Die Wirtin grapschte nach der Münze und betrachtete sie skeptisch. »Was sind das für Zeiten, wenn schon die Polizei mit Falschgeld bezahlt?« meckerte sie und warf den Turnoser verächtlich zurück auf den Tisch.

»Falschgeld?« fragte ich überrascht.

»Und ob!« knurrte Margot. »Ich merk's schon am Gewicht. Außerdem ist der Groschen am Rand abgekratzt, unter dem Silber schimmert billiges Kupfer durch.«

Ich nahm die Münze an mich und sah das Kupfer unter dem Kratzer, wenn ich auch keinen Gewichtsunterschied feststellen konnte.

»Eine kleine Probe.« Falcone verzog die Lippen zu einem entschuldigenden Lächeln. »Wollte sehen, ob Ihr drauf reinfallt, Margot. In Paris sind einige dieser falschen Groschen aufgetaucht, und selbst die meisten Wechsler erkennen den Unterschied nur mit der Münzwaage.

Ihr wißt nicht zufällig, wer die Kupfergroschen unters Volk bringt?«

»Warum gerade ich?«

»Man sagt, die Dicke Margot weiß über alles Bescheid, was auf der Seine-Insel vor sich geht. Und die meisten falschen Groschen sind auf der Insel aufgetaucht.«

Margot zuckte die rundlichen Schultern. »Die Zeiten, als Kipper und Wipper mir von ihren Geschäften erzählten, sind vorbei. Ich weiß nichts über gefälschte Münzen und auch nichts über gezinkte Karten.«

Falcone hielt die Stabzehn hoch. »Wieso gezinkt?«

»Wenn Ihr das Muster auf der Rückseite genau betrachtet, werdet Ihr sehen, daß die Striche in den Ecken etwas dicker sind. Die Karte gehört nicht nur einem Mörder, sondern auch einem Falschspieler. Und erzählt mir nicht, Euch sei das neu, mein schlauer Polizist!«

»Ist es nicht.« Falcone steckte Spielkarte und Groschen wieder ein. »Aber bei Euch hoffte ich einen Hinweis zu erhalten, wer hinter den Fälschungen steckt.«

»Vermutet Ihr einen Zusammenhang?«

»Ich halte es für möglich. Wer das eine fälscht, findet vielleicht auch am anderen Gefallen. So wie die Coquille, die in weitverzweigten Geschäften tätig war.«

»Immer wieder Eure Muschelbrüder! Als hätte Paris keine anderen Galgenstricke aufzubieten.«

»Doch, jede Menge. Wir am Châtelet werden uns nie in die Schlangen der Arbeitsuchenden auf dem Grève-Platz einreihen müssen. Clopin Trouillefou und seine Bettlerschar machen uns ganz hübsch zu schaffen; eine ganze Armee ist das, wie damals die Coquille. Und auch der Herzog von Ägypten kann in jüngster Zeit beträchtlichen Zuwachs verzeichnen. Dann sind da noch die Kaimane und die Maulwürfe.«

Die beiden letzten Begriffe waren mir unbekannt, und ich bat Falcone um Aufklärung.

»Die Kaimane schnappen Kinder von der Straße oder auch aus den Häusern ihrer Eltern weg und richten sie zum Betteln ab. Mit abgehackten Beinen, ausgestochenen Augen oder verbrühten Gesichtern werden die Kleinen zu Krüppeln und Sklaven gemacht.«

»Entsetzlich!« rief ich. »Schlimmeres kann es kaum geben.«

»Doch«, widersprach Falcone, »die Maulwürfe. Eine Bande, über die wir so gut wie nichts wissen.«

»Was ist ihr Geschäft?« fragte ich, angewidert und fasziniert zugleich.

»Mord, das lautlose Töten in finsterer Nacht. Die Mörder bewegen sich in der Dunkelheit mit der Sicherheit von Maulwürfen, die sich in der Erde vorangraben.«

Margot erhob sich. »Ihr braucht also gar keinen Villon, Leutnant Falcone, auch so gibt Paris Euch Lohn und Brot. Verzeiht, wenn ich mich jetzt wieder um meine Geschäfte kümmere. Und spart Euch das Falschgeld, Ihr seid Gäste der Dicken Margot.«

Kaum war sie gegangen, winkte Falcone die rothaarige Magd herbei.

»Noch Wein, Monsieur?«

»Nein, Fleisch!« Er zog sie auf seinen Schoß und legte die Hände auf ihre Brüste. »Margot hat uns eingeladen. Hast du eine Schwester für meinen jungen Freund und ein hübsches Zimmer für die Nacht?«

Ich stand auf und entschuldigte mich mit großer Müdigkeit und einer Menge Arbeit, die meiner harrte. Nicht, daß ich keine Lust auf eine Frau gehabt hätte. Die kleine Tänzerin, die so unversehens in meine Arme gestolpert war, hätte mein Feuer leicht entfachen können. Aber es gefiel mir nicht, mich immer tiefer in Falcones Netz zu verheddern. Außerdem trug ich etwas unter meinem Wams, das er nicht sehen sollte.

»Wir werden uns bestimmt bald wiedersehen, Monsieur Sauveur«, versprach der Leutnant und wandte sich wieder der kichernden Gespielin zu.

Ich eilte zurück zu Notre-Dame und achtete nicht auf die zweifelnden, verdachtsvollen Blicke, die der Pförtner an der Rue du Cloître mir zuwarf. Als ich die Kathedrale betrat, sah ich nur kurz zu der Empore, wo Odon sein Leben ausgehaucht hatte. Die Vorstellung, auf undurchsichtige Weise an seinem Tod mitschuldig zu sein, stieß mich ab, und rasch wandte ich mich dem Treppenaufgang zu.

Erst in meiner Zelle auf dem Nordturm fühlte ich mich vor Falcone sicher und griff unter das Wams, um den falschen Bart hervorzuziehen. Er war verschwunden.

Kapitel 6

Der steinerne Tod

Dicht vor mir stand das Mädchen und sprach zu mir, doch ich verstand es nicht.

Eine unermüdliche Abfolge dumpfer Trommelschläge verschluckte die Worte, ein jeder Schlag so mächtig, daß er das Haus erschütterte. Oder hatte ich diesen Eindruck nur, weil viele der Menschen sich zusammenduckten, sobald die Trommel dröhnte? Männer und Frauen hockten in dem großen Saal, dessen steinerne Mauern ihnen Zuflucht und Schutz boten. Wie lange noch?

Das Mädchen wandte sich ab und ging hinaus. Ich lief ihm nach. In dem Augenblick kannte ich den Grund nicht. Es war eine unbestimmte Ahnung von Gefahr. Die Trommelschläge verhießen Unheil, und die Angst der Menschen schien das zu bestätigen.

In einem langen Gang stellte ich das Mädchen. Hier dröhnte die schreckliche Trommel nicht so übermächtig. Schreiend konnten wir uns verständigen. Ich fragte das Mädchen, wohin es wolle.

»Ich muß hinaus, meine Suche fortsetzen.«

Ich warnte vor der Gefahr, die außerhalb der schützenden Mauern bei jedem Trommelschlag vom Himmel fiel.

»Gefahr ist der Preis der Erkenntnis.«

Das Mädchen wollte weitereilen, aber ich hielt es an den Schultern fest, mochte es nicht gehen lassen. Da wurde ich selbst an den Schultern gepackt und fortgerissen, mit solcher Kraft, daß ich zu Boden stürzte. Über mir stand ein knöcherner Mann mit markantem Pferdegesicht. Ich erkannte ihn: Odon!

Er war fort und mit ihm das Mädchen. Vor mir lag verlassen der Gang, scheinbar unendlich lang. Ich lief ihn entlang, stieß auf eine gewundene Treppe und flog sie mehr hinab, als daß ich lief. Ja, mir war, als flöge ich, als schwebte ich.

Endlich stand ich im Freien. Kräftiger Wind blies mir ins Gesicht, wollte mir den Atem rauben, biß mir in die Augen.

Und mit dem Wind kam der steinerne Regen. Steinbrokken, größer als ein Kopf, flogen umher wie von der Hand eines wütenden Riesen geschleudert. Ihre wuchtigen Einschläge brachten die Burgmauern rings um mich zum Bröckeln. Stein um Stein der stolzen Bergfestung wurde aus seinem Halt gerissen.

Da erblickte ich das Mädchen. Es stand vor einem großen Portal und schaute aufmerksam zu den zahlreichen Skulpturen hinauf, schien den steinernen Regen vergessen zu haben. Ich aber sah, daß die Felsbrocken dem Portal immer näher kamen.

Im hohen Bogen flog ein Felsen durch die Luft. Ich sah ihn kommen und wußte, er würde das Portal zerschmettern – und mit ihm das Mädchen. Ich schrie auf und nahm eine Gestalt wahr, die sich schützend vor das Mädchen warf, als könne es einen Schutz vor dem steinernen Tod geben.

Noch bevor der Felsbrocken aufschlug, rannte ich los. Als ich ankam, zerblies der heftige Sturm die Staubwolke des Aufschlags. Unter dem Felsen und den Trümmern des Portals begraben lag mit zerschmettertem Leib und gebrochenem Blick Odon. Von dem Mädchen fehlte jede Spur.

Ich erwachte früh und war dankbar dafür. Odons Tod verfolgte mich bis in meine Träume, verschmolz mit den immer wiederkehrenden Bildern der Bergfestung. So eindringlich, daß der Schlaf mir kaum Erholung brachte. Ich fühlte mich matt und zerschunden, als hätte ich wirklich auf jenem Berg gegen den Sturmwind angekämpft. Mein Kopf schmerzte, und die zahlreichen Fragen, die mich bedrängten, trugen nicht zu meiner Erleichterung bei.

Was hatten Odon und das Mädchen in der Burg zu suchen? Was ich selbst? Wer schleuderte die Steine? Und das Mädchen, was suchte sie? Wer war sie?

Im Traum hatte ich sie gekannt, ohne jedoch ihren Namen zu wissen. Ich schloß die Augen und versuchte, mir das junge, hübsche Gesicht in Erinnerung zu rufen. Unwillkürlich dachte ich an die Kleine, die am vergangenen Abend zu Villons Lied getanzt hatte. Hatte sie mich so beeindruckt, daß ich sie mit in meine Traumwelt nahm?

Geräusche vor meiner Zellentür rissen mich aus dem Nachsinnen. Ich sprang vom Bett und ging zum Fenster neben der Tür. Beinahe wäre ich hinausgelaufen und hätte den Mann, der da ein rundes Tablett auf die kleine Bank stellte, umarmt.

Odon!

Er lebte!

Ich ließ die Tür geschlossen. Enttäuscht erkannte ich, daß meine überreizten Sinne mir einen Streich gespielt hatten: Es war Gontier, und ich hatte keine Veranlassung, das Gespräch mit ihm zu suchen. Wozu sich Anklagen anhören – falls er überhaupt mit mir sprach? Zu deutlich klang mir seine Behauptung, ich sei Odons Mörder, in den Ohren.

Als ich über dem Frühmahl saß, ahnte ich, daß Gontier und wohl auch viele der anderen Mesner mich weiterhin für Odons Mörder hielten. Das Brot war alt und steinhart. Dem widerlichen Beigeschmack der Mehlsuppe kam ich leider erst nach einigen Löffeln auf die Spur: Es war die morgendliche Wasserspende eines Mesners, vielleicht auch des Kochs selbst.

Die Arbeit an Pierre Gringoires zweitem Kapitel, *Über die Theorien, welche die Gelehrten in der neueren Zeit über Zustand und Bestimmung der Kometen vortrugen,* wollte mir nur schwer von der Hand gehen. Kaum begriff ich, was Gringoire aufgezeichnet hatte. Mehrmals verschrieb ich mich und mußte die Fehler mit dem eisernen Schaber wegkratzen. Schuld daran waren nicht nur die wirren Theorien, in denen die Kometen ›geschwänzte Sterne‹, ›geschweifte Himmelsboten‹ und ›blutige Zuchtruten Gottes‹ genannt wurden. Meine Gedanken kreisten um andere Dinge.

Immer wieder tauchte Odon vor mir auf und starrte mich von den weißen Seiten an; aus meiner Feder wurde ein Messer, aus der Tinte vergossenes Blut. Aber ich war nicht sein Mörder!

Als Odon starb, hatte ich Gilles Godin und den bärtigen Bettler verfolgt. Der Gedanke daran war nicht geeignet, meinen fiebrigen Verstand zu besänftigen, er warf nur weitere Fragen auf. Wohin waren die beiden gegangen? Wieso belauerte Colin den Notar? Wer war die Frau, deren Schreie ich vernommen hatte? Welche Bewandtnis hatte es mit dem falschen Bart? Vermutlich hatte Colin ihn benutzt. Weshalb verbarg er sein Gesicht? Und wo, bei allen Heiligen, war der Bart abgeblieben?

Meine Grübeleien wurden von einem Klopfen an der Tür unterbrochen. Dom Claude Frollo trat ein und erkundigte sich nach meinem Befinden. »Odons grausamer Tod bedrückt uns alle, besonders aber wohl Euch, da Ihr zu Unrecht des Mordes verdächtigt wurdet, Monsieur Sauveur.«

»Einige scheinen das nicht für ein Unrecht zu halten«, erwiderte ich und erzählte ihm von der Mehlsuppe.

»Das wird nicht wieder vorkommen. Ich werde ein ernstes Wort mit Gontier reden.«

»Da wir gerade bei dem Mesner sind, Monseigneur, weshalb habt Ihr ihm Odons Aufgabe übertragen?«

»Ihr seid hier oben recht einsam, fürchte ich. Gontier ist ein junger, aufgeweckter Bursche, um einiges heller im Kopf, als Odon es war. Ich dachte, der Umgang mit Gontier sei für Euch abwechslungsreicher. Wenn Gontier Euch nicht gefällt, werde ich ihn durch einen anderen Mesner ersetzen.«

»Nein, das ist nicht nötig«, sagte ich. »Nach dem gestrigen Vorfall dürfte mir keiner von ihnen wohlgesinnt sein.«

Nach einem kurzen Blick auf den Fortgang meiner Arbeit verließ Claude Frollo mich und begab sich zu seiner abgelegenen Zelle. Mit ihm verschwand ein unerklärlicher Druck, der seit seinem Erscheinen auf meiner Brust gelegen hatte. Frollo war ebenso undurchschaubar wie der Bettler Colin, wie der Geistermönch, wie Leutnant Falcone. Nie wußte ich, ob der Archidiakon das, was er sagte, auch meinte.

Die Fenster beanspruchten meine Aufmerksamkeit mehr als die Bücher. Je länger draußen auf dem Turm die Schatten der Säulen und Skulpturen wurden, desto öfter blickte ich hinaus und wartete. Ich wartete auf Claude Frollo. Darauf, daß er seine Zelle verließ. Sein Gespräch mit Gilles Godin schien seine Verstrickung in die seltsamen Geschehnisse zu belegen, deren Zeuge ich seit meiner Ankunft in Paris geworden war. Ich lebte mit ihm quasi unter einem Dach. Wenn ich ein Auge auf ihn warf, konnte es mir wohl gelingen, seinem Geheimnis auf die Spur zu kommen.

Als er seine Zelle tatsächlich verließ, fuhr ich heftig zusammen. Die Abenddämmerung hatte längst eingesetzt, und ich hatte die Lampe auf meinem Tisch entzündet. Gleichwohl war es draußen noch so hell, daß ich den Schatten vor einem der Fenster bemerkte. Die hagere Gestalt konnte nur Claude Frollo sein. Eine ganze Weile stand er dort, starr wie eine Steinsäule, und spähte zu mir herein. Ich täuschte vor, in Gringoires Schrift vertieft zu sein und den Beobachter nicht zu bemerken.

Der Schatten war kaum vom Fenster verschwunden, da löschte ich das Licht, eilte hinaus und hielt auf die Treppenpforte zu. Gestern hatte ich nicht viel Glück damit gehabt, Colin und den Notar zu verfolgen. Vielleicht war mir heute beim Archidiakon mehr Erfolg beschieden. Auf der engen Wendeltreppe zeigte sich, wie sehr ich irrte. Ich hielt inne, als ich Schritte vernahm, die sich nicht entfernen, sondern näher kamen. War Claude Frollo umgekehrt, weil er mich bemerkt hatte? Sollte ich ihm zu entkommen suchen oder mich besser herausreden? Doch womit?

Ich zögerte zu lange, um noch eine Entscheidung treffen zu können. Mit klopfendem Herzen wartete ich auf den Schatten, der sich im schwachen Kerzenlicht abzeichnete. Ein unförmiger Schemen, zu dem eine nicht minder ungeschlachte Gestalt gehörte. Ein paar Stufen unter mir verharrte der Glöckner von Notre-Dame und musterte mich mit blinzelndem Auge. »Muß rauf!« brachte er schließlich in seinem undeutlichen Kauderwelsch hervor. »Muß zur Vesper läuten.«

Ich drückte mich an die Wand, um ihn vorbeizulassen. Als er seinen verunstalteten Leib an mir vorüberschob, hielt ich die Luft an. Es hätte Quasimodo nicht die geringste Anstrengung gekostet, mich die endlosen Stufen hinunter in den Tod zu schleudern. Mit einem Grunzen, das Ausdruck sowohl von Dank als auch von Mißmut sein konnte, verschwand der Glöckner schließlich aus meinem Blickfeld. Ich lauschte seinen schlurfenden Schritten und wartete, bis das Treppenportal mit dumpfem Krachen zuschlug. Ein kurzer Windstoß fegte an mir vorbei. Jetzt erst fühlte ich mich sicher und setzte meinen Weg fort.

Als ich das Langhaus der Kathedrale erreichte, läutete Quasimodo bereits zur Vesper. Durch alle Portale strömten die Kanoniker herein, aber den Archidiakon konnte ich unter den Betenden nicht entdecken. Ich hatte mich so lange auf der Treppe aufgehalten, daß er mir entkommen war.

Um etwas Abstand von Notre-Dame und ihren Geheimnissen zu gewinnen, aß ich in einer Schenke am Petit-Pont zu Abend. Und in der Hoffnung auf einen tiefen Schlaf spülte ich den mit Hühnerfleisch, Speck, Äpfeln und Weißbrot gefüllten Pfannkuchen mit reichlich Châteauneuf hinunter.

Wieder träumte ich von dem Mädchen, das sich nicht von seiner geheimnisvollen Suche abhalten ließ. Diesmal erinnerte es mich nicht an die Tänzerin, die ich bei der Dicken Margot gesehen hatte. Haut, Haare und Augen waren dunkler, wie bei la Esmeralda. Und der Mann, der von dem Felsbrocken erschlagen wurde, trug die Züge Quasimodos.

Beim Anblick des Toten übermannte mich eine tiefe Traurigkeit, verbunden mit dem Gefühl, einen großen, unwiederbringlichen Verlust erlitten zu haben. Eine Anwandlung, die ich mir nicht näher erklären konnte. Ich starrte auf den Leichnam des Buckligen und vermochte kaum zu atmen, als laste der todbringende Felsen auf meiner Brust. Schluchzend brach ich zusammen. Meine Tränen benetzten das im Tod gar nicht mehr häßliche, sondern friedvoll wirkende Antlitz.

Als ich erwachte, waren meine Augen feucht, und ich empfand dieselbe Trauer wie im Traum.

Kapitel 7

Der Italiener

Am folgenden Tag erhaschte ich nicht einmal einen Blick auf Claude Frollo. Obwohl kalter Wind unangenehmen Regen über die Dächer trieb, fast so schlimm wie in meinem Traum, verließ ich mehrmals meine Zelle und streifte über den Turm, wie um frische Luft zu schnappen. In Wahrheit schlich ich um Frollos Klause herum. Sie lag ruhig und düster in ihrer versteckten Ecke.

Der Gedanke an Dom Frollos Zorn und an die Kraft seines buckligen Vollstreckers ließ mich der Versuchung widerstehen, mich der Zelle zu nähern und durch das einzige Fenster hineinzusehen. Fand ich den Archidiakon nicht hier oben, dann vielleicht unten in der Kathedrale.

Doch auch an diesem Abend nahm er nicht am Gebet teil, blieb er unsichtbar, wie von der Seine verschluckt. Meine Nachforschungen standen unter keinem guten Stern. Als Kriminalleutnant am Châtelet hätte ich die kläglichste aller Figuren abgegeben. Ich fühlte mich ähnlich verloren wie viele Jahre zuvor am Tag des heiligen Georg, bei jenem unglückseligen Wettlauf in Sablé.

Jeannette, die Tochter des Bürgermeisters, sollte den Siegespreis überreichen, eine geschnitzte und buntbemalte Statuette, die den berittenen Heiligen im Kampf mit dem Drachen darstellte. Jeder Junge aus dem Ort wollte die Figur besitzen, war es doch, als sei man damit der Drachentöter selbst. Und kam es nicht der Bezwingung eines fürchterlichen Drachen gleich, der Schnellste zu sein, alle anderen Knaben zu besiegen? Mit klopfendem Herzen und heißem Blut stellten wir uns bei der Pfarrei auf. Kaum konnten wir uns bezähmen, bis der Pfarrer das Kreuz schlug, unser Zeichen.

Wir rannten los, einmal um den ganzen Ort herum, bis zum Haus des Bürgermeisters, unserem Ziel. Jeder sah den heiligen Georg vor Augen, die wundervolle Statuette, die aus einem einfachen Jungen einen Helden machte. Nur ich dachte an etwas anderes. Vor meinen Augen leuchtete allein das Bildnis von Jeannette. Kastanienfarbene Locken, eine Haut wie Elfenbein, getupft mit ein paar winzigen Sommersprossen, große Smaragdaugen und Lippen wie reife Kirschen. Wie oft sah ich das Gesicht vor mir, wenn ich nachts in meiner Zelle in der Abtei lag, umgeben nur von Mönchen und Laien. Wie gern hätte ich die samtenen Wangen berührt, die Locken gestreichelt – den Kirschmund geküßt!

Aber Jeannette war die Tochter des vornehmsten Bürgers und ich nur ein Waisenkind, ein Bastard. Sie schien nicht einmal von meiner Existenz zu wissen, und wenn doch, scherte sie sich nicht darum. Das sollte sich am Georgstag ändern. Denn Jeannette, so war es Brauch, überreichte dem Sieger nicht nur den Preis, sondern gab ihm auch den Siegeskuß. Mir! In jeder freien Stunde hatte ich mich für den Lauf gerüstet, schon seit Walpurgis. Winkte mir doch ein größerer Preis als allen anderen.

Also liefen wir, die Jungen aus Sablé. Die Söhne der hochangesehenen Bürger wie die der Bauern und Lohnarbeiter. Und ich, der von allen verachtete Bastard. Wie sie staunten, als ich die Führung übernahm, kaum hatten wir den Ort verlassen. Armand, der Findling, machte ihnen allen etwas vor. Ich keuchte und kämpfte, lief und lief, allen anderen voraus. An mir vorüber flogen die strohgedeckten Hütten der Tagelöhner am Ortsrand, die Obsthaine, das mit Frühlingsblumen gesprenkelte saftige Grün des Flußufers und die Gesichter der Zuschauer, die über den Anführer der Meute staunten, über mich, den Bastard.

Sablé war umrundet, und ich lag weiterhin an der Spitze. Die anderen schienen weit abgeschlagen, ihre Schritte und ihr Keuchen drangen kaum noch an mein Ohr. Vor mir tauchte das große Steinhaus des Bürgermeisters auf, ein Haus mit richtigen Glasfenstern. Davor das hölzerne Podest mit dem Bürgermeister, dem Abt und den anderen Honoratioren. Und mit Jeannette, die den heiligen Georg trug. Ich hatte es geschafft, war stolz und glücklich. Nur noch wenige Schritte!

Und die anderen Jungen? Grinsend wandte ich mich nach ihnen um. Die vordersten hatten gerade Laurents Schmiede erreicht, keine Gefahr für mich. Da drehten sie sich plötzlich, seltsamerweise, und mit ihnen die Häuser und Bäume. Die ganze Welt. Erst als ich dumpf aufschlug, begriff ich, daß ich es war, der sich gedreht hatte. Mein rechter Fuß hatte sich in einer Distel verfangen. Ich stürzte in den Graben vor dem Haus des Bürgermeisters, mein Kopf schlug an einen faustgroßen Stein. Vielleicht hätte ich die Besinnung verloren, hätte das Wasser im Graben nicht mein Gesicht umsprudelt.

Benommen und klitschnaß erhob ich mich, während ein feixender Rivale nach dem anderen an mir vorbeizog. Jeannette beugte sich zu Matifas, dem pickelgesichtigen Sohn des Bäckers, gab ihm die Statuette – und den Kuß. Für mich blieb nur das gleiche wie stets: Hohn und spöttische Rufe.

»Hochmut kommt vor dem Fall, Bastard!« – »Hochmut geht zu Pferde aus und kehrt zu Fuße heim!« – »Hochmut tut nimmer gut!« Und dergleichen mehr. Das schlimmste war: Sie hatten recht, und Jeannette blieb nur ein Traum.

Am Abend saß ich allein am Ufer der Sarthe und zerhieb mit einem Stock die unschuldigen Sumpfdotterblumen. In

Wahrheit war ich wütend auf mich selbst. Doch damals verfluchte ich voller Haß meinen Vater, den Fremden, den Unbekannten, den Geheimnisvollen. Ich wünschte ihm die Pest an den Leib oder einen Strick um den Hals. Ganz gleichgültig wie, er sollte leiden. Wie er seinen Sohn leiden ließ, ihn der Schande aussetzte, ein Bastard zu sein. Einer, von dem sein Vater so wenig wissen wollte, daß er dem Sohn nicht einmal Gesicht und Namen offenbarte.

Die unendliche Trauer, die mich an jenem Abend befiel und den Haß entfachte, galt nur vordergründig dem verlorenen Lauf, dem vergebenen Kuß, der unnahbaren Jeannette. Im tiefsten Innern trauerte ich um den Vater, der mir stets ein Fremder sein würde.

Als ich jetzt, viele Jahre später, darüber nachdachte, verglich ich die Trauer jenes Georgsabends mit der in meinem Traum. Eine ähnlich tiefe Empfindung, die ich mir nicht zu erklären vermochte. Welche Verbindung sollte es zwischen dem buckligen Glöckner und meinem Vater, meinen Gefühlen geben? Es blieb rätselhaft und doch unabweislich. In der folgenden Nacht kehrte der Traum zurück, und wieder weinte ich um Quasimodo.

Der Tag des Herrn rückte näher. Dom Frollo und Gilles Godin hatten sich für eine geheimnisvolle Zusammenkunft in fünf Nächten verabredet. Zwei Nächte waren um, drei blieben mir noch, zu erkunden, was den Archidiakon umtrieb. Ich spürte, ahnte, daß diese Zusammenkunft der Neun, wie Frollo es genannt hatte, wichtig für mich war. Sie konnte mir helfen, mehr über die Verbindung zwischen Frollo und Godin herauszufinden. Mehr über das Netz, in dem ich mich gefangen wähnte.

Der Vormittag wollte nicht vorübergehen. Ich hockte über dem zweiten Abschnitt von Gringoires Buch und hing, während die Feder austrocknete, meinen Gedanken nach.

Den Besucher bemerkte ich erst, als er mitten im Raum stand.

»Fühlt Ihr Euch unwohl, Monsieur Sauveur? Ihr haltet die Schreibfeder so weit von Euch gestreckt, als bereite ihr Anblick Euch tiefste Qual, von ihrer Benutzung ganz zu schweigen. Gontier sagte mir, daß Ihr in letzter Zeit wenig eßt und abends gern auswärts speist. Ich habe ihn gehörig ins Gebet genommen; Ihr braucht Euch nicht mehr um die Schmackhaftigkeit Eurer Mahlzeiten zu sorgen.«

Dom Frollos prüfender Blick lastete auf mir. War das echte Besorgnis? Und falls ja, woher rührte sie? Am liebsten hätte ich ihn das freiheraus gefragt, aber ich konnte mich nicht dazu durchringen. Waren meine dunklen Befürchtungen berechtigt, hätte ich mich dem Feind verraten. Waren sie es nicht, hätte ich mich zutiefst der Lächerlichkeit preisgegeben.

»Es geht nicht um das Essen, da habe ich keine Beschwerden vorzubringen«, stammelte ich und versuchte, meiner Überraschung Herr zu werden, während ich abwechselnd auf Frollo und auf die Feder mit der längst getrockneten Tinte sah. »Aber Gringoires Ausführungen über die Ansichten der neueren Gelehrten zu den Kometen sind wirklich eine harte Kost. Ich werde nicht recht klug daraus.«

»Würde jeder daraus klug, wären die Gelehrten kaum gelehrt zu nennen.« Ein spöttisches Lächeln umspielte Frollos Lippen, wich aber schnell wieder einer ernsten Miene. »Ist es wirklich nur der wissenschaftliche Disput, der Euch die Lust an Arbeit und Speise nimmt?«

Ich entschloß mich zu einer Antwort, die nahe bei der Wahrheit lag, was stets die besten Aussichten bietet, beim Lügen nicht ertappt zu werden. »Ich muß viel an den unglücklichen Odon denken. Immerhin war ich einer der letzten, die ihn lebend gesehen haben.«

»Macht Ihr Euch irgendwelche Vorwürfe?«

»Sollte ich?« Ich zuckte mit den Schultern. »Vielleicht war der Mörder schon in der Kathedrale, als ich mit Odon sprach. Vielleicht bin ich ihm sogar begegnet.«

»Es sind wahrlich gottlose Zeiten, in denen solch eine Bluttat in den heiligen Mauern von Notre-Dame geschehen kann. Fürchtet Ihr womöglich, auch ein Opfer des Schnitters zu werden?«

Der Gedanke ließ mich innerlich erstarren. War das eine Frage oder eine Warnung? Was auch immer in Frollo vorging, sein Mienenspiel verriet ihn nicht.

»Wenn man in Notre-Dame nicht sicher ist, ist man's draußen in den Straßen erst recht nicht«, erwiderte ich ausweichend. »Über den Schnitter mache ich mir keine großen Gedanken, da ich ihn und seine Beweggründe nicht kenne.«

»Recht so, streift die düsteren Gedanken ab. Sie führen nur in dunkle Ecken, aus denen man schwer wieder herausfindet. Kümmert Euch nur um die Kometen, und Ihr werdet die Bluttat bald vergessen!«

Nach dieser Aufforderung – oder war es ein Befehl? – verabschiedete sich der Archidiakon. Hatte der Wolf den vorwitzigen Waldgänger gewarnt? Oder hatte nur der Gelehrte seinem trödelnden Kopisten eine mahnende Visite abgestattet?

Bevor Frollo die Tür hinter sich schloß, tauchte ich den Federschnabel demonstrativ ins Tintenfaß, aber ich brachte kaum ein Wort zu Papier. Ich hatte gesehen, daß mein Brotherr zu seiner Klause ging, und dort blieb er über Mittag. Ich hielt mich am Fenster auf und starrte auf den Turm. Wie ich als Knabe zur Osterzeit durchs Fenster gestarrt hatte.

Jedes Jahr, wenn das Osterfest nahte, klebte ich an den Fenstern der Abtei von Sablé. Nicht um, wie die anderen Kinder, die Osterkraniche beim Verstecken der Eier zu belauern. Ich glaubte nicht mehr, daß die aus dem Morgenland heimkehrenden Vögel die bunten Eier legten, seit ich gesehen hatte, wie die Laienbrüder die Eier bemalten. Nein, ich wartete auf den Geheimnisvollen, auf den Unsichtbaren.

Auf meinen Vater!

Zu jedem Osterfest lag ein Lederbeutel vor der Abtei, gefüllt mit zehn Goldkronen und einem kleinen Papier, immer mit der gleichen Aufschrift: *Zur hinreichenden Beköstigung und Bekleidung wie zur gottgefälligen Erziehung von Armand Sauveur.*

Wer den Beutel brachte, blieb unbekannt. Ich aber spürte, daß es nur mein Vater sein konnte. Das österliche Mysterium stärkte mein Ansehen im Ort nicht gerade. Viele flüsterten, ich sei der Sohn des Teufels, der sich einen Spaß daraus mache, mich von Mönchen erziehen zu lassen. Das Gerede wurde mir zunehmend gleichgültig, ich wollte endlich meinen Vater kennenlernen. Doch niemals sah ich ihn, und auch die frommen Brüder bekamen ihn nicht zu Gesicht.

Als ich kurz vor der Vesper den Schatten eines Menschen zwischen den Säulen und Skulpturen auftauchen sah, stürzte ich nach draußen, zum Treppenportal, und eilte nach unten. Diesmal war ich vor Frollo in der Kathedrale, und er würde mir nicht entwischen.

Mit rasselndem Atem, denn ich war schnell gelaufen und hätte auf der dunklen Treppe fast das Gleichgewicht verloren, drückte ich mich hinter eine Säule, so daß ich für den, der aus dem Treppenhaus trat, unsichtbar war. Während ich, die erhitzte Stirn an den kühlenden Stein gepreßt, auf Frollo wartete, kam mir erst zu Bewußtsein, was für ein unsäglicher Dummkopf ich war.

Falls der Archidiakon, wie er es häufig tat, auf seinem Weg zum Treppenportal in meine Zelle lugte, würde er meine Abwesenheit bemerken. Weder hatte ich das Tintenfaß verschlossen noch die Bücher zugeschlagen und beiseite gelegt. Mußte ein kluger Kopf wie Frollo da nicht unweigerlich Verdacht schöpfen?

Wie auch immer, jetzt war es zu spät. Stieg ich die Treppe wieder hinauf, würde ich ihm geradewegs in die Arme laufen. Ich konnte nur hoffen, daß er nicht in meine Zelle spähte, mich nicht für den Spion hielt, zu dem ich mich selbst erkoren hatte.

Kaum läutete Quasimodo die Vesper ein, trat sein Gebieter aus dem Halbdunkel des Treppenaufgangs und verharrte für einen Augenblick in der Kathedrale. Er zwinkerte mehrmals, so als müßten seine Augen sich an das Licht gewöhnen. Oder als suche er etwas. Oder jemanden. Mich?

Ich drückte mich so eng gegen die kühle Säule, daß ich den Archidiakon nur noch als Schemen wahrnahm. Bis er sich bewegte und gemessenen Schrittes zum Chor ging. Dabei begrüßte er einige der in die Kathedrale tretende Kanoniker, wechselte mit diesem und mit jenem ein paar Worte. Nichts schien darauf hinzudeuten, daß er ein Mann mit Geheimnissen, mit düsteren Absichten war.

Entstammte dieser Gedanke bloß meiner Phantasie? Hatte mein von verwirrenden Träumen gequälter Geist in einem Anfall von Wahn harmlose Ereignisse zu einem Komplott verdichtet, das nur in meinem Kopf existierte? Machte ich aus einem angesehenen Kanoniker ein Schreckgespenst?

Doch wenn es so war, wie paßten die Morde in das Bild? Sie waren keine Einbildung. Ebensowenig wie der Schnitter von Notre-Dame. Ein erschreckender Gedanke raubte mir für einen Augenblick den Atem: Konnte ein Geist derart verwirrt sein, daß er sich spaltete? Konnten zwei Wesen in einem Körper hausen, von denen eins ohne Wissen des anderen Untaten beging? Oder war es der endgültige Wahnsinn, sich selbst des Mordes zu verdächtigen?

Immer mehr Volk drängte ins Langschiff, um der Abendmesse beizuwohnen. Während ich in die Menge eintauchte, um Frollo in Richtung Chor zu folgen, blickte ich mit Schaudern zu der Empore hinauf, die Odons Ende gesehen hatte. Wären die Skulpturen doch aus Fleisch und Blut gewesen, dann hätten sie von der Untat erzählen und den Mörder benennen können!

Ich stutzte und blieb so abrupt stehen, daß ich durch unsanfte Stöße in den Rücken weitergeschoben wurde. Was ich auf der Empore erblickte, ließ mich alles andere vergessen. Die Figuren schienen zum Leben erwacht, bewegten sich, wie um meinen stillen Wunsch zu erfüllen!

Verwirrt drückte ich mich in eine Kapelle, lehnte mich achtlos gegen einen kunstvoll verzierten Wandteppich und kniff mehrmals die Augen zusammen. Die majestätischen Töne der Orgel vor der westlichen Fensterrosette erfüllten die Kathedrale, durchdrangen sie bis in den hintersten Winkel, wie sie meinen Leib durchdrangen und erzittern ließen. Vielleicht schwankte ich auch, weil ich noch immer die Bewegung auf der Empore wahrnahm. Mein Blick hing starr an der seltsamen Erscheinung, während im Chor der Gesang der Kanoniker erklang.

In das anschwellende »Kyrie eleison!« der Kirchenmänner mischten sich die zarten Stimmen der zwölf Chorknaben vom Gaillon-Haus, und in ihrem hellen, klaren Klang erkannte ich die Wahrheit: Nur eine Figur bewegte sich auf der Empore, und die war nicht aus Stein gehauen. Ein Mann mit schulterlangem Lockenhaar stand, den Statuen zugewandt, auf der Empore und schien ganz und gar mit etwas beschäftigt.

Ich tauchte wieder in den Strom der Menge ein und bemerkte im Näherkommen, daß der Lockenkopf in einer Hand einen Zeichenblock und in der anderen, der linken, einen Stift hielt, der eifrig über das Papier fuhr. Und dann – er vollführte eine leichte Drehung zum Licht der Kerzen –

erkannte ich auch sein Gesicht. Deutlich sah ich es vor mir und meinte, die kehlige Stimme zu hören, die bei der Dicken Margot Villons Fürbitte sang.

Der Italiener!

Maître Leonardo!

Quasimodo hatte mir von dem Mann erzählt, der in Notre-Dame Zeichnungen anfertigte. Er mußte es sein. Aber ausgerechnet an dem Ort, an dem Odon gestorben war?

Keine zwanzig Schritte trennten mich mehr vom Aufgang zur Empore, da kreuzten sich unsere Blicke. Ein kurzer Moment der Überraschung, und geschwind lief er die engen Stufen hinunter, um ebenfalls ein Teil der Menge aus Gläubigen und Bettlern zu werden. Seine hohe Gestalt überragte die meisten anderen, und deutlich sah ich das lockige Haupt, auf dem eine blaue Wollkappe saß. Schnell bewegte sich der Mann von mir fort, wie ein Flüchtender. Und genau das war er. Ich hatte in seinen Augen gelesen, daß er mir nicht begegnen wollte, nicht hier in Notre-Dame, wo er der Zeichner, nicht der Spielmann war.

Es hatte keinen Sinn, ihm nachzueilen, er hatte seinen Fluchtweg gut gewählt. Elegant wie ein Schlange hatte er sich durch das dickste Menschenknäuel hindurchgeschoben, das, von den Nachdrängenden zusammengedrückt, jetzt kaum noch eine Lücke bot. Maître Leonardo, falls er wirklich so hieß, verschwand hinter Menschen, Skulpturen und Säulen. Ich konnte nicht einmal sehen, welchem Portal er zustrebte. Also war es auch zwecklos, ihm draußen aufzulauern.

Vom rhythmischen Donner der Orgelpfeifen begleitet, erstieg ich die Empore, mehr einer inneren Regung als einer konkreten Eingebung folgend. Fast wäre ich auf etwas ausgerutscht. Es war ein Blatt Papier, das der andere in der Hast seiner Flucht verloren hatte. Eine Kohlezeichnung der Figurengruppe, in deren Mitte Odons Leiche gelegen hatte. Vor dem sich krümmenden Jungen war sogar der Blutfleck angedeutet. Ich näherte mich den Skulpturen und sah, daß der Fleck auf dem Boden noch zu erkennen war. Welchen abartigen Zweck mochte der Italiener mit dieser Zeichnung verfolgen?

Meine Verwirrung war größer denn je. Ich faltete die Zeichnung zusammen und schob sie so unter mein Wams, daß sie auf keinen Fall verschwinden konnte. Sie war ein Beweis, auch wenn ich noch nicht wußte, für was. Falls mir soeben der Schnitter entkommen war, wozu brauchte er eine Zeichnung vom Ort seiner Bluttat?

Ich zwang meine Gedanken in andere Bahnen und schaute zum Chor, um Claude Frollo zwischen den Kanonikern ausfindig zu machen. Wieder und wieder ließ ich den Blick über die geistlichen Herren schweifen, aber der Archidiakon befand sich nicht unter ihnen. Wieder hatte er mir ein Schnippchen geschlagen, hatte sich nur scheinbar zum Chor begeben, sich dann aber, außerhalb meines Blickfelds, abgesetzt. Ob zufällig oder weil er wußte, daß ich ihn verfolgte, vermochte ich nicht zu sagen, doch im Ergebnis blieb es sich gleich: Armand der Bastard hatte abermals das Rennen verloren, an diesem Abend gleich zweimal.

Meine Enttäuschung niederringend, verließ ich die Empore und dann die Kathedrale. Die abwechselnd von Sängern und Orgel vorgetragene Melodie dröhnte in meinem Kopf, und die vielen Menschen nahmen mir die Luft zum Atmen. Auf dem Vorplatz konnte ich wieder klar denken und faßte einen Entschluß. Der seltsame Italiener war mir zwar entkommen, aber ich besaß eine Spur.

Ich ging denselben Weg wie drei Nächte zuvor mit Falcone und kehrte bei der Dicken Margot ein. Obwohl ich bis weit nach dem Angelusläuten dort ausharrte, sah ich den Spielmann nicht, nicht die Tänzerin und auch nicht den Kriminalleutnant. Ich dachte an Falcones sizilianische Herkunft und fragte mich, ob eine Verbindung zwischen ihm und dem hellhaarigen Italiener bestand.

Als auch die Dicke Margot selbst nach Stunden nicht auftauchte, erkundigte ich mich bei dem Rotschopf, den Falcone an jenem Abend auf seinen Schoß gezogen hatte, nach ihr.

»Madame ist heute abend nicht im Haus.«

»Und der Spielmann?«

»Welcher Spielmann?«

»Der an dem Abend, als ich mit Leutnant Falcone hier war, gesungen hat!«

»Wer seid Ihr? Und wer ist dieser Falcone?«

»Der kleine Mann mit dem dunklen Lockenhaar, der von dir so angetan war. Er wollte mit dir aufs Zimmer.«

»Ich erinnere mich nicht.«

Die Magd eilte weiter und warf mir aus der Ferne einen scheuen Blick zu. Daß sie log, war mir klar, doch ich wollte nicht weiter in sie dringen. Auch wenn ich es mir nicht eingestand, insgeheim fürchtete ich, sie könnte nach dem Gespräch mit mir aufgefunden werden: die Kehle durchschnitten, die Stabzehn im Mund.

Kapitel 8

Kipper und Wipper

Spricht nicht der Morgenländer vom Propheten, der zum Berg kommt? Falcone befolgte die Weisheit, vielleicht ohne sie zu kennen. Das Läuten zur Non war seit Stunden verklungen, als er meine Zelle betrat und mir vor Überraschung die Feder aus der Hand auf den Boden fiel.

»Die meisten Menschen erschrecken beim Anblick eines Polizisten, als hätten sie etwas zu verbergen.« Er lächelte entschuldigend und breitete in einer hilflosen Geste die Arme aus, daß die Falten seines Mantels sich wie die Flügel einer Fledermaus auffächerten.

Ich kannte seine unverbindliche Freundlichkeit zur Genüge, um hinter der munter plappernden Feldlerche den lauernden Fuchs zu erkennen. War dies der Augenblick, ihm von Maître Leonardo zu berichten und die Zeichnung hervorzuholen? Aber dann hätte er auch den roten Drachen gesehen und mich gefragt, weshalb ich die Figur und das Papier in einem Geheimversteck aufbewahrte.

»Ihr seid nicht der Grund für meine Ungeschicklichkeit, jedenfalls nicht direkt«, erwiderte ich, hob die Feder auf und legte sie zu den anderen in den verzierten Kasten. »Ich war etwas ermüdet und hielt Euch im ersten Augenblick für Dom Frollo, der mich bei meiner Nachlässigkeit ertappt. Hoffentlich verratet Ihr mich nicht. Ich war gestern abend wohl zu lange bei der Dicken Margot.«

Ich stellte fest, daß mir das Lügen immer leichter wurde, je länger ich mich darin übte. Zufrieden mit meiner Antwort, beugte ich mich vor und drückte den Pfropfen auf das Tintenfaß. Wir ähnelten spielenden Gassenjungen. Jetzt hatte ich den Ball wieder ihm zugeschoben. Wenn er wußte, daß ich mich in der Schenke nach dem Spielmann erkundigt hatte, war es an ihm, das Gespräch auf den Italiener zu bringen.

»In meinem Beruf bin ich oft auf Verräter angewiesen, doch heißt das nicht, daß ich selbst einer bin. Außerdem habe ich Verständnis für einen Besuch bei der Dicken Margot, wie Ihr wohl wißt.« Während er sprach, trat er näher, ließ seinen Blick prüfend durch den Raum schweifen und betrachtete schließlich die aufgeschlagenen Bücher. »Darf man fragen, welche Aufgabe der Archidiakon Euch übertragen hat, oder ist das ein großes Geheimnis?«

»Wie kommt Ihr darauf, daß es überhaupt eins sei?«

Falcone sah zum Fenster hinaus. »Warum sonst sollte Frollo Euch hier oben halten wie einen Sklaven, abgeschottet von der Welt? Immerhin hat Pierre Gringoire es nicht länger ausgehalten und ihm den Dienst aufgekündigt.«

Was klang wie eine zufällige Bemerkung, war viel mehr. Der Kriminalleutnant hatte sich gut informiert, und das sagte ich ihm auch.

»Ebenfalls etwas, das zu meinem Beruf gehört. Ich muß mich umhören und vieles hier drin verwahren, das auf den ersten Blick nichts mit dem Fall zu tun hat.« Er tippte an seinen Kopf. »Aber selbst belanglose Einzelheiten können im Zusammenhang mit anderen scheinbaren Belanglosigkeiten ganz plötzlich eine Bedeutung erlangen. Und manchmal ist das, was man mir sagt, ebenso wichtig wie das, was mir verschwiegen wird. Wer schweigt, hat in der Regel etwas zu verbergen. Nicht wahr, Monsieur Sauveur?«

Er warf ein Netz nach mir aus. Meine Erwiderung konnte die falsche Bewegung sein, mit der ich mich in den Maschen verfing. Deshalb beschloß ich zu antworten, ohne selbst etwas zu sagen: »Zur rechten Zeit zu schweigen ist ein Zeichen von Weisheit und oft besser als jede Rede, sagt Plutarch.«

»Wer weiß, was der zu verbergen hatte.« Falcone trat dicht vor mich und sah mich durchdringend an. Jetzt war er wieder der Falke, unmittelbar vor dem Zupacken. »Mich allerdings interessiert mehr, was *Ihr* vor mir verbergt!«

Endlich war es heraus. Er hatte eine Spur gefunden, die zu mir führte. Hatte etwas in der Hand. Gegen mich!

Unruhe ergriff mich, ließ meine Hände feucht werden, brachte meine Lider zum Flattern. Ich zwang mich zur Ruhe und sogar zu einem unschuldigen Lächeln. »Ihr sprecht zu mir wie zu einem Verbrecher, Herr Leutnant.«

»Und – seid Ihr einer?«

»Ich wüßte nicht, wessen man mich anklagen sollte.«

Seine Antwort bestand in nur zwei Wörtern, einem einzigen Namen, und doch erschütterte mich der mehr, als hätte Falcone eine ganze Anklageschrift verlesen: »Philippot Avrillot.« Ich geriet aus der Fassung, was Falcone mit einem befriedigten Seufzer zur Kenntnis nahm. »Ich sehe, Ihr kennt Maître Avrillot. Ganz blaß seid Ihr geworden.«

»Er war ein guter Mann, der eines bösen Todes gestorben ist«, sagte ich leise und wohlüberlegt. Die Festung war erschüttert, aber mein Widerstand noch nicht zusammengebrochen. Wir spielten nicht mehr Ball, sondern Primero. Jeder wollte durch Andeutungen herausfinden, welche Karten der andere in der Hand hielt. Wer zuviel andeutete, verriet sich.

»Was wißt Ihr über den Tod des Zölestiners?« fragte der Leutnant.

»Nur das, was man sich allgemein erzählt. Er geriet unter das Pferd eines Notars vom Châtelet. Ein tragisches Mißgeschick.«

»Kein Mißgeschick, sondern ein Attentat. Das sagt jedenfalls besagter Notar, Gilles Godin. Ein Unbekannter stieß

Avrillot vor sein Pferd, mit voller Absicht, wie es Maître Godin schien.«

»Aber warum?«

»Ich dachte, Ihr könntet mir helfen, diese Frage zu beantworten, Monsieur Sauveur. Schließlich kanntet Ihr den Oblaten – was Ihr mir verschwiegen habt!«

»Verschweigen kann man nur, was mitzuteilen man sich verpflichtet fühlt. Ich wußte nicht, daß Maître Avrillot Euch interessiert, Herr Leutnant. Seid Ihr nicht länger mit der Suche nach dem Schnitter betraut?«

»Doch, und gerade das hat mich auf Eure Spur gebracht. Avrillot starb in der Nacht nach dem Dreikönigstag, Schwester Victoire am darauffolgenden Tag. Beide dienten dem geistlichen Stand der Stadt. Liegt da ein Zusammenhang zwischen beiden Taten so fern?«

»Fand man denn die Stabzehn bei dem Zölestiner?«

»Nein, aber das spricht nicht gegen einen Zusammenhang.«

»Ich vermag Euch zwar nicht ganz zu folgen, aber dennoch: Verzeiht, daß ich Euch nicht über meine kurze Bekanntschaft mit Maître Avrillot unterrichtete.«

»Wie kurz war sie?«

»Wir begegneten einander nur einmal, am Morgen des Dreikönigstages, unten vor der Kathedrale. Ich hatte kein Bett für die Nacht gefunden und daher bei den Bettlern geschlafen. Als die Mesner mich unsanft verscheuchen wollten, stand Avrillot mir bei.«

»So ähnlich haben es mir die Mesner auch erzählt.«

»Ah, das ist also Eure Spur«, brummte ich. »Odons Kollegen halten mich wohl noch immer für den Schnitter und nutzen jede Gelegenheit, mich mit Dreck zu bewerfen.«

Falcones forschende Züge entspannten sich. »Ich muß jedem Hinweis nachgehen, und nicht immer haben die Leute dafür Verständnis.«

Ich fühlte mich keineswegs beruhigt, gab mich aber freundlich und bot meinem ungebetenen Gast Wein, Käse und Brot an. Als ich den Apfelmost, den Gontier mir mit dem Mittagsmahl gebracht hatte, in die Becher goß, hoffte ich, daß der Mesner die farbliche Ähnlichkeit mit einer anderen Flüssigkeit nicht zu einem üblen Schabernack benutzt hatte.

Falcone trank von dem Most. »Vermutlich wart Ihr nicht in der Nähe, als Avrillot starb – oder?«

»Es geschah beim Grand-Châtelet, nicht wahr?«

»Ja, nach Anbruch der Dämmerung.«

»Ich war auf dem Grève-Platz, bis das Feuer verlosch. Danach ging ich über die Notre-Dame-Brücke zurück auf die Insel, um mich in einer Schenke zu stärken.«

»Wo war das?«

»Das weiß ich nicht mehr. Damals war ich noch fremd hier, und der Wein machte mir den Kopf schwer.«

»Wie dieser Apfelmost.« Falcone leerte den Becher und rülpste wohlig. »Wenn ich noch mehr davon trinke, kann ich keine vernünftigen Fragen mehr stellen.«

Ich goß ihm nach. »Dann laßt uns die Rollen tauschen und mich eine Frage stellen: Ist es üblich, daß man am Châtelet eine Mordtat mit solcher Vehemenz verfolgt?«

»Es handelt sich um zwei Morde, vielleicht um drei, die miteinander in Verbindung stehen.«

»Selbst das dürfte für eine Stadt wie Paris nichts Außergewöhnliches sein.«

Falcone legte einen Silbergroschen auf den Tisch, als wolle er den Most bezahlen. »Erkennt Ihr die Münze wieder, Monsieur Sauveur?«

Als ich sie genauer betrachtete, entdeckte ich den kupferfarbenen Kratzer. »Das Falschgeld, mit dem Ihr Margot täuschen wolltet.«

»So ist es. Ein Groschen von vielen, die Paris überschwemmen. Wie in den Zeiten der Coquille scheinen Kipper und Wipper wieder gute Geschäfte zu machen.«

»Ein seltsamer Name für Falschmünzer.«

»Kipper nennt man die Galgenvögel, die gute Münzen um ihren Silbergehalt beschneiden, und Wipper die Betrüger mit der Münzwaage. Sie fälschen die Gewichte oder die Waage, um das gekippte Geld unters Volk zu bringen. Oder sie benutzen unbeeinträchtigte Waagen, um die guten, zum Kippen geeigneten Münzen herauszufinden.«

»Damit die Betrüger sich nicht gegenseitig betrügen?«

Falcone lächelte kalt. »Ich sehe, Ihr durchschaut die Sache. Das ist ja auch nicht schwer. Schwierig wird's da, wo es die Übeltäter zu fassen gilt.«

Gespannt beugte ich mich vor. »Sagt bloß, das ist Euer eigentlicher Auftrag.«

»Jetzt durchschaut Ihr sogar mich.«

»Aber das würde bedeuten ...«

»Nun, was?«

Ich setzte erneut an, so ungeheuerlich erschien mir meine Schlußfolgerung. »Es würde bedeuten, daß Ihr einen Zusammenhang zwischen den Morden und dem Falschgeld vermutet.«

Er nickte schwer. »Falschmünzer, Kartenzinker, Mörder. Eins führt zum anderen, und alles hängt miteinander zusammen.«

»Und wie kommt Ihr darauf?«

»Seit etwa einem Jahr verzeichnen wir einen Zugang an täuschend gut geprägten Falschmünzen. Die ersten tauchten in der Spendenkasse des Hôtel-Dieu auf, später fanden wir weitere bei anderen geistlichen Einrichtungen, auch bei den Zölestinern. Philippot Avrillot war als ihr Almosenier für die Verteilung der Einnahmen zuständig. Die Kipper und Wipper waschen ihr Geld mit Hilfe der frommen Brüder und Schwestern.«

Ich bekundete meinen Abscheu vor diesem schändlichen Treiben und fragte: »Also hat der Bischof von Paris Euch um Hilfe gebeten?«

»Der König hat ein eigenes Interesse an der Sache. Selbst im Schatzamt sind Falschmünzen in großer Zahl aufgetaucht. Wenn König Ludwig sich nicht mehr auf den Wert seines Staatsschatzes verlassen kann, ist ganz Frankreich in Gefahr.«

»Ein Komplott gegen den König?« schnappte ich atemlos. Längst hatten Falcones Erörterungen mich vollständig in den Bann geschlagen.

»Möglich, und schon die bloße Möglichkeit ist bedrohlich«, meinte der Leutnant. »Sagt Euch der Name Marc Cenaine etwas?«

Nach kurzem Überlegen schüttelte ich den Kopf.

»Er ist Münzverwalter im Schatzamt.« Falcone räusperte sich und verzog das Gesicht zu einer säuerlichen Miene. »Sagen wir besser, Cenaine *war* es. Was jetzt mit ihm ist, weiß niemand am Châtelet. Die Falschmünzen waren in seiner Domäne aufgetaucht, waren in seinen Büchern als geprüft und für vollwertig befunden eingetragen. Als wir das herausfanden, sandte der Profos einen Trupp der Scharwache aus, ihn festzusetzen. Aber sein Haus war leer, Cenaine ebenso verschwunden wie seine Tochter. Als wir in den umliegenden Häusern nachfragten, erfuhren wir, daß nur eine Stunde zuvor Scharwächter das Haus gestürmt und Cenaine verhaftet hätten. Von seiner Tochter hatte niemand etwas gesehen.«

»Das verstehe ich nicht. Wenn die Scharwache diesen Cenaine festgenommen hat, muß er sich doch in Eurem Gewahrsam befinden.«

»Die Männer nannten sich Scharwächter und trugen auch den violetten Waffenrock, aber sie kamen nicht vom Châtelet.«

»Ein seltsamer Zufall, daß sie fast zeitgleich mit den richtigen Scharwächtern kamen.«

»Falls es ein Zufall war.«

»Etwas anderes hieße, am Châtelet einen Verräter zu vermuten.«

»Ihr seid überaus scharfsinnig, junger Freund.« Falcones Miene war noch säuerlicher als zuvor. »Ihr dürft mir glauben, daß dieser Gedanke niemanden am Châtelet erfreut, am allerwenigsten den Profos. Aber nach Lage der Dinge kann sich Messire d'Estouteville einer solchen Annahme nicht verschließen, und deshalb hat er mich beauftragt, Licht ins Dunkel zu bringen.«

»Also vertraut er Euch.«

»Das hoffe ich doch!«

»Und Ihr nutzt die Morde als Vorwand, um Eure eigentlichen Nachforschungen ungehindert betreiben zu können.«

»Richtig erkannt. Aber glaubt nicht, daß der Schnitter mir gleichgültig sei. Ob er nun zu den Falschmünzern gehört oder nicht, seinem Treiben muß schleunigst ein Ende bereitet werden!«

»Ganz meine Meinung«, sagte ich, erzählte ihm aber dennoch nicht von der Zeichnung des Spielmanns. Mich zum Verbündeten der Polizei zu machen hätte geheißen, mich mit hoher Wahrscheinlichkeit der Entlarvung durch Gilles Godin auszusetzen. »Ihr seid sehr freimütig in Euren Äußerungen, Leutnant Falcone. Darf ich daraus schließen, daß ihr mich nicht für einen Verbündeten der Falschmünzer haltet?«

»Falls Ihr einer seid, habe ich Euch nichts Neues erzählt. Dann aber hättet Ihr mir einiges zu erzählen und solltet es auch tun. Ertappte Kipper und Wipper nehmen nämlich ein sehr unangenehmes Ende. Man taucht sie in siedendes Öl, selbstverständlich bei lebendigem Leib.«

»Selbstverständlich«, wiederholte ich in dem Bemühen, ungerührt zu erscheinen.

»Ich hielt es für gut, Euch in die Sache einzuweihen«, sagte Falcone, bevor er sich verabschiedete. »Zwar weiß ich noch nicht wie, aber auf irgendeine seltsame Weise seid Ihr in diesen Fall verstrickt, mögt Ihr nun wollen oder nicht.«

Kapitel 9

Totentanz

Innerhalb der kalten Friedhofsmauern, zwischen den mit bleichenden Knochen gefüllten Gebeinhäusern, flogen Geschrei, Gelächter, Musikfetzen, flogen Arme, Beine und ganze Leiber hin und her. Die Toten tanzten, und wenn nicht sie, dann diejenigen, die einst welche sein würden. Verfaulen und zu blanken Knochen schmelzen ist das Schicksal des Bettlers wie des Königs. Lachten die Menschen im Hohn über dieses Schicksal oder aus Angst davor – aus Furcht, der nächste zu sein, dem der Sensenmann mit dem Totenschädelgrinsen auf die Schulter schlug? Verwegene Menschen, die hier, angesichts Tausender und Abertausender Toter, so laut zu leben wagten. Oder Verzweifelte. Die Ermahnungen erleuchteter Pilger und die Predigten hungergeplagter Bettelmönche verhallten ungehört.

Ich war entsetzt und berauscht, angewidert und gebannt, schwebte beständig in Gefahr, mich von der Ausgelassenheit der künftigen Toten anstecken zu lassen. Einige sahen aus, als halte Gevatter Tod sie schon in den Klauen. Brand fraß ihr schwarzes Fleisch, Eiter quoll aus offenen Wunden, Knochen stießen durch gelbliche Haut. Andernorts ausgestoßen, waren die Siechen hier willkommene Tänzer und Musikanten, wurden angefeuert, bestaunt, belacht im Taumel freudloser Lustbarkeit. Einem solchen Schauspiel, undenkbar auf dem Friedhof von Sablé, hatte ich nie zuvor beigewohnt.

Unversehens fand ich mich eingekreist von einem lauten

Reigen, der einem buntgescheckten Flötenspieler folgte. Wie ein gefangener Frosch, dem grausam-unschuldige Kinder einen Krug übergestülpt hatten, sprang ich vergeblich vor und zurück, von links nach rechts und von rechts nach links, um dem jauchzenden Kreis der im Flötentakt aufstampfenden Tänzer zu entwischen. Ekstatisch warfen sie ihre Leiber vor und zurück, und viele der Frauen, junge wie ledrige alte Vetteln, entblößten dabei ihre Brüste. Schrille Rufe und Gesten sollten mich locken, gierige Klauen griffen nach meinem Unterleib. Endlich, nahe einer Arkade, entkam ich dem Gerangel und lehnte mich erschöpft an einen offenen Torbogen. Suchend glitt mein Blick über den Ort des schauerlichen Volksfestes. Hatte ich Dom Claude Frollo abermals verloren?

Es war der Tag des Herrn und der Tag der Zusammenkunft der Neun. Ich hatte mein Vorhaben, den Machenschaften des Archidiakons auf die Spur zu kommen, schon aufgegeben, als ich ihn mit den anderen Kanonikern im Chor von Notre-Dame die Non beten sah. Eigentlich hatte ich den Turm verlassen wollen, um in den Straßen von Paris etwas Zerstreuung zu suchen. Doch beim Anblick Frollos erwachte das Jagdfieber erneut. Als er nach dem Gebet die Kathedrale verließ, wurde ich zum Schatten, der ihm durch die Gassen der Cité-Insel über die Notre-Dame-Brücke bis zum Friedhof der Unschuldigen Kindlein folgte. Aber hier schien ich mit meinem Latein am Ende.

Lautes Stöhnen und Seufzen ließ mich zusammenfahren. Ich machte einen Satz von dem Torbogen weg und starrte ungläubig ins Halbdunkel des großen Knochenhauses. Hier lagen die Überreste der Verstorbenen, verfault und aus den Gräbern geholt, weil es an Platz für neue Tote mangelte, die Paris mit sicherer Beständigkeit in so großer Zahl ausspuckte, daß immer mehr Gebeinhäuser rings um den Friedhof errichtet werden mußten. Aus dem Totendämmer drang ein neuerlicher Seufzer, verbunden mit einem leisen, spitzen Schrei. Riefen die Toten nach mir, dem Lebenden, um mich in ihr düsteres Reich zu locken?

Ich wollte schon die Beine in die Hand nehmen und diesen schauerlichen Ort fliehen, als ich im Zwielicht eine Bewegung wahrnahm. Langsam trat ich auf das Gebäude zu. Vielleicht ist es dein Verhängnis, Armand Sauveur, daß deine krankhafte Neugier über deine gesunde Furcht obsiegt!

Unvorstellbarer Gestank umhüllte mich beim Betreten der Arkade. Die mit Abfall und Unrat übersäten Straßen von Paris stanken bestialisch, weshalb die Menschen die frische Luft unter den Bäumen und zwischen den Böschungen des Friedhofs genossen. Dieses Gebeinhaus aber roch schlimmer als die verrufenste Gasse, stank wie die unreinen Ausdünstungen des Leibhaftigen. Meine linke Hand fuhr zum Gesicht und hielt die Nase zu, während ich vorsichtig zwischen den Knochenhaufen hindurchging, tiefer hinein ins Dunkel, wo ich die schemenhafte Bewegung gesehen hatte und von wo ich jetzt ein unablässiges Stöhnen und Keuchen hörte.

Verschlug nicht der Gestank mir den Atem, dann das, was ich an der Rückwand des Knochenhauses sah. Wäre alles Bisherige ein Alptraum gewesen, so hätte dies der Augenblick des schreckhaften Erwachens sein müssen. Doch ich fand mich nicht schweißdurchnäßt im Bett wieder, sondern stand tatsächlich vor Toten, die tanzten. Vor Gerippen, die mit den nackten Knochen schlotterten. Fast nackt, um genau zu sein. An einigen hingen noch Fleischfetzen, an denen sich ganze Armeen von Fliegen, Käfern und Würmern gütlich taten.

Erst als ich die eisernen Wandhaken erblickte, an denen die Gerippe hingen, begriff ich allmählich. Man benötigte so schnell Gräber für neue Tote, daß die alten noch nicht ganz verwest waren, als man sie wieder aus der Erde holte.

Also hängte man sie auf, damit die Fleischreste trockneten oder dem Ungeziefer anheimfielen. Aber wieso, beim heiligen Johannes Baptista, tanzten sie?

Kaum ein Luftzug, der die Toten zum Leben hätte erwekken können, regte sich. Da, sie seufzten wieder, jaulten wie brünstige Tiere, wackelten und klapperten wilder als zuvor. Meine sich ans Halbdunkel gewöhnenden Augen erspähten ein seltsames Konglomerat menschlicher Gliedmaßen unter den Gerippen, nicht verwest, die Knochen sehr wohl von lebendigem Fleisch bedeckt. Arme und Beine in großer Zahl, ein gekrümmter Rücken, Köpfe. Ich unterschied drei Gestalten. Alle drei keuchten, stöhnten, schwitzten und pumpten.

Auf dem nackten Boden lag rücklings ein Mann mit heruntergelassener Hose, Wange an Wange mit einer nicht mehr jungen Frau, deren feiste nackte Schenkel unter dem hochgeschobenen Rock hervorlugten und in dampfender Erregung die Lenden des Mannes umklammerten. Eine Brust war aus ihrem Mieder gerutscht. Ab und zu stülpte der Mann die Lippen um die große, dunkle Warze und saugte mit gierigen Schmatzlauten. Ein zweiter Mann hatte die Frau von hinten bestiegen, hockte wie ein läufiger Rüde auf ihr und sodomisierte sie mit schnellen, ruckartigen Stößen, als ziehe er seine Lust aus der Größe ihrer Schmerzen. Falls es ihr überhaupt Pein bereitete. Ich vermochte nicht zu unterscheiden, ob die anschwellenden Schreie der Frau aus Lust oder Schmerz geboren waren. Vielleicht beides zugleich.

Der Pestilenzgestank der Fäulnis schien den dreien ein Aphrodisiakum zu sein. Sie waren so hingebungsvoll in ihr hitziges Treiben vertieft, daß sie meiner nicht gewahr wurden. Oder aber ich war ihnen gleichgültig. Hin und wieder stießen die Frau und der auf ihr hockende Sodomit gegen die über ihnen schwebenden Gerippe und brachten sie zum

Tanzen, begleitet von der klappernden Musik der noch an den Sehnen hängenden Knochen.

Übelkeit stieg in mir hoch. Blindlings lief ich davon und stolperte über einen großen Knochenhaufen. Eine Staubwolke stob auf, hüllte mich ein, und auf den Lippen schmeckte ich fauligen Tod. Vor mir sah ich den halbrunden Lichtkreis des Torbogens, die Erlösung aus diesem Martyrium. Taumelnd erreichte ich die zaghaften Strahlen der immer wieder in Wolkenbänken versinkenden Sonne.

Das bunte, laute Friedhofstreiben erschien mir angesichts der schamlosen Szene im Knochenhaus in einem ganz anderen Licht. Am Ort der ewigen Ruhe zu feiern und zu tanzen, das Gebot des heiligen Sonntags und alle Gebote des Anstands zu mißachten, war das der Ausgleich für ein Leben, wie es die Bürger von Paris führten? Ein Leben, das von steinernen Mauern beschützt, aber auch eingeengt wurde. Je sicherer das Leben, desto unfreier wurde es auch, bis es im Gebeinhaus endete, wo den Knochen, abgesehen von unzüchtigem Treiben, nichts mehr zustoßen konnte, wo sie für ewig ruhten, in Sicherheit, aber auch ohne jedes Leben. Ruhe, die zum Himmel stank.

Mein Blick schweifte über die Ausflügler, die sich auf den Wiesen tummelten oder an den Buden der Händler süße Backwaren, Bier und Wein erstanden. Das war nicht der Ort, an dem ich den stets so ernsten Archidiakon vermutet hätte, und tatsächlich konnte ich ihn nirgends entdecken. Ich bog in einen dämmrigen, von Eiben und Roßkastanien gesäumten Weg ein und atmete erleichtert die Luft, die mir im Vergleich zum Knochenhaus paradiesisch rein erschien. Wenn es Claude Frollo, mit oder ohne Absicht, schon gelungen war, mich wiederum abzuschütteln, wollte ich wenigstens den Tag genießen – und das für Paris geradezu üppig sprießende Grün, das mich an die Wälder von Sablé erinnerte.

Am Ende der Allee lagen ausgedehnte Gräberfelder, auf denen kein großes Getümmel herrschte. Eine steinerne Gedenktafel nannte mir den Grund. Hier lagen, bewacht von schmucklosen Kreuzen, die Toten der großen Pest von 1466 in ihren Massengräbern. An den Schwarzen Tod ließ sich niemand gern erinnern. Vielleicht fürchtete auch so mancher, die längst verwesten Leichen könnten den giftigen Hauch dieser schrecklichen Heimsuchung noch immer verströmen. Wohl deshalb hatte man sie nicht ausgegraben und ihre Gebeine nicht in die Arkaden verfrachtet. Man ängstigte sich vor dem Miasma der toten Herzen, obschon sie längst verfault waren.

Ich entdeckte vereinzelte Besucher der Pestgräber – und einer von ihnen war Claude Frollo!

Seine dunkel gewandete Gestalt stand still vor einem Grab, das von einer hüfthohen Ligusterhecke gesäumt wurde. Rasch sprang ich rückwärts und drückte mich in den Schatten einer ausladenden Eibe. Offenbar gedachte Frollo seiner Familie.

Meine Vorsicht war unbegründet. Der Archidiakon wandte mir den Rücken zu und ging weiter, bis zu einer Gruft, über die seltsam geformte, an Dämonen gemahnende Skulpturen wachten. Er senkte das Haupt und faltete die Hände zum innigen Gebet. Seine Anteilnahme erschien mir weitaus stärker als zuvor an dem Massengrab. Hatte ich mich getäuscht, lagen seine Angehörigen unter dem steinernen Grabmal?

Endlich bewegte er sich wieder und ging langsam um das Grab herum, den Blick unverwandt auf die Steinfiguren gerichtet. Welch seltsames Gebaren! Er mußte das Grab seiner Eltern doch mindestens so gut kennen wie seine Klause auf dem Glockenturm. Dreimal vollführte er den Rundgang, der mir wie ein fremdartiges Ritual vorkam. Schließlich stieß er einen zischenden Laut aus, einem Seufzer der Verzweiflung ähnlich, wandte sich ruckartig ab und stapfte mit derart schnellen Schritten davon, daß ich Mühe hatte, ihm zu folgen.

Ich schlug denselben Weg ein, streifte die ledrigen Blätter des Ligusters und kam an der Gruft vorbei, deren seltsame Wächter mit den tierhaften Fratzen mir Schauer über den Rücken getrieben hätten, wäre ich nicht an die Vielzahl seltsamer Skulpturen in Notre-Dame gewöhnt gewesen. Die Inschrift auf einer großen Steinplatte vergrößerte das Rätsel noch, die Namen der hier Begrabenen waren wohl kaum die von Frollos Eltern: Nicolas Flamel und Claude Pernelle.

Der Name Flamel rief mir das Gespräch zwischen Frollo und Godin in Erinnerung. Hatte der Notar nicht von Untersuchungen gesprochen, die der Kirchenmann betreffend Flamel anstellte? Mir blieb keine Zeit zu längerer Betrachtung, wollte ich den Archidiakon nicht aus den Augen verlieren.

Er tauchte in den Trubel auf den Wiesen ein und blieb bei einer dichtgedrängten Menschentraube stehen, die sich einem mir unbekannten Vergnügen hingab. Ich hörte die Menge johlen und jauchzen und Zahlen rufen. Daß es sich um Wetten handelte, begriff ich erst, als ich auf die unteren Äste einer Kastanie kletterte, um besser sehen zu können.

Die Menge bildete einen Kreis von etwa vierzig Fuß Durchmesser, in dem vier ärmlich gekleidete Männer wie Veitstänzer umhersprangen und mit Prügeln aufeinander einschlugen, aufgehetzt von den Rufen der Schaulustigen. Die Bewegungen der vier wirkten seltsam ungelenk, als besäßen sie keine rechte Gewalt über ihre Körper. Oft streifte der Prügel einen Gegner nur, obgleich ein Treffer auf Kopf oder Leib gut möglich gewesen wäre. Zu meinem Erstaunen stellte ich fest, daß sie es gar nicht aufeinander abgesehen hatten. Zwischen ihren Beinen schoß ein schwarzes Etwas herum, ein Ferkel, das sie mit den Stöcken zu erwischen trachteten. Doch statt des quickenden Tieres trafen sie nur die Erde oder einen der Ihren. Als seien sie im Vollrausch.

»Hei, das ist ja ein deftiges Tänzchen. Los denn, ihr nichtsnutzigen Burschen, laßt die Knüppel ordentlich niederkrachen!« Die Stimme aus dem Astwerk unter mir erschreckte mich, daß ich fast den Halt verloren hätte. Eine kleine Gestalt kletterte flink zu mir herauf und ließ sich auf dem Ast zur Linken nieder. Das Spitzbubengesicht unter dem blonden Haarbüschel war mir bekannt, aber keineswegs willkommen. »Schaut nicht so böse, Monsieur Armand! Man könnte meinen, Ihr wolltet mich verschlingen.«

»Damit Ihr mich wieder des Mordes bezichtigt, Jehan Frollo? Vielen Dank, auf das Festmahl verzichte ich!« Mit einer verächtlichen Geste winkte ich ab.

»Irren kann jeder Mensch, im Irrtum verharren nur der Tor, das wußte schon Ovid.«

»Wenn er's wußte, dann hatte er's von Cicero.«

»Oh!« Frollo grinste schelmisch. »Da seht Ihr mal, wohin das viele Studieren führt. Man kann sich nicht mal seine Quellen merken, besonders wenn der eigene Bruder so knausrig ist, einem das Geld für die Bücher zu verweigern.«

»Für die Bücher oder für den Wein?«

»Man braucht das eine, um das andere zu ertragen.« Der Scholar stutzte und brach in unvermitteltes Gelächter aus. »Bei der erzdiakonischen Sturköpfigkeit meines Bruders, aus mir wird noch mal ein rechter Philosoph.«

»Bei soviel Klugheit könnt Ihr mir sicher sagen, welch seltsames Spiel da unten aufgeführt wird. Ein halber Veitstanz, wie mir scheint.«

Der junge Frollo blickte mich erstaunt an. »Habt Ihr noch nie vom Blindentanz gehört?«

Ich schüttelte den Kopf und murmelte: »Aber der Name ist treffend. Die vier Dummköpfe führen sich wirklich auf wie Blinde.«

»Sie *sind* blind.«

Jetzt war es an mir, ein verdutztes Gesicht zu machen. »Ich verstehe Euch nicht, Monsieur Jehan. Warum setzt man ausgerechnet Blinde darauf an, das Ferkel zu erschlagen?«

»Ihr versteht's wirklich nicht«, kicherte Frollo. »Das ist doch gerade der Spaß. Man holt sich ein paar bettelarme Blinde, deren Mägen so leer sind wie meine Geldkatze, und verspricht das Ferkel dem, der es erlegt.«

»Aber in ihrer Blindheit treffen sie nur sich selbst!«

»Ja, genau, jetzt habt Ihr den Scherz begriffen.«

Ehe ich noch erklären konnte, daß ich das boshafte Schauspiel nicht im mindesten lustig fand, rutschte er wie ein aufgescheuchtes Eichhörnchen zu Boden. »Bei der Seele meines Vaters, da unten steht der finstere Claude! Wär doch gelacht, wenn diesmal kein Groschen für mich abfällt.«

Jehan war flink, aber sein Bruder war noch schneller. Mit zornigen Rufen und drohenden Gesten scheuchte der Archidiakon die Menge auseinander. Das Ferkel fand ein rettendes Schlupfloch. Claude Frollo sprach zu den Blinden und nahm sie mit sich, verfolgt von den wütenden Schreien der enttäuschten Zuschauer. Der Scholar folgte dem Bruder, und ich eilte Jehan hinterdrein.

Ich verlor den Blondschopf kurzzeitig aus den Augen, entdeckte ihn dann aber vor einem großen Haus ganz in der Nähe des Friedhofs. Ungeduldig lief er auf und ab und warf dem Gebäude immer wieder fordernde Blicke zu.

»Ist Euer Bruder Euch entwischt?«

Der Scholar nickte. »Er liefert die Blinden ab, auf daß Quinze-Vingts voll werde.«

»Quinze-Was?«

»Quinze-Vingts. Fünfzehn mal zwanzig ergibt dreihundert. So viele Blinde leben in dem Heim, ernährt vom König und versorgt von Maître Denis Le Mercier. Ihr müßtet den Vorsteher des Blindenhauses beim Narrenfest gesehen haben. Er war unter den Gästen im Großen Saal des Justizpalastes.«

Ich erinnerte mich dunkel an einen großen, wuchtigen Mann dieses Namens und fragte: »Wart Ihr auch auf dem Friedhof, um Euren Eltern einen Besuch abzustatten?«

»Seit wann vertreibt man seine Zeit mit den Toten? Bei den unschuldigen Kindlein vergnügt man sich, nicht Trauer ist dort angesagt.«

»Euer Bruder dagegen schien sich sehr für eine Gruft zu interessieren allerdings mit den Namen Nicolas Flamel und Claude Pernelle.«

»Die Grabstätte eines Hermetikers und seiner Alten, die neben dem Pestgrab unserer Eltern liegt. Wenn Dom Claude seinen verstiegenen Ideen nachgeht, ist ihm keine anrüchige Wissenschaft zu fern. Flamel gelang angeblich die Herstellung von Gold. Transmutation, pah! Wenn man aus Scheiße Gold machen könnte, hätte ich's längst getan.« Der Scholar winkte verstimmt ab. »Leider hab ich edles Metall weder im Transmutationskessel noch im Geldbeutel. Ihr könnt mir nicht zufällig aushelfen? Bis mein Bruder da rauskommt, bin ich verdurstet.«

Zu seinem Erstaunen gab ich ihm einen Sol. Ich wollte ihn loswerden, um den Archidiakon ungestört beobachten zu können. Kaum war Jehan Frollo unter übertriebenen Dankesbekundungen hinter der nächsten Ecke verschwunden, da wurde das Hauptportal des Blindenhauses geöffnet. Aus dem Schatten einer bemoosten Mauer sah ich, wie Dom Claude sich von einem Mann im silberbestickten Wams verabschiedete; ich erkannte Maître Le Mercier wieder.

Zielstrebig eilte Claude Frollo durch das Gassengewirr, und ich war mit klopfendem Herzen sein Schatten. Doch wenn ich gehofft hatte, er würde mich zu der geheimen Zusammenkunft führen, wurde ich bitter enttäuscht. Das kleine Haus an der Ecke Rue des Ecrivains und Rue Marivaulx, in das er bei hereinbrechender Abenddämmerung trat, war vollkommen leer. Eine verlassene Ruine, in der nur Ratten hausten. Von der gegenüberliegenden Straßenseite beobachtete ich, wie Frollo durch den Schutt geisterte und sich immer wieder bückte, als suche er etwas. Ich hörte ihn aus tiefster Seele seufzen wie zuvor an der Gruft.

In einer nahegelegenen Garküche, von der aus ich das verfallene Haus im Auge behalten konnte, kaufte ich einen Spieß mit Kalbfleisch und Champignons. Beiläufig fragte ich den klumpfüßigen Koch nach der Ruine. »Warum läßt man das Haus so herunterkommen?«

»Weil's zu brüchig ist, um drin zu wohnen.«

»Dann sollte man es abreißen und ein neues Gebäude errichten.«

»Das wagt keiner. Sie fürchten Flamels Geist, wie's heißt. Aber wenn Ihr die Wahrheit wissen wollt, ich glaube, gewisse hochstehende Persönlichkeiten wollen der alten Hexenküche ihre Geheimnisse entreißen. Sie wühlen im Dreck herum und glauben, dort liege der Stein der Weisen verborgen. Selbst unsern allerheiligsten König Ludwig will man schon im Flamel-Haus gesehen haben.«

»Muß ja ein eigenartiger Mann gewesen sein, dieser Flamel.«

Die Schweinsäuglein des Kochs musterten mich neugierig. »Ihr seid wohl nicht aus Paris, daß Ihr noch nichts von Nicolas Flamel gehört habt?«

»Erraten, Monsieur.«

»Er soll auf seinen Wanderungen in ferne Länder hinter die Kunst der Transmutation gekommen sein. Es heißt, er habe das Geheimnis des Goldmachens und das des ewigen Lebens gekannt. Aber wenn das mit dem ewigen Leben stimmt, frag ich mich: Weshalb ist er dann vor über sechzig

Jahren in dem Haus da krepiert, wie vor ihm seine Alte, eine gewisse Claude Pernelle, eh?«

Ich hatte weder die richtige Eingebung noch die Zeit, die Frage zu beantworten. Frollo trat auf die Straße, klopfte Schmutz von seinen Kleidern und schlug in südöstlicher Richtung den Weg zum Fluß ein. Enttäuscht folgte ich ihm über die Wechslerbrücke zurück auf die Seine-Insel, sicher, daß er Notre-Dame zustrebte. Die Versammlung mußte abgesagt oder verschoben worden sein. Aber wieder täuschte ich mich. Frollo wandte sich nach rechts, tauchte in die Gassen um das Hôtel-Dieu ein und hielt auf das buschbestandene Flußufer zu.

Und dann war er einfach verschwunden.

Wie ein Gespenst.

Oder ein Geistermönch.

Kapitel 10

Der Bund der Neun

Ratlos stand ich oberhalb der Uferböschung und starrte auf den linken Arm der Seine hinab. Die sinkende Sonne verlieh dem Fluß einen bronzenen Glanz, als rauschten da unermeßliche Mengen flüssigen Metalls vorüber, von einem Alchemisten, auf der Suche nach der vollkommenen Transmutation von Wasser zu Gold, in ein beachtliches Zwischenstadium verwandelt. Jehan Frollo hatte gesagt, auch sein Bruder sei auf der Suche nach dem Geheimnis der Verwandlung, und der klumpfüßige Garkoch hatte es bestätigt. Hatte der Archidiakon sich, vom Zauber des Flusses berührt, in die Fluten gestürzt, um selbst Teil jenes Prozesses zu werden, der die Vollkommenheit anstrebt?

Ich blickte zum anderen Ufer hinüber, zu der hügeligen Universitätsstadt mit ihrem Gassengewirr, aus dem, wie nach einem Plan verteilt, in regelmäßigen Abständen rund vierzig Kollegien hervorstachen. Dort tummelten sich die Magister und Scholaren, die Mönche der Bettelorden, aber auch jede Menge leichtlebiges und lichtscheues Pack, wobei die Grenze zwischen einem ernsthaften Studenten und einem Nichtsnutz nicht leicht zu ziehen war, wie Jehan Frollo bewies.

Voller Leben wie die Straßen war auch der stark befahrene Fluß, den die Wächter erst beim endgültigen Versinken der Sonne an beiden Enden der Stadt mit eisernen Ketten sicherten. Der schmale Uferstreifen unter mir aber zog keinen Menschen an; zu steil fiel er ab, zu wenig einladend wirkten die spitzen Felsen und das dichte, struppige Strauchwerk. Ein ähnlich unwirtlicher Ort wie das verfallene Haus des Nicolas Flamel.

Langsam, vorsichtig einen Fuß vor den anderen setzend, stieg ich zum Fluß hinab. Immer wieder hielt ich mich an Zweigen fest, um in dem unwegsamen Gelände nicht den Halt zu verlieren. Mannshoch wucherten Haselsträucher, Gänsefuß und Schilf. Ein prächtiger Ort, um sich vor einem Verfolger zu verstecken. War ich dem Archidiakon aller Vorsicht zum Trotz aufgefallen? Plötzlich gab der Boden unter meinen Füßen nach, und der Sturz schnitt jeden Gedanken ab.

Mit der Schulter schlug ich schmerzhaft auf hartem Stein auf, und doch war ich dafür fast dankbar, hatte ich mich doch schon den Abhang hinunter in die Seine fallen sehen. Statt dessen lag ich in einem fisteren Erdloch, das Strauchwerk und Dämmerlicht vor meinen Augen verborgen hatten. Womöglich war es dem Archidiakon ähnlich ergangen? Dann aber bemerkte ich den Schacht, der tief ins Erdreich hineinführte, hörte ich das leise Raunen entfernter Stimmen, und dachte mir, daß der Archidiakon vielleicht absichtlich in das Loch gestiegen war. Die Zusammenkunft der Neun!

Meine Neugier war stärker als die Furcht, die mein Herz rasen machte. Ich folgte den Stimmen und schritt tiefer in die Finsternis hinein. Der Tunnel war kalt und feucht, uneben am Boden wie an der Decke. Mehrmals stürzte ich oder stieß mir den Kopf an hartem Gestein. Die Breite des Felsgangs war unterschiedlich. Höchstens zwei Männer mochten nebeneinander passen, dann wieder war es für einen schon eng. Plötzlich sich auftuende Löcher in der Wand verwirrten mich anfangs, bis ich das Geheimnis erriet: Es waren Abzweigungen. Wohin sie führten, wußte ich nicht, kannte ich doch nicht einmal meinen eigenen Weg. Nur soviel schien gewiß: Da der unterirdische Gang vom Fluß wegführte, mußte ich mich irgendwo unter Notre-Dame befinden, vielleicht auch unter dem Hôtel-Dieu.

Erst als ich einen schwachen Lichtschein ausmachte, bemerkte ich, daß die Form des Schachts sich gewandelt hatte; er verlief jetzt regelmäßiger und bestand aus behauenem Stein. Ich hielt an, lauschte und vernahm mehrere Stimmen. Geduckt und leise schlich ich näher. Das Licht wurde stärker. Als ich um eine Ecke spähte, erstarrte ich und hielt unwillkürlich den Atem an. Gleichzeitig preßte ich, um nicht entdeckt zu werden, mein Gesicht an die feuchte, grabeskalte Wand.

Neun Männer standen in einem runden Saal und bildeten einen Kreis um einen Altar, der aus einem groben Steinblock bestand und auf dem mehrere Kerzen brannten. Ihr Licht hatte mich geleitet. Wie tief unter der Erde ich mich befand, vermochte ich nicht festzustellen. Eine natürliche Lichtquelle gab es nicht.

Ich erkannte einige der Männer, zuvörderst Claude Frollo, dann Gilles Godin und den königlichen Ankläger Jacques Charmolue, den ich an meinem ersten Abend in Notre-Dame in Frollos und Godins Begleitung gesehen hatte und zuvor am Dreikönigstag im Großen Saal des Justizpalastes. Auch der Vorsteher des Blindenhauses gehörte zu dem seltsamen Kreis sowie zwei Herren, deren ich mich erst besinnen mußte. Auch sie waren mir am Tag der Heiligen Drei Könige im Großen Saal unter die Augen gekommen: Rittmeister Jehan de Harlay, Befehlshaber der berittenen Nachtwache, und der Universitätsbuchhändler Andry Musnier.

Seltsam wie der Ort der Zusammenkunft war auch die Aufmachung der Männer. Jeder trug einen weißen Übermantel, der am Hals von einer Spange zusammengehalten wurde und auf dem Rücken mit einem blutroten Tatzenkreuz verziert war. Die Tracht weckte eine Erinnerung in mir, ich kannte sie von Abbildungen in alten Büchern. Aber erst, als ich das hinter dem Altar aufgepflanzte Banner sah, das sich in ein oberes schwarzes und ein unteres weißes Feld teilte, kam mir die Erleuchtung.

Doch es war unmöglich, aus mehreren Gründen. Diese Männer standen im Dienst des Bischofs von Paris, des Königs oder des Rektors der Sorbonne. Wie konnten sie gleichzeitig einem Orden angehören? Zudem einem, der seit hundertsiebzig Jahren verboten war, aufgelöst vom Papst, zerschlagen vom König? Nur war nicht zu leugnen, was meine Augen sahen: die weiße Kutte mit dem Kreuz in der Farbe vom Blute Christi, das Banner mit den Farben des Reinen und des Unreinen, des Guten und des Bösen. Die Armen Ritter Christi vom Tempel Salomonis zu Jerusalem – Templer!

War ich heimlicher Zeuge, wie die hohen Herren in ihrer Verkleidung ein groteskes Schauspiel aus der Feder des vielseitigen Pierre Gringoire aufführten? Aber daß ein Archidiakon, ein hoher Offizier und führende Männer vom Châtelet sich zu so etwas hergaben, schien unerhört. Andererseits – die ganze Szene vor mir war es nicht minder.

Das absonderliche Bild hatte mich derart gefangen, daß ich auf die Worte, die reihum gesprochen wurden – offenbar ein Ritual –, bislang nicht geachtet hatte. Nun faßten die Neun einander bei den Händen und setzten zu einem Singsang an, bei dem Frollo den Vorsänger machte. Der Archidiakon stand direkt vor dem schwarz-weißen Banner und schien innerhalb der Gruppe die Stellung eines Anführers innezuhaben. Jeder seiner Sätze wurde von den acht anderen Templern, wie ich sie wohl nennen mußte, wiederholt.

»Neun Stufen führen zur himmlischen Stadt. Neun Ordnungen gliedern der Engel Schar. Aus neun Sphären besteht die vergängliche Welt. Zur neunten Stunde starb Jesus Christus, unser Prophet. Neun Tapfere zogen gen Jerusalem, zu hüten des Tempels heiligen Schatz. In der Neun ist dreimal enthalten die vollkommene Drei. Wir sind neun und fast vollkommen. Zur Gänze vollkommen sind wir mit der göttlichen Macht. So erscheine uns, Vater der Erkenntnis, um aus dem Bund der Neun eine vollkommene Zehnerschaft zu formen!«

Der raunende Singsang warf in dem unterirdischen Tempel einen dumpfen Hall, als antworte den Weißkutten ein jenseitiges Wesen aus den tiefsten Tiefen. Ich erinnerte mich der alten Berichte über die Schwarzen Messen der Templer, denen ich als Kind mit glühenden Wangen gelauscht hatte, wenn die frommen Brüder von Sablé in Erzähllaune waren. Damals erfuhr ich von den schamlosen Satansriten der Tempelritter, mit denen sie, so der Vorwurf, dem Dämon Baphomet huldigten.

Kein Wunder, daß ich zusammenfuhr, als wahrhaftig ein Geschöpf mit dem Kopf eines Ungeheuers aus dem Schatten in den sich öffnenden Kreis der Neun trat. Es hatte ein Gesicht wie flüssiges Feuer, und grüne Flammenstrahlen schossen aus seinen Augen. Ich weiß nicht, ob ich geblendet war oder zu Tode erschrocken, aber ich zuckte zurück und schloß die Augen, als könne ich dem Untier dadurch entfliehen.

Ich war ein Narr, benahm mich wie ein kleines Kind. Das erkannte ich, als ich die Augen wieder öffnete und auf einen schmalen Sims stieg, um besser sehen zu können.

Kein Untier war in die Mitte der Neun getreten, sondern ein Mensch wie du und ich. Auch er trug den weißen Mantel mit dem roten Templerkreuz, und in der Rechten hielt er einen Abakusstab. Das Antlitz lag hinter einer Maske verborgen, die ein Gesicht darstellte, wenn auch eins, das im flackernden Kerzenschein immer wieder zerfloß und neu entstand. Metallisch schimmernd, mal wie Kupfer, dann wie Gold, warf es das Kerzenlicht zurück. Aus Silber schien der lange Bart zu bestehen, und in den Augenhöhlen saßen Smaragde, die das Kerzenlicht wie grüne Flammen reflektierten.

Mit gesenkten Häuptern waren die Neun vor dem Maskierten auf die Knie gesunken. »Verzeiht mir und segnet mich. Bittet Gott, daß er mich zu einem guten Ende führe und vor einem schlechten Tod bewahre.« Andächtig sprach Frollo die Worte, die Godin auf dem Platz vor Notre-Dame zu ihm gesagt hatte, und die acht übrigen aus dem Kreis wiederholten sie im Chor.

Der Maskierte legte erst Frollo und dann allen anderen die Hand aufs Haupt und sagte jedesmal mit einer Stimme, die hinter der Maske dumpf, hohl und unmenschlich klang: »Gott segne Euch. Er führe Euch zu einem guten Ende und bewahre Euch vor einem schlechten Tod.«

Alle zusammen beteten sie das Vaterunser, woraufhin Claude Frollo zu dem Maskierten aufsah und sagte: »Templum omnium hominum pacis abbas.« (Der Tempel aller Menschen ist der Vater des Friedens.)

Der Mann mit dem Metallgesicht nickte und bedeutete den anderen, sich zu erheben. Er mußte der Großmeister sein, von dem Frollo und Godin gesprochen hatten. Sein Abakusstab war das Würdezeichen des Meisters aller Baumeister sowie des Großmeisters des Templerordens. Irgendwo hatte ich darüber gelesen. Wenn man sich sein Leben lang mit Büchern beschäftigt, zahlt es sich irgendwann aus, so man nicht zuvor verhungert.

Der Maskierte hatte also das Treffen einberufen. Den Grund hoffte ich zu erfahren, als er zu den anderen sprach. »Beunruhigende Nachrichten dringen an meine Ohren. Scharen von Ägyptern treiben sich in Paris herum, viel mehr als zur Zeit der Engländer. Und dann sollen die Muschelbrüder wieder am Werk sein. Ich wittere Gefahr!«

Dom Frollo sah ihn mit festem Blick an. »Die Gefahr ist

vorhanden, Vater des Erkennens, aber unser Bund ist stärker. Die Überreste der Coquille sind immer wieder einmal in Erscheinung getreten, ohne daß es eine tiefere Bedeutung gehabt hätte. Sie versuchen, durch ihre alten Verbindungen Kronen und Sols zu scheffeln.«

»Ein Zufall also?«

»Ich vermute es, weiser Vater.«

»Die Ägypter auch?«

Frollo zog die Mundwinkel nach unten. »Das zu hoffen hieße, sich selbst zum Narren zu halten. Ich fürchte, der Herzog von Ägypten verfolgt gezielte Pläne.«

»Die sich mit den unseren kreuzen?«

»Ja.«

»Was unternehmt Ihr dagegen?«

»Ich werde beim Bischof dafür eintreten, daß die Rechte der Ägypter beschnitten werden und daß sie sich von Notre-Dame fernzuhalten haben.«

»Am besten wäre es, sie würden ganz aus Paris vertrieben.«

»Dazu müßte man einen triftigen Anlaß finden.«

»Wenn Ihr keinen finden könnt, Bruder Frollo, dann *erfindet* einen!« Frollo wollte etwas erwidern, doch schon fuhr der Maskierte fort: »Und kümmert Euch auch um die Coquille. Wenn Zufälle sich häufen, verbirgt sich hinter ihnen mehr. Man hört in den Gassen von Paris häufig wieder Villons Lieder.«

»Villon ist tot.« Der Archidiakon klang trotzig.

»Ihr solltet wissen, daß der Tod der Anfang ist, nicht das Ende, Frollo. Und Ihr solltet wissen, wer Villon war. Sein Name allein genügt, um Kräfte zu wecken, die uns sehr wohl gefährlich werden können. Ich hörte von Spionen, die sich in Notre-Dame herumtreiben.«

»Das ist nicht sicher. Es gab ein paar lose Zungen, ja, aber jetzt schweigen sie für immer. Zudem haben auch wir unsere Spione. Falls die Gegenseite zu ungewohnter Macht erstarkt, werden wir es rechtzeitig erfahren.«

»Ich hoffe es sehr, Bruder Frollo, auch für Euer Seelenheil. Zähltet Ihr diesen Zölestineroblaten auch zu den losen Zungen?«

»Er hat herumgeschnüffelt. Aber bevor er etwas entdekken konnte, hat Bruder Godin ihn von seiner bösen Leibhaftigkeit befreit.«

»Aber wer hat den Zölestiner beauftragt?« fragte der Maskierte mit anschwellender Stimme und stampfte mit seinem Stab auf, als er keine Antwort erhielt. »Ihr gebt vor, durch keine Gefahr bedroht zu sein, und doch habt Ihr mehr Fragen als Antworten aufzuweisen. Was ist mit Marc Cenaine, hat er wenigstens geredet?«

Charmolue senkte sein ergrautes Haupt wie aus Furcht vor einem strafenden Hieb, als er antwortete: »Nein, ehrwürdiger Großmeister. Selbst unter schwerster Folter blieb er stumm. Wäre seine Tochter uns nicht entwischt, hätten wir ein Druckmittel gegen ihn.«

»Aber sie ist Euch entwischt!« donnerte der Großmeister.

Charmolue zuckte zurück und erwiderte mit leicht zitternder Stimme: »Es besteht Hoffnung, daß wir ihrer habhaft werden. Sie selbst scheint nach ihrem Vater zu suchen und treibt sich hier auf der Insel herum. Wir hatten sie fast in der Falle, aber im letzten Augenblick ...«

»Ist sie Euch wieder entkommen, ich weiß es bereits von Bruder Godin. Habt Ihr Cenaine wenigstens an einem sicheren Ort untergebracht?«

Charmolue nickte heftig, erleichtert, dem Maskierten endlich etwas Erfreuliches berichten zu können. »Er sitzt im selben Kerker, in den man damals den Verrückten von 1465 geworfen hat. Den Kerl, den der Komet in den Wahnsinn getrieben haben soll.« Bei diesem letzten Satz grinste Charmolue, als belustige ihn die Vorstellung.

Der Großmeister wandte sich wieder Frollo zu. »Was ist mit Euren Studien bezüglich der Kometen? Und wie weit seid Ihr mit der Suche nach dem Sonnenstein?«

»Erst heute war ich noch einmal am Grab Flamels und in seinem Haus. Ich spüre, daß ich dicht vor der Lösung des Rätsels stehe. Vielleicht gibt mir der Index zum Kometenbuch, den mein neuer Schreiber erstellt, Aufschluß. Vorausgesetzt, die Fünfte Essenz der Kometen ist, wie wir vermuten, ein Auslöser der Transmutation.«

Als ich hörte, daß es um mich ging, wollte ich mich ein wenig weiter vorbeugen. Diese Gewichtsverlagerung war mein Verhängnis. Ein Stück Fels brach aus dem schmalen Sims, auf dem ich stand. Ich verlor das Gleichgewicht und krachte zu Boden wie ein Mehlsack.

Natürlich hörten die Templer den Lärm. Allein die Finsternis des Felsgangs schützte mich vor sofortiger Entdeckung. Daß es nicht ratsam war, von den Weißkutten aufgetan zu werden, stand außer Frage, immerhin hatten sie den Mord an Avrillot gestanden und wohl auch jene Bluttaten, die Leutnant Falcone dem Schnitter von Notre-Dame anlastete. Also sprang ich auf und lief, so schnell die Dunkelheit und der beengte Gang es nur zuließen, in die Richtung, aus der ich gekommen war.

»Von wegen, es gibt keine Spione!« hörte ich die sich überschlagende Stimme des Großmeisters. »Dort läuft einer. Bringt ihn mir, und wenn nicht ihn, dann seinen Kopf.«

Das ließ an Deutlichkeit nichts zu wünschen übrig und war mir ein Ansporn, diesen Hades möglichst rasch hinter mir zu lassen. Deutlich hörte ich die eiligen Schritte und die kurzen Rufe der Verfolger. Sie schienen einander Anweisungen oder Mitteilungen zuzurufen. Wozu?

Ein schwaches Licht vor mir ließ mich hoffen. Die Luft, die ich hastig in meine Lungen sog, wurde zusehends frischer. Endlich kletterte ich durch dasselbe Loch, in das ich gefallen war, ins Freie. Es war längst Abend. Mond und Sterne sorgten für einen milchigen Schimmer, der mir nach der Tunnelfinsternis allerdings wie der hellste Sommertag erschien.

Ich kletterte die Böschung hinauf und achtete nicht auf die zahlreichen Schrammen, die Disteln und scharfrandige Schilfblätter mir zufügten. Nur weg von diesem schaurigen Schauspiel, in dem die wiederauferstandenen Tempelritter mir oder meinem Kopf eine höchst undankbare Rolle zugedacht hatten!

Von fern vernahm ich Stimmen und Geraschel im Strauchwerk. Die Verfolger suchten mich immer noch. Leise arbeitete ich mich weiter den Hang empor und atmete erleichtert auf, als ich oben ankam.

Meine Freude währte bis zu jenem Augenblick, da ich die drei Templer entdeckte. Sie hatten an der Versammlung teilgenommen, waren mir aber nicht bekannt. Jetzt wußte ich, warum ich bei meiner unterirdischen Flucht Zurufe vernommen hatte. Diese drei hatten sich von den übrigen getrennt und offenbar einen anderen Weg aus dem Hades genommen – einen, der mir den Fluchtweg abschnitt.

Sie kamen von drei Seiten langsam auf mich zu. Jeder von ihnen hatte einen Dolch gezogen. Ich griff nach meiner Waffe und wußte doch, daß dieses Manöver mich kaum retten würde. Wenn ich mich auf einen von ihnen stürzte, war es für die beiden anderen ein leichtes, mir das Leben zu nehmen. Oder den Kopf, was auf dasselbe hinauslief.

Schon jetzt beinahe kopflos, drehte ich mich auf der Suche nach einem Ausweg im Kreis. Es gab keine Rettung, nur die drei Weißkutten, die mit unbewegten Gesichtern Schritt für Schritt näher traten.

Die Spannung war kaum auszuhalten. Als ein rotschöpfiger Tempelritter mich ansprang, empfand ich beinahe Erleichterung. Ich konnte seiner Klinge ausweichen, aber er auch der meinigen. Er riß mich zu Boden und kam schwer auf mir zu liegen.

Seltsamerweise regte er sich nicht, unternahm keinen weiteren Versuch, mir die Klinge in den Leib zu rammen. Ich bemerkte seinen starren, leblosen Blick und schließlich auch den Pfeil, der tief in seinem Rücken steckte. Blut floß aus der Wunde, rot wie das Tatzenkreuz, mit dem es sich vereinigte.

Der zweite meiner drei Feinde stieß ein dumpfes Gurgeln aus und sackte in die Knie. Der Dolch entglitt seiner Hand. Er griff sich an den Hals, durch den ein Pfeil gefahren war, als habe er noch Hoffnung, das verderbenbringende Geschoß herausziehen zu können. Dann kippte er zur Seite und rührte sich nicht mehr.

Wilde Angst lag im Gesicht des letzten Templers. Der unheimliche Feind schlug schnell und unerbittlich zu, ohne daß er selbst zu erkennen war. Ich sah in den weit aufgerissenen Augen meines Häschers, wie verzweifelt er nach dem Bogenschützen suchte. Bis eins der Augen von einem Pfeil durchbohrt wurde und auch dieser Mann zu Boden ging. Tot, wie ich wohl annehmen durfte. Ich sah die Getöteten einen nach dem anderen an und bemerkte, daß die Federn an den Pfeilschäften von stahlblauer Farbe waren.

Ich suchte nicht nach meinem Retter und auch nicht nach der Gelegenheit, ihm zu danken. Zum einen waren immer noch Templer hinter mir her, zum anderen konnte es durchaus sein, daß der Bogenschütze zwar ein Feind der Weißkutten war, aber durchaus nicht mein Freund. Also rannte ich vom Fluß fort und fühlte mich erst sicher, als ich den trotz der späten Stunde noch belebten Vorplatz der Kathedrale erreichte.

Im Licht eines Fensters blieb ich stehen und starrte auf das runde Stück Bronze in meiner Hand. Unbeabsichtigt hatte ich es dem rothaarigen Templer beim Kampf entrissen. Es war die Spange, die seinen Mantel unter dem Kinn zusammengehalten hatte. Sie war auf beiden Seiten mit einer Abbildung versehen. Die Vorderseite zeigte zwei lanzenbewehrte Ritter, die sich ein Pferd teilten: das Ordenssiegel der Templer. Auf der Rückseite ringelte sich ein Drache oder eine Schlange, um sich in den eigenen Schwanz zu beißen. Schlagartig sah ich den sterbenden Oblaten vor mir und dachte an die seltsame Holzfigur.

DRITTES BUCH

Kapitel 1

Regen, Rauch und Ratten

»Wenn das Ergebnis Eurer Arbeit so beeindruckend ist wie Euer Eifer, werde ich sehr zufrieden sein.« Düster stand Dom Claude Frollo in der offenen Tür meiner Zelle. In dem Sturm, der über den Dächern von Paris tobte und die Türme von Notre-Dame mit unablässigem Pfeifen und Brausen umtoste, wehte sein schwarzer Rock. Mir schien es wie der Flügelschlag eines Unglücksbringers, eines riesigen Raben. Aus den tiefen Augenhöhlen erfaßte mich ein funkelnder Blick, der mich an die Smaragdaugen des maskierten Großmeisters gemahnte.

Ich hatte den Archidiakon nicht kommen hören. Vor Schreck schlug ich nun Gringoires Kometenbuch zu. Mich damit zu beschäftigen war zwar meine Aufgabe, doch tat ich es an diesem Tag aus anderen Gründen. Frollo sollte nicht sehen, welche Stelle ich aufgeschlagen hatte. Bei dem am Abend zuvor erlauschten Gespräch hatte Jacques Charmolue den Mann erwähnt, den der Komet von 1465 in den Wahnsinn getrieben haben sollte. Danach suchte ich.

Frollo zog die Tür hinter sich zu und trat näher. Regentropfen glitzerten auf dem kahlen Schädel, andere hatten sich in dem windzerzausten dünnen Kranz ergrauter Haare verfangen. Er mußte sich eine ganze Weile draußen auf dem Turm aufgehalten haben. Vor meiner Zelle? Um mich zu belauschen, zu beobachten? Hegte er einen Verdacht gegen mich? Ahnte, wußte er, wen er und seine Gefolgsleute gestern vergeblich gejagt hatten?

Mein Blick huschte zum Bettkasten, in dem ich meine seltsamen Fundstücke verwahrte: Avrillots Holzfigur, die Zeichnung des Italieners und die Spange des toten Templers, der fast mein Mörder geworden wäre.

Als ich Frollos Hand auf meiner Schulter spürte, erschauerte ich, und ein widerwilliges Zucken lief durch meinen Leib. Oder war es ein Frösteln? Obwohl das Feuer im Kamin knackte und prasselte, fror ich, seit der Archidiakon die Zelle betreten hatte, als sei er der Sturm, der Regen und die Kälte

Dom Claude sah besorgt auf mich herab. »Ihr scheint ein wenig überreizt, mein Bester. Auch wenn mich Euer Eifer stolz und froh macht, solltet Ihr Eure Nase nicht nur in die Bücher stecken. Ihr seid schließlich kein Mönch. Geht einmal hinaus, streift durch die Gassen von Paris, genießt das Leben!«

War sein Antlitz wirklich noch von Besorgnis erfüllt? Oder war es eher ein prüfender Blick? Wußte er, daß ich erst gestern getan hatte, was er mir nun riet? Wenn auch nicht, um mich zu amüsieren.

»Gewiß, Ihr habt wohl recht, Monseigneur«, stammelte ich.

»Die Kometen mögen ein großes Geheimnis bergen, mögen so alt sein wie die Welt selbst, sind vielleicht aus demselben Stoff geformt, aber sie sind nicht alles. Ihr solltet Euch nicht zu sehr zu Herzen nehmen, was Gringoire über ihre unheilvolle Wirkung zusammengetragen hat, Monsieur Sauveur.«

»Wie meint Ihr das?«

»Vielleicht bringen die Kometen Unheil, folgte der Schwarze Tod von sechsundsechzig nicht zufällig dem Jahr des Kometen, aber auch ohne sie geschieht genug Schlimmes. Habt Ihr nicht gehört, daß schon wieder drei Morde geschehen sind, in unmittelbarer Nähe von Notre-Dame?

Aber wie solltet Ihr auch, wenn Ihr mit den Kometen beschäftigt seid.«

»Hat der Schnitter wieder zugeschlagen?« erkundigte ich mich vorsichtig.

»Die Polizei kennt den Täter nicht, wie üblich. Doch hat der Mörder seinen Opfern diesmal nicht die Kehle durchgeschnitten, und auch von Spielkarten hörte ich nichts. Man sagt, die drei angesehenen Herren wurden am Ufer niedergestochen, zwischen der Kathedrale und dem Hôtel-Dieu. Weiß der Himmel, was sie dort suchten.«

Dieser Heuchler! Er wußte doch am besten, daß sie nur das gefunden hatten, was sie mir hatten bringen wollen: den Tod. Am liebsten hätte ich es ihm ins Gesicht geschrien. Aber ich bezwang mich und dachte mir, daß es vielleicht genau das war, was Frollo wollte. Wenn er den Lauscher nicht erkannt, mich aber im Verdacht hatte, war dies die Prüfung, die ich bestehen mußte.

»Wer waren die Toten?« fragte ich in einem Tonfall, der nicht mehr als übliche Neugier verriet.

»Ihr dürftet sie kaum kennen. Maître Denier, einer der vier vereidigten Universitätsbuchhändler, der Schreiber am Châtelet, Charles Mouron, und schließlich Maître Overt, der Oblat bei den Zölestinern war.«

»Wie der tote Maître Avrillot«, entfuhr es mir.

Frollo nickte und fragte: »Glaubt Ihr an einen Zusammenhang, Monsieur Sauveur?«

»Ich weiß nicht, es fiel mir nur auf.« Ich wollte ihm keine genauere Antwort geben, weil ich in eine Falle zu tappen fürchtete. »Fragt das lieber Leutnant Falcone.«

»Er weiß es auch nicht. Ich traf ihn eben auf dem Vorplatz, und er berichtete mir von den schrecklichen Morden.«

»Die sind vielleicht ein Grund, Euren Rat, durch die Gassen zu streifen, nicht zu befolgen, Dom Claude.«

»Auch die Mauern von Notre-Dame schützen nicht vor einem gewaltsamen Ende. Denkt nur an den armen Odon!«

Mit dieser Warnung verließ mich Frollo, und ich fragte mich, ob ich seine Worte als mehr, als Drohung, aufzufassen hatte. Und warum hatte er die tödlichen Pfeile nicht erwähnt und die Templerkutten? Vielleicht hatten die anderen Weißkutten, und Frollo mit ihnen, diese Spuren beseitigt. Ich legte ein paar Holzscheite nach, aber die Kälte wollte sowenig aus meinen Gliedern weichen wie das Zittern, das ich beim Blättern im Kometenbuch an meinen Händen bemerkte. Dort, das war die Stelle, die ich aufgeschlagen hatte, als Frollo so unvermittelt eintrat. Ich begann zu lesen:

Nicht arm an Ereignissen war das Jahr des Herrn 1465. Der Graf von Charolais, später Karl der Kühne genannt, schloß ein Bündnis mit abtrünnigen Prinzen, das sich frevlerisch die Liga des Öffentlichen Wohls nannte. Unter diesem heuchlerischen Banner zog man gegen unseren guten König Ludwig, der auf dem Feld der Tränen, nahe Montlhéry, wacker ihrem Ansturm standhielt und mit Gottes Hilfe die Mauern von Paris verteidigte. Es gelang ihm sogar, siebenhundert Fässer Mehl für die hungernden Bürger der Stadt durch die Reihen der Belagerer zu bringen. All dies, so wird gesagt, habe der König nur durch Gottes Macht vollbringen können, deren leuchtendes Zeichen als Komet über die Himmel fuhr.

Wenn nun aber der Komet ein Glücksbote war, muß der von ihm in den Wahnsinn getriebene Mann vom Bösen besessen gewesen sein. Und was der Wahnsinnige äußerte, bekräftigt diese Schlußfolgerung. Der Unglückliche war ein Mann Gottes, ein Geistlicher, einst Beichtvater hoher Herren und Primus von Saint-Benoît-le-Bétourné. Dann aber hatte er den rechten Pfad verlassen

und war jener Irrlehre gefolgt, deren Anhänger man Albigenser oder auch Katharer nennt. Das allein zeigt schon seinen Wahnsinn.
Nun aber, da der Komet erschien, warf jener Geistliche mit wilden Beschimpfungen um sich, die in Verdächtigungen gipfelten, führende Herren der Kirche, der Stadtoberen und sogar aus des Königs Umgebung hätten sich verschworen, die Welt in ewige Finsternis zu stürzen. Um seinen wirren Reden Einhalt zu gebieten und das Volk vor den gefährlichen, aufrührerischen Gedanken zu schützen, ergriff man den Irren und sperrte ihn ins tiefste Verlies. Heute ist von dem Mann nicht mehr geblieben als der Name: Guillaume de Villon.

Erneut schlug ich das Buch mit großer Heftigkeit zu, als könnte ich so die wirbelnden Gedanken aus meinem Kopf vertreiben, sie in das Papier bannen, dem sie entströmt waren. Nur zu gut erinnerte ich mich an meinen ersten Besuch bei der Dicken Margot, als Falcone und die Wirtin mir von dem Dichter Villon, dem angeblichen König der Muschelbrüder, berichtet hatten. Was, zur Hölle, hatte sein Vater in dieser Kometengeschichte verloren?

Während sich Fragen auf Fragen türmten, entsann ich mich des erhebenden Gefühls, das ich gestern bei der Verfolgung Claude Frollos verspürt hatte. Endlich hatte ich etwas unternommen, um das Gespinst aus Geheimnissen zu durchdringen. Auch wenn es mich beinahe – dafür aber im wahrsten Sinne des Wortes – den Kopf gekostet hätte, hatte ich mich doch auf dem rechten Weg gefühlt. Ich hatte nicht wie ein in die Enge getriebenes Tier in meiner Zelle gehockt, hatte mich nicht verhalten wie der kleine Armand im Kloster von Sablé, der vergeblich auf seinen Vater wartete. Ich hatte wie ein Mann gehandelt und wollte es wieder tun. Sobald ich diesen Entschluß gefaßt hatte, spürte ich mein Blut in Wallung geraten, und es bedurfte nicht des Kaminfeuers, die Kälte aus meinen Knochen zu vertreiben.

Ich öffnete das lose Brett des Bettgestells und betrachtete die drei Gegenstände, die mit der undurchsichtigen Geschichte in Verbindung standen. Doch weder die hölzerne Schlangenskulptur noch die Zeichnung des Italieners oder die Templerspange wollte mir die Erleuchtung bringen, mir einen Hinweis für mein weiteres Vorgehen geben. Ich konnte mich allein auf meinen Verstand verlassen. Darüber hinaus besaß ich nur einen Dolch, den ich inzwischen geschärft hatte, und eine nicht übermäßig, aber ausreichend gefüllte Geldkatze.

Wie ein Blitzschlag durchfuhr es mich, und ich kramte die Börse hervor, schalt mich einen Riesen von einem Narren, daß ich nicht schon eher darauf gekommen war. Ich war nicht zufällig nach Notre-Dame geraten. Nicht bloßes Schicksal hatte mich in das Netz aus Mord, Verrat und Geheimnis geworfen. Ich sah mich wieder an der Seine stehen, mit leerem Magen und verlorenem Mut, dann von den Bettlern bedrängt. Und ich hörte die Worte des Geistermönchs, der die Geldkatze vor meine Füße warf: *Geht morgen in den Justizpalast. Die hohen Herren werden dort sein, um dem Mysterienspiel im Großen Saal beizuwohnen. Fragt nach Dom Claude Frollo, dem Archidiakon von Notre-Dame. Er sucht einen zuverlässigen Kopisten. Stellt Euch geschickt an, und Euer täglich Brot ist Euch sicher, Armand Sauveur!*

Der Mönch hatte mich hergesandt. Aus welchem Grund, galt es herauszufinden. Denn damit hatte alles seinen Anfang genommen. Und ich wollte es herausfinden, wollte nicht noch einmal versagen wie bei der Suche nach meinem Vater, nach meiner Herkunft, nach mir selbst!

Keine Stunde später stand ich im Schatten des Justizpalastes und sah auf die Seine, auf die Wechslerbrücke und auf die sich jenseits der Doppelbrücke erhebenden verwinkelten Gemäuer des Grand-Châtelet. Sturmwind peitschte den Fluß, und nur die kräftigsten, wagemutigsten Fährmänner staksten ihre Lastkähne durch das wogende Wasser. Einige hatten kleinere Boote mit Ruderern vorgespannt, um nicht abgetrieben zu werden. Die Brücke war wie leergefegt. Wer sich bei diesem Wetter hinauswagte, den mußten sehr dringende Geschäfte treiben. So wie mich.

Ich gab mir einen Ruck und betrat die Brücke. Nicht die rechte, eigentliche Wechslerbrücke mit den prächtigen Häusern der bedeutenden Geldwechsler und Geldverleiher, die in zwei dichten Reihen den sanften Bogen der Überführung säumten. Ich ging auf den linken Steg, der geradewegs über den Fluß führte und die bischöflichen Getreidemühlen beherbergte. Der Volksmund sprach von der Müllerbrücke. Auch jetzt wurden die großen Mühlräder unterhalb der Brücke vom Flußwasser angetrieben, und die von den hölzernen Schaufeln hochgeschleuderte Gischt vermischte sich mit dem Regen. Binnen weniger Augenblicke war ich durchnäßt. Lästiger aber war die schwere, drückende Luft, die nach feuchtem Getreide und Mehl roch und die Atemwege verklebte.

Die krumme Hütte des Pfandleihers stand in der Mitte der Brücke, eingezwängt zwischen einem steinernen Müllerhaus und einem hölzernen Speicher, die das kleine Gebäude mit den bröckelnden Mauern zu verschlingen drohten. Nur der Herr im Himmel und der Bischof von Paris mochten wissen, was den Pfandleiher ausgerechnet hierher verschlagen hatte. Das schmale Fenster, das nahezu blind auf die Brücke schaute, war mit einer löchrigen Ölleinwand bespannt, und ich sah kein Licht dahinter. Dennoch ließ die Tür sich einfach aufdrücken, begleitet vom hektischen Gebimmel eines Bronzeglöckchens.

Dämmerlicht und muffiger Geruch umfingen mich, und

ich konnte mich kaum bewegen. Staubbedeckte Kleiderstapel türmten sich neben stockfleckigen Truhen und mit Spinnweben bedeckten Gegenständen jeder nur vorstellbaren Art: lederne Gürteltaschen und hölzerne Kürbisflaschen, Bierschalen und Suppenteller, Heugabeln und Getreidesicheln, sogar eine Drehleier und eine tragbare Orgel.

Eine rußige Öllampe in der Hand, kam der graubärtige Alte, den ich von meinem ersten Besuch her kannte, eine enge Stiege herunter; in seine müden, rotgeäderten Augen sprang ein geschäftiger Funke. »Ein scheußliches Wetter heute, also wirklich, Monsieur Messire. Müssen wichtige Geschäfte sein, die Euch zum armen alten Ebrard führen. Bei dem Sauwetter haben wohl meine reichen Kollegen drüben auf der hübschen Wechslerbrücke alle ihre Läden geschlossen, was?«

»Ich wollte zu Euch, nicht zu ihnen, deswegen.«

Er nahm mir die Geldkatze aus der Hand und betrachtete sie eingehend im trüben Licht seiner Funzel. »Hübsch, eine sehr hübsche Arbeit, von zarter Frauenhand bestickt, wie? Aber macht Euch nicht zu große Hoffnung, viel kann ich dafür nicht geben. Wer zahlt schon viel Geld, um sein Geld aufzubewahren?« Sein meckerndes Lachen erstarb, und er befühlte meine Börse genauer. »Aber Euer Geldsack ist ja gut gefüllt! Was wollt Ihr ihn dann versetzen, Messire?«

»Das will ich nicht.«

»Sondern?«

»Eine Auskunft.«

Mißtrauen und Enttäuschung zeichneten die runzligen, fleckigen Züge.

»Ich werde sie Euch mit blanker Münze vergelten, Monsieur Ebrard.«

Das Antlitz des Pfandleihers hellte sich wieder ein wenig auf. »Was möchtet Ihr wissen?«

»Erinnert Ihr Euch an mich oder an die Geldkatze?«

Er schüttelte das graue Haupt, auf dem eine speckige Wollmütze verfilztes graues Haar bedeckte.

»Vor ein paar Wochen war ich bei Euch und habe die Geldkatze versetzt, weil mein Magen knurrte wie eine ganze Schar wütender Hofhunde.«

»Und dann habt Ihr Euer teures Andenken wieder ausgelöst.«

»Eben nicht! Ich erhielt es von jemand anderem zurück und möchte wissen, wer derjenige war.«

Ebrards Gesicht gefror, zeigte wieder Mißtrauen – und Angst. Das heftige Flackern des Lichts ging auf das Zittern seiner Hände zurück. Ich befürchtete schon, er würde die Öllampe fallen lassen. Hastig, als sei sie ein heißes Stück Kohle, gab er mir die Geldkatze zurück.

»Ich weiß nichts davon, rein gar nichts«, schnappte er. »Wie sollte ich mich erinnern, wer hier was auslöst? So viele Kunden kommen zu mir, tagein, tagaus.« Er sprach zu schnell und zu bestimmt, um glaubhaft zu klingen. Sein Blick huschte aufgeregt hin und her, als befürchte er versteckte Lauscher – oder Schlimmeres.

»Wie man sieht«, sagte ich spöttisch und warf einen demonstrativen Blick auf die verstaubten Sachen. »Aber vielleicht war der Mann, der die Geldkatze ausgelöst hat, ein besonders erinnerungswürdiger Kunde.«

»Wie meint Ihr das?«

»War es vielleicht der Geistermönch?«

»Der Geister …«

Seine Stimme erstarb, zitternd wie sein ganzer Körper. Fast wäre ihm die Funzel doch aus der Hand gefallen. Obwohl das Öllicht noch brannte, kam mir die Pfandleihe auf einmal noch düsterer vor als bei meinem Eintreten. Und kälter. Wie ich es bei Frollos Besuch in meiner Zelle empfunden hatte. Jetzt ging die Kälte von Ebrard aus. Kälte, Angst – Todesangst. Und Ablehnung.

»Geht!« stieß er mit bebender Stimme aus und schob mich zur Tür. »Geht und kehrt nie mehr wieder! Ich kann Eure Fragen nicht beantworten. Ich weiß nichts, gar nichts! Wie soll ich mich auch erinnern, wer in meinen Laden kommt? Gerade zum Dreikönigsfest gibt's in Paris mehr Fremde als Bürger. Nun geht doch!«

Mit sanfter Gewalt schob er mich nach draußen in den Regen und schlug sogleich die Tür zu. Ich hörte das Schaben des eilig vorgeschobenen Riegels. Die Tür war fest verschlossen, was mich betraf, für immer.

Ich stemmte mich gegen den Sturm und wankte zurück zur Cité-Insel. Der Wind hatte an Heftigkeit zugenommen, und die stampfenden Mühlräder unter der Brücke schleuderten noch mehr Wasser auf als zuvor, bespritzten mich damit wie zum Hohn. Ich glaubte, schattenhafte Gestalten hinter mir zu bemerken, sah aber nichts, als ich mich umdrehte. Es waren wohl sturmgepeitschte Regenschwaden gewesen. Wer war auch so dumm, sich bei diesem Unwetter auf der Müllerbrücke herumzutreiben? Nur ich!

In einer Weinschenke am Brückenkopf vertrieb ein Becher würzigen Glühweins mein Frösteln, erhitzte meinen Leib und mein Blut. Ich empörte mich über diesen schäbigen Pfandleiher, der mich nicht nur hinausgeworfen, sondern mich auch angelogen hatte. *Er* hatte vom Dreikönigstag gesprochen, nicht ich. Wie konnte er wissen, *wann* ich ihm die Geldkatze gebracht hatte, wenn er sich dessen gar nicht entsann? Mehr noch, nach seinen Worten wußte er auch, daß er die Börse zum Dreikönigstag wieder herausgegeben hatte. Und wenn er sich daran erinnerte, dann wußte er auch, an wen!

Vom Wein beflügelt, stürzte ich zurück auf die Brücke und war fest entschlossen, nicht eher Ruhe zu geben, als bis Ebrard mir die Wahrheit sagte. Und wenn ich die verriegelte Tür aufbrechen mußte!

Aber das brauchte ich nicht. Die Tür war angelehnt. Als ich sie aufstieß, sah ich, daß mir jemand zuvorgekommen war. Der Riegel war aus der morschen Halterung gebrochen und lag auf dem Boden. Ich erinnerte mich der Schatten, die ich beim Verlassen der Pfandleihe flüchtig wahrgenommen hatte. Was ich jetzt sah, bestätigte meinen schlimmen Verdacht.

Ebrard hatte Besuch von fünf Männern und befand sich in einer höchst unerquicklichen Lage. Ein wahrer Bär von einem Mann hatte die Arme um ihn geschlungen und Ebrards Leib nach hinten gekrümmt, als wolle er dem Pfandleiher das Rückgrat brechen. Die Ölfunzel stand auf dem hölzernen Ladentisch und beleuchtete die gespenstische Szene. Deutlich sah ich die vier anderen Männer mit harten, entschlossenen Gesichtern. Zwei hielten lange Dolche in Händen, einer einen Degen, der vierte eine Axt.

»Ich weiß nicht, wer er war, und ich habe ihm nichts verraten«, stöhnte Ebrard mit schmerzverzerrtem Gesicht. Schweißperlen sprenkelten seine furchige Stirn.

»Was genau wollte er wissen?« fragte barsch der Mann mit dem Degen, in dem ich den Anführer der Bande vermutete. »Rede schon, alter Schwachkopf, oder ...«

Die Drohung blieb unvollendet, denn die rüden Kerle hatten mich bemerkt und fuhren zu mir herum. Der mit dem Degen schien ein erfahrener Fechter zu sein, davon zeugten einige Narben in seinem Gesicht. Das schmale Grinsen, zu dem sich seine Lippen bei meinem Anblick verformten, wirkte wie eine weitere Narbe.

»Da haben wir ihn ja, den neugierigen Tintenkleckser. Soll er uns die Fragen selbst beantworten!«

Und schon kam er auf mich zu, den Degen stoßbereit erhoben. Da ich keine Lust verspürte, mich durchbohren zu lassen, sprang ich zurück, rutschte aber auf der glitschigen Brücke aus und schlug der Länge nach hin.

Mit meinem Rückzug hatte der Narbengesichtige wohl gerechnet, nicht aber mit meinem ungeschickten Sturz. Er stolperte über mich und ging ebenfalls zu Boden. Die Degenklinge zersprang dicht unterhalb des Stichblatts mit einem durchdringenden Klirren.

Vor Wut knurrend, mehr Tier als Mensch, erhob er sich, um mit dem Überrest der Klinge auf mich einzustechen. Auch ich war aufgesprungen, nahm allen Mut zusammen, packte mit beiden Händen seinen Waffenarm und drehte ihn herum. Vermutlich hatte er solche Kühnheit von einem Tintenkleckser nicht erwartet, und nur deshalb gelang mir der Streich.

Der Kerl lief in seine eigene Waffe; der Klingenrest bohrte sich in die linke Brustseite, direkt ins Herz. Blut sprudelte hervor, während der Mann mit einem letzten Fluch zu Boden sank. Zitternd ließ ich seinen Arm los und sah auf den Sterbenden hinab.

Rufe und lautes Poltern rissen mich aus der Erstarrung, und ich blickte durch die offene Tür. Ebrard hatte sich zu befreien versucht, doch der Mann mit den Bärenmuskeln hatte sein Werk vollenden können. Mit gebrochenem Blick lag der Pfandleiher zu seinen Füßen. Im Fallen hatte er die Ölfunzel mitgerissen. Das Öl lief aus, und mit ihm leckten die Flammen durch den Laden, züngelten an den Kleiderstapeln empor und fraßen sich in das Holz der alten Truhen, weiter und weiter.

Die vier übrigen Ratten in Menschengestalt flohen vor Rauch und Flammen auf die Brücke. Den ersten konnte ich noch abschütteln, aber der Hüne packte mich und drückte mich so fest an sich, daß mir kaum Luft zum Atmen blieb. Und schon funkelten ein Dolch und eine Axt vor meinen Augen.

Die im Bogen geschwungene Axt fuhr auf mein Gesicht zu und traf – ich war wirklich erleichtert – das Brückengeländer in meinem Rücken. Ich hörte Holz bersten, und ein durchdringender Schrei gellte in meinen Ohren. Der Axtschwinger stieß ihn aus, und das war nicht verwunderlich, war ihm doch ein Dolch bis zum Heft in den Rücken gefahren. Mein Retter, ein muskulöser schwarzhaariger Mann mit südländischem Aussehen bleckte zufrieden die Zähne, zog die blutige Klinge aus dem Rücken des Gefallenen und säuberte sie an dessen Wams.

Derweil wurde auch dem dolchbewehrten Gefährten des Toten der Garaus gemacht, von einem jungen Burschen, kaum älter als ich. Der rotgelockte Jüngling führte einen italienischen Ohrendolch mit solchem Geschick, daß sein Gegner nach wenigen Augenblicken mehrere blutende Wunden aufwies, geschwächt in die Knie sank und durch einen schnellen, tiefen Stich in die Kehle endgültig gefällt wurde.

Auch der zweite Dolchkämpfer, der zu dem Narbengesicht gehörte, hatte einen Gegner gefunden, den ich aber nur undeutlich aus den Augenwinkeln sah. Mir fiel nicht mehr auf als sein helles Lockenhaar und ein kurzes Stoßschwert, dessen sich nach unten verjüngende Klinge mehrmals rasch hintereinander die Luft zerteilte.

Ob der Schwertkämpfer siegreich war, vermochte ich nicht zu erkennen. Der Bär, der mich noch immer in seinen Klauen hielt, wich vor meinen beiden anderen Rettern zurück und brach dabei durch das beschädigte Brückengeländer. Endlich lockerte sich sein Griff, und ich konnte wieder frei atmen. Aber ich stürzte in die Tiefe. Über mir drehten sich die Häuser auf der Müllerbrücke im verrückten Tanz, unter mir noch wilder die großen Mühlräder im gurgelnden Wasser. Und ich fiel geradewegs auf eins der Räder zu ...

Eine Verstrebung, ein hölzerner Querbalken über dem Mühlrad! Ich griff zu, hielt mich fest, trotz des heftigen Rucks, der meine Armmuskeln zerreißen wollte. Fast gleichzeitig ging ein ähnlicher Ruck durch meine Beine. Es war der Bär, der meine Unterschenkel umklammerte wie ein ängstliches Kind die Beine des Vaters. Das nahm ich, der nie einen Vater gehabt hatte, jedenfalls an.

Der Bär hing an mir und sah bestürzt nach unten. Direkt unter ihm drehte sich das Holzrad, von der starken Strömung schneller angetrieben als sonst. Es wirbelte das Wasser auf und griff nach dem gewichtigen Schurken, schlug gegen seine Stiefel.

»Rettet mich, Monsieur!« jammerte er zu mir herauf. »Helft mir, sonst werde ich zerquetscht!«

Da hatte er wohl recht. Doch sah ich keine Möglichkeit, ihm zu helfen. Ich war vollauf damit beschäftigt, mich an dem waagerechten Strebebalken festzuhalten. Mich allein hätte ich vielleicht hochziehen können, unmöglich aber uns beide. Zudem hatte ich keine Veranlassung, dem Kerl beizustehen, der mir eben noch sämtliche Knochen brechen wollte.

»Helft mir doch, habt ein Herz!«

Das faßte ich mir, bekam unter Zappeln und Strampeln einen Fuß frei und rammte den Stiefelabsatz mitten in das angstverzerrte feiste Gesicht. Gnädig verschluckten das rauschende Wasser und das klappernde Mühlrad das Geräusch berstender Knochen. Der Bär schrie, Blut lief aus seiner Nase. Er rutschte tiefer. Ein zweiter Tritt, und er ließ endgültig los, fiel zwischen die Schaufeln, wurde in unnatürlich verrenkter Haltung unter Wasser gezogen und verschwand in der brodelnden Tiefe.

Ich achtete nicht weiter auf ihn, nahm alle mir verbliebene Kraft zusammen und zog mich an dem Balken hoch. Endlich hockte ich auf der glitschigen Verstrebung, atmete tief durch und mußte heftig husten. Es roch nach Rauch. Kein Wunder, über mir strömten die ersten schwarzen Schwaden aus dem Haus des Pfandleihers.

»Das Seil, Mann, ergreift das Seil!«

Das schrie eine Stimme oben von der Brücke, wo drei Gestalten an dem zerbrochenen Geländer standen und zu mir herabblickten. Meine Helfer. Nach bangen Augenblicken entdeckte ich das Seil, das sie zu mir heruntergelassen hatten. Hoffend, daß es kein morsches, brüchiges Stück aus dem Besitz des Pfandleihers war, ergriff ich das Ende mit beiden Händen.

Sie zogen mich hoch. Ich verlor den Halt, pendelte in der Luft, den drei Männern und dem Seil ausgeliefert. Ihre Gesichter rückten näher: das junge, mit Sommersprossen gesprenkelte des Rothaarigen; das kantige des Schwarzhaarigen; und das glatte, fast auf weibliche Art schöne des dritten Mannes mit dem hellen Haar. Jetzt erkannte ich ihn, den Spielmann, den Zeichner – Maître Leonardo.

Er streckte mir seine schlanken, weiblichen Hände entgegen, während die beiden anderen das Seil hielten. Ich griff zu, und er zog mich auf die Brücke. Meine Knie versagten den Dienst, und ich sank vor den dreien zu Boden.

»Jetzt dürft Ihr nicht zusammenbrechen, Monsieur Armand«, sagte eine vierte Person, die zu den anderen trat. »Das Haus des Pfandleihers steht in Flammen, die Nachbarn strömen zusammen. Wir müssen von hier verschwinden!«

Mit Leonardos Hilfe stand ich auf und blickte in das bärtige Gesicht des Sprechers. Es war der Bettler Colin.

Ehe ich noch eine Frage stellen konnte, nahmen sie mich in die Mitte und zogen mich mit sich, über die Brücke, dem rechten Seine-Ufer entgegen. Eine dicke schwarze Rauchwolke hing über der Pfandleihe. Die Ratten, die das Haus bewohnt hatten, huschten auf die Brücke, ein sicheres Zeichen, daß es rettungslos verloren war. Nur der Regen und das Wasser der Seine würden die angrenzenden Gebäude retten.

Vor uns wuchs das Châtelet mit seiner Vielzahl von spitzen Türmen und Dächern in den grauen Himmel, und ich fragte meine Begleiter besorgt, wohin sie mich brachten.

»Keine Angst, bestimmt nicht zur Polizei«, sagte Colin ein wenig spöttisch. »Dann müßten wir auch erklären, was wir auf der Müllerbrücke zu suchen hatten, und das wäre schwierig.«

Ich atmete auf und sagte: »Dann ist's gleichgültig, wohin Ihr mich führt, meinethalben auch zum Geistermönch.«

»Das trifft sich gut«, antwortete der Bettler. »Genau das haben wir vor.«

Kapitel 2

Ein Tier aus Holz und Stein

Durchnässt bis auf die Knochen, fror ich und klapperte mit den Zähnen. Zugleich war ich innerlich erhitzt, und meine Stirn glühte wie die Esse eines Schmieds. Schleier tanzten vor meinen Augen und ließen die Häuser der Neustadt zu einem grauen Brei verschwimmen. Wie ein willenloses Tier folgte ich den vier Männern durch unbekannte Gassen, froh, mich von der Müllerbrücke und dem bedrohlichen Grand-Châtelet entfernen zu können.

Etwas anderes wäre mir, zumal in meinem geschwächten Zustand, kaum übriggeblieben. Ich war allein, sie waren vier. Und ich hatte gesehen, wie die Klingen der drei Italiener das Leben aus den Schergen des Narbengesichts geschnitten hatten. Daß auch die beiden Gefährten Leonardos aus einem der Staaten jenseits der westlichen Alpen stammten, hörte ich an den kurzen Zurufen, mit denen sie sich verständigten. Colins hohe Stimme allerdings schien nichts anderes zu kennen als das Französische, das auch die Italiener beherrschten, mehr oder minder sperrig, am besten Leonardo.

Längst hatte ich die Orientierung verloren. Selbst wenn die engen Gassen gelegentlich den Blick auf ein Stück Himmel freigaben, war die Sonne nicht zu sehen, nicht einmal zu erahnen. Der Sturm hatte nachgelassen, dafür hing nun ein dichtes grauschwarzes Wolkengeflecht über Paris und warf dicke Regenschnüre zur Erde. Immer mehr fühlte ich mich wie ein Hund, der seinem Herrn treu und vertrauensvoll folgt – oder wie ein Lamm, das zur Schlachtbank geführt wird. Gewiß, sie hatten mir das Leben gerettet, aber zu welchem Zweck? Man mag mich einen Feigling schelten, aber so war es nun mal: Obschon ich versucht hatte, den Geistermönch zu finden, machte mich die Aussicht, ihm bald gegenüberzustehen, beklommen.

Der unablässige, schmerzhaft harte Regen weichte den Boden auf. Wir wateten durch immer tieferen Morast, und einmal hätte es mir fast den Stiefel ausgezogen. Die beiden Gefährten Leonardos, die sich Atalante (das war der Rotlockige) und Tommaso (der Schwarzhaarige) nannten, mußten mich aus dem Schlammloch ziehen.

Ich war so erschöpft, daß ich mich an eine hölzerne Hauswand lehnte, die mit einem lauten Ächzen und Knarren unter meinem Gewicht einzubrechen drohte. Ein hastiger Sprung brachte mich in Sicherheit. Die alten Gebäude in dem mir unbekannten Viertel waren in einem Zustand, der mit halbwegs verfallen noch zu gut beschrieben ist.

»Haltet durch, Monsieur Armand!« rief Colin. »Gleich haben wir's geschafft. Dort seht Ihr schon die Türme des Tempels.«

Mein Blick folgte Colins ausgestreckter Hand und entdeckte die spitzen Turmdächer, niedrige und hohe, die dicht beieinander standen und dem Unwetter trotzten. Die Wahrzeichen der alten Festung verrieten mir, wo ich mich befand, und das trug nicht zu meiner Beruhigung bei.

»Die Burg der Tempelritter!« flüsterte ich, und ich glaube, Entsetzen schwang in meiner Stimme mit.

»Schon lang nicht mehr«, sagte Colin. »Nachdem die Templer verboten wurden, haben die Johanniter ihre Besitzungen übernommen. Doch die Siedlung, die rund um den Tempel entstanden war, verfällt mehr und mehr, wie Ihr eben erlebt habt.« Er sprach beinahe gelehrt, gar nicht wie ein Bettler. Es war keine Überraschung. In ihm einen bloßen Lumpenstrick zu sehen, solch ein Narr war selbst ich nicht.

Leonardo drängte zur Eile, und wir tauchten tiefer in das Gewirr alter Häuser und Stallungen ein, das einst den Schutz der Templer genossen hatte. Ich dachte an die Versammlung der Neun und hatte die düstere Ahnung, vom Regen in die Traufe zu kommen.

Immer dichter rückten die Mauern zusammen, bildeten kleinere und größere Verschläge, in denen Menschen und Tiere um wärmende Feuer zusammenhockten. Durch löchrige, nur notdürftig mit Decken gestopfte Dächer tropfte das Wasser. Geordnete Gassen waren nicht mehr zu erkennen, nur die Vielzahl von Mauern, die miteinander verwachsen schienen wie die Glieder eines Lebewesens, eines vorzeitlichen Tiers aus Holz und Stein. Die Feuer in den Mauerlücken flackerten, unzähligen Augen gleich, wachsam nach allen Seiten. War mein Verstand nach den durchlittenen Anstrengungen überreizt, verwirrte Fieber meine Sinne? Je tiefer wir in das verschachtelte Gebilde eindrangen, desto fester glaubte ich daran, daß es insgeheim lebendig war, ein versteinerter Drache. Und der Regendampf, der vom sumpfigen Boden aufstieg und aus Mauerlöchern quoll, war in Wahrheit der Atem des Ungeheuers.

»Was ist das?« fragte ich, halb verwirrt, halb andächtig. »Wo sind wir?«

»Ihr wolltet den Geistermönch sehen«, antwortete Colin. »Nun, hier ist er zu finden. Meinethalben könnt Ihr diesen Ort die Geisterklause nennen.«

Er blieb nicht stehen, sondern stieg eine unvermittelt sich auftuende Treppe hinab in den dunklen, dumpfigen Magen des Untiers. Der Gedanke, umzukehren und davonzulaufen, huschte durch meinen Kopf. Die drei Italiener hinter mir, an deren Klingen noch das Blut ihrer Gegner klebte, waren diesem Plan wohl hinderlicher, als steinerne Mauern und eiserne Ketten es gewesen wären.

Doch nicht nur unter Zwang stieg ich in die unbekannte Tiefe. Unruhe hatte sich meiner bemächtigt, das unbestimmte Gefühl, vor einer wichtigen Begegnung, einer großen Enthüllung zu stehen. Es war fast wie früher in Sablé, wenn in der Karwoche mein ganzer Leib zu kribbeln begann. Bruder Arnaud, der Infirmarius, dem ich davon erzählte, hielt es für ein Zeichen Gottes, für den Ausdruck meines kindlich reinen Herzens, den die bevorstehende Auferstehung des Herrn hervorrief. Aber ich kam bald auf die Wahrheit. Nicht den Gekreuzigten erwartete ich, nicht den Vater im Himmel, sondern meinen eigenen leiblichen Schöpfer. Ähnlich erwartungsvoll wie in jenen längst vergangenen Kindertagen empfand ich jetzt. Und fürchtete zugleich eine neuerliche bittere Enttäuschung.

Vorsichtig, denn unter meinen Tritten zerbröselte Stein wie trockenes Brot, nahm ich Stufe um Stufe, dankbar für jeden gelblichen Lichtfleck, den vereinzelte Wandkerzen in das finstere Gemäuer warfen. War dies der Ort, an dem die Templer vor zweihundert Jahren ihre gotteslästerlichen Riten und dämonischen Beschwörungen abgehalten hatten? Einen passenderen vermochte ich mir nicht vorzustellen.

Colin führte mich in einen großen Raum mit Tischen und Bänken, erhellt und erwärmt von einem Kaminfeuer. Einige Männer saßen hier, aßen, tranken und sprachen miteinander. Manche trugen die Kleidung ehrbarer Bürger, andere die von Bettlern. Doch kannten sie offenbar keine Standesunterschiede. Sie warfen uns neugierige Blicke zu, stellten aber keine Fragen.

»Geht zum Kamin und zieht Euch aus«, wies Colin mich an. »Ich hole Euch ein Tuch und trockene Kleider. Und heißen Würzwein, damit Euch auch von innen warm wird.«

Als ich nackt vor dem Feuer stand, traten die drei Italiener zu mir. War der Augenblick gekommen, das Lamm zu opfern? In ängstlicher Erwartung starrte ich auf die Griffe ihrer Waffen. Da fuhr Leonardo mit der Hand an seine Seite und zog etwas hervor. Ich zuckte zurück, aber es war nur ein irdenes Fläschchen, das er entkorkte.

»Trinkt das, es ist noch besser als heißer Wein.«

Scharfer Geruch kitzelte meine Nase und entlockte ihr ein Niesen. Leonardos Begleiter kicherten.

»Was ist das?« fragte ich vorsichtig, als ich die kleine Tonflasche zur Hand nahm.

»Aqua vitae«, sagte Leonardo lächelnd. »Lebenswasser. In meiner Heimat geben die Ärzte es gegen alle nur erdenklichen Krankheiten, gegen Augentränen, fauligen Atem, Wassersucht, eitrige Wunden und Vergiftungen.«

»An nichts von alldem leide ich«, entgegnete ich, das Fläschchen weiterhin unschlüssig in der Hand haltend. Vielleicht half der Trank nicht gegen Vergiftung, sondern rief sie hervor.

»Auch Gesunde können sich am Lebenswasser laben, es wärmt besser als das heißeste Feuer.« Leonardo nahm das Gefäß wieder an sich, trank einen tiefen Schluck und reichte es seinen Gefährten weiter. Der Schwarzhaarige, Tommaso, hielt es schließlich wieder mir hin. »Nun trinkt schon!« sagte Leonardo mit breitem Grinsen. »Meine Freunde und ich leben auch noch.«

Also trank ich – und hätte die Flasche fast fallen lassen, so heiß brannte es in meinen Eingeweiden. Wie eine im Feuer erhitzte Klinge, die man mir tief ins Fleisch gestoßen hatte. Die Wärme blieb, die Schärfe aber verging rasch und hinterließ ein wohliges Gefühl und einen angenehmen Geschmack in meinem Mund.

»Nehmt ruhig noch einen Schluck, Signore«, lachte Leonardo. »Ihr könnt's gebrauchen!«

Beim zweiten Schluck war ich auf das flüssige Feuer vorbereitet. Obgleich ich nackt im Raum stand, spürte ich nicht mehr das geringste Frösteln. Ich reichte Leonardo sein Aqua vitae zurück. »In Eurer Heimat verstehen die Ärzte ihr Geschäft, Monsieur. Wo stand Eure Wiege?«

»In Anchiano.«

Ich sah ihn ratlos an.

»Kein Wunder, daß Ihr es nicht kennt, Signore. Es ist nur ein kleines Bauerndorf in der Nähe des Städtchens Vinci.«

»Auch das kenne ich nicht«, gestand ich ein.

»Es liegt etwa auf halber Strecke zwischen Florenz und Pisa, näher an Florenz. Mein Vater war ein kleiner Dorfnotar, aber sein Sinn stand nach Höherem. Als ich geboren wurde, war er im Begriff, die Tochter eines angesehenen Florentiner Notars zu ehelichen. Meine Mutter aber war nur ein Bauernmädchen, wurde nach Erfüllung ihrer Pflicht mit einem Säckchen Silberlinge abgefunden und verschwand aus meinem Leben, bevor es noch so recht begonnen hatte. Seltsam, wie?«

»Gar nicht«, erwiderte ich ernst. »Ich kenne weder meinen Vater noch meine Mutter.«

»Nehmt's leicht, aus Euch ist doch etwas Anständiges geworden. Immerhin hatte ich als Bastard den Vorteil, daß ich meine Nase nicht in verstaubte Gesetzesbücher stecken mußte. Bei uns im sonnigen Florenz nimmt die Gilde der Richter und Notare uneheliche Kinder nicht auf. Weder Arzt noch Apotheker konnte ich werden, auch die Universität blieb mir verschlossen.«

»Ihr habt die Sache offenbar leichtgenommen«, sagte ich bewundernd.

»Es gibt viele Bastarde. Und Totengräber, Priester, sogar Kriminelle haben das gleiche Schicksal. Auch ihnen bleiben die ehrbaren Berufe versagt.« Der Italiener zuckte mit den

Schultern. »Wer sich beklagt, erfreut die Herzen seiner Feinde. Ich habe meine eigenen Studien betrieben und mich mit der Kunst beschäftigt.«

Colin kehrte zurück, einen Kleiderstapel unter einem Arm und in der anderen Hand einen Tonkrug. Während ich mich abrieb und die getragenen, aber sauberen Kleider überstreifte, goß der Bettler dampfenden, duftenden Würzwein in einen Holzbecher. Ich leerte ihn schnell, zu schnell. Vielleicht war auch das kurz zuvor genossene Lebenswasser schuld: Schweiß brach mir aus. Mein Schädel brummte, ich hörte sogar das Läuten einer Glocke.

Aber da sagte Leonardo: »Die Glocke ruft zum Vaterunser.«

Ein kleinwüchsiger Mann betrat den Raum, schwang eine kleine Bronzeglocke, ähnlich der, die über der Tür des Pfandleihers gehangen hatte, und rief in einem monotonen Singsang: »Ihr Guten Menschen, kommt zum Gebet, sputet euch, eh die Sonne vergeht!« Darauf verließ er den Raum wieder, unablässig läutend und rufend, was mir hier, unter der Erde, recht seltsam vorkam. Als wolle er mit dem Geläut die Toten wecken.

»Einer von uns wird während des Vaterunsers bei unserem Gast bleiben müssen«, sagte Leonardo zu Colin.

Der Bettler schüttelte den Kopf.

»Monsieur Armand soll an der Versammlung teilnehmen.«

Der Italiener zog seine buschigen Brauen zusammen. »Wer sagt das?«

»Er.«

Der Nachdruck, mit dem Colin antwortete, genügte, um Leonardo zu überzeugen. Wieder nahmen mich die Italiener in ihre Mitte, als trauten sie mir nicht recht. Colin begleitete uns nicht, blieb allein in dem großen Raum zurück. Die unterirdischen Gänge, die mir vorhin ziemlich verlassen vorgekommen waren – sah man einmal von Ratten, Käfern und Spinnen ab –, wimmelten jetzt von Menschen, als habe der Ausrufer tatsächlich die Toten aus ihren Gräbern gelockt. Aus finsteren Winkeln und über steile Treppen strömten Männer und Frauen in einen großen Saal, der auch unser Ziel war.

Hier gab es keine Rosetten und keine buntbemalten Fenster, denn der Saal lag tief unter der Erde. Es gab keinen Wandschmuck, keine Skulpturen, nicht einmal Kreuze. Lediglich schmucklose Kerzen, ohne die es stockdüster gewesen wäre, brannten an den Wänden und auf einem altarartigen Sockel. Vor dem Sockel drängten sich lange Reihen einfacher Bänke, hölzern und reichlich verrottet, auf die sich die Menschen niederließen. Es roch nicht nach Weihrauch und nicht nach Myrrhe, eher nach kalter, feuchter Erde, nach Sumpf und Moder. Und doch spürte ich schon beim Eintreten, daß es sich um einen heiligen Raum handelte, um eine Kirche.

Wir nahmen auf einer der hinteren Bänke Platz und warteten ab, bis sich der Raum gefüllt hatte. Etwa drei- bis vierhundert Menschen bevölkerten ihn, und die Hälfte von ihnen fand keinen Sitzplatz mehr. Eben noch hatten die Menschen miteinander gesprochen, vielleicht etwas gedämpfter als in den Gassen von Paris, aber doch ungezwungen. Mit einem Schlag verstummten sie, und aller Augen richteten sich nach vorn. Auch meine. Was sie sahen, war das, wonach ich gesucht hatte. Und doch wirkte der Anblick furchteinflößend. Vielleicht, weil die weit vorgezogene Kapuze das Gesicht der Gestalt, die vor dem Steinsockel stand, verhüllte

Der Geistermönch!

Soweit sie saßen, erhoben sich die Menschen. Alle Anwesenden gingen dreimal tief in die Knie und sagten jedesmal wie aus einem Mund »Verzeiht uns, und segnet uns.« Beim drittenmal blieben sie auf der Knien und fügten hinzu: »Bittet den Vater der Guten Seelen für uns Sünder, daß er uns zu Guten Menschen mache und uns zu einem guten Ende führe.«

»Der Vater der Guten Seelen segne euch«, sagte der Geistermönch dreimal und fuhr beim drittenmal fort: »Der Herr sei gebeten, daß er euch zu Guten Menschen mache und euch zu einem guten Ende führe.«

Während dieser Zeremonie lief ein Schauer durch meinen Körper. Die Begrüßungsformel ähnelte zu sehr den Worten, mit denen Dom Frollo und Gilles Godin an jenem Abend, als ich sie heimlich belauschte, auf dem Vorplatz von Notre-Dame einander begegneten. Und was ich schon mehrfach vermutet hatte, wurde erneut zur jeden anderen Gedanken verdrängenden Frage: Verbarg die Kapuze des Geistermönchs die ernsten, gebieterischen Züge des Archidiakons? War ich aus seiner Kathedrale entflohen, um mich hier, in diesem ominösen unterirdischen Reich, ganz und gar in seine Hände zu begeben? War ich von Anfang an nur seine Marionette gewesen, ein Roraffe, der tanzte, wenn Frollo auf der Orgel spielte?

Vergeblich bemühte ich mich herauszufinden, ob der Geistermönch mit der Stimme des Archidiakons sprach. Hier unten klangen die Worte dumpf, schwer, feucht – wie die Erde, die uns alle umschloß. Auch mußte ich damit rechnen, daß der Mann unter der Kapuze seine Stimme verstellte.

Der Geistermönch sprach: »Brüder und Schwestern, wir kommen zusammen im dunklen Reich, denn es sind dunkle Zeiten. Unsere Gemeinden sind zerschlagen, unser Glaube wird verfolgt, unsere Namen sind geächtet. Nur hinter vorgehaltener Hand spricht der Bruder zum Bruder, die Schwester zur Schwester. Die Gefahr ist so gegenwärtig, daß einige von uns selbst jetzt ihre Waffen tragen. Wenig Grund also für einen Fremden, sich uns anzuschließen. Und doch sind wir heute zusammengekommen, um eine junge Frau zu unserer Schwester zu erheben. Sie wird nun vor uns treten, um das heilige Gebet entgegenzunehmen, das Jesus Christus seinen Jüngern gab, damit unsere Bitten und Gebete von unserem hochheiligen Vater erhört werden, wie David sagte: Mein Gebet steige wie ein Rauchopfer zu dir auf.«

Er streute etwas Pulver auf die größte Altarkerze. Eine Stichflamme schoß empor und verwandelte sich in eine Rauchwolke, die zur unbehauenen Felsdecke schwebte.

Ich verfolgte das alles mit einem dicken Kloß in der Kehle. Nun war mir klar, weshalb dieser Gottesdienst unter der Erde abgehalten wurde, im geheimen. Die Worte des Geistermönchs waren deutlich gewesen. Die hier Versammelten waren Ungläubige, Ketzer, von der Kirche verfolgt, von den Gesetzen mit dem Tod bedroht. Sie konnten sich nur heimlich treffen und durften nicht riskieren, daß man sie verriet. Für mich hieß das: Die Gotteslästerer würden dafür sorgen, daß ich schwieg!

Eine junge Frau, fast noch ein Mädchen, trat vor und ging vor dem Geistermönch in die Knie. Sie trug ein weites schwarzes Gewand, das ihren Leib gänzlich verhüllte. Helles Haar fiel in weichen Wellen auf ihre Schultern. Als sie ihr Gesicht ein wenig zur Seite wandte, versetzte es mir den nächsten Schlag: Ich kannte die Frau. Sie hatte einen Herzschlag lang in meinen Armen gelegen. An jenem Abend, als ich mit Leutnant Falcone bei der Dicken Margot zu Gast war und der Spielmann Leonardo die Ballade vom armen Villon sang. Sie hatte ein buntes Kleid getragen und ausgelassener getanzt, als das Lied es gestattete.

»Verzeiht mir, und segnet mich«, sagte sie mit klarer, durchdringender Stimme. »Bittet den Vater der Guten Seelen für mich Sünderin, daß er mich zu einem Guten Menschen mache und mich zu einem guten Ende führe. Übergebt mir das heilige Gebet, damit ich zu meinem Herrn sprechen kann.«

Der Geistermönch beugte sich zu ihr und sprach: »Du willst nach der reinen Lehre leben und ein Guter Mensch sein, Schwester Colette. Du willst erfahren, wie du das heilige Gebet, das Vaterunser, entgegennimmst. Obwohl es nur kurz ist, enthält es Großes. Daher soll, wer das Vaterunser spricht, es mit guten Werken ehren. Bist du dazu bereit?«

»Das bin ich.«

»Wenn du dieses Gebet entgegennimmst, mußt du alle Sünden bereuen und allen Menschen verzeihen, weil Christus im Evangelium sagt: ›Wenn ihr den Menschen ihre Sünden nicht verzeiht, wird auch euer Vater im Himmel euch nicht eure Sünden vergeben.‹ Deshalb mußt du, Schwester Colette, dir in deinem Herzen vornehmen, dieses heilige Gebet alle Zeit deines Lebens mit Gehorsam, Reinheit und allen anderen Tugenden, die der Herr dir geben will, zu achten. Daher bitten wir den Guten Herrn, der den Jüngern Christi die Kraft verlieh, das Vaterunser reinen Herzens zu sprechen, daß er auch dir diese Kraft zukommen lasse, zu seiner Ehre und zu deinem Heil!«

Der Geistermönch nahm ein dünnes Büchlein vom Altar, hielt es vor das Mädchen und fuhr fort: »Schwester Colette, willst du dieses heilige Gebet entgegennehmen und es alle Zeit deines Lebens in Reinheit, Wahrheit, Demut und allen anderen Tugenden, die der Herr dir geben will, bewahren?«

Nach kurzem Zögern antwortete Colette: »Ja, ich will. Bittet den Vater der Guten Seelen, daß er mir seine Kraft schenke!«

Der Vermummte überreichte ihr das Büchlein mit den Worten: »Der Vater der Guten Seelen schenke dir die Gnade, das Vaterunser zu seiner Ehre und zu deinem Heil entgegenzunehmen! Und nun sprich das Gebet mit mir, Wort für Wort.«

Sie beteten gemeinsam das Vaterunser, das ich als Klosterzögling besser kannte als mancher andere. Mir fiel gleich auf, daß sie nicht um ›unser tägliches Brot‹ baten, sondern um ›unser seelisches Brot‹. Und statt ›wie wir vergeben unseren Schuldnern‹ sagten sie, ›wie wir vergeben unseren Verfolgern und Peinigern‹.

Der Geistermönch faßte die Frau an den Armen und zog sie hoch, während er sagte: »Der Vater der Guten Seelen segne dich. Er sei gebeten, daß er dich zu einem Guten Menschen mache und dich zu einem guten Ende führe.« Er umarmte sie. Anschließend trat sie zurück und setzte sich auf eine der vorderen Bänke.

»Brüder und Schwestern«, fuhr der Geistermönch fort, »ihr seid gekommen, um eure Seelen zu reinigen. Wie auch Christus kam, nicht um den Schmutz vom Fleisch abzuwaschen, sondern um den Schmutz von den Guten Seelen abzuwaschen, die durch die Berührung mit bösen Geistern befleckt worden waren. Denn das Fleisch ist der Schmutz. Daher gefiel es dem hochheiligen Vater, sein Volk durch die Taufe seines heiligen Sohns Jesus Christus vom Schmutz der Sünden zu reinigen. Doch das Böse ist noch nicht besiegt, der Schmutz nicht entfernt. Er bedeckt weite Teile des Landes, klebt an vielen verirrten Seelen, und geben wir nicht acht, so verdirbt er alle und alles auf ewig. Darum, Brüder und Schwestern, laßt uns gemeinsam den Herrn anrufen!«

Wieder machte der Geistermönch den Vorbeter, und diesmal antwortete ihm seine ganze Gemeinde, die sich von den Bänken erhob. Ich aber stand nur starr und stumm da und malte mir aus, was geschähe, wenn jetzt die Scharwächter den unterirdischen Tempel stürmten. Würden sie mir glauben, daß ich nicht zu den Ketzern gehörte? Wohl kaum. Für mich wuchsen die bescheidenen Kerzenflammen zu lodernden Scheiterhaufen, in deren Mitte ich mich selbst sah, lebendigen Leibes an einen hölzernen Pfahl gebunden.

Die beängstigende Vorstellung nahm mich derart gefangen, daß ich vom Rest des Gottesdienstes kaum etwas mitbekam. Oder sollte ich lieber vom Götzendienst reden? Als die Versammlung sich auflöste, verschwand der Geistermönch im Dunkel, das den Saal im rückwärtigen Teil jenseits des Altars beherrschte. Ich wurde von den drei Italienern hinausbegleitet und merkte gar nicht, daß ich meiner Erregung über das Erlebte laut Luft machte.

»Was murmelt Ihr da von Gotteslästerei und Ketzerei!« fuhr Leonardo mich an. »Wir dienen und ehren Gottvater nicht schlechter als die, die sich Christen nennen, aber nicht auf das Wort Christi hören, sondern auf das liederlicher Päpste. Um genau zu sein, wir dienen dem Herrn besser. In Wahrheit sind wir die Erben Christi, die Befolger und Verkünder der reinen Lehre.«

»Mit Eurer reinen Lehre kann es nicht weit her sein, wenn Ihr Euren Gläubigen das Vaterunser als Zeichen ihrer Weihe schenkt. Ein Gebet, das jeder Knabe im Schlaf beherrscht.«

»Vielleicht jeder Chorknabe und jeder Klosterzögling, Signore Armand, doch wohl kaum die Gassenjungen, die ihr täglich Brot aus den Abfällen der guten Bürger und der wohlgemästeten Pfaffen klauben, die da predigen: Liebe deinen Nächsten!«

»Ach«, erwiderte ich spöttisch, »Ihr zitiert Matthäus? Für einen Ketzer kennt Ihr Euch in der Heiligen Schrift wirklich gut aus.«

»*Grazie*«, sagte Leonardo grinsend, fuhr aber in ernstem Ton fort: »Wenn Ihr bei Matthäus ein wenig weiterblättert, werdet Ihr folgendes Gebot finden: ›Und wenn ihr betet, sollt ihr nicht munter plappern wie die Heiden; denn sie meinen, sie werden erhört, wenn sie viele Worte machen.‹

Und welches Gebet, Signore, schreibt Matthäus den Gläubigen vor?«

»Das Vaterunser«, gab ich zerknirscht zu.

»Das Vaterunser ist unser Gebet, wie es nach Matthäus das Gebet der wahren Gläubigen ist. Wer aber Gebete über Gebete plappert, ohne ihren Sinn zu erfassen, der ist ein Heide. Wir kennen das Vaterunser, beten es mehrmals täglich, aber die Übergabe des Buches bedeutet mehr. Sie erinnert uns daran, daß wir mit dem Gebet eine Gnade und eine Hoffnung empfangen haben.«

Verwirrt ließ ich mich durch die dunklen Gänge in einen Raum führen, der von einem kleinen Kamin beheizt wurde. Das Zimmer – oder sollte ich es eine Gruft nennen? – war kleiner als dasjenige, in dem ich mich umgezogen hatte. Offenbar diente es seinem Bewohner als Schlaf- und Studierstube. Eine Wand wurde von einem gut gefüllten Bücherregal bedeckt, an der gegenüberliegenden stand ein einfach zusammengezimmerter Bettkasten. Auf einem Tisch lagen aufgeschlagene Bücher neben einem Schachspiel mit grob geschnitzten Holzfiguren.

»Wartet hier«, wies Leonardo mich an. »Der, den Ihr sucht, wird gleich zu Euch kommen.«

Damit ließen mich die Italiener allein. Mein Blick schweifte über die Bücher, die im unruhig zuckenden Kaminfeuer auf den Brettern tanzten. Neben mehreren Ausgaben der Heiligen Schrift fand ich die Werke der antiken Philosophen und der Alchemisten. Da fehlte nur noch Gringoires Kometenbuch.

Schritte lenkten mich ab. Leise, aber zielstrebig näherten sie sich der Zelle, klangen hohl, unirdisch. Ich versuchte mir einzureden, daß dicke Mauern und Erdschichten die Geräusche dämpften. Aber war es nicht doch ein Tier, in dessen Bauch ich mich befand? Das mich verschluckt hatte und nun verdauen wollte? Vielleicht waren es keine Schritte, was ich da hörte, sondern das Pochen des riesigen Herzens, das schneller schlug in freudiger Erregung vor der nahen Mahlzeit?

Kam die Bestie, um mir das Leben zu rauben, das Blut?

Den Verstand?

Kapitel 3

Luzifers Krone

Es war der Geistermönch, dessen Antlitz noch immer von der Kapuze verhüllt wurde. Er ging gebeugt, ein wenig schlurfend; die Tür schob er mit einer fahrigen Geste hinter sich zu. Als habe ihn der Gottesdienst, der gotteslästerlich und damit wohl eher eine Teufelsmesse gewesen war, erschöpft. Mit einem leisen Seufzen ließ er sich auf einen Stuhl mit schweren Armlehnen fallen, in einer Ecke des Zimmers, die im Schatten lag. Und zu einem Schatten veblaßte seine Gestalt.

»Setzt Euch nur, Armand Sauveur. Unsere Unterhaltung wird dauern, Ihr werdet eine Menge Fragen haben.«

Er wies auf einen Hocker vor dem Kamin, im Licht. Mir wurde bewußt, daß ich wie ein Kind in einer Ecke stand und den Verhüllten mit geweiteten Augen anstarrte, erwartungsvoll, gebannt, aber kaum furchtsam. Mit seinem Eintreten hatte sich meine Angst gelegt. Von ihm ging etwas seltsam Vertrautes aus, für das ich keine Erklärung hatte. Ich kannte ihn nicht, doch eins schien mir nun sicher: Unter der Kutte des Geistermönchs verbarg sich nicht Claude Frollo, der ernste, eisige, verschlagene Archidiakon.

Umständlich setzte ich mich und sagte mit unsicherer Stimme: »Ihr habt recht, Monsieur, in meinem Kopf schwirren so viele Fragen umher, daß er zu platzen droht. Und doch weiß ich keinen rechten Anfang zu finden.« Noch immer stand ich im Bann des heute Erlebten, sah ich den Pfandleiher tot am Boden liegen, sein Haus in Flammen aufgehen, und unter mir drehte sich das verhängnisvolle Mühlrad. Vielleicht war das der Ansatzpunkt; ich zog die Geldkatze hervor und hielt sie hoch. »Dies zeigte ich Monsieur Ebrard, er sollte sich erinnern, sollte mich zu Euch führen. Deshalb mußte er sterben. Warum das alles?«

»Es ist meine Schuld«, antwortete der Geistermönch beinahe tonlos. »Ich ließ die Börse auslösen, weil sie Euch gehörte und weil ich Euer Vertrauen gewinnen wollte. Aber es war ein böser Fehler, wie sich gezeigt hat. Ich hätte Euch das Geld auch so zukommen lassen können.«

»Aber zu welchem Zweck? Ihr sandtet mich zu Claude Frollo, nach Notre-Dame, aber bestimmt nicht, um mir etwas Gutes zu tun!«

Ein Klopfen an der Tür unterbrach das Gespräch. Es war Colette, noch immer in dem weiten dunklen Gewand, das sie wie eine Novizin des Geistermönchs erscheinen ließ. Sie brachte ein Tablett mit Rotwein, Brot und Käse, stellte es wortlos auf den Tisch und verließ den Raum wieder. Zuvor warf sie mir einen langen Blick zu, als wäre ich ein guter Freund. Das verwirrte mich ebenso, wie ihre Schönheit mich einnahm.

»Das weite Hemd verbirgt Colettes leibliche Reize, aber die Anmut ihres Antlitzes läßt vieles erahnen und alles erhoffen.« Die Worte des Geistermönchs überraschten mich, und ich sah ihn fragend an. »Keine Angst, ich bin gewiß nicht Euer Rivale«, fuhr er fort, begleitet von einem leisen Lachen, das in ein trockenes Husten überging. »Die Reize des Weibes sind den wahren Gläubigen ebenso untersagt wie der Genuß von Fleisch. Eigentlich sogar der von Käse und Wein, aber ich bin nun mal kein Vollkommener alter Schule.«

Er füllte Wein in die beiden hölzernen Becher und schnitt sich mit einem großen Messer, das auf dem Tablett lag, ein Stück Käse ab. Der Anblick weckte meinen Hunger. Auch ich aß und spülte Käse und Roggenbrot mit dem fruchtig schmeckenden Wein hinunter. Währenddessen legte mein Gastgeber ein paar frische Scheite auf den verbogenen Feuerrost im Kamin. Deutlich sah ich im Lichtschein seine Hand, die mich an die Klaue eines Dämons erinnerte: knochig und runzlig wie verschrumpeltes Leder, von Narben übersät.

»Warum ich Euch zu Dom Frollo sandte, wolltet Ihr wissen, Armand? Die Antwort liegt doch auf der Hand: Um für mich zu spionieren.«

»Ein seltsamer Spion, der weder seinen Auftrag noch seinen Auftraggeber kennt.«

»Nur so konntet Ihr glaubwürdig sein, überzeugend, über jeden Verdacht erhaben. Ihr hattet tatsächlich bohrenden Hunger, wart abgerissen wie ein Bettler, suchtet verzweifelt Arbeit. Euch konnte, mußte sogar der mißtrauische Archidiakon glauben.« Der Arm des Geistermönchs schoß vor, die narbige Klaue zeigte auf mich. »Deshalb wählte ich Euch aus.«

»Vielen Dank«, sagte ich säuerlich. »Mehr als einmal hätte ich fast mein Leben eingebüßt bei einer Aufgabe, von der ich nicht einmal weiß, ob ich sie erfüllen möchte.«

»Ich ließ Euch beobachten, um das Schlimmste zu verhüten.«

Ich nickte. »Durch den Bettler Colin.«

»Durch ihn und durch andere. Auch heute auf Eurem Weg zur Müllerbrücke waren schützende Schatten bei Euch.«

»Dem Pfandleiher haben sie nicht geholfen.«

»Dazu kamen sie leider zu spät.«

»Und wer«, fragte ich langsam, jede Silbe betonend, »ist der Schnitter von Notre-Dame?«

»Das hoffte ich von Euch zu erfahren, Armand.«

»Ich habe keine Ahnung. Allerdings hatte ich Euren Maître Leonardo in Verdacht.«

»Da seid Ihr einem Trugschluß erlegen. Der Schnitter ist gewiß nicht in unseren Reihen zu suchen. Eher hat ihn der Teufel von Notre-Dame gesandt.«

»Sprecht Ihr von Dom Frollo?«

»Von wem sonst?«

»Und warum nennt Ihr ihn einen Teufel?«

»Wie nennt Ihr einen Mann, der Satan anbetet und dem Bösen dient?«

»Um aufrichtig zu sein, die Messe, der ich eben beiwohnte, machte auf mich auch nicht gerade einen allzu christlichen Eindruck.«

Ich hörte ein schweres Atmen, fast ein Schnaufen, als fühle sich mein Gegenüber getroffen, vielleicht gar beleidigt. Schließlich sagte er mit Inbrunst: »Ihr dürft nicht den Fehler begehen, die Macht, die sich Kirche nennt, mit dem Christentum zu verwechseln. Die wahren Christen sind wir, sind meine Brüder und Schwestern.«

»Das haben schon viele gesagt, die dann auf dem Scheiterhaufen gelandet sind.«

»Wer wahrhaft glaubt, verbrennt lieber seinen sündigen Körper, als seine gute Seele zu leugnen!«

»Und wie nennt ihr wahrhaft Gläubigen euch?«

»Man gab uns viele Namen, Albigenser, Albanenser oder Concorezzianer, häufig nannte man uns Katharer, und es wurde zum Synonym für Ketzer. Wir aber brauchen keinen besonderen Namen, wir nennen uns einfach die Guten Menschen.«

»Vielleicht sollte man Euch und Euresgleichen besser die Wahnsinnigen nennen«, entfuhr es mir.

»Weshalb?« fragte der Geistermönch ruhig.

»Weil die Katharer ausgerottet sind, durch einen blutigen Kreuzzug vernichtet, vor zweihundertfünfzig Jahren.«

»Ihr sprecht die Wahrheit, Armand, aber nicht die ganze. Was wißt Ihr über unseren Glauben, über unsere Bewegung?«

Im Scriptorium von Sablé hatte ich den *Liber Supra Stella* kopiert, den Salvo Burce anno 1235 zu Piacenza gegen alle Ketzer verfaßt hatte. Dadurch angeregt, hatte ich mich mit den Mönchen über das Katharertum unterhalten und einiges über die Satanssekte erfahren. Sie hatte ihren Ursprung auf dem Balkan, in einer Gruppe, die man Bogomilen nannte.

Die Irrlehre faßte in Südfrankreich Fuß, bei der Stadt Albi, woher der Name Albigenser rührte. Ihre Anhänger selbst aber bezeichneten sich als die Reinen, ›Katharoi‹ im Griechischen, daher der Name Katharer.

Ihr Glaube erschien mir so konfus, daß ich ihn nie ganz verstanden hatte. Es hieß, sie hätten Gott die Schöpfung der Welt abgesprochen, oder aber, sie hätten Satan zu einem gleich mächtigen Wesen neben Gott erhoben. Doch waren sie kühn genug, sich als wahre Christen zu bezeichnen, und scheuten selbst den öffentlichen Disput mit den Männern der Kirche nicht. Mit ihren teuflischen Praktiken gewannen die Katharer eine irregeleitete Seele nach der anderen.

Je stärker ihre Macht wurde, desto entschiedener wandten Kirche und König sich gegen sie. Papst Innozenz III. begann ab dem Jahre 1231, mit Hilfe der Dominikaner und Franziskaner, dem Rückgrat der Inquisition, mit aller Härte gegen die uneinsichtigen Ketzer vorzugehen. Ein Kreuzzug wurde geführt, blutig und ungerecht wie jeder Krieg, bis die Hochburg der Gottesleugner, Montségur in Occitanien, anno 1244 nach langer Belagerung gestürmt wurde. Das alles berichtete ich dem Vermummten, nicht ohne Stolz auf mein beträchtliches Wissen.

Unbeeindruckt erwiderte er: »Gewiß, die meisten von uns beugten sich den Häschern, opferten entweder ihren

Glauben oder ihr Leben. Aber einige entkamen, fanden sich an abgelegenen Orten zusammen, bildeten neue Gemeinden, erwählten neue Bischöfe, um den wahren Glauben nicht sterben zu lassen. In vielen Chroniken ist Montségur als das Ende unseres Glaubens angeführt. Aber vier Vollkommene entkamen der Belagerung, und mit sich nahmen sie das größte Geheimnis, das diese Welt jemals sah – den Sonnenstein.«

»Davon habe ich nie gehört«, bekannte ich.

»Sonst wäre es kaum ein Geheimnis, schon gar kein großes. Um es zu verstehen, müßt Ihr Euch eingehend mit dem Glauben der Guten Menschen beschäftigen, Armand. Seid Ihr dazu bereit?«

»Ja, schon«, sagte ich ein wenig zögerlich und fühlte mich wie ein Blinder, der einem unbekannten Pfad folgt, ängstlich darauf bedacht, jeden falschen, möglicherweise verhängnisvollen Schritt zu vermeiden. »Aber warum wollt Ihr ausgerechnet mich in das Geheimnis einweihen?«

»Weil Ihr vielleicht der Schlüssel seid, Armand Sauveur«, antwortete der Geistermönch vieldeutig. »Dazu müßt Ihr verstehen, daß nicht alle Guten Menschen gute Menschen sind.«

»Wollt Ihr mir Rätsel aufgeben?«

»Ich will Rätsel lösen, mit Eurer Hilfe. Doch müßt Ihr begreifen, worum es geht!«

Ich bereitete mich auf einen langen Vortrag vor, nahm deshalb noch Käse, Brot und Wein und sagte: »Erzählt mir von Eurem Geheimnis. Ihr habt recht, ich sollte wohl wissen, weshalb die Menschen um mich her sterben, als ginge der Schwarze Tod um.«

»Ihr sagtet, unser Glaube spreche Gott die Schöpfung der Welt ab. Das stimmt nur zum Teil. Es hängt davon ab, welchen Gott Ihr meint.«

»Gibt's denn mehrere?« fragte ich, unsicher, ob ich angesichts des offenen Frevels erheitert oder erschrocken sein sollte.

»Einen guten und einen bösen, was ausreicht, die Welt ins Chaos zu stürzen. Der gute Gott, der liebe Gott, den ihr angeblichen Christen anbetet, ist in Wahrheit der böse, ist Luzifer, ist Satan, der Erschaffer dieser Welt. Er schuf die Erde, auf der wir stehen, das Fleisch, das unsere Seelen umhüllt.«

»Ein bemerkenswerter Gedanke«, meinte ich. »Aber warum tat er das?«

Obwohl ich seine Augen nicht sehen konnte, war mir, als starre der Geistermönch mich durchdringend an. »Braucht das Böse denn einen Grund? Findet es seine Erfüllung nicht in sich selbst, ebenso wie das Gute?«

»Dann will ich die Frage anders stellen: Woher kam das Böse? Ihr sprecht von Luzifer, den Ihr mit Satan gleichsetzt. Gilt er nicht als gefallener Engel?«

»Als gefallener Engel, als Herr des Bösen. Und bedenkt, daß Luzifer ›Lichtbringer‹ heißt und daß der Weltenschöpfer in der Genesis spricht: ›Es werde Licht!‹«

»Fahrt fort!« sagte ich und vergaß das Kauen. Vielleicht entsprang seine Geschichte dem Wahnsinn, vielleicht war sie eine ausgeklügelte Lüge, aber sie zog mich in ihren Bann.

»Luzifer herrschte an Gottes Seite über die Welt des Guten, wo die Seelen ohne das Fleisch und seine unweigerliche Sündhaftigkeit sind. Er war der Erste der Engel, nach Meinung einiger Gelehrter gar Gottes Sohn. Aber er ließ sich verführen von den scheinbaren Genüssen des Fleischlichen und schuf sich eine Welt jenseits der geistigen Reinheit, eine Welt des Stofflichen. Er bevölkerte sie mit fleischlichen Hüllen, und in diese sperrte er die Seelen anderer Engel, die er teils verführt, teils in der Unordnung des Kampfes einfach mit sich gerissen hatte. So entstanden wir Menschen.«

»Was für einen Kampf meint Ihr?«

»Den Kampf des Guten gegen das Böse, Gottes gegen seinen gefallenen Engel. Natürlich wollte Gott die anderen Engel zurückhalten, aber bei vielen kam er zu spät.«

»Gott ist allmächtig!« protestierte ich.

»Gott ist das Gute und allmächtig im Guten. Das Böse aber war ihm neu, und Luzifers Wandlung war ihm anfangs ein Rätsel. Als er verstand, war aus seinem Engel bereits sein Widersacher geworden, Satan, der Schöpfer der fleischlichen Welt, unserer Welt.«

»Gott herrscht über den Kosmos. Wenn Satan sein ebenbürtiger Widersacher ist, weshalb gibt er sich mit einer einzigen Welt zufrieden?«

»Im Himmel herrschte Luzifer an Gottes Seite und trug die Krone der Schöpfung, Luzifers Krone. Im Kampf konnte Gott ihm die Krone entreißen und somit die Macht, weitere Welten zu erschaffen. So hatte Luzifer sich nicht nur ein Reich geschaffen, sondern zugleich einen Kerker, in den er sich gesperrt hatte, wie er die Seelen der Engel in die fleischlichen Hüllen sperrte.«

»Demzufolge ist nach Eurem Glauben alles Stoffliche Sünde.«

»Das habt Ihr richtig erkannt, Armand. Unsere Körper sind sündhaft, unser Gold ist es und auch unsere Macht über andere, der Anspruch von Königen und Päpsten, über die Menschen zu herrschen. Denn einst waren wir alle Engel, Geschöpfe Gottes, eins dem anderen gleichgestellt. Natürlich gefallen diese Gedanken weder dem Papst noch dem König, deshalb setzten sie alles daran, uns zu verfolgen, uns auszulöschen und mit uns unseren Glauben, unsere für sie gefährliche Lehre. Sie handelten aus Haß, aus Entsetzen, aus der blanken Furcht, ihre Macht und damit alles zu verlieren, was ihnen bedeutsam ist. Deshalb überzogen die selbsternannten Ritter Christi unter ihrem gnadenlosen Anführer Simon de Montfort das occitanische Land mit Feuer und Blut. Im Jahre 1209 wurde erstmals ein Vollkommener, der den Zustand der Reinheit erreicht hatte, in Castres verbrannt. Zwei Jahre später in Lavaur brannten schon vierhundert Vollkommene, und achtzig Ritter, die auf unserer Seite standen, wurden gehenkt. Die Herrin von Lavaur, auch eine Vollkommene, warf man in einen Brunnen; dann ließ man Steine auf sie fallen, bis sie tot war. Der Bluthund Montfort fiel anno 1218 bei der Belagerung von Toulouse, doch ein Jahr darauf setzte Prinz Ludwig mit zwanzig Bischöfen, dreißig Grafen, sechshundert Rittern und zehntausend Bogenschützen den zerstörerischen Kreuzzug fort. 1226 führte er, inzwischen als Ludwig VIII. zum König von Frankreich gekrönt, einen weiteren Zug gegen den Süden, nur vorgeblich im Namen Gottes, in Wahrheit aber, um Land und Macht zu erringen.«

Der Geistermönch hatte immer schneller gesprochen, erregt, hitzig, bis ihn ein heftiger Hustenanfall unterbrach und beinahe vom Stuhl warf. Als er sich beruhigt hatte, fragte ich: »Wenn die Guten Menschen ihre sündige fleischliche Hülle so sehr verabscheuen, ist dann der Tod nicht eine Erlösung für sie? Müßten sie nicht den Freitod suchen, um ihre Seele zu befreien?«

»Das haben einige getan. Viele gingen erhobenen Hauptes zum Scheiterhaufen, singend und lachend. Aber so einfach ist es nicht. Die Seele eines Toten kehrt nicht unmittelbar in den Himmel zurück. Luzifer war klug, Satan ist verschlagen. Er schuf das beste Mittel, um die gequälten Seelen festzuhalten: den Fortpflanzungstrieb des Menschen. Mit jedem Kind, das auf diese Welt kommt, hat das Böse ein neues Gefängnis geschaffen, um die Seele eines Verstorbenen aufzunehmen.«

»Also gibt es keine Erlösung?«

»Doch! Wir müssen uns selbst erlösen, jeder Mensch, jede Seele für sich. Wer sich vom Bösen abwendet und dauerhaft den Zustand der Reinheit erreicht, der kehrt zurück an Gottes Seite.«

»Eine angenehme Aussicht für Euch wie für Eure Brüder und Schwestern. Bloß – was habe ich mit all dem zu tun, was Dom Frollo und die Kathedrale von Notre-Dame? Und wer, zum Satan oder Luzifer, seid Ihr?«

»Ich bin nur der Bischof dieser armen Gemeinde, die sich in Paris zusammengefunden hat, um das Geheimnis des Sonnensteins zu bewahren.«

»Ach ja, dieser Sonnenstein. Was hat es damit auf sich?«

»Als Gott Luzifer die Krone der Schöpfung entriß, brach ein Stein heraus, ein Smaragd. Wer sein Geheimnis kennt, kann mit der Kraft der Sonne die Erschaffung der stofflichen Welt rückgängig machen, den Dualismus von Geist und Stoff wiederherstellen.«

»Das bedeutet …«

»Die Zerstörung dieser Welt und aller auf ihr lebenden Menschen – auf einen Schlag!«

»Nur Gott könnte das.«

»Nicht Gott, Satan.«

»Warum sollte er die Welt zerstören, die er geschaffen hat?«

»Er würde sich damit aus dem Gefängnis befreien, das die Welt für ihn bedeutet.«

»Aber das wäre doch prächtig für Euch. Damit wärt Ihr alle Sorgen um das sündhafte Fleisch los.«

»Narr!« schrie der Geistermönch und fuhr aus seinem Stuhl hoch. »Dummer, geschwätziger Narr! Es wäre nicht die Erlösung, sondern die Zerstörung der verirrten Seelen. Ihnen wäre die Möglichkeit der Bewährung, der Rückkehr in den Himmel auf ewig genommen.« In einer taumelnden Bewegung als habe er seine Glieder nicht mehr in der Gewalt, breitete er die Arme aus. »Die ganze Menschheit wäre verdammt!«

In seiner Erregung trat er ins Licht des Kaminfeuers, und die Kapuze rutschte von seinem Haupt. Was sie enthüllte, ließ mich vor Schreck die Augen zusammenkneifen. Dieses unterirdische Labyrinth mußte die Hölle sein – und mein Gegenüber der Leibhaftige!

KAPITEL 4

Der Sonnenstein

ICH MUSS WIE EIN SCHWACHSINNIGER ausgesehen haben, wie ich da mit geschlossenen Augen auf dem Schemel saß. Wie ein kleines Kind, das nur für wirklich hält, was es sieht. Es verschließt die Augen vor dem Schrecklichen und erwartet, daß der furchteinflößende Anblick gleich einem Alptraum verschwunden ist, wenn es die Augen wieder öffnet. – Mein Alptraum war nicht verschwunden.

Ich blickte nicht in ein Gesicht, sondern in eine Fratze. Wenn Satan, der gefallene Engel, ein Antliz besaß, mußte es so aussehen. Nicht schief und krumm und aus der Form geraten wie die Grimasse des buckligen Glöckners, aber nicht weniger unmenschlich und dämonisch.

Haßte der Geistermönch alles Fleischliche so sehr, daß er es aus seinem Angesicht geschnitten hatte? Genauso wirkte es. Die schwärzliche Haut war, wie die Hand, die ich kurz zuvor gesehen hatte, kreuz und quer von Narben gespalten. Die dünne Oberlippe wurde von einer rissigen Kerbe geteilt. Einige Narben kreuzten sich, türmten sich zu wulstigen Hügeln, neben denen tiefe Risse wie Schluchten verliefen. Die verunstaltete Haut spannte sich derart über die Knochen, daß sie jeden Augenblick von ihnen durchstoßen zu werden drohte. Als habe jemand einen Totenschädel zwar mit einer dünnen Haut überzogen, sämtliches Fleisch aber vergessen.

Gesteigert wurde dieser Eindruck durch die gänzliche Nacktheit des Kopfes. Kein Haupthaar, kein Bart, keine Brauen – nichts. Wer immer für die Verheerung dieses Schädels verantwortlich war, er hatte auch vor den Ohren nicht haltgemacht. Das linke wies nur einen tiefen Riß auf, das rechte aber war zerfranst wie ein mottenzerfressenes Hemd; teilnahmslos, als seien sie überflüssig, hingen die Hautlappen am Kopf. Und tatsächlich stellte ich später fest, daß ihr Besitzer beim Zuhören das linke Ohr nach vorn schob, das rechte also nicht mehr oder kaum noch gebrauchen konnte. Unter der gewölbten Stirn blickten mich dunkle Augen traurig an. Die Augen eines Menschen, der schon viel zuviel Leid gesehen hatte.

Schwer atmend trat er zurück und sank wieder auf den Stuhl. Die Schatten des Zwielichts verhüllten las schreckliche Antlitz, und ich war dankbar dafür.

»Verzeiht meine Erregung«, sagte er leise. »Ich sollte bedenken, daß dies alles sehr viel für Euch ist. Bruder Donatus hat Euren Unterricht bestimmt nicht auf den ketzerischen Glauben ausgerichtet.«

Jetzt war es an mir, erregt aufzuspringen. Atemlos stammelte ich: »Woher wißt Ihr das? Wieso kennt Ihr den Namen des Bibliothekars und Lehrers der Abtei Sablé?«

Ich sah den stets gebückt gehenden Mönch mit dem weizengelben Haarkranz vor mir, der sich jahrelang eifrig bemüht hatte, den Bastard Armand Sauveur im rechten Glauben zu unterweisen und ihm das Trivium der Grammatik, Rhetorik und Dialektik beizubringen. Im Quadrivium der Arithmetik, Geometrie, Astronomie und Musik hatte er sich allerdings auf die Vermittlung von Grundkenntnissen beschränkt. Sablé war eine kleine Abtei, und hochgebildete Mönche zog es zu größeren, angeseheneren Klöstern. Die Söhne der hervorragendsten Bürger von Sablé, die in der Abtei unterrichtet wurden, waren es zufrieden, sich nicht noch mehr Wissen in den Schädel stopfen zu müssen. Im Grunde waren sie alle Bauern und wußten nicht recht, wozu ihnen die sieben freien Künste nutzen sollten. Auch in dieser

Hinsicht war ich stets ein Außenseiter. Da ich kein Geschäft, kein Land und schon gar kein Vermögen erben würde, strengte ich mich im Unterricht an. Nur durch das, was ich lernte, konnte ich es zu etwas bringen, denn ich hatte noch nicht einmal einen Vater.

In diesem unterirdischen Gemäuer, weit weg von Sablé, spürte ich, daß ich dem Geheimnis meiner Herkunft näher war als jemals zuvor. Der Geistermönch mußte etwas darüber wissen, wenn er Bruder Donatus kannte. Ich wiederholte meine Frage.

»Eins nach dem anderen«, erhielt ich zur Antwort. »Bruder Donatus sollte Euch beigebracht haben, daß man nicht zwei Dinge gleichzeitig lernen kann. Eben waren wir noch bei Himmel und Hölle, jetzt weilt Euer Geist in Sablé. Wohin zieht es Euch mehr?«

»In die Hölle gewiß nicht«, brummte ich mißgestimmt und setzte mich wieder. »Also gut, erzählt mir mehr von diesem Sonnenstein, bevor wir von Sablé sprechen. Der Smaragd aus Luzifers Krone scheint Euch sehr am Herzen zu liegen.«

»Allerdings. Wir müssen ihn finden, bald, und Ihr müßt mir dabei helfen, Armand!« Es schien im wirklich dringend zu sein; ich hörte, wie seine hohle, ein wenig rasselnde Stimme zitterte. »Wir müssen den Sonnenstein aufspüren, bevor unsere Feinde ihn in Händen halten.«

»Wer sind Eure Feinde? Vermutlich die Vertreter der Inquisition.«

»Die auch, aber sie sind nicht die gefährlichsten. Sie wollen nur unsere Leiber verbrennen, nicht aber die ganze Welt. Die das beabsichtigen, ich schäme mich fast dafür, sind Leute von unserem Glauben, Leute, die sich auch Gute Menschen nennen, in Wahrheit aber dem Bösen dienen.«

»Meint Ihr damit etwa Dom Frollo?«

»Er ist einer von ihnen und nicht der Geringste.«

»Wieso streitet Ihr gegen Eure eigenen Leute?«

»Sperrt Eure Ohren auf, Armand! Eben erklärte ich Euch, daß sie dem Bösen dienen, wenn viele von ihnen es auch nicht wissen, in gutem Glauben handeln und uns für die Bösen halten.«

»Hört sich nach einer ziemlich vertrackten Sache an.«

»Vertrackt ist das Böse immer, sonst wäre es nicht so erfolgreich«, seufzte der Geistermönch. »Wie Luzifer die Engel im Himmel unterwanderte, so tat Satan es auf Erden mit den Guten Menschen. Einige von uns konnte er verblenden und ihnen sogar eingeben, daß sie die Strenggläubigen seien. Sie leugneten, daß Satan-Luzifer ein Geschöpf Gottes sei, nannten ihn eine eigenständige Macht, so ursprünglich und mächtig wie Gott selbst.«

Er sprach in einem düsteren Ton, doch ich verstand seinen Grimm nicht und sagte es ihm. Kichernd fügte ich hinzu: »Empfindet Ihr es als Gottesfrevel, Satan ihm gleichzustellen? Wohin soll das führen, wenn Ketzer einander schon gegenseitig der Ketzerei beschuldigen?«

»Es ist Gottesfrevel, aber das Schlimmste ist, was die Dragowiten – wie sich die Vertreter dieses absoluten Dualismus nach ihrer thrakischen Heimat Dragowitsa nennen – aus ihrer Lehre folgern. Wenn Satan eine eigenständige Gottheit ist und seine Welt unabhängig von der des guten Gottes geschaffen hat, stammen auch die Seelen der fleischlichen Wesen von Satan, nicht von Gott. Dann aber braucht die Seele nicht von Körper zu Körper zu wandern, um geläutert und eines Tages erlöst zu werden. Es kann für sie keine Wandlung zum Guten geben, die einzige Erlösung liegt in der Beendigung ihres Daseins. Leider gelang es dem verfluchten Niketas, ein gut Teil der Reinen mit diesem Irrglauben zu verunreinigen.«

»Wer ist nun wieder Niketas?«

»Er war der Katharerbischof von Konstantinopel, so

mächtig, daß manche ihn Papst nannten. Anno 1167 wurde in der Burg von Saint-Félix-de-Caraman ein großes Konzil zur Neuordnung unserer Kirche abgehalten. Dazu erschienen Robert von Épernon, Bischof der französischen Kirche, Bischof Markus aus der Lombardei, Bernhard Cathala mit dem Rat von Carcassone, Sicard Cellerier, Bischof von Albi, der Rat von Agen und eben auch Niketas, der Satanssohn. Er festigte auf dem Konzil seinen Einfluß und brachte die Reinen dazu, Satan als gottgleiche Macht zu betrachten. Denn Satan war in ihn gefahren, und es gehörte zum teuflischen Plan, den Seelen auf ewig ihre Erlösung zu verweigern. Nun mußten die Satansjünger nur noch den Sonnenstein in ihre Gewalt bringen, um die Welt zu vernichten.«

»Aber das ist doch ein Widerspruch!« warf ich ein. »Wenn diese Dragowiten oder Satansjünger Satan als eigenständiges Wesen ansehen, kann er nicht der gefallene Engel Luzifer sein. Dann aber kann es auch Luzifers Krone und den herausgebrochenen Stein nicht geben.«

»Ihr argumentiert schon wie ein Wahrhaft Reiner«, stellte der Geistermönch mit offenkundiger Befriedigung fest; mehr noch, unerklärlicherweise glaubte ich in seiner Stimme einen Anflug von Stolz wahrzunehmen. »In der Tat, Armand, Euer Gedankengang ist richtig und entlarvt die Satansjünger. Doch die meisten der Dragowiten wissen nicht, daß sie dem Bösen dienen, und leider kennen sie auch den theologischen Diskurs zwischen dem absoluten und dem relativen Dualismus nur in Ansätzen. Zumeist sind es einfache Menschen, verführt und hörig. Dienstbare Geister des Satans, die uns Wahrhaft Reine bekämpfen und nicht wissen, daß sie dadurch der Vernichtung ihres Seelenheils Vorschub leisten.«

Mein Kopf dröhnte, und ich fragte mich, wer dem Wahnsinn mehr anheimgefallen war: mein Gegenüber mit seinem wirren Gerede von Satan und dem Ende der Welt oder ich, der ich mich ernsthaft damit auseinanderzusetzen begann? Bestürzung erfaßte mich. War es so leicht, zum Ketzer zu werden? Ich preßte die Hände gegen meine pochenden Schläfen, rieb sie, sog die modrige Luft ein und fand doch keinen Weg, den Irrsinn zu beenden, kein Argument, das die Reden des Geistermönchs ad absurdum geführt hätte. Der Kerl mochte wahnsinnig sein, aber der Wahnsinn besaß Methode.

»Geht es Euch nicht gut, Armand? Wünscht Ihr eine Unterbrechung unseres Gesprächs, damit Ihr Euch ein wenig erholen könnt?« Ernsthafte Besorgnis schwang in seiner Stimme mit, aber auch das mochte zu seinem Plan gehören, mich für sich einzunehmen.

»Nein, fahrt fort!« Ich goß mir noch etwas Wein ein. »Um so eher sind wir am Ende der Geschichte. Was geschah nach diesem Konzil von ...«

»Saint-Félix-de-Caraman heißt der Ort von Satans Triumph. Es fiel ihm leicht, denn er hatte viele Verbündete. Die Tempelritter standen auf der Seite der Dragowiten, waren mit ihnen verbrüdert. Mehr noch, die Dragowiten gründeten den Templerorden, weil sie den Stein des Lichts im Morgenland vermuteten.«

»Haltet ein! Jetzt werft Ihr alles durcheinander. Die Templer waren ein christlicher Orden, der gegründet wurde, um die Pilgerzüge im Heiligen Land zu beschützen.«

»Ach«, erwiderte der Geistermönch wenig überzeugt, eher spöttisch. »Und weshalb wurden die Templer vom Papst aufgelöst, von der Inquisition verfolgt? Warum wurde der letzte Großmeister des Ordens, Jacques de Molay, am Vorabend des Josefstags im Jahre 1314 auf der Judeninsel hinter Notre-Dame verbrannt?«

»Weil die Templer Satan anbeteten«, antwortete ich und wurde mir da erst bewußt, daß dies die Worte des Geistermönchs untermauerte. Schnell, als könne ich damit etwas zurücknehmen, fügte ich hinzu: »Man sagt aber auch, König Philipp wollte sich die Schätze der Templer aneignen, und der schwache Papst Clemens mußte sich seinem Willen beugen.«

»Natürlich kamen dem verschuldeten Philipp auch die Reichtürmer der Templer zupaß. Aber Ihr sagtet es gerade, Armand, sie beteten Satan an. Auch Papst und König hörten von dem Sonnenstein und wollten sich seine Macht aneignen. Daher die Hatz auf die Templer, die selbst nicht alle wußten, daß sie dem Bösen dienten. Wenn Ihr die Aufzeichnungen über die Verhöre der festgesetzten Templer lest, werdet Ihr feststellen, daß in Frankreich nur sechshundert der Armen Ritter Christi vernommen wurden, obwohl ihre Zahl in diesem Land zweitausend betrug.«

»Und ihr Großmeister, war er ein Satansjünger?«

»Ich denke, er war ein Verführter, der in gutem Glauben handelte. Daß er sich zu den Reinen zählte, beweisen die Worte, die er nach der Urteilsverkündung sprach, welche ursprünglich auf ewige Einmauerung lautete: ›Ich verzichte freudig auf ein Leben, das mir nur zu sehr verhaßt ist.‹ Vielleicht fürchtete König Philipp, Jacques de Molay könne, mauerte man ihn ein, noch mehr unliebsame Wahrheiten von sich geben. Der König befahl, Molay und Geoffroy von Charney, den Präzeptor der Normandie, der treu zu seinem Großmeister hielt, sofort zu verbrennen.«

»Ihr schreibt die Geschichte um!« stöhnte ich auf, obwohl ich ahnte, fast wußte, daß der Geistermönch die Wahrheit sprach. War die seltsame Templerversammlung, die zu belauschen ich am Abend zuvor das Unglück hatte, nicht der beste Beweis?

»Die Chronisten, zumeist Männer der päpstlichen Kirche, schreiben die Geschichte um, sobald sie zu Feder und Tinte greifen. Ich erzähle Euch, was sie verschweigen. Ob Ihr es glaubt oder nicht, Armand, die Dragowiten gründeten den Templerorden, um den Sonnenstein zu finden, nicht um die Pilgerwege zu beschützen. Das geschah erst später, als der Orden an Einfluß gewann und viele Ritter sich ihm anschlossen, die tatsächlich das Christentum mit dem Schwert verteidigen wollten. Hugue de Payens, der erste Großmeister und ein Erzdragowit, war mit seinen Brüdern schon seit etwa 1119 im Heiligen Land, eine Ordensregel gaben sie sich aber erst an Sankt Hilarius im Jahre 1128. Was geschah in den neun Jahren dazwischen?«

Ahnungslos hob ich die Schultern an. »Ich war nicht dabei.«

»Ich auch nicht, aber ich kenne die Wahrheit. Die Templer, anfangs zahlenmäßig noch viel zu schwach, um Pilgerwege und Pilgerzüge zu beschützen, suchten den Sonnenstein – und fanden ihn. Das alles geschah ohne Ordensregel im Zwielicht einer Bruderschaft, die niemandem unterstand, die von keiner Macht kontrolliert wurde außer von der des Bösen. Der Sonnenstein war nur eins der Geheimnisse, die es im Morgenland, der Wiege Jesu, zu entdecken gab. Um weiter und in großer Zahl tätig zu sein, mußten sich die Templer eine Regel geben und den Anschein, das Kreuz des Herrn und seine Pilger zu verteidigen.«

»Der Sonnenstein befand sich also in der Gewalt des Bösen«, faßte ich zusammen und fragte in schneidendem Ton: »Weshalb ist die Welt dann noch nicht zerstört?«

Der Geistermönch beugte sich vor, und roter Feuerschein tanzte über seine Fratze, verlieh ihr erst recht das Aussehen eines Höllendämons. »Weil die Wahrhaft Reinen ihn mit Geschick und Glück an sich bringen konnten. Natürlich hatten wir Spione in den Reihen der Templer. Diese Männer stahlen den Sonnenstein für uns, und wir versteckten ihn während des Aufruhrs der Albigenserkreuzzüge im Jahre 1232 auf dem Montségur. Doch dann belagerte die königstreue Armee, von den Dragowiten auf dem Konzil von Béziers aufgehetzt, anno 1243 die Bergfestung, um sie zu zerstören.«

»Und um den Sonnenstein zu rauben?«

»Gewiß. Doch zunächst sah es so aus, als sei den Belagerern kein Glück beschieden. Die Festung Montségur thront auf einem steilen Berg, dessen Kuppe, der Pog, von schroffen, steilen Klippen geschützt wird. Rundherum gibt es nichts als Stein und Schnee, also kaum Deckung für Angreifer. Die eingeschlossenen Reinen zählten fünfhundert, ihre Gegner aber sechstausend oder mehr. Dennoch gelang es den Soldaten des Königs nicht, einen ganzen Berg abzuriegeln. Auf geheimen Wegen, zwischen zerklüfteten Felsen und unter der Erde hindurch, erhielten die Guten Menschen Verstärkung, Lebensmittel und Waffen.«

»Waffen?« wunderte ich mich. »Ich glaubte immer, den Katharern sei das Töten anderer Menschen verhaßt gewesen, verboten.«

»Das stimmt. Aber wie soll man dieses Verbot befolgen, wenn der Feind einen bedrängt? Wir mußten kämpfen, um den Sonnenstein zu beschützen. Die Guten Menschen hatten in den langen Jahren ihrer blutigen Verfolgung manch hehren Grundsatz aufgegeben, um gegen die mächtigen Feinde zu bestehen. König und Papst führten einen Krieg gegen sie, und einen Krieg gewinnt man nicht, indem man sich widerstandslos abschlachten läßt.«

Der Geistermönch befeuchtete seine rauhe, kratzige Stimme mit einem Schluck Wein. »Auf dem Montségur hielten Ritter und Knappen, Bogen- und Armbrustschützen die Stellung. Und sie versahen ihren heiligen Waffendienst nicht schlecht. Erst sah es so aus, als sei den Belagerern ihre Überzahl so hilfreich wie ein Sieb zum Wasserschöpfen. Aber wer von außen nicht besiegt werden kann, erliegt nur zu leicht von innen. Das Geschwür, das unseren Widerstand zerfraß, bestand aus Verrätern in unseren eigenen Reihen, aus Dragowiten. Sie gaben die geheimen Felswege an die Belagerer preis. Pierre de Arcis, der Seneschall von Carcassone, der das königliche Heer zusammen mit dem Erzbischof von Narbonne befehligte, warb Söldner aus der Gascogne an, Männer, denen der Kampf in den Bergen im Blut lag. Sie erklommen, Bergziegen gleich, auf den nicht länger geheimen Pfaden den Pog, übermannten die Wachen und nahmen die Barbakane am östlichen Klippengipfel ein. Hierauf schafften die Belagerer ein schweres Katapult auf den Berg, das sie in nächster Nähe der Festung in Stellung brachten. Auch wir brachten ein Katapult nach oben und wehrten uns nach Kräften. Doch der Steinregen, der unablässig auf Türme, Dächer und Menschen niederging, lähmte den Kampfgeist. Auch waren die verratenen Geheimwege nicht weiter von Nutzen und die Versorgung mit Nahrungsmitteln unterbrochen. Hinzu kam, daß der Winter hereinbrach. In den Mauern von Montségur wurde gehungert, gefroren und gestorben.«

Lag es an der Eindringlichkeit seines Tons, daß ich das Geschilderte mitzuerleben glaubte? Ich spürte die Kälte über meine Haut streichen, fühlte den Schmerz des leeren Magens, der sich vor Entbehrung verkrampfte, und empfand tiefe Trauer über das Leid, das der Steinregen brachte. Immer neue scharfkantige Brocken krachten in die Gebäude, rissen Dächer ein und brachten ganze Mauern zum Einsturz. Wer Glück hatte, starb sofort. Doch viele wurden verwundet, verstümmelt, und ihre Schreie gellten in meinen Ohren.

»Nein!« schrie ich und sprang auf. »Schluß mit dem Wahnsinn!«

Jemand hielt mich fest. Die Nähe gab mir Wärme. Das Wissen, nicht allein zu sein, verlieh mir Zuversicht. Ich blickte in ein fragendes Gesicht, doch es war mehr der Schädel eines Toten. Das erregte Zucken der Gesichtsmuskeln ließ die unzähligen Narben tanzen. Die verunstalteten Lippen öffneten sich, und ich hörte den Narbigen keuchen: »Beim Herrn der Guten Seelen, er erinnert sich! Er hat die Gabe!«

Ich wollte ihn fragen, von welcher Gabe er sprach, aber der starre Blick der dunklen Augen, der mich bis auf den Grund der Seele durchdrang, hielt mich gefangen, mächtiger als jede Fessel. Die Augen wurden immer größer, und ich stürzte hinein wie in einen tiefen See, uferlos.

Aus unendlicher Ferne hörte ich wie das Flüstern des Herbstwinds in den welken Blättern, aber auch deutlich und eindringlich die Worte: »Erinnere dich, Armand. Laß dich fallen in den Strom der Zeit, der bedeutungslos ist. Eine Chimäre, geschaffen vom Bösen, um die Menschen nach Reichtum und Macht jagen zu lassen. Überwinde die Ketten deines Körpers, steige über die Mauern des Jetzt, schwimme durch den Fluß der Erinnerungen. Werde eins mit dir, wie du es immer warst!«

Schwindel packte mich, ließ mich taumeln. Der Bettkasten brach, nein, er floß auseinander, wie faules Holz, das zu einem zähen Brei verrinnt. Die Mauern bröckelten, ihre Konturen lösten sich auf. Die Flammen aus dem Kamin hüllten alles ein, doch ich fühlte keinen schmerzhaften Brand. Alles zuckte im Flammenrot, wurde von ihm verschluckt, zuletzt das narbenübersäte Gesicht und ich mit ihm ...

Wir waren sechs und standen in einem großen Saal, der durch wenige Wandkerzen nur unzureichend erhellt wurde. Aber das war nicht wichtig, denn es gab noch ein anderes Licht. Grün und warm erstrahlte es mitten im Raum, aus einem steinernen Altar, der wuchtig aus dem Felsboden wuchs. Das grüne Licht gebot Ehrfurcht und zugleich Zuversicht, Vertrauen. Es war das Glühen der Macht, zu geben und zu nehmen, des Werdens und Vergehens.

Zwei von uns – ich wußte, ihre Namen waren Bertrand de Marty und Gervais, der Bischof und sein Filius maior – traten zum Altar. Das Licht hüllte sie ein mit überirdischem Glanz, schien sie zu durchdringen, als seien sie nicht Wesen aus sündhaftem Fleisch. Brachte das Glühen die Erlösung? Ich spürte Freude und Glück in mir aufsteigen und sehnte mich danach, ebenfalls in das warme Grün einzutauchen, um meine Seele durch sein Feuer zu läutern.

»Wir stehen vor dir, Stein des Lichts, der du bist die Kraft des Schöpfers«, sprach Bertrand. »Wir haben dich gehütet zum Guten, um dich vor dem Bösen zu bewahren. Aber das Böse ist stark, und die Mauern unserer Festung werden fallen. Deshalb mußt du Montségur verlassen, muß dein warmes, helles Feuer in kalter, dunkler Nacht versinken.«

Bertrand und Gervais fielen auf die Knie, und wir taten es ihnen nach. Gemeinsam beteten wir das Vaterunser. Dann erhoben sich die beiden vor dem Altar. Gervais hielt einen kleinen, unscheinbaren Holzkasten auf, während Bertrands Hände mitten in das grüne Feuer griffen. Gebannt verfolgte ich jede Bewegung, erwartete, daß die Hände des Bischofs verglühten und zu Asche zerfielen. Doch sie kehrten aus dem Feuer zurück, das in sich zusammensank und dann erlosch, als habe es nie geleuchtet.

Nur noch die Kerzen sandten schwache Lichtspeere durch das Dunkel, und undeutlich sah ich einen Stein in Bertrands Händen, dunkel, grün. Der Smaragd, der Sonnenstein! Doch jetzt, da er nicht länger strahlte, wirkte er nicht überirdisch oder gar göttlich, sondern eher gewöhnlich, enttäuschend. Der Bischof legte ihn in das Holzkästchen, das mit einem großen, metallenen Schloß versehen war. Bertrand verschloß den Kasten und ließ den Schlüssel verschwinden.

»Der Sonnenstein, der Stein des Lichts und des Todes, ist erloschen, und niemand weiß, ob er unsere Seelen jemals wieder erleuchten wird. Nehmt ihn an euch, Brüder, und bringt ihn in Sicherheit. Tritt vor, Bruder Amiel-Aicart!«

Mein Herz schlug schneller, er meinte mich. Ich erhob mich, trat vor den Bischof und seinen Filius maior, nahm mit feuchten Händen den Kasten in Empfang. Stolz, Furcht und Glück bewegten mich. Stolz darüber, als Hüter des Sonnensteins auserkoren zu sein. Furcht vor der Verantwortung; beging ich einen Fehler, war der Smaragd aus Luzifers Krone auf ewig verloren, oder schlimmer noch, er fiel in die Hände des Bösen. Aber das Glück, der göttlichen Macht so nahe zu sein, überwog alles, hüllte mich ein wie der Duft berauschender Kräuter. Kaum nahm ich wahr, wie einer nach dem anderen Bruder Hugo, Bruder Poitevin und Bruder Udaut vortraten, um ebenfalls verschlossene Kästchen zu empfangen, niedriger und länger als das meine.

Ernst und eindringlich sagte Bischof Bertrand: »Jeder von euch trägt einen Teil der Macht, den Stein des Lichts und den dreigeteilten Plan der Weltmaschine. Zusammen ergeben sie die Kraft der Schöpfung und der Vernichtung. Darum verwahrt sie gut und verhütet, daß alle vier Gaben den Dragowiten anheimfallen. Wenigstens einer von euch muß ihnen entkommen!«

Wir beteten noch ein Vaterunser und verließen den Saal durch einen langen, verwinkelten Gang ohne Fenster und Licht. Nur die Kerze, die Gervais mitgenommen hatte, entriß der Finsternis Flecke von grobem Felsgestein. Der Boden war rauh, uneben und lud zum Stolpern ein. Kalte Zugluft kündigte das Ende unseres Wegs an, gefolgt vom bläulichen Schimmer des Nachthimmels. Außerhalb der Mauern erwartete uns am steilen Nordhang eine Handvoll Männer in Rüstung und Waffen, angeführt von Pierre Roger de Mirepoix, dem Kommandanten der Festung.

Düster und stumm erhob sich in unserem Rücken die

Burg der letzten Hoffnung. Für einen Augenblick wunderte ich mich, nicht das beständige Trommeln des steinernen Regens zu hören, der Leben und Mut der Belagerten zerschlug. Dann erinnerte ich mich an den fünfzehntägigen Waffenstillstand, den der Kommandant mit dem Seneschall von Carcassonne ausgehandelt hatte. De Mirepoix hatte Geiseln gestellt und erwirkt, daß alle Belagerten, die dem katharischen Glauben abschworen, ihr Leben behalten sollten. Fünfzehn Tage brauchten sie, so hatte er dem Seneschall erklärt, um ihre Seelen zu läutern und sich darüber klarzuwerden, ob sie als Christen leben oder als Ketzer sterben wollten. Doch in Wahrheit hatten wir der Zeit bedurft, um einen alten, halbverschütteten Fluchtgang freizulegen, den die Verräter nicht kannten.

Bei Tagesanbruch lief die Frist aus, und deshalb ließ man Bruder Hugo, Bruder Poitevin, Bruder Udaut und mich an Seilen in die Tiefe. Scharfe Klippenvorsprünge rissen Fetzen aus unseren Kleidern und aus unserem Fleisch. Endlich landeten wir auf einem kleinen Felsvorsprung, und die Soldaten ließen die Seile zu uns herabfallen; wir konnten sie wohl noch gut gebrauchen. Jetzt waren wir vier allein mit der göttlichen Macht, die, in den falschen Händen, zur Macht Satans wurde.

In einer Felshöhle versteckten wir uns für den Tag. Als der weite Himmel über dem Berg einen blaßrosa Farbton in sein nächtliches Schwarzblau mischte, hörten wir über uns Rufe und Flüche, Weinen und Geschrei. Wir sahen den langen Zug der Geschlagenen aus der Festung ziehen, eine Kette von schemenhaften, dunklen Umrissen, die vor dem heller und heller werdenden Himmel ins Tal wanderte. Allen voran gingen, wir konnten es nur ahnen, Bischof Bertrand de Marty, sein Filius maior Gervais und Pierre Roger de Mirepoix.

»Der Vater der Guten Seelen sei mit ihnen!« sagte Bruder

Hugo im Flüsterton, als könnten uns die feindlichen Soldaten tief drunten im Tal hören.

»Er wird mit ihnen sein wie auch mit uns!« erwiderte zuversichtlich Bruder Udaut, der uns in den folgenden Tagen und Nächten durch seinen unerschütterlichen Mut ein gutes Beispiel geben sollte.

Später sahen wir am Fuße des Berges die Flammen, aus denen sich eine dicke, schwarze Rauchsäule erhob. Der Rauch umspielte den alten Montségur wie zum Abschied, bevor er sich in den unruhigen Höhenwinden auflöste. Wir hofften, der Wind möge die Seelen in den göttlichen Himmel tragen, ihrer Erlösung entgegen. Mehr als zweihundert Brüder und Schwestern hatten sich geweigert, ihrem Glauben abzuschwören, und waren singend in die flammende Glut des Scheiterhaufens gesprungen, allen voran der Bischof, sein Filius maior und der Kommandant. Dies war das Ende von Montségur, und nur wir vier waren übrig, die Hüter der göttlichen Macht.

Soldaten durchsuchten die Festung bis in den letzten Winkel nach dem Geheimnis, das wir bei uns trugen. Wir warteten bis zur Nacht und machten uns an den schwierigen Abstieg durch den notdürftig freigeräumten Felsgang. Mehrmals benötigten wir die Seile, um nahezu unpassierbare Strecken zu überwinden. Die Nacht und den nächsten Tag verbrachten wir in einer Berghöhle, und erst in der folgenden Nacht gelang es uns, erschöpft und am ganzen Leib zerschunden, den Montségur zu verlassen.

Im Wald von Basqui trafen wir den ersten Bruder, der uns leiten sollte, Bérenger de Lavelanet. Er brachte uns nach Montaillou, das schon immer ein Unterschlupf der Verfolgten gewesen war. Von dort ging es ins Audetal, zur Burg von Usson, wo uns der Bruder Matheus beköstigte. Wir schliefen endlich wieder in richtigen Betten, mit gefüllten Bäuchen und in der Hoffnung, das Schlimmste überstanden zu haben, wenn auch noch ein großer Teil des Wegs vor uns lag. Jeder unserer Helfer nannte uns den nächsten, und keiner schien den ganzen Weg zum neuen Versteck des Sonnensteins zu kennen.

Trotz dieser Ungewißheit schlief ich gut in den Mauern von Usson. Bis mich etwas weckte: Lärm und ein kurzer, schnell ersterbender Schrei. Er kam von links, wo sich die Kammern von Hugo und Poitevin befanden.

Hugo lag in seinem Bett, doch er hatte die Glieder in unnatürlicher Haltung von sich gestreckt, in der Brust eine klaffende Wunde. Blut sprudelte hervor wie aus einer munteren Quelle, benetzte Hugos Hemd und seine Decke.

Ich lief weiter, zu Bruder Poitevins Kammer – und kam zu spät. Eine Gestalt beugte sich über das Bett und zog den blutigen Dolch aus Poitevins Brust. In der Linken hielt der Angreifer einen kleinen Kasten, Poitevins Teil des Plans.

Der Eindringling hatte mich gehört und fuhr zu mir herum. Erregung und Entschlossenheit zeichneten sein hageres Antlitz, in seinen Augen lag ein fiebriger Glanz. »Schön, daß Ihr zu mir kommt, Bruder Amiel-Aicart, das erspart mir einen Weg.«

»Udaut!« stieß ich entsetzt hervor, und mein »Warum?« erstickte in einem kläglichen Krächzen. Meine Kehle war zugeschnürt, mein Herz wollte zerspringen, und meine Glieder schienen von Schüttelfrost befallen.

Ich brauchte die Frage nicht zu stellen, die Antwort lag auf der Hand. Bischof Bertrand hatte sich geirrt, als er die vier vertrauenswürdigsten Vollkommenen auswählte. Einer war weder vertrauenswürdig noch ein Vollkommener im Sinne der Wahrhaft Reinen. Bruder Udaut war ein Verräter, ein Dragowit. Er hatte unsere Flucht unterstützt, damit der Sonnenstein nicht in die Hände der Belagerer fiel. Aber natürlich wollte er das Geheimnis an sich bringen, in seine Hände, in die der Dragowiten – der bösen Macht!

»Euer Weg endet hier, Bruder Amiel-Aicart«, flüsterte Udaut.

»Der Eure auch!« erwiderte ich, mehr trotzig als mutig. »Ihr werdet nicht weit kommen. Bruder Matheus wird Euch jagen, Euch aufhalten.«

Udaut lächelte und schüttelte den Kopf. »Ich habe Helfer hier in der Burg, die Pferde stehen schon bereit.«

Er sprang auf mich zu, den bluttriefenden Dolch zum tödlichen Stoß erhoben. Aber er hatte sich zu schnell von Bruder Poitevin abgewandt, der noch nicht tot war. Jetzt torkelte er aus dem Bett, umklammerte Udaut und riß ihn mit sich zu Boden. Im Bauch des Verräters steckte sein eigener Dolch.

Ich wollte schon aufatmen und mich um Poitevin kümmern, da schüttelte Udaut ihn von sich, erhob sich stöhnend und schrie Namen, die ich nicht kannte, unzweifelhaft die seiner Helfer. Ich wußte nicht, wer und wie viele sie waren. Aber wenn sie meiner habhaft wurden, hatten sie auch den Sonnenstein und den Plan der Weltmaschine – das ganze Geheimnis. Bischof Bertrands mahnende Stimme hallte in mir wider: *Verhütet, daß alle vier Gaben den Dragowiten anheimfallen. Wenigstens einer von euch muß ihnen entkommen!*

Ich rannte zurück in meine Kammer, riß das Kästchen mit dem Smaragd an mich und floh durch die Gänge der mir unbekannten Burg, ängstlich darauf bedacht, Udauts Helfern nicht zu begegnen. Irgendwann stand ich im Freien, vor mir ein kleines Seitentor, das aus der Burg führte. Nur kurz dachte ich daran, Bruder Matheus um Hilfe zu bitten. Was, wenn auch er ein Verräter war oder wenn ich durch die Verzögerung doch den Dragowiten in die Hände fiel?

Das Tor war schnell entriegelt, und ich floh in die finstere Nacht, durch unbekanntes Gelände. Ranken und Farne brachten mich mehrmals zu Fall. Einmal, als ich mich gerade wieder aufraffen wollte, hörte ich Stimmen und Hufgeklapper. Die Geräusche wurden lauter, deutlicher.

»Wo steckt dieser verfluchte Amiel-Aicart bloß?« – »Hier, ein abgeknickter Ast. Er kann nicht weit sein!« – »Reiten wir langsam und in gerader Reihe, dann wird es uns am ehesten gelingen, ihn aufzuspüren.«

Ich hörte das regelmäßige Trappeln der langsam näher kommenden Pferde. Schon zeichneten sich die Konturen meiner Häscher zwischen den alten Ulmen ab. An den Boden gepreßt, lag ich da und verging fast vor Angst. Nicht vor Angst um mein Leben, dessen Ende irgendwann kommen mußte und meine Seele nur einen Schritt weiterbringen würde auf ihrer Suche nach Erlösung. Nein, ich ängstigte mich um alle Seelen, die verloren waren, wenn die Dragowiten mich ergriffen.

Meine Furcht war so groß, daß Schwindel mich packte und in den wilden Tanz riß, den die Baumkronen hoch über mir aufführten. Mir war, als sei ich ein Vogel, der über dem Wald schwebte, über dem Land, über der Welt. Ein Sturmwind packte den Vogel und schleuderte ihn Mond und Sternen entgegen, durch Raum und durch Zeit …

Kapitel 5

Weiß gegen Schwarz

Die Lichtpunkte, die vor meinen Augen tanzten, waren nicht die Gestirne, sondern die Auswirkungen des Kaminfeuers auf meine sich zitternd öffnenden Lider. Lang ausgestreckt lag ich auf dem Bett in der unterirdischen Zelle und sah dicht vor mir die Fratze des Geistermönchs, fragend, besorgt. Schweiß perlte von meinem Gesicht, das eine zarte Hand mit einem angefeuchteten Tuch betupfte. Allmählich begriff ich: Der fürchterliche Traum war vorüber, das Hier und Jetzt war wiederhergestellt – ich war wieder ich!

Meine Erleichterung war gering. Zu eindringlich, zu lebensecht war mein Traum gewesen. Noch jetzt schien er mich gefangenzuhalten wie ein Dämon der tiefen See, der seine kräftigen Fangarme aus dem Traumreich in die wirkliche Welt streckt.

Weitaus angenehmer erschienen mir da die weichen Arme meiner Pflegerin Colette. Während sie erneut mit dem feuchten Tuch über meine Stirn fuhr, lächelte sie mich aufmunternd an. Ich empfand Scham ob des schwächlichen Eindrucks, den sie von mir gewinnen mußte. Und zugleich genoß ich es, wenn ihre Haut die meine streifte. Kleine, wohlige Schauer durchliefen mich, und nur zu gern hätte ich gewußt, ob sie das gleiche empfand.

»Wie geht es Euch, Armand?« fragte der neben ihr stehende Geistermönch mit einer Anteilnahme, die seinem abschreckenden Gesicht hohn sprach. Der Gedanke, daß ich im

Bett dieses Wesens lag, verursachte mir einen neuerlichen Schweißausbruch. »Ich habe Euch wohl etwas zuviel zugemutet, als ich Euren Geist in die Vergangenheit sandte.«

»*Ihr* habt das getan?« krächzte ich mit trockener Stimme und war dankbar für die irdene Wasserschale, die Colette an meine Lippen hielt. »Warum?«

»Um Euch das miterleben zu lassen, was Euch, hört Ihr es nur aus meinem Mund, unglaublich erscheinen mag.«

»Mittlerweile erscheint mir nichts mehr unglaublich. Außerdem träumte ich nicht zum erstenmal vom Montségur. Nur wußte ich vorher nicht, woher die Bilder meiner Träume stammen.«

»Was habt Ihr geträumt?« fragte der Geistermönch mit plötzlicher Erregung, die ihm einen Hustenanfall bescherte. »Seit wann habt Ihr diese Träume?«

»Seit ich im Nordturm von Notre-Dame lebe«, antwortete ich und berichtete über meine Träume.

»Seit Ihr Euch in Notre-Dame aufhaltet, also.« Er nickte versonnen und krallte plötzlich seine Hände mit schmerzhafter Härte in meinen linken Arm. »Hat Dom Frollo nicht seine geheime Zelle, seine Hexenküche, ganz in der Nähe der Euren?«

Ich bestätigte das und sagte ein wenig erstaunt: »Ihr seid gut unterrichtet.«

»Ob Frollo den Stein bereits in Händen hält?« Die Frage war nicht an mich gerichtet. Der Geistermönch blickte durch mich hindurch, blankes Entsetzen in den Augen. »Ob er Flamels Rätsel gelöst hat?«

»Das glaube ich kaum«, sagte ich und erzählte, wie ich Frollo am Grabmal Flamels und in dem verrotteten Haus des Alchemisten beobachtet hatte. »Und dann, bei der Zusammenkunft, als der Großmeister Frollo nach dem Sonnenstein fragte, antwortete der Archidiakon, er stehe kurz vor der Lösung des Rätsels.«

»Wovon sprecht Ihr, Armand, von welchem Großmeister, von welcher Zusammenkunft?«

»Das müßtet Ihr doch wissen, immerhin hat mich einer Eurer Männer, ein sehr guter Bogenschütze übrigens, vor den Templern gerettet.«

»Ich weiß nicht, was Ihr meint«, erwiderte er. »Erzählt es mir der Reihe nach!«

Ich berichtete von meinem nur halb freiwilligen Eindringen in die Unterwelt der Cité-Insel und von dem Treffen der Tempelritter oder was immer sie in Wahrheit sein mochten. Hier in Paris war offenbar nichts das, was es schien; nicht einmal meiner selbst war ich noch gewiß.

»Ich hatte keine Kenntnis von der Versammlung und dem Ort, an dem sie stattfand«, sagte leise mein seltsamer Gastgeber. »Wer immer der Bogenschütze ist, er hat nicht in meinem Auftrag gehandelt.«

»So wenig wie der Schnitter von Notre-Dame, wie?« Mein Tonfall war höhnischer, als ich es beabsichtigt hatte, so verunsichert war ich.

»Glaubt Ihr mir nicht, Armand?«

»Was soll ich noch glauben, wenn niemand der ist, der zu sein er vorgibt? Wenn Ihr selbst Gott und Satan in Frage stellt!«

»Nicht Gott und Satan, nur den falschen Glauben, den die Päpste verbreiten. Das Eingreifen des unbekannten Bogenschützen bedeutet, daß es nicht länger nur ein Spiel Weiß gegen Schwarz ist.«

Das verstand ich nicht und sagte es ihm.

»Erinnert Euch an das Banner der Templer, das Ihr gesehen habt. Schwarz und Weiß sind seine Farben, die der Dunkelheit und des Lichts.« Er deutete auf das Schachspiel mit den schwarz und weiß bemalten Figuren. »Weiß kämpft gegen Schwarz um den Sonnenstein, und das Schachbrett sind die Gassen von Paris.«

»Ihr haltet Euch für den weißen Spieler, nehme ich an.« Schon wieder schwang Häme in meiner Stimme mit. Irgend etwas tief in mir trieb mich, den Geistermönch zu verletzen. »Und Frollo ist derjenige, der die schwarzen Figuren über das Brett bewegt.«

»Letzteres ist doppelt falsch. Frollo mag König und Königin in einem sein, so gefährlich sind seine Züge, aber er selbst ist auch nur eine Figur auf dem Spielbrett. Wer weiß, vielleicht zählt er sich sogar zur weißen Partei wie die meisten seiner Mitstreiter. Durch die Auflösung des Stofflichen wollen sie die Seelen erlösen, und dabei sind sie blind dafür, daß Satan sie lenkt.«

Ich stöhnte gequält auf. »Satan ist der schwarze Spieler?«

»Er lenkt die Züge, mag die ausführende Hand auch menschliche Gestalt besitzen. Leider konntet Ihr sein Gesicht nicht sehen, sonst wüßte ich jetzt, wer mein großer Gegenspieler ist!«

»Der Großmeister?«

»Ja!« Der Geistermönch stieß einen tiefen Seufzer aus. »Er muß mächtig sein, nicht nur im geheimen. Ich vermute, daß er aus der näheren Umgebung des Königs kommt. Nur so konnte er so viele Verbündete in Verwaltung und Kirche gewinnen. Zudem hat Ludwig selbst ein paarmal Dom Frollo aufgesucht und ihn um alchemistischen Rat gebeten.«

»Zu welchem Zweck?«

»Der König benötigt stets Geld und fürchtet, das Ende seines Lebens sei nahe. Genau die Fälle, die es den Alchemisten schon immer einfach gemacht haben, Leichtgläubige zu verführen. Sie versprechen Gold und das Lebenselixier, aber bislang scheint niemand das Versprechen eingelöst zu haben. Nicht einmal Frollo, sonst hätten die Dragowiten Gold in Hülle und Fülle und müßten sich nicht mit Marc Cenaine herumärgern.«

»Ach ja, dieser seltsame Gefangene. Was hat es mit ihm auf sich?«

»Er hat entdeckt, daß sich schlechtes Geld im Staatsschatz befindet, minderwertige Münzen, von den Dragowiten hergestellt und gegen echtes Geld ausgetauscht. Erst haben sie Cenaine zum Schweigen erpreßt. Als er das falsche Spiel nicht länger mitmachen wollte, haben sie ihn verschwinden lassen. Nun halten sie ihn an einem unbekannten Ort gefangen. Vermutlich wollen sie durch die Folter herausfinden, was er weiß und wem er sein Wissen mitgeteilt hat.«

Irgend etwas hatte Colette erschreckt. Ein Zittern lief durch ihre Arme, und Wasser schwappte über den Rand der Schale, bildete einen großen Fleck auf der Matratze. Für ein so junges Mädchen mußten die Worte des Geistermönchs ungeheuerlich klingen. Das taten sie ja schon für mich.

Ich setzte mich auf und lachte dem anderen laut ins häßliche Angesicht. »Ihr wollt mir doch nicht erzählen«, prustete ich, »daß Satan Geld braucht?«

»Aber genauso ist es«, entgegnete er und zeigte erneut auf das Schachspiel. »Seine Spielfiguren sind Menschen, die Durst und Hunger haben, die für ihre Dienste – sofern sie nicht aus Überzeugung handeln – entlohnt werden wollen. Als Satan die Welt des Stofflichen schuf, unterwarf er sich zugleich ihren Gesetzen. O ja, er braucht Geld, um seinen Krieg zu führen, um den Sonnenstein zu finden!«

»Womit wir wieder beim Montségur wären. Was geschah mit Amiel-Aicart? Wurde er von den Helfern Udauts aufgespürt?«

»Nein, der Herr war mit ihm. Amiel-Aicart wandte sich dorthin, wo die Verfolger der vermeintlichen Ketzer deren größten Schatz am wenigsten vermuteten, nach Paris. Hierher war, nehmt es als Laune des Schicksals, auch Udaut gegangen.«

»Hat er denn überlebt?«

»Wie hätte er sonst nach Paris gehen sollen?« Der Geistermönch schien ein wenig verärgert über meinen Einwurf. Seine Hustenanfälle kamen in kürzeren Abständen und wurden heftiger. Offenbar wollte er schnell zum Ende kommen. »Bleiben wir zunächst bei Udaut, der die Pläne der Weltmaschine nach Paris brachte. Ihr seid sicher begierig zu hören, was es damit auf sich hat. Nun, es bedarf nicht nur des Sonnensteins, um die Macht der Transmutation zu erwecken, die das Stoffliche wieder ins Geistige überführt. Ebenso wichtig für den Plan ist die Weltmaschine, die dem Smaragd erst die Entfaltung seiner Kraft ermöglicht. In Paris wurde die Maschine gebaut, irgendwo im geheimen.«

»Von Udaut?«

»Nein, von einem großen Gelehrten, der seine Fähigkeiten leider in den Dienst der Dragowiten stellte. Er kam aus Katalonien, hieß Ramón Lull und wurde Raimundus Lullus genannt.« Er zeigte auf das Bücherbord. »Dort steht sein bedeutendes Werk *Ars Magna et Ultima*. Natürlich blieb die Machina Mundi, die Weltmaschine, ein geheimes Unternehmen. Bekannt wurde Lullus mit seiner Denkmaschine, einem Instrument zur Verknüpfung von Gedankengängen, mit dem auch wir arbeiten. Was den Dragowiten noch fehlte, war der Smaragd. Sie hofften, im Morgenland einen weiteren Splitter aus Luzifers Krone zu finden oder zumindest einen Hinweis, wie die Weltmaschine ohne den Sonnenstein in Gang zu setzen sei. Um das Jahr 1300 gab Lullus sich als Missionar aus und errichtete mehrere Missionshäuser, auch in Paris, vordergründig zur Bekehrung der Morgenländer, in Wahrheit aber, um ihr Wissen auszubeuten. Doch, dem Herrn sei Dank, es brachte die Dragowiten nicht weiter. Lullus reiste schließlich selbst ins Morgenland und trieb es dort zu weit: Um das Jahr 1315 wurde er von Einheimischen gesteinigt.«

»Und Amiel-Aicart, was geschah mit ihm?«

»Er fand in Paris die im Untergrund lebenden Wahrhaft Reinen und übergab den Sonnenstein dem Bischof. Später wurde der Smaragd an Euren Kollegen Nicholas Flamel übergeben.«

»Mein Kollege?«

»Er war ein bekannter Kopist, bevor er dank seiner großen Klugheit zu Reichtum kam. Reichtum, den er nicht für sich verwandte, sondern für die Sache der Wahrhaft Reinen. Er ersann einen genialen Plan, um den Sonnenstein zu verbergen. Unter dem Banner der Wohltätigkeit stiftete er Geld für mehrere Pariser Kirchen und leitete die jeweiligen Bauarbeiten selbst. Doch in Wahrheit versteckte er unser geheimes Wissen in den Gotteshäusern, was nötig erschien, da die Dragowiten sehr mächtig geworden waren.« Der Geistermönch schnitt eine Grimasse. »Leider ging mit seinem Tod vor mehr als sechzig Jahren das Wissen darum, wo der Sonnenstein verborgen ist, verloren. Nach allem, was wir herausgefunden haben, steckt er irgendwo in der Kathedrale von Notre-Dame. Manche vermuten die Lösung des Geheimnisses in den Verzierungen der Portale.«

»Deshalb also das Portal in meinen Träumen«, seufzte ich und rätselte gleichzeitig, woher mein träumender Geist das Geheimnis kannte. »Darum auch hält sich Dom Frollo in Notre-Dame auf, und deswegen habt Ihr mich dorthin geschickt.«

»Weiß macht seinen Zug, Schwarz macht den nächsten, Weiß schlägt Schwarz, Schwarz schlägt Weiß – so geht das Spiel. Und manchmal werden wichtige Figuren aus dem Feld geschlagen – wie Philippot Avrillot. Er war nahe daran, sich in die Reihen des Feindes zu schmuggeln. Das Geld der Zölestiner, das er als großzügige Spenden den Dragowiten anbot, war sein Lockmittel. Aber sie müssen ihn durchschaut haben. Dieser Gilles Godin trieb sich am Dreikönigsmorgen am Hôtel-Dieu herum, als ich mich mit Bruder Avrillot traf.«

»Und jetzt haben sie auch mich durchschaut«, sagte ich mißmutig. »Vielleicht haben sie mich gestern abend doch erkannt!«

»Das glaube ich nicht. Frollo hätte Euch nicht gehen lassen. Mag sein, er vermutet etwas, aber er weiß nichts über Eure Mission.«

»Er hat mich nicht gehen lassen, er hat mich mehr oder minder losgeschickt.«

»Um Euch nachzuspionieren, wie der Überfall auf den Pfandleiher zeigt. Zum Glück konnten Leonardo und seine Gefährten alle Männer töten, die an dem Überfall beteiligt waren. Niemand kann Euch verraten, und Ihr könnt Eure Rolle weiterspielen.«

Entsetzt und wütend sprang ich auf und stieß mit dem Kopf gegen den Baldachin des Bettes. So fest, daß der Schmerz mich zurück auf die strohgefüllte Matratze sinken ließ. Also verschaffte ich meiner Empörung im Sitzen Luft: »Ihr glaubt doch nicht, daß ich in die Kathedrale zurückkehre!«

»Ihr müßt es tun, Armand! Seid versichert, ich werde Euch beschützen, so gut es nur geht.«

»Vor dem Schnitter, den Ihr nicht kennt? Vor dem Großmeister, der Euch ein Rätsel ist? Und vor dem geheimnisvollen Bogenschützen?«

»Der scheint zumindest nicht zu unseren Gegnern zu gehören.«

»Aber auch nicht zu Euren Verbündeten, sonst müßtet Ihr ihn wohl kennen.«

Der Geistermönch überlegte laut: »Vielleicht gehört er zu den Ägyptern, was bedeuten würde, daß sie schon sehr weit sind.«

»Sprecht Ihr von den Zigeunern? Suchen die etwa auch

diesen verwünschten Sonnenstein?« fragte ich und wußte bereits, daß der Geistermönch das bejahen würde. Warum sonst hätte der maskierte Großmeister der Templer Dom Frollo anhalten sollen, gegen die Zigeuner vorzugehen?

»Und ob die Ägypter den Smaragd suchen!« stieß der Mann mit dem Totengesicht hervor. »Die Templer raubten ihn aus dem Morgenland, aus einem als heilig geltenden Tempel. Seitdem ziehen die Hüter des entweihten Heiligtums durch die Lande, um ihren Schatz zurückzuholen, verkleidet als die ärmsten Zigeuner, die man sich vorstellen kann. Mit Zähigkeit, List und Tücke – sie erschlichen sich sogar päpstliche Schutzbriefe – verfolgten sie die Spur des Sonnensteins. Im Jahre 1419 gelangten sie nach Frankreich und konnten ihre Pläne in dem kriegsgebeutelten Land weitgehend ungehindert verfolgen. Wer kümmerte sich schon um ein paar arme Zigeuner, als Engländer gegen Franzosen und Franzosen gegen Burgunder kämpften! Acht Jahre später zogen die Ägypter in das von den Goddams besetzte Paris ein. Ein Herzog, ein Graf und zehn sogenannte Ritter mit ihrem achtzigköpfigen Gefolge. Man stellte sie in Saint-Denis unter die Aufsicht der toten Könige und vertrieb sie schließlich aus der Stadt.«

»Vermutlich suchten die Engländer in Paris auch den Stein aus Luzifers Krone«, meinte ich ein wenig säuerlich und nicht ganz ernst.

Der Geistermönch nickte mit vollkommen ernsthafter Miene. »Das vermuteten die Wahrhaft Reinen auch; deshalb taten sie alles, um Paris wieder in französische Hände zu bringen. Durch die englische Besatzung und die Ankunft der Ägypter wurde die Suche nach dem Stein behindert. Leider scheiterte der Angriff der Jungfrau anno 1429, und Paris blieb sieben weitere Jahre in den Händen der Goddams.«

»Nun wollt Ihr mir weismachen, auch Jeanne die Jungfrau sei eine von euch Reinen gewesen?«

»In gewisser Weise, ja, aber eher ein Werkzeug, das Schwert in unserer Faust. Sie war ein armes, unwissendes Bauernmädchen, das durch die Stimmen in seinem Kopf wirr zu werden drohte. Wir verliehen ihrem nutzlosen Dasein einen Sinn und gaben ihr ein, daß Gott zu ihr spreche. Vom Glauben an ihre göttliche Mission beseelt, hätte die Jungfrau es beinahe vermocht, die Goddams zu vertreiben. Aber der Verrat der Dragowiten brachte die Ärmste in die Gefangenschaft und schließlich auf den Scheiterhaufen, so wie Verrat auch das Ende ihres Waffenbruders, des Marschalls von Frankreich, besiegelte.«

»Ihr sprecht von Gilles de Rais?« erkundigte ich mich mit Schaudern.

Der Marschall von Frankreich, gewiß ein Held im Krieg gegen die Engländer und Burgunder, war im Oktober 1440 in Nantes hingerichtet worden. Niemand hielt die Strafe für unverdient, hatte Gilles doch gestanden, weit mehr als hundert Kinder auf grausame Weise getötet zu haben, um Satan zu gefallen. Viele seiner Opfer hatte er mißbraucht, während er ihnen das Leben nahm, einige noch danach. Die Verliese seiner Schlösser fand man voller Knochenreste und Asche verbrannter Leiber. Ich kannte die Geschichte gut, in Sablé erzählte man sie heute noch jedem Kind, denn Gilles de Rais befehligte von 1427 bis 1429 die örtliche Garnison.

»Sire de Rais wurde ein Opfer der Dragowiten«, erklärte der Geistermönch, als habe er meine Gedanken gelesen. »Nachdem sie Jeanne getötet hatten, brachten sie ihn um Ansehen und Würden. Sein Geist verwirrte sich. Mag sein, er hat zuviel von dem Mandragorasaft gekostet, den er der Jungfrau zu verabreichen hatte.«

»Warum das?« warf ich ein.

»Die Mandragora verändert den Verstand, macht ihn empfänglich für tatsächliche oder auch nur eingebildetete Beeinflussungen.«

»Wenn auch Gilles de Rais den Saft zu sich nahm, hat er seine Untaten wohl im Wahn begangen.«

»Untaten? Unsinn, es war ein Komplott! Der Herzog der Bretagne und sein Kanzler, Bischof Jean de Malestroit, die beiden teuflischen Dragowiten, haben Gilles de Rais um Ansehen und Leben gebracht – und um sein Vermögen, das sie an sich rissen.«

Ich sah das Schachspiel an und sagte leise: »Ihr erklärt Weiß zu Schwarz und Schwarz zu Weiß, ganz nach Eurem Belieben, und die Wahrheit löst sich auf in Gerüchten und Geschwätz.«

»Es gibt nicht die Wahrheit, sondern nur die richtige Sicht der Dinge! Und die habe ich Euch zu vermitteln versucht. Ihr werdet es erkennen, wenn Ihr nach Notre-Dame zurückkehrt und Euch gründlicher mit Dom Frollo befaßt.«

Ich hatte einen schlechten Geschmack im Mund und spie aus. »Was für einen Grund sollte ich haben, nach Notre-Dame zurückzugehen?«

»Ist die Rettung der Welt, die Erlösung der Seelen, nicht Grund genug?«

»Verlaßt Eure Höhlenwelt und erzählt das dem Profos oder dem Bischof. Der Scheiterhaufen würde Euren verwirrten Geist schnell erleuchten!«

»Das ist so ziemlich die einzige Tortur, der man mich noch nicht ausgesetzt hat.« Seine Narben bestätigten seine Worte, und auf einmal empfand ich Mitleid. »Armand, wenn Ihr es nicht für die Welt tun wollt, dann tut es für Colette, der Ihr viel zu verdanken habt!«

»Ich bin ihr dankbar für ihre Pflege, aber ist das Grund genug, den Einsatz meines Lebens zu verlangen?«

Kaum hatte ich das gesagt, kam ich mir schäbig vor, wie ein feiger Wurm, der sich vor dem hungrigen Raben versteckt. So würde ich die hübsche Colette gewiß nicht für mich einnehmen.

»Ohne Colette wärt Ihr längst nicht mehr am Leben. Sie war Euer Schutzengel, seit Ihr Notre-Dame betreten habt.«

Der Geistermönch zog etwas hervor, einen Lappen. Nein, es waren Haare, ein Bart. Als er ihn vor Colettes Gesicht hielt, erkannte ich den Bettler Colin, nur jünger, ohne die zahlreichen Scharten. Wie so oft in den vergangenen Wochen stand ich da wie ein Narr. Wie ein dummes Kind, dem man die Wahrheit nur häpchenweise auftischt, um es nicht zu überfordern. Oder um es nicht zu erzürnen, weil man es noch benötigt. Der Geistermönch, Dom Frollo, der Italiener Leonardo, selbst Colette – sie alle spielten mit mir, schoben und zogen mich hin und her, wie es ihnen beliebte.

»Das dürfte der Bart sein, den ich am Ort des Überfalls fand, als ich einen Bettler verfolgte und eine Frau schreien hörte«, stieß ich mißmutig hervor. »Colette nahm ihn wohl wieder an sich, als sie bei der Dicken Margot scheinbar zufällig auf mich fiel.«

Colette lächelte mich an, aber ihre Gesichtszüge wirkten angespannt. »Ihr seid sehr klug, Monsieur Armand.«

»Nein, ich bin ein Trottel, ein unsäglicher Narr!« blaffte ich. »Sonst hätte ich die Maskerade längst durchschaut!«

»Colette verfügt über viele Talente«, sagte der Geistermönch beschwichtigend. »Sie kann sich verstellen wie eine Schauspielerin, und als Taschendiebin ist sie geschickter als so mancher, der in den Straßen von Paris mit dieser zwielichtigen Kunstfertigkeit seinen Lebensunterhalt verdient.«

»Schön für sie«, brummte ich, fest entschlossen, in der Ablehnung, die meinem verletzten Stolz entsprang, nicht schwankend zu werden.

»Seid brastig auf mich, Armand, aber nicht auf Colette. Wie ich bereits sagte, ohne sie wärt Ihr schon am Dreikönigsmorgen arm dran gewesen, als …«

»Das war ich in der Tat«, fiel ich dem Geistermönch in die Rede. »Als ich morgens vor Notre-Dame erwachte, war Colin – oder Colette – fort und meine Geldkatze so leer wie mein Magen.«

»Ich war das nicht«, sagte Colette leise. »Ein anderer Bettler muß seine Taschelzieherkunst an Euch erprobt haben.«

»Davon wußte ich nichts, und davon wollte ich auch nicht sprechen«, fuhr der Geistermönch fort. »Jammert nicht über Euer Geld, seid lieber dankbar für Euer Leben, Armand! Ihr wärt unter die Hufe des Mörders Godin geraten – sei es aus Zufall oder weil der Notar Euch mit Avrillot gesehen hatte –, hätte Colette Euch nicht gewarnt.«

»Ihr wart das?«

Ich sah in Colettes kummervolle Augen und kam mir schlecht vor, gemein. War ich, war mein rüdes Verhalten für den tiefen Schmerz verantwortlich, den ich in ihren Augen las? Gleich sollte ich erfahren, wie sehr dieser Gedanke eitler Selbstüberschätzung entsprang.

»Überlegt Euch, ob Ihr Colette nicht etwas schuldet, Armand!« sagte der Geistermönch und holte zum nächsten Hieb aus. »Das Leben Ihres Vaters für das Eure.«

Als ich Colette fragend anblickte, sagte sie mit leiser, zitternder Stimme: »Mein Vater ist Marc Cenaine. Als sie ihn verschleppten, konnte ich entkommen. Seitdem versuche ich herauszufinden, wo sie ihn festhalten. Meine Mutter starb schon früh, auch meine Geschwister, nur mein Vater ist mir geblieben. Wenn ich nur wüßte ...«

Von einem Weinkrampf geschüttelt, brach sie in meinem Schoß zusammen. Ich legte die Arme um sie und strich ihr über den Kopf, genoß ihre Wärme und ihren Duft. Mitleid und Zuneigung für Colette durchströmten mich, sandten warme Wellen durch meinen Leib. In diesem Augenblick hätte ich für das hilflose, zarte, warme, wundervolle Wesen in meinen Armen alles getan. Ich wäre sogar nach Notre-Dame zurückgekehrt, doch schien mir dies – und ich gestehe meine Erleichterung darüber – gar nicht nötig. Marc Cenaine sollte da eingekerkert sein, wohin man auch den Irren von 1465 gebracht hatte. Was ich darüber in Erfahrung bringen konnte, hatte ich bereits in Gringoires Buch gelesen.

Ich berichtete Colette und dem Geistermönch davon und fügte hinzu: »Leider hat Gringoire nicht aufgezeichnet, wo sich das Verlies des Wahnsinnigen befand.«

»In der Conciergerie«, sagte der Geistermönch.

Colette wandte ihm ihr tränenüberströmtes Gesicht zu. »Dort hält man Vater gefangen? Wir müssen ihn befreien, sofort!«

»So schnell wie möglich, aber nicht überstürzt. Ich werde alles in die Wege leiten. Geh dich waschen, und ruh dich ein wenig aus, Colette, es wird dir helfen.«

Gehorsam, wenn auch zögernd, zog sie sich zurück. Nur unwillig ließ ich sie gehen. Ihre Berührungen und ihre Wärme hatten mir gutgetan. Ich wünschte, sie länger in meinen Armen zu halten und sie zu liebkosen. Colette schien Liebe und Zuneigung zu versprechen, viel mehr als die stürmische, aber bloße Leidenschaft, die ich in Etiennettes Armen genossen hatte.

»Wie ich sehe, seid Ihr endlich bereit, uns zu helfen«, sagte der Geistermönch.

Ich versuchte, nicht weiter an Colette zu denken. Mein Gegenüber war ein schlauer Fuchs, er wollte meine versöhnliche Stimmung ausnutzen. Daher erwiderte ich schroff: »Wenn Ihr nun wißt, wo Colettes Vater sich aufhält, habe ich Euch bereits geholfen. Wozu sollte ich mich der Gefahr aussetzen, nach Notre-Dame zurückzukehren?«

»Tut es für Euch selbst, für Eure Seele! Und vielleicht auch für mich.«

»Für Euch? Ich kenne nicht einmal Euren Namen. Wer seid Ihr, daß Ihr so etwas von mir verlangt?«

Der Geistermönch blickte mich traurig an und sprach: »Ihr seht Euch dem Mann gegenüber, der sich am meisten an Euch versündigt hat. Ich bin Euer Vater, Armand.«

Kapitel 6

Die Denkmaschine

Ich sass auf der Bettkante und starrte ihn an, stumm und unbewegt – äußerlich. In mir aber tobte ein gewaltiger Sturm, zerrte an meinen Eingeweiden, wirbelte meine Gefühle durcheinander, peitschte mein Blut in heiße Wallungen und ließ es im nächsten Augenblick, wie unter einem eisigen Winterwind, gefrieren. Nie zuvor hatte ich so viele widerstreitende Empfindungen gehabt, und zugleich fühlte ich mich ausgehöhlt, leer, saß da wie gelähmt, als laste ein schwerer Felsblock auf mir, der mir jegliche Bewegung versagte und das Leben aus meinem Leib preßte. Was sollte ich auch sagen, was tun?

Erst wollte der Geistermönch mir meinen Gott nehmen und mir einreden, die Welt mit Baum und Strauch, mit Tier und Mensch sei von Satan erschaffen. Und jetzt zerstörte er alles, was ich mir über meinen Vater zurechtgelegt hatte. Daß er ein edler, aber verstoßener und verfolgter Prinz sei und sich seinem Sohn nicht offenbaren könne, weil er mich nicht in Gefahr bringen wolle. Daß er ein Weiser sei, auf der Suche nach dem Pfad der Erkenntnis, von dem ihn Weib und Kind nur abgebracht hätten. Daß er ein reicher Kauffahrer sei, ein neuer Jacques Coeur, beständig mit seiner Flotte kostbar beladener Schiffe unterwegs zu fernen Küsten. Und jetzt wollte diese häßliche, unterirdische Kreatur all das – Ehre, Weisheit und Reichtum – zerstören, maßte sich an, mein Vater zu sein!

Mit einem wutgellenden Aufschrei löste ich mich aus der

Erstarrung, stieß mich vom Bettkasten ab und sprang den Geistermönch an. Gleich einem Raubtier, das seine Brut verteidigt, war ich bereit, den Mann zu fällen und zu zerfleischen. Aber er war gewandt, in der Bewegung wie im Lügen. Nur ein kleiner Schritt zur Seite, und mein Sprung ging ins Leere. Ich stolperte über den Schemel, auf dem ich anfangs gesessen hatte, und landete bäuchlings auf dem harten, kalten Boden. Dort lag ich wie ein Bauerntölpel, der zu ungeschickt war, einen Fuß vor den anderen zu setzen. Vor Wut und Verzweiflung hätte ich heulen mögen, aber den Triumph gönnte ich meinem Peiniger nicht.

Er stand über mir und sah mich mitleidig an. »Ich verstehe, was Euch bewegt, Armand. Dies ist sicher nicht der beste Augenblick, den Sohn mit dem Vater zu vereinen. Aber es schien mir notwendig.«

»Ihr versteht, was mich bewegt?« fragte ich und erhob mich schwankend. Mir war, als zittere der Boden unter meinen Füßen; in Wahrheit waren es meine Glieder. »Habt Ihr, *Vater,* jemals Anteil genommen an dem, was mich bewegt? Oder war es Euch gleichgültig, weil Ihr gar nicht mein Vater seid? Wenn Ihr ein Mönch seid, wie könnt Ihr dann Kinder zeugen?«

»Das können alle Mönche, die meisten tun es, und viele sind darin sogar sehr fleißig. Ich habe mich nie einen Mönch genannt. Meine Verantwortung ist viel größer als die eines einfachen Klosterbruders, und größer ist auch die Sünde, die ich auf mich geladen habe.«

Ich bekam seinen rechten Arm zu fassen und schüttelte ihn durch. »Redet nicht weiter herum, sagt mir endlich, wer Ihr wirklich seid!«

»Das habe ich getan.«

»Euren Namen!« schrie ich. »Nennt mir Euren Namen!«

Ich rüttelte ihn derart, daß er den Halt verlor und auf die

Knie fiel. Da sah er zu mir auf und begann mit seiner dünnen, hustenkranken Stimme einen krächzenden Singsang:

»Er kniet vor dir mit kahlem Haupt,
geschält wie eine nackte Rübe,
ewig Frieden sei ihm erlaubt,
daß nichts dein ewig Licht betrübe.

Das Schicksal trieb ihn ins Exil,
trat ihn ganz kräftig in den Arsch,
obwohl sein Widerstand war barsch,
das nenne ich kein feines Spiel.

Schenk ewig Ruhe ihm, o Herr,
und auch dein ewig leuchtend Licht,
das ist von nun sein Leibgericht,
kein Lauchhalm schmeckt ihm da so sehr.«

Die letzten Laute mündeten in einen Hustenkrampf, der seinen Leib vollends zu Boden warf. Dort wand er sich wie ein Wurm. Blutiger Auswurf tropfte aus seinem bebenden Mund, verklebte sein Kinn und bildete unter ihm eine rötliche Lache. Ich befürchtete schon, er werde sich sämtliche Eingeweide aus dem Leib husten. Allmählich fing er sich, wischte mit dem Ärmel über sein Gesicht und sah zu mir auf. Noch immer kniete er vor mir, als erwarte er, daß ich ihm Absolution erteile.

Ich wich zwei Schritte zurück, aus Angst, wie ich eingestehe, aus Angst vor der Wahrheit. »Warum singt Ihr das Lied von diesem Galgenstrick Villon?«

»Ihr habt Euch nach mir erkundigt, Armand, und ich habe Euch meine Geschichte erzählt.«

»Eure Geschichte?« Ich sprach unendlich langsam, als sei ich taub und unverständig wie Quasimodo. »Dann wollt Ihr sagen, Ihr seid François Villon, der Galgenstrick, der Hurenbock, der Balladendichter?«

»Ich war ein Strolch und ein Poet der Gosse, bevor ich ein anderer wurde. Und gerade deshalb verstehe ich Eure Empörung, wenn Ihr hört, daß ich Euer Vater bin. Mir ging es ganz ähnlich, als mein Ziehvater Guillaume de Villon eines Tages erklärte, nicht nur meinen Geist, sondern auch meinen Leib geformt zu haben. Und auch ich mußte damals lernen, daß eine große Verantwortung auf mir lastet – mehr als einem Menschen bestimmt sein sollte.«

Er wollte aufstehen, doch der Husten hatte ihn entkräftet. Hätte ich ihn nicht aufgefangen, er wäre erneut gestürzt. Ich führte ihn zu dem Stuhl am Kamin und brachte ihm Wein. Meine Wut hatte sich gelegt, Neugier war an ihre Stelle getreten. Und Mitgefühl.

»Verfluchtes Leben, das ich führte«, sagte er nach einem langen Schluck. »In feuchten, kalten Verliesen oder in zugigen Wäldern habe ich meine Gesundheit eingebüßt. Ich lebe von geborgter Zeit und bin froh, Euch endlich beichten zu können.«

»Ich bin kein Pfaffe«, beschied ich knapp.

»Und ich erbitte keine Vergebung, erhoffe nur Verständnis. Wie gesagt, auch mir fiel es schwer, meinem Vater zu glauben. Man hatte ihn in die Conciergerie geworfen und wollte ihn, den Bischof der Guten Menschen, mundtot machen. Zum Glück erreichte mich seine Nachricht. Ich kratzte die Reste der Coquille zusammen, und in einem Handstreich befreiten wir Guillaume de Villon, damals, im Jahr der großen Pest. Die zwei Jahre, die ihm verblieben, lehrte er mich alles, was er wußte, damit ich die Suche nach dem Sonnenstein fortsetzte. Und er berichtete mir von unserer Abstammung, daß unser Ahnherr jener Amiel-Aicart ist, der von den stürmischen Höhen Montségurs ebenso entkam wie aus der mörderischen Falle Udauts. Wir sind zu

Hütern des Smaragds bestimmt. Deshalb, Armand, hattet Ihr seine Träume, und deshalb konnte ich seine Erinnerung zu Eurer werden lassen. Die Kraft des Smaragds, der Ihr in Notre-Dame ausgesetzt wart, verstärkt diese Fähigkeit noch. Der Stein bewahrt Erinnerungen, Gedanken und Träume, wie es der Geist eines Menschen nicht besser könnte.«

»Und Ihr übernahmt einfach so die Rolle Eures Vaters?«

»Es war meine Bestimmung. Fortan streifte ich durch die Gassen von Paris, und mancher nannte mich den Geistermönch. Von François Villon aber blieben nur die alten Lieder.«

»Wo tauche ich in der Geschichte auf? Und wenn Ihr mein Vater seid, wer ist meine Mutter?«

»Sie war ein hübsches Mädchen aus Reims, die Tochter eines Bänkelsängers namens Guybertaut. Zu ihrem anmutigen Gesicht, das von feuerroten Locken umspielt wurde, gesellte sich eine schöne Stimme, weshalb man sie la Chantefleurie nannte, die singende Blume. Ihr eigentlicher Name war Paquette. Ich war auf zehn Jahre aus Paris verbannt und fand Unterschlupf in Guybertauts Haus, was mich sehr freute. Wahrhaft glücklich war ich jedoch, als Paquette la Chantefleurie mich in ihr Bett schlüpfen ließ. Ihr alter Vater starb bald, und ich übernahm sein Geschäft. Dichten und singen, davon verstand ich was. Schon richtete ich mich auf ein geruhsames Leben ein als geliebter Mann und Patriarch. Ja, mein Samen war in der schönen Blume aufgegangen, und als sie niederkam, schenkte sie gleich zwei Jungen das Leben, Brüdern, aber sehr ungleichen.«

Als er von Paquette la Chantefleurie berichtete, belebte sich Villons Gesicht. Fast schien es, als wollten die Narben verschwinden, als wollten Reinheit und Schönheit seine Züge verzaubern. Aber es war nur ein Trugbild seiner Erinnerung. Jetzt, als er von der Niederkunft erzählte, nahm sein Antlitz wieder die alte Gestalt an, verlebt, verwüstet, totenhaft.

»Es war, als hätte die Natur entschieden, dem einen Kind die Schönheit der Mutter und dem anderen die Häßlichkeit des durch Kämpfe und Foltern gezeichneten Vaters mitzugeben«, fuhr Villon fort. »Der eine Sohn war makellos, mit sanften Zügen und reiner Haut, der andere aber ein häßlicher Krüppel, verbogen wie ein Eisen, das zu lange im Schmiedefeuer gelegen hat. Ich wollte beiden Kindern meine Liebe schenken, doch dann rumorten die bösen Zungen. Ein Krüppel galt damals wie heute als Ausgeburt des Teufels, und ein Spielmann steht in den Augen der Menschen Gott nicht gerade nahe. Wir wurden bedroht, bespuckt und verhöhnt. Schon wurden Stimmen laut, die uns allesamt ins läuternde Feuer des Scheiterhaufens schicken wollten. Dies und die Gewißheit, daß unser verunstalteter Sohn niemals ein gutes Leben haben würde, brachten mich zu dem Entschluß, ihn zu töten.«

»Euren eigenen Sohn?«

Villon nickte traurig. »Versteht Ihr nicht, Armand? Ich mußte es tun, um Euch und Eure Mutter zu retten! Aber Paquette dachte anders als ich. Sie war schwächer oder stärker, ganz wie Ihr es sehen wollt. Eines Morgens war sie verschwunden. Den Krüppel, dem wir nicht einmal einen Namen gegeben hatten, so aussichtslos erschien uns sein junges Leben, hatte sie mit sich genommen. Man will sie auf der Straße nach Paris gesehen haben, und ich fürchte, wenn das stimmt, hat der Schwarze Tod beide verschluckt.«

»Habt Ihr nicht weiter nach ihnen gesucht?«

»Es war mir unmöglich, der Hilferuf meines Vaters kam dazwischen. Ich mußte zurückkehren nach Paris, was mir unter Androhung der Todesstrafe verboten war. Aber wer sollte annehmen, daß ich ausgerechnet in die Peststadt kam! Euch brachte ich bei den frommen Brüdern in Sablé unter, weit entfernt von allem, und immer behielt ich Euch im Auge.«

»Und doch habt Ihr mich im ungewissen gelassen, habt mir nicht gesagt, wer mein Vater und wer meine Mutter ist!«

»Was hätte ich tun sollen?«

»Ihr hättet Euren Sohn zu Euch holen können.«

»Hierher? Wie hätte ich, ein Suchender und ein Gejagter zugleich, jeden Tag vom Tod bedroht, für Euch sorgen sollen?«

»Aber jetzt gebt Ihr Euch zu erkennen!«

»Weil ich Eure Hilfe brauche. Nicht nur ich, alle Guten Seelen brauchen sie. Ihr könnt der Retter werden, Armand. Ich ahnte es vom ersten Tag an und nannte Euch deshalb Sauveur, den Retter. Als ich spürte, daß die Dinge in Paris sich zuspitzen, daß der Sieg – von Weiß oder von Schwarz – kurz bevorsteht, ließ ich Euch kommen.«

»Ihr irrt.« Ich grinste ihn frech an. »Ich mußte Sablé verlassen, weil mein Dienstherr mich in einer Lage vorfand, die Euch früher gewiß zu einer deftigen Ballade angeregt hätte.«

»Nein, *Ihr* irrt, Armand, wenn Ihr an einen Zufall glaubt. Auf meine Veranlassung wurde Messire Donatien Frondeur zu einer Beurkundung gerufen, die längst vollzogen war. Deshalb kehrte er verfrüht zurück. Wie unsichtbare Geister geleiteten meine Leute Euch auf dem Weg nach Paris.«

In der Tat, Villon verstand es meisterhaft, mich aus der Bahn zu werfen. Jeden noch so kleinen Triumph, den ich über ihn zu erringen glaubte, verwandelte er augenblicklich in eine Niederlage. Meine Wut kehrte zurück. Wenn er die Wahrheit sprach, hatte er mich wie ein Tier oder einen willenlosen Sklaven behandelt. Log er mich aber an, war das noch weniger ein Grund, ihm freundlich gesinnt zu sein.

»Ihr wißt auf jede Frage eine Antwort«, murrte ich.

»Beweist das nicht, daß ich es ehrlich meine?«

»Es könnte auch beweisen, daß Ihr Euch die Dinge gut zurechtgelegt habt, um mich zu veranlassen, weiterhin Euren Spitzel zu spielen.«

War das Zucken seiner Narben der schwache Anflug eines gequälten Lächelns oder nur der Widerschein des Feuers? Ich vermochte es nicht zu entscheiden. »Mißtrauen ist gut und für uns sogar lebenswichtig, überlebenswichtig, aber es sollte nicht krankhaft werden. Verlangt Ihr etwa einen Beweis dafür, daß ich Euer Vater bin?«

»Ja!«

Jetzt lächelte er wirklich, ganz kurz. Es war wie das Eintauchen in ein warmes Bad oder in eine schöne Erinnerung. »Als Paquette Euch und Euren Bruder gebar, ließ ich euch zeichnen. Jedem ließ ich eine kleine Muschel einbrennen, damit die Brüder der Coquille wußten, daß ihr die Kinder ihres Königs seid.«

Mit neu gefundener Kraft erhob er sich und ging zur Tür, die er nur einen Spalt aufzog. Er rief etwas nach draußen, und wenig später brachten ein paar Männer zwei große, fast hüfthohe Spiegel herein, die sie so aufstellten, daß einer vom glatten Metall des anderen reflektiert wurde. Einer der Männer legte meine getrockneten Kleider aufs Bett. Sie verließen den Raum wieder, und Villon forderte mich auf, mich auszuziehen.

»Warum?« fragte ich unsicher.

»Damit Ihr Eure Kleider wieder anlegen könnt und damit ich die erbetene Beweisführung erbringen kann. Die Muschel befindet sich auf Eurer linken Arschbacke.«

Ich zog mich aus, und ein leichtes Schwindelgefühl packte mich. Endlich glaubte ich zu verstehen, warum man mich bei Maître Aubert einen Muschelbruder genannt hatte. Und tatsächlich, als ich nackt zwischen den Spiegeln stand, sah ich zum erstenmal in meinem Leben das kleine Ding, nicht größer als eine Fingerkuppe. Beim flüchtigen Betrachten mochte es wie ein Muttermal erscheinen, aber dem Wissenden enthüllte es die Form einer Muschel.

»Glaubt Ihr mir endlich, Armand? Nur Euer Vater konnte das wissen.«

»Falsch!« schnaubte ich verächtlich, während ich meine Kleider anzog, denn ich meinte, Villon durchschaut zu haben. »Jeder, der mich schon einmal ohne Hosen gesehen hat, konnte das wissen, jeder Bader und jede Frau.«

»Ich bin kein Bader und weiß Gott keine Frau!«

»Aber zu Eurem Bund gehören die drei Italiener, die mich vorhin, als ich die Kleider wechselte, so nackt gesehen haben wie Ihr jetzt! Colin … Colette übrigens auch!«

Das war's! Endlich ein Triumph für mich, der letzte Stich, der entscheidende Stoß. Dem hatte selbst der gewiefte alte Fuchs nichts mehr entgegenzusetzen. Er starrte mich fassungslos an, schüttelte langsam den Kopf und murmelte: »Da kann man nichts machen, Ihr wollt Euch einfach nicht überzeugen lassen.«

»Ich will mich nur nicht weiter hinters Licht führen lassen«, entgegnete ich, hochnäsig zwar, doch nicht ganz siegesgewiß. Denn der Triumph, den ich fühlte, war der eines gekränkten Sohns über den Vater, war die Rache eines lange Enttäuschten an dem, dem er es endlich heimzahlen konnte. Was mit Beweisen vielleicht nicht zu untermauern war, was der Verstand nicht annehmen mußte, hatte meine Seele längst als wahr erkannt. Und so willigte ich ein, als Villon mit dem letzten Rest Kraft und gutem Willen vorschlug, die Italiener und Colette zu befragen und, wenn nötig, einen heiligen Eid auf die Wahrheit ihrer Worte schwören zu lassen.

»Und das wiegt schwer«, fügte er hinzu. »Uns Reinen ist der Eid verboten. Ausnahmen sind nur für ganz besondere Fälle erlaubt.«

Er führte mich durch sein unterirdisches Reich in einen abgelegenen Raum, aus dem uns fürchterlicher Gestank entgegenschlug. Zahlreiche Kerzen und Öllampen glichen den Umstand aus, daß es hier kein Tageslicht gab. Der strenge Ölgeruch war noch angenehm im Vergleich zu dem süßlichen Duft, der mich an die Gebeinhäuser auf dem Friedhof der Unschuldigen Kindlein gemahnte. Die drei Italiener, in ledernen Schürzen, standen um einen großen Holztisch. Was darauf lag, ließ mich wünschen, kein einziges Licht würde den Raum erhellen.

Leonardo, Atalante und Tommaso hatten die Ärmel hochgekrempelt. Ihre Hände und Unterarme waren blutverschmiert. Wie auf dem Schlachthof wühlten sie in den Eingeweiden, die vor ihnen lagen. Nur war das aufgeschnittene Fleisch kein Schwein und kein Rind, sondern ein Mensch, ein nackter Mann – oder was davon übrig war.

Ich wandte mich ab und fragte aufstöhnend, was das zu bedeuten habe. »Soll mir das gleiche Schicksal widerfahren, wenn ich nicht für Euch spioniere, Magister Villon?« Ich konnte mich nicht dazu durchringen, ihn Vater zu nennen, und er schien das nicht zu erwarten.

»Unsinn!« antwortete er. »Der Mann war bereits tot, als wir ihn vom Friedhof holten. Leonardo hat schon viele Leichen geöffnet. Er sucht den Weg, auf dem die Seele den Leib verläßt.«

»Ah«, meinte ich krampfhaft ironisch. »Ihr wollt also den Weg abkürzen, den die Seele auf ihrer Suche nach Erlösung von Körper zu Körper gehen muß.«

»Wir arbeiten daran«, sagte Leonardo, wischte seine Hände an einem blutbefleckten Lappen ab, trat vor die Wand und trug mit einem Kohlestift ein paar Striche in die dort befindliche Zeichnung ein.

Sie zeigte einen Mann im Profil, nackt, aufgeschnitten wie der Leichnam auf dem Tisch. Ich sah das Rückgrat, die

Knochen und vielfältige Innereien jedweder Größe und Form. Schnell wandte ich den Blick ab, zu sehr fühlte ich mich an das ekelerregende Fleisch auf dem Tisch erinnert.

»Ich habe eine Frage an euch drei«, sagte Villon. »Habt ihr, als Armand sich umzog, irgend etwas an seinem Leib bemerkt, von dem ihr mir berichtet habt?«

»Ich wüßte nicht, was«, antwortete Leonardo, und auch Tommaso verneinte es.

»Che cosa?« fragte Atalante, und Leonardo übersetzte es ihm. *»No.«* Der lockenköpfige Jüngling schüttelte seine Haarpracht. »Ich habe nichts bemerkt oder erzählt, habe nur einen guten Schluck Lebenswasser mit Signore Armand getrunken.«

Mit einem Lächeln – oder dem, was bei ihm so aussah – drehte sich Villon zu mir um und fragte: »Nun, Armand, besteht Ihr auf einem Eid? Oder auf einem Besuch bei Colette?«

»Nicht nötig«, sagte ich, weil ich den nach ranzigem Öl und Verwesung stinkenden Raum nur schnell verlassen wollte. Zudem, so dachte ich, würden die Italiener sicher auch einen falschen Eid schwören, sollten sie eben gelogen haben.

Villon wandte sich an die drei anderen und bat sie, uns zu begleiten. »Armand hat mir viele bemerkenswerte Dinge berichtet. Vielleicht hilft es uns weiter, wenn wir damit unsere Denkmaschine füttern.«

Die Italiener reinigten ihre Arme in einem großen Zuber mit Bürste und Seife, und das Wasser färbte sich rosa wie der erste sanfte Schimmer eines blutjungen Morgenglühens. Wir folgten Villon, der seine Kapuze wieder überstreifte, zu einem anderen Raum, vor dessen großer Tür zwei mit Piken und Schwertern bewaffnete Männer wachten. Bereitwillig wichen sie vor Villon zurück und schoben die Tür auf, um sie hinter uns wieder zu schließen. Der Anblick, der sich mir bot, war nicht weniger phantastisch als der im vorigen Raum.

»Ist das die Denkmaschine des Raimundus Lullus?« fragte ich, während ich das Gebilde, das sich im Halbdunkel vor mir erhob, andächtig bestaunte. Einige wenige Wandkerzen warfen mattes Licht in den großen Raum.

»Unser Wunderwerk, das Leonardo konstruiert und zusammen mit Tommaso und Atalante gebaut hat, fußt auf der Erfindung, die Lullus in einiger Selbstüberschätzung auch das Göttliche Alphabet genannt hat«, antwortete Villon. »Hätten unsere Brüder in Italien nicht Leonardo und seine Gefährten zu uns entsandt, wären wir wohl längst nicht so weit. Versuchen wir unser Glück!«

Die Apparatur bestand im wesentlichen aus zahlreichen konzentrischen Scheiben dünnen Metalls, die im Durchmesser wechselten, von dem eines Kindes bis zu dem eines erwachsenen Mannes. Schiefertafeln waren auf das Metall genagelt, und einige der Tafeln waren mit Kreide beschrieben: griechische und lateinische Buchstaben oder auch ganze Wörter. Wieder andere Scheiben wiesen nur verschiedene Symbole auf. Dank des unterschiedlichen Durchmessers der einzelnen Scheiben waren die Schieferplatten sämtlicher Scheiben jederzeit sichtbar. Darin gab es eine Menge Hebel, Walzen und lederne Riemen, die über Rollen liefen. Alles war miteinander verbunden wie die Organe im Leib eines Menschen.

Leonardo nahm ein Kreidestück aus einem Holzkasten, trat zu den Metallscheiben und schrieb die Begriffe auf, die Villon ihm nannte, oft in abkürzenden Buchstaben, die mir völlig willkürlich erschienen, aber sicher einem System gehorchten: *Frollo – Notre-Dame – Smaragd – Templer – Neunerbund – Großmeister – Cité-Ufer – Stabzehn.* Als er mit dem Beschriften fertig war, legte er mehrere Hebel um und trat zurück, zu uns. Und dann fuhr ich zusammen.

Wie von der Hand eines unsichtbaren Riesen bewegt, begannen sich die Metallscheiben zu drehen. Die Lederriemen schnurrten über Laufrollen, dicke Walzen drehten sich mit, Verbindungsstangen stießen vor und zurück. Das Kerzenlicht wurde vom sich drehenden Metall reflektiert, zuckte in Gestalt winziger Blitze durch den Raum und stach schmerzhaft in die Augen. Das mechanische Untier war mit ohrenbetäubendem Quietschen, Knarren und Kreischen zum Leben erwacht. Fast schien mir, als schreie es nach Nahrung und als gäbe ich ein gutes Opfer ab, um das Göttliche Alphabet milde zu stimmen.

Nur der Umstand, daß Villon und die Italiener dem lauten Treiben der Denkmaschine reglos zusahen, hielt mich davon ab, den Raum eiligst zu verlassen. Sie kannten das Schauspiel schon, für mich war es neu und furchterregend. Außerdem haßte ich Maschinen, woran die Erfindung Gutenbergs schuld war.

Nach und nach kamen die sich gegeneinander drehenden Scheiben zur Ruhe, hielten Riemen und Laufrollen an, rasteten Hebel ein, und endlich stand das künstliche Wesen still, schnaubte und kreischte nicht länger.

»Sehen wir nach!« sagte Villon.

Meine Begleiter gingen auf die Maschine zu, und ich folgte ihnen nach kurzem Zögern. Die Neugier war stärker als der Respekt vor der unerklärlichen Erfindung. Die anderen standen vor den Metallscheiben und suchten die Schiefertafeln nach einer erhellenden Mitteilung ab.

Enttäuschung lag auf Leonardos Gesicht, als er die Scheiben mit den lateinischen Buchstaben durchgesehen hatte. »Nichts, nur unverständliches Zeug.«

»Aber hier, bei den griechischen Buchstaben, hier steht's!« rief Villon aus und ließ sich von einem heftigen Husten, das seine Worte begleitete, nicht beirren. Langsam las er das Wort vor, das die Buchstaben mehrerer Kreise bildeten: »ΑΝΑΓΚΗ *Ananke.* Und dieses Symbol steht für die Kathedrale von Notre-Dame.« Er wies auf eine Schiefertafel neben dem griechischen Wort, deren Bild ein einfach gezeichnetes Haus mit einem Kreuz auf dem Dach zeigte. »Ein eindeutiger Hinweis, daß wir nicht zu spät sind, daß sich das Geheimnis noch hinter den Mauern der Kathedrale verbirgt!«

»Ananke«, wiederholte ich leise, in Gedanken versunken. »Das war es also.«

»Was meint Ihr?« fragte Leonardo, der mir am nächsten stand.

»Als Philippot Avrillot in meinen Armen starb und mir sein seltsames Abschiedsgeschenk überreichte, sagte er etwas von einem Geheimnis und dann ein Wort, das ich nicht richtig verstand. Ananke, so könnte es gelautet haben.«

»Das griechische Wort für Schicksal, Verhängnis«, sagte Villon. »Dieser Begriff steht in den alten Aufzeichnungen für das Weltende, für das große Feuer, das alles, was auf dieser Welt besteht, vernichtet.« Düster fügte er hinzu: »Einschließlich der dann auf ewig verdammten Seelen!«

Leonardo sah mich neugierig an. »Was ist das für ein Abschiedsgeschenk, Signore Armand?«

»Nur eine Holzfigur«, sagte ich und beschrieb sie.

»Dann muß es ›Ananke‹ gewesen sein, was Avrillot Euch sagte«, meinte Leonardo. »Die Schlange, die sich in den Schwanz beißt, Ouroboros, ist das Zeichen der sich wandelnden Materie, der Transmutation, die zum Ende des Stofflichen führt. Die Schlange Ouroboros ist gleichzusetzen mit dem Drachen des letzten Gerichts in der Offenbarung des Johannes. Und der Drache ist das Symbol des Satans wie auch der Machina Mundi, der Weltmaschine. Avrillot war auf der richtigen Spur. Leider konnte er uns nicht mehr mittei …«

Mitten im Wort brach er ab. Wir alle hatten dasselbe gehört, laute Geräusche jenseits der Tür: eilige Schritte vieler Menschen, schrille Schreie und das Klirren von Waffen. Als wir still waren und lauschten, vernahmen wir es deutlicher. Kein Zweifel, im unterirdischen Labyrinth der Katharer tobte ein heftiger Kampf.

Kapitel 7

»Die Ägypter kommen!«

Die Tür, an der unsere Blicke hingen, wurde grob aufgestoßen und schlug mit lautem Krachen gegen die Wand. Einer der Wächter taumelte in den Raum, das bestürzte Gesicht blutüberströmt, in der Rechten sein ebenfalls blutiges Schwert. Aus aufgerissenen Augen starrte er uns an und rief: »Die Ägypter kommen! Auf einmal waren sie überall und haben …«

Da tauchte hinter ihm in der offenen Tür eine farbenprächtige Gestalt auf. Ein schwarzhaariger Mann im buntbestickten Kittel, um den Hals eine glitzernde Perlenkette, in den Ohren goldene Ringe. In einer schnellen, fließenden Bewegung hob er den rechten Arm und wirbelte über seinem Kopf etwas um den ausgestreckten Zeigefinger. Es sah aus wie ein handgroßer Metallring. Ein kurzer Ruck der Hand, und der Ring flog mit leisem Sirren durch die Luft, um sich in den Nacken des Wächters zu fressen. Die Außenkante der seltsamen Waffe mußte scharf wie ein Henkersbeil sein. Blut schoß aus der klaffenden Wunde, und die Worte des Wächters erstickten in einem dumpfen Gurgeln, als er vor uns zusammenbrach.

Schon hatte der Ägypter einen zweiten Wurfring hervorgezaubert und ließ ihn um seinen Finger kreisen. Atalante warf seinen Ohrendolch. Die Klinge fuhr tief in die Brust des Zigeuners, der zusammenklappte und mit einem dumpfen Laut zu Boden ging. Der eben noch so gefährlich scheinende Ring rollte mit harmlosem Klirren über den

Estrich und prallte gegen den Steinsockel der Denkmaschine.

Andere Ägypter drängten in den Raum, eine Handvoll, zwei, dann drei Handvoll, ebenso bunt gekleidet und glitzernd geschmückt wie der erste und jeder mit einer tödlichen Waffe versehen. Manche waren blutverschmiert. Es verblüffte mich, wie viele von ihnen sich in den Gängen unter dem Tempelbezirk aufhielten. Sie mußten schon eine ganze Weile gegen Villons Leute gekämpft haben, doch das Getöse der denkenden Denkmaschine hatte die Laute verschluckt.

Leonardo zog sein Kurzschwert, Tommaso den Dolch, und Atalante hob des Schwert des gefallenen Wächters auf. Auch Villon holte einen Dolch unter seiner Kutte hervor. Seite an Seite standen sie vor der Maschine, als wollten sie ihr Blut geben, um das Wesen aus Metall, Holz und Leder zu verteidigen. Den ersten Ansturm der Angreifer warfen sie, allesamt geschickte Meister der blanken Klinge, zurück, doch sie zogen sich einige Blessuren zu.

Die frommen Brüder von Sablé hatten mich nicht gelehrt, gegen einen waffenkundigen und noch dazu übermächtigen Gegner die Klinge zu führen, und meine Kenntnisse in der Handhabung des Federmessers waren hier nicht von Nutzen. Deshalb zog ich mich in den Schatten der Denkmaschine zurück und kletterte, als mehr und mehr Zigeuner in den Raum drängten, auf das Gestänge, das die Metallscheiben antrieb und miteinander verband. Das spärliche Kerzenlicht reichte kaum bis in das Gewirr aus Stangen, Rädern, Riemen und Walzen, mit deren Schatten ich zu verschmelzen hoffte. Als ich, umhüllt von einem beißenden Geruchsgemisch, das warmem Leder, Öl und Fett entströmte, bäuchlings auf der Maschine lag und einen sicheren Platz gefunden zu haben glaubte, schob ich mich ein kleines Stück vor und spähte nach unten, wo immer noch

Klingen aufeinandertrafen und Männer spitze Schreie ausstießen.

Atalantes rechter Arm war blutüberströmt, und er focht mit dem linken weiter. Tommaso kniete am Boden und hielt mit dem Mut der Verzweiflung dem Ansturm mehrerer Angreifer stand. Villon und Leonardo klebten rücklings an der Maschine und wehrten sich so tapfer wie aussichtslos. Villons Kapuze war nach hinten gerutscht, und der Anblick seines Totengesichts ließ manchen Ägypter erschauern.

Einige am Boden verstreute Zigeuner zeugten von der Tapferkeit und dem Geschick der Verteidiger, aber der Vielzahl der Angreifer hatten sie nichts mehr entgegenzusetzen. In wenigen Augenblicken, daran hegte ich keinen Zweifel, würde es mit den Italienern zu Ende gehen – und mit François Villon, *meinem Vater!*

Angst und Trauer überfielen mich. Und Scham darüber, ihm nicht beigestanden zu haben. War ich wirklich nur auf die Denkmaschine geflohen, weil ich kein erfahrener Fechter war? Oder hatte ich meinen Vater allein lassen wollen, wie er es ein Leben lang mit mir getan hatte? Ja, es stimmte, Rachegedanken hatten mich angetrieben. Er hatte dieselbe Einsamkeit spüren sollen wie ich!

Und nun, da ich meine Dummheit erkannte, war es zu spät. Gewiß hätte ich nichts ändern können. Aber hätte ich nicht an seiner Seite kämpfen und sterben sollen, wenigstens im Tod mit ihm vereint?

Ein Befehl durchschnitt den Kampfeslärm, mit hoher Stimme ausgestoßen, aber durchdringend und respektheischend, erst in einer fremden Sprache und dann auf französisch: »Senkt die Waffen! Hört auf zu kämpfen!«

Augenblicklich gehorchten die Zigeuner und traten von den erschöpften Verteidigern zurück. Durch die Reihen der Buntgekleideten schritt ein ebenso abenteuerlich gewandeter Mann, den ich vom Dreikönigstag kannte. Bunte Lappen formten auf seinem Schädel eine Art Mütze, die an eine Krone erinnerte. Als steche seine mit Gold- und Silberflitter und Perlen besetzte Zigeunerkleidung noch nicht genug ins Auge, trug er um die Hüften eine breite Schärpe aus scharlachfarbenem Samt, aus der die Griffe mehrerer Waffen ragten.

Mathias Hungadi Spicali, der Herzog von Ägypten und Böhmen, blieb mit verschränkten Armen vor seinen Männern stehen, ließ seinen Blick über die Denkmaschine und über die vier Verteidiger gleiten und verkündete mit seiner so gar nicht passenden Fistelstimme: »Ihr seid gute Kämpfer, habt vielen meiner Männer Blut und Leben genommen. Ich hätte allen Grund, euch in Stücke schneiden zu lassen. Aber ich achte die Tapferkeit. Ihr sollt leben, wenn ihr euch ergebt.«

Mehrere mit Glitzerwerk verzierte Männer betraten den Raum, die Grafen des Zigeunerherzogs. Sie berichteten, daß die unterirdische Festung genommen, der Widerstand überall gebrochen sei. Auf ihre genauen Worte achtete ich sowenig wie auf die Männer selbst. Ich war gefangen vom Zauber ihrer schönen Begleiterin, der wundervollen Tänzerin Esmeralda.

Wie sie in ihrer malerischen Schönheit zwischen den reglos daliegenden Toten und den stöhnenden Verwundeten stand, schien es mir keinen größeren Gegensatz zu geben. Die Zigeunerin war von dem blutigen Bild nicht angewidert, bewegte sich vollkommen natürlich auf dem Schlachtfeld, als sei sie solchen Anblick gewohnt. Aufmerksam sah sie sich um und sandte ihren suchenden Blick bis in die hintersten Winkel des düsteren Raums.

»Was ist mit euch, tapfere Gadschos?« fragte der Zigeunerherzog. »Senkt ihr eure Klingen, oder sollen wir unsere in euren Herzen versenken?«

»Wenn wir kämpfen, nehmen wir noch ein paar von euch mit«, erwiderte Leonardo. »Ergeben wir uns aber, könnt ihr uns jederzeit nach Belieben abschlachten. Deshalb schlage ich Verhandlungen über einen Waffenstillstand vor.«

»Ihr wollt verhandeln?« Mathias Hungadi Spicali stieß ein lautes Lachen aus, und viele seiner Männer fielen darin ein. »Ja, was wollt ihr uns denn anbieten?«

»Euer Leben«, antwortete Leonardo vollkommen ruhig.

»Oh, wie gnädig.« Plötzlich verschwand jede Heiterkeit aus den faltigen Zügen des Herzogs. »Ihr seid in unserer Hand, und euer Hochmut zeugt nicht von Klugheit. Wenn ihr den Kampf wollt, sollt ihr ihn haben. Am Ende wird der Tod stehen – für euch!«

Eben noch hatte ich Hoffnung geschöpft für meinen Vater, jetzt überfiel mich neuer Schrecken. Machte ich deshalb eine unbedachte, heftige Bewegung? Irgendwie setzte ich den Mechanismus der Denkmaschine in Gang. Das Geratter und Gerumpel ließ die meisten der erschrockenen Zigeuner einige Schritte zurückweichen. Nur Mathias, die Grafen und la Esmeralda blieben stehen.

Die Maschine lief nicht richtig, weil ich in ihrem Getriebe steckte. Ich spürte das Zittern ihrer Glieder, ähnlich der Wut und Erregung eines Lebewesens. Die Metallscheiben hatten sich nur kurz gedreht, doch die Behinderung ihres Antriebs hielt sie auf. Da spürte ich einen heftigen Schlag gegen die Schulter, eine Eisenstange hatte sich gelöst und mich getroffen. Ich wurde zur Seite geworfen, fiel von der Maschine und riß ein paar Zigeuner aus der Gruppe um den Herzog zu Boden. Zum Glück kam ich auf ihnen zu liegen und hatte so wenigstens eine weiche Landung.

Die meisten rappelten sich schnell wieder auf, nicht so la Esmeralda. Ich hockte auf ihr und hielt sie durch mein Gewicht am Boden fest. Die Maschine schien froh, den Störenfried los zu sein; ihre Räder kamen nach und nach zum Stillstand. In das abebbende Ächzen des Getriebes fiel der Ruf des aufgebrachten Herzogs: »Gebt acht, der Kerl hat la Esmeralda in seiner Gewalt. Ihr darf nichts geschehen!«

Jetzt erst erfaßte ich, daß ich nicht nur auf einer wunderschönen jungen Frau saß, sondern zugleich auf einem Schatz. Auch wenn ich es nicht gern tat, ich drückte meine Dolchklinge gegen ihren Hals und rief den mich einkreisenden Zigeunern entgegen: »Keinen Schritt weiter, oder la Esmeralda stirbt!«

Eine mächtigere Drohung hätte ich nicht aussprechen können. Augenblicklich erstarrten die Buntgekleideten wie Lots Frau bei der Flucht aus Sodom. In den Augen des Herzogs, die ebenso dunkel waren wie die des unter meiner Last schwer atmenden Mädchens und die eben noch Überlegenheit und Siegesgewißheit ausgestrahlt hatten, las ich nun Angst, mehr noch, blankes Entsetzen.

»Ergreift den Zigeunerherzog!« rief ich. »Nehmt ihn als Pfand!«

Leonardo ermannte sich zuerst. Er sprang vor, riß Mathias an sich und drückte die Degenspitze gegen seinen Hals. Ich erhob mich vorsichtig, hielt in der Rechten den Dolch und zog mit der Linken la Esmeralda mit mir zum Sockel der Denkmaschine. So standen wir einander gegenüber, und niemand wußte, wie es weitergehen sollte.

Der Herzog spie aus. »Satan ist mit euch verdammten Dragowiten! Nun gut, ihr habt mich und meine Tochter in eurer Gewalt. Was verlangt ihr?«

Seine Tochter also. Ich fragte mich, wie so ein häßlicher Schlot zu einer hübschen Larve wie la Esmeralda kam.

Villon ergriff das Wort: »Zuerst einmal fordere ich, daß Ihr aufhört, uns als Dragowiten zu beschimpfen.«

Mathias blickte ihn verdutzt an: »Weshalb wollt ihr nicht Dragowiten genannt werden?«

»Weil wir keine sind.«

»Was dann?«

»Wir sind die Wahrhaft Reinen.«

»Die Feinde der Dragowiten?«

»Das könnt Ihr laut sagen, Ägypter!«

»Oh!« Der Herzog stieß in seiner Zigeunersprache eine Reihe saftiger Flüche aus und sagte schließlich: »Ich muß Euch um Verzeihung bitten, Messire, das Ganze ist ein schrecklicher Irrtum. Glaubte ich doch, das Versteck der Dragowiten gefunden zu haben.«

»Ein Irrtum?« ächzte Leonardo und zeigte auf die Toten und Verwundeten. »Wegen eines Irrtums habt Ihr eine Schlacht eröffnet?«

Mathias antwortete mit einem hilflosen Zucken der Mundwinkel.

»Ein Versteck ist dies, da habt Ihr recht«, sagte Villon. »Aber wir verstecken uns hier *vor* den Dragowiten.«

Der Herzog krächzte: »Ich hielt es für den Unterschlupf der Dragowiten, weil ihre Verbündeten die Templer waren.«

»Richtig, Ägypter, dies ist der Tempelbezirk. Auch nach der Auflösung des Ordens gilt er als Freistatt und ist für die Scharwache unantastbar. Deshalb haben wir uns hierher zurückgezogen.«

»Dann sollten wir uns nicht länger befehden«, schlug Mathias vor. »Ihr seid nicht unsere Feinde.«

»Vorsicht«, warnte Leonardo. »Das könnte eine List unseres schlauen Herzogs sein, damit wir ihn und sein Töchterchen freigeben.«

Mathias warf ihm einen langen Blick zu und gab darauf ein paar Befehle in der Zigeunersprache. Zögernd ließen seine Männer, etwa fünfzehn an der Zahl, ihre Waffen fallen.

Der Herzog wandte sich an Villon: »Wenn ich einen meiner Grafen hinausschicken darf, wird er all unseren Männern befehlen, sich zu ergeben. Dann sind wir in Eurer Hand, Messire, und Ihr mögt über uns richten.«

»Richten? Weshalb?«

»Nicht nur meine Männer sind im Kampf gefallen, auch die Euren. Ihr habt das Recht, jeden Blutpreis von uns zu fordern.«

Villon und der Herzog standen einander dicht gegenüber und starrten sich an, so eindringlich, als wollte der eine in die Seele des anderen hinabtauchen. Mich mutete es an wie ein stummes Zwiegespräch. Eine seltsame Aura umgab die beiden Männer; jeder trugen sie eine große Verantwortung, und vielleicht stellten beide in diesen wahrhaftigen Augenblicken fest, daß sie im Grunde Brüder waren und daß ein Bruder dem Bruder helfen, nicht aber ihn bekriegen sollte. Denn Villon befahl Leonardo und mir, Mathias und la Esmeralda freizulassen.

Augenblicklich wollten ein paar Zigeuner ihre Waffen aufheben, doch ein scharfer Befehl des Herzogs hielt sie zurück. »Kümmert euch lieber um die Verletzten, um alle!«

Leonardo war bereits dabei, Atalantes Arm mit einem Stück Stoff zu verbinden, das er aus dem Hemd eines gefallenen Zigeuners gerissen hatte. Mitten in der Bewegung hielt er inne, erstarrt wie alle anderen.

Die Schuld lag bei la Esmeralda, die offenkundig wenig von dem Waffenstillstand hielt. Wie aus dem Nichts hervorgeholt, lag plötzlich ein schlanker Dolch in ihrer zarten Hand. Der Griff war mit einem aufrecht stehenden Bären aus gepunztem Gold geschmückt. Ich konnte das recht genau sehen, denn die Klinge drückte unsanft gegen meinen Hals. »Bedroht mich nicht noch einmal mit der Waffe, Gadscho, oder mein Tschuri fährt in Eure Kehle!«

Ich sann darüber nach, ob die zarte Colette nicht der feurigen Esmeralda vorzuziehen sei, da solch ausgeprägte Reizbarkeit bei einer Frau, die noch dazu mit dem Dolch umzugehen weiß, für einen Mann üble Folgen zeitigen kann. Erleichtert stieß ich die angehaltene Luft aus, als die Ziegeunerin ihre Waffe verschwinden ließ und die erstaunte Runde mit einem kindhaft-unschuldigen Lächeln bedachte.

»Verzeiht die Erregung meiner Tochter.« Gerade noch ernst, verzog Mathias seine Züge zu einem breiten Grinsen. »Doch wie es aussieht, ist Dom Frollos Kopist nicht nur auf ihren Leib, sondern auch auf ihren Kopf gefallen.«

»Ihr kennt mich?« fragte ich erstaunt.

Der Herzog nickte. »Wir folgten Euch bis hierher, Monsieur Armand. Und da Ihr für Frollo, den Erzdragowiten, arbeitet, glaubten wir, hier den Eingang zur Hölle gefunden zu haben.«

Leonardo war mit Atalantes Verband fertig und wandte sich dem Herzog zu: »Wenn Ihr Dragowiten treffen wolltet, hättet Ihr auf der Müllerbrücke dabeisein müssen.«

»Ach, das waren die Dragowiten?« Ein wenig beschämt rieb sich Mathias das stoppelige Kinn. »Bei allen Propheten, wir haben wahrhaftig die Falschen verfolgt. Aber wer weiß, wozu es gut war. Meine Hochachtung übrigens, das war ein hübscher Kampf auf der Müllerbrücke.«

Artig bedankte sich Leonardo mit einer Verbeugung und einem Lächeln.

»Wir sollten nun die Schäden besichtigen und die Verwundeten versorgen, dann reden wir weiter«, schlug Villon vor.

Wir suchten den unterirdischen Schankraum auf, in dem ich mich umgezogen hatte. Auf jeder Seite gab es ungefähr ein Dutzend Tote und die doppelte Zahl Verwundeter.

»Ein hoher Blutzoll«, brummte Villon. »Um so höher, wenn man bedenkt, daß er einem Irrtum geschuldet ist.«

»Viel Arbeit für mich«, seufzte Leonardo und blickte sehnsüchtig zur Tür des Raumes, in dem der aufgeschnittene Leichnam lag.

Die Italiener, Villon, der Zigeunerherzog, seine Tochter und seine Grafen gingen zurück zur Höhle der Denkmaschine. Ich war natürlich bei ihnen. Und Colette, die sich uns angeschlossen hatte.

Sie kam neben mich, drückte meinen Arm und flüsterte: »Ich habe von Eurem wackeren Streich gehört, Armand. Während die anderen nur ihre Waffen benutzten, habt Ihr auch mit dem Kopf gekämpft und Euch in den Hinterhalt gelegt, bis der richtige Zeitpunkt gekommen war. Eine Heldentat, ich bin stolz auf Euch!«

Ich murmelte ein verlegenes »Danke« und wagte nicht, sie über ihren Trugschluß aufzuklären. Es tat einfach zu wohl, von Colette bewundert zu werden. Außerdem war das Ergebnis meines Handelns nicht in Frage zu stellen, mochte es auch auf eher zufällige Art zustande gekommen sein.

Die Ägypter bewunderten die Denkmaschine, was mir nur zu verständlich war. Allein der Herzog blieb kühl und meinte, nachdem Villon ihm vom Ergebnis des jüngsten Denkprozesses erzählt hatte: »Daß die Mauern von Notre-Dame den Sonnenstein bergen, habt Ihr bereits vorher vermutet. Also hat diese Erfindung Euch keine neuen Erkenntnisse gebracht, sondern nur das bestätigt, was Ihr ihr eingabt. Diese Maschine kann nicht denken!«

Ein wenig beleidigt schnaubte Leonardo: »Das ließe sich von den meisten Menschen auch behaupten. Aber im Gegensatz zu ihnen kann die Maschine Sachverhalte klären, Gedankengänge auf einen Punkt bringen, Entscheidungen vorantreiben.«

Mathias lächelte dünn. »Ich weiß nicht, was schwerer wiegt, Eure Geringschätzung für die Menschen oder Eure Hochachtung vor diesem grotesken Maschinending.« Er sah Villon an. »Noch mehr wundert mich aber, Messire, daß Ihr uns in Eure Geheimnisse einweiht.«

»Da Ihr schon unser Versteck aufgespürt habt, kann es nicht mehr viele Geheimnisse zwischen uns geben«, antwortete Villon. »Ihr wollt den Sonnenstein, und wir wollen ihn auch. Also sollten wir mit vereinten Kräften streiten!«

»Der Vorschlag ist gut«, befand der Herzog. »Aber traut Ihr uns denn? Wir wollen den Smaragd für uns, jeder will ihn für sich.«

»Ich weiß ihn lieber bei Euch als bei den Dragowiten«, erklärte Villon. »Und auch Euch müssen die Dragowiten die schlimmsten Feinde sein, denn sie wollen mit der Macht des Sonnensteins den schlafenden Drachen wecken. Hindern wir sie gemeinsam daran, und was aus dem Smaragd wird, sehen wir, wenn wir ihn haben – *falls* wir seiner habhaft werden.«

»Einverstanden«, sagte Mathias. »Wie gedenkt Ihr vorzugehen?«

»Wir sind vorerst damit beschäftigt, uns ein neues Versteck zu suchen«, antwortete Villon säuerlich.

»Nicht nötig, wir werden schweigen. Man mag meinen Männern vieles vorwerfen können, aber nicht, daß sie schwatzhaft sind.«

»Seid Ihr nicht mit Clopin Trouillefou, dem König der Gauner, im Bunde? Wie wollt Ihr seine ganze Schar im Zaum halten?«

»Trouillefou und seine Gauner wissen nichts von Eurem Versteck. Ich spanne die Bande für meine Unternehmen ein, wenn es mir nützt und für die Gauner ein fetter Brocken abfällt, aber für diesen wichtigen Streich habe ich nur meine eigenen Männer mitgenommen. Selbst den Angetrauten meiner Tochter, diesen Federschwinger, haben wir zurückgelassen, obwohl er sich wie eine Klette an den Rock meiner Schönen hängt.«

»Gringoire ist wirklich Euer Gemahl?« entfuhr es mir. Ich

hatte nicht so recht glauben können, was Dom Frollo mir darüber erzählt hatte.

»Nur nach Gaunerrecht«, antwortete la Esmeralda. »Ich mußte ihn zum Gemahl erwählen, weil niemand sich seiner erbarmte und Trouillefou ihn aufhängen wollte. Ein Mann, der lange Zeit für Dom Frollo gearbeitet hat, schien mir und meinem Vater für dieses Schicksal zu wertvoll. Er könnte nützliche Dinge wissen. Aber er soll nur einmal wagen, mir zu nahe zu treten!«

Ich griff an meinen Hals.

»Ich kann mir sehr gut denken, was ihn dann wohl erwartet.«

Über Colettes Nase bildete sich eine mißtrauische Falte, und ihr Blick pendelte forschend zwischen der Zigeunerin und mir, was ich sehr schmeichelhaft fand.

Villon trat zu ihr. »Das ist die Tochter von Marc Cenaine. Seit heute kenne ich sein Versteck. Wollt Ihr mit Euren Leuten helfen, ihn zu befreien, Herzog?«

Die Ägypter wollten, und so wurde gemeinsam ein Schlachtplan für den nächsten Tag geschmiedet.

»So hat jeder eine Aufgabe«, stellte Mathias befriedigt fest. »Hoffen wir nur, daß Frollo unsere Pläne nicht durchkreuzt!«

»Dann warnt uns hoffentlich Armand«, sagte Villon und sah mich an. »Das heißt, falls er gewillt ist, in die Höhle des Löwen zurückzukehren.«

Aller Augen richteten sich auf mich, aber ich sah nur die Blicke von Villon und Colette. Ich wollte, daß mein Vater stolz auf mich und daß Colette mir dankbar war.

»Natürlich gehe ich zurück!« verkündete ich wie ein Ritter aus einem Epos, der soeben beschlossen hat, ein zehnköpfiges, feuerspeiendes Ungetüm zu erlegen. Und als ich es gesagt hatte, schien mir der Kuß, den Colette auf meine Wange drückte, jede Gefahr mehr als wert. Das Aufleuchten in den Augen meines Vaters tat ein übriges, mich in meinem Entschluß zu bestärken.

Doch als ich mich später, nach Mitternacht, den Türmen von Notre-Dame näherte, stockten meine eben noch beschwingten Schritte. Ich war kein Ritter, nicht einmal ein Soldat, sondern ein kleiner Schreiber, der sich anmaßte, ein Spion zu sein. Hier auf der Cité-Insel, umweht von frischer Nachtluft, die vom Fluß herüberblies, klärte sich mein Verstand, befreite sich von dem Fiebertraum, der mich in dem unterirdischen Labyrinth befallen hatte. Ein Wicht war ich, wie ich da auf dem Vorplatz stand und zu den beiden Glokkentürmen hinaufstarrte, die mit ihrer Galerie ein gewaltiges H bildeten, standhaft und gewiß nicht von einem Kopisten zu erschüttern. Wie sollte ich es wagen, diesen festen Mauern ein Geheimnis zu entreißen?

Die Ampeln in den Kapellen sandten bunte Lichtstrahlen durch die Fenster. Das Riesentier hatte die Augen geöffnet, um mich zu beobachten. War das wirklich Unsere Liebe Frau, erbaut zum Ruhme Gottes? Welchen Gottes? Wenn aber dieses mächtige, wunderbare Bauwerk den Weltenschöpfer verherrlichte, den bösen Gott, dann stand es in Satans Diensten. Ein aus Fels gehauener Goliath, und ich war ein David, der noch nicht mal eine Steinschleuder besaß.

Oben auf der Galerie nahm ich trotz der Nachtfinsternis eine Bewegung wahr. Ein Zucken, das durch einen der Wasserspeier lief. Ein Dämon war zum Leben erwacht und sah auf mich herab. Ich wußte, daß er einen Höcker trug und nur ein Auge hatte. Doch dieses Auge war gefährlich, war das Auge eines Dämons und zugleich das seines noch viel dämonischeren Herrn.

Der Gedanke an meinen Vater und an Colette gab mir die Kraft und Zuversicht, in den Schatten von Notre-Dame zu treten. Auf der dunklen Treppe und dann im Turm erwartete ich bei jedem Schritt, dem Glöckner zu begegnen. Erleichtert erreichte ich meine Zelle, ohne auch nur einen Blick auf Quasimodo erhascht zu haben. Ich schlug die Tür hinter mir zu und fiel erschöpft aufs Bett. Notre-Dame hatte mich wieder.

VIERTES BUCH

Kapitel 1

Der süße Duft des Todes

Ich hatte nicht gehofft, überhaupt Schlaf zu finden. Doch meine Erschöpfung war ebenso groß wie mein Drang, den Gedanken zu entfliehen, die meinen Kopf mit einem lauten, dröhnenden, schmerzhaften Veitstanz malträtierten. Ich sank in einen Schlaf, so tief, daß die Mauern von Montségur, die mich in vielen Nächten heimgesucht hatten, blasse Schemen blieben. Nur ein Gesicht trat deutlich hervor, erschreckend deutlich: streng, verschlossen, unter der Krone des früh ergrauten Haarkranzes wie das Antlitz eines bösen Königs wirkend. Den dunklen Augen entströmte ein rotes Glühen, das mich einhüllte. mich zu verbrennen drohte. Ich trachtete danach, dem Feuer zu entkommen, wälzte mich von links nach rechts und zurück – und fiel mit dem linken Ellbogen hart auf den Boden meiner Zelle.

Mit dem Schlafen war es vorbei, das qualvolle Stechen in meinem linken Arm hätte einen Toten erweckt. Meinen Traum verfluchend, wollte ich mich mit dem rechten Arm am Bettkasten hochziehen. Halb erhoben, verharrte ich, als mein Blick auf das Gesicht fiel, das nicht mit den Schatten der Traumwelt verblaßt war. Meine Zelle war ein Ort der Schemen, denn der beginnende Tag lag noch im Zwielicht, und es drang kaum Helligkeit durch die Fenster. Der Schwarzgewandete, der auf mich herabstarrte, trug in der Hand eine Bronzelaterne, deren roter Schein mich aus dem Schlaf gerissen hatte. Das Glühen umgab die schwarze

Kutte meines Besuchers, daß er aussah wie ein übernatürliches Wesen.

»Ich wollte Euch nicht erschrecken, Armand«, sagte Dom Frollo. »Habt Ihr Euch verletzt?«

»Es geht schon.« Ächzend zog ich mich an einem Bettpfosten hoch und muß dabei, zumal in meinem zerzausten Zustand, eine lächerliche Figur abgegeben haben. »Euer Besuch ist ebenso früh wie überraschend, Domine.«

Immer noch machte Frollo ein sehr ernstes Gesicht, und sein Blick schien mich ausforschen zu wollen. »Gibt es einen Grund, daß die Polizei Euch sucht? Vor der Kathedrale stehen zwei Sergeanten vom Châtelet, die den dringenden Wunsch verspüren, Euch mitzunehmen.«

»Mich?« Ich schluckte und dachte an die Ereignisse des vergangenen Abends. Suchte man den Mann, der in das Desaster auf der Müllerbrücke verwickelt war? Oder gar den Verbündeten der Ketzer? Gründe genug, die Häscher nach mir auszusenden. Ich gab mich ahnungslos und fragte schlicht: »Was wollen die Sergeanten?«

»Sie sagten mir nur, dieser Kriminalleutnant wünsche Euch umgehend im Châtelet zu sehen.«

»Falcone?«

Dom Frollo nickte. »Was immer man Euch zur Last legt, Monsieur Armand, in den Mauern von Notre-Dame seid Ihr sicher. Hier herrscht das heilige Asylrecht, das selbst der König zu achten hat. Wenn Ihr wollt, sage ich den Sergeanten, daß Ihr Euch auf das Schutzrecht der Freistatt beruft.«

Was das bedeutete, war mir augenblicklich klar. Ich würde noch mehr als zuvor ein Gefangener Notre-Dames und Claude Frollos sein. Deshalb sagte ich: »Nein, ich werde zu ihnen gehen. Ich bin mir keiner Schuld bewußt.«

»Wie Ihr meint«, erwiderte Frollo und führte mich, nachdem ich mein Äußeres etwas in Ordnung gebracht hatte, hinunter zum Portal des Jüngsten Gerichts.

Einen passenderen Ort, mich den Sergeanten zu übergeben, hätte man schwerlich finden können. Angesichts der beiden wuchtigen Gestalten in ihren schweren Lederwämsern, bewaffnet mit Dolchen und Schwertern, zweifelte ich, ob ich die richtige Entscheidung getroffen hatte. Hätte ich nicht wenigstens meinen Dolch einstecken sollen, um mir die Freiheit nötigenfalls zu erkämpfen? Aber das hätte Dom Frollos Neugier erregt, und hätten die Sergeanten mich durchsucht und die verbotene Waffe entdeckt, wäre meine Lage noch mißlicher gewesen.

Auf meine Frage, was Leutnant Falcone von mir wünsche, schnarrte einer der Männer: »Das sagt er Euch selbst. Jetzt kommt mit zum Châtelet!«

Sie nahmen mich in die Mitte, und wir traten auf den friedlich im hellroten Morgenlicht liegenden Vorplatz hinaus. Frollo blieb unter dem Bogen des Portals stehen und blickte uns nach. Seine Miene war verschlossen, der Ausdruck nicht zu deuten.

Ich fragte mich, ob er Triumph verspürte. Vielleicht war sein Asylangebot eine Finte gewesen, hatte er mit meiner ablehnenden Antwort gerechnet und mich ganz bewußt in die Arme der Polizei gedrängt.

Der Himmel über Paris hatte sich beruhigt. Es regnete nicht länger, und der Sturmwind hatte sich in ein harmloses Lüftchen verwandelt. Die Wolkendecke, die am Vortag schwer über Dächern und Türmen gehangen hatte, zerfaserte zusehends. Die Strahlen der aufgehenden Sonne schnitten große Lücken in das graue Geflecht und beleuchteten die bunten Stoffballen und Kleiderstapel, die von emsigen Tuchhändlern in der Rue de la Draperie auf die Verkaufstische gepackt wurden.

Nahmen die Sergeanten absichtlich den Weg über die Müllerbrücke? Das Haus des unglückseligen Pfandleihers war nur noch ein Haufen verkohlter Schutt, und auch den hölzernen Speicher hatten die Flammen verschlungen. Einige Fässer, Kisten und Säcke hatte man vor dem Feuer retten können. Leicht angekohlt säumten sie die Brandstätte wie ein Reigen trauernder Hinterbliebener. Das Müllerhaus an der anderen Seite der Pfandleihe hatte dank seiner steinernen Mauern überlebt, und nur die rußgeschwärzte Wand neben der Brandruine zeugte von der überstandenen Gefahr. Ich blickte auf das zerborstene Geländer, wo ich mit dem bärenstarken Kerl in die Tiefe gestürzt war. Das Mühlrad, das ihm zum Verhängnis geworden war, schaufelte mit unschuldigem Fleiß Wasser und bespritzte mich mit seiner schäumenden Gischt.

»Weiter, Monsieur!«

Einer der Sergeanten zog mich mit sich und machte mir damit erst bewußt, daß ich, von der Erinnerung an das schreckliche Erlebnis gebannt, stehengeblieben war. Das düstere Mauerwerk des Grand-Châtelet, in das wir eintauchten, war nicht geeignet, mich aufzuheitern. Auch hier war ich Zeuge eines gewaltsamen Todes geworden, und wenn ich dem Notar Gilles Godin begegnete, würde man mich als Mörder einsperren – falls Leutnant Falcone das nicht ohnehin vorhatte. Aus den Mauern vorspringende Türme säumten den Hof und bewachten die Gefangenen in den Kerkern. Das nahm ich als letztes Bild in mich auf, bevor die Sergeanten mich in das finstere Kellergewirr aus Treppen und verschlungenen Gängen führten.

Sie geleiteten mich in einen unterirdischen Raum, aus dem uns süßlicher, ekelerregender Gestank entgegenschlug. Er gemahnte mich an den Duft des Todes, der den Gebeinhäusern auf dem Friedhof der Unschuldigen Kindlein entströmte. Als ich den von Öllampen beleuchteten Raum betrat, sah ich, woher der Atem der Verwesung wehte. Piero Falcone stand vor einer Reihe Leichen, die säuberlich aufgereiht auf dem nackten Boden lagen. Andere Tote waren in grobes Leinen gewickelt und warteten darauf, zum Friedhof gekarrt zu werden.

»Ah, da seid Ihr endlich!« Falcone begrüßte mich mit der falschen Freundlichkeit eines gerissenen Händlers und wies sogleich auf die fünf Leichname, die nicht in Tücher gehüllt waren und mit toten Augen ins Nichts starrten. »Seht Euch das an, Monsieur Armand. Eine hübsche Ausbeute, wie?«

Ich mußte mich arg zusammennehmen, um nichts von meiner Erregung preiszugeben. Denn ich erkannte die Toten sofort, zumindest vier von ihnen. Es waren der narbengesichtige Degenschwinger und seine drei Gefährten, welche von den Italienern ins jenseitige Dasein befördert worden waren. Der fünfte Leichnam war ein wenig lädiert: Ein Arm unnatürlich verrenkt, das Gesicht eingedrückt und kaum noch zu erkennen. Aber der kräftige Körperbau verriet, daß es sich um den Mann handelte, der mit mir von der Brücke gestürzt war. Das Mühlrad hatte ihm gehörig zugesetzt.

»Seid Ihr über die Müllerbrücke gekommen, Monsieur Armand? Nun, dann habt Ihr ja das abgebrannte Haus gesehen. Dort fand man vier der Verblichenen. Den fünften, diesen Riesenkerl mit dem zerquetschten Gesicht, haben die Wachen am Louvre heute morgen, als sie die nächtliche Sperrkette einzogen, aus der Seine gefischt. Er gehört zu den vier anderen.«

»Wie könnt Ihr das wissen?« fragte ich im Unschuldston.

Falcone tippte den Narbengesichtigen mit der Stiefelspitze an. »Das hier ist Frontor der Narbige, ein guter Fechter, aber auch ein übler Halunke. Für Geld hätte er seine Klinge auch in den Leib seiner schwangeren Schwester gebohrt. Die anderen gehörten zu seiner Bande. Der verunstaltete Dicke wurde Charlot der Knacker genannt. Mit seiner Bärenkraft hat er mehr Menschen das Rückgrat gebrochen, als hier in die Leichenkammer passen würden.«

»Sehr beruhigend, daß jemand ihrer Laufbahn ein Ende gesetzt hat.«

»In der Tat, Monsieur Armand. Doch wüßte ich gern, wer dieser Jemand ist.«

»Verständlich, Herr Leutnant. Aber warum erzählt Ihr mir das alles?«

»Weil ich hoffe, Ihr könnt mir weiterhelfen. Wart Ihr gestern nachmittag auf der Müllerbrücke?«

Erst wollte ich es rundweg leugnen. Aber was, wenn man mich gesehen hatte? Irgendein Müller, der bei dem schlechten Wetter in seinem Haus gehockt und durch die halbblinden Scheiben hinaus in den Sturm gestarrt hatte, mochte mich den Wachen beschrieben haben. »Ja, ich war auf der Brücke«, sagte ich also. »Da ich in letzter Zeit viel gearbeitet habe, ging ich auf Dom Frollos Rat ein wenig frische Luft schnappen.«

»Frische Luft schnappen? Gestern?« Falcones Stimme überschlug sich fast. Er sah mich an, als wisse er nicht, ob er mich wegen meiner dummen Antwort auslachen oder sich über mich empören sollte. »Das war keine frische Luft, das war ein gehöriger Sturmwind! Nicht wenige Unglückliche hat es von den Brücken und Kähnen in die Seine gerissen.« Er zeigte auf die verpackten Leichen. »Und da geht Ihr seelenruhig auf der Müllerbrücke spazieren?«

»Nun, das Wetter war in der Tat ziemlich rauh. Deshalb überlegte ich es mir anders, als ich etwa in der Mitte der Brücke stand, dort, wo später das Haus niederbrannte. Ich ging zurück zur Cité-Insel und wärmte mich in einer Schenke am Brückenkopf mit heißem Würzwein auf.«

»Und das soll ich Euch abnehmen?«

»Die Schenke heißt ›An der Müllerbrücke‹. Fragt den Wirt, er selbst hat mich bedient.«

Der Leutnant schien unzufrieden, zweifelnd. Sein Blick

streifte die fünf Toten und blieb dann lange auf mir haften. »Und in der Schenke seid Ihr länger geblieben?«

»Nein, ich habe noch andere Gasthäuser aufgesucht.«

»Deren Namen Ihr wohl auch nennen könnt?«

Ich lachte Falcone ins Gesicht. »Könnt Ihr Euch Namen merken, wenn der Wein Euren Geist benebelt? Ist nicht eine Pinte wie die andere, ausgenommen vielleicht die der Dikken Margot? Ich weiß nur noch, daß ich nach Mitternacht nach Notre-Dame heimkehrte, mit einem Schädel so dick, daß er noch heute morgen brummte.«

Jetzt grinste auch der Leutnant. »Deshalb also scheint Ihr so mitgenommen. Bedauerlich, daß Ihr mir mit dem abgebrannten Haus nicht weiterhelfen könnt. Der Pfandleiher, dem es gehörte, ist bis auf die Knochen verkohlt. Ich frage mich, was Frontor von ihm wollte und wer das alte Narbengesicht und seine Bande so schlagkräftig ins Jenseits befördert hat.«

»Vermutet Ihr einen Zusammenhang mit den Taten des Schnitters? Oder warum sonst habt Ihr mich herbringen lassen?«

»Man hat gestern einen Mann vor der Pfandleihe gesehen, auf den Eure Beschreibung paßt, Monsieur Armand. Und tatsächlich wart Ihr dort. Ihr scheint den Tod anzuziehen, als läge ein Fluch auf Euch.«

»Wirklich ein seltsamer Zufall«, sagte ich in beiläufigem Ton.

»Sagt nicht Demokrit, die Menschen hätten sich im Zufall ein Trugbild geschaffen, einen Vorwand für ihre eigene Torheit? Und sagt er nicht auch, daß Zufall und Überlegung nur selten im Widerspruch stehen, daß einsichtsvoller Scharfblick die meisten Dinge in eine Ordnung zu bringen vermag?«

Erstaunt blickte ich ihn an. »Ihr habt Demokrit gelesen, Herr Leutnant?«

Falcone lächelte hintergründig. »Nur ein Zufall. Doch frage ich mich, ob er nicht recht hat, ebenso wie dieses Sprichwort.«

»Welches?«

»Auf den Zufall bauen ist Torheit, den Zufall zu benutzen aber ist Klugheit.«

»Ihr glaubt mir also nicht«, schlußfolgerte ich. »Ihr denkt, ich spreche von einem Zufall, um die Wahrheit zu verschweigen.«

Er machte eine Geste der Ratlosigkeit. »Ich weiß nicht, ob ich Euch für einen durchtriebenen Burschen halten soll oder für einen heiligen Narren. Im ersten Fall wärt Ihr eine Gefahr für andere, im zweiten wärt Ihr es für andere und für Euch selbst. Seht Euch diesen Raum gut an, Monsieur Armand! Täglich fischt man Leichen aus der Seine und bringt sie hierher, nach vielen fragt kein Schwein. Falls Ihr mehr wißt, als Ihr mir sagt, überlegt Euch gut, ob Schweigen angebracht ist. Wer einmal hier liegt, kann sich nicht mehr rausreden.«

»Ich habe Euch nicht mehr zu sagen, Leutnant. Haltet mich getrost für einen Narren.«

Das war die einzige Antwort, die ich ihm geben konnte. Alles andere mochte mich vor der Leichenkammer bewahren, brachte mich aber unweigerlich in die Kerkerzellen und Folterkammern, die es irgendwo in diesem Gewölbe gab. Zudem hätte jedes weitere Wort meinen Vater gefährdet und Colette, die gestern die Weihe zur Katharerin, zur Ketzerin, empfangen hatte.

»Wenn Ihr ein Narr seid, dann ein sehr großer«, sagte Falcone zum Abschied. »So groß, daß man Euch beim nächsten Narrenfest zum Papst küren kann – falls Ihr den Tag noch erlebt!«

Kapitel 2

Im Kerker der Vergessenen

Ich kehrte nicht über die Müller- oder die angrenzende Wechslerbrücke auf die Seine-Insel zurück. Der Grund war einfach: Ich traute Leutnant Falcone sowenig wie er mir. Daß ich seinen Verdacht gegen mich nicht entkräftet hatte, hatte er mehr als deutlich erkennen lassen. Er hätte versuchen können, meine Zunge auf der Folterbank zu lösen, doch er hatte mich gehen lassen. Mir war klar, daß er mich als Lockvogel benutzen wollte. Vielleicht ließ er mich sogar beobachten. Deshalb hielt ich mich einstweilen in der Neustadt auf, drängte mich durch belebte Gassen zum Grève-Platz, tauchte bei den Bootsanlegern in das Gewimmel von Händlern, Schiffern und Schauerleuten ein und lief dann im Schatten der großen Kaufmannshäuser, die das Ufer säumen, zur Notre-Dame-Brücke. Mit schnellen Schritten überquerte ich den Fluß und nahm auch auf der Cité-Insel einen verschlungenen Weg, obgleich ich mir sicher war, mögliche Verfolger längst abgeschüttelt zu haben. Die Mittagsstunde nahte, und ich beeilte mich, rechtzeitig am Justizpalast einzutreffen. Die große Uhr an der Ostseite des eckigen Turms schlug zum zwölftenmal, als ich ihrer ansichtig wurde.

»Ob die Conciergerie hier im Justizpalast, das Châtelet oder die Bastille, die Kerker von Paris haben gewiß ebenso viele Unschuldige wie Schuldige in ihren finsteren Bäuchen«, sagte eine leise Stimme in mein Ohr, und eine klauenartige Hand legte sich auf meine Schulter. Neben mir stand eine Gruppe Zisterzienser in ihren ungefärbten hellen, dem Armutsideal verpflichteten Kutten. Allesamt hatten sie die schwarzen Kapuzen übergestreift, auch derjenige, der eben zu mir gesprochen hatte. Doch er war kein Zisterzienser. Erst erkannte ich die runzlige Klaue, dann die geisterhafte, vom Husten geschwächte Stimme. François Villon hatte die dunkle Kutte des Geistermönchs gegen die helle des Zisterzienserbruders vertauscht.

Bei ihm waren sechs weitere Verkleidete, darunter Leonardo und Tommaso. Atalante hatte wegen seines verletzten Arms schweren Herzens auf die Teilnahme an dem Unternehmen verzichtet. Drei kräftige Männer namens Hardoin, Clément und Toison, Katharer oder Coquillards oder beides, trugen große Kiepen. Colette ergänzte die Gruppe; sie hatte, wie ich hörte, Villons heftigen Protesten zum Trotz darauf bestanden, bei der Befreiung ihres Vaters dabeizusein.

So wie ich. Als Villon am Abend zuvor eingwandt hatte, ich sei als sein Späher in Notre-Dame wichtiger – um Dom Frollo auszuhorchen, um hinter die Identität des Großmeisters zu kommen und um das Geheimnis von ΑΝΑΓΚΗ zu ergründen – hatte ich das nicht gelten lassen. Ich wollte nicht länger ausgeschlossen sein, ein dummer Bauer in dem großen Spiel. Ich wollte bei meinem Vater sein und bei Colette!

»Warum kommt Ihr so spät, Armand?« fragte Villon.

Ich berichtete von meinem Besuch in der Leichenkammer, während die anderen einen Kreis um mich bildeten. Hardoin zog die Tracht eines Zisterziensers aus seiner Kiepe, die im übrigen mit Roggenbroten, Maiskuchen und Pasteten gefüllt war. Ich streifte den hellen Talar aus grober Wolle über, dann das schwarze Skapulier mit der Kapuze und schlang schließlich das ebenfalls schwarze Cingulum, das nicht mehr war als ein faseriger Strick, um meine Taille.

Derweil erzählte Villon in knappen Worten, daß er noch vor dem Morgengrauen einen Erkundungstrupp zum unterirdischen Tempel der Cité-Insel gesandt hatte. Die Männer hatten nicht mehr als das Erdloch entdeckt, durch das man in den Tunnel gelangte. Der aber war teilweise eingestürzt, versperrt von Gestein und Erdreich. Wahrscheinlich hatten die Dragowiten den nicht mehr sicheren Tempel geräumt und beschlossen, sich künftig an einem anderen Ort zu treffen.

»Seid Ihr bewaffnet, Signore Armand?« fragte Leonardo.

Ich verneinte, und er gab mir einen Dolch mit zum Ort gebogenen Parierstangen, den ich unter die Mönchskutte in meinen Gürtel schob.

»Dann laßt uns den Palast der Gerechtigkeit betreten«, sagte Villon. »In der Zuversicht, daß wir ihn als freie Menschen wieder verlassen!«

Während wir durch die mit Gauklern und Händlern reich bevölkerten Gassen an den Mauern des ehemaligen Königspalastes entlanggingen, fragte ich: »Was meint Ihr, Messire Villon, warum hält man Cenaine hier gefangen? Wenn die Dragowiten Vertrauensleute wie Gilles Godin und Charles Mouron am Châtelet haben, wäre es doch sinnvoll gewesen, ihn dort einzukerkern.«

Colette antwortete anstelle von Villon: »Mein Vater war in der Münzkammer tätig, und die gehört zum Justizpalast, dessen Gerichtsbarkeit er damit untersteht.«

»Ist er denn ein rechtmäßig Gefangener? Ich dachte, man hätte ihn bei Nacht und Nebel verschleppt.«

»Halb und halb«, meinte Villon. »Dom Frollos Arme reichen weit, nicht nur bis ins Châtelet, sicher auch bis in den Justizpalast. Vielleicht gehört sogar der Concierge zu den Dragowiten oder wird zumindest von ihnen bezahlt. Fragte man nach, könnte niemand in der Conciergerie etwas über einen Gefangenen Marc Cenaine sagen, und doch wissen wir, dank Euch, Armand, daß er hier ist. Und es verwundert nicht. Die Cité-Insel steckt voller Geheimnisse, über und unter der Erde. Die Kapetinger haben den alten Königspalast errichtet, und schon der römische Statthalter residierte an diesem Ort. Noch aus der Zeit, als hier der Palast der Könige war, gibt es geheime Gänge und Verliese für Staatsgefangene, die heute so gut wie vergessen sind.«

»Die Verliese oder die Gefangenen?« erkundigte ich mich.

»Die einen wie die anderen. Zum Glück kenne ich mich hier aus. Schon einmal mußte ich ein Opfer der Dragowiten aus der Conciergerie befreien.«

Er sprach von seinem Vater, Guillaume de Villon, meinem Großvater, dem angeblich Wahnsinnigen von 1465. Vielleicht hörte nur ich, wie seine heisere Stimme sich bei diesen Worten verhärtete.

Zwei Hellebardiere bewachten den Eingang zur Conciergerie zwischen den vorspringenden runden Zwillingstürmen, die in den graugrünen Fluten der direkt unter ihnen vorbeirauschenden Seine ihr verzerrtes Spiegelbild sahen. Die Wachen ließen uns unbehelligt eintreten, denn der Justizpalast war ein öffentlicher Platz. Eine Gruppe Zisterzienser war nicht verdächtiger als die Tuch- und Eisenwarenhändler, als die Verkäufer von Wein und von Zuckerwaren, als die Possenreißer und die mandatslosen Anwälte, die alle gleichermaßen lauthals und aufdringlich um Kundschaft buhlten. In den Gängen und Höfen, auf den Galerien und Treppen machten sie sich breit, und aus einem der nicht mehr benutzten großen Kamine drang sogar das rhythmische Hämmern eines Schmieds, der dort Esse und Amboß aufgestellt hatte.

»Vielleicht hätten wir doch lieber nachts kommen sollen«, bemerkte Toison. »Es herrscht so viel buntes Treiben hier.«

»Gerade darauf fußt mein Plan«, erwiderte Villon. »Zur Nachtzeit sind alle Tore verschlossen, und wir hätten uns mit großer Mühe unbemerkt einschleichen müssen. So aber sind wir ein Teil des Treibens und werden niemandem auffallen.«

Ich bewunderte Villon für seine Umsicht und Entschlossenheit, wenn mir auch klar war, daß er nicht Colettes schöner Augen wegen handelte. Er wollte Marc Cenaine den Dragowiten entreißen, um mehr über die Machenschaften der Kipper und Wipper zu erfahren, um das Komplott der Verschwörer zu durchkreuzen.

Eine verschlossene Tür am Ende eines langen Ganges, bewacht von zwei weiteren Hellebardieren und einem Sergeanten, begrenzte das laute Treiben.

»Dahinter liegt der Abstieg zu den Kerkern«, erklärte Villon und blieb fünfzehn Schritt vor der Tür stehen. »Jetzt wird es ernst.«

»Man wird uns doch durchlassen?« fragte Colette ängstlich besorgt, und das starke Zittern ihrer Stimme verriet das Ausmaß ihrer Erregung.

»Das schon«, antwortete Villon. »Aber hin und wieder werden selbst fromme Brüder auf Waffen durchsucht. Das hängt ganz von der Laune des Schließers ab.«

»Na fein«, knurrte Tommaso in seinem mangelhaften Französisch. »Und wenn der Signore Schließer heute nacht keinen Stich gehabt hat bei seiner Liebsten, müssen wir ihn ein wenig abstechen.«

»Wenn wir schon so früh Aufsehen erregen, dringen wir nie bis zu den geheimen Kerkern durch«, mahnte Villon. »Deshalb habe ich für Ablenkung gesorgt.«

»Aha«, machte Tommaso und blickte sich suchend um. »Und wo ist diese Ablenkung?«

»Da kommt sie schon.«

Villon meinte offenbar ein sich lauthals streitendes Paar,

das sich an uns vorbeidrängte und einander mit einer ungeahnten Vielzahl niederster Schimpfwörter bedachte. Kurz vor der verschlossenen Tür blieben die beiden stehen, und der Mann brüllte zur Belustigung der Wachen: »Was bin ich, schlapp wie eine Kaulquappe? Die Kaulquappe werd ich dir schon zeigen, wenn du dich nicht länger einhüllst wie eine Nonne!«

Und schon riß er am Kleid der Frau, daß die Schnüre über der Brust aufplatzten. Der Wüterich zerrte das rote Leinen auseinander und zog das weiße Brusttuch heraus, um es verächtlich auf den Boden zu schleudern. Zum Vorschein kam ein Paar großer, praller Brüste, zwei Kugeln rosigen, festen Fleisches, gekrönt von feuerroten Kirschen. Dem Schließer und den Hellebardieren fielen fast die Augen aus dem Kopf, und auch ich weidete mich an dem Anblick.

»Schon besser!« stieß der Mann in ungebrochener und vielleicht gerade neu geschürter Erregung hervor, öffnete seinen Gürtel und wollte die Hose nach unten streifen. »Und jetzt wirst du sehen, was meine Kaulquappe vermag!«

Sosehr der Schließer sich auch an dem Schauspiel ergötzen mochte, sein Pflichtbewußtsein gewann die Oberhand. Er trat vor, baute sich vor den Streitenden auf und forderte eine Erklärung für ihr schändliches Treiben.

»Gothon, was meine Frau hier ist, will sich von mir scheiden lassen«, sagte der Mann mit der offenen Hose, als erkläre dies alles.

»Na und, kein Wunder«, verkündete die Entblößte. »Die Tage im Jahr, an denen Antoine einen hochkriegt, kann ein Einarmiger an seinen Fingern abzählen. Mit dem Wurm zwischen seinen Beinen könnte ein Angler nicht mal 'ne Elritze anlocken.«

»So, nicht mal 'ne Elritze, wie?« Mit fliegenden Fingern fummelte Antoine an seiner offenbar widerspenstigen Hose herum. »Den Wurm wirst du gleich sehen. Wart nur ab, bis er sich in deinen löchrigen Pelz bohrt!«

»Halt!« schrie der Sergeant und war nahe dran, sein Schwert aus der Scheide zu ziehen. »Ihr Pack werdet doch nicht hier im Justizpalast ...«

»Und ob wir das werden, und ob!« tönte der wütende Antoine. »Es ist mein gutes Recht noch aus der Zeit, als der König hier residierte, jawohl! Wenn ich vor Zeugen meine Manneskraft beweise, muß Gothon ihr Verlangen auf Scheidung zurückziehen. Erkundigt Euch nur, wenn Ihr mir nicht glaubt!«

Villon sah seinen Augenblick gekommen und trat an den Schließer heran. »Verzeiht die Unterbrechung, Sergeant, aber wir möchten zu den Gefangenen.«

»Nicht jetzt«, bellte der Mann. »Ich bin beschäftigt.«

»Wir auch«, erwiderte Villon ruhig. »Der Herr hat uns die Zeit nicht gegeben, um sie zu verplempern.«

»Na und?« Der Sergeant zuckte mit den Schultern. »Dann geht mit Euren Brüdern beten. Hier habt ihr nichts zu suchen. Niemand darf zu den Gefangenen.«

»Ihr wißt sehr wohl, daß das nicht für die Diener des Herrn gilt.« Villon zeigte auf die Kiepenträger. »Unser Stift hat Geld für Essen gesammelt, das wir den armen Gefangener bringen.«

»Ach so, schon wieder Klosterfraß für die Kettenraßler. Sagt das doch gleich!« Der Sergeant ging zur Tür und schloß sie auf. »Klopft an, wenn ihr wieder rauswollt. Nicht jeder da drin hat dieses Glück.«

Einer nach dem anderen schritten wir durch das Tor, während der Sergeant sich wieder dem streitenden, keifenden Paar zuwandte. Einer der Hellebardiere warf die Tür hinter uns ins Schloß.

»Ist das wahr?« fragte ich Villon. »Gibt es dieses erstaunliche Recht auf Beweisführung tatsächlich?«

»Ja, allerdings muß der Beweis im Beisein von fünfzehn Zeugen aus dem ärztlichen Stand erbracht werden.«

»Fünfzehn zuschauende Quacksalber?« ächzte ich. »Da könnte ich nicht den kleinsten Beweis erbringen.«

Der Lärm, den das Gewimmel im öffentlichen Teil des Justizpalastes verursachte, blieb hinter der dicken Holzbohlentür zurück. Eine steile Treppe führte uns in das dämmrige, kalte und feuchte Reich der Unfreiheit. An den nackten Wänden floß das Wasser in kleinen Bächen herunter.

»Will man die Gefangenen ersäufen?« Mich schauderte bei der Vorstellung, hier eingesperrt zu sein. »Oder spart man sich auf diese Art die Wasserfolter?«

»Weder noch«, sagte Villon. »Der Kerker liegt unter einem Wasserspeicher, und die Nähe des Flusses tut ein übriges. Aber das wird uns von Nutzen sein. Und jetzt leise!«

Hinter einer Biegung hockten drei Wächter in einem vergitterten Verschlag und ließen beinerne Würfel über einen fleckigen Tisch rollen. Villon holte ein paar große Pasteten und eine weingefüllte Kürbisflasche aus einer der Kiepen. »Eine kleine Gabe für die verdienstvollen Wachen der Conciergerie«, flötete er.

»Nur her damit«, rief der wachhabende Sergeant. »Wäre ja noch schöner, wenn wir schlechter leben müßten als das Halunkenpack!«

Während seine Kameraden schon nach den Pasteten griffen, führte er uns einen langen Gang entlang, den die Gittertüren der Zellen säumten. Dahinter hockten schmutzige, ausgemergelte Gestalten auf fauligem Stroh. Einige stierten ausdruckslos ins Leere, schienen an der diesseitigen Welt längst keinen Anteil mehr zu nehmen, andere zerrten bei unserem Erscheinen an ihren Ketten. Sie riefen und flehten, um etwas von unseren Gaben zu erhaschen. Es war ein schauriges Konzert der heulenden Stimmen und klirrenden Ketten, und ich verstand, warum der Schließer von Kettenraßlern gesprochen hatte.

»Führt uns bitte ganz nach hinten, Sergeant«, bat Villon. »Dort sind nach meiner Erfahrung die Ärmsten der Armen eingesperrt.«

»Ihr meint, dort sitzt der gemeinste Abschaum seine Strafe ab«, meckerte der Sergeant und geleitete uns in einen Zellentrakt, der noch kälter und düsterer war als der übrige Teil. Nur wenige Kerzen brannten in den Wandhaltern, als sei besseres Licht Verschwendung. Wer hier eingekerkert war, stand dem Tod näher als dem Leben, war lebendig begraben. Die Luft war feucht wie in einer Nebelbank, durchsetzt von Fäulnis, und wieder glaubte ich, den Tod zu wittern.

»Sehr schön, Sergeant«, sagte Villon salbungsvoll. »Und jetzt gebt uns bitte den Schlüssel zum Durchgang.«

»Wie?« Der Wächter legte sein blondes Haupt schief und sah Villon an. »Wovon redet Ihr, Bruder?«

»Von dem Durchgang, der zum Kerker der Vergessenen führt.« Villon wies auf eine steile Treppe, die in einem dunklen Loch verschwand.

»Woher wißt Ihr ...« Der Sergeant brachte seinen Satz nicht zu Ende. Aus Verwunderung wurde Mißtrauen, und er griff zu dem Kurzschwert an seiner Hüfte. »Ihr seid keine frommen Brüder! Wer seid ihr? Was wollt ihr hier?«

Er hatte sein Schwert noch nicht ganz gezogen, da drückte Villon ihm schon einen Dolch gegen den dicken Hals. »Laßt das Schwert stecken, oder es wird Euer letzter Streich!«

Der Sergeant zögerte und wurde durch Leonardo der Entscheidung enthoben. Der Italiener, der hinter ihm stand, zog das Stoßschwert und rammte den Knauf mit solcher Gewalt auf den Hinterkopf des Wächters, daß der Getroffene bewußtlos zu Boden ging. Villon löste sein Cingulum und band dem Sergeanten damit die Hände auf den Rücken. Ich griff nach meinem Gürtelstrick und fesselte die Beine, was mir ein anerkennendes Nicken meines Vaters eintrug.

Er wandte sich an Leonardo: »Kümmert Euch um die beiden anderen!«

Leonardo und Tommaso kehrten zusammen mit Clément, Hardoin und Toison, die ihre Kiepen abgelegt hatten, um. Als sie wiederkamen, trug nur noch Clément sein Cingulum.

»Die Wachen sind wahrhaft gehorsame Burschen«, kicherte Leonardo. »Sie sind ihrem Sergeanten sogar bis ins Reich der Träume gefolgt.«

Villon hatte derweil mit einem Schlüssel vom Bund des Sergeanten eine Tür am Fuß der steilen Treppe geöffnet. Das Ganze geschah zum Glück im Halbdämmer jenseits der Kerkerzellen. Hätten die Gefangenen mitbekommen, daß wir ihre Wärter entmachtet hatten, hätten sie wohl einen Höllenlärm veranstaltet, um freizukommen. Wir aber waren nur wegen eines einzigen Unglücklichen hier.

Finsternis hätte uns umhüllt, hätten Clément und Toison nicht auf Villons Weisung Kerzen aus den Wandhaltern genommen. Im Kerker der Vergessenen waren die Gefangenen von der Sonne und jedem anderen Licht abgeschnitten. Vom Schein der Kerzen und von unseren Schritten aufgeschreckt, regten sich die zerlumpten Gestalten in den engen Zellen. Ketten klirrten, und krächzende Stimmen winselten um Gnade, um einen Schluck Wein, ein Stück Brot.

Vor jeder Zelle blieben wir stehen und leuchteten hinein, auf schimmelpilzige Wände, von Ratten und Gewürm wimmelnde Haufen aus Stroh und Unrat und in die eingefallenen, verzweifelten, mit schwärenden Wunden übersäten Gesichter. Und jedesmal schüttelte Colette enttäuscht den Kopf. Bis sie am Ende des Ganges, vor der letzten Zelle, mit einem Aufschrei, dem ein heftiges Schluchzen folgte, zusammenbrach. »Vater! Was hat man Euch angetan? Wie konntest du das zulassen, Gott? Vater!«

Erst Colettes Stammeln brachte Leben in die gespenstische Gestalt, die dort angekettet war, als habe man sie für alle Ewigkeit festschmieden wollen. Hand- und Fußgelenke wurden von eisernen Ringen umschlossen, und ein weiterer lag um den Hals. Jetzt ging ein Beben durch den ausgemergelten Leib, und Marc Cenaine hob den Kopf in unsere Richtung.

»Oh, Vater! Sein Haar ist ergraut!« schluchzte Colette. Tatsächlich sah er viel älter aus, als er sein mußte. Nicht nur wegen des verfilzten grauen Haupt- und Barthaares. Sein Gesicht war eingefallen, die Haut faltig und fast so grau wie das Haar, von Geschwüren und Narben bedeckt. Die Augen, unter denen schwere Tränensäcke lagen, blickten wie durch einen Schleier, der den Gefangenen von der Welt der Menschen trennte. Die rissigen, mehrfach aufgeplatzten Lippen formten unhörbare Worte. Selbst zum Sprechen schien die armselige Kreatur, die einmal ein Mensch gewesen war, zu schwach.

Endlich hatte Villon den richtigen Schlüssel gefunden, und die Zellentür schwang mit einem rostigen, widerspenstigen Quietschen auf.

Colette rappelte sich auf, stürzte in die Zelle, ging neben ihrem Vater auf die Knie und umschlang seinen Leib. Die Kapuze glitt ihr vom Kopf, und ein Aufleuchten zerriß den Schleier vor Cenaines Augen.

»Colette ... Tochter ...« Es klang wie das Krächzen eines sterbenden Raben. Die Trübheit wich aus seinen Augen, wurde durch Erkennen und Erinnerung ersetzt. Das jämmerliche Bündel Haut und Knochen, bar jeglicher Hoffnung, begann wieder ein Mensch zu werden.

Vergebens suchte Villon an dem Bund des Sergeanten nach einem passenden Schlüssel für Cenaines Fesseln.

»Der ist da nicht dran«, brachte der Gefangene mühsam hervor. »Den hat ... Foltermeister ...«

»Ein Fall für Euch, Tommaso«, sagte Villon und erklärte Cenaine: »Tommaso ist ein Meister der Mechanik.«

Während sich Tommaso mit einem winzigen Messer und einer Art Nagel an den Schlössern zu schaffen machte, fragte Cenaine, wer wir seien.

»Freunde«, erklärte Villon. »Freunde, die Euch hier herausholen werden, Maître Cenaine.«

»Aber ... wie?«

»Man hat acht Zisterziensern den Zutritt zum Kerker gewährt, und acht weiße Mönche werden ihn auch wieder verlassen, die Gesichter von den Kutten verhüllt. Einer davon werdet Ihr sein.«

»Dann ... muß einer ... zurückbleiben!«

Villons Hand fuhr über eine Wand, und Feuchtigkeit glänzte auf seiner Haut. »Ein großes Wasserreservoir liegt über dem Kerker, und unterirdische Kanäle verbinden ihn mit der Seine. Unser Freund Leonardo ist ein geübter Schwimmer und Taucher. Keiner von uns wird hier zurückbleiben!«

Wie sehr Villon irrte, bewies in diesem Augenblick Hardoin, der aufstöhnte und am Eingang der Zelle zusammenbrach. In seinem Nacken steckte ein kurzer Pfeil mit hölzernem Gefieder, ein Armbrustbolzen. Hardoin wollte etwas sagen, doch statt Worten kam nur ein Blutschwall über seine zitternden Lippen.

Die schnellen Schritte vieler Männer hallten durch das Gewölbe. Laternenschein schnitt durch die Finsternis und ließ die Umrisse der Anrückenden erkennen. Kettenhemden klirrten, Waffen klapperten, und jemand schrie den Befehl: »Nehmt die Ketzer gefangen! Niemand darf entkommen!«

Der vorderste Mann, der auf Hardoin geschossen hatte, trat ins Licht unserer Kerzen, ein Angehöriger der königlichen Bogenschützen, zu erkennen an der blauen Tunika über dem Kettenhemd, die mit einem geflügelten Hirschen geschmückt war. Durch seinen Erfolg vorwitzig und vielleicht auch blutdürstig geworden, eilte der Soldat seinen Kameraden mit erhobenem Schwert weit voran. Die abgeschossene Armbrust hielt er in der Linken.

Leonardo sprang aus der Kerkerzelle und stellte sich dem Angreifer entgegen. Durch ein blitzschnelles Wegducken entging er dem feindlichen Schwerthieb und parierte ihn schneller, als das Auge zu folgen vermochte. Die Klinge seines Stoßschwerts fraß sich in den Hals des Soldaten, direkt unterhalb des Kinns, wo die schützende Halsberge der Panzerung endete. Der Schütze konnte nicht einmal mehr einen Schrei ausstoßen, so rasch ereilte ihn der Tod. Doch seine Rächer näherten sich unaufhaltsam.

»Wir müssen fort!« rief Leonardo uns zu. »Augenblicklich!«

»Nein, nicht ohne meinen Vater!« schrie Colette und umschlang die klapprige Gestalt Marc Cenaines, dessen Armfesseln dank Tommasos Kunst geöffnet waren. Aber was nutzte das, war er doch am Hals und an den Beinen noch gefesselt.

»So schnell schaff ich's nicht«, keuchte der Mechaniker.

Villon beugte sich über Hardoin, legte eine Hand auf seinen Kopf und sagte leise: »Der Herr der Guten Seelen nehme sich Eurer an, Bruder!« Hardoin war tot.

»Ihr müßt gehen!« keuchte Cenaine, umarmte seine Tochter und stieß sie dann mit letzter Kraft von sich. »Geh, Colette, du mußt dein Leben retten!«

Ich sah Villon kurz nicken. Er hatte eingesehen, daß unser Unternehmen gescheitert war. Alle hatten es eingesehen, auch Cenaine, nur seine Tochter sträubte sich dagegen. Tränen in den Augen, wollte sie dem Vater erneut um den Hals fallen. Ich packte sie einfach und zerrte sie aus der Zelle, ohne auf ihr Schreien und Strampeln zu achten. Villon und die anderen folgten mir. Zurück blieben Cenaine und der tote Hardoin.

»Nach links!« rief Villon und zeigte auf einen finsteren Durchlaß. »Da geht's zum Wasserspeicher.«

Leonardo hatte einen Bolzen aus dem Köcher des toten Schützen gezogen und die Armbrust gespannt. Er hob die Waffe, zog den Schaft tief in die linke Schulter ein und zielte auf die anstürmenden Feinde, die im Licht ihrer Laternen deutlich zu sehen waren. Leonardos Linke drückte ruhig den Abzugshebel an den Schaft, und die Sehne löste sich aus der Nuß. Mit klingendem Sirren durchschnitt der Bolzen die Luft und fuhr in die Brust eines Soldaten, der gerade selbst die Armbrust anlegte. Der Bolzen durchdrang den Kettenpanzer und schleuderte den Mann nach hinten, bevor er zum Schuß kam. Seine nachrückenden Kameraden stolperten über den Gefallenen.

Die verheerende Antwort ließ nicht lange auf sich warten. Ein vielfaches Gesirre, das an einen Hornissenschwarm erinnerte, erfüllte die Kerkerluft, und ein Regen von Armbrustholzen ging auf uns nieder. Die eisernen Spitzen schrammten kreischend über nackten Stein oder prallten mit metallischem Klirren gegen die Gitterstäbe von Cenaines Zelle.

Toison stürzte unter lautem Gebrüll zu Boden, begrub die Kerze unter sich und löschte ihre Flamme. Ein Bolzen war in seinen linken Oberschenkel gefahren, so tief, daß die blutige Spitze auf der anderen Seite herausragte. Clément und Tommaso sprangen zu ihm, griffen unter seine Schultern und hoben ihn auf. Sie schleppten ihn mit sich zu dem schmalen Durchlaß, in den Villon gerade eintauchte.

Ich setzte ihm nach und zog Colette mit mir. Sie hatte ihren Widerstand aufgegeben. Tränen rannen über ihre Wangen. Hinter uns kamen Tommaso und Clément mit dem verletzten Toison, schließlich Leonardo, der keuchend ausrief: »Schneller, sonst kriegen sie uns!«

Wie zum Beleg seiner Worte schoß ein Armbrustbolzen an seinem Kopf vorbei und zerbarst dicht neben Tommaso an der Wand. Der kräftige Italiener zog den Kopf zwischen die Schultern – viel zu spät, wäre das Geschoß auf ihn gezielt gewesen.

Wir folgten Villon ein paar brüchige Stufen hinauf. Die Luftfeuchtigkeit nahm zu. Der Boden wurde abschüssig, und bald standen wir bis zu den Knöcheln im Wasser. Villon nahm Clément die letzte uns verbliebene Kerze ab und hielt sie hoch. Wir befanden uns am Rande eines unterirdischen Teiches, über den sich altes Gemäuer, vielleicht noch aus der Römerzeit, bogenförmig wölbte.

»Der Wasserspeicher!« stieß Villon hervor. »In diesem Palast lag früher im Kriegsfall die letzte Zuflucht der Pariser. Wurden sie belagert und vom Fluß abgeschnitten, hatten sie dank dieses Reservoirs immer genug Wasser. Eine nie versiegende Quelle, mit der Seine durch geheime Kanäle verbunden, so daß der Wasserstand immer auf gleicher Höhe bleibt. Diese Kanäle sind unser Weg in die Freiheit. Folgt mir und schwimmt um euer Leben!«

Er warf die Kerze ins Wasser, damit die Flamme uns nicht verriet, streifte die weite, beim Schwimmen hinderliche Mönchskutte ab und stürzte sich ins Naß. Wir taten es ihm nach, und erleichtert stellte ich fest, daß in Colette noch Lebensmut steckte. Oder schwamm sie rein mechanisch, so wie sich das Räderwerk der Uhr draußen am Turm bewegte und das der sonderbaren Denkmaschine, wenn man die richtigen Hebel zog?

Am meisten mühte sich Toison ab. Bei jedem Schwimmstoß verzerrte sich sein Gesicht vor Schmerz, und vielleicht hätte er es nicht geschafft, wäre Clément nicht treu an seiner Seite geblieben. Das sah ich im Licht der Laternen, deren

Strahlen über den unterirdischen See huschten. Das Licht half uns, Villon zu dem Kanal zu folgen, der sich undeutlich in der Felswand vor uns abzeichnete. Das war, wenn auch ungewollt, sehr hilfreich von den Soldaten des Königs und allmal erfreulicher als die Bolzen, die über uns durch die Luft pfiffen. Todbringende Vögel, die einer nach dem anderen mit scharfem Klatschen ihre eisernen Schnäbel ins Wasser stießen.

Das Loch im Fels, angefüllt mit Wasser, verschluckte uns, und für eine kurze Strecke gab es keine Luft. Wir tauchten, stießen endlich wieder an die Oberfläche und atmeten auf: Hier konnten uns die Geschosse nicht erreichen, und vor uns wurde es heller. Die Luft, die ich gierig in meine Lungen sog, schmeckte frisch, nicht abgestanden und tot wie die im Kerker. Bald stießen unsere Füße auf Grund, und wir taumelten ins helle Tageslicht. Vor uns lag ein leicht abschüssiger Uferstreifen, der in den von Fähren und Lastkähnen befahrenen rechten Seine-Arm überging.

Colette war erschöpft und wäre zusammengesunken, hätte ich sie nicht gehalten. Leider war es nicht der rechte Augenblick, dieses Privileg zu genießen. Ich selbst hatte das nasse Abenteuer recht gut überstanden, war im Schwimmen und Tauchen geübt. Als Junge hatte ich oft genug die Sarthe durchschwommen, um mich vor den anderen Knaben, die Jagd auf den Bastard machten, in Sicherheit zu bringen.

Clément fiel vor mir auf den schlammigen Boden. Zwei Pfeile spickten seinen toten Leib. Alle Mühe schien vergebens gewesen zu sein, wir waren von einem Verhängnis ins nächste geraten.

Ananke!

Wie im Kerker die kurzen Bolzen, durchschnitten jetzt längere Pfeile die Luft und trachteten nach unserem Leben. Ihr feines Sirren ging unter in einem Gewitter, das nicht vom Himmel kam. Arkebusiere feuerten auf uns, und die schweren Geschosse pflügten den Boden auf. Hinter der Rauchwand, die von den Arkebusen aufstieg, sah ich die blauen Waffenhemden der Soldaten. Auch sie gehörten zu des Königs Schützen.

»Sucht Deckung!« schrie Leonardo. »Hinter die Felsen und Büsche!«

Eine andere Stimme vermischte sich mit seinem Ruf, ein militärischer Befehl: »Hellebardiere vor! Zum Angriff!«

An der Spitze der heranstürmenden Hellebardenträger ritt ihr Hauptmann auf einem großen Rappen, den Degen kühn und malerisch zugleich vorgereckt. Ein hochgewachsener Offizier mit einem gewichsten Burgunderschnurrbart in prachtvoll glänzender Rüstung. Ein Bild, wie es die feinen Damen lieben, und nicht nur die. In mir weckte es eine unbestimmte Erinnerung.

Ich sah uns alle schon von den Hellebarden aufgespießt, von den Pfeilen durchbohrt, von den Kugeln der Arkebusen zerfetzt – und war fest entschlossen, Colette mit meinem Leben zu verteidigen. Da löste sich ein bunter Aufzug aus den Mauern um den königlichen Garten und schob sich mit Tanz und Musik zwischen uns und die Soldaten, die ihren Angriff wohl oder übel abbrechen mußten.

»Die Ägypter, na endlich!«

In Villons Stimme schwang Erleichterung mit, wie wir sie angesichts des rettenden Aufmarsches alle empfanden. Mathias Hungadi Spicali hatte Wort gehalten. Trotz aller Flüche und Befehle der Soldaten setzten die Ägypter ihre Tänze und Possen fort, als verstünden sie kein Wort. Die braunhäutigen Frauen wirbelten zu lauter, fröhlicher Musik um die Schützen des Königs herum, daß mancher der wackeren Recken versucht sein mochte, den Dienstschluß vorzuziehen und sich mit den glutäugigen Schönheiten zu beschäftigen. La Esmeralda führte den Reigen an, bestimmte mit dem Tamburin das schnelle Tempo der verführerischen Drehungen und schmiß ihre schlanken Beine höher als alle anderen. Trotz unserer mißlichen Lage ließ ich mich vom Anblick der schönen jungen Ägypterin verzaubern.

»Hierher, zum Boot!« rief eine helle Stimme, die dem Vater von la Esmeralda gehörte. Er stand, heftig winkend, mit ein paar anderen Zigeunern am Fluß. Sie hielten ein großes Ruderboot fest.

Wir liefen, sprangen, stolperten zu dem Kahn. Eile tat not. Ein Blick über die Schulter zeigte mir, daß der berittene Hauptmann seine Taktik gefunden hatte. Die Hellebardiere trieben einen Keil in den Zigeuneraufzug, bildeten mit gegen die bunte Schar gerichteten Waffen eine Gasse, die den Bogenschützen und Arkebusieren das Vorrücken ermöglichte. Schon ließ der Offizier seine Soldaten in Stellung gehen, legten die Schützen ihre Bogen an und pflanzten die Hakenbüchsen auf die hölzernen Dreibeine.

Die Zigeuner hoben uns in das halb auf den Uferkies gezogene Boot, das unter unserem plötzlichen Gewicht knarrte und ächzte. Eine eiserne Pfeilspitze bohrte sich in das Holz der Außenwand und blieb zitternd stecken. Weitere Pfeile schlugen auf den Kies oder ins Wasser. Dann hatten auch die Arkebusiere ihre Waffen gezündet, und unter dem Donner der Explosionen ging ein Hagel aus heißem Blei auf uns nieder. Wir warfen uns flach ins Boot und zogen die Köpfe ein, bis die Seine auch das letzte Geschoß verschluckt hatte. Hätte auch nur eine Kugel das Boot getroffen, unsere Flucht wäre zu Ende gewesen.

Nur der Zigeunerherzog und Tommaso standen noch draußen, um Toison an Bord zu helfen. Leonardo griff nach den Händen des Verwundeten und wollte ihn über die Reling ziehen. Das Krachen einer verspätet gezündeten Arkebuse ließ uns zusammenzucken. Unwillkürlich verbarg ich das Gesicht in meinen Armen. Als ich wieder aufschaute, fehlte Toisons halber Kopf. Seine kraftlosen Hände lösten sich aus denen Leonardos, und er schlug rücklings ins brackige Uferwasser. Aus den blutigen Resten seines zerfetzten Gesichts starrte er mit totem Blick in den Himmel.

Mathias und Tommaso schoben das Boot gänzlich in den Fluß und sprangen an Bord. Die vier anderen Zigeuner lagen schon in den Riemen und brachten uns mit schnellen Schlägen weg vom gefährlichen Ufer, wo sich trotzig die Mauern und Türme des Justizpalastes erhoben. Im Sonnenlicht blinkten die Fenster, als wollten sie uns verhöhnen. Und sie hätten allen Grund dazu gehabt. Siegesgewiß waren wir in den Kerker eingedrungen und hatten doch auf der ganzen Linie versagt. Marc Cenaines Befreiung war mißglückt, und wir hatten drei Tote zu beklagen.

Wie mochte Colette zumute sein? Wohl traurig und hilflos angesichts der Mauern, die ihren Vater mit eisernen Klauen festhielten. Ich drehte mich zu ihr um und erschrak. Mit geschlossenen Augen lag sie zusammengesunken in Villons Schoß, reglos und, wie es schien, ohne zu atmen. Der Pfeil eines königlichen Schützen war in ihre Brust und in ihr Leben gefahren.

Kapitel 3

Der Hof der Wunder

Die Verzweiflung warf ein dickes Tuch über mich, erstickte mein Denken und meine Sinne. Wie durch eine Nebelwand gedämpft hörte ich das Keuchen der Ruderer, das leichte Klatschen beim Eintauchen der Ruderblätter und das Plätschern des Wassers am Bootsrumpf. Die Gesichter meiner Gefährten und der Ägypter waren nur rundliche Flecke im grauen Einerlei der Bedeutungslosigkeit. Ich empfand nicht die geringste Freude darüber, den königlichen Schützen – dem Tod – im letzten Augenblick entronnen zu sein. Selbst daß mein Vater mir gegenüber saß, mit dem Leben davongekommen war, rührte mich nicht. Wie konnte ich darüber frohlocken, nach langer Suche meine Vergangenheit gefunden zu haben, wenn ich soeben die Zukunft verloren hatte?

Mein ziellos umherirrender Blick kam nur zur Ruhe, wenn er sich auf Colettes weiche Züge heftete. Mit den geschlossenen Augen sah sie aus wie im friedlichen Schlaf. Das hätte man denken mögen, wäre nicht der grün gefiederte Schaft gewesen, der aus ihrer Brust ragte. Aus der Brust, auf der sich, rund um den Pfeilschaft, ein roter Fleck auszubreiten begann. Vergeblich suchte ich mich mit dem Gedanken zu trösten, daß der Tod für Colette eine Erlösung war. Sie brauchte nicht länger um ihren verlorenen Vater zu trauern. Falls Marc Cenaine den Kerker der Vergessenen nicht überlebte, und dafür sprach einiges, würden sie einander bald wiedersehen, ganz gleich, ob im Himmel der Christen oder dem der Katharer. Ich konnte darüber keine Erleichterung empfinden. Erst jetzt, zu spät, wurde mir bewußt, wie rief meine Gefühle für Colette waren.

Dann glaubte ich, ein Dolch jage in mein Herz, als ich ein leichtes Flattern der Lider bemerkte. In höchster Erregung sprang ich auf, so heftig, daß ich fast das Boot zum Kentern gebracht hätte. Zumindest ich selbst wäre ins Wasser gestürzt, hätten die beiden Italiener mich nicht gepackt und wieder nach unten gezogen.

»Sie lebt!« schrie ich mehrmals hintereinander. »Colette lebt!«

»Natürlich lebt sie«, sagte Villon. »Aber ihr Atem geht sehr flach, und sie verliert viel Blut. Wenn sie nicht bald Hilfe erhält, wird sie Hardoin, Clément und Toison folgen.«

»Was soll das?« schimpfte der Zigeunerherzog angesichts des schwankenden Bootes und warf mir einen wütenden Blick zu. »Seid Ihr des Wahnsinns?«

»Nein, er ist nur zutiefst besorgt und nicht minder verliebt«, erklärte Leonardo.

Ich spürte neue Hoffnung und zugleich große Angst, die eben zurückgewonnene Colette wieder zu verlieren. »Wir müssen etwas unternehmen, sie braucht einen Arzt!«

»Zunächst müssen wir ans Ufer«, erwiderte Mathias. »Bevor die Soldaten Boote auftreiben und uns verfolgen. Zum Glück haben sie nicht weiter auf meine Tochter geachtet.«

Auf dem Uferstreifen zwischen dem Justizpalast und dem königlichen Garten waren nur noch die Schützen zu sehen, die es inzwischen aufgegeben hatten, uns ihre Pfeile und Bleikugeln nachzusenden. Der Hauptmann jagte aufgeregt seinen Rappen hin und her und brüllte irgendwelche Befehle. La Esmeralda und die Ihren hatten sich abgesetzt, während die Aufmerksamkeit der Soldaten allein uns galt.

Ein großer, schwer mit Säcken beladener und entsprechend tief im Wasser liegender Lastkahn schob sich zwischen uns und die Westspitze der Cité-Insel. Die Soldaten waren nicht mehr zu sehen, nur die Türme des Palastes ragten hinter dem Frachtschiff auf. Wir hatten das rechte Ufer der Seine fast erreicht und blickten nach vorn, wo zwischen rankigem Buschwerk zwei bunte Gestalten vortraten und uns zuwinkten.

Mathias winkte zurück. »Da sind Milosch und Yaron. Sie werden uns fortbringen.«

Mit einem langgezogenen, dumpfen Schrammen lief unser Boot auf Grund, und die Zigeuner zogen die Riemen ein. Milosch und Yaron halfen, das Boot auf den Uferstreifen zu ziehen. Ich erspähte unter den Büschen einen vierrädrigen, mit einer blauen Plane bespannten Wagen. Die beiden Zugpferde grasten friedlich.

Wir hoben die Verletzte aus dem Boot und trugen sie so sacht wie möglich in den Wagen, der nach Schweiß und fremdartigen Gewürzen roch. Mit einem heftigen Fußtritt stieß der Zigeunerherzog den Kahn zurück ins Wasser, wo er von der Strömung herumgerissen und fortgetragen wurde. »Vielen Dank und gute Reise, Gevatter Boot!«

Er kletterte als letzter in den Wagen und zog die Einstiegsklappe zu. Jetzt fiel nur noch wenig Licht durch kleine Öffnungen vorn und hinten. Milosch und Yaron enterten den Bock, ihre Hinterköpfe schoben sich vor die vordere Öffnung. Der grauhaarige Milosch ergriff die Zügel und trieb mit schnalzenden Zungenlauten die Pferde an. Der Zigeunerwagen rumpelte und ruckelte schwerfällig über das unebene Ufergelände. Wir mußten uns und besonders die ohnmächtige Colette, die auf einem fleckigen Teppich lag, festhalten, sonst wären wir heillos durcheinandergeworfen worden. Der Blutfleck auf ihrem Kleid war bereits größer als eine ausgestreckte Hand.

Besorgt blickte ich von ihr zu Mathias. »Wir müssen langsamer fahren, Colette hält das nicht aus!«

»Sie muß! Fährt Milosch langsamer, faßt uns dieser Hauptmann. Wenn er klug ist, reitet er jetzt über die Müllerbrücke zum Châtelet, um die Zwölferschar zu alarmieren. Bald werden die Reiter des Profoses das Ufer nach uns absuchen.«

Wieder sah ich die reglose Colette an und flüsterte: »Dir kann nur noch ein Wunder helfen.«

Mathias warf mir einen schwer zu deutenden Blick zu. »Wenn Wunder geschehen in Paris, dann auf dem Wunderhof.«

Was das zu bedeuten hatte, erfuhr ich, als die scheinbar ewig währende Fahrt schließlich doch ein Ende fand. Auf Mathias' Wink sprang einer der Zigeuner auf und öffnete die Luke. Wir stiegen ins Freie, auf einen schlecht gepflasterten Platz, der von hohen Mauern mit zerbröckelnden Türmen eingefaßt wurde. Zwischen die Türme duckten sich Häuser, eins in erbärmlicherer Verfassung als das nächste. Wo noch Glas in den Fensteröffnungen saß, war es durch jahrzehntealten Schmutz erblindet. Einige Gebäude hatten mehr Löcher in den Dächern als Öffnungen für Fenster und Türen.

Noch seltsamer als der Ort an sich erschienen mir seine Bewohner. Die in einer Ecke kampierenden Zigeuner, vielfach doch als schmutziges Pack beschimpft, waren im Vergleich zu anderen Gestalten geradezu vornehm gekleidet und so sauber, als gehörten sie allesamt der Bader- und Barbierzunft an. Jenseits des Zigeunerlagers hingen über großen Feuern an Dreigestellen Kessel, von deren dampfendem Inhalt man nur hoffen konnte, daß er einladender war als die abgerissenen, lederhäutigen Vetteln, die lustlos den Kochlöffel schwangen. Ein paar Männer, durchweg finstere Gesellen mit ebenso schmutzigen wie verschlagenen Visagen, hockten im Schatten der Häuser und schnitzten an Holzbeinen und Krücken herum, als gelte es, eine Armee aus Beinlosen auszurüsten.

Kreischende Kinder, eine Horde von Dreckspatzen, umkreisten einen blonden Jüngling im gelb-roten Gewand des Possenreißers, der mit ausgebreiteten Armen und in den Nacken gelegtem Kopf vorsichtig über den Hof spazierte. Zwischen den Zähnen hatte er das Bein eines Schemels eingeklemmt, und so versuchte er, den Schemel mehr oder minder kunstvoll zu balancieren. Bis eine Katze – entweder aus Bosheit oder aus Spielerei – auf die Sitzfläche des Schemels sprang und das mühsam gehaltene Gleichgewicht störte. Der Schemel fiel zu Boden und zerbarst. Die darüber erschrockene Katze fauchte laut und sprang davon. Die Kinder johlten und bogen sich vor Schadenfreude, während der Gelb-Rote ihnen mit in die Hüfte gestemmten Händen eine Standpauke hielt. Als er uns erblickte, verstummte er und eilte uns entgegen. Ich erkannte in ihm den ehemaligen Schreiber und Mysteriendichter Pierre Gringoire. Suchend glitt sein Blick über unsere Gruppe und richtete sich dann auf Mathias. »Wo habt Ihr Eure Tochter gelassen, Herzog?«

»Sie wird kommen.« Das war alles andere als der herzliche Ton, den man von einem Schwiegervater erwarten mochte. Obwohl die eheliche Verbindung, wie mir la Esmeralda verraten hatte, eine höchst oberflächliche, wenn nicht gar zweifelhafte war, schien sie dem Herzog nicht zu behagen. Oder er mochte keine Männer, die lieber sich selbst als andere zum Narren hielten.

Mathias raunte einem Untergebenen etwas zu, und der Zigeuner lief zu seinem Lager. Laut sagte der Herzog: »Bringen wir die Frau in die Schenke. Dort haben wir genug Platz, um sie zu versorgen.«

Den Teppich als Bahre benutzend, trugen Leonardo, Tommaso und zwei Zigeuner die Ohnmächtige. Ich war froh, nicht mit anpacken zu müssen. Meine Hände hätten vor Erregung gezittert.

Villon hatte ein Tuch über seinen Kopf gezogen und sein Gesicht verhüllt. Unklar blieb mir, ob er niemanden durch den Anblick seines Totenschädels erschrecken oder ob er nicht erkannt werden wollte.

»Was ist dies für ein Ort?« fragte ich den neben mir gehenden Herzog.

»Der Hof der Wunder. Hier werden Lahme gehend und Blinde sehend. Einarmige greifen mit beiden Händen zu, und Aussatzflecken verblassen im Nu. Wer bei Tag ein Krüppel ist, wird in der Nacht hier zum Mann. Wer im hellen Licht stirbt, im Dunkel hier auferstehen kann.«

Ich war zu erregt und verwirrt, um den poetischen Ausbruch des Zigeuners zu verstehen. Wir hielten auf den am besten erhaltenen Turm zu, und Gringoire, der uns vorausgelaufen war, stieß eine niedrige Pforte mit einer verblassenden Schmiererei auf: fünf blinkende Münzen und geschlachtete Hühner mit dem darunter gekritzelten Spruch *Zur Hölle mit den Hühnchen!*

Als ich mich, während wir eine steile Treppe hinabstiegen, nach der Bedeutung erkundigte, lachte Mathias rauh. »Hühnchen nennt man hier die Scharwächter und sonstiges Spitzelpack. Fünf Sols zahlt der König jedem, der einem Ordnungshüter oder Spion den Wanst aufschlitzt. Das ist einer der Gründe, weshalb sich kein noch so starker Trupp der Scharwache an diesen Ort wagt.«

»Ihr sprecht doch nicht von unserem guten König Ludwig!«

»Gewiß nicht. Der König, den ich meine, sitzt dort bei Wein und Weib.«

Er zeigte auf einen kräftigen Mann, der auf einer Bank an einem der zahlreichen weinfleckigen Tische hockte, in der einen Hand einen Weinkrug, den er ohne Zuhilfenahme eines Bechers leerte, in der anderen die entblößte Brust einer Rothaarigen, die sein Haar kraulte und ihn angurrte wie eine liebeskranke Taube. Ich erkannte Clopin Trouillefou, den Bettlerkönig, und jetzt begriff ich alles. Der Wunderhof war das Heim der Bettler, das Herz ihres geheimen Königreichs, ausgestattet mit eigenen Gesetzen und mit einem eigenen König.

Clopin Trouillefou schob achtlos den Weinkrug und die dralle Maid beiseite, stülpte einen Hut, der mit Ringen besetzt war und an eine von Kindern zum Spiel gefertigte Krone erinnerte, auf sein krauses Haar und erhob sich mit einem Schwanken, das nicht recht zu seiner Königswürde passen wollte. »Ah, da seid Ihr ja, bester Herzog«, sagte er und rülpste. »Dachte schon, Ihr wolltet Euren König im Stich lassen und allein auf Beutejagd gehen.«

»Wo wir waren, gab es keine Beute zu holen, nur den Tod.« Mathias zeigte auf Colette. »Wenn der Kleinen nicht rasch geholfen wird, ist sie so tot wie die alte Stadtmauer draußen. Macht einen Tisch für sie frei.«

Niemand von dem Bettelpack rührte sich. Wie festgewachsen hockten Männer und Frauen auf den Bänken und starrten uns aus fuselgetrübten Augen an. Ihr König zog eine Peitsche mit weißen Lederriemen, wie sie sonst von den Scharwächtern benutzt wird, aus dem Gürtel und fuhr mit deftigen Hieben unter sein träges Volk. Das Leder tanzte über Tische und Menschen, ließ Krüge und Haut aufplatzen. Erst als Wein und Blut flossen, rührte sich das Gaunerpack und räumte einen großen Tisch, auf den der Teppich mit Colette gelegt wurde.

Clopin streifte die Frau mit einem kühlen Blick und legte dem Zigeunerherzog eine seiner Pranken auf die Schulter. »Sagt, gab es wirklich nichts zu holen bei Eurem Abenteuer? Ihr steckt doch hinter dem Aufruhr beim Justizpalast, wo immerhin der Staatsschatz von Frankreich liegt.«

»Ihr habt schon davon gehört?« Mathias schien ganz vergessen zu haben, daß er sich im Hof der Wunder befand.

Der König warf sich hoheitsvoll in die Brust. »Die Hühnchen aus dem Châtelet fliegen schnell, aber meine Spione sind schneller. Wenn ich auch gern mal einen Krug zuviel trink oder auch zwei, ich bleib doch der Fuchs, der die Hühnchen belauert.«

»Ihr habt mein Wort, Clopin, den Staatsschatz haben wir nicht mal von fern gesehen. Das Geschäft wäre selbst für unsere vereinten Kräfte zu mächtig. Gerade erst mußten wir erfahren, daß die Schützen des Königs nicht mit Eisen und Blei geizen.«

Der von Mathias zum Zigeunerlager geschickte Bote kehrte mit einem Wesen zurück, das ich erst auf den zweiten Blick als Frau erkannte, so sehr war die Alte mit bunten Tüchern, mit Gold, Silber und Perlen behängt. Jeder ihrer Schritte wie auch jede Bewegung des Kopfes und der Arme wurde von einem hellen Klirren und Klingeln begleitet. Vor dem großen Tisch blieb sie stehen und starrte unverwandt auf Colette. »Die soll ich ins Leben zurückholen?«

»Ja, Schari«, sagte Mathias.

»Zu wem gehört sie?«

Er zeigte auf Villon, die Italiener und mich. »Zu unseren Freunden.«

Schari wandte sich uns zu. »Was gebt ihr für das junge Leben?«

»Ihr wollt Geld?« kreischte ich. »Wie könnt Ihr jetzt feilschen, wo jeder Atemzug kostbar ist!«

Ungerührt erwiderte die Alte: »Ihr seid es, der feilscht, mein junger Raj.«

»Raj heißt in unserer Sprache Herr und ist ein Ausdruck der Achtung«, kam es von der Stiege, wo la Esmeralda alle Blicke auf sich zog. »Wenn diese Frau stirbt, stirbt auch etwas in dem jungen Gadscho, Schari. Achte seine Liebe und meinen Willen, indem du ihr hilfst!«

Das klang wie ein Befehl, und die Alte schien es genauso aufzufassen. Sie nickte ergeben und sagte: »Bringt Tücher und Wasser, aber beides sauber!«

Gleichzeitig nahm sie verschiedene Fläschchen, die mit kleinen Haken an ihrem Gürtel befestigt waren, und stellte sie auf eine Bank vor Colettes Tisch. Als ein paar Frauen aus der Schenke die Tücher und eine Wasserschüssel gebracht hatten, verlangte Schari, wir sollten die Verletzte auf die Seite legen. So geschah es, und die Alte brach den Pfeilschaft zwei Handbreit über Colettes blutiger Brust ab. Colette schien von all dem nichts zu bemerken, so als sei sie dem Tod näher als dem Leben.

»Haltet das Mädchen fest!« schnarrte Schari und sah Mathias an. »Willst du es tun, Herzog?«

»Einer muß es tun, wenn es getan werden soll. Will ich Leben bringen, muß ich den Tod ansehen.«

Mit diesen feierlichen Worten trat Mathais zu Colette, die auf der rechten Seite lag und von mir und den Italienern festgehalten wurde. Mathias zog ein Beil aus seinem Gürtel und schlug, nach kaum merklichem Zögern, mit dem stumpfen Ende der Klinge zu. Er traf das abgebrochene Schaftende und trieb den Pfeil so weit durch den Leib, daß hinten die blutige Spitze ein gutes Stück herausragte.

»Schnell, Gadscho, zieht mit einem Ruck!«

Das war la Esmeralda, und ich wußte, daß sie mich meinte. Ich griff mir eins der Tücher, wickelte einen Zipfel um die Eisenspitze und zog mit aller Kraft. Das brachte mich aus dem Gleichgewicht. Ich ging rücklings zu Boden und schlug schmerzhaft mit dem Hinterkopf gegen eine Holzbank. Ein paar Bettler kicherten. Es störte mich nicht, in der Hand hielt ich den verhängnisvollen Pfeil!

Als ich mich erhob, hatte sich Schari in einen tanzenden

Derwisch verwandelt. Ihre Hände flogen hin und her, während sie Öle und Salben aus ihren Flaschen und Dosen auf Colettes Wunden strich und in einem leiernden Singsang Beschwörungen murmelte, die, falls überhaupt jemand, nur ein Zigeuner verstehen konnte. Endlich hielt sie erschöpft inne und befahl, Colette einen festen Verband anzulegen. La Esmeralda trat heran und übernahm das. Sie zog die Stoffbahnen so stramm, daß ich fürchtete, sie würde Colette die Rippen brechen oder ihr die Luft zum Atmen abdrücken.

Die junge Zigeunerin hatte meinen angstvollen Blick bemerkt. »Ich weiß, was ich tu, Gadscho. Schon mehrmals habe ich meinen Vater verbunden, und er lebt noch, wie Ihr seht.«

Als sie und Schari fertig waren, gab Colette noch immer kein Lebenszeichen von sich. Nur wenn ich ganz genau hinsah, entdeckte ich das leichte Heben und Senken ihrer zarten Brust und das feine Zittern ihrer Nasenflügel.

»Sie schläft den Schlaf, in dem sie über den Berg der Entscheidung wandert«, sagte Schari. »Steigt sie zur einen Seite hinab, führt der Weg sie ins Reich der Toten. Auf der anderen aber wird sie das Leben finden.«

»Wann …«, krächzte ich und brachte es nicht fertig, die Frage zu beenden.

»Ihr werdet es wissen, Raj, wenn sie die Augen öffnet.« Schari sammelte ihre Wundermittel ein und hängte sie wieder an den Gürtel. Bevor sie die Schenke verließ, warf sie einen letzten Blick auf ihre Patientin. »Laßt sie hier liegen, bis die Entscheidung gefallen ist. Sie braucht viel Ruhe.«

Clopin ließ seine Peitsche knallen. »Ihr habt's gehört, Schluß mit Saufen! Verdient lieber ein paar Groschen. Geht in die Straßen, versteckt eure Arme und Beine, werdet blind und taub und möglichst reich!«

Nur widerwillig stiegen die Bettler aus dem schummrigen Keller ans Tageslicht. Der nahe Wein war ihnen lieber als die ungewisse Aussicht auf einen prall gefüllten Geldbeutel. Als ihr König ging, klemmte er sich einen Weinschlauch unter den Arm und zog seine rothaarige Gespielin mit sich.

»Wir können nun nichts weiter für das Mädchen tun«, sagte der Zigeunerherzog und bat uns, ihm in sein Lager zu folgen. Zwei seiner Männer blieben bei der Schlafenden, von der ich mich nur schweren Herzens trennte.

Kapitel 4

Der Verräter

Mehrere der ein- und zweiachsigen Wagen, die zum Transport wie auch zum Schlafen dienten, waren halbkreisförmig an der alten Stadtmauer aufgefahren und trennten das Zigeunerlager vom übrigen Teil des Wunderhofs ab. Einige waren mit Planen bespannt, andere trugen hölzerne Kastenaufbauten. Beim Durchschreiten der Schanze bemerkte ich ein paar Bewaffnete, die scheinbar teilnahmslos an den Wagen lehnten und vor sich hin dösten. Ihre Augen waren wacher, als es ihre entspannte Haltung vermuten ließ. Ihre Blicke folgten jeder unserer Bewegungen und nahmen kleine Gesten des Herzogs als stumme Befehle entgegen. Villon, die beiden Italiener und ich waren keine Gefahr, also lehnten sich die Wachtposten wieder zurück, zerkauten Strohhalme und gähnten in den milden Tag.

Mit einer Handbewegung wies Villon auf die Wächter. »Ihr scheint dem Bettlerkönig, Eurem Verbündeten, nicht recht zu trauen, Herzog.«

»Ich trau ihm so weit wie er mir. Der Einsatz in unserem Spiel ist zu hoch, um etwas dem Zufall zu überlassen. Außerdem könnte die Scharwache darauf verfallen, die Freistatt nicht länger zu achten.«

Ein fürchterliches Gebrüll hallte durch das Lager und ließ uns erstarren. Hinter einem bunten Zelt tauchte ein riesiges Wesen auf, das auf zwei Beinen ging und doch nach allem anderen aussah als nach einem Menschen. Ein Bär, mindestens zwei Köpfe größer als ein hochgewachsener Mann, wankte uns auf seinen im Vergleich zum übrigen mächtigen Leib recht kurzen Beinen entgegen. Ein eiserner Ring mit einer Kette hing um seinen Hals, als sei der Bär gerade aus dem Kerker der Vergessenen entsprungen. Niemand hielt die Kette fest, auch ich fühlte mich dazu nicht berufen. Wir alle wichen vor der Bestie zurück, die ein tiefes Brummen ausstieß und einen schweren, vierrädrigen Wagen durch ein beiläufiges Anrempeln in heftiges Schaukeln versetzte. Der Bär stand dicht vor uns und hüllte uns mit einer Wolke fauligen Atems ein. Unwillkürlich griff ich nach dem Dolch, den Leonardo mir gegeben hatte.

Eine zwergenhafte Gestalt mit dem Körper eines Kindes und dem faltigen Gesicht eines älteren Mannes sprang wieselflink herbei, erhaschte die lose herunterhängende Kette und hängte sich mit seinem ganzen Gewicht daran. Ich erwartete einen Prankenhieb, der den Winzling davonfegte wie ein loses Blatt im Sturm, doch der Bär ließ sich widerstandslos auf alle viere herunterziehen und schien sich sogar angstvoll vor dem Knirps zu ducken. Der hielt dem Bären eine gehörige Standpauke in der Zigeunersprache und wandte sich, als das Tier keinen Mucks mehr wagte, an uns.

»Verzeiht die Ungelegenheit. Der Fisch, mit dem ich Zoltan füttern wollte, war wohl ein wenig faul, da ist er wütend fortgerannt.«

»Dann ist es dein Fehler, daß du ihn fortgelassen hast, Rudko«, erwiderte Mathias. »Gleichwohl sollte Zoltan wissen, wie er sich zu benehmen hat. Wenn er noch einmal unsere Gäste erschreckt, mache ich aus seinem Fell einen warmen Pelz für la Esmeralda und aus seinem Fett Brennstoff für unsere Lampen!«

»Ja, Herzog, ich werd's ihm sagen.« Rudko zog an der Kette, und der große Bär trottete ihm willig hinterdrein.

»Rudko versteht sich gut mit Tieren«, sagte la Esmeralda. »Er hat auch meine Ziege Djali abgerichtet.«

Mathias führte uns zu einem großen Wagen mit bunt bemaltem Kastenaufbau, der verhältnismäßig frei in der Mitte des Zigeunerlagers stand. Ich erriet sofort, daß es seine Unterkunft war. La Esmeralda erstieg als erste die schmale Treppe und stieß die niedrige Tür auf.

»Tretet ein, mein Verbündeter«, sagte Mathias zu Villon. »Wir haben über Wichtiges und Schwerwiegendes zu beratschlagen.«

Als ich Villon folgen wollte, hielt mich die ausgestreckte Hand des Herzogs auf. »Dies ist eine Sache unter vier Augen!«

»Sie wird doch auch dabeisein«, sagte Villon mit Blick auf die Zigeunerin.

Mathias nickte. »Sie ist meine Tochter.«

Villon zeigte auf mich. »Und er ist mein Sohn.«

Ein wärmendes Gefühl, eine Mischung aus Stolz und Zuneigung, durchströmte mich bei diesen Worten.

»Oh«, sagte der Herzog nur und ließ mich durch. »Vielleicht ist es hilfreich, wenn Euer Sohn an der Beratung teilhat.«

Villon sah die Italiener an. »Tommaso, Ihr besorgt ein paar Decken und bringt sie Colette. Ihr, Leonardo, kommt in den Wagen.« Als er den fragenden Blick des Zigeuners spürte, fügte er hinzu: »Leonardo hat dazu nicht weniger Recht als Armand, und er ist ein sehr kluger Kopf.«

Verwirrende Worte, fand ich und fragte mich, ob Villon auf seinen frühen Wanderungen die Alpen überschritten hatte. Andererseits hatte Leonardo selbst mir erzählt, ein italienischer Notar sei sein Vater.

Mathias schloß die Tür hinter uns; la Esmeralda entzündete mit einem einsam vor sich hin glimmenden Docht ein paar Lampen, die das Innere des Wagens, kostbar bestickte Teppiche und Vorhänge, in warmes Licht tauchten. Wir setzten uns auf mit dicken Tüchern belegte Bänke um einen schmalen Tisch. Die Zigeunerin goß einen violett schimmernden Wein in gläserne Becher und setzte sich neben ihren Vater.

Der Herzog hob sein Glas. »In vino veritas, sagten die Römer. Vielleicht hilft auch uns ein guter Schluck, die Wahrheit zu finden oder ihr zumindest ein Stück näher zu kommen.«

Er trank, und wir taten es ihm nach. Der Geschmack des Weins war wie seine Farbe: ungewohnt, aber sehr angenehm. Der Wein kitzelte Gaumen und Zunge, ohne sie zu reizen, mit einer milden, aber eindringlichen Beimischung fremdartiger Gewürze. Ein warmes, zufriedenes Gefühl breitete sich in meinem Magen, in meinem ganzen Körper aus, ohne daß ich schläfrig wurde.

Wir sprachen über den mißlungenen Befreiungsversuch, und Villon sagte bitter: »Der Plan war gut, die Sache wäre gelungen, hätte man uns nicht verraten.«

»Warum glaubt Ihr an Verrat?« fragte Mathias.

»Der Justizpalast wird stets gut bewacht, schon allein wegen des Staatschatzes. Aber eine ganze Abteilung Armbruster der königlichen Schützen hält sich gewiß nicht ständig im Kerker auf. Die haben uns aufgelauert. Dasselbe gilt für die Soldaten am Fluß, insgesamt war es wohl eine ganze Kompanie.«

»Nicht weniger«, bestätigte la Esmeralda. »Wären sie nicht so verbissen hinter euch hergewesen, hätten wir Schwierigkeiten gehabt, uns abzusetzen.«

Mit grimmigem Gesicht zog Mathias einen Dolch mit gebogenem Griff und langer, schmaler Klinge. Er stieß die Klinge über den Tisch. »Wenn Verrat im Spiel war, muß es auf Eurer Seite einen Verräter geben, Villon.«

»Ein kühner Verdacht«, erwiderte dieser seelenruhig. »Als wir den Plan schmiedeten, waren Eure Leute ebenso zugegen wie die meinen.«

»Aber ich kann meinen Leuten trauen!«

»Und ich den meinen.«

»Vielleicht weiß der Verräter gar nicht, daß er einer ist«, warf Leonardo ein. »Jemand könnte den Plan unabsichtlich offenbart haben. Signore Armand, Ihr wart heute morgen im Châtelet. Habt Ihr diesem Falcone gegenüber eine unbedachte Äußerung getan? Es mag Euch unbedeutend erschienen sein, aber bedenkt, Sizilianer sind gerissen.«

»Ich habe nichts verraten. Wir sprachen nur über den Kampf auf der Müllerbrücke. Ich habe niemanden der hier Anwesenden auch nur erwähnt.«

Die Dolchspitze richtete sich gegen mich, und der Herzog schnaubte: »Dann ist der Schnüffler Euch einfach zum Justizpalast gefolgt!«

»Bestimmt nicht, ich habe viele Umwege gemacht, um jeden erdenklichen Verfolger abzuschütteln.«

»Wer steht dafür ein, daß Ihr nicht der Verräter seid, wenn auch ohne Euer Wissen?«

»Ich!« sagte Villon.

»Ach, und warum?« Mathias legte den Kopf schief und starrte ihn an. »Weil Ihr Euren Sohn schützen wollt?«

»Nein, weil es zwingend ist. Armand kam erst gegen Mittag zum Justizpalast, und kurz darauf betraten wir schon die Conciergerie. Die Falle dagegen war gut vorbereitet. Ein möglicher Verfolger hätte niemals so schnell eine ganze Kompanie Soldaten herbeirufen und in Stellung bringen können. Die königlichen Schützen haben uns erwartet, waren vor uns da.«

Mathias zog die Stirn kraus, kratzte mit der linken Hand über seine Bartstoppeln und steckte den Dolch weg. »Hm, da ist was dran. Dann sind wir so schlau wie zuvor, nämlich gar nicht. Was noch schlimmer ist: Es gibt keine Möglichkeit, den Verräter aufzuspüren.«

»Doch!« rief la Esmeralda zu unser aller Überraschung.

»Ich werde den Hauptmann der Schützen aushorchen, wer die Soldaten alarmiert hat.«

»Wieso meinst du, das könnte dir gelingen, Tochter?«

»Du solltest meine Wirkung auf Männer nicht geringschätzen, Vater.«

»Das tu ich nicht, aber ein königlicher Hauptmann ist nicht einfach zu becircen.«

»Der schon, jedenfalls von mir. Er war bereits Feuer und Flamme, als er mich vor dem Buckligen rettete. Sein Name ist Phoebus des Châteaupers, und er wird sicher überglücklich sein, mich wiederzusehen.«

Jetzt wußte ich, weshalb mir der geschniegelte Offizier bekannt vorgekommen war.

»Hat er dich am Floß nicht erkannt?« fragte Mathias zweifelnd.

»Kaum. Er hatte genug damit zu tun, seine Männer anzutreiben.«

»Dann ist es einen Versuch wert«, befand der Herzog. »Solange wir den Verräter nicht kennen, laufen wir Gefahr, daß all unsere Pläne durchkreuzt werden. Kennen wir ihn aber, sind wir im Vorteil, haben wir doch auch eine Laus im Pelz des Feindes.« Er trank einen Schluck und sah mich über den Rand seines Glases an.

La Esmeralda stützte ihr Kinn auf eine Hand und blickte mich ebenfalls an. »Es kann für den Gadscho gefährlich sein, nach Notre-Dame zurückzugehen, vor allem nach dem, was heute geschehen ist. Dom Frollo weiß von seinem Verhör im Châtelet, und vielleicht hat ihn auch bei dem Abenteuer in der Conciergerie jemand erkannt. Wie gefährlich der Archidiakon werden kann, habe ich am eigenen Leibe erfahren, als er und sein buckliger Helfer über mich herfielen.«

»Und doch habt Ihr Quasimodo zu trinken gegeben«, sagte ich.

»Er konnte nichts dafür. Der Glöckner ist wie Zoltan, tut, was sein Herr ihm befiehlt. Außerdem kann es nie von Schaden sein, in den feindlichen Reihen Freunde zu haben.«

Ich straffte mich, um meinen Worten die angemessene Würde zu verleihen. »Ein solcher Freund bin auch ich. Mag sein, daß Dom Frollo einen Verdacht gegen mich hegt und mit mir spielt. Ich aber bin gewarnt und darauf vorbereitet. Kehre ich nicht in die Kathedrale zurück, bin ich unnütz geworden, ein Bauer, der aus dem Spiel geflogen ist.«

Und genau das wollte ich nicht. Warum? Ich kann nicht zu meiner Ehre behaupten, daß mir das Schicksal der Welt so sehr am Herzen lag. Es war mehr ein inneres Anliegen, eine Sache, die mich und meinen Vater betraf. Und Colette. Ich wollte ihr helfen, wollte in ihrer Nähe sein.

»Eine tapfere Entscheidung, Armand«, sagte Villon. »Aber seid auf der Hut. Noch kennen wir weder den Verräter noch den Schnitter und auch nicht den geheimnisvollen Bogenschützen.«

»Was für ein Bogenschütze?« fragte Mathias, und ich berichtete von meinem geheimnisvollen Beschützer.

»Er scheint auf unserer Seite zu stehen«, meinte der Herzog.

»Wirklich?« Villon schien voller Zweifel. »Ich glaubte erst, er sei einer von euch Ägyptern, aber das war ein Irrtum. Ein Dragowit wird er kaum sein, und ein Muschelbruder ist er auch nicht.«

»Vielleicht gehört er zu den königlichen Schützen«, warf la Esmeralda ein.

»Die Schützen heute verschossen Pfeile mit grünem Gefieder.« Ich wußte es genau, hatte sich das Bild der getroffenen Colette doch unauslöschlich in mein Gedächtnis eingebrannt. »Die meines unsichtbaren Helfers waren mit blauen Federn geschmückt.«

»Mag sein, er gehört zu einer anderen Kompanie«, sagte

die Ägypterin und wußte selbst, daß es nicht mehr als eine Spekulation war. »Auch das kann mir dieser Hauptmann Phoebus vielleicht verraten.«

Wir beendeten die Beratung. Villon mußte zu den Seinen zurückkehren und ihnen die traurige Nachricht vom Tod ihrer drei Brüder überbringen. Und für mich wurde es Zeit, mich in meiner Zelle an die Bücher zu setzen, bevor sich Dom Frollo wunderte, was ich so lange am Châtelet trieb. *Falls* er sich wunderte.

Kapitel 5

Gevatter Tourangeau

Den restlichen Tag und den gesamten folgenden verbrachte ich in fiebriger Anspannung. Schuld war die Ungewißheit über Colettes Zustand, darüber, ob sie überhaupt noch am Leben war. Mehrmals mußte ich mich bezwingen, nicht einfach zum Wunderhof zu laufen. Aber ich hatte Villon fest versprochen, bis zum Abend des folgenden Tages den folgsamen und fleißigen Kopisten zu mimen, um Frollos Mißtrauen nicht zu schüren. Wider Erwarten bekam ich meinen Dienstherrn nicht zu Gesicht.

Endlich schickte sich die Sonne zum zweitenmal an, ihre Glut in den Fluten der Seine zu löschen. Ich stand auf der Galerie zwischen den Türmen und sah zu, wie der Fluß das Feuer allmählich verschluckte. Das rote Leuchten verschmolz mit dem mal grau, mal grün, mal blau schimmernden Wasser, um schließlich alle Farben aufzugeben, das Feld für die nächtliche Schattenwelt zu räumen. Ein Schauspiel, das alltäglich und nicht weiter beunruhigend war, denn am nächsten Morgen würden die Sonne, das Licht und die Farben mit neu erstarkter Kraft zurückkehren. Wie aber würde es sein, wenn die Dragowiten den Sonnenstein fanden? Würde ewiges Licht über die Welt kommen oder ewige Finsternis?

»Lehnt Euch nicht zu weit vor, Monsieur Armand, Ihr könntet hinunterfallen. Und wozu? Das Versinken der Sonne könnt Ihr doch nicht aufhalten!«

Dom Frollos Stimme traf mich wie ein Dolchstoß. Ich

zuckte zusammen und hätte tatsächlich um ein Haar das Gleichgewicht verloren.

Als ich mich umdrehte, erwartete mich ein noch größerer Schreck. Der Archidiakon, offenbar auf dem Weg zu seiner Hexenküche, war nicht allein. Neben ihm standen zwei andere Männer, deren Gesichter unter Hutkrempen verborgen lagen. Ich fühlte mich an meinen ersten Abend hier oben erinnert, als ich Dom Frollo in Begleitung vor Jacques Charmolue und Gilles Godin angetroffen hatte. War dies der Augenblick, in dem der Notar mich des Mordes bezichtigte?

»Bei Unserer Lieben Frau, was seid Ihr blaß!« sagte Frollo und trat mit den beiden anderen näher. »Ist Euch nicht wohl? Oder sitzt Euch noch immer der Schreck von gestern im Genick?«

Nun fiel das verlöschende Licht der Sonne auf die drei Gesichter, und erleichtert stellte ich fest, daß ich Frollos Begleiter nicht kannte. Doch seine Worte waren Anlaß zu neuer Beunruhigung. »Was meint Ihr, Domine?«

»Die Leichen, die Monsieur Falcone Euch vorgeführt hat, nur weil Ihr vorgestern zufällig auf der Müllerbrücke gewesen seid. Ich hörte zufällig davon. Die Leichenkammer kann einem schon gehörig die Laune verderben, nicht?«

»Ihr kennt sie?«

»Ich habe sie einmal zu Studienzwecken mit dem Herrn Doktor Coictier besichtigt, dem Leibarzt Seiner Majestät des Königs.«

Dabei wies Frollo auf einen der beiden Männer, der etwa fünfzig Jahre zählte und ein Gesicht hatte, das kein Lächeln kannte. Er trug, wie auch sein Gefährte, einen langen schiefergrauen, mit Rehfell gefütterten Rock und eine Mütze aus demselben Material.

Frollo stellte mich als seinen fleißigen Kopisten vor und kam dann zu dem zweiten Mann. »Das ist …«

»Nennt mich einfach Gevatter Tourangeau«, sagte der Fremde und deutete eine sehr knappe Verbeugung an. »Ich bin nur ein demütiger Schüler angesichts der erhabenen Künste, über die Magister Claude gebietet.«

Er war der älteste der drei, ein kränkelnder Greis von vielleicht sechzig Jahren. Obwohl mittelgroß, wirkte er kleiner, weil seine Zipperlein ihn krumm hielten. Das graue Gesicht mit der vorspringenden Hakennase war faltig und drohte mit dem Altern seine einst festen Konturen zu verlieren. Dennoch lag in den herrischen Zügen und auch in seiner Stimme eine große Kraft, und die zur Schau getragene Leutseligkeit schien Schärfe und Strenge zu verdecken. Unter der hohen Denkerstirn funkelten aus tiefen Höhlen wache Augen, die sich nichts entgehen ließen. Als der prüfende Blick auf mir ruhte, bekam ich eine Gänsehaut. Mir war, als stünde ich vor den Schranken eines Gerichts oder vor einem Arzt, der über Leben und Tod zu befinden hat.

»Die Sonne erholt sich im Schatten der Nacht«, sagte Frollo. »Auch Euch wird ein wenig Erholung guttun, Armand. Geht in eine Schenke und trinkt kräftigen Wein, das wird Euch Farbe und guten Schlaf einbringen.« Er drückte mir ein paar Sols in die Hand und wünschte mir eine gute Nacht. Anschließend verkroch er sich mit Coictier und Tourangeau in den hintersten Winkel des Nordturms.

Einen Augenblick war ich versucht, ihnen nachzuschleichen, sie zu belauschen. Der Leibarzt des Königs! In Frollos Zelle mochten wichtige Unterredungen stattfinden oder – vielleicht noch wichtiger – geheime Experimente, Versuche in den hermetischen Künsten.

Ich ließ den Plan fallen. Die Gefahr der Entdeckung war zu groß, nachdem Frollo mir hier oben begegnet war. Ich beschloß, die Gelegenheit zu nutzen, um zum Tempel aufzubrechen. Der Archidiakon war beschäftigt und somit nicht imstande, mich zu verfolgen.

Mit der Abenddämmerung kam die Kälte. Ich knöpfte meinen Rock zu, als ich zwischen den verfallenen Häusern stand und mich fragte, wo der Eingang zu Villons unterirdischem Refugium lag. Plötzlich lösten sich Schatten aus der Finsternis, sprangen mich an und stießen mich zu Boden. Rohe Hände preßten sich auf meinen Mund, als wollten sie mich ersticken.

»Keinen Laut, oder du kriegst mehr Luft in deinen Hals, als dir lieb ist!«

Der Druck einer Dolchspitze an meiner Kehle verlieh der flüsternd vorgebrachten Drohung große Glaubwürdigkeit. Ich riß die Augen auf und starrte die Kerle an, die mich überfallen hatten. Kräftige Gesellen mit Schwertern, Dolchen und Äxten. Einer trug sogar einen Morgenstern, als befinde er sich auf einem Turnierplatz. Eine Räuberbande, fuhr es mir durch den Kopf. Oder gar Mörder?

»Er ist es, der junge Herr!« sagte der Mann mit dem Morgenstern. »So laßt ihn doch los!«

Das fand ich schon besser und war nicht nur etwas beruhigt, sondern auch angenehm überrascht, als mir einer der Burschen beim Aufstehen half. »Verzeiht, Messire, in der Dunkelheit erkannten wir Euch nicht sogleich. Ist Euch etwas zugestoßen?«

»N-nein«, sagte ich, verwirrt angesichts der plötzlichen Freundlichkeit. Dann erst kam mir zu Bewußtsein, daß die, die ich suchte, mich gefunden hatten.

»Schön«, befand der Anführer dieser seltsamen Nachtstreife. »Philebert wird Euch fahren.«

Philebert war der mit dem Morgenstern. Er brachte mich in das unterirdische Labyrinth und führte mich in einen Raum, wo Villon mit den Italienern über einem frischen Weizenbrot und einer Lauchsuppe saß.

»Ah, wir haben schon auf Euch gewartet, Armand«, rief Villon und trug Philebert auf, für mich einen Teller und einen Löffel zu bringen. »Ihr seht ein wenig mitgenommen aus.«

»Euer Monsieur Philebert und seine Kameraden haben mich ein wenig mitgenommen, und zwar unsanft in den Schmutz.«

»Wir müssen besonders vorsichtig sein, so lange wir nicht wissen, wer der Verräter ist und was er über unser Quartier weiß. Nun, Armand, was bringt Ihr ...«

»Wie geht es Colette?« platzte es aus mir heraus. Ich hätte ihn wohl auch unterbrochen, wenn von seiner Frage das Schicksal der Welt abgehangen hätte.

»Colette ist gegen Mittag erwacht. Sie ist noch längst nicht wiederhergestellt, aber dem Tod entronnen.«

»Ich muß zu ihr«, stammelte ich, ergriffen von Glück. »Ich muß sie sehen!«

»Vielleicht später, Armand.« Villon wies auf die Bank, auf der er saß. »Jetzt setzt Euch, eßt und sprecht mit uns. Marc Cenaines Tochter bedarf der Schonung, und Ihr müßt jedes Wort wohl überlegen, das Ihr zu Colette sprecht.«

Zögernd nahm ich Platz und fragte Villon, wie dies zu verstehen sei.

»Über Cenaine gibt es unerfreuliche Neuigkeiten. Meine Späher haben gemeldet, daß gestern abend mehrere verhängte Wagen den Justizpalast verließen. Vermutlich hat man Cenaine fortgebracht.«

»Wozu brauchte man *mehrere* Wagen?«

»Auf diese Weise wollten die Dragowiten ihre Spur verwischen, und es ist ihnen leider gelungen.«

Ein Hustenkrampf schüttelte Villon. Er krümmte sich, spie Suppe und Blut über den ganzen Tisch. Sein ausgemergelter Leib schien sich zu weigern, Nahrung aufzunehmen, als sei jeder Löffel Suppe pure Verschwendung an einen Todgeweihten. Mir versetzte es einen Stich ins Herz. Am liebsten wäre ich aufgesprungen, um meinem Vater beizustehen. Aber was hätte ich tun sollen?

Endlich hatte er sich wieder gefangen und sagte: »Die Schwimmerei gestern hat mir nicht gutgetan. Habt Ihr wenigstens etwas Erfreuliches zu berichten, Armand?«

Ich stellte den roten Holzdrachen auf den Tisch. »Das wolltet Ihr doch sehen, Maître Avrillots Abschiedsgeschenk.«

»Ouroboros«, sagte Villon andächtig und drehte die Figur, um sie im Licht der Öllampen von allen Seiten zu betrachten. »Welchen Hinweis wollte Avrillot uns geben?«

»Vielleicht es gibt diesen *drago* in Notre-Dame«, meinte Atalante, dessen verletztes Bein mit einem Verband umwickelt war.

»Ich bin dort schon allerlei Merkwürdigkeiten begegnet, aber noch keinem Drachen«, entgegnete ich.

»Ich meine ein Abbild von dem *drago*.«

Villon nickte heftig. »Das könnte sein, ein guter Gedanke. Eine Skulptur oder ein Bildnis mit diesem Ouroboros könnte den Sonnenstein verbergen oder zumindest einen Hinweis auf sein Versteck liefern. Ich hatte Avrillot über Euch unterrichtet, Armand, er sollte ein wachsames Auge auf Euch werfen. Als er Euch in seiner Todesstunde erblickte, wußte er, daß seine letzte Botschaft mich über Euch erreichen würde. Aber wo in Notre-Dame ist solch ein Ouroboros abgebildet?« Als niemand sich an ein entsprechendes Bildnis erinnern konnte, sagte der König der Muschelbrüder: »Leonardo, holt Eure Zeichnungen von Notre-Dame. Vielleicht finden wir den Drachen dort!«

Leonardo winkte ab und tippte an seinen Kopf. »Ich habe alles hier drin. Was ich einmal gezeichnet habe, vergesse ich nie. Dieser Ouroboros ist bestimmt nicht darunter.«

»Ein geheimer Platz in Notre-Dame vielleicht«, schlug Tommaso vor.

»Seht Euch genau in Notre-Dame um«, sagte Villon zu mir. »Ich kann meine Späher in die Kathedrale schicken, kann Leonardo dort jede Skulptur und jedes Bildnis zeichnen lassen, aber Ihr, Armand, könnt als Kopist des Archidiakons auch auf den Türmen nachsehen, dort, wo wir nicht hinkommen.«

Ich versprach, mein Möglichstes zu tun.

»Das ist gut«, hüstelte Villon. »Wir müssen endlich einen Schritt vorankommen, besonders nach dem Unglück mit Marc Cenaine.«

»Ist er wirklich ein Gefangener der Dragowiten?« fragte Leonardo. »Das Eingreifen der königlichen Schützen und der Umstand, daß mehrere Wagen eingesetzt wurden, um ihn fortzubringen, deuten auf etwas anderes hin. König Ludwig ist dafür bekannt, daß er mißliebige Personen wegsperrt. Man sagt, in der Bastille hängen seine Feinde in eisernen Käfigen wie Vögel.«

»Die Dragowiten haben großen Einfluß, auch in der unmittelbaren Umgebung des Königs«, seufzte Villon. »Auch wenn es nach einem Geheiß Ludwigs aussieht, können dahinter die Dragowiten stecken.«

»Was Ihr über den Einfluß der Dragowiten sagt, stimmt. Auch der Leibarzt des Königs scheint mit ihnen im Bunde.« Ich berichtete von meiner Begegnung auf der Turmgalerie.

Villon horchte auf. »Jacques Coictier, der alte Fuchs, ist dafür bekannt, den abergläubischen, ängstlich auf seine Gesundheit bedachten König auszunehmen, wo es nur geht. Und Ludwig, der sonst so gerissen ist, den man sogar die Große Spinne nennt, läßt sich für jedes angebliche Wundermittel Gold und Titel aus der Nase ziehen. Coictier hat's sogar geschafft, daß sein Neffe Pierre Versé zum Bischof von Amiens ernannt wurde. Gut möglich, daß Coictier der Verbindungsmann zwischen den Dragowiten und dem König ist.«

»Der Großmeister?« fragte ich und erinnerte mich mit Schaudern an die Zusammenkunft der Tempelritter.

Villon war in dumpfes Brüten versunken, hatte meine Frage aber gehört und sagte endlich: »Ja, der Großmeister! Je länger ich's mir überlege, desto wahrscheinlicher will es mir erscheinen. Er besitzt den Einfluß, die Macht, die Möglichkeiten und die nötige Verschlagenheit. Ich werde das prächtige Haus, das er sich mit dem Geld des Königs an der Rue Saint-André-des-Arcs erbaut hat, überwachen lassen. Gut, daß wir Armand in Notre-Dame haben. Es paßt wirklich alles zusammen!« Er ballte die Rechte zur Faust und schlug sie mit lautem Klatschen in die Linke.

Gespannt beugte ich mich vor. »Was wißt Ihr noch über Coictier?«

»Er ist nicht nur des Königs Leibarzt, sondern zugleich königlicher Rat, was seinen Einfluß auf Ludwig gewiß nicht schmälert. Und er ist der Vorgesetzte Marc Cenaines. Vor sieben Jahren war Coictier noch gewöhnlicher Schreiber in der Rechnungskammer, brachte es durch Ludwigs Gunst aber schnell zum Vizepräsidenten, und seit letztem Herbst ist er Erster Präsident der Kammer, aber von der lästigen Pflicht, die Amtsgeschäfte zu führen, befreit. Außerdem sitzt der feine Doktor in der Verwaltung des Justizpalastes und der Conciergerie.«

Wir waren uns einig, den geheimnisvollen Großmeister der Dragowiten gefunden zu haben. Villon ließ einen Krug edlen Morillons bringen, um den hübschen Erfolg, wie er es nannte, zu begießen. Fast kam bei dieser ernsten Unterredung so etwas wie eine freundliche, heitere Stimmung auf. Nur Leonardo blieb verschlossen. Er hatte die Ellbogen auf die Tischplatte und seinen hellen Lockenkopf in beide Hände gestützt und verschmähte den süß duftenden Morillon. Schließlich fragte Tommaso seinen Gefährten, ob er dem Wein abgeschworen habe.

Leonardo schien den irdenen Becher mit dem rotschwarzen Inhalt erst jetzt zu bemerken, nippte daran und sagte: »Ich überlege die ganze Zeit, wer der andere Kerl war, den unser Freund Armand bei Frollo gesehen hat.«

»Ich sagte doch, er nannte sich Gevatter Tourangeau.«

In Leonardos Augen blitzte es auf. »Ganz recht, er *nannte* sich so. Aber wie heißt er mit richtigem Namen? Ihr selbst, Armand, habt angedeutet, daß Euch etwas an dem Mann seltsam vorkam.«

»Er tat bescheiden, fast unterwürfig, doch mir erschien er wie ein Wolf, der den Schoßhund mimt.«

Villons Interesse war erwacht, und er bat mich, diesen Tourangeau genauer zu beschreiben. Aufmerksam lauschte er meinen Worten, schickte dann Leonardo los, einen Kohlestift und Papier zu holen. Nach meinen Anweisungen zeichnete Leonardo den Mann, und ich staunte, wie gut er ihn traf, ohne ihn jemals gesehen zu haben.

»Oh, ich habe ihn gesehen, zum Dreikönigsfest, als er die flämische Gesandtschaft empfing. Und nach dieser Erinnerung habe ich ihn gezeichnet.« Leonardo zeigte mit kohlegeschwärztem Finger auf das Bildnis. »Dies ist der Herrscher von Frankreich, unser guter König Ludwig, die Große Spinne!«

Villon schlug sich gegen die Stirn, als habe er sich soeben selbst der Narretei überführt. »Leonardo hat recht, es ist der König. Ich hätte viel eher darauf kommen müssen, schon als Armand diesen Namen erwähnte. Gevatter Tourangeau, daß ich nicht lache! So nennt man jeden Einwohner der Touraine oder der Stadt Tours. Und wer ist der berühmteste Mann, der dort wohnt?«

»Ludwig der Elfte«, sagte Leonardo.

»Seit letztem Jahr vergräbt er sich in seinem Schloß bei Plessis-les-Tours, als habe er plötzlich Angst vor der ganzen Welt«, fuhr Villon fort. »Niemand kennt den genauen

Grund. Es heißt, er fürchte sich vor dem nahen Tod und habe das Schloß zur wehrhaftesten Festung Frankreichs gemacht. Als könne man so den Tod bezwingen!«

»Die Große Spinne hat sich in ihrem eigenen Netz verfangen«, meinte Leonardo. »Wer so lange und so umfassend alles beherrscht wie Ludwig, hält sich irgendwann für unsterblich. Vielleicht sucht er gerade diese Unsterblichkeit bei Dom Frollo, dem Herrn der Schwarzen Künste.«

Ich starrte den Italiener ungläubig an. »Glaubt Ihr etwa, der König habe sich in den Dienst der Dragowiten gestellt?«

»Wir müssen mit allem rechnen.«

»Vielleicht weiß Ludwig nicht, welch finsteres Spiel Frollo treibt«, sagte Villon. »Coictiers Macht über den König mag so groß sein, daß er ihm etwas vorgaukelt. Dann befände sich der König unter dragowitischem Einfluß, ohne es zu ahnen. Das müssen wir herausfinden.« Er gab mir den Holzdrachen zurück. »Verwahrt das Vermächtnis des Zölestiners, Armand, und berichtet mir sofort, wenn Ihr diesen Drachen in Notre-Dame entdeckt. Die Dinge spitzen sich zu, daran gibt es keinen Zweifel. Bald wird die Entscheidung fallen, und von Euch kann sie abhängen. Womöglich seid Ihr die wichtigste Figur in diesem Spiel!«

Kapitel 6

Die Liebe und der Tod

Die verwinkelten Gassen hallten wider vom Lärm des Hofes der Wunder, der erst nach Einbruch der Dämmerung zu wahrem Leben erwachte. Die Lagerfeuer warfen ihr flackerndes Licht über die Reste der alten, längst zu engen Stadtmauer. Wir hörten Gesang und Gejohle, noch bevor wir den Palast der Bettler und Gauner betraten, wo sich eine Vielzahl menschlicher und menschenähnlicher Kreaturen unter dem mondbeschienenen Firmament tummelte. Kaum hatten wir das brüchige, kotige Pflaster der Freistatt betreten, da umringte uns schon eine Krüppelschar, und der Hof der Wunder bewies die Rechtmäßigkeit seines Namens. Bucklige, krumme Leiber streckten sich. In trübe Augen trat ein gemeines Funkeln. Hände schossen aus leeren Ärmeln und reckten uns scharfe Klingen entgegen. Beine wuchsen aus Stümpfen, und Krücken verwandelten sich in drohend geschwungene Keulen.

Mein Begleiter öffnete seinen Rock und zeigte eine Pilgermuschel vor, die an den inneren Samtbesatz genäht war. Das Bettelpack erkannte das Zeichen der Coquille und zog sich zurück. Enttäuschung zeichnete die gierigen, mit falschem Aussatz bemalten Fratzen. Ich wollte mich dem Turm mit seinen vielfach erleuchteten Fensterlöchern zuwenden, aus dessen Kellerschenke der Gesang weinseliger Stimmen und das helle Scheppern von Zinnbechern auf den Hof drang.

Leonardo aber zog mich in die andere Richtung, zum Zigeunerlager. »Colette wurde in die Obhut des Herzogs gebracht. Die Bettler hätten ihren König gestürzt, hätte er ihnen die Schenke noch länger vorenthalten. Clopin Trouillefou ist nicht besser dran als Euer neuer Bekannter Ludwig. Welcher König, der seinen Soldaten das Saufen und Huren verbietet, kann seine Krone lange tragen?«

Auch die Zigeuner vertrieben die Geister der Nacht mit Musik und Gesang, doch die bewaffneten Posten am Rande der Wagenburg blickten aufmerksam zu den Bettlern hinüber. Sie starrten uns finster entgegen und der Feuerschein verlieh den Klingen ihrer Waffen einen blutigen Glanz. In Villons Unterschlupf hatte ich die fremdländischen Männer mit ihren teils unbekannten Waffen kämpfen sehen, tapfer und folgsam, ohne Rücksicht auf das eigene Leben. Sie mochten viele Arten kennen, einen anderen zu töten, blitzschnell und unendlich langsam, gnädig und qualvoll. Ich war auf einmal sehr froh, daß Villon mir Leonardo als Begleiter mitgegeben hatte. Die Posten erkannten uns und ließen uns passieren.

»Warum sucht man sich einen Bundesgenossen, wenn man ihm ständig mißtraut und ihn schärfer bewachen muß als den ärgsten Feind?« fragte ich im Flüsterton, damit die Zigeuner – oder Ägypter oder was immer sie letztlich sein mochten – mich nicht verstanden.

»Weil man auf ihn angewiesen ist.« Leonardo zeigte in die Runde, wo Mathias Hungadi Spicalis Untertanen ihren abendlichen Geschäften nachgingen, wo in bunte Schals gehüllte Frauen kochten und Kinder plärrten, dunkelbärtige Männer mit Ringen in den Ohren die Wagen oder ihre Waffen ausbesserten. »Seit Mathias sein Volk vor zwei Jahren durch das Gibard-Tor nach Paris führte, hat es sich wundersam vermehrt. Immer wieder sind Zigeunergruppen in die Stadt gesickert und haben die Armee des Herzogs verstärkt, und doch ist seine Streitmacht gering im Vergleich zu den Hunderten und Aberhunderten von Bettlern, die der windige Clopin im Ernstfall aufbringen kann. Da ist es nur natürlich, daß Mathias den Bettlerkönig zu seinem Kreuzbruder machte.«

»Zu was?«

»Mathias und Clopin wurden zu Brüdern des Kreuzes, in einer alten, feierlichen Zeremonie der Zigeuner, die zwei Männer wie Brüder verbindet. Dabei schneidet sich jeder der beiden am frühen Morgen und mit nüchternem Magen ein Kreuz in den rechten Zeigefinger. Dieser Finger wird in den Mund des anderen gesteckt, der das Blut zu trinken hat. Auf diese Art sind Glück und Unglück der beiden auf ewig miteinander verbunden, und einer hat dem anderen beizustehen.«

Ich stellte mir vor, wie fremdes Blut auf meiner Zunge schmeckte, und spie aus. »Eine schöne Bruderschaft, in der einer den anderen so mißtrauisch beäugt!«

»Abel hätte länger gelebt, hätte er seinen Bruder Kain mißtrauisch beäugt. Doch still, da kommt einer der beiden, wenngleich ich nicht weiß, ob er Kain oder Abel ist.«

Flankiert von Milosch und Yaron, trat uns der Herzog von Ägypten und Böhmen entgegen. Das Licht der Lagerfeuer färbte seine sonst gelbe Haut rotbraun, wie altes Leder, das brüchig geworden und von zahllosen Rissen durchzogen ist. Unendlich alt und müde erschien er mir auf einmal, als habe er das Lebenselixier, nach dem die Alchemisten so verzweifelt suchten wie Noah auf seiner Arche nach einem trockenen Stück Erdboden, bereits vor Äonen gekostet, ohne Geschmack an seiner Wirkung zu finden. Konnte das ewige Leben einem Menschen nicht mehr einbringen, als daß er den Tod als Gnade betrachtete?

Leonardo entbot ihm seine Grüße und die des Magisters Villon.

Mathias reckte den Kopf vor wie ein Vogel auf der Suche nach Beute. »Habt Ihr Neuigkeiten für mich?«

»Nein«, sagte Leonardo rasch, bevor ich meine Begegnung mit dem seltsamen Gevatter Tourangeau erwähnen konnte. »Noch wissen wir nicht, wohin man Marc Cenaine gebracht hat.«

»Warum schickt Villon mir dann seine Boten?«

Leonardo lächelte und warf mir einen schrägen Blick zu. »Weil einer der Boten sich ganz besonders zu Cenaines Tochter hingezogen fühlt.«

Ein paar winzige Falten mehr gruben sich zwischen die anderen Risse im Gesicht des Herzogs und verrieten seine Erheiterung. »Das Mädchen erholt sich langsam. Kommt mit!«

Während wir Mathias zu einem etwas abseits stehenden Wagen folgten, fragte ich mich, ob er Colette aus reiner Fürsorge in seinem Lager aufgenommen hatte. Wohl kaum, wenn er seinem Verbündeten Villon nicht mehr Vertrauen entgegenbrachte als dem Bettlerkönig. Und auch Leonardo schien dem Zigeuner nicht zu trauen, sonst hätte er meine Begegnung mit dem König und seinem Leibarzt nicht verschwiegen. Je länger ich über diese verworrene Schachpartie nachdachte, desto größer wurde meine Gewißheit, daß Colette für Mathias nicht nur eine Anvertraute, sondern auch eine Geisel war. Marc Cenaine konnte der Schlüssel zu den Dragowiten sein, zum Geheimnis des Sonnensteins, und Colette war vielleicht der Schlüssel zu ihrem Vater. Damit war sie nicht mehr als eine Bauernmagd in dem großen Spiel, nur von Bedeutung, bis sie ihre Aufgabe erfüllt hatte und geopfert werden konnte. Ein Gedanke, der mein Herz zum Rasen brachte.

Colette lag auf einer Strohmatratze allein im Innern des Wagens. Ein starker Geruch, süß und herb zugleich, kitzelte meine Nase. Er entströmte einem mit Wasser gefüllten irdenen Schälchen, das auf einem bronzenen Dreifuß über einer Kerze stand.

Mathias bemerkte meinen fragenden Blick und erklärte: »Schari hat in das Wasser Kräuter gestreut, die das Wohlbefinden fördern.«

Colette schien zu schlafen, den Schlaf der Erholung, wie ich hoffte. Ihre Brust hob und senkte sich leicht, ihre geschlossenen Lieder zitterten kaum merklich wie Gräser in einer lauen Brise. Sorgenvoll betrachtete ich ihr eingefallenes, blasses Gesicht. Hätte man es mir nicht anders berichtet, ich hätte nicht an eine Besserung ihres Zustands geglaubt.

»Wenn sie wach ist, fragt sie nach ihrem Vater, jedesmal«, erklärte der Herzog. »Die Antwort kann ihr nicht gefallen. Es wäre ihrer Gesundung sicher förderlich, würde Cenaines neues Gefängnis bald gefunden.«

Der alte Fuchs sprach voller Mitgefühl, und doch benutzte er Colette als Waffe, als Druckmittel. Das erzürnte mich, und am liebsten wäre ich ihm an die Gurgel gefahren.

Leonardo beugte sich über Colette, ertastete ihren Puls, lauschte auf ihren Atem und ihren Herzschlag.

»Was tut Ihr?« fragte ich mit einiger Empörung über diese Vertraulichkeiten. »Seid Ihr Arzt?«

»Über das, was im menschlichen Leib vor sich geht, weiß ich bestimmt so viel wie mancher ausgewiesene Arzt. Es freut Euch sicher zu hören, daß Colette einen gesunden Schlaf schläft.«

»Wenn Ihr soviel von der Medizin versteht, warum habt Ihr Euch gestern nicht selbst um Colette gekümmert und die Arbeit dieser Schari überlassen?«

»Will man sich in einer Kunst verbessern, ist es immer gut, anderen Künstlern bei der Arbeit zuzuschauen. Besonders in den wissenschaftlichen Künsten.«

Das klang fast, als sei Colettes Wohlergehen für ihn nicht von Belang, als sähe er in ihr nicht mehr als eine der Leichen, die er in jenem scheußlichen unterirdischen Raum aufschnitt. Wütend fragte ich: »Ihr tut wohl alles für die Wissenschaft, wie?«

»Sagen wir, vieles. Nur durch Fortschritt in den Wissenschaften kann die Not der Menschen besiegt werden, solange sie noch auf dieser Erde wandeln müssen.«

»Fortschritt ist kein Wert an sich«, wandte ich ein. »Wenn er den Menschen schadet, ist er zu verdammen.«

»Was einzelnen schadet, kann vielen nützen.«

Sollte das eine Rechtfertigung dafür sein, daß Leonardo Colette beinahe hätte sterben lassen? Ich kam nicht dazu, meine Verachtung für ihn kundzutun. Unser Gespräch mußte zu dem schlafenden Geist durchgedrungen sein. Colette wälzte sich unruhig hin und her, hielt schützend die gekreuzten Arme vor ihren Leib und schrie: »Nein, laßt mich! Bitte, bitte, tut mir nichts! Nicht ...«

Aus dem Schreien wurde ein Wimmern, Tränen rannen aus den geschlossenen Augen. Sie schlief noch immer und träumte, doch der Friede hatte ihren Schlaf verlassen. Angst, wie ich sie größer noch bei keinem Wachenden gesehen hatte, verzerrte ihre Züge. In die Angst mischten sich andere Regungen, Trauer und Scham. Welcher Alptraum auch immer sie heimsuchen mochte, wirkliches Erleben konnte nicht schrecklicher sein.

»Kommt, Armand, am besten lassen wir sie allein. Sie muß die Schrecken ihrer Erinnerung aus eigener Kraft überwinden. Zur Zeit können wir nichts weiter für sie tun.«

Leonardo, dessen Bemerkung über die Schrecken von Colettes Erinnerung mich verwirrte, zog mich mit sanfter Gewalt aus dem Wagen. Mathias lud uns zum Essen ein. Draußen briet ein Kalb über dem Feuer und verströmte verlockende Düfte. Ich schloß die Wagentür, nachdem ich der Schlafenden einen langen, sehnsüchtigen Blick zugeworfen hatte. Ungern ließ ich sie allein mit ihrem schrecklichen

Traum und war doch erleichtert, daß sie Gevatter Tod entronnen war.

Der Italiener und die Zigeuner waren schon zwischen zwei hohen Zelten verschwunden. Als ich eilig die kurze Treppe vor dem Wagen hinabstieg, flitzte ein weißes, weiches Etwas zwischen meine Füße, brachte mich aus dem Gleichgewicht und zu Fall.

»So ein Ärger, so eine Schande!« schimpfte neben mir eine kleine Gestalt, ein Kind mit seltsam tiefer Stimme. Ich schüttelte die Benommenheit ab und erkannte Rudko, den Zwerg. »Seid nicht gram, Herr, ich wollte Euch nicht umstürzen.«

Ich zog mich an der Treppe hoch und betrachtete den kleinen Mann, der mir gerade bis zum Gürtel reichte. Eine Fellkappe saß schief auf seinem viel zu großen Schädel, so daß schwarze Haarsträhnen hervorlugten. Sein abgewetztes Lederhemd und seine wollene Hose waren dunkel, sei es von Natur, sei es durch die Vielzahl an Flecken, die seine Kleidung bedeckten.

»Ihr wart das nicht. Ihr seid klein, aber nicht so klein. Und vor allen Dingen nicht so weiß!«

»Djali brachte Euch zu Fall, aber ich war es, der sie entkommen ließ.« Er schnitt eine Grimasse. »Wußte ich denn, daß sie den beiden nachlaufen würde?«

»Wem?«

»Na, la Esmeralda und ihrem Popanz.«

»Sprecht Ihr von Pierre Gringoire?«

»Von wem sonst sollte ich wohl sprechen? Er sollte auf Djali aufpassen, weil la Esmeralda eilig fort mußte. Und was tut der lächerliche Kerl? Er läuft einfach davon, seiner Angetrauten nach. Und was tut die Ziege, sie folgt beiden!« Rudko kniff ein Auge zu und sah mich verschwörerisch an. »Wenn Ihr mich fragt, hat unsere schöne Esmeralda ein Stelldichein, und der Popanz will sie bespitzeln. Er glaubt immer noch, daß er für sie mehr sein könnte als der Narr, der sich ihr Gemahl nennen darf: Dabei …« Der Zwerg hielt inne, tat einen aufgeregten Sprung und zeigte zum Bettlerlager. »Da läuft das Mistvieh, hinaus in die Schattenwelt der Nacht. Bei den Dämonen der Finsternis, mich dünkt, wir werden Djali niemals wiedersehen. Das untreue Biest! Da halte ich mich lieber an meinen Zoltan, der kommt stets zu seinem Herrn …«

Ich achtete nicht weiter auf sein Gebrabbel. Auch ich hatte die Ziege im Licht der Feuer erspäht. Sie lief zu der Gasse, durch die Leonardo und ich den Wunderhof betreten hatten. Ich hetzte ihr nach, vorbei an den Wachen des Herzogs, die auf Ankömmlinge zu achten hatten und nicht auf Männer, die das Zigeunerlager verließen. Ich lief an einem Rudel zechender Bettler vorüber, sprang über einen bereits selig schlafenden Einarmigen hinweg und tauchte in die Gasse ein, die Djali verschluckt hatte.

Mich beseelte der Gedanke, die Ziege aufzuspüren und mit ihr la Esmeralda. Rudko hatte von einem Stelldichein gesprochen. Ich glaubte zu wissen, wer auf die Zigeunerin wartete. Hatte sie nicht selbst gesagt, sie wolle diesen Hauptmann, Phoebus de Châteaupers, aushorchen?

Was sich bei diesem Treffen ereignete, was der Hauptmann ihr erzählte, konnte wichtig sein. Ich war mir nicht sicher, ob Mathias das, was seine Tochter in Erfahrung brachte, mit uns, seinen Verbündeten, teilen würde. Deshalb wollte ich selbst dabeisein. Vielleicht war es hilfreich im Kampf gegen die Dragowiten und hilfreich für Colette.

Irgendwann wußte ich mir nicht mehr zu helfen. Ich sah keinen Menschen und keine Ziege. Vor mir und hinter mir krümmten sich die alten Häuser zu unförmigen Schatten, Ungeheuern gleich, die auf Beute lauern. Die Nacht hob den Unterschied zwischen totem Stein und lebendem Fleisch auf, so wie der Sonnenstein – sollte diese irrsinnige Geschichte wahr sein – den Unterschied zwischen Geist und Materie, zwischen Seele und Sünde aufheben konnte.

Nachdem ich den Wunderhof verlassen hatte, hörte ich bald nur noch das schnelle Stakkato meiner Schritte und als Begleitmusik meinen keuchenden, rasselnden Atem. Jetzt, da ich stehenblieb, verstummten die Schritte, aber mein stoßweiser Atem erschien mir um so lauter, ohrenbetäubend, als gehöre er gar nicht zu mir, sondern zu den Häuserbestien rings um mich, die in ihrer Vorfreude auf frisches Fleisch geiferten. Und dann war mir, als hörte ich die Schatten sprechen. Ich spitzte die Ohren und hielt den Atem an.

»... bei mir an den Falschen geraten, du anhängliches kleines Miststück. Wenn du nicht gleich weiterläufst, reiß ich dir deinen Ziegenarsch auf, wie es der stärkste Bock nicht könnte. Los, nun mach schon. Ja, kleine Djali, lauf, such deine Herrin. Lauf zur Esmeralda!« Ein Kichern begleitete die Worte. »Mit dir am Bein kann meine Schöne nicht ungehört durch die Nacht schleichen.«

Ich hörte ein leises Ziegenmeckern und dann die schweren Schritte eines Mannes. Ohne Zweifel war das Pierre Gringoire. Weshalb, beim heiligen Christophorus und dem König von Samos, konnte ich ihn hören, aber nicht sehen?

Als ich ein kurzes Stock weiterging, entdeckte ich das Geheimnis. Eine schmale Stiege, halb Weg und halb Treppe, ging zur Linken von der Gasse ab und wand sich schlangenartig um mehrere Häuser, gerade so breit, daß ein Mann hindurchgehen konnte. Diesen Weg mußten Gringoire und Djali genommen haben. Vielleicht führte er mich auch zu la Esmeralda.

In den alten, düsteren Häusern brannte kaum ein Licht, und der Mond hatte Mühe, mit seinen bleichen Strahlen zwischen die einander fast berührenden Dächer zu leuchten. Mehr tastend als sehend schob ich mich voran, vorsichtig, denn immer wieder rutschte ich auf Abfall und Unrat aus, den die Anwohner vor ihre armseligen Hütten gekippt hatten. Hätte ich meiner Nase trauen müssen, wäre dies der Augenblick gewesen, die Suche aufzugeben. Stechender Gestank von verfaultem Fisch und Ausscheidungen jedweder Natur lag in der Luft, daß mir fast übel wurde. Ich preßte eine Hand vor Mund und Nase und tastete mich mit der anderen an den Hauswänden entlang, bis die armseligen Gebäude etwas auseinanderrückten, es endlich heller wurde und ein frisches Lüftchen den bestialischen Gestank vertrieb.

Ich stand an der Seine, vor aufgespannten Fangnetzen und an schweren Holzpfählen vertäuten Fischerbooten, die sanft im seichten Uferwasser schaukelten. Rechts von mir lag weit entfernt der Louvre, nur undeutlich als dunkle Masse zu erkennen. Zur Linken stachen in unmittelbarer Nähe die Turmspitzen des Grand-Châtelet in den Nachthimmel. Der Mond betrachtete sein unstetes Zerrbild im Fluß und beleuchtete den unbebauten Uferstreifen.

Nicht weit vom Aufgang der Müllerbrücke kniete la Esmeralda und sprach in unbekannten Worten mit Djali. Dem Tonfall nach erteilte die Zigeunerin dem Tier eine gehörige Rüge, was die Ziege jedoch nicht anfocht. Froh, ihre Herrin gefunden zu haben, leckte sie die drohend gegen sie ausgestreckte Hand. Die Tochter des Zigeunerherzogs seufzte, beendete ihre Strafpredigt und setzte ihren Weg zur Müllerbrücke fort, begleitet von Djali. Ihr folgte wie ein abgetrennter Schatten Gringoire, der sich hinter einem an Land gezogenen und zum Kalfatern umgestülpten Fischerboot verborgen gehalten hatte. Und ich wurde zum Schatten des Schattens, spielte einmal mehr den Jäger.

Wir überschritten die Seine auf der Müllerbrücke. Die niedergebrannte Pfandleihe, eine rußige Lücke in der dichtgedrängten Häuserreihe, rief mir ins Bewußtsein, daß mein

Unterfangen mit ungeahnten Gefahren verbunden sein mochte. Ich wandte mich ab und blickte wieder nach vorn, doch die Aussicht ermunterte mich nicht. Der Justizpalast, der mit seinen wie Riesensoldaten aufgereihten Türmen über das andere Brückenende wachte, erinnerte mich schmerzlich an den fehlgeschlagenen Befreiungsversuch und den Blutzoll, den er gefordert hatte.

La Esmeraldas Weg führte an der östlichen Mauer des Palastes entlang und dann auf den Pont Saint-Michel, der, wie weiter östlich der Petit-Pont, die Cité-Insel mit der Universitätsstadt verbindet. Durch die Rue de la Huchette, vorbei an Häusern mit lärmenden Dirnen und Scholaren, ging es zum Petit-Châtelet. Die Festung am südlichen Ende des Petit-Pont erschien mir in der Nacht wie der Kopf einer Schlange, deren Leib die Brücke war.

Aus dem Schatten der Wachtürme löste sich ein hochgewachsener Mann in der Uniform eines königlichen Offiziers, geschmückt mit der Lilie und dem geflügelten Hirschen. Sein Degen und die selbst in Lunas Licht goldblitzenden Sporen klirrten leise, als er auf la Esmeralda zutrat. Die Oberlippe unter dem gepflegten Schnurrbart verzog sich zu einem siegesgewissen Lächeln, und Phoebus de Châteaupers begrüßte die Zigeunerin mit süßlichen Worten, wie sie in den Straßen des Quartier Latin so oft geflüstert werden.

Ich hatte recht behalten! Das Gefühl des Triumphs war so stark, daß ich fast vergessen hätte, mich unter das niedrige Vordach einer Scheune zu kauern, als la Esmeralda und Djali in Begleitung des Hauptmanns die Rue de la Huchette zurückgingen. Ihnen folgte Gringoire, der sich zuvor hinter einer Wassertonne verborgen hatte.

Wußte er, daß seine ihm nicht sonderlich zugetane Gemahlin den schönen Phoebus nur aushorchen wollte? Ich konnte mir nicht vorstellen, daß sie den kümmerlichen Narren ins Vertrauen gezogen hatte. Würde er seine Eifersucht bezähmen können? Und falls nicht, wie konnte er ernsthaft hoffen, einen Stich gegen den kampferprobten Degen des Offiziers anzubringen?

Phoebus, der sich in dem Gassengewirr um die Saint-Michel-Brücke offenbar bestens auskannte, hatte die Führung übernommen. Er blieb vor einem Haus stehen, das nur im Obergeschoß ein paar Fenster mit schmutzigen, rissigen Scheiben aufwies. Zwei davon waren schwach erleuchtet. Das Erdgeschoß hätte unbewohnt und finster ausgesehen, wären nicht durch die Ritzen der Türfüllung spärliche Lichtstrahlen nach draußen gedrungen. Der Hauptmann klopfte an, und Gringoire verbarg sich hinter der nächsten Ecke. Ich ging ebenfalls in Deckung und beobachtete über den Rand eines Mauervorsprungs hinweg, wie die Tür mit einem widerspenstigen Knarren aufsprang. Die Tür war niedrig, aber für das verhutzelte Wesen, das eine rostige Lampe in der heftig zitternden Hand hielt, allemal groß genug.

»Was wollt ihr?« krächzte undeutlich eine Greisenstimme aus einem zahnlosen, von weißem Bartgestrüpp umwucherten Mund. Trotz dieses haarigen Antlitzes schien es sich um ein Weib zu handeln, das den eingefallenen, krummen Leib mit Lumpen und Lappen umwickelt hatte, als könnten sonst Haut und Knochen auseinanderfallen.

»Das Sankt-Martha-Zimmer«, erwiderte Phoebus und drückte ihr eine Münze in die Hand.

Sofort wandelte sich das mißtrauische Antlitz, geheuchelte Unterwürfigkeit trat in das runzlige Affengesicht. »Tretet ein, Monseigneur, und bringt Eure wunderschöne Braut mit. Bei der alten Falourdel soll es Euch an nichts fehlen«, flötete sie mit solchen Grimassen, daß Speichel auf das warzige Kinn troff.

Während die greise Kupplerin die Tür hinter Mann, Frau und Ziege schloß, spürte ich Empörung darüber, daß sie einer ihrer Lasterhöhlen den Namen der heiligen Martha gegeben hatte, der Gastwirtin des Herrn! Dann aber fiel mir ein, daß die Schutzherrin der Dienstmägde und Pfarrhaushälterinnen mit schändlichem Treiben sicher nur allzu vertraut war.

Vor mir raschelte es, und ein Schatten lief durch die Nacht, um mit der Finsternis zu verschmelzen. Es war Gringoire, der es so eilig hatte, als sei der Satan hinter ihm her. Wahrscheinlich hatte er es nicht länger vor dem Haus ausgehalten, in dem er sein untreues Weib mit ihrem Buhlen wußte. Falls man in diesem Fall, wo die Heirat wie auch die Buhlschaft Maskerade war, überhaupt von Untreue sprechen konnte. Der verliebte Narr schien es jedoch so zu empfinden. Er verschwand, und der Lärm der umliegenden Gassen sog seine Schritte auf.

Gringoire hatte genug gesehen, doch meine Mission war noch nicht beendet. Ich mußte wissen, was la Esmeralda dem Hauptmann entlockte. Konnte ich das feststellen, ließ sich auch herausfinden, ob die Ägypter es ehrlich mit uns meinten. Sorgsam beobachtete ich Falourdels Absteige, bis im Obergeschoß hinter einem von Sprüngen durchzogenen Fenster, das an der rückwärtigen Hauswand zum Fluß hinausging, ein Lichtschein aufblitzte. Das Sankt-Martha-Zimmer!

Das Obergeschoß lag nicht besonders hoch. Das ganze Gebäude duckte sich zusammen, als habe es sich im Laufe vieler Jahre der schrumpfenden Gestalt seiner greisen Besitzerin angepaßt. Über einen Abfallhaufen kletterte ich auf das flache, leicht schräge Dach eines Schuppens, der unter dem Zimmer der heiligen Martha lag. Ich drückte mich an die Hauswand und schob mein Gesicht vorsichtig vor, bis ich durch die dreckige Fensterscheibe mit ihrem spinnenwebartigen Geflecht von Rissen die undeutlichen Gestalten von Phoebus und der Zigeunerin erspähte. Djali war offenbar in der Obhut der Kupplerin geblieben, und vielleicht trugen die beiden gerade einen Wettstreit um den schönsten Ziegenbart aus.

Deutlicher, als ich die beiden sehen konnte, hörte ich ihre Stimmen, was bei der Enge der schmutzigen Lasterkammer kein Wunder war. In dem mit einer hölzernen Truhe und einem einfachen Bettgestell spärlich möblierten Raum konnte sich kein Wort verflüchtigen. Phoebus überschüttete la Esmeralda mit Komplimenten, die keinen Fleck ihres schönen Leibes ausließen, von ihrem nachtschwarzen Haar, wie er sich ausdrückte, bis zu den zierlichen Füßen, auf denen sie sich so elegant zu bewegen wisse.

Ich traute meinen Augen kaum, als schamhafte Röte das Gesicht der Schönen überzog, mußte sie solche Worte doch schon oft gehört haben und besonders an diesem Ort darauf vorbereitet gewesen sein. Entweder war sie als Schauspielerin ebenso begnadet wie als Tänzerin, oder der stattliche Hauptmann bedeutete ihr mehr, als ich – und vielleicht auch sie – erwartet hatte. Ich spürte Eifersucht in mir aufsteigen und wunderte mich, war ich doch erstens nicht der unglückselige Gringoire und zweitens für Colette entflammt. Aber wer vermag die Irrungen des menschlichen Herzens zu ermessen!

Die beiden saßen neben der Lampe, die Falourdel dagelassenen hatte, auf der Holztruhe, und mit jedem seiner schmeichelhaften Sätze rückte der offensichtlich auch in den Gefechten der Liebe erfahrene Soldat seiner Angebeteten näher. Schließlich legte er seine kräftigen, aber gepflegten Hände, deren Gelenke von modischen Bänderzotteln umspielt wurden, auf die Arme der Esmeralda. Dort ruhten sie nur kurz, und dann begannen sie einen regelrechten Tanz auf dem süßen Leib, zu dem sein liebestolles Wortgeplätscher die Begleitung abgab. Phoebus schien von seinem eigenen Gefasel berauscht und sprach, seine verschiedenen

Liebschaften durcheinanderwerfend, die Zigeunerin mit dem Namen Goton an, ohne es zu bemerken.

Schon näherten sich die gierigen Finger den Brüsten, die sich spitz unter la Esmeraldas besticktem Busentuch wölbten, da rückte sie jäh an den äußersten Rand der Truhe und fragte: »Seid Ihr im Kampf auch so ungestüm, Herr Hauptmann?«

Empört warf er sich in die Brust. »Wie könnt Ihr das fragen, meine Liebste? Habe ich das nicht bewiesen, als ich Euch aus den Klauen dieses buckligen Ungeheuers rettete?«

Ihre großen Augen glänzten vor Verehrung und Anbetung. »O ja, das habt Ihr, edler Phoebus, in der Tat! Und man erzählt sich noch ganz andere Heldengeschichten von Euch.«

»Na, seht Ihr.« Er sprach wie ein ungeduldiger Vater zu seinem quengelnden Kind und rutschte wieder eng an sie heran. »Ihr könnt gewiß sein, daß ich in jeder Lage meinen Mann zu stehen vermag, im Angesicht des Todes oder in der Liebe.« Und er begann, ihr Mieder aufzuschnüren.

Die Eifersucht dörrte meine Kehle aus. Mit Mühe kämpfte ich gegen einen verräterischen Hustenreiz an. Was hätte ich darum gegeben, jetzt an der Stelle des Offiziers zu sein!

Das Mieder lockerte sich, und mühelos konnte Phoebus das Busentuch von den Schultern der Esmeralda ziehen, so tief nach unten, daß ihm ein freier Blick auf das feste, im Licht der Lampe golden schimmernde Fleisch der Brüste gewährt wurde. Als er danach greifen wollte, schlug sie ihm spielerisch auf die Finger und stand hastig auf.

»Was ziert Ihr Euch auf einmal? Bin ich Euch nicht fein genug? Oder liegt's am Quartier? In Eurem Zigeunerwagen dürfte es kaum gemütlicher sein.«

La Esmeralda schlug die langen Wimpern nieder und sagte leise: »Verzeiht, mein Tapferer, ich bin ein dummes

Ding. Aber ich würde gern mehr über Eure Heldentaten hören, über das Blut, das Ihr in König Ludwigs Diensten vergossen habt.«

Ein Aufleuchten glitt über sein Gesicht. »Ah, ich verstehe. Das vergossene Blut meiner Feinde bringt das Eure erst recht in Wallung, wie, meine kleine, blutdürstige Bestie?«

Sie nickte heftig, während sie eine verführerische Mischung aus Scham und Verzückung auf ihr Gesicht zauberte. »Man sagt, Ihr habt Euch gestern am Justizpalast ausgezeichnet, als Ihr eine abgefeimte Bande, die es auf den Schatz des Königs abgesehen hatte, in die Flucht schlugt.«

»Worauf die Kerle es abgesehen hatten, ist sehr die Frage. Leider haben wir nicht alle erwischt, nur drei von ihnen fielen unter den Salven meiner Schützen.«

Die Zigeunerin reckte Kopf und Oberkörper vor, womit sie Phoebus erneut ihre halb entblößten Brüste darbot. »Stimmt es, liebster Phoebus, daß bei Eurer Heldentat Zauberei im Spiel war?«

Er lachte laut auf. »Seit wann sind des Königs Schützen mit den finsteren Mächten im Bunde?«

Genau das war die Frage, und gespannt lauschte ich auf das Weitere.

»Man sagt, Eure Kompanie sei so schnell am Justizpalast gewesen, daß es unmöglich mit rechten Dingen zugegangen sein kann.«

Auch Phoebus stand auf, legte seine Hände auf die nackten Schultern der Esmeralda und hauchte zwei Küsse auf die Wölbungen ihrer Brüste. »Wäre ich ein Zauberer, würde ich meine Kunst darauf verwenden, Euch auf ewig in meinen Bann zu ziehen, meine goldige Blume.«

Sie ließ es geschehen, daß er ihre Brüste ganz entblößte und mit seinen Händen bedeckte, sie rieb und drückte. Keuchend fragte sie: »Wenn Ihr kein Zauberer seid, wie konntet Ihr nur so rasch zur Stelle sein?«

Er schob sie mit sanfter Gewalt aufs Bett und setzte sich so zu ihr, daß er schon halb auf ihr lag. »Warum so neugierig? Zum Reden ist nachher noch Zeit.«

»Nein, sagt es mir jetzt, sonst kann ich an nichts anderes denken!«

Seine Rechte fuhr unter ihr Mieder, riß es ganz auf und glitt weiter nach unten. »Wenn man vorher weiß, was geschieht, muß man nicht zaubern können, um zur rechten Zeit am rechten Ort zu sein.«

»Doch woher wußtet Ihr es, mein Phoebus?«

Er bedeckte ihren flachen Bauch mit Küssen. »Eine Nachtigall hat's mir bestimmt nicht gezwitschert.«

»So hattet Ihr einen Gewährsmann bei den Banditen?«

»Ihr seid ein kluges Kind, Goton«, seufzte Phoebus und grub seine unter ihren Rock gewanderte Rechte so fest in den Schoß der Esmeralda, daß ihr Leib sich unwillkürlich wie eine zuckende Schlange wand. Seine Linke begann, die Bänder ihres Rocks zu öffnen.

»Aber wie habt Ihr das vollbracht?« Sie konnte nur noch im stoßweisen Rhythmus ihres heftigen Atems sprechen. »Wer hat Euch diesen Dienst erwiesen?«

Statt von der erhofften Antwort wurde das Sankt-Martha-Zimmer vom einem lauten Krachen und gleich darauf von einem Meckern erfüllt. Die morsche Tür war in den Raum geflogen. Djali stürmte herein und landete mit einem Satz auf dem niedrigen Bett. Während ich noch darüber nachsann, wie es der Ziege gelungen sein mochte, die Tür aufzudrücken, fiel ein großer Schatten in die Kammer. Es war die in ein schwarzes Gewand gehüllte Gestalt eines Mannes, dessen Gesicht unter der breiten Krempe eines Hutes verschwand.

Phoebus stieß einen Fluch aus, der selbst an diesem lästerlichen Ort nicht alltäglich war, und wie man ihn wohl nur unter Lumpen und Soldaten hört. Er griff nach dem Degen und bemühte sich vergeblich blankzuziehen. Er lag halb auf der Degenscheide und wurde, als er sich herumwälzen wollte, von Djali behindert. So kam die Ziege dem Schwarzgewandeten, den sie zum Sankt-Martha-Zimmer gelockt hatte, noch einmal zu Hilfe.

La Esmeralda war geschickter. Halb nackt, wie sie war, sprang sie auf und zog ihren Dolch aus seinem Futteral in den Falten ihres Rocks. Da fegte Phoebus Djali vom Bett, um endlich an seine Waffe zu kommen. Was der Hauptmann als seinen Vorteil ansah, sollte ihm zum Verhängnis werden. Die Ziege fiel ihrer Herrin vor die Füße und brachte sie zu Fall. Betäubt lag la Esmeralda am Boden, der Dolch entglitt ihren Händen. Der Schwarze hob ihn auf und stieß die schlanke Klinge, ohne zu fackeln, in die Brust des Offiziers. Phoebus stöhnte auf, seine Finger glitten vom Degengriff, und er fiel aufs Bett zurück, wo er reglos auf dem Rücken liegen blieb.

Der Schwarze zog die blutige Klinge aus der Wunde und wandte sich zur Esmeralda um. Schon machte ich mich bereit, das Fenster aufzureißen, da erschollen laute Stimmen und Schritte aus der Kupplerhöhle. Ein ganzer Trupp mußte da im Anmarsch sein. Der Attentäter ließ die Waffe fallen und eilte auf das Fenster zu. Dabei fiel das Mondlicht für einen Augenblick auf sein Gesicht, und ich erkannte den Mörder.

Er drückte das Fenster auf. Um nicht gesehen zu werden, wich ich zurück, verlor in meiner Hast und Verwirrung den Halt und stürzte vom Dach des Schuppens auf einen engen Hof. Es wäre ein harter Sturz gewesen, hätte mich nicht ein weicher Misthaufen empfangen.

Der Mörder kauerte auf dem Schuppen, blickte sich rasch nach allen Seiten um und sprang dann ebenfalls auf den Hof. Hatte er mich bemerkt? Wollte er den Zeugen so gnadenlos zum Schweigen bringen, wie er es eben mit Phoebus getan hatte? Aber nein, er lief an dem Misthaufen vorbei, hinaus in die Finsternis.

In dem geöffneten Fenster erschienen Kopf und Oberkörper eines Scharwächters: »Hier ist nichts auf dem Dach. Die Zigeunerin war mit ihrer Satansziege und dem Hauptmann allein.«

Aus dem Sankt-Martha-Zimmer erwiderte eine andere Stimme: »Sie ist bestimmt eine Hexe, so, wie sie aussieht.«

»Eine Hexe, auf die der Galgen wartet«, ergänzte eine dritte Stimme. »Sie hat einen Hauptmann der königlichen Schützen ermordet, nachdem sie ihn mit ihrem schönen Leib verführt hat. Merkt's euch, Männer, die Liebe und der Tod liegen oft nah beieinander. Schafft die Leiche fort, und fesselt die Hexe!«

Benommen wälzte ich mich von dem Misthaufen, dessen Gestank mich eine ganze Weile begleiten würde. Doch das war jetzt nicht wichtig. Ich mußte zu den Scharwächtern hinauf, mußte ihnen sagen, daß sie sich irrten. Gerade stand ich auf meinen Beinen, da hielt mich eine starke Hand an der Schulter fest.

»Bleibt hier, Signore Armand, die Wächter würden Euch nicht glauben, zumal Ihr zerzaust seid und stinkt wie einer, der den Wunderhof sein Heim nennt.« Leonardo rümpfte die Nase und fuhr dann im selben Flüsterton fort: »Wir sollten machen, daß wir fortkommen! Falls die Scharwache doch auf den Gedanken verfällt, die umliegenden Gassen abzusuchen, darf von uns nichts mehr zu sehen und zu riechen sein.«

»Aber ... wie kommt Ihr hier ...«

»Was meint Ihr, warum Villon mich mit Euch zum Wunderhof sandte? Wir hatten einen Hinweis, daß la Esmeralda sich für heute abend mit dem Hauptmann verabredet hat. Durch Euer übereiltes Handeln habt Ihr meine Mission übernommen, und mir blieb nichts anderes übrig, als statt der Verfolger einer Verfolgten nur der Verfolger eines Verfolgers zu sein. Keine dankbare Aufgabe, glaubt's mir.«

Ich sah ein, daß Leonardo recht hatte. Die Scharwächter würden mir bestimmt nicht glauben, mich allenfalls neben la Esmeralda an den Galgen bringen. Widerstrebend folgte ich ihm zur Saint-Michel-Brücke und warf einen letzten Blick auf das aufgestoßene Fenster des Sankt-Martha-Zimmers. Jetzt erst, viel zu spät, fiel mir ein, daß die heilige Martha auch die Schutzherrin der Sterbenden war.

Villon saß in seiner unterirdischen Kammer über die *Ars Magna et Ultima* des Raimundus Lullus gebeugt, als wir erschienen und ihm von dem Mord an Phoebus de Châteaupers berichteten. Er hörte uns ruhig und schweigend zu, aber sein Gesicht verhärtete sich zusehends, und mit müdem Blick sagte er schließlich: »Immer wieder kommen uns die Dragowiten zuvor. Wäre der Mörder nur einen Augenblick später gekommen, hätte der Hauptmann seinen Gewährsmann verraten!«

»Wir können froh sein, daß zufällig die Scharwache so schnell erschienen ist«, warf ich ein. »Sonst wäre auch la Esmeralda in Lebensgefahr gewesen.«

»Das ist sie jetzt nicht minder«, sagte Leonardo. »Außerdem glaube ich nicht an einen Zufall. Die Dragowiten benutzen die Scharwächter wie auch die königlichen Schützen für ihre Zwecke. Sie haben die Scharwache wohl selbst gerufen, damit man die Leichen des Hauptmanns und seiner Geliebten in ihrem Blut fand. Andernfalls wäre der Trupp kaum so schnell bei der Kupplerhöhle aufgetaucht. Mord und Selbstmord aus Leidenschaft, so sollte es nach dem Willen der Dragowiten aussehen. Damit wären, ohne einen Verdacht zu erregen, der Lockvogel und der mögliche Verräter des Verräters beseitigt gewesen. Nur waren die Scharwächter so rasch vor Ort, daß sie den Attentäter der Dragowiten überraschten.«

Villon nickte. »Wenn wir wenigstens ihn kennen würden ...«

»Aber ich habe ihn erkannt!«

Das häßliche Antlitz Villons und das hübsche Gesicht des Italieners drehten sich wie auf einen geheimen Befehl zu mir. Ihre fragenden Augen hingen an meinen Lippen, wollten mich durchbohren.

»Wer war es?« flüsterte Villon.

Ich dachte an das strenge Gesicht, das ein hilfreicher Mondstrahl mir für einen kurzen Augenblick enthüllt hatte. An den Blick aus zu allem entschlossen Augen, der unter der hohen Stirn aus tiefen Höhlen hervorstach wie eine zum Angriff geführte Klinge. Ein Blick, so kalt wie Eis und zugleich so flammend, daß er einen Menschen verbrennen konnte. Kein Wunder, daß ich unwillkürlich vor dem Mann zurückgewichen war.

»Wer?« wiederholte drängend Villon.

Die vermummte Gestalt, die den blutigen Dolch umklammerte, vor meinem geistigen Auge, sagte ich leise: »Dom Claude Frollo!«

FÜNFTES BUCH

Kapitel 1

Menschen aus Glas

Das Geläut der Mittagsglocke hallte über Notre-Dame und die Cité-Insel, um noch weit darüber hinaus in der lauen Aprilluft über Paris zu schweben und in einen fröhlichen Wettstreit mit dem Gesang der Zaunkönige und der aus ihren Winterquartieren heimgekehrten Mönchsgrasmücken zu treten. Unten in den Gassen tummelten sich die Menschen und nutzten die warmen Sonnenstrahlen für ihre Geschäfte. Ich aber schlich am hellichten Tag wie ein Dieb über die Brücke zwischen den beiden großen Türmen, auf den Südturm zu, der über den Dächern des Hôtel-Dieu aufragt wie ein riesenhafter Wächter. Trotz der hellen Sonne hoch oben am Himmel wirkte der Turm düster, als berge er hinter seinen alten Mauern ein schreckliches Geheimnis.

Im Innern des Turms lehnte ich mich gegen das kühle Gemäuer und atmete tief durch. Nichts war geschehen, natürlich nicht, und nichts würde mir geschehen, solange ich achtsam war. Das gleichmäßige Glockengeläut gab mir Sicherheit. Ich hatte darauf geachtet, daß nicht irgendein Mesner, sondern Quasimodo selbst es war, der in seinem schwerfälligen Wackelgang in den Nordturm stieg, um eine der sechs Glocken zur Sext zu schlagen. Und doch war Quasimodo hier, in der geräumigen Glockenstube des Südturms, allgegenwärtig. Ruhig hing die Große Marie an ihrem schweren Gestell und döste in der durch zahlreiche Fensteröffnungen einfallenden Mittagssonne, gewiß, daß ihr dunkler, voller Klang erst in ein paar Tagen zur Feier des Ersten Mais gefragt war.

Vorsichtig durchmaß ich den Raum, blickte mich nach allen Seiten um und stellte fest, daß es wenig zu sehen gab. Konnte ich hier wirklich das finden, was ich in den vergangenen Wochen überall in der Kathedrale gesucht hatte? Jede Kapelle, jede Galerie hatte ich nach dem geringelten Drachen abgesucht, nach Ouroboros. Vergebens. Wenn Notre-Dame tatsächlich das Geheimnis des Sonnensteins hütete, schien sie nicht gewillt, es mir zu offenbaren.

Plötzlich bewegte sich etwas im Stroh zu meinen Füßen. Erschrocken sprang ich zurück und hätte um ein Haar das Gleichgewicht verloren. Hätte mir nicht ein hölzerner Strebebalken des Glockenstuhls im letzten Augenblick Halt gegeben, wäre ich in das tieferliegende Turmgeschoß gestürzt, in das die Seile der Großen Marie und ihrer kleineren, aber immer noch mächtigen Schwester Jacqueline hinabhingen, um zu besonderen Festlichkeiten von den Mesnern, die Quasimodo bei den schweren Glocken unterstützten, bedient zu werden. Eine fette schwarze Ratte, die ich in ihrem Mittagsschlaf gestört hatte, huschte davon und verschwand in einem schattigen Winkel.

Ich konnte das Tier nicht mehr sehen, obwohl es weder nach draußen noch in den kleineren Glockenstuhl, wo Jacqueline ausruhte, geflohen war. Erst als ich dem Weg der Ratte folgte, entdeckte ich den schmalen Durchlaß in dem finsteren Winkel. Durch ihn betrat ich den Ort, den ich gesucht und den ich bislang ebensowenig zu betreten gewagt hatte wie Dom Frollos Hexenküche: Quasimodos Kammer.

Im Gegensatz zur geheimnisvollen Zelle des Archidiakons gab es hier keine Tür und kein Schloß. Ich konnte ungehindert eintreten und, solange die Glocke zur Sext schlug, sicher sein, nicht vom Bewohner dieser abgelegenen Zuflucht überrascht zu werden. Wenn ich mich, sobald die Glocke verstummte, aus dem Staub machte, würde der Glöckner von meinem Besuch nichts merken, selbst wenn er umgehend zum Südturm zurückkehrte. Inzwischen kannte ich mich in den Türmen der Kathedrale gut genug aus, um mich vor ihm zu verbergen.

Ich hatte gefunden, was ich suchte, und war doch enttäuscht. Die bescheidene Kammer mit ihrer einfachen Einrichtung war nicht der Ort, ein Geheimnis zu hüten, von dem das Schicksal der Welt abhing. Das erkannte ich auf den ersten Blick, der ein grob zusammengehauenes Bettgestell, eine hölzerne Truhe, einen Tisch, einen Schemel und ein wackliges Wandbord mit einigen Nahrungsmitteln erfaßte. Das Bemerkenswerteste an dieser Stube war ihre Nähe zum Glockenstuhl. Kein Wunder, daß Quasimodo sowenig hören konnte wie der Taubstumme, den der Erlöser auf seiner Wanderung von Tyrus ans Galiläische Meer heilte. Jeder Schlag der gewaltigen Glocke mußte hier wie ein Beben der Erde zu spüren sein, eine Kraft, die über kurz oder lang jedes Trommelfell zerreißen mußte wie ein Blatt Papier.

Wenn es hier überhaupt etwas zu entdecken gab, dann in der Truhe. Der Deckel ließ sich mühelos anheben, das verrostete Schloß mußte seit Jahren nicht mehr zu benutzen sein. Schon wollte ich die Truhe wieder verschließen, denn sie schien nichts als Kleidungsstücke zu enthalten, dann aber klirrte etwas leise unter meinen suchenden Händen. Ich förderte ein mehrfach zusammengeschlagenes Tuch zutage, ein Bündel, das Glassplitter enthielt. Nein, keine Splitter mit scharfen Kanten und Ecken, sondern abgerundete Stücke bunten Glases, wie es die Fenster der Kathedrale zierte. Vielleicht waren es Abfälle, oder Quasimodo hatte sich heimlich bei den Glasern bedient. An dem großen Gotteshaus mußte ständig etwas ausgebessert werden. Werkzeug sowie Vorräte an Stein, Glas und anderen Materialien lagerten überall, auch hier in den Türmen.

Als ich die etwa handgroßen Glasstücke eins nach dem anderen herausnahm und gegen den Lichtstrahl hielt, der durch eine hohe Fensteröffnung hereinfiel, erkannte ich menschliche Formen. Schnell begriff ich, daß ihr Geheimnis nichts mit dem Sonnenstein zu tun hatte, aber sehr viel mit der Seele des Glöckners. Die Glasfiguren waren die einzigen Menschen, die sein abgeschiedenes Leben teilten, die ihm ganz nach Belieben zur Verfügung standen. Das Spielzeug eines einsamen Kindes.

Sorgsam schlug ich die Glasmenschen wieder in das Tuch ein und legte das Bündel zurück auf den Boden der Kiste. Dabei stieß ich an etwas Hartes. Es war das Neue Testament, das Leonardo dem Glöckner geschenkt hatte und mit dem Quasimodo in einer Januarnacht zu mir gekommen war, um in die Kunst des Lesens eingeweiht zu werden. Der Einband aus Schafsleder war abgegriffener, als ich ihn in Erinnerung hatte, und eine Anzahl Seiten klebte lose und zerknittert zwischen den anderen.

Es gab nur eine Erklärung. Nachdem Frollos Auftauchen in jener Nacht Quasimodo davon abgehalten hatte, von mir das Lesen zu erlernen, hatte er es allein versucht. Natürlich ohne Erfolg, und voller Wut und Verzweiflung hatte er die bedruckten Seiten aus der Heiligen Schrift gerissen. Dann hatte er voller Reue das Papier mit seinen ungeschlachten Händen notdürftig geglättet und wieder in das Buch gelegt.

Mitgefühl, wie ich es auch bei seinem Besuch schon verspürt hatte, erfaßte mich. Ich fühlte mich der armen Kreatur nahe, fast verwandt. Hatten wir nicht ein ähnliches Schicksal durchlitten, aufgewachsen ohne Vater und ohne Mutter, als Fremde unter Fremden? Ich hatte mich in die Welt der Bücher geflüchtet, ein Weg, den Dom Frollo seinem Zögling verwehrte.

Quasimodo blieb nur die Musik der Glocken, mit der er eins werden konnte. Ihr gab er sich mit Leib und Seele hin, und hier oben, so nahe bei Marie und Jacqueline, mußte das Geläut selbst dem Tauben in den Ohren dröhnen. Vielleicht bedeuteten die Glocken ihm mehr als Menschen, denn sie wiesen ihn niemals zurück, lachten nicht über seinen mißgestalteten Leib, über sein unförmiges Antlitz. Treu hielten sie zu ihm und sprachen mit ihm, wann immer es ihm nach ihren tröstenden Wort verlangte. Und wenn ihm doch einmal nach Menschen war, legte er die bunten Glasstücke auf den Boden und schuf sich eine Familie menschlicher Gestalten, die ihn, das Ungeheuer, stumm und willenlos ertrugen. Oh, wie gut konnte ich ihm nachfühlen!

Und doch packten mich Erschrecken und Furcht mit eisigen Klauen, als ich das Kribbeln in meinem Nacken spürte. Es kroch meinen Rücken hinab wie eine große Spinne, langsam, aber stetig, um sich über meinen ganzen Leib auszubreiten. Ein warnendes Kribbeln, doch es kam zu spät. Obwohl ich keinen Laut gehört und nichts gesehen hatte, wußte ich, daß hinter mir jemand stand und auf mich, der ich am Boden vor der geöffneten Truhe hockte, herabsah. Es war, als hätte ich ein zweites Augenpaar im Hinterkopf.

Quasimodo! Eben noch hatte ich Anteilnahme empfunden, jetzt war es nackte Angst. Die Vorstellung, wie sein monströser Leib sich über mich beugte, lähmte mich. Nur meine Gedanken flogen umher wie die Vögel draußen am Frühlingshimmel. Sie zwitscherten mir zu, daß etwas nicht stimmte, nicht paßte. Wenn Quasimodo hinter mir stand, wieso hatte ich die ganze Zeit über das Läuten der Sextglocke vernommen?

Unendlich langsam, gepeinigt von der Furcht vor dem, was meine Augen erblicken würden, drehte ich mich um – und fand es nur wenig tröstlich, daß nicht Quasimodo hinter mir in die Kammer getreten war. Sein düsterer Ziehvater war kaum ein angenehmerer Gesellschafter, schon gar nicht seit jenem Abend, als ich mit angesehen hatte, wie er den Hauptmann der königlichen Schützen erstach. Seitdem nagte in mir der schreckliche Verdacht, daß der Archidiakon und der Schnitter von Notre-Dame ein und derselbe Mann waren. Dom Claude schien mich damals nicht bemerkt zu haben, und falls doch, hatte er es sich nicht anmerken lassen. War er jetzt gekommen, um in dieser abgeschiedenen Kammer den mißliebigen Zeugen zum Schweigen zu bringen?

Frollo bewegte sich nicht, war ein starrer Schatten vor dem Durchgang zum Glockenstuhl. Kein Dolch blitzte auf, um meine Kehle aufzureißen. Doch seine Blicke durchbohrten mich kaum weniger schmerzhaft. Ähnlich meinem Vater Villon besaß der Archidiakon die Gabe, einem Menschen bis ins Herz zu blicken. So erschien es mir jedenfalls, und ich fühlte mich unter seinem Blick wie einer von Quasimodos Glasmenschen: nackt, durchsichtig, zerbrechlich, schutz- und willenlos.

Ein unsichtbarer Nebel umwallte meinen Geist und machte ihn träge. Ich fühlte mich wie in jener Stunde, als Villon mich das Ende von Montségur hatte miterleben lassen. Mich beschlich die Angst, Frollo gänzlich ausgeliefert zu sein, ihm Dinge zu verraten, die unter keinen Umständen über meine Lippen kommen durften. Also schüttelte ich das lähmende Gefühl ab und zog mich an dem kleinen Tisch hoch, taumelig, mit wackligen Knien. Das Neue Testament fiel mir aus den Händen auf den Boden, die losen Seiten flatterten heraus. Ich stammelte etwas, um meine Anwesenheit, mein Herumstöbern in den Habseligkeiten des Glöckners, zu erklären, etwas von unverzeihlicher Neugier. An die genauen Worte erinnere ich mich nicht, so matt war in jenem Augenblick mein Verstand.

Dom Frollo lächelte, ich weiß nicht, ob verständnisvoll

oder spöttisch. Er bückte sich nach dem Buch, hob es auf und blätterte es durch, wobei er die Mundwinkel verächtlich nach unten zog. »Wollt Ihr Quasimodo damit in die verhängnisvolle Kunst des Lesens einführen, Monsieur Armand?«

Frollo wußte es also, hatte unser Theater vielleicht schon in der Nacht durchschaut, als Quasimodo sich in meiner Zelle vor ihm versteckte.

»Er ... er kam zu mir, um das Lesen zu lernen«, sagte ich stockend. »Aber nur einmal, dann nicht wieder. Er hatte Angst vor ...«

»Vor mir? Sprecht es ruhig aus, ich weiß, daß es so ist. Und es ist gut und richtig so. Die arme Kreatur braucht eine strenge, leitende Hand, um in dieser Welt zu überleben. Eine Hand, die sie vor allem Übel beschützt. Soll Quasimodo von der Welt der Menschen, die ihn verstoßen hat, lesen, um sie noch mehr zu vermissen? Notre-Dame ist seine Welt, hier hat er seinen Frieden gefunden. Warum seinen einfachen Geist mit Gedanken verwirren, die manch Klügerer nicht versteht?« Voller Verachtung warf er das Buch auf den Tisch. Eine Vielzahl feiner Staubteilchen wirbelte hoch und vollführte im Lichtstrahl der Fensteröffnung einen lustigen Tanz, der nicht zum ernsten Ton des Archidiakons passen wollte. »Ihr, ein Mann der Feder, bewandert in der Ars artificialiter scribendi, beschäftigt Euch mit Druckwerken?«

Mit einemmal sah ich mich in die Rolle des Verteidigers gedruckter Schriften gedrängt. »Aber immerhin ... es ist das Neue Testament. Ist das ein schlechtes Buch?« Dieselbe Frage hatte mir einst Quasimodo gestellt.

»Ja!« brach es mit Inbrunst aus Frollo hervor. »Es ist ein schlechtes Buch, weil es ein Druckwerk ist. Durch Gutenbergs Erfindung werden die Bücher zahlreich wie die Wassertropfen unten in der Seine. Ihre Masse führt zum Verfall der Preise. Wißt Ihr, daß ein italienischer Bischof nur drei

Jahre, nachdem Gutenbergs Kunst in Italien Fuß gefaßt hatte, von dem niedrigen Kaufpreis der Bücher berichtete, der weniger als das betrug, was man früher allein fürs Binden auszugeben hatte? Ihr selbst habt erfahren, wie schwer ein Kopist in diesen Tagen Lohn und Brot findet. Doch selbst den Druckern ergeht es so, der Verfall der Preise bringt sie fast an den Bettelstab. Deshalb sind sie gezwungen, alles zu drucken, wonach das Volk verlangt. So finden die frevlerischsten und dümmsten Gedanken Verbreitung und verstopfen die Köpfe, rauben den Menschen nicht nur die Fähigkeit der Ohren und die Kraft der Augen, sondern vor allen Dingen die Einsicht in das Wahrhaftige!«

»Und das wäre?« fragte ich gespannt. Frollo hatte immer erregter gesprochen, und ich hoffte, ihm ein paar unbedachte Worte zu entlocken. Worte, die mir bei meiner Suche nach Ouroboros helfen würden.

»Gottes Wort ist alles, was die Menschen brauchen. Daran müssen sie sich halten, an nichts sonst.« Die Antwort fiel enttäuschend knapp aus und zudem unglaubwürdig aus dem Munde eines Mannes, der sogar die hermetischen Künste bemühte, um sein Wissen zu erweitern.

Ich zeigte auf das Neue Testament. »Hier steht Gottes Wort. Was spricht also dagegen, das Buch unters Volk zu bringen?«

»Dummheit und Neugier, Beschränktheit und Wahn hindern die Menschen, das Wort des Herrn richtig zu verstehen. Wenn jeder die Heilige Schrift lesen kann, wird irgendwann jeder glauben, er allein wisse um die richtige Auslegung der Worte Gottes. Führt das nicht dazu, daß sich jeder seinen eigenen Gott erschafft? Dabei gibt es dies hier, die steinerne Schrift.« Er drehte sich um sich selbst und wollte mit einer ausgreifenden Armbewegung ganz Notre-Dame umschlingen. »Die Kathedralen weisen dem Volk den richtigen Weg. Sie sind Abbilder des himmlischen Jerusalems auf

Erden. In Stein gehauene und in Glas gesetzte Geschichten, einfach genug, um den schlichten Geist nicht zu verwirren. Stein und Licht lassen die Menschen tanzen und frohlocken. Was sie darüber hinaus wissen müssen, sagen ihnen die Kundigen der Heiligen Schrift.«

»Ihr meint Euren Stand, den Klerus.«

»Natürlich!« schnaubte der Archidiakon. »Wer sonst als jene, die ihr Leben dem Studium der Bibel geweiht haben, sollte sie verstehen können?«

»Aber gerade das ist es!« Auch ich sprach jetzt voller Eifer. »Gerade das Studieren schärft den Geist. Nehmt Ihr den Menschen die Bücher, dann nehmt Ihr ihnen auch die Möglichkeit zu verstehen, zu denken!«

»Genau das will ich. Was hat das Denken den Menschen eingebracht außer Gier, Neid und Mord? Wer denkt, fühlt sich als etwas Besonderes, etwas Erhabenes, und er schaut auf die anderen herab.«

»Ihr auch, Domine?«

»Als Mann des Glaubens habe ich gelernt, meine Begierden zu zügeln.«

»Ich bin kein Mann des Glaubens und doch des Lesens kundig, darin unterwiesen von frommen Brüdern.«

»Ihr hattet die rechte Anleitung, Armand. Und doch, fühlt Ihr Euch nicht zuweilen verwirrt von den vielen Büchern in den Bibliotheken, die einander oft mehr widersprechen denn ergänzen? Glaubtet Ihr beim Studium der Schriften nicht, den Halt zu verlieren und aus der Wirklichkeit in die Welt fremder Gedanken zu stürzen? Ja, was gibt Euch die Sicherheit, daß dies alles hier, Paris und Notre-Dame und unser Zwiegespräch, Wirklichkeit ist und nicht nur einer jener unnützen Gedanken, die arme Geister auf billiges, schlechtes Papier drucken, um andere arme Geister mit unnützer Lektüre um ihr schwerverdientes Geld zu bringen?«

»Wäre ich nur ein fremder Gedanke, könnte ich selbst nicht denken.«

»Der andere, Euer armseliger Schöpfer und Gott, dächte für Euch.«

Ein neuerlicher Schwindelanfall ließ mich auf den dreibeinigen Schemel niedersinken. Ahnte, wußte gar der Archidiakon, wie tief er mich getroffen hatte? Seit ich Paris betreten hatte, riß mich ein Strom seltsamer, unglaublicher Ereignisse mit sich, unaufhaltsam wie eine der menschlichen Beeinflussung entglittene Denkmaschine des Raimundus Lullus. War die Erklärung für alle Merkwürdigkeiten einfach die, daß sie nur ein Hirngespinst waren? Dann war auch Frollo nur die Ausgeburt eines kranken Geistes – eines fremden oder meines eigenen? Wenn ich aber ihn und mich selbst nur dachte, war ich dann mein eigener Gott?

»Meine Worte stürzen Euch in Zweifel«, fuhr der Archidiakon triumphierend fort. »Bedenkt, wie groß die Verwirrung erst bei Menschen sein muß, die nicht gelernt haben, mit der Vielzahl fremder Gedanken umzugehen. Wer den Buchdruck beherrscht, kann das Volk beherrschen, kann Aufruhr oder Lethargie säen, ganz wie es ihm beliebt. Das Wort Gottes wird zur bloßen Materie, mit schmutzigen Maschinen gedruckt, vergänglich wie das dünne Papier, auf dem es steht. Wie eine Vogelschar schwirren die Gedanken durch die Lüfte und trällern falsche Lieder, denen das Volk nachjagen und über denen es die wahren Gebote Gottes vergessen wird.«

Ich hatte mich ein wenig erholt und seufzte: »Viele sagen, daß mit Gutenberg ein neues Zeitalter angebrochen sei.«

»Nicht eine neue Zeit, sondern das Ende der Zeit!« Frollo preßte beide Hände gegen die Wand. »Das Ende der Kathedrale, der wahren Verkündung. Das Kleine besiegt das Große, das Unbedeutende das Wichtige. Ein schmerzender Zahn zerfrißt den ganzen Menschen. Die Nilratte tötet das Krokodil, der Schwertfisch den Wal, und das Buch wird die Kathedrale, den Glauben, töten!«

»Der Glaube muß schwach sein, wenn eine Erfindung des Menschen ihn zu besiegen vermag.«

Frollos Blick, der eben noch im Stein der Kathedrale die Ewigkeit gesucht hatte, kehrte zu mir zurück, traurig, niedergeschlagen. »Ihr versteht nicht, worum es geht, mein Freund. Ihr preist die Erfindung, die Euch eines Tages Brot und Leben rauben wird. Ist das nicht krankhaft? Laßt uns beten, daß der Jüngste Tag anbricht, bevor aus der Welt des Glaubens eine der flüchtigen und falschen Gedanken geworden ist, bevor die Materie ihren endgültigen Sieg über die Seele erringt!«

Er sprach so ergreifend, daß ich beinahe zum Gebet auf die Knie gefallen wäre. Rechtzeitig begriff ich, daß er es nicht wörtlich gemeint hatte. Und ich erkannte, daß ich dem wahren Claude Frollo und dem, was er unter wahrem Glauben verstand, noch nie so nahe gewesen war wie in diesem Gespräch. Leider verriet er nicht mehr. Schlurfende Schritte, die durch den Glockenstuhl hallten, beanspruchten unsere Aufmerksamkeit. Jetzt erst wurde mir bewußt, daß die Glocke im Nordturm längst nicht mehr schlug.

Als Quasimodo uns erblickte, seine geöffnete Truhe, das Neue Testament und die zerstreuten Papierblätter am Boden, stieß er einen unmenschlichen Schrei aus, laut genug, um mit der Großen Marie in Wettstreit zu treten. Sein Auge weitete sich, die Muskeln in der Teufelsfratze zuckten, und die Lippen zogen sich von den großen gelben Zähnen zurück. Im Wald von Sarthe, als ich für die Mönche Pilze suchen wollte, hatte ich einmal unvermittelt einem Wolf gegenübergestanden. Als der Wolf mit drohendem Knurren sein Raubtiergebiß entblößte, hatte er ähnlich ausgesehen wie jetzt der Glöckner. Damals hatte ich, vor Schreck erstarrt, mein Gegenüber einfach nur angesehen, bis der Wolf genug hatte und gelangweilt davonlief. Ich bezweifelte, daß es mit Quasimodo auch so einfach sein würde.

Mit einem plumpen Schritt trat er auf mich zu und hätte mich wohl gepackt, hätte nicht Frollo zwischen uns gestanden. Der Archidiakon machte ein paar schnelle Handzeichen, die ich kaum richtig sah, die dem Glöckner aber mehr sagten als Worte. Ein widerwilliges Knurren ausstoßend, zog er sich ins Glockengestühl zurück. Der Hund, der Sklave, gehorchte dem Herrn aufs lautlose Wort.

»Ihr geht jetzt besser, Armand, die Sergeanten warten schon auf Euch.«

»Die Sergeanten?« wiederholte ich und ahnte nichts Gutes.

Frollo nickte. »O ja, deshalb suchte ich Euch. Dieser Leutnant Falcone verlangt wieder einmal nach Euch, seine Sergeanten warten auf dem Vorplatz.«

Als ich die Kammer verließ, lehnte Quasimodo an Maries bronzenem Leib und tätschelte ihn wie einen treuen Hund oder einen lieben Freund. Bei meinem Anblick verfinsterte sich seine Miene, und sein Blick wurde böse, trieb heißkalte Schauer über meinen Rücken.

Kapitel 2

Gesotten und gehängt

Auf den Stufen, die von den Portalen zum Domplatz hinabführten, wurde ich von zwei Sergeanten empfangen. Es waren dieselben, die mich damals zur Leichenkammer im Grand-Châtelet geführt hatten. Und sie waren noch genauso wortkarg. Also verlangte ich keine Erklärungen, sondern folgte ihnen einfach. Erst als wir nicht in Richtung Châtelet gingen, sondern geradewegs auf die Notre-Dame-Brücke zuhielten, erwachte mein Mißtrauen, und ich fragte nach unserem Ziel.

»Es geht zur Hinrichtung!« bellte einer der Sergeanten und schwieg wieder, als sei damit alles gesagt.

Unruhe erfaßte mich, obgleich – oder weil – jenseits der Brücke der Grève-Platz mit dem Galgen und darob wohl auch mit der Antwort auf mich wartete. Ich dachte an la Esmeralda, die schon seit Wochen im Kerker des Grand-Châtelet schmachtete. Ihr Vater und Villon hatten alle Pläne, gewaltsam in die Festung einzudringen, verworfen. Nach dem fehlgeschlagenen Versuch, Marc Cenaine zu befreien, dessen neuer Aufenthaltsort uns noch immer unbekannt war, hatte man die Wachen in den Pariser Gefängnissen verdoppelt und die Sicherheitsvorkehrungen verschärft. Uns hätte ein weitaus blutigeres Fiasko gedroht als in der Conciergerie, und der Ausgang war viel zu ungewiß.

Anfang Mai sollte der Zigeunerin der Prozeß gemacht werden, und wir hofften, daß sich dann ihre Unschuld herausstellte. Aber wenn nicht la Esmeralda hingerichtet wurde, wem dann würde der Henker das Leben nehmen?

Als wir den großen Platz am rechten Flußufer erreichten, steigerte sich meine Verwirrung noch. Der Galgen reckte sich müde und verlassen über die Köpfe der Menschen, die ihm keinerlei Beachtung schenkten. Sie umlagerten die Verkaufsstände oder lauschten dem Gelärm einer bunten Gauklerschar, deren aus klapprigen Brettern zusammengezimmerte Bühne an der Ostseite vor dem Rathaus stand. Am Kai wurden drei soeben eingetroffene Handelsschiffe mit Lebensmitteln für die Markthallen entladen, und die Schauerleute, froh, für ein paar Stunden Arbeit gefunden zu haben, buckelten tief unter den schweren Packen. Wir ließen den Grève-Platz hinter uns, und bald umhüllte uns der strenge Geruch des Schweinemarkts. Die von Minute zu Minute anwachsende Menge drängte sich um den noch leeren Galgen, der sich über die Dächer der Markthallen erhob.

»Wer wird hier baumeln?« fragte ich, als die Sergeanten stehenblieben.

»Ein Toter.« Die Antwort kam nicht von den beiden Männern im violetten Waffenrock, sondern von Piero Falcone, dessen schmale Gestalt sich hinter ein paar aufgeregt zur Richtstätte drängenden Bürgerinnen hervorschob.

»Seit wann hängt man Tote auf?« fragte ich den Kriminalleutnant.

»Auch Tote können hängen. Hier auf dem Schweinemarkt ist das alter Brauch.«

»Ich glaubte, die Menge will einen Menschen sterben sehen. Soviel Aufwand wegen einer Leiche?«

»Oh, der Mann ist noch nicht tot. Kommt mit, Monsieur, ich zeig's Euch.«

Die beiden Sergeanten bahnten uns mit Rufen und derben Knüffen einen Weg auf eine kleine Holztribüne, die besonderen Gästen vorbehalten war. Von hier aus sah ich deutlich das seltsame Gestell neben dem Galgen. Ein riesiger Kessel, in dem man die Suppe für eine ganze Soldatenkompanie hätte kochen können, stand auf einem großen Eisenrost, unter dem zwei an hölzernen Blasebälgen arbeitende Männer gerade ein Feuer entfachten. Über dem Kessel erhob sich eine Winde, ähnlich der, die ich im Glockenstuhl der Großen Marie gesehen hatte.

»Das ist's, was den guten Nicolas erwartet.« Täuschte ich mich, oder vernahm ich in Falcones Worten einen Hauch von Mitgefühl? »Sagte ich Euch nicht, Monsieur Armand, daß man Falschmünzer in siedendes Öl taucht?«

»Ich erinnere mich.« Ich ließ meinen Blick über den sich füllenden Platz schweifen. »Ein ordentliches Spektakel mit einer angemessenen Zahl von Zuschauern. Habt Ihr einen besonderen Grund, mich dazu einzuladen?«

»Aber ja, das wißt Ihr ja noch gar nicht!« Der Leutnant lächelte und klatschte in die Hände. »Nicolas Manchot hat gestanden, der Schnitter von Notre-Dame zu sein. Und da, seht, da bringt man ihn schon! Messire Noiret und Maître Torterue führen den Umzug an. Falschmünzer müssen langsam sterben, das ist ein Fall für den Foltermeister.«

Es war ein ähnlicher Aufzug wie auf dem Grève-Platz, damals, als man Quasimodo an den Pranger gestellt hatte. Der Verurteilte schien sogar auf demselben Maultierkarren zu hocken, ein dürrer, abgezehrter Mann von etwa dreißig Jahren, krummgeschlossen und mit glanzlosen, schon toten Augen.

»Aber der heißt ja nicht nur Manchot, der hat ja wirklich nur einen Arm!« entfuhr es mir, als ich den krumpeligen Stumpf unter der rechten Schulter entdeckte.

»Drum heißt er ja so. Er hat in einer Buchdruckerwerkstatt gearbeitet und seine Nase mehr in den Wein als in die Druckerschwärze gesteckt. So legte er eines Tages, fünf oder sechs Monate kann es her sein, nicht nur das Papier, sondern auch seinen Arm in die Presse. Viel blieb nicht übrig, wie Ihr seht. Seitdem schlägt er sich mehr schlecht als recht durchs Leben, und man muß ihm zugestehen, daß er sich redlich müht, für seine Gemahlin und die sechs Kinder zu sorgen.«

»Seid Ihr toll?« fuhr ich Falcone an. »Ihr nennt einen Mann, der anderen die Kehle durchschneidet, redlich? Und überhaupt, wie soll einem Einarmigen das gelingen? Bei Schwester Victoire vielleicht mögen seine Kräfte gereicht haben, aber Odon war kein Schwächling!«

»Ihr habt das Dilemma erkannt, Monsieur Armand. Aber sehen wir uns den Unglücklichen ruhig aus der Nähe an, es wird das letztemal sein.«

Wir stiegen von der Tribüne zu dem Karren hinab, der nun zwischen Kessel und Galgen stand. Die Holzscheite unter dem Feuerrost hatten sich entzündet, knackten und knisterten, und aus dem Kessel glaubte ich ein leises Blubbern zu hören. Ölgeruch biß in meine Nase. Zwei Scharwächter zogen Nicolas Manchot vom Karren. Der Einarmige hielt den Kopf gesenkt, bis Falcone seine Hand unter das stoppelige Kinn schob und Manchots Haupt anhob. Die teilnahmslosen Augen zwinkerten, und der Verurteilte fing den Blick des Polizisten auf.

»Nun, Nicolas, ich gebe dir eine letzte Gelegenheit. Widerrufe dein Geständnis, und ich werde die Hinrichtung abblasen.«

»Ihr habt mich foltern lassen, Leutnant«, erwiderte der Einarmige mit der rauhen Stimme des Gewohnheitstrinkers. »Warum, glaubt Ihr, sollte ich jetzt noch widerrufen?«

»Weil du angesichts dieses Kessels und des Galgens dort vielleicht doch zu der Erkenntnis gelangst, daß deinen Kindern ein mittelloser Vater lieber sein wird als gar keiner.

Und auch deine Frau wird das Leben mit einem einarmigen Gemahl dem Witwenstand vorziehen. Unterhalb deiner Hüften ist doch noch alles dran. Aber überhaupt, wo steckt deine Familie, he?«

»Ich sagte doch schon, daß ich es nicht weiß. Charlotte hat Paris mit den Kindern verlassen. Mehr kann ich nicht sagen.«

»Kannst du nicht, oder willst du nicht?«

Manchot schwieg mit zusammengepreßten Lippen. Ich betrachtete seinen zerschundenen Leib, der nur mit einem weißen Hemd bekleidet und von der Folter gezeichnet war. Die Füße waren vom spanischen Stiefel zu unförmigen Fleischklumpen zerquetscht, und die Daumenschrauben hatten seinen Daumen ähnliches angetan. An den Schenkeln klafften blutige Wunden, wo eiserne Zangen Fleischstücke herausgerissen hatten.

Achselzuckend wandte Falcone sich ab und zog mich zurück zur Tribüne, während Michel Noiret das Urteil verlas: »Nicolas Manchot, vormals Gehilfe in der Buchdruckerwerkstatt des Maître Gaspard Glaire und nun Tagelöhner, ist folgender Vergehen angeklagt und für schuldig befunden worden: primo der Unterstützung einer gefährlichen Bande von Falschmünzern; secundo des heimtückischen und gemeinen Mordes an der ehrwürdigen Schwester Victoire vom Orden der Augustinerinnen; tertio des Verübens derselben Tat an Maître Odon, Mesner in unserer Kathedrale Notre-Dame. Zur Abschreckung aller Falschmünzer, die eine Gefahr für den Staatsschatz und damit für unseren guten König Ludwig darstellen, soll der Verurteilte zur Mittagszeit auf dem Schweinemarkt in kochendes Öl getaucht werden, bis langsam der Tod eingetreten ist. Danach wird er am Galgen aufgehängt, wo sein Leichnam so lange verbleibt, bis er verrottet ist. So erwogen und beschlossen am einundzwanzigsten April Anno Domini 1483 im Gerichtshof des Grand-

Châtelet vom ehrwürdigen Herrn Jacques d'Estouteville, königlicher Profos der Stadt Paris.«

Manchot stieg unbeholfen auf ein Holzgerüst mit einer Plattform in drei Klafter Höhe, die halb über den Kessel ragte. Maître Torterue und seine Folterknechte zogen, begleitet von einem Trommelwirbel, ein kräftiges Seil, das an der Winde befestigt war, unter den Achseln des Verurteilten hindurch. Willenlos ließ Manchot es geschehen. Gab der Foltermeister ihm einen Befehl, gehorchte er sofort und stolperte auf seinen blutigen Fußstummeln ein, zwei Schritte vor oder zur Seite.

Ich wandte mich Falcone zu und sagte mit deutlichem Abscheu: »Ihr habt ihn foltern lassen, um sein Geständnis zu erzwingen?«

»O nein, ich habe Nicolas foltern lassen, damit er sein Geständnis widerruft, leider vergebens.«

»Damit er widerruft?« krächzte ich ungläubig. »Aber warum?«

»Weil ich ihn für unschuldig halte. Wie Ihr schon sagtet, ein Einarmiger, noch dazu ein Säufer, ist kaum der richtige Mann für die Arbeit des Schnitters.«

»Ihr haltet ihn für unschuldig und seht gleichwohl zu, wie er grausam getötet wird?«

»Ihr habt's doch gehört, unser Profos hat ihn verurteilt. Ich hätte Nicolas nicht mal vor dem Öl retten dürfen, wenn er jetzt widerrufen hätte, und doch, der Herr ist mein Zeuge, ich hätt's getan! Aber zu spät, er läßt sich lieber verbrühen.«

Es war tatsächlich zu spät. Langsam, von Torterues Anweisungen geleitet, bedienten die Folterknechte die Winde und senkten den über dem dampfenden Kessel Hängenden tiefer und tiefer. Zuvor hatte man das Büßerhemd zerschnitten und ihm vom Leib gezogen. Jede Handbreit seiner gequälten Haut sollte zu sehen sein. Von einem Aufschrei der

Menge begleitet, tauchten die Füße in das brodelnde Öl, dann die Unterschenkel, die Knie. Es war unheimlich, denn Nicolas Manchot brachte keinen Ton der Klage hervor.

»Er spürt keine Schmerzen!« sagte ich fassungslos, als der angebliche Schnitter von Notre-Dame bis zu den Oberschenkeln im Öl steckte.

»Er *will* sie nicht spüren«, berichtigte mich Falcone. »Aber lange hält er das nicht mehr aus.«

Auf Torterues Befehl drehte man die Winde in die andere Richtung und zog den tapferen Nicolas wieder hoch. Seine Beine waren krebsrot und mußten höllisch schmerzen. Aber er schwieg, als seien seine Lippen zusammengenäht. Ein Folterknecht übergoß die Beine mit einem Eimer kalten Wassers, das er aus einem niedrigen Trog auf der Plattform schöpfte. Die Abkühlung sollte eine rasche Ohnmacht und einen ebenso raschen Tod verhindern, sollte die Qual und das Schauspiel verlängern.

Die Bürgerinnen, die ich zuvor bemerkt hatte, drängten sich näher an den Kessel heran, gerieten dabei in Streit und wären sich gegenseitig an die Kehle gegangen, hätte das Geschehen auf der Richtstätte nicht das größere Vergnügen versprochen. Sie rückten ihre Hüte zurecht und starrten gierig auf den erneut in den Kessel eintauchenden Manchot.

Diesmal wurde er bis zur Brust hinabgelassen. Er begann zu wimmern, dann schrie er wie am Spieß des Leibhaftigen. Erst als man ihn auf der Plattform erneut mit Wasser übergoß, ging das Schreien in ein leiseres Jammern über. Es schien gegen seinen Willen über seine Lippen zu kommen, er hatte sich nicht mehr in der Gewalt.

Beim dritten Eintauchen verschwand er bis zu den Schultern in der dampfenden, Blasen werfenden Brühe. Und wieder schrie er, übertönte die erregten Laute der Menge, den jedes neuerliche Hinablassen begleitenden Trommelschlag und das Quieken der Schweine, die in einiger Entfernung feilgeboten wurden, ohne daß jemand ihrer achtete, weil aller Augen an der Richtstätte hingen. Auch die meinen. Ich war entsetzt, angewidert und konnte mich doch, wie schon bei Quasimodos Bestrafung, dem grausigen Spektakel nicht entziehen. Wäre dieser Manchot wirklich der Schnitter gewesen, hätte er die Strafe zweifelsohne verdient. Aber ein Unschuldiger?

Ein erschreckender Gedanke nistete sich in mir ein, gleich einem Raubvogel, dessen scharfe Krallen nicht mehr loslassen: War vielleicht der einzige Grund, weshalb ich den Blick nicht von Nicolas Manchot wenden konnte, der, daß mir das Schauspiel gefiel? Ergötzte mich die Qual des Einarmigen? War der Abscheu, den ich zu empfinden glaubte, nur eine Ausflucht, ein Schutzwall, den ich vor meinem tiefsten Innern errichtet hatte?

Wenn es so war, hatten die Katharer recht. Dann war der Mensch schlecht, war er Sünde durch und durch. Vom Fleisch bis auf die Knochen, ja selbst bis in die Seele hinein, war er vom Bösen durchdrungen. Und dann war es gut, die Menschheit von sich selbst zu befreien. Waren es gar die Dragowiten, die sich im Recht befanden? Bekämpfte ich, indem ich mich gegen Dom Frollo wandte, den Mann, der das Richtige wollte?

Torterues Stimme durchschnitt die Schreie des Leidenden und das dunkle Gespinst meiner Gedanken. Die beiden Folterknechte drehten an der Winde, zogen den zu einer blasigen roten Fleischmasse Verbrühten hoch und übergossen ihn abermals mit kaltem Wasser. Dann packten sie erneut die hölzernen Griffe der Kurbel, senkten sie Manchot Stück für Stück dem Siedekessel entgegen.

Der höllische Schmerz hatte alle Gefaßtheit vertrieben. Manchot schrie und strampelte, als könne er dadurch sein Leben retten. Die Winde quietschte, als er über dem Kessel hin und her schaukelte. Auf Torterues Befehl hörten seine Knechte mit dem Kurbeln auf. Zu spät …

Was bei einem Unversehrten ein fruchtloses Bemühen gewesen wäre, gelang Manchot aufgrund seiner Verstümmelung. Das Seil rutschte über den Stumpf der rechten Schulter, so daß er nur noch mit der linken Seite reichlich schief am Seil hing und einen halben Klafter nach unten sackte. Erschrocken zogen die Folterknechte ihn ruckartig ein Stock nach oben. Zu ruckartig! Manchot drehte sich um die eigene Achse, schaukelte noch stärker als zuvor und rutschte auch aus der zweiten Schlinge. Er stürzte nach unten, in den Kessel.

Kochendes Öl spritzte nach allen Seiten, als es über dem Mann zusammenschlug. Die Schaulustigen ganz vorn am Kessel schrien auf, als das Öl ihre Haut verbrühte. Sie drängten nach hinten, erfolglos, so dicht standen die Menschen, und die in den hinteren Reihen schoben sich aufgrund der unerwarteten Wendung noch weiter vor, wollten genau sehen, was im Kessel mit Manchot geschah. Eine der Bürgerinnen, eine junge hübsche Frau, verlor ihren Hut, krümmte sich und schlug die Hände vors Gesicht. Als sie unter lautem Gewimmer endlich die Hände wieder wegnahm, waren ihre glatten Wangen zu einer blasigen Schwarte verbrüht. Sie mußte einen halben Eimer Öl abbekommen haben.

Derweil führten Torterue und seine Männer auf der Plattform ein groteskes Stück auf. Mit geballten Fäusten sprang der Foltermeister auf und ab, daß man befürchten mußte, er würde durch die Planken brechen und wie Manchot in den Kessel fallen. Seine Stimme überschlug sich fast, während er die Knechte mit allen Schimpfwörter überschüttete, die in den Gassen von Paris jemals erklungen sind. Die armen Gesellen mühten sich mit zwei langen Hakenstangen ab, wie sie die Flußschiffer benutzen, um ihre Kähne ans Ufer zu ziehen. Sie stocherten in dem Kessel herum wie Köche, die in einem riesigen Topf Suppe rühren. Ab und an hoben sie ein Stück von Manchot aus dem kochenden Öl, mal einen Fuß, dann seinen Arm oder auch den Kopf. Aber immer wieder versank der Verurteilte in der brodelnden Brühe, als wollten die Teufel, die in der flüssigen Hölle hausten, ihn nicht mehr hergeben.

Inzwischen war Michel Noiret auf die Idee verfallen, das Feuer zu löschen. Die Männer der Scharwache, die den Verurteilten zur Richtstätte geleitet hatten, bildeten eine Kette zu dem flachen Trog, in dem die feilgebotenen Schweine ihren Durst löschten, und reichten Wassereimer weiter, die Messire Noiret höchstselbst über dem Feuer entleerte. Dichte Dampfschwaden hüllten den ganzen Richtplatz ein und verbargen das Geschehen vor unseren Augen.

Als sie sich allmählich verzogen, war das Feuer gelöscht. Und Torterues Männern war es gelungen, Manchot aus dem Kessel zu ziehen. Oder vielmehr das, was von dem armen Kerl übrig war. Vor dem Kessel lag sein verrenkter Leichnam auf dem Boden, denn Leben konnte in dem Haufen zerkochten Fleisches nicht mehr sein. Überall löste es sich von den Knochen, ein paar Handvoll Fleisch mußten noch im Kessel schwimmen, eine Suppe des Todes. Was von Manchots Gesicht übrig war, konnte man kaum noch als solches bezeichnen. Dickblasige Haut über durchscheinendem Gebein, der Kopf ohne Haare, leere Augenhöhlen. Es erinnerte mich an Villon.

Messire Noiret, durchnäßt von Wasserdampf und seinem eigenen Schweiß, bemühte sich halbwegs erfolgreich um Fassung und um Aufmerksamkeit, als er verkündete, daß nun der zweite Teil des Urteils vollstreckt werde. Und als hätte Manchot noch nicht genug erlitten, baumelte sein zerschunder Leichnam schließlich am Galgen.

Bewegung kam in die Menge. Einige hatten genug gesehen und kehrten heim oder zu ihren Geschäften auf dem Markt zurück. Andere drängten aus den hinteren Reihen nach vorn, um den Gesottenen und Gehängten aus der Nähe zu betrachten. Die vom heißen Öl Bespritzten beklagten sich lauthals und erklärten, sie würden beim Profos Beschwerde einlegen. Die Frau mit dem verbrühten Gesicht ging, gestützt von einer Freundin, steif und starr davon. Ihr Gemahl hatte eine Schönheit geheiratet und mußte nun in das häßlichste Gesicht blicken, das Paris aufzuweisen gehabt hätte, wäre da nicht der Glöckner von Notre-Dame gewesen.

»Jetzt habe ich aber Hunger«, sagte Falcone und zog mich abermals mit sich. »Ich kenne ein gutes Gasthaus ganz in der Nähe. Kommt mit, Monsieur Armand, ich lade Euch ein.«

Die Hinrichtung hatte so viel Volk auf den Schweinemarkt gelockt, daß wir gerade noch einen freien Platz an einem kleinen Ecktisch fanden. Falcone bestellte zwei Terrinen Fleischbrühe, was mir gar nicht behagte. Das heiße Gebräu erinnerte mich an das Siedeöl, und als Falcone einen Weizenbrotkanten in die Brühe tauchte, sah ich Nicolas Manchot vor mir. Brotkrumen lösten sich von dem Kanten wie das Fleisch von Manchots Knochen. Ich rang mit dem flauen Gefühl in meinem Magen und ließ das Mahl wohlweislich unberührt.

»Was ist, habt Ihr keinen Hunger?« fragte Falcone, schaufelte sich mit dem Holzlöffel einen Fleischkloß in den Mund und zerkaute ihn unter lautem Schmatzen.

»Der ist mir gründlich vergangen.«

»Mitleid mit dem Schnitter von Notre-Dame?«

»Ihr sagtet doch, er sei unschuldig.«

»Aber als er zum Grand-Châtelet kam und sich stellte, brachte er das mit.« Der Kriminalleutnant legte einen Dolch mit blutbefleckter Klinge und einen Stapel Spielkarten auf den Tisch. Mit einer Handbewegung strich er die Karten auseinander. Alle zeigten die Stabzehn. »Sieht aus wie ein sicherer Beweis, wie?«

»Fast schon zu sicher«, erwiderte ich und betrachtete den Dolch. »Kaum zu glauben, daß sich der Mörder nicht die Mühe gemacht haben soll, seine Waffe vom Blut zu reinigen.«

»Ihr sagt es, Armand!«

»Und trotzdem wurde Manchot verurteilt?«

»Er hat gestanden.«

»Warum?«

»Weil er die Gewissensqual nicht länger ertrug und Vergebung für seine Sünden erlangen wollte.« Falcone lachte laut auf. »Das jedenfalls hat er als Grund genannt.«

»Und was, glaubt Ihr, hat ihn wirklich veranlaßt, sich so grausam töten zu lassen?«

Falcone biß mit sichtlichem Appetit in das aufgeweichte Brot und antwortete kauend: »Seine Rechtschaffenheit und wohl auch Todesangst. Seit er sich stellte, ist seine Familie spurlos verschwunden. Die Manchots nagten seit seinem verhängnisvollen Unfall am Hungertuch. Ich nehme an, jetzt leben sie in irgendeinem abgeschiedenen Ort auf dem Land und werden gut versorgt.«

»Von wem?«

»Von denen, die nicht nur Manchot, sondern auch seine Frau und die Kinder grausam getötet hätten, hätte er sich nicht als Schnitter von Notre-Dame ausgegeben. Manchot konnte nur zwischen seinem Tod und dem seiner ganzen Familie wählen. Er hat sich für das kleinere Übel entschieden und damit den Seinen das Überleben gesichert. Ein guter Handel, findet Ihr nicht?«

»Keineswegs«, sagte ich leise und schluckte krampfhaft; die zum Frühmahl genossene Mehlsuppe wollte in mir hochsteigen. »Der Handel wurde ihm aufgezwungen, nicht vorgeschlagen. Das ist nicht die Art Barmherzigkeit, die in der Heiligen Schrift verkündet wird.«

»Die Kipper und Wipper leben nicht nach der Heiligen Schrift. Sie wollten mir den vermeintlichen Schnitter liefern, damit ich meine Untersuchungen einstelle.«

Ich überlegte und schüttelte den Kopf. »Das ist doch widersprüchlich. Erst ziehen die Falschmünzer Eure Aufmerksamkeit auf sich, indem sie die Schwester und den Mesner auf aufsehenerregende Art töten, und dann wollen sie alles vertuschen?«

»Die Morde im Hôtel-Dieu und in Notre-Dame sollten nicht mich beeindrucken, sondern die eigenen Verbündeten. Die Falschmünzer wollten den Ihren zeigen, daß ein loses Mundwerk tödlich ist. Sie haben wohl nicht damit gerechnet, daß ich der Sache nach so vielen Wochen noch immer nachgehe. Manchots Geständnis, bei dem er übrigens keinen seiner angeblichen Komplizen verraten hat, soll diese Untersuchungen beenden.« Falcone beugte sich vor und senkte die Stimme zu einem vertraulichen Flüstern. »Seltsame Dinge geschehen in Paris. Ich habe Euch doch von Maître Cenaine erzählt, dem verschwundenen Münzverwalter.«

»Ich erinnere mich«, sagte ich möglichst ruhig und verbarg die plötzlich feuchten Hände in meinem Schoß.

»Vor einigen Wochen ereignete sich ein Überfall auf die Conciergerie, doch die königlichen Schützen haben die Eindringlinge in die Flucht geschlagen. Kurz darauf verließen mehrere Kutschen den Justizpalast. Es heißt, es sei ein Verschleierungsmanöver gewesen. In Wahrheit habe nur in einer Kutsche jemand gesessen, der Mann, den man vergeblich aus dem Kerker zu befreien versuchte. Und dieser Mann soll Cenaine gewesen sein.«

Ich spielte den Überraschten und fragte: »Wißt Ihr das nicht genau? Ich meine, die Verwaltung der Conciergerie muß Euch doch sagen können, wer der Gefangene war.«

»Ganz im Gegenteil, dort weiß man von nichts. Weder von einem verschwundenen Gefangenen hat man gehört noch von geheimnisvollen Kutschen. Der Überfall, heißt es, habe wohl den Raub des Staatsschatzes zum Ziel gehabt. Wenn ich mehr herauszufinden versuche, stoße ich auf Mauern des Schweigens. Einflußreiche Herren sitzen in der Verwaltung der Conciergerie.«

»Auch der Leibarzt unseres guten Königs«, brummte ich.

»Ach, das wißt Ihr?«

Falcones Kopf ruckte noch weiter vor, so daß seine Nase fast an die meine stieß. Ich roch seinen Atem, und der scharfe Geruch der Fleischbrühe verstärkte meine Übelkeit. Ich erinnerte mich an den Besuch bei der Dicken Margot, als der Leutnant mich auch seinen Gast genannt und in Wahrheit verhört hatte. So war es wieder, das wußte ich jetzt. Daß ich zu Manchots Hinrichtung geladen worden war, die Fleischbrühe und das Gespräch, in das Falcone mich verwickelte – alles diente nur dem Zweck, mich zu verwirren. Und in der Verwirrung sollte ich mich verraten. Was wußte und was ahnte er?

»Ich habe mich ein wenig nach Messire Coictier umgehört«, sagte ich im unverfänglichen Ton.

»Weshalb?«

»Weil ich ihm begegnet bin.«

»Wo?«

»In Notre-Dame, wo er Dom Frollo besuchte. Ist es nicht natürlich, daß man mehr über einen so wichtigen Mann zu erfahren wünscht, wenn man seine Bekanntschaf macht?«

Falcone überhörte meine Frage zugunsten einer eigenen: »Was wollte Coictier bei Frollo?«

»Das wagte ich nicht zu fragen. Da sie in Frollos Zelle auf dem Nordturm gingen, nehme ich an, daß Coictier weniger an geistlichem Beistand als an hermetischem Wissen gelegen war. König Ludwigs Leibarzt scheint Euch sehr zu beschäftigen. Hat das einen besonderen Grund?«

»Alles kann wichtig sein für einen Mann mit meiner Aufgabe, das sagte ich Euch doch schon. Ich muß mehr über den Vorfall in der Conciergerie herausfinden, bevor weitere Unschuldige sterben.«

»Wer sollte denn sterben?«

»Zum Beispiel die kleine Zigeunerin, die bei uns im Châtelet darbt. La Esmeralda nennt man sie. Ihr müßtet von der Sache gehört haben.«

Das saß! Falls es mir gelang, nach außen hin Ruhe zu bewahren, dann nur mit größter Mühe. Innerlich kochte ich wie das todbringende Öl im Siedekessel. Daß Falcone la Esmeralda erwähnte, war wohlbedacht.

»Diese Zigeunerin soll einen Mann erdolcht haben, einen Offizier, nicht wahr?« erkundigte ich mich möglichst unbefangen.

»Einen Hauptmann der königlichen Schützen, und zwar den, der den Überfall auf die Conciergerie vereitelt hat. Nun sagt selbst, mein kluger Monsieur Sauveur, kann das ein Zufall sein?«

»Ihr glaubt ja ohnehin nicht an Zufälle«, erwiderte ich und versuchte ein Grinsen. »Also geht Ihr wohl davon aus, daß man mit dem Hauptmann einen Zeugen beseitigen wollte.«

»Ja!«

»Und die Zigeunerin? Wieso glaubt Ihr an ihre Unschuld?«

»Weil ein Gassenjunge einen Zettel mit einer Mordnachricht zum Petit-Châtelet brachte, noch *bevor* der Mord verübt wurde. Und weil die alte Falourdel, in deren Kupplerhöhle die Tat geschah, etwas verschweigt. La Esmeralda sagte etwas von einem vermummten Mann, der den Dolch geführt haben soll. Die Falourdel behauptet, daß sie niemanden gesehen hat, und daß niemand an ihr vorbei ins Haus kommt. Doch meine ich mich mit Menschen gut genug auszukennen, um in ihr eine Lügnerin zu sehen.«

»Dann übergebt sie doch Maître Torterue. Der wird die Wahrheit schon aus ihr herauspressen.«

»Unmöglich, gegen die Alte liegt nichts vor. Wenn nicht innerhalb weniger Tage ein Wunder geschieht, endet la Esmeralda ebenso am Strick wie Manchots kärgliche Überreste. Nächste Woche soll sie zu Gericht. Übrigens, ihrer wird sich Torterue bestimmt annehmen.«

»Sie ... wird gefoltert?«

»Natürlich. Und sie wird gestehen. Was auch sonst? Ihre einzige Aussicht, den Kopf aus der Schlinge zu ziehen, besteht darin, daß Falourdel in der Verhandlung etwas anderes aussagt, und darauf kann die Zigeunerin nicht hoffen. Ob Falourdel aus Angst lügt oder für Geld, sie tut's jedenfalls eisern.«

La Esmeralda auf der Folterbank und bald schon am Galgen! Vielleicht hätte mich diese Eröffnung endgültig in Verwirrung gestürzt und ich hätte mich verplappert, wäre nicht eine dickliche Frau mit einem Eimer an unseren Tisch getreten.

»Der junge Herr sieht nicht gut aus. Geht's ihm schlecht? Dann hilft mein Öl ganz sicher.« Und schon tauchte sie einen Tuchfetzen in den Eimer und bestrich meine Stirn und meine Wangen mit warmem Öl. »Das Siedeöl heilt jedes Übel, Euch wird's gleich bessergehen. Macht einen Sol, Messire.«

Sie streckte ihre fettige Hand aus, aber ich starrte sie nur an und fragte langsam: »Das ... Sie-de-öl?«

Falcone lachte und zeigte aus einem scheibenlosen Fenster. »Aber gewiß doch. Ist Euch nicht bekannt, Monsieur Armand, daß man Splittern vom Galgen, den Knochen und bestimmten Körperteilen Gehenkter wunderbare Kräfte zuschreibt? Dasselbe gilt fürs Siedeöl. Die Ölverkäufer auf dem Schweinemarkt machen immer ein gutes Geschäft damit, und noch mehr zahlt es sich für den Foltermeister aus.«

Nun sah ich durch die Fensteröffnung eine lange Menschenschlange, die sich vor dem Kessel gebildet hatte. Männer, Frauen und Kinder ließen ihre Krüge, Schüsseln und Eimer von den Folterknechten mit dem Öl füllen, in dem Nicolas Manchot zu Tode gekommen war. Und jeder legte seinen Obolus in Torterues ausgestreckte Hand.

»Einen Sol, Monsieur«, drängte die Dicke. »Das Öl ist noch warm. Es hilft ganz bestimmt!«

Noch warm? Mir schien es eher, als würden meine Stirn und meine Wangen verbrennen! Ich dachte daran, daß in dem Eimer womöglich Stücke von Manchots Fleisch schwammen. Übelkeit stieg in mir hoch, ich sprang von meinem Schemel auf, stürzte zu dem Wasserfaß, in dem die Gäste ihre Hände säuberten, und tauchte meinen Kopf in das schmutzige, fettige Naß. Immer wieder rieb ich mit den Händen über mein Gesicht, aber das Siedeöl wollte sich nicht lösen. Das drückende Gefühl in meinem Magen wurde übermächtig, und ich erbrach mich in das Faß.

KAPITEL 3

Die Kupplerhöhle

DAS HAUS DER KUPPLERIN lag wie ein schlafendes Untier vor mir, still und düster. Obwohl die Sonne längst untergegangen war, hatte es die Augen geschlossen, leuchtete kein Fenster. Es war zu früh. Erst nach dem süffigen Wein, der die Last des Tages vergessen machte, wandten sich Bürger und Scholaren den losen Weibern zu, wenn noch Geld übrigblieb. Ich stand an derselben Ecke wie an jenem Abend, als ich la Esmeralda und den Hauptmann das Haus hatte betreten sehen, und wollte herausfinden, weshalb die Falourdel log. Dann konnte ich Villon oder den Zigeunerherzog hinzuziehen, um der Kupplerin einzuheizen.

Natürlich hätte ich Leutnant Falcone zur Entlastung der Esmeralda die Wahrheit erzählen können. Aber wer hätte mir diese aberwitzige Geschichte geglaubt? Zudem konnte ich nichts beweisen. Der ehrenwerte Dom Frollo, der sogar mit dem König und dessen Leibarzt verkehrte, der bei Gericht Freunde wie Godin und Charmolue hatte, ein gemeiner Mörder? Man hätte mich ausgelacht.

Im Rückblick muß ich gestehen, daß ich auch aus Schuldbewußtsein versuchte, la Esmeralda allein zu helfen. Hätte ich den Mord an Hauptmann Phoebus verhindern können, hätte ich nicht einfach nur zugesehen?

Es bedrückte mich, für das elende Schicksal der Zigeunerin mitverantwortlich zu sein. Mein Gang zur Saint-Michel-Brücke war die Wiedergutmachung, die ich la Esmeralda zu schulden glaubte.

Und ich hoffte, dadurch in ihrer Gunst und in ihrer Achtung zu steigen.

Warum ich das wollte? Nun, die Zigeunerin war eine betörende Frau. Colette war zwar wieder auf den Beinen, und ich dankte dem Herrn dafür, aber sie verhielt sich mir gegenüber seltsam abweisend, nicht nur gleichgültig, sondern beinahe feindselig. Ich hatte keine Erklärung dafür und würde auch keine finden, solange sie sich in Villons unterirdischem Versteck verbarg, wohin sie nach ihrer Genesung zurückgekehrt war.

Ich faßte mir ein Herz, ging zu der Kupplerhöhle und pochte an die Tür, die von der Feuchtigkeit der nahen Seine faulig geworden war. Nichts regte sich. Aber Falourdel oder jemand anderes mußte dasein. Dünne Lichtfinger stießen durch die Türritzen. Und ich roch den Rauch eines Feuers. Also klopfte ich noch einmal, so heftig, daß die Tür erbebte.

»Laßt mein Haus stehen, verflucht!« krächzte die Alte. »Ich komm ja schon, ich komm ja schon.« Und sie schlurfte herbei, entriegelte die Tür, zog sie einen kleinen Spalt weit auf und leuchtete mit einer Lampe in mein Gesicht, blendete mich. »Was wollt Ihr, Monsieur?« Fauliger Höllenodem schlug mir entgegen, daß ich mich am liebsten abgewandt hätte.

Mir wurde fast so übel wie am Mittag, als mich die Dicke mit dem Siedeöl eingeschmiert und auch noch gewagt hatte, dafür Geld zu verlangen. Falcone hatte sie bezahlt, und ich hielt es für möglich, daß er sie sogar bestellt hatte.

»Einen guten Schluck könnt Ihr mir anbieten, natürlich gegen gute Bezahlung«, sagte ich.

Die von unzähligen Runzeln umringten Augen blickten mich mißtrauisch an. »Trinken könnt Ihr hier, na sicher, aber das ist nicht das Geschäft, von dem ich lebe.«

»Weiß ich doch, Madame Falourdel. Mein Schatz kommt später, ich bin früh dran.«

»Kann man sagen, kann man sagen«, kicherte die Alte und zog die Tür weiter auf. »Na, dann kommt rein, Monsieur, und laßt Euch bewirten. Geld habt Ihr doch, sagtet Ihr?« Und wie von selbst reckte sich mir eine Klaue entgegen, in die ich einen Sol drückte.

Das Innere der Kupplerhöhle war ebenso schäbig und heruntergekommen wie die Fassade. Die stockfleckigen Wände waren seit Ewigkeiten nicht mehr getüncht worden, die Deckenbalken schwarz wie eine wolkenverhangene Nacht, der Kamin, in dem ein bescheidenes Feuer flackerte, fast gänzlich aus den Fugen gegangen. In allen Ecken hingen Spinnweben, als warteten ihre fleißigen Erschaffer nur auf das baldige Ableben der Kupplerin, um dann ihr Quartier vollends zu übernehmen. Es roch nach Unrat und Schimmel, nach Tod und Verfall. Das einzig Lebendige war ein struppiger, schmutziger Knabe, der auf einer Truhe saß und mit den nackten Füßen gegen das Holz trommelte, wobei er eine langsame Melodie summte und den Kopf hin und her wiegte.

»Wein für den ehrenwerten Herrn, Faisan, na los!«

Falourdel scheuchte den Jungen von der Truhe und rückte mir einen klapprigen Stuhl zurecht. Die dürre, verschrumpelte Frau sah aus wie ein unter der Last des Alters gebeugtes I, das eines nicht mehr fernen Tages vollends zusammenbrechen würde.

»Bring nicht nur für mich Wein, auch für Madame Falourdel!« rief ich dem Jungen zu, der hinter ein paar auf Fässer gelegten Brettern verschwand, der Theke. »Setzt Euch zu mir, Madame, dann können wir uns durch ein wenig Plauderei die Zeit vertreiben.«

Sie setzte sich und grinste mich mit fauligen, lückenhaften Zahnstummeln an. So schien es mir, bis ich im Licht der Lampe, die sie auf den Tisch gestellt hatte, die Wahrheit erkannte. Das Alter hatte ihre Haut ausgetrocknet, dabei waren die Lippen bis hinter das Zahnfleisch eingefallen und hatten die traurigen Reste ihre Gebisses auf ewig entblößt. Was auch immer geschah, sie würde lächeln bis in den Tod.

Faisan brachte zwei schmutzige Tonbecher mit aufgeschlagenen Rändern und einen kaum besser erhaltenen Krug, dem ein durchdringender süßlichsaurer Duft entströmte. Meine Vermutung, daß der Wein nicht mehr weit davon entfernt war, Essig zu werden, erwies sich als richtig, als ich vorsichtig an dem klebrigen Becher nippte.

Wieder hatte sich ein Anflug von Mißtrauen in die Augen der Wirtin geschlichen. Hatte ich zuwenig von dem Gesöff getrunken? Sie hatte ihren Becher mit einem Zug halb geleert und stieß eine ganze Reihe von übelriechenden Rülpsern aus. »Wart Ihr schon mal bei mir zu Gast, Messire?«

»Euer Haus betrat ich heute zum erstenmal«, antwortete ich wahrheitsgemäß. »Aber ich hörte schon viel von Euch. Nachdem die schreckliche Tat bei Euch verübt wurde, ist Madame Falourdel in aller Munde.«

Sie zwinkerte, erbebte, und ihr weißer Bart zitterte mit ihr. »Wovon sprecht Ihr, Messire?«

»Von dem Hauptmann, den man bei Euch niederstach. Man sagt, es sei in einem Eurer Gastzimmer geschehen. Stimmt das?«

»Ja, so war es. Aber ich versteh nicht, was Euch an der Geschichte ...«

»Oh, es würde mir besondere Freude bereiten, mit meinem Schatz gerade in das bewußte Zimmer zu gehen. Begreift Ihr, Madame? Ich würde dafür auch den doppelten Preis bezahlen.«

»Den doppelten Preis, sagt Ihr?« Sie nickte zufrieden. Das war die Sprache, die sie verstand.

»Könnt Ihr mir das Zimmer schon mal zeigen? Ich werde es sicher anregend finden.«

»Ein Zimmer kostet eine Goldkrone.«

Ich legte zwei Kronen auf den Tisch, und einen Herzschlag später waren sie in Falourdels gichtigen Händen verschwunden.

»Na, dann kommt mal mit, Messire! Ich werd Euch den Verschlag zeigen, in dem Ihr Euer Täubchen füttern könnt.«

Sie nahm die rostige Lampe und schlurfte zu einer engen Stiege, mehr Leiter als Treppe, die sie trotz ihres Alters mit bewunderswertem Geschick erklomm. Ich folgte ihr ins düstere Obergeschoß, wo sie die Tür zu einer Kammer aufstieß. Im zitternden Lampenlicht erkannte ich den Ort, an dem Hauptmann Phoebus die Lust gesucht und den Tod gefunden hatte. Da stand die Truhe, auf der er mit la Esmeralda gesessen, da das Bett, auf dem er ihr warmes, süßes Fleisch genossen hatte. Viel zu kurz für ihn – und auch für die Zigeunerin?

Bei dem Gedanken an die beiden Leiber auf dem Bett packte mich Eifersucht. Ich wandte mich dem von Sprüngen durchzogenen Fenster zu, durch das man undeutlich den dunklen Fluß und die Brücke mit den nur spärlich erleuchteten Häuserreihen erkennen konnte. Dahinter verschwammen Häuser und Türme und Mauern in nächtlicher Finsternis und dem Nebel über der Seine, und jeder Schatten war ein Geheimnis. Bei Tag war Paris ein Labyrinth, bei Nacht ein Mysterium.

»Wenn Messire hier auf seinen Schatz warten möchte, laß ich Euch gern den Wein bringen.«

»Laßt den Wein bringen und schenkt mir noch ein Weilchen Eure bezaubernde Gesellschaft, Madame. Ich möchte gern mehr hören über das, was sich hier ereignet hat.« Ich versuchte, eine genießerische, von Vorfreude erfüllte Miene aufzusetzen.

Die Alte nickte und stellte die Lampe auf die Truhe. »Ich hol den Wein, Messire.«

Kurz darauf kehrte sie mit dem Krug und den Bechern zurück. Wohl oder übel trank ich von dem ekligen Gesöff, das die Falourdel mit sichtlichem Wohlbehagen durch ihren dürren, faltigen Hals gluckern ließ. Wir setzten uns aufs Bett, und ich betete inständig, die Vettel möge nicht auf geile Gedanken kommen. Die Vorstellung von ihrem nackten, ledrigen Körper war geeignet, den Weinessig auf demselben Weg, den er in meinen Magen genommen hatte, wieder zurückzubefördern. Der faulige Geruch, den die Schlunze verströmte, war schon schwer genug zu ertragen.

»Hier hat Gevatter Tod also zugeschlagen«, sagte ich, um das Gespräch in Gang zu bringen.

»Wie Ihr sehen könnt, Messire.«

Falourdel zeigte mit einem knochigen Finger auf einen dunklen, mehr als handgroßen Fleck auf der Matratze. Eine klebrige Masse hatte sich dort festgesetzt und allen Reinigungsversuchen widerstanden, falls die Alte solche Anstrengungen überhaupt unternommen hatte. Das Blut des Hauptmanns! Der Gedanke, daß sich in den vergangenen Wochen unzählige Paare auf der blutbefleckten Matratze gewälzt hatten, machte es mir nicht leichter, den angeblichen Wein im Magen zu behalten.

Ich schluckte und sagte: »Die Wunde muß groß gewesen sein.«

»Ich hab mir den Toten nicht angesehen.«

»Mich wundert, daß eine Frau mit solcher Kraft zustechen kann.«

»Sie ist eine Zigeunerin, eine Hexe. Mit ihren Zauberkräften hätte la Esmeralda eine ganze Kompanie Soldaten töten können.«

Glaubte sie das wirklich, oder wollte sie davon ablenken, daß sie von den wahren Umständen der Tat wußte? Dom Frollo konnte kaum unbemerkt an ihr vorbeigekommen sein. Aber sosehr ich mich auch bemühte, ich vermochte den Ausdruck ihres Affengesichts nicht zu deuten. Bei so vielen Falten und Warzen und Haaren geriet jede Regung zur nichtssagenden Grimasse. Und ihre Augen, die mir vielleicht etwas hätten verraten können, lagen im Schatten.

»Woher wißt Ihr das, Madame?«

»Was?«

»Daß sie eine Zigeunerin und eine Hexe ist.«

»Erkennt Ihr eine Zigeunerin nicht, wenn Ihr sie seht? Eine Hexe muß sie sein, sonst hätte sie einen so stattlichen Mann wie Phoebus de Châteaupers nicht töten können. Außerdem ist jedes Zigeunerweib eine Hexe, nicht?«

Ich zwang mich zu einem Lächeln und erwiderte: »Ich dachte, Ihr kennt die Mörderin näher.«

»Ich?« Sie klang empört. »Wie kommt Ihr darauf, Messire?«

»Ihr nanntet sie beim Namen, la Esmeralda.«

»Seit der Mordnacht pfeifen die Spatzen von ganz Paris den Namen von den Dächern.«

»War Euch denn auch der Hauptmann nicht näher bekannt?«

»Doch, er kam häufig zu mir, um ein junges Brathühnchen aufzuspießen.« Eben hatte sie noch gekichert, jetzt wurde ihr Ton ernst, und sie rückte ein Stück von mir ab. »Ihr seid sehr neugierig. Warum seid Ihr so erpicht auf die Geschichte?«

»Ich sagte Euch doch, daß mir solche Schilderungen gefallen. Also erzählt mir mehr, und seid gewiß, daß Ihr Eure Zeit nicht verschwendet!«

Mit einer weiteren Krone erkaufte ich, wie ich hoffte, ihr Wohlwollen. Allmählich wurde mein Geldbeutel schmal. Falourdel ließ die Münze irgendwo in ihren wollenen Lappen verschwinden und entblößte noch mehr von ihrem schwärzlichen Zahnfleisch, was ich als Lächeln nahm. Sie beugte sich zu der Truhe vor und füllte die Becher auf. Notgedrungen trank ich mit und lächelte ebenfalls, während sie mir allerlei Geschwätz über die merkwürdigen Begebenheiten im Leben einer ›ehrbaren Schankwirtin‹ auftischte. Immer wieder versuchte ich, das Gespräch auf den Mord an Hauptmann Phoebus zu bringen, aber es wollte mir nicht gelingen.

Meine Zunge wurde schwer und lag in meinem Mund wie ein ledriger Fremdkörper, ein dicker Klumpen, der sich nur widerstrebend bewegen ließ. Mein Verstand umwölkte sich, als zögen die Nebelschwaden, die über dem Fluß hingen, durch die Sprünge in der Fensterscheibe, erfüllten den Raum und kröchen durch Mund, Nase und Ohren in meinen Kopf. Dort legten sie sich, kräftigen Fingern gleich, um mein Gehirn und preßten es, daß es weh tat. Ich spürte Betäubung und Schmerz zugleich. Jedes Wort, das meine Zunge gegen alle Widerstände formte, und jedes Nicken verursachten neuen Druck in meinem Kopf.

Mir war, als brauchte ich Stunden, um zu begreifen, daß nicht die Dämpfe der Seine mich benebelten, sondern das Wein genannte Gebräu. Ich hatte es tapfer getrunken, um die Falourdel einzulullen, und statt dessen mich selbst betäubt. Einen neuerlichen Versuch der Alten, meinen Becher zu füllen, wehrte ich so ungeschickt ab, daß der Krug auf dem Boden zersprang. Die rote Flüssigkeit ergoß sich über die morschen Dielen und versickerte in den Ritzen. Übrig blieb nur ein großer Fleck, ähnlich dem getrockneten Blut des Hauptmanns auf der Matratze.

Ein heftiges Knarren und Ächzen ließ mich zusammenfahren. War es das Holz der Dielen und Balken, das nach mehr verlangte, nach Wein und Blut? Lebte dieses verwitterte Gebäude von vergossenem Lebenssaft? War nicht la Esmeralda die Hexe, sondern die Falourdel? Als ich sie ansah mit ihrem Bart und ihren Warzen und Runzeln und dem ewigen Grinsen, schien mir die Antwort klar: Sie hatte mich verhext, hatte mir Gift zu trinken gegeben und wollte mich ihrem Teufelshaus opfern, wie es mit Phoebus geschehen war!

Ich sprang auf und wollte aus der Kammer stürmen, doch die heftige Bewegung steigerte den Schmerz in meinem Kopf um ein Vielfaches.

Die unsichtbaren Finger schlossen sich mit einem Ruck und zerquetschten mein Gehirn wie einen faulen Apfel. Alles verschwamm vor meinen Augen und löste sich in dem schmerzhaften Stechen auf, das meinen Schädel durchzuckte, als würden von allen Seiten Klingen hineingebohrt.

Rutschte ich im vergossenen Wein aus, oder versagten meine Beine einfach den Dienst? Ich stürzte, stieß mit dem Kopf gegen die Holztruhe, und neuerliche Schmerzwellen fluteten durch meinen Schädel.

Als die Nebelschleier sich lichteten und mein Blick sich klärte, erkannte ich, was das Knarren und Ächzen ausgelöst hatte: Schritte auf der Stiege. Ich sah schmutzige Stiefel, Hosen, Jacken. Harte, bartstruppige Gesichter, die mich düster und mitleidlos anstarrten. Kräftige Hände, die Dolchgriffe oder Knüppel umklammerten. Und mittendrin das ewig grinsende Gesicht der Falourdel.

Einer der Knüppel schoß auf mich zu, traf meinen Kopf, und ich versank erneut im Nebel, dem dichtesten, der jemals über der Seine gelegen hatte. Das letzte, was ich wahrnahm, war das heisere Kichern der Kupplerin.

Kapitel 4

Gutenbergs Rache

Ich war gefangen in Dunkelheit und Bewegungslosigkeit. Um mich herum war Stoff, ein Sack. Ich war viel zu benommen, um das grobe Leinen zu durchstoßen, und hätte es auch gar nicht vermocht. Denn was so schmerzend in meine Haut schnitt, mußten straffe Fesseln sein. Der Sack wurde von jemandem auf der Schulter getragen und dann höchst unsanft auf etwas Hartes geworfen, auf hölzerne Planken. Ich hörte flüsternde Stimmen, dann ein Plätschern, und ein erneutes Schaukeln ließ mir übel werden. *Ein Boot auf dem Fluß!* war mein letzter flüchtiger Gedanke, bevor mir die Sinne schwanden.

Ich wachte erst wieder auf, als Stimmen die Betäubung durchbrachen. Noch immer war ich gefesselt und von dem Sack umhüllt. Trockener Staub verklebte mir Mund und Nase, aber ich unterdrückte den Drang, zu husten und zu spucken. Ich spürte, daß es wichtig war, weiterhin den Ohnmächtigen zu spielen. Vielleicht lag es daran, daß mir eine der beiden Stimmen bekannt vorkam, ohne daß ich sie einordnen konnte. In meinem Kopf war ein ständiges Summen und Brummen, wohl die Folgen des harten Schlags, vielleicht auch des vergifteten Weins. Die beiden Männer dagegen sprachen leise, und ich verstand nur Teile der Unterredung.

»... endlich vorankommen«, sagte eine tiefe, volltönende Stimme. »Wer immer dieser Schnüffler ist, sein Auftauchen bei der alten Falourdel beweist, daß man uns auf der Spur ist.«

Eine hellere Stimme, es war die mir irgendwie vertraut erscheinende, erwiderte: »Macht Euch nicht ins Hemd, Maître Gaspard. Ein schnüffelnder Dreckskóter macht noch längst keine Jagdmeute. Vielleicht ist's nur ein Wichtigtuer. Nehmt den Kerl ordentlich in die Mangel, das versteht Ihr doch. Dann wird er schon ausspucken …«

Das Brummen in meinem Kopf übertönte den Rest des Satzes und wurde lauter, je angestrengter ich nachdachte. Die Stimme kam mir ebenso bekannt vor wie der eben gefallene Name, Maître Gaspard, doch wollte mir nicht einfallen, woher.

»Eigentlich wollte ich heute nacht arbeiten«, murrte die dunkle Stimme. »Ist mir gar nicht recht, mich mit dem Schnüffler beschäftigen zu müssen.«

»Falls er doch mehr ist als ein Wichtigtuer, sollte Dom Claude es vor der Walpurgisnacht wissen.«

»Zu Walpurgis soll es also geschehen?«

»Dom Claude meint, es sei besser so, und auch der Großmeister will es. Die Spinne von Plessis wird zu neugierig. Sie scheint zu ahnen, daß nicht alle in ihrer engsten Umgebung ihr Vertrauen verdienen. Der große Umzug ist die beste Gelegenheit, ihr den Kopf abzuschlagen. Die Masken werden nicht nur die Bauern verbergen, sondern auch die Vollstrecker.«

Als die helle Stimme in ein meckerndes Gelächter verfiel, wußte ich, wem sie gehörte. Schon die Erwähnung von Dom Claude hätte mich darauf bringen müssen. Wenn der Mann mit dem Ziegenlachen mich sah, war alles verloren!

»Ich werde Dom Claude von dem Schnüffler berichten und Euch gegebenenfalls seine Anweisungen übermitteln, Maître«, sagte mein alter Bekannter und verabschiedete sich zu meiner großen Erleichterung von dem Mann namens Gaspard.

Nun hörte ich das Klappern von Holz und Metall sowie leise Stimmen, zumeist nur kurze Zurufe. Wo immer ich mich befand, hier wurde hart gearbeitet. Es stank nach Öl und Fett. Und es roch nach trockenem Papier. Das war ein Geruch, den ich noch im Grab erkennen würde, so glaubte ich und dachte, daß ich vielleicht bald würde feststellen können, ob es tatsächlich so war.

Die Schritte mehrerer Männer drangen an meine Ohren, und ich hörte Maître Gaspards befehlsgewohnte Stimme: »Schnürt das Paket auf! Der Schnüffler hat lange genug geschlafen.«

Der Sack wurde gepackt und herumgeworfen. Ich schlug mit dem Kopf gegen etwas Hartes, wohl eine Mauer, und hielt es nur noch für eine Frage der Zeit, bis mein Schädel aufplatzen würde wie ein fallengelassenes Ei.

Licht von Lampen und Kerzen stach in meine Augen, als kräftige Hände mich aus dem Sack zerrten. Rasch kniff ich die Augen zu und ließ mich auf den Boden fallen, in der Hoffnung, daß man mich für bewußtlos hielt und abwartete. Ein Schwall Wasser schwemmte die Hoffnung hinweg. Hustend und prustend konnte ich nicht länger den Schlafenden mimen. Also öffnete ich die Augen und sah mich drei Männern gegenüber, die allesamt Lederschürzen trugen. Zwei hielten Messer in den Händen und schienen nicht zu wissen, ob sie damit meine Fesseln oder meinen Lebensdocht durchtrennen sollten. Der dritte Mann, ein wahres Faß von einem wuchtigen Kerl, der mit den in die Hüften gestemmten Händen noch breiter wirkte, mußte Maître Gaspard sein.

»Schneidet die Fesseln durch«, befahl er, und ich atmete auf. »Der Jammerlappen kann uns nicht entkommen.«

Die Stricke fielen von meinen Hand- und Fußgelenken, und ich rieb ungelenk die schmerzenden Glieder. Mühsam erhob ich mich.

»Geht's besser?« fragte Gaspard ohne echte Anteilnahme.

»Ja, allmählich.«

»Ah, sprechen kannst du also, na fein. Dann rück mal raus mit der Sprache! Wie heißt du, und warum hast du die Falourdel nach dem Mord ausgefragt?«

»Warum wollt Ihr das wissen?«

Einer von Gaspards Männern rammte mir den Ellbogen in die linke Niere. Ich schrie auf vor Schmerz.

»Beantworte meine Fragen, dann mußt du nicht schreien.« Ein hämisches Grinsen überzog Gaspards Pfannkuchengesicht. »Also, wie ist dein Name?«

»Ich heiße Poncet und bin neu hier in Paris«, log ich, um mir weitere schmerzhafte Knüffe zu ersparen. »Wenn ich also durch irgendeine Dummheit Euren Unmut erregt haben sollte, verzeiht mir bitte.«

»Eine Dummheit war's gewiß, die alte Falourdel so auszuhorchen«, erwiderte Gaspard. »Was geht dich der Mord an, he?«

»Ach, es war nur Neugier. Ich finde solche Geschichten recht anregend und wollte ...«

Weiter kam ich nicht. Ein knappes Nicken von Maître Gaspard, und diesmal erhielt ich zwei Stöße gleichzeitig, einen in jede Niere. Der Schmerz warf mich um, war ich doch ohnehin recht wacklig auf den Beinen. Der bittere Geschmack von Galle stieg mir in die Kehle. Ich würgte und spuckte. Bunte Sterne und schwarze Streifen tanzten vor meinen Augen.

»Bringt ihn in die Werkstatt!« befahl Gaspard. »Wir müssen wohl ein wenig geschickter vorgehen, um seine Zunge zu lösen.«

Die beiden anderen packten mich unter den Achseln und schleiften mich aus einem Abstellraum in einen größeren, wo drei weitere Männer mit Lederschürzen ihrer Arbeit nachgingen. Sie sahen mich neugierig, aber ohne Mitgefühl an. Sofort war mir klar, daß ich von niemandem hier Hilfe zu erwarten hatte.

»Wenn du versuchst abzuhauen, hat das schmerzhafte Folgen«, warnte mich Gaspard. »Schreien kannst du, soviel du willst, es wird dir nichts nützen. Auf dem Hof da draußen ist keiner, und die Scheiben sind dick und außen wie innen mit noch dickeren Läden verriegelt.«

Ich sah die hölzernen Bretter an der Wand. Die Fenster hätten ein Fluchtweg sein können, aber nicht, solange sie verriegelt waren.

»Vielleicht sollten wir ihn ein wenig rösten.« Einer der beiden, die mich gepackt hielten, zeigte auf einen großen Herd, auf dem ein Kessel dampfte. Ein Mann schürte das Feuer, ein anderer rührte mit einem langen Holzlöffel in dem Kessel. Ein dritter saß in der Nähe des Herdes an einem Tisch vor einer Münzwaage und sortierte Silbermünzen. Einige Münzen wanderten in einen Sack, andere in den Kessel.

Und da begriff ich, welcher Arbeit Maître Gaspard und die Seinen nachgingen. Sie waren Kipper und Wipper. Falschmünzer. Und daß sie mir ihr Geheimnis offenlegten, bedeutete, daß sie mich nicht lebend entkommen lassen würden!

»Nein, nicht das Feuer«, entschied Gaspard. »Meister Schnüffelnase scheint ein wenig wehleidig zu sein. Beim Feuer wird mancher rasch ohnmächtig, und dann kann er nicht mehr reden. Man müßte ihn so verstümmeln, daß er es sieht und dennoch bei Bewußtsein bleibt.« Er sah sich um und nickte. »Ah ja, die Presse, wunderbar!«

Jetzt sah auch ich es und erschrak doppelt, über Gaspards Worte und beim Anblick der Maschine, die auf schweren hölzernen Beinen mitten im Raum stand. Es war Gutenbergs Teufelswerk – eine Druckerpresse! Nun fiel mir auch ein, wo ich Gaspards Namen gehört hatte: auf dem Schweinemarkt.

»Ihr seid Maître Gaspard Glaire, der Buchdrucker!« stieß ich hervor.

»Du weißt also doch so manches. Schön, gleich wirst du noch viel mehr erzählen. Los, seinen Arm!«

Gaspard Glaire rieb seine schwarzschmierigen Hände und sah zu, wie seine Gesellen mich zur Druckerpresse schleppten. Dabei kamen wir an einem kleineren Apparat vorbei, der ähnlich aussah, aber nicht dem Drucken von Papier diente, sondern dem Prägen von Münzen. Allmählich erschlossen sich mir die Zusammenhänge, doch es schien zu spät. Die beiden Kerle hielten mich fest, und der Mann, der zuvor an der Münzwaage gesessen hatte, drückte meinen rechten Arm unter das hölzerne Rechteck des Drucktiegels. Sie schienen so etwas nicht zum erstenmal zu tun, und vor meinem geistigen Auge tauchte der einarmige Nicolas auf. Hatte er seinen Arm wirklich durch einen Unfall verloren?

Maître Gaspard legte seine Hände auf den langen Bleihebel, der durch eine Holzspindel mit dem Drucktiegel verbunden war, und sah mich auffordernd an. »Also, Freund Poncet oder wie auch immer du heißen magst. Jetzt ist es Zeit für die Wahrheit, wenn du nicht dein restliches Leben als Krüppel verbringen willst!«

»Wenn ich schweige, macht Ihr mich zum Krüppel, wenn ich rede, zur Leiche. Eine schöne Wahl laßt Ihr mir da!«

»Warum sollte ich dich töten?«

»Weil ich Euren Namen kenne und weiß, daß Ihr nicht nur Schriften druckt.«

Maître Gaspard stieß einen tiefen Seufzer aus. »Du denkst zuviel, Schnüffelnase. Vielleicht bin ich gnädig und lasse dich ziehen, wenn du versprichst, Paris den Rücken zu kehren. Also, was ist, redest du jetzt?«

»Nein!«

Meine Stimme klang wohl so wenig fest, wie mein Entschluß es war. Und doch war es die einzige Möglichkeit zu überleben. Ich hatte seit meiner Ankunft in Paris zu viele gewaltsam zu Tode Gekommene gesehen, um an die Gnade des Druckermeisters zu glauben.

Er zog den Hebel zur Seite. Die Spindel drehte sich und drückte den Tiegel tiefer, der schweren Holzplatte entgegen, auf der mein Arm lag. Die beiden Fälscher am Herd sahen mit großen Augen herüber. Ich blickte auf meinen zitternden Arm, den ich vergebens wegzuziehen versuchte, und auf den Tiegel, der näher und näher kam, bis er meine Haut berührte. Schon wurde der Druck stärker, und der Gehilfe des Druckermeisters konnte meinen eingeklemmten Arm loslassen.

Gaspard Glaires Hand entfernte sich von dem Hebel. »Die letzte Gelegenheit, deinen Arm zu retten!«

Diese gottverdammte Druckerpresse! Ich hatte immer geahnt, daß sie eines Tages mein Tod sein würde. Einmal mehr verfluchte ich Johannes Gutenberg und leistete im selben Augenblick Abbitte. Vielleicht hatte ich ihn zu oft beschimpft, und dies war seine grausige Rache. Nicht genug, daß seine Maschine mich um Lohn und Brot brachte, jetzt gierte sie auch noch nach meinem Leib, vielleicht nach meinem Leben.

Lag es an meiner Angst oder an der Nachwirkung des schlechten Weins, daß sich alles vor meinen Augen verzerrte? Die Gesichter der Männer verwandelten sich in Dämonenfratzen wie aus der steinernen Armee von Notre-Dame. Die Presse wurde zu einem gefräßigen Ungeheuer, das meinen Arm als Vorspeise zwischen seinen Zähnen hielt und mich bald gänzlich verschlucken würde. Der Druck auf den Arm verstärkte sich, wurde schmerzhaft, und der Anführer der Dämonen – hieß er Gaspard Glaire oder Gutenberg? – redete auf mich ein.

»Fahr zur Hölle, Gutenberg!« kreischte ich in die Dämonenfratze und zog in meiner Erregung nicht in Betracht, daß der wahre Gutenberg schon seit Jahren entweder an dem genannten Ort oder an dem entgegengesetzten weilte.

Ich wartete auf den letzten Schmerz, auf die unausweichliche Zerstückelung meiner selbst. Nie wieder würde ich zur Feder greifen können!

Doch anstatt den bleiernen Hebel auch das letzte Stück an sich heranzuziehen, taumelte Maître Gaspard von der Presse fort und griff an seinen Hals. Etwas Längliches, im Licht Aufblitzendes steckte darin. Ein Dolch! Röchelnd fiel er auf die Knie, kippte auf die Seite und blieb nach einigen wilden Zuckungen leblos liegen.

Seine Helfer sprangen davon wie aufgescheuchte Straßenjungen. Doch die abgeriegelte Druckerwerkstatt wurde von der Festung zur Falle. Überall tauchten die violetten Waffenröcke der Scharwache auf. Und mittendrin erblickte ich das faltige Gesicht von Leutnant Piero Falcone.

Er trat zur Presse und drückte den Hebel zurück. Die Spindel drehte sich und hob den Tiegel an. Ich war frei!

Vorsichtig zog ich den Arm unter dem Tiegel weg. Er war noch heil, ließ sich bewegen wie zuvor. Mit Falcones Hilfe richtete ich mich auf, doch ich fühlte mich so geschwächt, daß ich auf der Holzplatte sitzen blieb. Ich zitterte am ganzen Leib, und der Angstschweiß rann in warmen Sturzbächen an mir herab.

Die Scharwächter hatten die fünf Männer überwältigt und ihre Hände in eiserne Fesseln gelegt. Falcone befahl, sie zum Châtelet zu schaffen, und beugte sich über Gaspard Glaire.

»Dem ist nicht mehr zu helfen«, stellte er fest, zog seinen Dolch aus der Wunde und wischte ihn an der Lederschürze des Toten ab. »Schade auch.«

»Was ist daran schade?« ächzte ich. »Wärt Ihr nicht gewesen, Leutnant, er hätte meinen Arm zerquetscht wie eine Küchenschabe.«

»Und hätte ich Euch nicht vor diesem Schicksal bewahren müssen, hätte ich jetzt einen lebenden Zeugen und nicht nur einen toten Falschmünzer.«

»Ihr habt seine Leute.«

»Gaspard Glaire war bestimmt nicht der Hintermann der Kipper und Wipper, aber er hätte mich vielleicht zu ihm führen können. Seine Leute dürften nicht viel wissen. Für sie war Maître Gaspard der Brotherr und Gott. Hättet Ihr mich nur ins Vertrauen gezogen, Monsieur Armand!«

»Aber ich wußte nichts davon, das schwöre ich Euch, Herr Leutnant. Heute mittag habe ich aus Eurem Mund zum erstenmal vom Druckermeister Gaspard Glaire gehört.«

»Vielleicht stimmt das sogar, immerhin hat man Euch hierher verschleppt.«

»Das wißt Ihr?«

»Was meint Ihr, weshalb ich hier aufgetaucht bin? Ich ahnte nicht, daß Maître Gaspard für die gefälschten Münzen verantwortlich ist, wenn mich auch die Verwicklung Nicolas Manchots in die Sache hätte stutzig machen müssen. Ich ließ das Haus der Kupplerin überwachen, und meine Leute folgten Euren Entführern hierher.«

»Die Falourdel muß Maître Gaspard auf mich gehetzt haben«, sagte ich und erinnerte mich, wie sie das Sankt-Martha-Zimmer verlassen hatte, um den Wein zu holen. Wahrscheinlich hatte sie den struppigen Knaben zu Gaspard Glaire gesandt.

»Das werden wir gleich herausfinden, Armand.«

Bevor wir die Falschmünzerei verließen, warf ich einen letzten Blick auf die Druckerpresse. Gutenberg hatte mich verschont. Ich schwor mir, nie wieder etwas gegen den deutschen Erfinder zu sagen.

Maître Gaspards Werkstatt lag am rechten Seine-Ufer, nahe dem Fluß und auch nicht weit entfernt vom Wunderhof. Ein Fährboot brachte Falcone, mich und die beiden Sergeanten, die mich schon zweimal von Notre-Dame abgeholt hatten, durch dicke Nebelschwaden zur Saint-Michel-Brücke.

Falourdel spielte eine schlechte Komödie und pries den Herrn im Himmel, daß ich noch am Leben sei. Sie wollte meine Entführer nicht kennen und noch weniger nach ihnen geschickt haben.

»Fragt den Jungen, diesen Faisan!« sagte ich zu Falcone. »Die Alte hat ihn bestimmt als Boten benutzt.«

Aber Faisan war nirgends zu finden, und Falourdel erklärte: »Mal hilft er mir für ein paar Sols aus, dann wieder sehe ich ihn tagelang nicht. Aber selbst wenn Ihr ihn findet, Herr Leutnant, wird er Euch kaum helfen können. Sein Verstand ist dunkel wie die Nacht.«

Falcone verabschiedete sich von der Kupplerin, und ich fragte ihn vor der Tür, weshalb er sie nicht zum Châtelet mitgenommen habe. »Unter der Folter hätte sie vielleicht gestanden.«

»Ihr ist nichts zu beweisen. Ich habe keinen Grund, sie Maître Torterue zu übergeben. Eher könnte ich Euch in den Folterkeller schicken, Armand Sauveur!«

»Schon wieder?« Meine Stimme wurde brüchig. »Warum?«

»Weil Ihr mir etwas verheimlicht. Was wolltet Ihr von der Falourdel?«

Ich lächelte schwach und vermutlich verunglückt. »Auch ich bin ein Mann …«

»Unsinn!«

»Aber Herr Leutnant!«

»Ihr wart allein im Kupplerhaus, ohne ein Weib.«

»Oh, ich wartete auf ein süßes Wesen.«

»Auf wen?«

»Ihren Namen weiß ich nicht. Ich sprach die Maid auf der Saint-Michel-Brücke an. Sie hatte noch Arbeit zu verrichten und wollte dann zur Falourdel nachkommen.«

»Für wen arbeitete sie?«

»Keine Ahnung.«

»Dachte ich mir.« Falcone sah mir tief in die Augen. »Ihr lügt, das wißt Ihr, und ich weiß es auch. Aber warum? Was verschweigt Ihr mir?«

»Wie kommt Ihr darauf?«

»Heute mittag erzählte ich Euch, daß nur Falourdel der Zigeunerin helfen kann, und am Abend geht Ihr zu der Alten. So komme ich darauf!«

»Dann müßtet Ihr eine Verbindung zwischen mir und der Zigeunerin vermuten.«

»So ist es«, sagte Falcone zu meiner Überraschung. »Man hat la Esmeralda auffällig oft vor Notre-Dame tanzen sehen, obwohl der Bischof es untersagt hat. Und wer arbeitet dort?«

»In Notre-Dame arbeiten Dutzende von Menschen.«

»Aber die tauchen nicht ausgerechnet immer dort auf, wo Gevatter Tod zu Gast ist!«

»Ich bringe, so scheint es, Unglück.«

»In der Tat! Und wäre ich heute nicht gekommen, wärt auch Ihr in die Klinge des Sensenschwingers gelaufen. Wähnt Euch nicht zu sicher, Armand, der Hintermann der Falschmünzer geht ebenso noch seinen Geschäften nach wie der wahre Schnitter von Notre-Dame. Vielleicht wäre es sogar zu Eurer Sicherheit, wenn ich Euch verhafte.«

»Dazu habt Ihr keinen Grund.«

»Ihr vergeßt, daß ich Euch in der Falschmünzerwerkstatt aufgegriffen habe.«

»Und Ihr vergeßt, Leutnant, daß man mich dort folterte und mit dem Tod bedrohte. Das ist wohl kaum ein Anlaß, mich einer Komplizenschaft zu verdächtigen!«

»Und weshalb hat man Euch gefoltert?«

»Eine Verwechslung, nehme ich an.«

Falcone zog die Stirn noch krauser, als sie es ohnehin war, und schüttelte den Kopf. »Ihr kommt Euch so verflucht schlau vor, Armand. Aber wenn Ihr Euch nicht vorseht, wird Eure Schlauheit Euch zum Verhängnis. Heute hätte sie Euch fast einen Kopf kürzer gemacht.«

»Sagen wir, einen Arm schmaler.«

Falcone blickte nachdenklich auf den Nebel über dem Fluß und meinte schließlich: »Ich könnte verbreiten lassen, Ihr wüßtet wichtige Dinge über die Falschmünzer. Dann wäre der Hintermann der Bande Euch rasch auf den Fersen.«

»Seid Ihr ein Polizist oder ein Mörder?«

Falcone grinste schal. »Ich werd's mir überlegen. Tut Ihr das auch. Ich gebe Euch einen Tag. Morgen abend sehen wir uns wieder, und dann will ich endlich die Wahrheit von Euch hören!«

Das Boot brachte mich zur Westspitze der Seine-Insel und setzte mich am Hôtel-Dieu ab. Als ich nach Notre-Dame zurückkehrte, tat ich es mit klopfendem Herzen. Zwar hatte Maître Gaspards Kumpan mit dem meckernden Lachen mich nicht gesehen und ahnte nicht, daß ich der Gefangene in dem Sack gewesen war. Aber ich wußte nun, daß es einen weiteren Mann gab, auf den ich achtgeben mußte. Nicht nur Dom Claude Frollo, auch sein jüngerer Bruder Jehan war ein Dragowit.

Kapitel 5

Die Fliege im Netz der Spinne

Eine sanfte Berührung auf meiner Wange erlöste mich aus unruhigem Schlaf. Im dämmrigen Zustand zwischen Schlaf und Erwachen glaubte ich an die zärtliche Liebkosung einer Frau und flüsterte Colettes Namen. Aber es war nur eine dicke schwarze Fliege, die mein Gesicht als Ruhekissen erkoren hatte und durch meine Bewegungen verscheucht wurde.

Der frühe Morgen warf ein weiches, milchiges, unwirkliches Licht in meine Kammer, und alles darin schien verschwommen, als sei ich noch in der Traumwelt gefangen. Nur kurz gab ich mich der erleichternden Illusion hin, mein Abenteuer in Falourdels Kupplerhöhle und Gaspards Drukkerei sei nur ein übler Traum gewesen. Dann bemerkte ich die schwarzen Schmierflecke auf meiner Matratze, und auch mein rechter Arm war von dicken Streifen fettiger Druckerschwärze gezeichnet.

Ich stieg aus dem Bett und wankte zu den Fenstern, um eine Erklärung für das seltsame Licht zu finden, zu hell für die Nacht, zu dämmrig für den Tag. Die Dächer von Paris lagen unter einem halbdurchsichtigen Schleier, der hin und wieder an einem Giebel oder einer Turmspitze aufriß. Als hätte sich die Wolkendecke vom Himmel niedergesenkt und die Stadt mit ihren weichen, wallenden Armen umschlungen. Ich öffnete die Tür und hörte die Geräusche des beginnenden Tages viel leiser als sonst, gedämpft und undeutlich. Feuchtigkeit erfüllte die Luft und verklebte die Atemwege.

Der Nebel, der in dicken Schwaden vom Fluß aufstieg, tastete mit kalten Fingern nach mir und machte mir bewußt, daß ich völlig nackt war.

Eilig streifte ich meine Kleider über, griff mir ein Wolltuch, in das ich einen Bimsstein und ein Stück Talgseife einschlug, und verließ den Turm. An einer flachen Uferstelle am Hôtel-Dieu, wo sonst die Wäscherinnen Kleidung und Bettzeug für Hospital und Domkapitel wuschen, entkleidete ich mich und stieg ins kalte Wasser. Auch wenn es mich mit eisigen Nadeln stach, tauchte ich mehrmals unter, um die durch den schlechten Wein verursachte Benommenheit abzuschütteln. Dann reinigte ich meinen Arm von der Gutenbergschen Schmiere. Der Nebel verhüllte den Fluß. Dumpfe Rufe der Schiffer drangen hin und wieder an mein Ohr, wenn der Schatten eines Handelsschiffs oder eines Fährboots durch die graugelbe Masse glitt.

Mein Frühmahl stand schon bereit, als ich auf den Turm zurückkehrte. Lustlos stopfte ich Weizenbrei und Anisgebäck in mich hinein und spülte es mit Ziegenmilch hinunter. Dann schlug ich meine Bücher auf, doch meine Gedanken wanderten von den Kometen zur Falourdel, zu Maître Gaspard – und zu Leutnant Falcone. Ich hatte nur einen Tag, um mir Antworten für ihn zurechtzulegen, und nicht die geringste Ahnung, wie diese Antworten ausfallen sollten.

Zudem war mir keineswegs klar, wieweit ich Falcone vertrauen konnte. Zwar hatte er mich letzte Nacht vor dem Dasein als Krüppel, vielleicht gar vor dem Tod gerettet, aber konnte er nicht gleichwohl insgeheim zu den Dragowiten gehören? Frollos Bluttat in der Kupplerhöhle hatte mir gezeigt, daß er und die Seinen ihre Verbündeten töteten, sobald sie ihnen gefährlich werden konnten. Möglicherweise bedeutete Maître Gaspard eine Gefahr für die Dragowiten, und Falcones Auftritt in der Druckerei war ein wohlinszeniertes Schauspiel gewesen.

Je länger ich darüber nachsann, desto wirrer wurde alles. ›Weiß gegen Schwarz‹ hatte Villon den Kampf genannt, der sich innerhalb der Mauern von Paris abspielte. Aber das stimmte nicht, es gab keine klaren Fronten wie beim Königsspiel, keine der Farbe nach eindeutig festzulegenden Figuren. Alles verwusch zu einem trüben Grau, undurchsichtig wie der Nebel rings um Notre-Dame.

Am Nachmittag kam Claude Frollo überraschend in meine Zelle. Er stellte eine Korbflasche auf den Tisch und schüttelte sich. »Ein scheußliches Wetter, es drückt einem aufs Gemüt und auf die Seele. Vor allen Dingen fährt es einem in die Knochen. Euer Kaminfeuer flackert nur recht dürftig, Monsieur Armand, etwas innere Wärme wird Euch nicht schaden. Ich habe hier eine Flasche südspanischen Weins aus Jerez de la Frontera, ein guter, seltener Tropfen. Vielleicht habt Ihr auch einen Becher für mich.«

Was blieb mir übrig, als ihn zu bewirten? Ohne sein Mißtrauen zu erregen, konnte ich mich kaum auf die Nachwirkungen von Falourdels Weinessig berufen, der meinen Schädel noch immer brummen ließ. Also füllte ich zwei Becher mit dem rötlichen Getränk und ließ das klebrige, süße Naß durch meine Kehle rinnen. Es schmeckte gut, verführerisch gut, und gerade das gemahnte mich zur Vorsicht. Zu oft schon hatte man meine Zunge durch Wein zu lösen versucht.

Frollo blickte auf meine Bücher. »Wie steht's mit den Kometen? Habt Ihr schon herausgefunden, ob sie mächtige Lenker des Schicksals sind oder ob wir bloß unsere eigenen Wünsche und Ängste auf sie übertragen?«

»Maître Gringoire hat vieles zusammengetragen, was ich erst sichten und ordnen muß«, antwortete ich ausweichend, um nicht eingestehen zu müssen, daß ich mich in letzter Zeit nur selten mit den Kometen beschäftigt hatte. »Es ist recht verwirrend, und ich werde kaum klären können, worüber sich große Geister streiten. Wer will wissen, mit welchen Mächten das Schicksal unsere Geschicke lenkt?«

Dom Claude trank von dem süßen Spanier, sah mich dann über den Rand seines Bechers an und sagte nur ein einziges Wort: »Ananke.«

Ananke! Meine Hände zitterten, und fast hätte ich etwas von dem Wein verschüttet.

»Ihr habt recht, Domine, es ist wirklich kalt hier. Ich werde mich um das Feuer kümmern.« Ich legte Holz nach und schürte die Glut, bis ich mich wieder gefangen hatte. Da fragte ich ihn: »Ananke, das ist griechisch, nicht wahr? Was bedeutet es?«

»Schicksal, aber auch Verhängnis, Fatalität, Zwang, Unausweichlichkeit. Ein einziges Wort, das alles sagt, was ein Menschenleben bestimmt: der Kampf gegen das vierfache Verhängnis.«

»Ein vierfaches gleich?«

»Vier Zwänge engen den Menschen ein, und doch hat er drei davon, nennen wir sie die äußeren Fatalitäten, selbst geschaffen. Er braucht sie, um mit anderen Menschen zusammenzuleben, um nicht bloßes Einzelwesen im Strom der Zeit zu sein. So nötigt der Mensch sich selbst, und das ist sein Schicksal. Ich spreche von der Religion, dem Zwang der Dogmen, dem der Mensch sich beugt, weil er ohne Glauben nicht existieren kann. Um glauben zu dürfen, schränkt er sein eigenes Denken ein. Dann ist da die Gesellschaft, deren Gesetzeszwang sich der Mensch unterwirft, weil er andernfalls nur ein Tier wäre, wild und schutzlos zugleich. Wie die Dogmen sein Denken, so schränken die Gesetze sein Fühlen ein. Nicht zu vergessen die Natur, gegen die er tagein, tagaus zum Kampf antritt, indem er die Wälder rodet, die Erde pflügt und die Wildheit des Meeres mit Schiffen zu bezwingen sucht. Die Natur und die Elemente begrenzen seinen Willen. Im Kampf gegen diese drei

Zwänge reibt der Mensch sich auf, um Mensch zu sein. Ist das nicht lachhaft?«

Als Frollo diese Frage stellte, schien er alles andere als belustigt, eher ernst und beinahe verzweifelt. Erst sah er in seinen Becher, als läge die Wahrheit tatsächlich im Wein, dann richtete er die Augen auf mich, doch sein Blick ging durch mich hindurch in weite Ferne, jenseits von Notre-Dame und Paris.

Mit einem tiefen Seufzer fuhr er fort: »Die höchste Ananke aber ist die innere, das menschliche Herz. Alle äußeren Zwänge mag der Mensch überwinden, an das, was sein Herz ihm befiehlt, ist er auf ewig gekettet, mag es auch noch so verhängnisvoll sein und mag er das Verhängnis auch durchschaut haben. Das Herz, dieser rohe Fleischklumpen in unserer Brust, herrscht über unser Leben wie König Ludwig über Frankreich. Kann der Mensch jemals edel und rein sein, wenn er sich nach einem Stück Fleisch zu richten hat, nach dem Rhythmus seines Pochens leben muß? Ist nicht die Erlösung von diesem Zustand das höchste Glück, der notwendige Schritt ins Himmelreich?«

»Eure Worte, Dom Frollo, sind noch verwirrender als Gringoires Aufzeichnungen über die Kometen. Ihr prangert die Dogmen des Glaubens an und seid doch ein hochrangiger Vertreter der Kirche. Ihr tadelt die Unterordnung des Menschen unter die Gesetze, und doch seid Ihr als Untertan König Ludwigs gehalten, dieselben zu befolgen. Das ist ein Widerspruch!«

»Natürlich, dieser Widerspruch regiert unsere Welt. Wie ich schon sagte, der Mensch reibt sich auf, um Mensch zu sein. Erst wenn diese Zwänge fallen, können die reinen Seelen sich wieder dem Licht zuwenden.«

»Dann müßte die Welt aufhören zu existieren.«

Frollo lächelte dünn. Genau das war die Schlußfolgerung, zu der er mich hatte bringen wollen. Nicht er drohte, die Ananke über die Welt zu bringen. Nein, nach seinen Worten war die Welt das Verhängnis des Menschen.

Und hatte er damit so unrecht? Die Ananke des Glaubens hatte die Katharer und viele andere Gruppen auf den Scheiterhaufen gebracht. Die Ananke der Gesetze bedrohte la Esmeralda mit Folter und Tod. Die Ananke der Natur hatte Quasimodo zum Krüppel verformt, ihm auf ewig die Möglichkeit genommen, ein Mensch unter Menschen zu sein. Was die Ananke des Herzens betraf, so konnte ich selbst ein Lied davon singen. Hatte ich nicht stets darunter gelitten, vaterlos zu sein? Und jetzt litt ich unter Colettes Zurückweisung. Wenn Frollo also recht hatte, war er dann der Gute und Villon, mein Vater, der Böse? Waren Weiß und Schwarz vertauscht?

»Aber der Mensch gehorcht nicht nur Zwängen«, versuchte ich einen Einwand, um aus der Zwickmühle von Frollos Gedankengang zu entkommen. »Er besitzt einen eigenen Willen. Gott gab ihm die Freiheit, Entscheidungen zu treffen.«

»War das eine gute Tat, war es ein guter Gott?«

Erschrocken blickte ich in sein ernstes Antlitz. »Domine, wie könnt Ihr, ein Archidiakon, das fragen?«

»Ich nutze nur die Freiheit des Denkens, soweit sie nicht von den Dogmen unterdrückt ist. Denkt Euren Satz doch weiter, Monsieur Armand. Wenn Gott dem Menschen die Freiheit gab, zwischen Gut und Böse zu wählen, hat er dadurch das Böse nicht erst ermöglicht, es erschaffen? Und hat Gott das Böse dann nicht sogar gewollt, es zumindest billigend in Kauf genommen? Und wenn dem so ist, beten wir dann zu einem guten Gott – oder zu einem bösen?«

»Ihr verdreht alles!« keuchte ich. »Ihr sprecht dem Menschen die Freiheit ab, und Ihr verwandelt Gott in Satan!«

»Wer ist schon frei? Und wer weiß, wo das Gute ist? Seht her, diese Fliege!«

Das Insekt, das sich heute morgen auf meinem Gesicht ausgeruht hatte, saß auf dem Rand seines Bechers. Mit einer schnellen Handbewegung fing er das Tier und schloß es in seiner Faust ein. Ich hörte die Fliege verzweifelt summen, ohne daß es ihr half.

»Auch die Fliege strebt nach dem Licht wie wir Menschen. Und gerade dieses Streben, das Umherirren bringt sie in Gefahr, liefert sie schließlich der gefräßigen Spinne aus.«

Er stand auf und schleuderte seine Gefangene in das Spinnennetz, das in einer Ecke der Zelle glitzerte. Die Fliege verfing sich in den hauchdünnen Fäden und verhedderte sich immer mehr, je wilder sie zu entkommen suchte.

»Nun seht Ihr, Armand, wohin das Streben nach Freiheit führt. Es macht uns nicht frei, engt uns nur immer mehr ein, weil es nicht auf die himmlische Freiheit zielt.«

»Ihr seid ungerecht, Dom Claude. Die Fliege ist nicht von selbst ins Netz geraten, sondern durch Eure Einwirkung.«

»Na und? Weiß die Fliege, wer ich bin? Vielleicht hält sie mich für die Ananke der Natur, vielleicht auch für ihren Gott.«

»Für ... ihren ... Gott?« wiederholte ich schleppend und starrte mein Gegenüber ungläubig an. »Maßt Ihr Euch an, Euch mit dem Schöpfer zu vergleichen?«

»Keineswegs. Ich bin nur ein Mensch, kann Leben nur nehmen, nicht erschaffen. Und das ist gut so!« Abrupt wandte er sich zur Tür. »Schwerer Wein und schwere Gedanken vertragen sich nicht. Aber vielleicht denkt Ihr über unser Gespräch nach, wenn Euer Kopf wieder klarer ist.«

Und wahrhaftig, als er mich allein zurückgelassen hatte, mußte ich mich anstrengen, meine Gedanken zu ordnen. Lange dachte ich über die Unterredung nach. Mir wurde deutlich, daß Dom Frollo sich mir offenbart hatte, stärker noch als tags zuvor im Südturm. Einem Uneingeweihten hätten seine Worte nicht viel gesagt, mir aber erschienen sie wie das tiefste Bekenntnis, zu dem ein Dragowit fähig war. Wollte er mir die Hand reichen, mich zur wahren Erkenntnis führen? Oder ahnte er, daß ich auf der anderen Seite stand? Hatte er die ΑΝΑΓΚΗ erwähnt, um meine Reaktion zu beobachten?

Mein Blick fiel auf die Fliege, deren Befreiungsversuche erlahmt waren. Sollte ihr Schicksal, ihre von Frollo herbeigeführte Ananke, mir eine Warnung sein? Eine haarige schwarze Spinne kroch vom Rand des Netzes her auf die Fliege zu, bereit, über ihr Opfer herzufallen. Ich fühlte mich wie die Fliege, gefangen im Netz eines übermächtigen Wesens. Aber wer war die Spinne?

KAPITEL 6

Maulwurfsaugen

ZU EBENER ERDE WAR DER NEBEL um ein Vielfaches dichter als oben auf den Türmen von Notre-Dame. Als ich auf den Vorplatz trat und an der Fassade der Kathedrale hinaufsah, schwebten die Häupter der beiden mächtigen Glockentürme wie flüchtige Schemen über mir, unwirklich wie ein Traumgespinst. Und doch waren sie Realität, das wußte niemand besser als ich. Eben noch war ich dort oben gewesen und hatte mit Dom Frollo gesprochen, dem Mann des Glaubens, der den Glauben anprangerte, dem Mann Gottes, der, auch wenn er es abstritt, sich mit Gott verglich.

Ich hatte es nicht länger auf dem Turm ausgehalten. Der Anblick der zerfleischten Fliege verhieß eine düstere Zukunft, jedenfalls für einen wie mich, der sich nicht zur Ansicht der Katharer durchringen und den Tod nicht als Erlöser freudig umarmen mochte.

Mein Ziel war der Tempelbezirk, ich wollte zu Villon. Vielleicht wußte er, welche Antworten ich Leutnant Falcone bringen sollte. Und vielleicht warf ein Gespräch mit Villon auch Licht auf das düstere Schachbrett, auf dem ich seit Monaten umhergeschoben wurde. Ich hoffte, endlich zu erkennen, wer die weißen und wer die schwarzen Figuren waren.

Nach ein paar Schritten über den Vorplatz blieb ich stehen. Zwischen den Ständen der Händler erblickte ich ein aus morschen Brettern zusammengehauenes windschiefes

Galgengerüst, das herumstreunende Kinder oder andere Spaßvögel als Parodie auf den todbringenden Galgen drüben auf dem Grève-Platz errichtet hatten. Eine Strohpuppe hing schlaff in der faserigen Schlinge. Meine Gedanken verwandelten die Nebelschwaden in eine dichtgedrängte Menschenmenge, und ich sah la Esmeralda über den Köpfen baumeln, zu Tode gebracht von einer zweifachen Ananke, von den Dogmen des Glaubens und den nicht minder starren Buchstaben der Gesetze.

»Im Schatten des Galgens gewinnt das Leben erst richtig Glanz, findet Ihr nicht, Monsieur Sauveur?« Falcone löste sich aus dem Nebel und begrüßte mich mit einem unergründlichen Lächeln. Er war übernächtigt, unrasiert, mit dunklen Ringen unter den Augen. »Wie gut, daß man uns nur die Unsterblichkeit der Seele verspricht und nicht auch noch die des Körpers. Erst die Gefahr, daß man es verlieren kann, läßt das Leben so wertvoll werden. Ich hoffe, Ihr seid bereit, endlich die Wahrheit zu sagen, damit Euer kostbares Leben erhalten bleibt.«

Insgeheim stieß ich einen stummen Fluch aus. Hätte der Leutnant nicht ein paar Minuten später kommen können? Oder hatte er schon den ganzen Tag auf der Lauer gelegen, um mich abzufangen? Stand der lächerliche Galgen hier nicht nur zufällig?

Ich stellte Gelassenheit zur Schau und erwiderte: »Wenn ich an Odon und Schwester Victoire denke, scheint mir eher Schweigsamkeit das Leben zu garantieren.«

»Also wollt auch Ihr schweigen?«

»Ich wüßte nicht, was wir zu bereden hätten.«

»Nicht?« knurrte Falcone wie ein gereizter Köter. »Dann begleitet mich bitte!«

»Bin ich festgenommen?«

»Wenn ich Euch verhafte, sag ich's Euch schon.«

Schweigend durchschritten wir die Gassen der Seine-Insel

in Richtung Justizpalast. Falcone kaufte bei einem Obsthändler ein paar Äpfel, die er in ein Tuch wickelte und an seinen Gürtel hängte. Ich schlug den angebotenen Apfel aus, er biß herzhaft in die rotgrüne Frucht.

»Das Verhör von Gaspard Glaires Leuten war so anstrengend, daß ich nicht zum Essen gekommen bin. Leider war mein Fasten sinnlos. Noch schweigen die vier Halunken so beharrlich, als hätte man ihre Münder zugenäht.«

»Fünf«, sagte ich. »Es waren fünf Gehilfen.«

»Ganz recht, es *waren* fünf. Jetzt sind's nur noch vier. Einer hat die Preßfolter nicht überlebt. Der arme Maître Torterue ist ganz geknickt. So etwas sei ihm noch nie passiert, sagte er. Der Falschmünzer wollte gerade plaudern, aber Torterue hatte ein paar Gewichte zuviel auf die Preßplatte gestellt. Brust und Bauch wurden zerquetscht, und statt uns sein Lied zu singen, konnte der Galgenvogel nur noch Blut und Galle spucken.«

Wir überquerten die Seine auf der Müllerbrücke und wandten uns am anderen Ufer nach links. An den Landungsbrücken entlang gingen wir zu dem Ort, an dem ich gestern fast meinen Arm verloren hätte. Ich sah Maître Gaspards Haus zum erstenmal im – wenn auch diffusen – Tageslicht. Es war ein verwinkeltes, zweistöckiges Fachwerkgebäude. Heile Fensterscheiben und das schiefergedeckte Dach zeugten von einem wohlhabenden Eigentümer. Ein großer Torbogen markierte den Durchlaß zum Innenhof, davor fiel das Ufer sanft zum Wasser hin ab, wo ein paar einsame Poller von den Ausläufern des Stroms umspielt wurden. Pappeln und Erlen säumten den Bootsanleger wie zwei Reihen wachsamer Soldaten.

Falcone schleuderte den Strunk des abgenagten Apfels in den Fluß, wo er mit hellem Glucksen versank. »Maître Gaspard hat keinen Nebel gebraucht, um seine dunklen Machenschaften zu verbergen. Lastkähne, die an den Pollern festmachten, waren durch die Bäume vor neugierigen Augen geschützt und bestens geeignet, die schwere Fracht der Münzen aufzunehmen und fortzubringen. Und wenn, wie jetzt, zusätzlich noch Nebel den Fluß verhüllt, ist das so gut wie eine Tarnkappe. Ein mit schlechtem Geld beladener Kahn verschwindet in der Suppe, und niemand kann feststellen, wohin er fährt. Auch uns wird der Nebel nichts enthüllen, also gehen wir hinein.«

»Wozu?«

»Damit Ihr Euch an die letzte Nacht erinnert, Monsieur Sauveur, und daran, daß Reden besser ist als Schweigen!«

Ich blickte zu den geschlossenen Fenstern im Obergeschoß. »Wohnt hier niemand mehr? Hatte Glaire keine Familie?«

»Ein Weib und zwei Töchter. Aber zur Zeit steht das Haus leer. Ich habe es räumen lassen, damit niemand Spuren verwischt und Beweismittel beiseite schafft. Wir haben übrigens nicht nur Falschgeld sichergestellt, sondern auch die Druckstöcke für das Kartenspiel, zu dem die Stabzehn des Schnitters gehört. Vielleicht gibt es hier noch mehr Geheimnisse zu entdecken.«

Das Tor zum Innenhof war verschlossen, doch Falcone trug den Schlüssel bei sich. Ich sah zwei vierrädrige Wagen unter einem flachen Vordach stehen. Gaspard hatte sich nicht allein auf den Wasserweg verlassen. Der Leutnant öffnete die Tür zur Werkstatt, und ich betrat hinter ihm die Stätte meines nächtlichen Schreckens. Die Fenster waren geschlossen, aber nicht länger durch die schweren Läden abgeschottet.

Im grauen Licht des zur Neige gehenden Nebeltages sah ich die Druckerpresse, den großen Herd mit dem Kessel, kleinere Öfen mit Schmelztiegeln, Tische mit Druckformen und schräg aufragenden Setzkästen, in denen die bleiernen

Lettern ruhten. Dazwischen erblickte ich Wandborde und Kisten voller Druckschriften. Der angenehme Papierduft vermischte sich mit dem ekelerregenden Ölgestank, der jeder Druckerei und sogar jedem Druckwerk entströmt.

»Ihr seht so angewidert aus, Armand. Ist es die Vorstellung, daß Ihr hier fast Euer Leben verloren hättet?«

»Es ist die Vorstellung, daß die Männer meiner Zunft wegen solch stinkender, schmieriger Höhlen ihren Broterwerb verlieren.«

»Tröstet Euch, wenn Ihr erst im Grab liegt oder als Leiche aus der Seine gefischt werdet, braucht Ihr kein Brot mehr.«

»Seid Ihr ein Hellseher, Leutnant, daß Ihr von meinem Tod sprecht?«

Er stieß ein trockenes Lachen aus. »Man muß kein Hellseher sein, um Euch ein baldiges Ende vorauszusagen. Ihr steckt einfach zu tief drin.«

»Wo drin?«

Falcone beugte sich vor und schob sein Gesicht dicht an meins. »Sagt *Ihr* es mir, verdammt!«

Weiß gegen Schwarz? Wenn ja, wo stand Falcone? Für mich war er eine Gestalt aus dem Nebel da draußen, grau, undurchschaubar. Deshalb sagte ich ihm nur, daß ich ihm nichts zu sagen hätte.

Ärgerlich wandte er sich ab, ging zur Druckerpresse und legte einen Apfel auf die hölzerne Platte. Dann zog er kräftig am Bleihebel, bis die Spindel den Tiegel auf den Apfel preßte. Die Frucht zerplatzte unter dem Druck. »Das wäre mit Eurem Arm passiert und vielleicht auch mit Eurem Kopf!« Falcone sah mich durchdringend an. »Meint Ihr nicht, in meiner Schuld zu stehen?«

Schabende Geräusche auf dem Hof enthoben mich der Antwort. Unheimliche Gestalten entstiegen dem Nebel und drängten sich mit ungelenken, tastenden Bewegungen in die Werkstatt. Sie trugen die Lumpen von Bettlern. Daß sie nicht zum Betteln kamen, belegten die Waffen in ihren Händen: Dolche, Beile und Knüppel.

Noch etwas außer den unsicheren, suchenden Bewegungen verlieh den Männern einen grotesken Anstrich: ihre Augen. Sie waren reglos, tot. Bei einigen sah man nur das Weiße, bei anderen die leeren Höhlen. Sie erinnerten mich an Maulwürfe mit ihren hinter dem Fell versteckten Augen.

»Die Maulwürfe!« entfuhr es in diesem Augenblick Falcone, und ich entsann mich der geheimnisvollen Bande, von der er mir erzählt, und an das, was er über ihr Geschäft gesagt hatte: *Mord, das lautlose Töten in finsterster Nacht. Sie bewegen sich in völliger Dunkelheit mit der Sicherheit von Maulwürfen, die sich in der Erde vorangraben.*

Ob Nacht oder Nebel, blieb sich gleich. Die Männer, acht oder zehn mochten es sein, benötigten kein Licht, denn sie waren es gewöhnt, sich in einer finsteren Welt zu bewegen, der Welt der Blinden.

Wie bei wirklichen Maulwürfen schienen ihr Gehör, ihr Geruch und ihr Tastsinn besonders gut entwickelt, gleichsam als Ersatz für das verlorene Augenlicht. Sofort nach Falcones Ausruf wandten sie sich ihm zu und kreisten die Druckerpresse ein. Lediglich der Umstand, daß sie die Werkstatt nicht kannten und von Tischen, Schemeln und Geräten behindert wurden, hielt sie davon ab, augenblicklich über den Leutnant herzufallen.

Falcone nahm einen Apfel aus seinem Tuch und warf ihn durch den Raum, so daß er mit lautem Klirren eine Fensterscheibe durchschlug. Wie auf ein Kommando fuhren die Blinden herum und näherten sich in ihrer tastenden Weise dem zerbrochenen Fenster in der Vermutung, daß wir es als Fluchtweg benutzen wollten.

In Wahrheit hatte Falcone es auf die Tür abgesehen. Er wollte die Maulwürfe von ihr weglocken, um uns den Rückzug zu ermöglichen. Er stand, wie auch ich, vollkommen still. Nur seine Augen bewegten sich, huschten ständig zwischen den Mördern und der Tür hin und her, um den rechten Zeitpunkt zu erkennen. Dann, als die Schritte der vordersten Maulwürfe in den Splittern der Scheibe knirschten, gab er mir ein Zeichen: *jetzt!*

Ich Tölpel aber stolperte über einen Tonkrug, in dem die Druckerballen zum Einfärben der Lettern aufbewahrt wurden. Aus dem Gleichgewicht gebracht, stürzte ich gegen ein Holzgestell mit zwei Setzkästen und warf es mit lautem Poltern um. Hätte Falcone sich nicht mit mir aufgehalten, wäre ihm die Flucht geglückt. Aber er sprang zu mir und zog mich hoch.

Zeit genug für die Maulwürfe, uns einzukreisen. Schon bewegten sie sich flinker in der Werkstatt. Jedes Hindernis, gegen das einer von ihnen gestoßen war, schien sich unauslöschlich in das Gedächtnis jedes einzelnen gegraben zu haben, als hätten alle gemeinsame Empfindungen, einen gemeinsamen Verstand. Binnen weniger Augenblicke war der Weg zur Tür versperrt.

Falcone zog mich zu einer steilen Treppe, die sich am Ende der Werkstatt aufwärts wand, in die Wohnräume des Hauses. Oben stieß er gegen eine verschlossene Falltür und mühte sich ab, sie zu öffnen. Unter uns kamen die blinden Mörder Stufe um Stufe näher …

»Beeilt Euch!« spornte ich Falcone an, als das Gesicht des vordersten Maulwurfs im Halbdunkel der Stiege auftauchte. Ein runder, fast haarloser Kopf, viel zu groß und wuchtig für den hageren Leib. Die Rechte führte ein Fleischermesser mit breiter Klinge, die immer wieder die Luft durchteilte. Die Rechnung des Blinden war einfach: Je näher er uns kam, desto größer war die Wahrscheinlichkeit, daß er einen von uns erwischte.

Mein Ausruf war nutzlos und dumm. Nutzlos, weil Falcone auch ohne mich wußte, wie nahe die Gefahr war. Und dumm, weil meine Stimme dem Maulwurf verriet, wo ich stand. Für einen Herzschlag hielt er inne und lauschte. Sicher war es bloße Einbildung, daß ich meinte, die toten Augen in dem reglosen Gesicht richteten sich auf mich.

Dies war der Augenblick zu handeln. Ich sprang ihm entgegen, hielt mich am Geländer fest und rammte meinen Absatz gegen seine Brust. Der Maulwurf stöhnte auf, und mit einem pfeifenden Laut entwich seinen Lungen die Luft. Er fiel nach hinten, ruderte hilflos mit den Armen, stürzte die Treppe hinab und riß die anderen mit sich.

Über mir entstand, begleitet von einem langgezogenen Quietschen, ein heller Fleck. Falcone hatte die Klappe geöffnet. Ich folgte ihm nach oben, und warf die Falltür wieder zu.

»Los, helft mir!« rief der Leutnant, der sich an einer schweren Truhe zu schaffen machte. Geschirr klirrte, als wir die große Kiste aus Eichenholz über die Falltür schoben. Der Anflug eines Lächelns glitt über Falcones Gesicht. »Das dürfte die Mistkerle ein wenig aufhalten. Vielleicht haben wir Zeit genug, um uns über das Dach abzusetzen.«

In einer geräumigen Schlafkammer mit einem breiten Bett, das Gaspard vermutlich mit seiner Gemahlin geteilt hatte, fanden wir eine Dachluke. Zum Glück waren wir beide schlank, sonst hätten wir uns nicht hindurchzwängen können. Oben wäre ich beinahe abgerutscht, doch der Leutnant packte mich und hielt mich fest. Die feuchte Nebelluft hatte den Dachschiefer glitschig werden lassen.

Und dann sahen wir sie! Wie riesige Käfer krochen sie auf allen vieren auf dem Dach herum. Oder wie Maulwürfe, die sich langsam, aber zielstrebig vorangruben. Ihr Ziel waren wir.

»Wie haben sie das geschafft?« fragte ich, zutiefst bestürzt, im Flüsterton.

»Sie müssen schon vor uns auf dem Dach gewesen sein.

Es sind andere als in der Werkstatt. Die sind nämlich zurück auf den Hof. Seht Ihr?«

Von da, wo wir hockten, konnten wir sowohl den Innenhof als auch den Uferstreifen überblicken. Überall bewegten sich Maulwürfe in Menschengestalt durch den Nebel wie Stöberhunde auf der Suche nach dem Wild. Insgesamt schätzte ich ihre Zahl auf fünfzehn bis zwanzig.

Gefährlicher als die unten waren im Augenblick die auf dem Dach. Sie kamen schneller näher, hatten vielleicht unsere Stimmen gehört.

Falcone zeigte auf einen vorspringenden Erker und dann auf mich. Ich verstand, was er wollte, aber der Grund blieb mir verschlossen. Seine Miene besagte unmißverständlich, daß er keinen Widerspruch duldete. Also schob ich mich auf den bogenförmigen Erker und kauerte mich auf das glatte Halbrund.

»Springt schon!« rief der Polizist zu meinem Erstaunen und warf das Tuch mit den restlichen Äpfeln vom Dach; mit lautem Klatschen fiel es in den Innenhof, dicht neben dem Tor. »Ja, gut so, lauft zum Ufer, ich folge Euch!«

Falcone sprang vom Dach, ehe ich es noch ganz wahrnahm und verhindern konnte. Mit einem schmerzhaften Stöhnen landete er im Hof, sprang auf, knickte aber sofort wieder ein. Kein Zweifel, er hatte sich einen Fuß verletzt. Er griff nach einem toten Ast, den der Wind von einem der Bäume am Ufer gestohlen hatte. Mit ihm als Krücke humpelte der Leutnant zum Hoftor, doch die Maulwürfe vom Uferstreifen schnitten ihm den Weg ab. Vier oder fünf umkreisten ihn.

Mir drohte das Herz stehen zu bleiben, als ich sah, wie Falcone um sein Leben kämpfte. Er benutzte den Ast als Keule, die er einem Maulwurf quer über den Schädel zog. Mit einem Aufbrüllen ging der Getroffene in die Knie, und ein zweiter Schlag brachte ihn endgültig zu Fall.

Die anderen aber warfen sich auf Falcone, begruben ihn unter sich, daß ich ihn kaum noch erkennen konnte. Ein wüstes, sich ständig veränderndes Gliederknäuel im Nebel war alles, was ich sah. Bis die Blinden sich wieder erhoben, aber nicht der Leutnant. Er lag bewegungslos im Dreck.

Ein lautes Klappern zu meiner Linken ließ meinen Kopf herumrucken. Einer der Riesenkäfer war bis zum Rand des Daches vorgedrungen und hatte den Halt verloren. Er baumelte mit den Beinen in der Luft, während seine Hände verzweifelt nach Halt suchten. Dabei hatte sich eine Dachschindel gelöst und war in die Tiefe gefallen. Ein anderer blinder Käfer kam dem bedrängten Gefährten zu Hilfe und schaffte es nach einigen Mühen, ihn wieder ganz aufs Dach zu ziehen. Dann krochen sie zurück und verschwanden durch eine für mich unsichtbare Luke. Falcones Täuschungsmanöver war geglückt: Sie glaubten, auch ich sei vom Dach gesprungen.

Ich hatte mich kaum zu rühren gewagt, solange sich die Blinden hier oben aufhielten. Jetzt atmete ich tief durch, doch noch war ich nicht außer Gefahr. Unten auf dem Hof sammelten sich die Maulwürfe, und ganz plötzlich erstarrten sie, als seien sie zu Stein geworden. Instinktiv hielt ich den Atem an. Andere Männer hätten sich umgesehen, die Maulwürfe aber lauschten. Mein Herz schlug so laut, sie mußten es einfach hören!

Doch dann zogen sie ab, verließen in einer langen Reihe den Hof. Einer von ihnen ging mit einem zum Tasten ausgestreckten Stock voran, der nächste hatte die Hände auf seine Schultern gelegt, der dritte die Hände auf die Schultern des zweiten Mannes und so weiter. Wer sie so sah, mochte sie für harmlose Krüppel halten und unweigerlich die Hand zur Geldkatze ausstrecken, um das beschwerliche Dasein dieser Kreaturen durch eine milde Gabe zu erleichtern. Ich aber wußte, daß sie gefährlicher waren als mancher Sehende, und ich ahnte, daß sie für ihre Untat gut bezahlt wurden. Die Maulwurfsschlange verschwand im Nebel wie ein böser Spuk, der sich auflöst, weil die Geisterstunde vorüber ist.

Ich blieb auf dem Erker sitzen und dachte, daß sich die Mörder vielleicht noch in der Nähe aufhielten. So wartete ich, steif und klamm und mit allmählich einschlafenden Gliedern, bis die Dämmerung ihren dunkler und dunkler werdenden Mantel über Paris warf.

Mindestens eine Stunde mußte vergangen sein, seit die Maulwürfe den Hof der Druckerei verlassen hatten. Sie waren nicht zurückgekehrt, und ich fühlte mich einigermaßen sicher. Außerdem konnte ich mich hier oben nicht mehr lange halten. Also rutschte ich von dem Erker und zwängte mich durch die Luke, durch die Falcone und ich das Dach erklommen hatten.

Mit einiger Mühe schob ich die Truhe von der Falltür und stieg hinab in die Werkstatt. Im Dämmerlicht war es unheimlich hier, die Druckerpresse mit ihren monströsen Extremitäten aus massivem Holz schien mich förmlich zu belauern, als wolle sie endlich ihre Mahlzeit einfordern – meinen Arm.

Schnell ging ich hinaus auf den Hof und beugte mich über Falcone. Die dunkle Flüssigkeit, die um ihn herum in den Lehmboden gesickert war, machte jede Hoffnung zunichte. Sie hatten ihn regelrecht geschlachtet. Der Schädel war zertrümmert, die Kehle zerfetzt, die Brust von unzähligen tiefen Stichen durchbohrt. Er mußte, und das war der einzige Trost, schnell gestorben sein.

Und er war für mich gestorben! Hätte er nicht durch das Hinabwerfen des Apfelbeutels den Eindruck erweckt, ich sei zuerst hinabgesprungen, wäre ihm die Flucht vielleicht geglückt. So hatte er mich durch seine Voraussicht gerettet, gleichzeitig aber die Maulwürfe gewarnt.

Hatte er geahnt, daß er in den Tod sprang? Ich wußte es

nicht. Aber ich begriff, daß er auf meiner Seite gestanden hatte. Zu spät!

Mein Herz krampfte sich zusammen, als ich seinen Leichnam zurückließ und in das Zwielicht aus Dämmer und Nebel lief. Mir war, als hätte ich einen guten Freund verloren.

SECHSTES BUCH

Kapitel 1

»Wenn die Große Spinne stirbt …«

An dem verregneten Donnerstagmorgen, der auf den schauerlichen Tod des Polizeileutnants Piero Falcone folgte, verließen zwei mit Lederplanen bespannte vierrädrige Handelskarren Paris durch das Tor von Buci. Von jeweils zwei kräftigen Maultieren gezogen, hatten die Karren Decken und Tuchballen geladen, mit denen die vermeintlichen Händler auf dem Maimarkt von Plessis-les-Tours gute Geschäfte zu machen gedachten. So sagten sie es den Wachen am Stadttor, und so belegten es ihre gefälschten Papiere. In Wahrheit waren die fünf Männer und die junge Frau von der kühnen Idee beseelt, den König von Frankreich zu retten.

Leonardo saß im Sattel eines großen Falben und bildete die Vorhut. Auf dem Bock des vorderen Wagens hatte sich Colette niedergelassen, und Tommaso führte das Gespann. Atalante hockte auf dem zweiten Wagen, während ich mit Villon neben den Maultieren hertrottete. Der aufgeweichte Boden sog schmatzend an unseren Stiefeln. Als sei das noch nicht genug, bewarfen uns die Räder des vorderen Wagens unablässig mit Dreck. Zum Schutz gegen Schmutz und Regen hatten wir Tücher als Kapuzen über die Köpfe gezogen. Villon und ich waren schweigsam wie zwei einander fremde Pilger, die nichts gemeinsam haben als den Weg zu einer heiligen Stätte. Irgendwann, als die Türme von Paris nur noch ferne, schemenhafte Umrisse waren, fragte er: »Hat Euch etwas verstimmt, Armand? Oder sitzen die Zweifel so tief?«

»Zweifel?« erwiderte ich verwirrt. »Woran sollte ich zweifeln?«

»An mir, Armand, an meinem Wort. Hat Dom Claude Frollo in Euch den Zweifel gesät, ob Ihr auf der richtigen Seite steht?«

»Natürlich habe ich darüber nachgedacht, die ganze verfluchte Nacht. Nach der Begegnung mit den Maulwürfen und dem Mord an Falcone habe ich kein Auge zugetan.«

»Und?« Villons Gesicht war mir zugewandt, und ich glaubte, unter der Kapuze seinen fragenden Blick zu erkennen. »Habt Ihr eine Antwort gefunden?«

»Ich begleite Euch in die Touraine, Magister Villon. Ist Euch das nicht Antwort genug?«

»Ich freue mich, Euch an meiner Seite zu haben, mein Sohn. Und ich glaube, daß Ihr auf Euren Verstand und auf Euer Herz hört. Aber ich spüre, daß es noch einen Grund gibt.« Villon sah nach vorn, zum ersten Wagen. »Sitzt er dort auf dem Bock?«

Mit mißmutig zusammengekniffenen Augen folgte ich seinem Blick und sagte in absichtlich tadelndem Ton: »Ich halte es nach wie vor nicht für klug, daß Ihr Colette mitgenommen habt. Sie ist gerade erst von ihrer Verwundung genesen, und schon setzt Ihr sie neuer Gefahr aus.«

»Sie hat darauf bestanden. Wir konnten das Verlies, in dem ihr Vater nun gefangengehalten wird, nicht ausfindig machen, und jetzt hofft die Arme, in Plessis mehr zu erfahren. Hätte ich es ihr abgeschlagen, hätten sich noch mehr dunkle Wolken auf ihr Gemüt gelegt.«

»Außerdem ist ein hübsches Mädchen auf dem Bock eine Ablenkung für allzu neugierige Wachen, wie?«

Villon lachte das rasselnde Lachen eines kranken Mannes. »Ihr seid ebenso gut darin, mich zu durchschauen, wie darin, von Fragen abzulenken.«

»Also gut, wenn Ihr's unbedingt hören wollt«, seufzte

ich. »Colette ist ein Grund für mich, Euch zu begleiten, ein wichtiger Grund. Aber nicht der einzige. Das seltsame Schachspiel, das Ihr mit Claude Frollo und dem geheimnisvollen Großmeister austragt, verlagert sich von Paris nach Plessis-les-Tours, und ich will dabeisein.«

»Warum?«

»Was für eine Frage. Ihr selbst habt mich in das Spiel hineingezogen, nur als Bauer, gewiß, aber die Rolle habe ich satt!«

»Das spricht für Euch, Armand, und ich bin stolz auf Euch.«

»Gebt Euch keinen falschen Hoffnungen hin, die frommen Brüder in Sablé haben keinen Helden aufgezogen. Es gibt nämlich noch einen gewichtigen Grund, weshalb ich lieber mit Euch gehe, als in Paris zu bleiben: Ich will nicht enden wie Odon und Schwester Victoire, nicht abgeschlachtet werden wie Falcone. Kipper und Wipper, der Schnitter von Notre-Dame und der bucklige Quasimodo, Maulwürfe und Muschelbrüder, das ist wirklich allerhand für einen friedliebenden Kopisten!«

»Die Muschelbrüder stehen auf unserer Seite.«

»Das wissen wir beide, aber wissen sie es auch?«

»Verlaßt Euch drauf! Die Coquillards mögen längst nicht mehr soviel Macht besitzen wie vor zwanzig, dreißig Jahren, aber ich bin immer noch ihr König.«

»Die Muschelbrüder folgen Euch weiterhin, obwohl Ihr nicht mehr nach Beute und Reichtum strebt, sondern nach der Erlösung der Seelen? Ich hätte nicht gedacht, daß Gauner ihrer Seele sonderlichen Wert beimessen.«

»Oh, da täuscht Ihr Euch, Armand. Die meisten Menschen werden erst zu Gaunern, weil sie für ihre Seele keine Hoffnung mehr sehen.«

»Und Ihr gebt den Coquillards neue Hoffnung?«

»Ich versuche es. Macht Euch also keine Gedanken um

die Muschelbrüder. Eure Besorgnis wegen der Maulwürfe ist eher berechtigt. Ich hätte schon früher darauf kommen müssen, daß diese Mordbande für die Dragowiten arbeitet!« In Villons Worten schwangen Selbstvorwürfe und Reue mit.

»Warum hättet Ihr das?«

»Aber, Armand, Ihr selbst habt doch Maître Denis Le Mercier, den Vorsteher des Blindenhauses, bei der Zusammenkunft der Neun gesehen.«

Das stimmte, und ich ärgerte mich, den Zusammenhang nicht früher entdeckt zu haben. Aber war es ein Wunder, daß ich bei der Anhäufung von Geheimnissen und Gefahren um mich her selbst Offenkundiges übersah? Schließlich war dieses Mißgeschick auch Villon unterlaufen.

»Spart Euch das ärgerliche Brummen, mein Sohn. Hätten wir es gewußt, wir hätten selbst dann nichts ändern können.«

»Vielleicht doch ... Vielleicht wäre Leutnant Falcone noch am Leben!«

Villon schüttelte den Kopf, und Regentropfen flogen von seiner Kapuze nach allen Seiten. »Sein Tod war beschlossen, er wußte zuviel, war zu neugierig. Frollo hat gemerkt, daß Manchot als Bauernopfer den Leutnant nicht befriedigt hat. Deshalb hat er die Maulwürfe ausgeschickt.«

»Meint Ihr wirklich, daß sie es nicht auch auf mich abgesehen hatten?«

»Wahrscheinlich wissen die Blinden nicht mal, wer mit Falcone in der Druckerei war. Hätte Frollo Euch nicht längst beseitigen können, wenn er den Wunsch hegte?«

»Und doch spüre ich, daß er etwas ahnt. Alles, was er an den beiden letzten Tagen zu mir sagte, deutet darauf hin.«

»Vielleicht hofft er, Euch auf seine Seite zu ziehen. Es gehört zu diesem Spiel, Weiß in Schwarz zu verwandeln oder den harmlosen Bauern in eine gefährliche Dame.«

»Falls er bislang nichts geahnt hat, wird er es nun auf jeden Fall tun«, meinte ich. »Auch wenn er nicht weiß, daß ich letzte Nacht und jetzt bei Euch bin, wird ihm meine Abwesenheit zu denken geben.«

»Warten wir's ab. Vielleicht führt uns diese Reise ans Ende des Weges, und Ihr müßt ihm nie mehr gegenübertreten.«

»Das gebe Gott!« stieß ich mit Inbrunst hervor.

Daß dieser fromme Wunsch sich nicht erfüllen würde, daß mir noch unheilvolle Begegnungen mit dem Archidiakon bevorstanden, wußte ich nicht, als ich an jenem Tag einen Blick über die Schulter warf. Paris war nur noch ein unförmiger grauer Fleck, der mit dem trüben Himmel verschmolz. Der Nebel verwischte alle Konturen, selbst die der heimlichen Herrscherin über die Stadt, der Kathedrale von Notre-Dame.

Gegen Mittag rissen die Wolken auf. Leuchtende Sonnenstrahlen kitzelten die Baumspitzen der ausgedehnten Wälder. Aus den unwirtlichen Sümpfen stiegen Dunstschwaden in die Höhe, wie in dem Bestreben, die Löcher in der Wolkendecke wieder zu schließen. Wir fanden eine Lichtung zum Lagern und konnten dank des trockenen Holzes, das wir in unter den Wagenkästen aufgespannten Tüchern mitführten, ein wärmendes Feuer entfachen. Colette rührte eine kräftige Brühe aus Fleisch und Kräutern an. Daß die Wahrhaft Reinen Fleisch aßen, zeigte mir, daß sie die Gebote ihres Glaubens nicht unbedingt strenger beachteten als ein Großteil der Christen die des Heiligen Stuhls. Villon hätte wohl gesagt, wer gut kämpfen wolle, müsse auch gut speisen.

Der Falbe und die Maultiere fanden auf der üppigen Wiese genügend Nahrung. Wir waren früh aufgebrochen und aßen mit dementsprechendem Appetit. Nur Leonardo rührte lustlos in seiner Brühe herum, bis Villon ihn nach dem Grund fragte.

Der Italiener zeigte mit dem Holzlöffel auf sein grasendes Pferd. »Mit dem Hengst wäre ich schon doppelt so weit, mindestens. Ein guter Reiter mit einem guten Pferd könnte in zwei, drei Tagen in Plessis sein. Mit den schweren Wagen haben wir Glück, wenn wir es rechtzeitig zum Maifest schaffen.«

»Aber mit den Wagen fallen wir nicht auf«, widersprach Villon. »Aus allen Himmelsrichtungen kommen die Händler zum Maimarkt.«

»Dafür könnte sich ein Reiter im verborgenen halten.«

»Und was würde der Reiter tun, wenn er in Plessis angelangt ist? Den König warnen?«

»Warum nicht?«

Wieder stieß Villon sein ungesundes Lachen aus. »Verzeiht mir, Leonardo, Ihr seid sicher schon weit herumgekommen, aber des Königs Schloß in den Wäldern von Plessis habt Ihr gewiß noch nicht gesehen. Sonst wüßtet Ihr, daß niemand, der nicht in der Gunst Ludwigs oder seiner engsten Vertrauten steht, zu ihm vordringen kann. Schon gar nicht ein junger italienischer Gelehrter mit der obskuren Botschaft, in einer Pariser Falschmünzerwerkstatt habe ein Kopist aus Sablé von einem Anschlag auf den König gehört.«

»Und wie soll es dann uns angeblichen Händlern gelingen?«

»Ich weiß es nicht«, gab Villon zu. »Noch nicht. Aber ich habe eine vage Idee.«

»Was ist mit Claude Frollo?« bohrte Leonardo weiter. »Unsere Abwesenheit läßt ihm in Paris freie Hand.«

»Plessis ist derzeit wichtiger, und wir haben vertrauenswürdige Leute in Paris. Auch dürft Ihr Mathias und seine Ägypter nicht vergessen. Ich habe dem Herzog eine Nachricht gesandt, daß er für die nächste Zeit nicht auf mich zählen kann. Er wird Frollo schon auf die Finger sehen.«

Atalante meldete sich zu Wort: »Warum nehmen wir die Gefahr, in das *castello* einzudringen, überhaupt auf uns? Ist König Ludwig unser Freund?«

»Wenn mein Verdacht, wie der Anschlag erfolgen soll, richtig ist, müssen wir gar nicht ins Schloß eindringen«, antwortete Villon. »Was Ludwig betrifft, so mag er nicht unser Freund sein. Aber wenn die Dragowiten ihn aus dem Weg räumen, tun sie es gewiß nicht ohne Grund. Der Dauphin Karl ist noch jung, und bis er als neuer Herrscher fest im Sattel sitzt, haben die Dragowiten freies Spiel. Wie sagte doch Claude Frollos Bruder?«

Sein Blick ruhte auf mir, und ich antwortete: »Die Spinne von Plessis wird zu neugierig. Sie scheint zu ahnen, daß nicht alle in ihrer engsten Umgebung ihr Vertrauen verdienen. Der große Umzug ist die beste Gelegenheit, ihr den Kopf abzuschlagen.«

»Da hört Ihr's«, fuhr Villon fort. »Wenn die Große Spinne stirbt, zerfällt ihr kunstvoll geknüpftes Netz, und das Ungeziefer macht sich breit. Falls Coictier der Großmeister ist, wie wir vermuten, könnte es ihm als einflußreichem Ratgeber des Königs gelingen, die Macht an sich zu reißen, bis die Ananke herbeigeführt ist. Und dann bedarf es keiner Könige mehr, weil es nichts mehr zu regieren gibt!«

Kapitel 2

Colette

Am Abend des dritten Reisetags lagerten wir hinter Chartres. Villon hatte Leonardos Vorschlag, eine Herberge in der Stadt aufzusuchen, abgelehnt und uns zielstrebig in ein kleines Tal nahe dem Fluß Eure geführt, in dem außer uns keine Menschen zu finden waren, dafür aber ein beeindruckendes Bauwerk aus großen Steinen, von der Art, wie sie unseren heidnischen Vorfahren als Tempel diente. Villon zeigte auf eine felsige Anhöhe jenseits des Steinkreises. »Dort gibt es zahlreiche Höhlen, die uns ein trockenes und sicheres Nachtlager bieten.«

In meiner Hoffnung, Colette auf der Reise näherzukommen, sah ich mich schwer getäuscht. Mutwillig schien sie sich von mir fernzuhalten, war mit Arbeit beschäftigt, wenn ich ausruhte, und legte sich zur Ruhe, wenn ich arbeitete. Begegnete mein Blick dem ihren, schlug sie die Augen nieder, fast so, als schäme sie sich.

Im Schatten des uralten Heiligtums stärkten wir uns. Nach dem Abendmahl, das aus Maisfladen und einem von Leonardo erlegten Hasen bestand, ging Colette zu einem kleinen Weiher, der hinter der Anhöhe lag. Vermutlich sprudelte irgendwo zwischen den Felsen eine Quelle, deren Wasser sich in dem Weiher sammelte, bevor es unterirdisch zum Eure abfloß. Ich tat, als sähe ich mir die Gegend an, und drückte mich ins Gebüsch, als Villon und die Italiener nicht zu mir hersahen.

Der Weiher war von einem Wall aus Schilf und Rohrkolben umgeben, der das Wasser und Colette vor meinen Blikken verbarg. Die hereinbrechende Dämmerung tat ein übriges. Erst als ich mich durch das Heer aus hohen Stengeln und Gräsern gekämpft hatte, glaubte ich, Colette auf einem Felsen am Rande des Gewässers zu sehen. Doch dann erkannte ich, daß dort nur ihre Kleider lagen. Sie selbst stand bis zum Hals im Wasser und wusch sich. Meine Augen weiteten sich, und mein Mund wurde trocken. Auch wenn ich nur ihren Kopf und ihren Hals sah, der Gedanke an ihren nackten Leib, der von dem blaugrünen Wasser umspielt wurde, ließ mein Herz rasen.

Colette schien mich nicht zu bemerken, so sehr war sie mit ihrem Bad beschäftigt. Es mußte ihr ein so ungeheures Vergnügen bereiten, daß sie gar nicht mehr aus dem Wasser kommen wollte. Aber als sie mir ihr Gesicht zuwandte – ich trat sofort einen Schritt zurück ins Schilf –, sah ich ihre verzerrten Züge. Als bereite das Wasser ihr Schmerzen, mehr noch, innere Qualen!

Endlich, als die Nacht schon näher war denn der Tag, schritt Colette langsam, wie in geistiger Entrückung, ans Ufer. Natürlich war es ungehörig, daß ich sie aus meinem Versteck im Dickicht beobachtete, aber ihre Schönheit zog mich unwiderstehlich in ihren Bann. An ihrem jugendlich straffen Leib, der im zarten Rosa eines sommerlichen Sonnenuntergangs glänzte, perlte das Wasser wie Tau im frischen Morgen auf dem Gras. Was hätte ich dafür gegeben, ein Tropfen aus dem Teich zu sein, mich für immer an die samtige Haut Colettes zu schmiegen!

Der helle Flaum, der das verheißungsvolle Dreieck zwischen ihren Schenkeln bedeckte, glitzerte feucht und verführerisch. Als sie sich nach vorn beugte, um ihr nasses Haar auszuwringen, leuchteten ihre spitzen Brüste im letzten Abendrot wie Früchte vom verbotenen Baum des Paradieses. Ich wünschte mir nichts sehnlicher, als diese Früchte zu pflücken, mit Colette zu verschmelzen, sie zu lieben und zu begehren, sie vor allem Übel und aller Traurigkeit zu bewahren.

Sie trocknete sich mit einem Tuch ab, zog sich an und rief: »Ich bin fertig, Armand, Ihr könnt rauskommen!«

Daß Colette mein ungehöriges Benehmen bemerkt hatte, traf mich wie ein Schlag. Von tiefem Schamgefühl erfüllt, verließ ich das Dickicht.

»Hat Euch gefallen, was Ihr gesehen habt?«

Ihre Frage erschreckte mich. Kein Spott, keine Verärgerung und nicht der Hauch eines Vorwurfs hatte in ihren Worten gelegen. Und gerade das verstand ich nicht. Oder ich wollte es nicht verstehen. Denn die einzig denkbare Erklärung schien die, daß ich ihr so gleichgültig war wie ein Stein oder ein Schilfrohr.

»Es hat mir gefallen, denn Ihr gefallt mir«, sagte ich schließlich und überlegte, wie ich mich für mein Verhalten angemessen entschuldigen sollte.

»Wollt Ihr mich?« fragte Colette und brachte das wacklige Gebäude einer gerade mühsam zurechtgelegten Entschuldigung zum Einsturz.

»Ich … Euch? Äh, wie …« Ich stammelte wie der größte Narr, aber wer hätte das an meiner Stelle nicht getan? Tausend Worte schwirrten mir durch den Kopf, doch kein einziges wollte über meine Lippen kommen.

»Begehrt Ihr mich?«

»Ja!« stieß ich inbrünstig hervor.

»Also wollt Ihr mich nehmen, nicht wahr?« Sie zeigte auf den Felsen unter ihren nackten Füßen. »Gleich hier?«

Immer noch sprach sie ohne jede Anteilnahme, und ihr Gesicht war reglos, wie tot. Ich wußte nicht, was ich antworten sollte. Natürlich begehrte ich sie, ich hatte es ihr gesagt. Aber die Art, wie sie sprach, die Kälte, die von ihr ausging, brachte die Flamme der Leidenschaft zum Erlöschen.

»Wenn Ihr mich jetzt nehmt, habt Ihr's hinter Euch und könnt Euch anderen Frauen zuwenden. Dann wißt Ihr, wie es mit der kleinen Colette ist.«

Das war genug. Ich packte sie bei den Schultern, schüttelte sie, stieß einen reichlich groben Fluch aus und knurrte: »Bei allen Heiligen, ich liebe Euch, nicht irgendwelche anderen Frauen. Und wenn Ihr auch etwas für mich empfindet, dann will ich das Lager mit Euch teilen. Sonst nicht!«

»Aber ich gehöre zu den Guten Leuten. Ihr wart dabei, als ich das Vaterunser empfing. Um meine Seele zu reinigen, muß ich auf die Gelüste des Fleisches verzichten.«

»Aha. Und deshalb bietet Ihr Euch hier an wie ein Ferkel auf dem Schweinemarkt!«

»Ich will Euch nur das geben, was alle Männer wollen.« Nach einer kurzen Pause fuhr sie leiser fort: »Was andere sich schon genommen haben.«

»Was wollt Ihr damit sagen, Colette?«

Sie setzte sich auf den Felsen und blickte zu mir auf, wirkte plötzlich wie ein scheues, verängstigtes Kind. »Ich habe Euch berichtet, wie mein Vater von den falschen Scharwächtern entführt wurde und daß ich ihnen entkam. Aber ich habe Euch nicht erzählt, *wie* ich ihnen entkommen konnte. Denn sie nahmen nicht nur meinen Vater gefangen, auch ich fiel in ihre Hände. Einige von ihnen brachten meinen Vater fort, mich aber schleppten sie in einen alten Schuppen und da ...«

Ihre Stimme versagte. Sollte ich froh darüber sein? Wenn sie noch Gefühle besaß, mochte sie auch für mich etwas empfinden können. Aber nach dem, was sie mir erzählt hatte, konnte ich keine Freude spüren.

»Ich weiß nicht, wie lange es dauerte«, fuhr sie schließlich fort. »Es müssen Stunden gewesen sein. Und ich kenne keine Worte für all das, was sie mit mir taten. Bis dahin wußte ich nicht, daß so etwas überhaupt möglich ist. Einer von ihnen holte ein paar Kürbisflaschen Wein, und sie betranken sich, wurden müde, schliefen ein. Da lief ich davon und stürzte mich in die Seine. Ob ich mich töten oder den Schmutz dieser Männer abwaschen wollte, weiß ich nicht mehr. Zwei Laienbrüder der Zölestiner zogen mich aus dem Wasser und brachten mich ins Hôtel-Dieu. Später führte mich einer der Zölestiner zum Bischof.«

»Zum Bischof?«

»Zu Maître Villon.«

»War dieser Zölestiner vielleicht Maître Avrillot? Und sorgte im Hôtel-Dieu Schwester Victoire für Euch?«

Sie nickte.

»Die Dragowiten, zu denen auch der von unserem geheimnisvollen Bogenschützen getötete Zölestiner Overt gehörte, hatten wohl seit längerem Verdacht gegen die beiden geschöpft«, mutmaßte ich. »Die dragowitischen Spione müssen mich am Dreikönigsmorgen zusammen mit Avrillot vor Notre-Dame gesehen haben. Als Schwester Victoire mich dann pflegte, wurde ihr das zum Verhängnis. Mag sie auch eine einfache Seele gewesen sein, Avrillot muß ihr vertraut und sie in gewisse Zusammenhänge eingeweiht haben. Immerhin kannte sie den Ouroboros.« Mit Schaudern dachte ich an den geringelten Drachen, den die Sterbende mit ihrem Blut gezeichnet hatte.

Nachdenkliches Schweigen legte sich über uns, bis Colette leise sagte: »Jetzt kennt Ihr meine Geschichte, Armand, und wißt, daß ich besudelt bin, keine Frau für einen ehrbaren Mann.«

»Euch trifft keine Schuld. Was Ihr mir erzählt habt, ändert nichts an meinen Gefühlen für Euch, Colette!«

Wie gern hätte ich ihr das bewiesen, indem ich sie an mich zog, meine Arme um sie legte, ihr Wärme und Geborgenheit schenkte, doch eine unsichtbare Wand trennte uns. So schien es mir, als ich sie ansah. Die Knie angezogen, die

Arme um die Beine geschlungen, hockte Colette auf dem Felsen und starrte sehnsüchtig hinaus auf den Weiher, der jetzt, da die Sonne versunken war, düster und unheimlich vor uns lag wie ein Schlund der Hölle.

»Wenn Ihr mich trotzdem liebt, ehrt mich das«, sagte sie leise. »Aber ich habe meine Entscheidung getroffen, als ich Maître Villon um das Vaterunser bat. Nie wieder will ich zulassen, daß ein Mann mich besudelt!«

»Dann habt Ihr Euch den Katharern nicht aus Überzeugung angeschlossen. Es war eine Flucht. Vielleicht geschah es auch aus Dankbarkeit, weil sie Euch aufnahmen.«

»Kann man nicht aus Überzeugung dankbar sein, aus Überzeugung fliehen?« Sie stand auf, legte eine Hand auf meinen Arm und sah mir in die Augen. »Verzeiht mir, Armand, aber für uns gibt es keine Zukunft. Wenn ich Euch durch Blicke oder Gesten Hoffnung gemacht habe, tut es mir leid. Während ich verwundet ans Lager gefesselt war, hatte ich viel Zeit, über alles nachzudenken. Mein Entschluß, nie wieder einem Mann zu gehören, steht unverrückbar fest.«

In mir wurde der Drang, sie zu umarmen, übermächtig. Aber viel zu schnell löste sie sich von mir und tauchte mit leisem Rascheln in das Dickicht ein, das sie verschluckte. Noch lange saß ich am Wasser und dachte über Colette nach. Ich war ihr zu dem Weiher gefolgt, um ihre Liebe zu finden. Als ich irgendwann zurück zum Lager ging, hatte ich sie verloren.

Kapitel 3

Das Nest der Großen Spinne

Voilà, Plessis-les-Tours! Auch Le-Plessis-du-Parc genannt, weil des Königs Jagdgelände mit wilden Tieren aus allen Teilen der Welt ganz in der Nähe liegt. Seht euch nur die Mauern an, die Gräben, die Zinnen, die Türme! Sagt selbst, ist es nicht ein würdiges Nest, in das sich die Große Spinne verkrochen hat?«

Sprach François Villon mit offener Bewunderung, oder hörte ich heimlichen Spott in seinen Worten? Wie auch immer, jetzt endlich wußte ich, weshalb er uns auf verschlungenen Wegen durch einen dichten, scheinbar endlosen Wald geführt hatte, statt den direkten Weg zur Ortschaft Plessis-les-Tours zu nehmen. Wir hatten keine Zeit zu verlieren. Wir schrieben den letzten Tag des Monats April, und wenn die Sonne versank, begann die Walpurgisnacht. Doch der Anblick, der sich vor unseren Wagen ausbreitete, rechtfertigte den Umweg.

Dicht vor uns endete der Wald wie von einem Riesen mit dem Messer abgeschnitten. Das kahle Land wuchs zu einem sanften Hügel an, auf dem das Schloß des Königs stand. Trotz des milden Sonnenscheins, der die Touraine in frühlingshaftes Licht tauchte, muteten die Schloßanlagen düster an, so als verschluckten sie jeden Lichtstrahl.

Leonardo nickte anerkennend. »Die Befestigung liegt zwar nicht besonders hoch, aber man hat ein freies Schußfeld. Niemand kann sich ungesehen nähern.«

»Wer es dennoch wagt, dem wird's schlecht bekommen«,

ergänzte Villon. »Vierhundert Schützen bewachen das Schloß, die besten, über die Ludwig verfügt, seine Leibgarde.«

»Die Schotten?«

»Ja, Leonardo, die schottischen Bogenschützen, die Ludwig treuer ergeben sind als so mancher Franzose. Sie stehen auf den Mauern und Türmen. Des Nachts wachen vierzig Armbruster am Graben vor der äußersten Mauer, um auf alles zu schießen, was sich bewegt. Und wer doch unbefugt ins Schloß gelangt, sollte sich vor den Drehtürmen in acht nehmen.«

»Was ist das?« fragte Tommaso, den jede Art von Mechanik fesselte.

»Schaut genau hin, dann seht Ihr es in der Sonne glitzern, Freund Tommaso. An den vier Ecken des Hofes, um den sich die Wohngebäude reihen, erheben sich eiserne Wachtürme, die sich in beide Richtungen drehen lassen, damit die Schützen in den Türmen auch jeden Winkel innerhalb der Schloßmauern ständig im Visier haben. Es ist also nicht ratsam, ungebeten in das Schloß einzudringen.«

Ganz abgesehen davon hielt ich es für ausgeschlossen, daß jemand das vollbringen konnte. Hinter dem Graben, den wir wegen des aufgeschütteten Walls von unserer Warte aus nicht sehen und dessen Tiefe wir daher nicht ermessen konnten, zog sich eine dreifache Verteidigungsmauer um das Schloß. Die äußerste Mauer war die niedrigste, die innerste die höchste, so daß ein Feind, der eine Mauer erstürmt hatte, von der nächsten aus bequem unter Beschuß genommen werden konnte. Zu diesem Zweck waren Schwalbennester in die Außenseiten der Mauern gebaut: kleine, durch Stein und Eisen geschützte Ausgucke für die Schützen, die dort vor feindlichen Geschossen sicher waren.

Villon, der sich erstaunlich gut auskannte, erklärte, daß sich zwischen den Mauern weitere Gräben befanden, die allesamt aus dem Fluß Cher gespeist wurden. »Und wer das erste Tor durchschritten hat, gelangt nicht geradewegs zum Schloß. Die weiteren Tore sind räumlich versetzt, so daß jeder Eindringling heftigen Beschuß aushalten muß, bis er das nächste erreicht. Wenn ihr euch die Wälle anseht, werdet ihr das Aufblinken der Eisenpalisaden bemerken, die auf ihnen errichtet sind. Jede einzelne Pfahlspitze teilt sich in viele scharfe Enden. Wer da rüberklettern will, schlitzt sich ruckzuck den Wanst auf.«

»Das ist kein Schloß«, entfuhr es mir, »das ist ein riesiger Kerker.«

Villon lächelte. »Das haben schon andere festgestellt, und so mancher mit innerer Befriedigung. Ludwig hat viele Menschen in seinen Kerkern und Käfigen eingesperrt. Man sagt, es sei nur gerecht, daß ihn im Alter die Angst packt und er sich selbst einsperrt.«

»Aber wovor hat er Angst?« fragte Leonardo. »Gevatter Tod läßt sich von Mauern, Gräben und Bogenschützen nicht abhalten.«

»Gegen diesen Feind hält Ludwig sich Ärzte und heilige Männer oder solche, die sich dafür ausgeben. Im September letzten Jahres hat er sich hier verschanzt, so als habe ihn etwas zu Tode erschreckt.«

»Zu jenem Zeitpunkt habt Ihr uns nach Paris gerufen«, sagte Leonardo, »weil die Unternehmungen der Dragowiten bedrohlich wurden.«

»Ganz recht«, bestätigte Villon. »Und Ludwig ist, so kann man sagen, aus Paris geflohen.«

Colette sah ihn fragend an. »Vor den Dragowiten?«

»Wir können es nur vermuten. Immerhin bedrohen sie ihn jetzt mit dem Tod.«

Leonardo drehte sich im Sattel und spähte in den Wald. »Auch eine Spinne verläßt einmal ihr Nest. Wenn Ludwig hier durch muß, bieten die Wälder einer ganzen Armee von

Attentätern Schutz. Da können ihm auch seine Schützen nicht helfen.«

»Hier verstecken sich gewiß keine Attentäter«, sagte Villon mit Bestimmtheit.

Leonardo hob die Brauen. »Wie könnt Ihr da so sicher sein?«

Villon nahm ein totes Huhn, das wir gestern auf einem Bauernhof erstanden hatten, aus dem Wagen und trat in den Wald. Mir fiel auf, daß er vorsichtig einen Fuß vor den anderen setzte wie ein Kranker oder wie jemand, der sich fürchtet. Er sah sich nach allen Seiten um, und dann schleuderte er mit einem Ruck das Huhn von sich fort. Als es den Waldboden berührte, fiel ein Netz aus einer Baumkrone über das Tier. Ein lautes Klacken ertönte, dann ein Sirren, und aus einem Holundergebüsch schoß ein Pfeil hervor, fuhr durch das Huhn und nagelte es am Boden fest.

»Der ganze Wald steckt voller Schlingen, Fallgruben, Fußangeln und tödlicher Mechanismen«, erklärte Villon. »Die Leute aus dem Dorf nennen ihn den Todeswald.«

»Was mir nicht unzutreffend scheint«, bemerkte Atalante mit einem Blick auf das durchbohrte Huhn, dessen einziges Glück es gewesen war, nicht zweimal sterben zu können.

Leonardo sah nachdenklich zu den düsteren Mauern hinüber. »Niemand kann sich ganz und gar vor Attentätern schützen, nicht einmal die Große Spinne. In jeder Mauer gibt es Lücken – und wenn keine Lücken, dann brüchige Stellen. Das gilt auch für Ludwigs vielfachen Verteidigungsring. Er ist dann nutzlos, wenn der Feind die Wälle weder im Sturm erobern noch heimlich überwinden muß.«

»Wie soll er dann hineingelangen?« wollte Colette wissen.

»Er muß nicht hineingelangen, wenn er schon drin ist.«

»Seine eigenen Wachen?« fragte Colette weiter. Sie schien nicht zu bemerken, daß ich sie sehnsüchtig ansah.

»Nicht die Schotten, die gewiß nicht«, sagte Villon so entschieden, als sei es das elfte Gebot. »Sie erachten es als eine Ehre, für Ludwig zu kämpfen und zu sterben, eine gutbezahlte dazu. Und keiner von ihnen kann persönlich etwas gegen den König haben. Von keinem schmachtet Bruder oder Vater in Ludwigs Kerkern. Er weiß sehr wohl, warum er seine Garde aus einem fernen Land holt. Auch englische Ränke gegen Ludwig lassen die Schotten unbeeindruckt, sind doch die Goddams ihre Erbfeinde. Die Engländer haben den Schotten das Blut ausgesaugt, haben aus angesehenen Männern von Adel Bettler gemacht. Indem Ludwig die Highlander gut bezahlt, gibt er ihnen Ehre und Wohlstand zurück.«

»Bleiben die Beamten am Hof«, warf Leonardo ein.

»Nur die wichtigsten Bediensteten verbringen die Nacht im Schloß. Die anderen wohnen im Dorf und werden jeden Morgen, beim Öffnen der Tore, nach Waffen durchsucht.«

»Adlige?« versuchte Leonardo es noch einmal.

Villon schüttelte den Kopf. »Die Menschen, die Ludwig über Nacht bei sich duldet, sind keine, die ihm Anrechte auf Ländereien neiden. Des Nachts verbleibt in seiner Nähe nur der Gossenadel, den er selbst groß gemacht hat und der seine Vorrechte nur genießt, solange Ludwig lebt.«

»Der Gossenadel?« wiederholte ich verständnislos.

»So nennen die wahrhaft Blaublütigen verächtlich seine Günstlinge, die Ratgeber, denen er als einzigen Menschen vertraut, allen voran Maître Jacques Coictier. Aber noch andere gehören dazu. Da ist zum Beispiel Maître Olivier le Daim, der Barbier und Erste Kammerdiener des Königs, den sie auch le Diable nennen.«

»Den Teufel?« Ich sah Villon ungläubig an. »Der Teufel ist ein Barbier?«

Villon hustete, aber es sollte wohl ein Lachen sein. »Ja, so sagen manche. Vom Barbier stieg er auf zu einem der wichtigsten Ratgeber und zum Gesandten des Königs in heiklen Missionen. Es heißt, Maître Olivier geht dabei mit der Durchtriebenheit des Teufels zu Werke. Le Diable soll sogar sein eigentlicher Name sein. Es spricht für Ludwigs Gewitztheit, daß er seinen Barbier zum Schloßherrn, Forstmeister und Brückenhauptmann ernannt hat. Wer so viele Vorrechte erlangt, wird kaum geneigt sein, das Messer bei der Rasur ein wenig zu tief anzusetzen.«

»Wer gehört noch zu des Königs Ratgebern?« erkundigte sich Leonardo. »Sein Schuster und sein Kesselflicker?«

»Ganz so schlimm ist es nicht. Tristan l'Hermite, der königliche Generalprofos, wäre noch zu nennen. Er ist nicht nur der Vollstrecker des Königs, sondern auch sein Auge und sein Ohr. Man nennt Maître Tristan ungemein scharfsinnig, er soll einem Mann bis auf die Seele blicken können. Jedenfalls soll er bislang noch alle Feinde des Königs gehenkt haben, und im Zweifelsfall lieber ein paar zuviel als zuwenig.«

»Ein Quacksalber, ein Barbier und ein Henker also.« Leonardo stieß ein verächtliches Schnauben aus. »Da fehlt nur noch ein Vaterlandsverräter.«

Villon sah ihn erstaunt an. »Kennt Ihr Euch bei Hof etwa aus, Bruder Leonardo?«

»Wieso?«

»Weil Ihr Philippe de Commynes nicht besser hättet beschreiben können. Er war ein Gefolgsmann Karls des Kühnen, bis er vor elf Jahren die Seiten wechselte und in Ludwigs Dienste trat. Unserem guten König allerdings soll er treu ergeben sein. Er ist Seneschall von Poitou und Leiter des königlichen Nachrichtendienstes. Was Tristan entgehen mag, den Spionen de Commynes' entgeht es kaum.«

»Na wunderbar«, seufzte Leonardo. »Wenn der König von solch trefflichen Beratern umgeben ist, weshalb unternehmen wir dann die weite Reise in die Touraine?«

»Vergeßt nicht, daß wir einen dieser Berater für den Großmeister der Dragowiten halten. Damit ist für Ludwig der schlimmste Fall eingetreten: Sein Feind hat alle Sicherheitsschranken überwunden!«

»Aber wenn der Quacksalber im Schloß etwas gegen Ludwig unternimmt, werden die vierhundert Schotten ihn vernichten.«

»Deshalb muß Coictier den Anschlag außerhalb der Schloßmauern verüben, und zwar so, daß niemand ihn verdächtigt. Die beste Gelegenheit dazu hat er nach Sonnenuntergang – in der Walpurgisnacht!«

KAPITEL 4

Walpurgisnacht

Die Masken werden nicht nur die Bauern verbergen, sondern auch die Vollstrecker. Dieser Satz, den Jehan Frollo zu Maître Gaspard Glaire gesagt hatte, ließ mich nicht los. Er wirbelte in meinem Kopf herum wie rings um mich her die Hexen und Dämonen mit ihren gräßlichen Fratzen und ihrem schauerlichen Gesang. Die Nacht des Bösen war angebrochen. Es war die Nacht, die den Wesen der Finsternis, den Abgesandten Satans, den Teufelsbündern und den Verfluchten gehörte. Walpurgisnacht …

Aber nicht der Mummenschanz der Bauern und Dörfler, die in ihren Verkleidungen und Masken die Dämonen beschworen, um sie dann für den ganzen Sommer zu bannen, versetzte mich in Erregung. Es waren Jehans Ausspruch und der bevorstehende Anschlag auf König Ludwig XI.

Im Fackelschein sah ich unzählige Gestalten hüpfen und tanzen, als sei ihnen der kleine Ort viel zu beengt. Mit dem Verbergen der Gesichter hinter den Masken hatten Männer und Frauen jegliche Zurückhaltung fahrenlassen. Was Kaufmann und Bauersfrau verwehrt war, trieben Dämon und Hexe um so hemmungsloser. Paare, denen sicher nicht sämtlich der Ehesegen gespendet worden war, drängten sich in Torbögen und Hauseingänge, um der Lust zu frönen, solange sie noch gestattet war. Erst das Eintreffen des Königs würde ihrem schändlichen Treiben ein Ende bereiten und damit meiner gespannten Erwartung, auf welche Weise auch immer.

Meinen Begleitern ging es nicht anders als mir. Villon, Colette und die drei Italiener standen neben mir bei unseren Wagen und suchten mit angestrengten Blicken den Dorfplatz ab, um einen Hinweis auf die Verschwörer zu entdekken. Vergeblich. Entweder war die Maskerade der Dragowiten vollkommen, oder sie hatten von dem Anschlag auf Ludwig Abstand genommen. Es ging auf Mitternacht zu, und noch immer hatten wir keine Spur von den Attentätern entdeckt. Statt dessen übertönten nun Trompeten und Posaunen feierlich die ausgelassene Musik der Spielleute, und Villon sagte düster: »Der König kommt!«

Als erstes preschte ein Trupp bewaffneter Reiter auf den Dorfplatz und hieb mit Stöcken eine Lücke in das Dämonengewimmel. Ein Offizier rief laut Befehle, und die Reiter bildeten zwei Reihen, zwischen denen eine breite Gasse für den König frei blieb. Das keifende Protestgeschrei der so unsanft verdrängten Nachtwesen schien die Reisigen nicht im mindesten zu stören. Ungerührt, die kantigen Gesichter starr und ernst, saßen sie auf ihren prächtigen Pferden.

»Das sind die Schotten!« sagte Villon mit unverhohlener Anerkennung. »Hätte Ludwig es befohlen, hätten sie auch mit Schwertern auf das Volk eingeschlagen.«

Die Menge beruhigte sich beim Einmarsch des Königs. Vorneweg marschierten Bannerträger und Bläser in farbenfrohen Gewändern. Dann kam eine achtzig Mann starke Abteilung schottischer Schützen, zu je einem Viertel mit Hellebarden, Arkebusen, Armbrüsten und den herkömmlichen Langbogen bewaffnet. Der König selbst trug ein wadenlanges Prunkgewand aus scharlachrotem Satin und ritt einen Schimmel, wie man ihn sich weißer nicht vorzustellen vermochte. Rot und Weiß waren die königlichen Farben. Der reich bestickte rote Rock leuchtete weithin, als biete der König sich freiwillig als Zielscheibe dar.

So auffällig sein Aufzug auch war, sein Gesicht lag im

Schatten einer Kapuze und eines großen, ebenfalls roten Hutes, so daß mir nur die Erinnerung an meine Begegnung mit ›Gevatter Tourangeau‹ auf den Türmen von Notre-Dame blieb. Weiße Straußenfedern auf dem Hut tanzten bei jedem Nicken, mit dem Ludwig sich für die Hoch- und Willkommensrufe bedankte. Das rüde Vorgehen der Reisigen war bereits vergessen. Das Volk der Touraine hatte, wie das Volk überall in der Welt, ein kurzes Gedächtnis, aber leuchtende Augen für den Pomp der Macht.

Den Abschluß des Zugs bildeten des Königs Dienstboten. Sie halfen ihm vor einer hölzernen Tribüne beim Absteigen. Ludwig nahm auf einem gepolsterten Sessel oben auf der Tribüne Platz, zu deren Seiten Fackelträger aufmarschierten. Im flackernden Licht war der König deutlich zu sehen, für seine jubelnden Bewunderer ebenso wie für die geheimnisvollen Attentäter, von denen noch immer nichts zu entdecken war.

»Wir sollten uns aufteilen«, schlug Villon vor. »Colette und ich klettern auf die Wagen, um von hier aus den Marktplatz zu überblicken. Ihr anderen geht möglichst nahe an die Tribüne, um Ludwig abzuschirmen.«

Ich schob mich zusammen mit den Italienern durch das Gedränge. Daß Ludwig mich erkannte, war kaum zu befürchten. Er befand sich im hellen Licht, ich aber war nur eins von tausend Gesichtern. Zudem ging ich davon aus, daß er seine Begegnung mit dem kleinen Kopisten Armand Sauveur längst vergessen hatte.

Wir erreichten die Tribüne, als der Bürgermeister von Plessis-les-Tours, ein sehr kleiner, dafür aber um so dickerer Mann, vor den König trat und ihn begrüßte. Der Bürgermeister stellte seinem obersten Lehnsherrn die mit einem Blumenkranz und Blumengirlanden geschmückte Maienkönigin vor, wohl nicht zufällig seine eigene Tochter, was ihrer Schönheit gewisse Grenzen setzte. Trotz ihrer Jugend war auch sie von beträchtlicher Leibesfülle, und ich verstand nur zu gut, daß sie die für das Amt der Maienkönigin erforderliche Eigenschaft der Jungfräulichkeit mitbrachte. Widerwillig trat der Bürgermeister in den Hintergrund, denn das Folgende war Sache des Königs und der Maienkönigin.

»Mein Vater, mein Vater«, rief sie mit schriller Stimme den König an, daß dieser wohl Ohrensausen bekommen mußte, »horcht nur nach draußen, da heult es so laut, da bellt es und stampft, da lärmt es und brüllt hoch über den Kronen der Bäume gräulich und wild!«

Wie eine schlechte Schauspielerin, die sie ja war, blickte sie mit weit aufgerissenen Augen zu dem geschmückten Maibaum hinauf, der auf dem Marktplatz errichtet war, als sähe sie über ihm das Wilde Heer durch den Himmel ziehen. Die Musikanten spielten eine schauerliche Katzenmusik. Die Maskierten tanzten wild durcheinander und grölten und kreischten, um den Worten der Maienkönigin gehörigen Nachdruck zu verleihen.

Der König stand auf und breitete die Arme aus. Schlagartig erstarrten die Hexen und Dämonen, verstummten selbst die Musikanten. Ein Windzug ließ das rote Königsgewand flattern wie das Gefieder eines riesigen Vogels, und Ludwig selbst erschien mir wie eins der zu bannenden Schattenwesen.

Er beugte sich zu der buntgeschmückten Maid und sprach: »Mein Kind, dies ist eine böse Nacht, mein Kind, es ist die Wilde Jagd. Ein Vaterunser, drei Kreuze ans Tor, dem Herrn sei Dank, nun sind wir sicher davor. Nicht länger kann der Spuk zu uns herein, nun leg dich zu Bett, mein Kind, schlaf ein!«

Kaum hatte er ausgesprochen, hob lautes Glockengeläut an. Die Gesichter wandten sich dem Kirchturm zu, auf dem ein hölzernes Kruzifix in den blauen Nachthimmel ragte. Angeführt vom Pfarrer, der laut das Vaterunser betete, schritt eine kleine Prozession aus der Kirche. Mesner in feierlichen Gewändern schwenkten Weihrauch aus, andere trugen ein Kruzifix, ähnlich dem auf dem Kirchturm. Vor jedem Haus hielt der Umzug an, und der Pfarrer malte mit weiß leuchtender Kreide drei Kreuze an die Eingangstür. Unter Wehklagen wanden sich die Maskierten wie magenkrankes Gewürm, wobei ich nicht festzustellen vermochte, ob sie vor dem Gebet, dem strengen Blick des hölzernen Gekreuzigten oder dem beißenden Gestank des Weihrauchs, der auch meine Augen tränen machte, zurückschreckten.

Derweil faßte Ludwig sein rundliches ›Kind‹ an der Hand und führte es zu einem auf der Tribüne aufgestellten Bett, in das die Maienkönigin sich legte. Das wackelige Ding hielt ihrem Gewicht stand, und das war vielleicht das größte Wunder dieser Walpurgisnacht. Mit der Maid kamen auch die Dämonen und Hexen zur Ruhe, ihr Treiben war gebannt.

Der König sagte laut in die Runde: »Vorbei ist der Zauber, vorüber der Spuk, der Herr wird's vergelten mit Segen genug!«

Begleitet von einem ohrenbetäubenden Jaulen, zerplatzten die Sterne am Himmel. Ich fuhr zusammen, mein Atem stockte. Funken sprühend, schwebten die Überreste der geborstenen Gestirne zu Boden. Sämtliche Kometen, die Pierre Gringoire in seinem Buch verzeichnet hatte, schienen auf einmal auf die Erde zu stürzen, zum Beweis ihrer göttlichen, verheerenden Macht.

Dann entsann ich mich des Feuerwerks, das man an einer Seite des Platzes nahe der Tribüne aufgebaut hatte. Eilig entzündete der Feuerwerker die Lunten, die aus den unteren Öffnungen eiserner Rohre ragten. Kunstvoll gefertigte Vögel flatterten aus den himmelwärts gerichteten Rohren und stiegen jaulend auf. Ihr Gefieder ließ sie über den Dächern schweben, bis sie zerplatzten und ihren Funkenregen versprühten, daß es mir zeitweilig hell wie am Tag erschien. Licht und Flammen überwanden die Nacht und die Wesen der Finsternis.

Nur weil es so hell war, erspähte ich die als Dämonen Maskierten, fünf an der Zahl, die sich hinter einem Mauervorsprung erhoben und metallene Rohre, ähnlich denen des Feuerwerkers, auf die Tribüne richteten. Was sie in Händen hielten, sah aus wie eine Mischung aus einem Feuerwerksrohr und einer Arkebuse. Die Lunten brannten bereits, und endlich – zu spät? – wußte ich, auf welch perfide Weise König Ludwig sterben sollte. Die Funkenvögel des Feuerwerkers lenkten nicht nur die Menge ab, sondern auch die treuen Schotten. Vielleicht würde man alles für einen Unfall halten, für ein Mißgeschick des Feuerwerkers.

Als sei ich selbst ein aus dem Rohr schnellender Vogel, stürmte ich zur Tribüne und schrie dem König aus Leibeskräften zu, er möge sich in Deckung bringen.

Ob er mich hörte? Möglicherweise schreckte ihn nur die Bewegung seiner Wachen auf, die auf mich aufmerksam wurden und mir ihre Waffen entgegenreckten. Jedenfalls tat Ludwig einen Sprung zur Seite, und das erste Raketengeschoß verfehlte ihn, schlug in den Sessel auf der Tribüne ein. Der Donner der Explosion verschluckte jedes andere Geräusch. Der Sessel wurde vollständig zerfetzt, und der Druck der Entladung riß Ludwig von den Beinen. Wo er gerade noch gestanden hatte, schlug das zweite Geschoß ein, und wieder krachte es ohrenbetäubend. In der Tribüne klaffte ein gehöriges Loch.

Das weggesprengte Holz flog in Stücken jeder Größenordnung durch die Luft. Splitter bohrten sich in meine Haut, und anderen erging es ebenso, wie ich an dem allgemeinen Geschrei erkannte. Den König sah ich nicht mehr. War er durch das Loch in der Tribüne gefallen? Oder wurde er von der dichten Rauchwolke verborgen, die sich rasch ausbreitete und schlimmer stank als der Weihrauch?

Als das dritte Geschoß explodierte, drängte die Menge in wilder Panik von der Tribüne weg und riß mich mit sich. Den Menschen, die nicht wußten, was vor sich ging, mußte es wie Zauberei vorkommen. Die Hölle spie ihren tödlichen Atem aus, um in dieser Walpurgisnacht den Sieg über die guten Mächte zu erringen.

Auf der Tribüne erhob sich die verwirrte Maienkönigin aus ihrem Bettgestell und sah sich erschrocken um. Das vierte Geschoß schlug mitten in ihren umfänglichen Leib und zerfetzte ihn. Hätten die Menschen Zeit und Muße zum Einsammeln von Reliquien gehabt, wäre gewiß für jeden etwas Maienglück abgefallen, und wäre es auch nur eine Fingerkuppe gewesen oder ein Stück vom Gedärm.

Auch das fünfte Geschoß fand ein Opfer: den Bürgermeister, der sich zu spät entschlossen hatte, seiner Tochter zu Hilfe zu eilen. Zwar schlug die Kugel einen Klafter unter ihm ein, aber ich sah ihn taumeln und fallen. Dann schob sich eine Hausecke zwischen mich und die Tribüne.

Um genau zu sein: Ich wurde von der fliehenden Masse aus Menschen, Dämonen und Hexen um die Ecke eines großen Fachwerkhauses gedrängt und wäre weiter mitgerissen worden, hätte ich nicht beide Arme um einen Stützbalken des Vordaches geschlungen und mich nach oben gezogen. Von hier aus sah ich den Mauervorsprung, der die Attentäter verborgen hatte. Sie waren verschwunden, wahrscheinlich durch die enge Gasse geflohen, die sich gleich hinter ihrem Versteck auftat.

Eine Frau lief, den Rock gerafft, in die Gasse hinein, und mein Herz schlug schneller, als ich Colette erkannte. Von ihrem erhöhten Aussichtspunkt auf einem der Wagen hatte sie die Attentäter entdeckt und nahm jetzt die Verfolgung auf. Aber allein?

Unter wilden Flüchen lief ich über das Dach und sprang in einen Innenhof. Über eine Regentonne kletterte ich auf ein weiteres Dach, sprang abermals hinunter und landete auf allen vieren in der bewußten Gasse.

Ich rappelte mich auf und sah mich um. Die Gasse war leer, ich kam zu spät. Getrieben von der Sorge um Colette, rannte ich in die Richtung, die sie und vermutlich auch die Attentäter genommen hatten. Mein Herz klopfte, als wollte es meine Brust sprengen, und gemahnte mich daran, daß ich Colette verloren, aber nicht vergessen hatte.

Kaum ging mir dieser Gedanke durch den Kopf, da sah ich im einsamen Lichtstrahl eines erleuchteten Fensters ihr helles Haar aufleuchten. Ich rief ihren Namen.

Sie blieb stehen, wandte sich zu mir um und zeigte auf einen von Dickicht überwucherten Hügel. »Sie sind da hinauf, in den Wald!«

»Ich folge ihnen«, keuchte ich. »Benachrichtigt Ihr Villon!«

Colette schüttelte den Kopf und sah zum Dorf, wo aus allen Gassen die erschreckten Menschen ins Freie drängten. »Da komme ich jetzt nicht durch. Ich bleibe bei Euch.«

»Das will ich nicht. Es ist zu gefähr ...«

»Ich lasse Euch keine Wahl«, unterbrach sie mich mit einem zweideutigen Lächeln und lief flink die Anhöhe hinauf.

Ich tat, was die Männer zu allen Zeiten getan haben: Ich lief dem Mädchen nach. Bald umfingen uns Bäume und Büsche. Je tiefer wir in den Wald eindrangen, desto leiser wurde der Lärm des in Aufruhr geratenen Dorfes.

»In welche Richtung laufen wir eigentlich?« fragte ich, als ich Colette eingeholt hatte.

»Natürlich weg vom Dorf! Wohin sonst?«

Da stürzte sie. Mit Schrecken dachte ich an die Fallen, die König Ludwig rund um sein Schloß hatte errichten lassen.

Nur zu gut erinnerte ich mich an das durchbohrte Huhn. Aber tödliche Fallen so nahe beim Dorf?

Erleichtert stellte ich fest, daß Colette nur über eine weit aus dem Boden ragende Baumwurzel gestolpert war. Ich reichte ihr die Hand und zog sie hoch. Sie stieß einen spitzen Schrei aus und wäre eingeknickt, hätte ich sie nicht umschlungen. Ich spürte die Wärme ihres vom Laufen erhitzten Leibes, und eine Wolke ihres süßen Duftes hüllte mich ein. Im Verein mit dem schweren Waldgeruch ergab das eine betörende Mischung. Leider blieb mir keine Zeit, sie zu genießen.

»Mein Knöchel schmerzt«, stöhnte sie. »Ihr müßt die Verfolgung allein fortsetzen.«

Ich sah in die Richtung, in die wir gelaufen waren, und sagte leise: »Wohl kaum. Wozu auch auf die Jagd gehen, wenn das Wild zum Jäger kommt?«

Erst jetzt blickte Colette von ihrem schmerzenden Knöchel auf und sah, was sich mir längst enthüllt hatte. Die Männer, denen wir auf den Fersen waren, hatten den Spieß umgedreht und uns in eine Falle gelockt. Sie traten zwischen hohen Ulmen hervor und kreisten uns ein. Zwei trugen noch ihre Dämonenmasken. Nur spärlich fiel Mondlicht durch die Baumkronen, aber es genügte, um die Dolche in ihren Händen schimmern zu lassen.

»Lauft!« fuhr Colette mich an. »Rettet Euch, Armand. Noch könnt Ihr es schaffen!«

»Ohne Euch, Colette? Niemals!«

»Sehr rührend«, sagte grinsend ein vierschrötiger Mann, dessen üppiger Schnauzbart seinen Mund fast verdeckte. Mit gezücktem Dolch trat er auf uns zu. »Abélard will nicht von Héloïse lassen, und dafür muß der Dämlack schmerzhaft büßen!«

Er demonstrierte seine Kenntnis von den Leiden des armen Pierre Abélard, indem er sein Knie hochriß und in meinen Unterleib rammte. Ich schrie auf, krümmte mich und griff unwillkürlich nach der schmerzenden Stelle. Etwas Hartes, wohl sein Dolchknauf, traf meinen Hinterkopf und schickte mich zu Boden.

Rasender Schmerz kämpfte mit tauber Benommenheit um die Vorherrschaft in meinem Schädel. Halb bewußtlos lag ich auf dem duftenden Waldboden und kam erst wieder zu mir, als ich Colette schreien hörte.

Sie lehnte rücklings an einem Baum. Ihr Kleid war bis auf die Hüften heruntergestreift. Vier Männer umstanden sie und glotzten auf das nackte Fleisch ihrer Brüste. In Colettes Zügen war weder Furcht noch Scham oder Abscheu zu entdecken. Vollkommen starr stand sie an der Ulme und ließ es geschehen, daß ein Maskierter die Kleiderfetzen ganz herunterriß und auch ihren Unterleib entblößte. Nur Colettes geweitete Augen und der Schrei, den ich vernommen hatte, kündeten von dem, was in ihr vorging.

Ich wollte ihr zu Hilfe eilen, wollte aufspringen, doch ich kam nur taumelnd auf die Beine. Da fiel ein Schatten über mich, und eine knochige Faust bohrte sich in meinen Magen. Ich taumelte zurück und stürzte erneut. Über mir stand der Schnauzbärtige, der mich schon einmal zu Boden geschickt hatte.

»Kannst es nicht lassen, wie?« Drohend zeigte er mir seinen Dolch. »Bleib lieber da hocken und genieß das Schauspiel, ist gesünder für dich.«

Einer der maskierten Männer ließ seine Hose herunter und drängte sich zwischen Colettes Beine.

»Nein!« stieß ich hervor. »Nicht ... das!«

»Hätte das Vöglein gezwitschert, würde es jetzt nicht gevögelt«, kicherte der Bewaffnete. »Oder magst *du* uns ein Liedchen singen?«

Der Mann mit dem entblößten Hintern wandte den Kopf, schob die Teufelsfratze hoch und enthüllte ein kaum ansehnlicheres Gesicht. »Der Tölpel kann immer noch singen, Landry. Jetzt wollen wir unseren Spaß haben!«

Damit wandte er sich wieder Colette zu, die von den drei anderen festgehalten wurde.

»Hast recht, Ogier«, brummte der Schnauzbart. »Nach der Arbeit soll das Vergnügen zu seinem Recht ...«

Der Rest ging in einem dumpfen Stöhnen unter, als mein vorschnellender Fuß sein rechtes Schienbein traf. Den Tritt hatte ich oft angewandt, wenn die jungen Burschen von Sablé in großer Übermacht über mich herfielen. Auch jetzt zeigte er Wirkung, der stechende Schmerz lenkte Landry ab. Ich kam erneut auf die Beine und packte mit beiden Händen seinen Waffenarm. Er wollte den Dolch gegen mich führen und sich losreißen. Für einen Augenblick tat ich, als gäbe ich nach, doch ich wiegte ihn in falscher Sicherheit, um dann hart zuzustoßen. Ich rammte Landry die eigene Klinge in die Brust. Keuchend brach er zusammen und spuckte Blut.

Die anderen vier ließen von Colette ab, um sich auf mich zu stürzen. Ogier hatte seine Hose ganz vergessen, die ihn nun zu Fall brachte. Ich zog meinen eigenen Dolch und wußte doch, daß ich gegen drei Gegner unterliegen würde.

»Lauf weg, Colette! Fliiieeeh!«

Mit diesem Schrei auf den Lippen warf ich mich auf den ersten Feind, der seine Klinge mit meiner kreuzte. Ich vermochte mich nicht von ihm zu lösen, ohne seine Waffe freizugeben. So aber konnten die beiden anderen Mordgesellen ungehindert auf mich eindringen.

Schon fuhr die Klinge eines sommersprossigen Gegners auf mich zu, da sirrte aus der Dunkelheit, aus dem Nichts, ein Pfeil heran und bohrte sich geradewegs in sein Herz. Mit ungläubigem Gesichtsausdruck vollführte der Getroffene eine ungelenke Drehung, bevor er neben seinem Kumpan Landry niedersank.

Der letzte Maskierte riß sein mit grellen Farben bemaltes

Pappgesicht herunter und blickte sich nach allen Seiten um, suchte den unsichtbaren Schützen. Bis ihn ein Pfeil in den Hals traf und jeder Suche enthob.

Ogier, der seine Hose inzwischen hochgezogen hatte, und mein Gegner hatten genug. Wie gehetztes Wild flohen sie in die Dunkelheit. Ich stellte fest, daß die Pfeile ein blaues Gefieder trugen. Es überraschte mich nicht.

In Colettes starre Augen kehrte das Leben zurück. Sie löste sich von der Ulme, und ich fing sie auf. Ihr Rücken war von der Baumrinde zerkratzt. Ich hatte erwartet, daß ihre Furcht und ihre Anspannung sich in einem Weinkrampf lösen würden, doch ich hatte mich getäuscht. Sie lag einfach nur in meinen Armen und atmete schwer. Über ihre Schulter hinweg sah ich den Bogenschützen aus dem Wald treten.

Der große, stattliche Mann hatte die Dreißig überschritten, aber die Vierzig noch nicht erreicht. Er bewegte sich mit der Gewandheit eines Jünglings und zugleich mit der Gelassenheit des gereiften Mannes. Ein sorgsam gestutzter Bart umrahmte sein Gesicht, aus dem die blauen Augen selbst in der Dunkelheit leuchteten. Er trug das Lederwams eines Jägers und Hosen von flämischem Schnitt. Halbstiefel aus weichem Hirschleder vervollständigten die waidmännische Ausstattung. Auf dem Rücken hing ein lederner Pfeilköcher, an einem Schulterriemen ein großes Jagdmesser. In der Linken hielt er lässig einen großen Bogen, dessen sichere Handhabung ebensoviel Kraft wie Geschick erfordern mußte. Er trat zu den gefällten Attentätern und sah auf sie hinab.

»Meine Jagd war erfolgreich, gerade noch rechtzeitig«, sagte er mit einer angenehmen Stimme und deutlich fremdländischem Zungenschlag. »Ein gefährliches Wild, aber jetzt ist es erlegt.« Er hatte sich über die drei Männer gebeugt und sich von ihrem Ableben überzeugt.

»Ich danke Euch, Fremder«, sagte ich. »Schon zum zweitenmal habt Ihr mir das Leben gerettet.«

»Das ist wahr«, erwiderte er. »Ihr habt einen guten Schutzengel, Maître Sauveur.«

»Einen Schutzengel aus dem fernen England, wie mir scheint.«

Empörung zeichnete sich auf seinem Gesicht ab. »Monsieur, wollt Ihr mich, Euren Retter, zu Tode beleidigen?«

»Verzeiht. Also kommt Ihr aus Schottland?«

»Selbstverständlich!« Er warf sich in die Brust. »Glaubt Ihr, ein Engländer könne solch einen Bogen handhaben?« Er zeigte mir die mit allerhand Schnitzereien verzierte schwere Waffe.

Ich zuckte mit den Schultern. »Mit Schreibfedern kenne ich mich besser aus.«

»Mit dem Dolch seid Ihr auch nicht ungeschickt.«

»Ich würde mich für das Kompliment gern bedanken, wenn ich wüßte, bei wem.«

»Oh, wie nachlässig von mir.« Der Bogenschütze verneigte sich. »Ich bin Quentin Durward aus Glen-Houlakin und entstamme dem Geschlecht des Allan Durward, der einst Großsteward von Schottland war. Wenn Euch aber ein bestehender flämischer Titel mehr sagt als ein vergangener schottischer, könnt Ihr gern in mir auch den Grafen von Croye sehen.«

Ich starrte ihn an und schwieg, was an meiner Verwirrung lag. Einen schottischen Edelmann im Wams eines einfachen Jägers zu sehen mochte noch angehen. Daß sie bettelbitterarm sind, ist man schließlich von den Schotten gewöhnt. Aber ein flämischer Graf in diesem Aufzug, mochte er auch schottischer Abstammung sein? Und was hatte ihn angehalten, im Wald von Plessis Jagd auf Königsmörder zu machen?

»Euer Gesicht kündet von mehr Fragen, als Ihr an einem Abend über die Lippen bringen könntet, Maître Sauveur. Begleitet mich, und Ihr werdet die Antworten finden.«

»Wohin?«

»Zur Kapelle des heiligen Hubertus.«

»Des Jagdheiligen?«

Der Schotte beugte sich über die gefällten Männer und nahm seine Pfeile wieder an sich, nachdem er das Blut an der Kleidung der Toten abgewischt hatte. »Meint Ihr nicht, daß es eine passende Zuflucht für uns ist?«

Ich mußte lächeln und gab ihm recht. Colette brachte ihr zerfetztes Kleid notdürftig in Ordnung, so daß es wenigstens die Blößen bedeckte, dann folgten wir dem seltsamen Grafen tiefer in den Wald hinein. Zielsicher schritt er durch die Finsternis.

»Habt Ihr keine Angst vor den Fallen des Königs?« fragte ich.

»Ich kenne mich hier aus, noch aus früheren Zeiten. Und Ihr, Armand, habt Ihr keine Angst vor mir?«

»Wenn Ihr mich töten wolltet, hättet Ihr Euch nicht zweimal die Mühe gemacht, mein Leben zu erhalten.«

Er lachte kurz auf und setzte dann schweigend seinen Weg fort. Trotz meiner zuversichtlichen Worte fragte ich mich, ob er ein Mensch war oder ein Spuk, Teil der Wilden Jagd, eine Ausgeburt der Walpurgisnacht.

Kapitel 5

Bruder der Großen Spinne

Als sich der Wald zu einer von hohen Buchen und Ulmen gesäumten Lichtung öffnete, richtete eine Handvoll Bogenschützen ihre Pfeile auf uns. Die Männer trugen nicht die Rüstung der königlichen Wache, sondern ähnliche Jagdkleidung wie unser seltsamer Führer. Sobald sie den Schotten erkannten, senkten sie die Waffen und steckten die Pfeile zurück in die Köcher. Sie standen vor der Kapelle des Jagdpatrons, und ein paar Pferde weideten an einem leise plätschernden Bach. Die Wilde Jagd der heidnischen Götter schien eine Rast eingelegt und das geweihte Haus der Christenheit nur zufällig besucht zu haben.

Während Quentin Durward mit den Jägern eine kurze Unterredung hatte, die ich nicht verstand, da sie sich des Schottischen bedienten, sah ich mir die Kapelle an. Sie war nach einfachster Art errichtet und reichlich klein angesichts der hoch aufragenden Bäume, die wie riesenhafte Wächter rund um die Lichtung standen. Durch die bunten, mit Jagdszenen verzierten Fenster fiel schwacher Lichtschein nach draußen, und ich vernahm leise Stimmen, nicht lauter als das Gemurmel des Baches. An die Kapelle schloß sich eine Holzhütte an, die arg verfallen war.

»Hier wohnte einst ein Einsiedler, der das Priesteramt in der Hubertuskapelle versah«, erklärte Durward und stieß einen tiefen Seufzer aus. »Aber das ist lange her, eine Erinnerung an eine ferne, wenn auch nicht bessere Zeit. Treten wir ein, man erwartet uns bereits.«

Über dem bogenförmigen Eingang prangte in einer Nische das Bild von Sankt Hubertus, ein Jagdhorn um den Hals und ein Rudel Windhunde im Gefolge. Der Raum glich eher einer Jagdhütte als einem Gotteshaus. Nicht Kruzifixe und Szenen aus der Heiligen Schrift schmückten die Wände, sondern Jagdhörner, Bogen, Köcher, Saufedern und die Köpfe erlegter Hirsche, Wölfe, Bären und Eber. Anstelle von Teppichen umgaben kostbare Felle von Tieren aus allen Weltteilen den Altar.

Aber nicht die seltsame Ausschmückung der Hubertuskapelle erregte mein Erstaunen. Mein Blick streifte sie nur kurz, um dann auf den fünf Männern zu verweilen, die auf den mit Fellen ausgelegten Bänken saßen und im Schein der wenigen brennenden Wandkerzen wie Schattenwesen anmuteten. Es waren Villon, Leonardo, Atalante, Tommaso – und König Ludwig.

Daß der König den Anschlag überlebt hatte, war ein kleines Wunder. Daß von seinem schönen roten Rock wenig übriggeblieben war und die zerrupften Straußenfedern nur noch traurige Überreste des großen Hutes schmückten, verwunderte mich dagegen kaum. Die Fetzen des Prunkgewands waren mit Brandspuren übersät, und schmutziges Schwarz hatte sich auch in das Gesicht gebrannt. Das erkannte ich, als Ludwig den Kopf hob und uns ansah.

Ich erkannte noch mehr und rief: »Aber … Ihr seid gar nicht Ludwig!«

Der Mann war viel jünger als der König, etwa in Durwards Alter. Schwarzes Haar quoll unter dem Hutrest hervor. Was dem Antlitz einige Ähnlichkeit mit dem des Königs verlieh, war die vorspringende, gebogene Nase, ein wahrer Gesichtserker. Die Stirn wölbte sich nicht so weit über die Augen wie die des Königs. Aber wie Ludwig erweckte auch der Mann in Rot einen kraftvollen, befehlsgewohnten Eindruck.

»Ihr habt mich durchschaut, Monsieur.« Der Rote schenkte mir ein dünnes Lächeln. »Wäre ich Ludwig, säße niemand an dieser Stelle. Der von Euch verursachte Aufruhr hatte mir ermöglicht, mich durch einen schnellen Sprung zu retten. Bei allen Fähigkeiten, über die mein guter König Ludwig verfügt, die Schnelligkeit eines fliehenden Rehs gehört schon aus Altersgründen nicht dazu.«

»Ja, Ihr hattet Glück«, bestätigte Villon. »Weitaus mehr als der Bürgermeister und seine Tochter.«

Ich nickte. »Ich sah noch, wie sie starben, bevor die Menge mich wegschwemmte.«

»Oh, der Bürgermeister lebt«, sagte der Mann in Rot. »Aber die Teufelsgeschosse haben ihm die Beine weggerissen. Mein Dank gebührt Euch, Maître Sauveur, Ihr habt Eurem Namen Ehre erwiesen. Wie kann ich Euch dienen?«

»Vielleicht mit Eurem Namen und einer Erklärung, weshalb Ihr Euch für den König ausgebt«, erwiderte ich mißmutig. Ich war verstimmt, denn einmal mehr schienen alle außer mir – und wohl Colette – zu wissen, was gespielt wurde.

»Mein Name, natürlich. Ich bin Philippe de Commynes, der Seneschall von Poitou.«

»Der Vaterlandsver ...« rief ich aus und unterbrach mich nach einem mahnenden Wink Villons.

»So hat man mich verschiedentlich genannt«, sagte der Rote, ohne im mindesten beleidigt zu wirken. »Aber es gibt viele Gründe, die Seiten zu wechseln, schlechte und gute, ehrlose und ehrenhafte. Ich tat es, weil mir ein Einfluß der Reinen auf König Ludwig erfolgversprechender erschien als ein weiterer Dienst bei Karl dem Kühnen. Die Geschichte hat das bestätigt.«

»Die Reinen?« Mein forschender Blick wanderte zwischen dem Seneschall und Villon hin und her.

»Bruder Philippe ist einer der Unseren«, erklärte mein Vater. »Bis zu dieser Nacht wußte ich es nicht.«

»Vielleicht sollten die Reinen die Verbindungen zwischen ihren einzelnen Gemeinden ausbauen«, schnaubte ich.

»Damit man uns noch leichter aufspüren und ausrotten kann?« versetzte Leonardo.

Ich erkannte meine Dummheit und wandte mich verlegen an den Schotten. »Seid Ihr etwa auch ...«

Durward wiegte den Kopf. »Ich bin ein Mann des Krieges und der Jagd, nicht des Glaubens. Sagen wir, meine Sympathien liegen auf der Seite des Seneschalls und des Königs, nicht bei dem Mordgesindel.« Er berichtete von der blutigen Begegnung im Wald und fügte hinzu: »Ich kenne die Kerle nicht. Vermutlich haben sich die Dragowiten auswärtiges Gesindel geholt, vielleicht Écorcheurs.«

Colette drängte sich vor und sah Commynes flehend an. »Monsieur Messire, wißt Ihr etwas über meinen Vater, Marc Cenaine?«

Er schüttelte den Kopf, und mit einem Seufzer der Entmutigung sank Colette auf eine Bank. Sie verbarg das Gesicht in beiden Händen, aber sie weinte auch jetzt nicht.

Wie gern hätte ich sie getröstet, aber ich wußte keinen Trost. Und es gab drängende Fragen zu klären. »Ihr habt, wie es scheint, mit dem Anschlag gerechnet«, sagte ich zu Commynes und Durward. »Aber wie konnte es Euch, Seneschall, gelingen, an Ludwigs Stelle zu treten?«

»Ganz einfach, ich kam mit seiner Billigung. Denn ich bin sein Bruder.«

»Wie?«

»Nicht sein leiblicher Bruder, aber ein Bruder im Geiste und in der Seele. Ich bin Ludwigs Mignon. Wißt Ihr, was das bedeutet?«

»Sein Vertrauter.«

»Mehr als das. Ich weiß, wie der König denkt, spricht,

sich bewegt, sich verhält. Als Ludwig vor zwei Jahren so krank darniederlag, daß er zeitweilig die Sprache verlor, teilte ich das Bett mit ihm, war ich sein Sprachrohr. Und deshalb bin ich Ludwig, wenn er sich auf eine gefährliche Mission begeben muß. Wie in dieser Nacht, in der ich einen Anschlag befürchtete und recht behielt.«

Ich wandte mich an den Schotten. »Und Ihr, Graf, gehört zur Garde des Mignons?«

Durward lachte herzhaft. »Die Bezeichnung ist mir neu, aber durchaus zutreffend. Meine Gefährten draußen und ich haben früher unseren Dienst in des Königs schottischer Garde versehen. Inzwischen sind wir mit Titeln und Lehen bedacht und in den Ruhestand versetzt worden, aber wenn der Seneschall uns ruft, sind wir zur Stelle.«

Ich fragte mich, was für heldenhafte Jugendtaten dieser Schotte vollbracht hatte, wenn er im besten Mannesalter schon den Ruhestand genoß.

Commynes sah ihn an. »Der Graf von Croye ist der Treueste, Tapferste und Geschickteste von allen. Deshalb sandte ich ihn nach Paris, wo es sich ergab, daß er dem jungen Herrn hier beistehen konnte. Seine eigentliche Mission war es, mich über die Vorgänge in der Hauptstadt zu unterrichten und über den König zu wachen, der leichtsinnigerweise auf diesen Schurken Coictier hört.«

»Coictier und der König waren bei Dom Claude Frollo«, sagte ich.

»Ich weiß.« Der Seneschall nickte. »Bruder Villon erzählte es mir. Und es sieht ganz so aus, als sei Coictier der Großmeister der Dragowiten, obwohl ich mir nicht sicher bin.«

»Wer sonst sollte es sein?« fragte ich.

»Vielleicht ein anderer aus dem Kreis der königlichen Ratgeber. Ihr habt den Großmeister belauscht, Maître Sauveur, vielleicht erkennt Ihr ihn wieder. Deshalb müßt Ihr morgen im Schloß sein, wenn ich Ludwig und seinen Beratern von dem Anschlag berichte.«

»Ich soll ins Schloß, in diese Festung? Wie sollte mir das gelingen?«

Commynes blickte mich ruhig an. »Der heilige Mann, den Ludwig aus Kalabrien kommen ließ, wird uns helfen. Ludwig erhofft sich von dem Einsiedler Linderung seiner Alterskrankheiten und eine Verlängerung seines verlöschenden Lebens. Der Heilige ist wirklich außerordentlich fromm. Er lehnte Geschenke ab, ruht im Stehen und treibt das Fasten auf die Spitze, indem er weder Fleisch noch Fisch, weder Milch noch Käse, weder Butter noch Eier zu sich nimmt.«

»Wie ungesund!« entfuhr es mir.

»In der Tat«, ergriff Commynes mit einem verständnisvollen Nicken wieder das Wort. »Aber uns wird es helfen. Um dem heiligen Mann eine Freude zu machen, läßt Ludwig regelmäßig Obst und Wurzeln ins Schloß kommen. Morgen ist die nächste Lieferung fällig. Und Ihr, Armand, werdet sie begleiten.«

Der Gedanke an die strenge Bewachung des Schlosses ließ mich erschauern, und ich seufzte: »Wenn das nur gutgeht!«

Der Seneschall lächelte wie jemand, der einem trotz eigener Zweifel Mut zusprechen will. »Das laßt nur meine Sorge sein, mein Lebensretter.«

Im Gegenzug dafür, daß ich sein Leben gerettet hatte, brachte Philippe de Commynes das meine in Gefahr. So dachte ich, als die kleine Wagenkolonne den Schutz des Waldes verließ und durch das Ödland dem Nest der Großen Spinne entgegenrumpelte. In der Nacht hatte der Plan des Seneschalls so einfach geklungen. Jetzt, im gleißenden Licht der Mittagssonne, die auf Ludwigs Festung herabbrannte, kam ich mir vor wie die Fliege, die Dom Frollo ins Netz der Spinne geschleudert hatte.

Die drei Wagen kamen aus Tours, wohin Schiffe die Nahrung für den frommen Einsiedler gebracht hatten. Im Dorf Plessis, das sich noch längst nicht von der Walpurgisnacht erholt hatte, war ich auf den mittleren Karren gestiegen, als gehöre ich zu den Fahrern. Jetzt blickte ich zu der Befestigung hinauf und hoffte, daß die Wachen mein falsches Spiel nicht durchschauten. Der König durfte nicht erfahren, daß sein Mignon ein Reiner, ein Ketzer, war. Hätte die Große Spinne das gewußt, hätte sie wohl selbst ihren Bruder im Geiste und in der Seele dem Scheiterhaufen überantwortet.

Und dann war es für jede Umkehr zu spät. Die Wagen rollten mit dumpfem Rattern über die Zugbrücke vor der äußersten Mauer, um vor dem Tor anzuhalten. Der Wachhabende löste sich aus der Reihe seiner schwerbewaffneten Schar, um nach der Parole zu fragen. Das Begleitpersonal der Kolonne war aus Commynes' Vertrauten rekrutiert, und ich hoffte sehr, daß sein Vertrauen in die Männer gerechtfertigt war.

»Im Licht der Sonne vergeht, was nicht des Königs ist«, antwortete einer der beiden Männer auf dem ersten Wagen, und der Wachhabende nickte. Auf seinen Wink hin traten Pikeniere vor und durchsuchten die Wagenkästen, um sicherzugehen, daß sich zwischen den Körben und Säcken mit Zitronen, süßen Apfelsinen, Muskatellerbirnen, Pfirsichen, Wassermelonen und Pastinaken keine Eindringlinge verbargen. Währenddessen hieß der Wachhabende uns absteigen, und die schottischen Gardisten tasteten uns nach Waffen ab.

Endlich der ersehnte Befehl des Wachhabenden: Wir durften wieder auf die Wagen klettern, und das Tor wurde geöffnet. Über weitere Zugbrücken und durch weitere Tore gelangten wir in den Schloßhof, wo sich die drehbaren Eisentürme bedrohlich über unseren Köpfe erhoben. Ich mußte mich regelrecht überwinden, vom Bock zu steigen und beim Entladen der Wagen zu helfen. Der Gedanke, daß die Schützen in den Eisentürmen jede meiner Bewegungen argwöhnisch beobachteten, drohte mich gänzlich zu lähmen. Wer mich darob für einen Feigling hält, ist nie im Nest der Großen Spinne gewesen.

Ich schleppte einen Sack Pastinaken in einen Speicherraum, als plötzlich Quentin Durward in der brokatglitzernden Kleidung eines Höflings vor mir stand. »Kommt mit, Maître Sauveur. Die Unterredung des geheimen Kronrats beginnt gleich.«

So sicher, wie er Colette und mich gestern durch den Wald geleitet hatte, führte er mich jetzt durch versteckte Gänge des Schlosses auf eine kleine Galerie, hinter deren hölzerner Brüstung wir uns niederkauerten. Durch die Ritzen in der Brüstung konnten wir den Raum unterhalb der Empore überblicken. Er war klein und schmucklos, gar nicht so, wie ich mir einen Saal im Schloß des Königs ausgemalt hatte. Der einzige Gegenstand, der wenigstens andeutungsweise königlich aussah, war ein mit kunstvollen Schnitzereien verzierter, beweglicher Schanktisch, der mit golden und silbern glänzenden Gefäßen beladen war. Er stand neben einem schlichten größeren Tisch, der für fünf Personen gedeckt war. Weiterhin fiel mir auf, daß der Raum über kein einziges Fenster verfügte. Draußen schien hell die Sonne, hier drinnen sorgte nur Lampenschein für Licht.

Einer nach dem anderen betraten fünf Männer den Raum und setzten sich an den Tisch. Dreien war ich bereits begegnet: Philippe de Commynes, Maître Jacques Coictier und Gevatter Tourangeau – der König. Er war ebenso einfach gekleidet wie bei seinem Besuch in Notre-Dame; nichts verriet seine königliche Würde. Die beiden anderen mußten Olivier le Daim und Tristan l'Hermite sein.

Letzterem glaubte ich das Handwerk des Henkers anzusehen. Sein starker Körperbau wirkte um so roher, als er nur von mittlerer Größe war. Sein Blick war so forschend, so durchdringend, wie Villon es beschrieben hatte. Nur wurde man dessen selten gewahr, weil der Profos bevorzugt nach unten sah, als befürchte er, seine Augen könnten die vorwurfsvollen Blicke der vielen Unglücklichen auffangen, denen auf seine Weisung der Kopf abgeschlagen oder das Genick gebrochen worden war.

Der Anblick des Barbiers war dagegen eine reine Freude, und ich konnte mir nicht vorstellen, warum ausgerechnet er ›le Diable‹ genannt wurde. Er war fast so groß und stattlich wie Durward, und ein gewinnendes Lächeln lag auf seinen ebenmäßigen Zügen.

Kein Page wartete auf, die hohen Herren bedienten sich selbst mit Wein, Hühnchenkeulen und Pasteten. Die Sitzung mußte wirklich geheim sein. Was wohl mit uns geschah, sollte man uns entdecken? Der sich unser dann annehmen würde, so vermutete ich, saß am Tisch des Königs und hieß Tristan l'Hermite.

Commynes ergriff das Wort und berichtete ausführlich über den Anschlag, das Treffen in der Hubertuskapelle ließ er dagegen unerwähnt.

Empört schlug Maître Coictier auf den Tisch und starrte den König an. »Sire, wenn Ihr ein Attentat vermutet habt, warum teilt Ihr es uns erst heute mit?«

Ludwig bedachte seinen Leibarzt mit einem kalten Lächeln. »Es hat genügt, daß ich meinen Mignon einweihte. Ist es Euch etwa nicht recht, daß er sich an meiner Stelle der Gefahr aussetzte, Freund Jacques? Als mein Arzt solltet Ihr erfreut sein, daß Philippe statt meiner die Blessuren davongetragen hat.«

»Bin ich ja, bin ich ja«, sagte Coictier rasch. »Nur meine ich, daß Ihr Eure Ratgeber vor einer wichtigen Unternehmung hinzuziehen solltet und nicht erst danach, Majestät.«

Maître Olivier versuchte, mit seinem warmherzigen Lächeln Frieden zu stiften. »Dies ist ein Streit über vergossene Milch. Seien wir lieber froh, daß die Attentäter mit ihren Künsten als Feuerwerker erfolgreicher waren als mit ihrem eigentlichen Vorhaben.«

»Ich will wissen, wer sie waren und wer sie geschickt hat«, knurrte Tristan l'Hermite.

»Leider sind sie entkommen«, sagte Commynes, die drei toten Meuchler mit keinem Wort erwähnend.

»Und Ihr habt keinen Hinweis, Seneschall?« forschte der Generalprofos nach.

»Leider nicht«, erwiderte Commynes.

Tristan hob den Blick; seine Augen brannten, wollten den Seneschall bis auf den tiefsten Grund durchleuchten. »Wie konntet Ihr überhaupt mit einem Anschlag rechnen? Was veranlaßte Euch, in das Gewand des Königs zu schlüpfen? Ihr müßt doch einen Hinweis gehabt haben!«

»Keinen Hinweis, nur Gerüchte. Meine Späher haben mir Flüchtigkeiten berichtet, nichtige Winzigkeiten, nimmt man jede für sich, aber ich tat, was meine Aufgabe ist, und versuchte, alles miteinander in Verbindung zu bringen. Heraus kam die Erkenntnis, daß unser König, wenn er an der Maifeier teilnähme, sein kostbares Leben aufs Spiel setzen würde.«

»Was nützt uns diese Erkenntnis, wenn wir den Feind nicht kennen?« fragte Tristan mit einer Mischung aus Trotz und Argwohn.

»Immerhin lebt König Ludwig«, bemerkte Commynes süffisant. »Ist das nichts?«

»Ich bin recht froh darüber«, sagte Ludwig mit einem

verschlagenen Lächeln. »Mutmaßen wir also nicht länger über die geheimnisvollen Attentäter, freuen wir uns lieber über den guten Ausgang des Abenteuers!«

Er hob den bronzenen Weinkelch, und alle taten es ihm nach. Für einen Mann, der noch wenige Stunden zuvor ermordet werden sollte, schien er mir sehr guter Laune zu sein. Fühlte sich die Große Spinne in ihrem Nest so sicher?

»Nun, Maître Sauveur, habt Ihr den Großmeister erkannt?« fragte Philippe de Commynes hoffnungsvoll, als wir uns um Mitternacht wieder in der Kapelle des heiligen Hubertus trafen. Nach dem königlichen Mittagsmahl hatte ich das Schloß auf demselben Weg verlassen, auf dem ich hineingelangt war: mit den nun leeren Frachtwagen.

Ich konnte dem Seneschall nur antworten, was ich schon Villon und den anderen gesagt hatte: »Als ich den Großmeister sah, war er vermummt und maskiert. Seine Stimme wurde durch die Maske gedämpft. Es tut mir leid, aber wenn der Großmeister zum Kreis der königlichen Ratgeber gehört, kann er jeder der vier Männer sein.«

Erstaunt hob Commynes die Brauen. »Der *vier*?«

»Die Maske, die er bei der Zusammenkunft der Neun trug, hätte jeden verbergen können, auch Euch, Messire.«

»Dann hätte ich Euch wohl kaum ins Schloß und wieder hinaus schmuggeln lassen.«

»Es sei denn, Ihr wolltet Euch von jeglichem Verdacht reinwaschen.«

Seine Stirn umwölkte sich. »Ihr seid sehr mißtrauisch, junger Freund. Von wem habt Ihr das?«

Kurz streifte mein Blick Villon, dann sah ich wieder den Seneschall an und sagte: »Vielleicht von meinem Vater.«

SIEBTES BUCH

Kapitel 1

Büßen und sterben

Ich stand auf der Galerie zwischen den Türmen der Kathedrale, blickte hinunter auf die Stadt und wartete auf den Tod, der Notre-Dame zur Mittagsstunde erreichen würde …

Mein eigener Vater hatte mich nach Notre-Dame zurückgesandt, in die größte Gefahr. Mochte für ihn der Tod als Erlösung gelten, ich teilte seinen Glauben nicht. Doch da die Geschehnisse in Plessis-les-Tours nicht die erhoffte Aufklärung gebracht hatten, bedurfte Villon meiner Augen und Ohren in der Kathedrale, in Dom Frollos unmittelbarer Nähe. Und wohl auch in der des Sonnensteins. Oder wie Villon es ausdrückte: »Mit jedem Tag rückt die Ananke näher, und vielleicht steht nur noch Ihr, mein Sohn Armand, zwischen der Menschheit und ihrem Verhängnis.«

Also war ich, abgerissen und angeblich ausgeraubt, vor den Archidiakon getreten und hatte ihm eine wilde Geschichte erzählt von Straßenräubern, die mich überfallen und entführt hätten. Während sie noch überlegt hätten, ob sie mich töten oder als Sklaven an die Sarazenen verkaufen sollten, sei mir nach mehreren Tagen Gefangenschaft die Flucht gelungen. Soweit das Abenteuer, das Villon und ich uns ausgedacht hatten. Was ich kaum zu hoffen gewagt hatte, geschah: Frollo schien mir nicht nur zu glauben, er ersetzte mir sogar das »geraubte« Geld. Glaubte er mir tatsächlich, oder ahnte er die Wahrheit und wollte mich in seiner Nähe haben, um mich zu beobachten?

Drei Wochen waren seit unserer Rückkehr nach Paris vergangen. Drei ereignislose, drei qualvolle Wochen für mich, und eine schlimme Zeit für la Esmeralda. Unter der Folter hatte sie alles, was man ihr vorwarf, gestanden: Zauberei, Hexerei, Teufelsanbetung, Unzucht mit Tieren und Dämonen – sogar Mord an Hauptmann Phoebus de Châteaupers. Selbst mit ihrer Ziege Djali, die natürlich zu einer Inkarnation des Teufels erklärt wurde, sollte sie verkehrt haben, weshalb man die Ziege auch gleich zum Tode verurteilte. Was übrigens keine Verwunderung auslöste, hatte man in den vergangenen Jahren doch auch einen Stein und einen Holzbalken gehenkt, weil sie, als eine Brücke zusammenbrach, hohe Kleriker erschlagen hatten.

In immer kürzeren Abständen blickte ich gen Himmel. Die Sonne kletterte höher und höher, und immer näher rückte la Esmeraldas letzte Stunde. Die Straßen und Gassen rund um den Domplatz füllten sich mit Gelächter, Geschrei und Gesang, mit Musik und Gauklern, mit Männern und Frauen. Aus meiner Warte waren sie alle nur bunte Flecke, Puppen, die einen sinnlosen Tanz aufführten. Sie begafften den Tod eines Menschen, um sich am Leben zu berauschen. Es schien mir das größte Verhängnis des Menschen zu sein, daß er stets dann auflebte, wenn es bei seinen Brüdern und Schwestern ans Sterben ging. Bekriegten die Menschen einander, um durch die Opfer auf der Gegenseite den Tod zu beschwichtigen? Wurde deshalb geschlachtet, gemordet und gehenkt? War der General nicht besser als der Galgenstrick? War der Menschen Furcht vor dem Tod ihre Ananke?

Sogar die niedrigeren Dächer wurden von der lüsternen Menge in Beschlag genommen. In seltsamem Kontrast dazu lag der menschenleere Domplatz. Längst wäre er von der wogenden Masse überspült worden, hätte nicht entlang der Absperrmauer eine dichte Kette von Wachen gestanden, mit

Piken bewaffnete Sergeanten der Elfmalzwanziger und Arkebusiere mit geladenen Büchsen. Der Eingang zum Domplatz wurde von Hellebardieren mit dem bischöflichen Wappen abgeriegelt.

Die Glocken der Kathedrale schlugen die Mittagsstunde, und ein freudiger Aufschrei ging durch die Menge. Meine Hände umkrampften das Geländer, als ich im Westen zwischen Dächern und Giebeln den Umzug erblickte, der langsam vom Justizpalast heranrückte. Dort, in der Conciergerie, hatte man la Esmeralda von ihrer Verurteilung bis zum Tag ihrer Hinrichtung gefangengehalten.

Und niemand half ihr. Nicht ihr Vater und nicht Villon. Nachdem wir in den Kerker des Justizpalastes eingedrungen waren, hatte man die Conciergerie zu einer wahren Festung ausgebaut, kaum weniger streng bewacht als das Refugium der Großen Spinne im Wald von Tours. Ein zweiter Befreiungversuch hätte unweigerlich zu gewaltigen Schlachten geführt.

Auch die böse Kupplerin aus dem Quartier Latin, die Falourdel, stand der Zigeunerin nicht bei. Im Gegenteil, die Alte hatte la Esmeralda nur noch tiefer ins Verhängnis gestürzt, indem sie vor Gericht etwas von den unheimlichen Zauberkräften der Ägypterin schwafelte. Angeblich hatte la Esmeralda den Kupplerlohn des Phoebus in ein dürres Birkenblatt verwandelt. Da die Birke als Abwehrmittel gegen Hexen allgemein bekannt ist, muß eine Hexe, die eine Birke verdorren lassen kann, ganz besonders verworfen sein. Welch schlagender Beweis für die Schuld der Esmeralda!

Aber durfte ich, der ich selbst nichts unternahm, um der Verurteilten beizustehen, darüber klagen? Ich hätte ihre Unschuld bezeugen können und hatte es doch nicht gewagt, aus Angst, selbst als Ketzerfreund verurteilt zu werden.

Der von Reitern und Fußvolk begleitete Henkerskarren

rollte durch die Rue Saint-Pierre-aux-Boeufs auf den Domplatz. Da la Esmeralda angeblich nicht nur gegen die weltlichen Gesetze, sondern als Hexe auch gegen die der Kirche verstoßen hatte, mußte sie im Angesicht von Notre-Dame büßen, bevor es ans Sterben ging. Vor dem Portal der Kathedrale sollte sie öffentlich Abbitte leisten, bevor man sie zum Galgen auf dem Grève-Platz brachte.

Die berittenen Wachen bahnten dem Henkerskarren mit Peitschen- und Stockhieben einen Weg. An der Spitze des Zugs ritt Maître Jacques Charmolue in seiner Funktion als königlicher Ankläger beim Kirchengericht. Wie die anderen Gerichtsbeamten war er ganz in Schwarz gekleidet. Zu meiner Erleichterung konnte ich Gilles Godin nirgends entdecken.

Hinter dem Karren trottete eine muntere Djali einher, mit einem Strick, den man durch ihre goldene Halskette gezogen und am Wagen befestigt hatte, bis zum Tod an ihre Herrin gebunden. Doch ich hatte den Eindruck, daß die Ziege der Frau auch freiwillig gefolgt wäre. Djali bewegte sich, als befinde sie sich auf dem Weg zu einem neuen Auftritt. Wie zum Gruß blickte sie nach rechts und links und reckte der Menge ihren weißen Hals mit dem Lederbeutel entgegen. Darin trug sie die auf Buchsbaumtäfelchen gemalten Buchstaben, mit denen sie auf la Esmeraldas geheime Zeichen hin Worte bilden konnte. Eine Kunst, die lange der Belustigung des Volkes gedient hatte und demselben Volk jetzt als Beweis dämonischer Macht galt.

La Esmeralda hockte mit rücklings gefesselten Armen auf dem Karren. Sie trug ein härenes weißes Büßerhemd, sonst nichts. Das schwarze Haar glänzte in der Sonne wie Rabengefieder und fiel in langen Strähnen auf die nackten Schultern und die halbnackte Brust. Erst im Schatten des Galgens sollte die Sünderin ihre Haarpracht einbüßen. Um den Hals trug sie bereits den Hanfstrick, der ihre zarte Haut wundreiben mußte. Die nackten Beine unter sich gezogen, kauerte sie mit gesenktem Blick auf der Pritsche, ein Bild der Scham und der Verzagtheit. Bei diesem Anblick verstummten manche der groben, unzüchtigen Rufe aus der Menge, an die Stelle von Hohn trat Mitleid.

Ich beugte mich weit über die Brüstung, als könne ich so der Verurteilten näher sein. Und doch fürchtete ich, sie könne plötzlich heraufschauen und mich erkennen. Wenngleich sie von meiner Anwesenheit bei jenem verhängnisvollen Treffen mit Hauptmann Phoebus kaum wissen konnte, ängstigte ich mich vor der stummen Frage: *Warum, Armand, schweigt Ihr? Weshalb steht Ihr mir nicht bei?*

Der Umzug hielt vor dem Hauptportal an, das, wie die beiden anderen Portale auch, verschlossen war. Die Begleitung nahm zu beiden Seiten des Karrens Aufstellung, und die Menge verstummte in gespannter Erwartung. Es war so still, daß ich deutlich das Knarren von Holz und Eisen hörte, als die beiden Flügel des Hauptportals aufschwangen. Feierlicher Psalmengesang strömte aus der Kirche, und in den Chor mischte sich eine einzelne Stimme mit den düsteren Meßgebeten des Offertoriums.

Während la Esmeralda notgedrungen ihrer Totenmesse lauschte, stieg ein Henkersknecht zu ihr auf den Karren, befreite sie von den Fesseln und half ihr von der Pritsche, bevor er auch Djali losband. Als freie Wesen sollten die Frau und ihre Ziege Buße tun, bevor sie wieder Gefangene des Henkers wurden.

Der Gesang verstummte, als ein großes goldenes Kreuz aus dem Hauptportal schwebte. So sah ich es auf den ersten Blick. Dann erst erkannte ich, daß ein Priester im Meßgewand das Kreuz trug. Hinter ihm schritt die übrige Bußprozession aus der Kathedrale, angeführt von Dom Claude Frollo. Fast hätte ich ihn, der sonst düstere Farben trug, in seiner silbern schimmernden Dalmatika nicht erkannt. Mir erschien es als bitterer Hohn, daß der Mann, durch den la Esmeralda unter Mordverdacht geraten war – der wahre Mörder! –, ihr die Buße abnehmen sollte. Nicht nur die Menschen, auch Gott schien die Zigeunerin verlassen zu haben.

Sah sie in ihm den wahren Schuldigen, oder war damals in der Kupplerhöhle alles viel zu schnell gegangen? Jedenfalls blickte sie ihn voller Abscheu an, und ich glaubte, Furcht in ihren schwarzumrandeten Augen zu bemerken. Frollos kalter Blick war die meiste Zeit auf sie gerichtet, wanderte aber hin und wieder zu Charmolue. Einem Unwissenden mochten die sich kreuzenden Blicke des Archidiakons und des Prokurators nichts sagen, ich aber wußte, daß hier Verschwörer stumme Zwiesprache hielten. Frollo hatte den Hauptmann aus dem Weg geräumt, und Charmolue hatte vor Gericht dafür gesorgt, daß man alle Schuld der Esmeralda aufbürdete.

Ein Priester drückte ihr eine schwere Kerze aus gelbem Wachs in die Hände, und der Kanzlist leierte den Text der Abbitte herunter. Die Zigeunerin wirkte entrückt, schien mit dieser Welt bereits abgeschlossen zu haben. Wäre sie nicht von einem Priester angestoßen worden, hätte sie ihr »Amen« verpaßt. Dann aber erschauerte sie, als Frollo die Hand nach ihr ausstreckte und mit Grabesstimme sprach: »*I nunc, anima anceps, et sit tibi Deus misericors!* – Gehe nun hin, mißliche Seele, und Gott sei dir gnädig!«

Eine gebieterische Handbewegung des Archidiakons veranlaßte die Menge, auf die Knie zu fallen und das »Kyrie eleison« der Priester als vielfaches Echo zu wiederholen. »Amen«, sagte Claude Frollo und führte, nach einem letzten langen Blick auf die Verdammte, die Prozession der Diakone und Priester zurück in die Kathedrale. Als er unter dem schattigen Torbogen verschwand, war mir, als fiele ein Frösteln von mir ab, das mich bei seinem Erscheinen ergriffen hatte. Als hätte die Sonne angesichts des Archidiakons ihre wärmende Kraft verloren.

Das Volk erhob sich, und die Andacht verwandelte sich sogleich in lebhaftes Gebrabbel. Vereinzelt wurde Gelächter laut. Dem Herrgott war Genüge getan, nun wollte die Menge ihr Schauspiel haben: den Tod.

Charmolue gab zwei gelbgewandeten Henkersknechten ein Zeichen, und sie traten auf die Zigeunerin zu, um ihr die Hände wieder auf den Rücken zu binden. Die Bußkerze hatte einer der Priester mit in die Kirche genommen.

Als la Esmeralda mit Hilfe der Henkersknechte auf den Wagen steigen sollte, trat ein, was ich befürchtet hatte. Sie ließ ihren Blick an der Fassade der Kathedrale nach oben wandern und schrie mit geweiteten Augen: »Helft mir doch! Rettet mich!«

Das Blut schoß mir in den Kopf, durchlief ihn in heißen Wellen. Am liebsten wäre ich zurückgewichen, um dem flehenden Blick zu entgehen, doch ich konnte mich nicht vom Anblick der todgeweihten Schönen lösen. Nie mehr würde ich in ihr Antlitz schauen, das selbst in der Todesangst noch verführerisch wirkte.

Sie wiederholte ihren Hilferuf, und mir zerriß es das Herz. Da unten standen Dutzende von Bewaffneten, deren Klingen mich zerfleischt, deren Bleikugeln mich zerfetzt hätten, hätte ich mich schützend vor la Esmeralda gestellt. Und dennoch – wäre es nicht ein ehrenvoller Tod gewesen?

Während ich noch mit mir rang, gewahrte ich eine Bewegung an der Fassade von Notre-Dame. Eine der Figuren aus der Königsgalerie schien, zu plötzlichem Leben erwacht, nach unten zu schweben. Rührte das Schicksal der Unglücklichen selbst toten Stein?

Da erkannte ich den Buckligen, Quasimodo! Er mußte sich schon die ganze Zeit über, fast direkt unter mir, auf der Königsgalerie aufgehalten haben. Von dort hatte er ein langes Seil auf den Domplatz hinuntergelassen, an dem er jetzt, das Tau mit Händen, Knien und Füßen umfassend, behende hinabglitt wie ein Gaukler, der mit dem Kunststück von Markt zu Markt zog.

Der Blick der Verurteilten folgte seinen schnellen Bewegungen, und ich fragte mich, wem ihr Hilferuf gegolten hatte. Ich empfand Scham und Eifersucht, weil der Glöckner wagte, wovor ich zurückgeschreckt war.

Mit einer Gewandtheit, die seinem verwachsenen Leib Hohn sprach, kam er am Boden auf, lief zu dem Karren und streckte die Henkersknechte mit zwei Faustschlägen nieder. Er packte die Zigeunerin und hob sie hoch, als sei sie eine Strohpuppe. Und schon sprang er zur Kathedrale, vorbei an den vor Überraschung erstarrten Hellebardieren des Bischofs, und verschwand mit seiner Beute im Hauptportal, das seit der Bußprozession offenstand. Ich konnte die beiden nicht mehr sehen, hörte aber Quasimodos kehlige Stimme immer wieder dasselbe Wort ausstoßen: »Asyl! Asyl! Asyl!«

Die Menge wiederholte das Wort weitaus ergriffener als kurz zuvor das »Kyrie eleison«. Sie verlangte nicht mehr nach dem Tod der Esmeralda. Asyl! Das verhieß ein größeres Schauspiel, eins, das sich über Tage oder Wochen hinziehen mochte.

Wie alle Kirchen und manch andere Orte genoß auch Notre-Dame das Recht, eine Freistatt zu sein. Wer hierher floh, hatte sich allein vor Gott zu verantworten. Die Schergen weltlicher Gerichtsbarkeit durften ihn nicht behelligen, solange er sich innerhalb der geweihten Mauern aufhielt. Verließ er die Freistatt aber, schlug das Recht der Menschen mit aller Strenge zu.

Auf dem Domplatz entstand ein Tumult. Nur mit Mühe konnten die Bewaffneten die begeisterte Masse zurückhalten. Männer und Weiber drängten sich vor, jubelten Quasimodo zu und feierten ihn als Helden dieses Schauspiels. Als der Applaus anschwoll, konnte ich nur mutmaßen, daß der Glöckner unter mir auf der Königsgalerie stand und sich zeigte.

Und dann – während unten noch Jacques Charmolue, die Gerichtsbeamten und die Offiziere der Wachen beratschlagten – erschienen Quasimodo und la Esmeralda bei mir auf der Turmgalerie. Als der Bucklige mich erblickte, funkelte sein Zyklopenauge mich feindselig an. Verübelte er mir, daß ich der Zigeunerin nicht zu Hilfe geeilt war? Oder erachtete er ganz einfach jeden anderen als Bedrohung für die zum Tode Verurteilte? Jedenfalls hielt ich es für angezeigt, vor dem Glöckner zurückzuweichen.

Er trat an die Brüstung und hob la Esmeralda über sein strubbeliges Haupt, brüllte lauthals »Asyl!« und »Freistatt!« und wurde von tausend Stimmen gefeiert, als habe er soeben das Evangelium verkündet. Sah man von seiner kurzen Amtszeit als Narrenpapst ab, hatte Quasimodo wohl niemals zuvor soviel Zustimmung und Jubel empfangen. Er genoß es, und ich hielt mich im Hintergrund. Einmal traf mein Blick den der Esmeralda, und ich glaubte, in ihren Augen Erleichterung zu lesen – und noch etwas: Triumph!

Darüber wunderte ich mich noch, als Quasimodo mit ihr im Südturm verschwunden war. Die Menge feierte ihn, und er zeigte sich erneut, hoch oben auf dem Dach des Turms. Dort stand er, noch immer die Frau auf seinen Armen, ein Ausgestoßener der Natur und eine Ausgestoßene der kirchlichen Dogmen wie der menschlichen Gesetze. Das Monstrum und die blühende Schönheit, ich hätte mir keinen größeren Gegensatz denken können.

Einmal in seinem traurigen, einsamen Leben war es Quasimodo vergönnt, zu den anderen zu gehören. Und la Esmeralda, um deren Hals noch immer der Hanf lag, konnte wohl ihr Glück kaum fassen.

Mir aber schwante, daß ich nicht den glücklichen Ausgang eines frohen Schauspiels erlebte, sondern den Auftakt zu einer grausamen Tragödie, deren Bühne die alte Kathedrale war. Der Bucklige und die Zigeunerin erschienen mir als Verkörperung jedweder Ananke.

Denn das Schicksal liebt die Ausgestoßenen nicht.

Weil die Menschen sie nicht lieben.

Kapitel 2

Der weiße Engel

Die Errettung der schönen Zigeunerin durch den häßlichen Glöckner versorgte ganz Paris mit Gesprächsstoff. In den Kaschemmen der Cité-Insel, in den Handelskontoren der Neustadt und in den Kollegien der Sorbonne erörterte man das Ereignis. Die Bänkelsänger priesen das tapfere Herz des Glöckners und die Unschuld der Tänzerin, ohne zu ahnen, wie nahe sie mit ihrer Rede von der Unschuld der Wahrheit kamen. Und ebensowenig ahnten sie, daß la Esmeralda in Notre-Dame nicht nur mit ihrem Retter eingesperrt war, sondern auch mit ihrem Verderber Claude Frollo.

Ahnte oder kannte Quasimodo die Wahrheit? Er bewachte die Tänzerin wie ein besorgter Vater sein krankes Kind. Nicht nur vor einem plötzlichen Einfall der Scharwache in die Kathedrale, wie mir schien. Auch innerhalb Notre-Dames durfte niemand es wagen, in die Nähe der Zigeunerin zu kommen. Sie hauste in der Freistattzelle der Kathedrale, unter den Strebebalken im Dach der Seitenschiffe. Von dort blickte man zum Kloster, und ich fragte mich, ob Dom Frollo und la Esmeralda sich gegenseitig belauerten.

Am fünften Tag nach Quasimodos Heldenstück sah ich seinen Ziehvater nach der Vesper den verwinkelten Weg zur Asylzelle nehmen und folgte ihm vorsichtig, mich im Schatten von Pfeilern und Mauervorsprüngen haltend. Mit klopfendem Herzen hörte ich laute Stimmen aus der Freistattzelle, die Dom Frollos und die der Zigeunerin. Offenbar beschimpften sie einander, und ich war nahe daran einzugreifen. Womöglich wollte Frollo vollenden, was dem Henker versagt geblieben war.

Gerade als ich mein Versteck verlassen und la Esmeralda zu Hilfe eilen wollte, hielten laute, polternde Schritte mich zurück. Quasimodo sprang herbei, doch zum Glück bemerkte er mich nicht. Er stürmte in das Quartier der Esmeralda und schleuderte seinen Ziehvater mit solcher Wucht hinaus, daß Frollo auf dem Gang zu Boden fiel. Schweigend, mit todernstem Gesicht, erhob sich der Archidiakon und verließ den Ort wutbebend. Da ich am Dreikönigstag mit angesehen hatte, wie bedingungslos Quasimodo sich für seinen Herrn einsetzte, erschien mir dieser Vorfall höchst bemerkenswert. Hatte Dom Frollo seine Macht über den Glöckner verloren?

Mehr noch, Quasimodo schien im Bann der schönen Zigeunerin zu stehen. Vielleicht auch im Bann ihrer Hexenkräfte. Wie anders war es zu erklären, daß er so plötzlich aufgetaucht war, als hätte er, der Taube, einen Hilferuf vernommen? – Später erfuhr ich, daß er seinem Schützling für Notfälle eine Pfeife überlassen hatte, deren Klang nur an seine beinahe toten Ohren drang.

Er mochte la Esmeralda aus Dankbarkeit gerettet haben, weil sie ihm damals Wasser gegeben hatte, obwohl er sie auf Frollos Befehl hatte entführen wollen. Womit sich ihre Samaritertat mehr als ausgezahlt hatte. Doch spätestens jetzt, von ihrer Nähe verzaubert, war der Glöckner vom Leuchten ihres Liebreizes gefangen wie die Motte vom Licht. Ich selbst verspürte diese magische Anziehungskraft und dachte nicht darüber nach, ob es sich vielleicht bloß um ein Blendlicht handelte.

Im Südturm wurden im großen Umfang Ausbesserungsarbeiten durchgeführt. Von früh bis spät hörte ich die Arbeiter hämmern und sägen. Überall im Turm und auf der Galerie zwischen beiden Türmen lagen ihre Karren und Werkzeuge, Steine und Balken. Aber das war nicht der Grund dafür, daß Quasimodo nicht länger in seiner versteckten Kammer schlief. Als ich in der Nacht nach ihrer Rettung zur Esmeralda schleichen wollte, wäre ich um ein Haar über ihn gestolpert. Er lag quer vor dem Eingang zu ihrer Zelle und bewachte sie selbst im Schlaf. Enttäuscht kehrte ich zum Nordturm zurück. Enttäuscht, weil ich keine Verbindung zu der Verbündeten aufnehmen konnte, aber auch, weil ich mich nach ihrer anmutigen Gestalt, ihrer bronzenen Haut, den feurigen Augen und dem schwarzsamtenen Haar sehnte. Nach dem Duft der Esmeralda und ihrer zärtlichen Umarmung.

Als Gefangene von Notre-Dame war sie für mich ebenso unerreichbar wie zuvor als Gefangene des Grand-Châtelet und der Conciergerie. Wie mochte ihr zumute sein, nur in Gesellschaft des Buckligen und ihrer Ziege? Das Tier war seiner Herrin in die Kathedrale gefolgt, und Quasimodo hatte es zu ihr gebracht, wie er ihr Speise, Trank und Kleider brachte.

Eines Abends im Juni, als la Esmeralda schon seit über drei Wochen in der Kathedrale lebte, trat ich hinaus auf den Vorplatz, um mir ein paar Äpfel zu kaufen. Als ich am Handkarren des Obsthändlers stand, spürte ich eine Hand auf meiner Schulter und fuhr herum, weil ich befürchtete, ein Beutelschneider wolle sich an meiner Geldkatze vergreifen. Ein schlaksiger Mann mit blondem Haar lächelte mich an, und dabei tanzten die Furchen auf seiner Stirn. »Sieh an, sieh an, mein Nachfolger in den Diensten seiner Merkwürden Claude Frollo«, flötete Pierre Gringoire. »Euch habe ich gesucht, mein Freund.«

»Mich, warum?«

»Nicht nur, daß Ihr meine Arbeit fortführt, jetzt lebt Ihr

auch mit meiner Gemahlin unter einem Dach. Ist es da verwunderlich, wenn ich Euch aufsuche?«

»Ich mag zwar das Dach mit ihr teilen, aber nicht das Bett!«

Gringoire verzog sein bleiches Gesicht zu einer unglücklichen Grimasse. »Das ergibt eine weitere Gemeinsamkeit, vielleicht sollten wir eine Bruderschaft der zölibatären Kopisten gründen.«

»Ich dachte, Ihr seid zu den Gauklern gewechselt, Maître Gringoire.«

»Ja, und heute abend bin ich ein Bote. Der Herzog schickt mich, Euch zu ihm zu bringen.«

»Wozu?«

»Könnt Ihr Euch nicht denken, daß er sich um seine Tochter sorgt? Glaubt Ihr, das Herz eines Zigeunervaters sei so schwarz wie die Künste, die man seinem Volk andichtet?«

»Ich kann ihm wenig sagen.«

»Ich noch weniger.«

»Also gut, ich begleite Euch«, seufzte ich, um die ermüdende Diskussion zu beenden und auch weil ich froh war, etwas Abstand zur Kathedrale zu gewinnen. Die Fäden des Spinnennetzes ließen sich nicht zerreißen, aber sie waren dehnbar, ließen mir die Illusion der Freiheit, auch wenn Notre-Dame mich im Blickfeld ihrer unergründlichen Augen behielt.

Der Wunderhof war vom üblichen Lärm erfüllt und hielt eine Überraschung für mich bereit. An einem wackligen Holztisch, der unter einem noch wackligeren Vordach stand, hockten ein paar fröhlich gackernde Kerle und droschen Karten. Einer von ihnen, ein drahtiger Blondschopf, sprang plötzlich auf und eilte uns entgegen. Es war Jehan Frollo. »Ich grüß Euch, Meister Federkiel«, rief er und grinste mir ins Gesicht. »Hat mein Bruder auch Euch in die Arme der wahren Fröhlichkeit getrieben?«

Ich sah ihn verständnislos und wohl auch nicht besonders freundlich an. Zu gut erinnerte ich mich daran, wie er mich nach Odons Tod als vermeintlichen Mörder hatte hinstellen wollen. Außerdem wußte ich seit meiner Begegnung mit dem Druckermeister Gaspard Glaire, daß der Scholar ein Dragowit war.

»Claude ist ein alter Knauser«, fuhr Jehan im Plauderton fort. »Er hat kein Herz für arme Scholaren, und seine Hand hält jeden Sol krampfhaft fest. Da dachte ich mir, wenn er mich schon an den Bettelstab bringt, kann ich auch gleich unter die Bettler gehen. Würfel und Karten sind gewiß nicht trügerischer als Seelenhirten, die mehr fromm denn Brüder sind. Setzt Euch nur zu uns, wenn Ihr's erproben wollt.«

»Ich habe etwas anderes vor«, entgegnete ich kühl, denn Jehan Frollos Anwesenheit auf dem Wunderhof war mir nicht geheuer.

Er hatte meinen Blick zum Zigeunerlager bemerkt und kicherte: »Ah, Euer Herz ist wohl für eine dunkeläugige Schönheit entflammt? Maître Gringoire, wenn Ihr Euch als Kuppler erprobt, werde ich Eure Dienste gewiß noch in Anspruch nehmen.«

Immer noch kichernd, kehrte der junge Frollo zum Spieltisch zurück, während Gringoire mich zum Wagen des Zigeunerherzogs führte. Milosch und Yaron wachten vor der kleinen Treppe und ließen nur mich durch. Gringoire mischte sich unter das bunte Volk. Die nächste Überraschung erwartete mich im Innern des Wagens, wo neben Mathias Hungadi Spicali mein Vater und Leonardo bei Wein, Brot und Käse an dem schmalen Tisch saßen. Seit ich in Dom Frollos Dienste zurückgekehrt war, hatte ich Villon und den Italiener nicht mehr gesehen. Wir waren übereingekommen, nur in dringenden Fällen miteinander in Verbindung zu treten, damit ich Frollo nicht noch verdächtiger wurde.

Mathias sah gar nicht so besorgt aus, wie Gringoires Worte hatten vermuten lassen. Mit einem freundlichen Lächeln schenkte er mir Wein ein und sagte: »Stoßt mit uns auf die erfreuliche Entwicklung der Dinge an, Freund Armand!«

»Ihr meint die Errettung Eurer Tochter vor dem Galgen«, sagte ich und griff nach dem kostbaren Glasbecher.

»Das und den Umstand, daß sie bei Euch in Notre-Dame ist.«

»Was nützt es ihr?« erwiderte ich. »Sie kann die Kathedrale nicht verlassen, ohne daß der rauhe Hanf sie küßt.«

»Vorerst soll sie Notre-Dame auch nicht verlassen«, sagte der Herzog ruhig. »Nie war sie dem Sonnenstein näher. Vielleicht gelingt ihr, was Euch versagt blieb.«

Ein wenig mißmutig, weil ich die Worte als ungerechtfertigten Vorwurf empfand, brummte ich: »Sie kann nicht mehr tun als ich, und ich habe nahezu jeden Winkel in der Kathedrale nach dem Ouroboros abgesucht.«

»Vielleicht haben wir uns getäuscht«, sagte Villon. »Mag sein, wir haben Bruder Avrillots letzte Botschaft falsch gedeutet und das Schlangenzeichen führt uns gar nicht zum Ziel.«

Ich musterte ihn fragend. »Sondern?«

»Seid nicht ungehalten, Armand, aber la Esmeralda kann da, wo Ihr versagt habt, etwas ausrichten.«

Mathias nickte. »In ihr fließt die Kraft, die sie von ihrer Mutter ererbte.«

»Was für eine Kraft?« fragte ich gequält, weil ich nicht recht verstand, was sie mir sagen wollten.

»Die heilige Kraft!« stieß Mathias hervor, und seine Augen blitzten auf. »Die Kraft, die auch im Sonnenstein wohnt. La Esmeralda kann die Kraft des Steins spüren, wie andere den Wind spüren, das Licht sehen, Stimmen hören. Sonst wäre sie nicht la Esmeralda.«

Leonardo fing meinen verwirrten Blick auf und erklärte: »La Esmeralda ist kein Name, es ist ein Titel – sie ist die Smaragdene. So wie Dom Frollo Archidiakon und unser Freund Mathias der Herzog von Ägypten und Böhmen ist.« Bei den letzten Worten lachte der Italiener glucksend, wußte er doch, daß der Titel des Herzogs mit reichlich Phantasie zusammengezimmert war.

»Ihr müßt la Esmeralda beistehen, Armand«, sagte Villon. »Ihr müßt sie vor Frollo beschützen und ihr helfen, Notre-Dame nach dem Sonnenstein zu durchkämmen.«

»Das erste tut bereits Quasimodo, weshalb mir das zweite schwerfallen dürfte«, sagte ich und berichtete, daß der Glöckner über die Zigeunerin wachte wie eine Glucke über ihre Brut.

»Ihr müßt Quasimodo davon überzeugen, daß Ihr ein Freund der Esmeralda seid«, drängte Leonardo.

»Erklärt das mal einem Tauben, dessen ohnehin beschränkte Sinne von den Liebreizen des Mädchens vollends verwirrt sind«, raunzte ich.

»Ihr müßt es versuchen!« sagte Mathias mit Nachdruck.

»Das werde ich«, seufzte ich ergeben und setzte hinzu: »Solange Frollo mich in Notre-Dame duldet. Eben habe ich seinen Bruder im Bettlerlager gesehen.«

Villon nickte. »Haltet Ihr Jehan für einen Spion, Armand?«

»Ich halte ihn für einen Menschen, der für eine Goldkrone zu jeder lästerlichen Tat bereit ist. Bislang hatte ich zwar nicht den Eindruck, daß Dom Frollo seinem mißratenen Bruder gegenüber besonders freigebig ist, aber nachdem ich Jehan bei Maître Gaspard getroffen oder besser gehört habe, ist mit großer Wahrscheinlichkeit zu vermuten, daß alles nur eine Maskerade ist.«

Leonardo wiegte nachdenklich den Kopf. »Der Bruder des Dragowiten kann auch ein Dragowit sein, aber es muß nicht so sein. Vielleicht haben sie sich wirklich zerstritten, und Jehan ist mehr aufs leichte Leben versessen als auf den Sonnenstein.«

»Falls es so ist, könnte er uns noch nützlich werden«, meinte Villon.

»Er ist gestern im Hof der Wunder aufgetaucht«, erläuterte Mathias. »Ich habe Clopin und Gringoire gebeten, ihn im Auge zu behalten.«

»Da der Herzog gerade von seinem Schwiegersohn spricht«, sagte ich und zog mir damit einen bösen Blick des Zigeuners zu, »ich hatte nicht den Eindruck, daß Gringoire seine Angetraute sonderlich vermißt.«

Mathias brummte: »Er mag ein Poet sein und studiert haben, aber sein Geist ist der eines Kindes. Hat er einmal begriffen, daß ein Spielzeug für ihn unerreichbar ist, streicht er es aus seinem Herzen und wendet sich anderen Dingen zu.«

»Ihr nennt Eure Tochter ein Spielzeug?« fragte ich verwundert.

»Für mich ist sie es nicht, aber für Gringoire. Vielleicht hat sein Beruf ihn verdorben. Mein Volk kennt keine Schreiber. Wer sich zuviel damit beschäftigt, kühne Gedanken zu Papier zu bringen, verliert sich darin. Sein Geist spielt mit wirren Gespinsten, aber seine Augen und Ohren verschließen sich dem Leben und den Menschen.«

Der Tag war dem Abend, der Abend der Nacht gewichen, als ich nach Notre-Dame zurückkehrte. Der Himmel war wolkenlos, Mond und Sterne leuchteten über Dächern und Türmen. Das dunkelblaue Firmament umhüllte die Kathedrale wie ein samtiges Tuch, in dem selbst der schwere Koloß aus Stein, der das Wissen von Jahrhunderten barg, eine erholsame Nachtruhe fand. Aber je länger ich auf dem

Domplatz stand und das Gemäuer ansah, desto trügerischer erschien mir dieses Bild. Erst bei Nacht, wenn die Domherren in ihren Klosterzellen ruhten und das Volk aus der Kathedrale verbannt war, konnte Unsere Liebe Frau ihre Geheimnisse denen preisgeben, die dafür bereit waren. Vielleicht bedurfte es der Dunkelheit, um zu enthüllen, was am lichten Tag verborgen blieb.

Ich verspürte eine unerklärliche Unruhe, den Drang, in die Nachtwelt Notre-Dames einzutauchen. Stein und Mörtel schienen zum Leben erwacht, bereit, mir ihre Geheimnisse zu offenbaren. Die drei großen Portale zum Domplatz hinaus waren längst verschlossen und verriegelt. Der Pförtner an der Rue du Cloître kannte mich und ließ mich ein. Ich stieg nicht die Treppe zu meiner Zelle hinauf. Das große Kirchenschiff, jetzt ein Labyrinth aus flackerndem Kerzenlicht und unzähligen tanzenden Schatten, zog mich unwiderstehlich an.

Wie damals, als ich unter Odons Führung die Welt aus Stein zum erstenmal betreten hatte, erfaßte mich angesichts der unzähligen Skulpturen eine Mischung aus Andacht und Erschrecken. Ob Gesichter von Heiligen oder Fratzen von Teufeln, die Züge waren so detailliert, so eindringlich gestaltet, daß es sich nicht bloß um toten Stein handeln konnte. Das Kerzenlicht brachte zusätzliches Leben auf die Gesichter. Sie schienen sich nach mir umzudrehen, mich anzustarren und mich zu fragen, wie ich es wagen konnte, ihnen ihr Geheimnis entreißen zu wollen. Ich schloß die Augen vor dem steinernen Gericht und wandte mich ab, um die zahllosen bohrenden Blicke nicht länger ertragen zu müssen. Als ich die Augen wieder öffnete, erspähte ich den Engel. Er war weiß und nur einen Herzschlag lang zu sehen, bevor er sich in den Schatten der Vierung auflöste.

Es war bestimmt kein bloßer Lichtreflex. Ich war mir sicher, etwas gesehen zu haben, auch wenn es kein menschliches Wesen zu sein schien. Ganz in Weiß gekleidet, bewegte sich das Geschöpf, ohne daß Füße zu erkennen waren. Es schien zu schweben. Was aber vielleicht das Seltsamste war: Es hatte keinen Kopf. Einen Engel nannte ich es wohl, weil es kein Mensch sein konnte. Und weil der Gedanke, einem Engel begegnet zu sein, beruhigender war als der an einen Dämon.

Ich schritt durchs Mittelschiff auf die Vierung zu und griff gar nicht erst nach dem verborgenen Dolch. Was konnte meine Klinge schon gegen die Mächte des Jenseits ausrichten? Außerdem redete ich mir ein, daß mir der weiße Engel nichts Böses wollte.

Als ich die Vierung erreichte, blieb ich stehen und sah mich um. Steine und Skulpturen, Kerzen, vom Mondlicht gestreichelte Fenster und Inseln undurchdringlicher Schwärze unter den Wölbungen der Decke, aber keine Spur von dem weißen Engel. Mir gegenüber bewachten der heilige Sebastian und die Jungfrau Maria den Eingang zum Chor. Doch weder sandte mir der Patron der Schützen einen Pfeil der Erleuchtung, noch erbarmte sich die Muttergottes meines ratlosen Geistes.

Ich drehte den Kopf nach links, wo das Tor zum Kloster lag, dann nach rechts, wo es zum Palast des Bischofs ging. Waren die Pforten womöglich gar nicht verriegelt? Ich ertappte mich bei dem Gedanken, das zu überprüfen. Wie töricht, wenn ich wirklich ein überirdisches Wesen erblickt hatte! Für einen Engel stellte eine Pforte aus Holz und Eisen kein Hindernis dar. Er konnte sich auflösen wie das Kerzenlicht in den übermächtigen Schatten.

Doch der weiße Engel hatte sich nicht aufgelöst. Ich sah sein Schimmern zur Linken im Chorumgang. Auf Zehenspitzen schlich ich zum Seitenschiff des Chors, vor dem Sankt Martin Wache hielt. Als ich vorsichtig an der Chorschranke vorbeilugte, erblickte ich das seltsame Wesen aus

Weiß. Dort, wo ein vernünftiger Mensch einen Kopf erwartet hätte, klaffte düsteres Nichts, als hätte der Engel sein Haupt unter dem Schwert des Scharfrichters verloren.

Das Wesen bewegte sich, löste sich aus den Schatten und trat mir entgegen. Ich hielt den Atem an und zog den Kopf so weit zurück, daß ich gerade noch an der Schranke vorbeispähen konnte. Fast bereute ich meinen Entschluß, den weißen Engel zu verfolgen, da erkannte ich die Wahrheit: Das Wesen hatte sehr wohl einen Kopf, nur lag der unter einem schwarzen Schleier verborgen, was ihn im Schatten so gut wie unsichtbar machte. Das weiße Gewand unter dem Schleier reichte bis zum Boden, weshalb ich statt Schritten ein Schweben gesehen hatte. Ich kannte die Tracht aus dem Hôtel-Dieu, es war die Kleidung der Novizinnen. Unendlich erleichtert, einen Menschen vor mir zu haben, fragte ich mich zugleich, was eine angehende Augustinerin zur Nachtzeit in der Kathedrale suchte.

»Wer seid Ihr?« fragte eine leise Stimme, die fest klingen sollte und doch kaum merklich zitterte. »Warum versteckt Ihr Euch vor mir?«

Ich trat in den Chorumgang. »Ich habe mich versteckt, weil ich nicht wußte, wer hier nächtens herumspukt, schöne Esmeralda oder wie immer Euer Name lauten mag.« Ich hatte die Stimme erkannt und mich daran erinnert, daß der fürsorgliche Glöckner seinem Schützling die Novizinnentracht gebracht hatte. Ihr Büßerhemd war nach der Entführung so zerrissen gewesen, daß die vermeintliche Sünderin darin höchst sündig ausgesehen hatte.

»Armand!«

»Derselbe und höchst verwundert, Euch hier anzutreffen.«

»Das bin ich nicht minder.«

Als ich nur eine Armlänge vor ihr stand, sah ich deutlich das schöne Gesicht mit den hohen Wangenknochen und den sinnlichen Lippen, das unter dem Novizinnenschleier besonders verführerisch wirkte. La Esmeralda lächelte. »Ich nehme an, wir beide suchen dasselbe, Armand.«

Damit hatte sie gar nichts verraten. Ich entschloß mich zu mehr Offenheit.

»Allerdings, Hüterin des Sonnensteins. Ich komme gerade von Eurem Vater, der mich bat, Euch zu helfen. Aber Ihr scheint Quasimodos wachsamem Auge schon entkommen zu sein.«

»Ich stahl mich davon, als er die Vesperglocke läutete, wie ich es an den letzten Abenden häufig tat.«

»Um nach dem Sonnenstein zu suchen.«

Sie nickte.

»Mit Erfolg?«

Sie schüttelte den Kopf, und der schwarze Schleier bauschte sich.

»Vielleicht ist der Sonnenstein nicht mehr hier«, sagte ich. »Mag sein, er ist nie hier gewesen.«

»Doch, er ist in der Kathedrale versteckt!«

»Wie könnt Ihr das mit solcher Bestimmtheit sagen?«

»Weil ich es spüre.« Sie legte die Hände auf ihre Brust. »Hier drin.«

»Die Kraft des Sonnensteins?«

»Ja, Armand. Spürt Ihr es nicht auch?«

»Wie sollte ich?«

»Als Villons Sohn seid Ihr auf besondere Weise mit dem Stein der Sonne verbunden.«

»Das sagte man mir bereits.«

»Aber Ihr strahlt es aus. Ich spürte es eben, und erst so habe ich Euch bemerkt.«

»Wie kann ich etwas ausstrahlen, von dem ich kaum etwas weiß?«

»Ihr müßt dem Sonnenstein sehr nahe gewesen sein.«

»Dann wohl, ohne es zu merken.«

»Ist Euch bei Eurer Suche nach dem Smaragd nichts aufgefallen?«

»Nein.«

»Aber Ihr müßt dem Stein nahe gekommen sein! Anders ist Eure Ausstrahlung nicht zu erklären.« Sie trat dicht vor mich und legte ihre Hände auf mein Haupt, als wolle sie mich segnen. Langsam strich sie über meine Wangen, meine Schultern und meine Brust. »Ja, Ihr tragt die Kraft der Sonne in Euch!«

Ihre letzten Worte hörte ich nur mit halbem Ohr, weil ein anderes Geräusch meine Aufmerksamkeit beanspruchte. Schlurfende Schritte, begleitet von einem heftigen Keuchen.

Auch die Zigeunerin hörte es, erstarrte für einen Augenblick und flüsterte mir dann ins Ohr: »*Er* kommt, und er scheint sehr erregt.«

Ich wußte, von wem sie sprach. Der schlurfende Gang verriet den Ankömmling.

»Ich weiß nicht, ob ich ihn in diesem Zustand besänftigen kann«, fuhr la Esmeralda fort. »Rasch, auf den Boden!«

Sie glitt an der Chorschranke hinunter in den schützenden Schatten und zog mich mit sich. Dicht aneinandergepreßt, lagen wir im Schutz der Figuren, die ein unbekannter Künstler in das Steinband der Umschränkung gemeißelt hatte. Das Band zeigte das Leben Jesu, und wir versteckten uns unter der Szene seiner Geburt. Maria, mit der Kleidung, dem Gesicht und den Locken einer angesehenen Pariser Bürgerin, lag in einem komfortablen Bett und stützte die rechte Wange auf den angewinkelten Arm. Die linke Hand lag über dem Bauch, der das Jesuskind beherbergt hatte. Das lag hinter Maria in einer Krippe, in erhöhter Stellung, wie es sich für den Heiland geziemt. Daß Esel und Ochse noch erhöhter standen als Gottes Sohn, war eine Feinheit des Künstlers, nach deren Sinn ich vergebens forschte. Am Kopfende von Marias Bett standen die Hirten, so klein wie Kinder, am Fußende der auf einen Stock gestützte Josef.

Obschon der Heiland, seine Mutter und der heilige Josef unsere Wächter waren, stellten sich beim Näherkommen der schleppenden Schritte meine Nackenhaare auf. War es klug gewesen, hier zusammen mit der Zigeunerin in Dekkung zu gehen? Ich hatte gesehen, wie Quasimodo seinen Ziehvater und Meister aus ihrer Zelle geschleudert hatte. Was würde er erst mit mir anstellen?

Ich war mir ziemlich sicher, daß der Glöckner nicht allein von Beschützerinstinkt angespornt wurde. Auch wenn der äußerliche Gegensatz zwischen la Esmeralda und ihm diesen Gedanken absurd erscheinen ließ, glaubte ich, daß eine der gefährlichsten menschlichen Regungen Quasimodo umtrieb: die Eifersucht.

Ich wollte la Esmeralda vorschlagen, daß wir uns Quasimodo zeigten. Das hielt ich für besser, als uns hier wie schuldbewußte Kinder zu verstecken, zumal wir uns nichts hatten zuschulden kommen lassen. Eine Hand der Zigeunerin verschloß meine Lippen, noch ehe ich einen Ton sagen konnte. Mit der anderen Hand strich sie mir sanft übers Haar, wie eine Mutter es bei ihrem Kind tut. Und wahrhaftig, die Geste beruhigte mich. Fast genoß ich es, in den Armen der Schönen zu liegen, mich von ihrer Wärme und ihrem Duft umhüllen zu lassen. Wäre da nicht Quasimodo gewesen …

Die Schritte und das laute Keuchen waren ganz nahe. Seine unförmige Körpermasse schob sich in das Licht der Kerzen, die zu Füßen des heiligen Martin brannten. Er blieb stehen und sah sich um, schien zu überlegen, wo die Suche nach der Angebeteten fortzusetzen sei. Ich betete zu Jesus, Maria und Josef, daß er nicht in den Chorumgang kommen möge.

Vielleicht hatte ich zuviel Umgang mit Ketzern gepflegt, so daß mein Gebet nicht erhört wurde. Wie ein Kinderball, der von einer Straßenseite zur anderen hüpft, huschte der Bucklige durch den Chorumgang, blickte sich nach allen Seiten um und stieß mehrmals ein leises, verstümmeltes »Esmeralda« hervor. Ich drückte mich noch enger an die unter mir Liegende, wäre am liebsten mit ihr verschmolzen. Wäre der Glöckner nicht taub gewesen, er hätte unser ängstliches Atmen unweigerlich gehört.

Zum Glück bewegte sich Quasimodo auf den Kapellenkranz an der anderen Seite des Umgangs zu und sah in jede einzelne Kapelle, bis er endlich hinter dem Altarraum verschwand. Wir lagen noch immer engumschlungen am Boden und wagten nicht, uns zu rühren. Quasimodo war außer Sichtweite, aber wir hörten ihn an der Südseite des Chors rumoren. Als er auch dort nicht fündig geworden war, befürchtete ich, er werde sich nun den Chor selbst vornehmen. Aber die Schritte entfernten sich, er schien seine Suche aufgegeben zu haben. Das letzte, das ich von ihm hörte, war ein klägliches Schluchzen.

Bis jetzt hatten die Zigeunerin und ich jede Bewegung unterdrückt und so flach geatmet, wie es nur möglich war. Als die Anspannung von uns abfiel, stießen wir unisono ein lautes Keuchen aus, als wollten wir Quasimodo nacheifern. Aber wir erhoben uns nicht, lösten unsere aneinandergepreßten Leiber nicht voneinander. Gemeinsam hatten wir die Gefahr überstanden, gemeinsam wollten wir auch die Erleichterung genießen, die sich in Lust verwandelte.

Man könnte meinen, die Novizinnentracht hätte mir jedes Begehren untersagt, doch das Gegenteil war der Fall. Vom Kopf bis zu den Fesseln verhüllt, erweckte die Zigeunerin in mir den unbezähmbaren Wunsch, ihren Leib zu entblößen, das zu sehen, was sie Phoebus in der Kupplerhöhle dargeboten hatte. Ich schob den Rocksaum nach oben –

und erstarrte beim Anblick der schiefen, verkrüppelten, eitrigen Füße.

»Die Spanischen Stiefel«, sagte sie. »Danach habe ich alles gestanden, was sie hören wollten. Was ist, hat das dein Feuer gelöscht?«

»Nein«, sagte ich, und es war die Wahrheit. »Ich frage mich nur, wie du damit tanzen willst.«

»Die Zeit des Tanzens ist vorüber.«

Sie zog mich wieder an sich, liebkoste mich und löste die Schnüre von Wams und Hose. Nur noch mit dem Hemd bekleidet, kniete ich vor ihr und schob den weißen Rock über ihre Knie und weiter hinauf über die Hüften. Unter dem Gewand war sie nackt. Ihr Leib mit dem schwarzen Flaum reckte sich mir fordernd entgegen.

Ich zögerte, dachte an Colette. Aber was hatte ich von ihr zu erwarten? Nichts, wenn ich ihren Worten Glauben schenkte. Ich war kein Pfaffe, der dem Zölibat unterlag. Und ich sah keinen Grund, auf die Lust zu verzichten, nur weil das Glück mir versagt blieb.

Um keine Ausflüchte zu machen – ich gab der Verlockung nach und kniete mich zwischen die schlanken Beine. Die Hände der Esmeralda griffen nach dem Zeichen meiner Erregung und streichelten es, zärtlich und kraftvoll zugleich, versetzten meinen Leib in Zuckungen, bis die ersten Tropfen auf ihre entblößte Haut fielen.

Ich hielt es nicht länger aus, wollte mein Feuer löschen und ließ mich auf die Zigeunerin sinken. Mein Fleisch verschmolz mit ihrem. Mit jedem Stoß drang ich tiefer in sie ein. Die züchtige Haube um ihr Gesicht war mir ein Ansporn statt ein Hemmnis. Diese Novizin sollte ihre Einführung niemals vergessen!

Wäre Quosimodo jetzt zurückgekommen, hätte er all seine Kraft aufbieten müssen, um uns voneinander zu trennen. Die Beine der Zigeunerin umschlangen mich, ihre

Hände auf meinem Gesäß preßten mich an ihren Unterleib, krallten sich fast schmerzhaft in mein Fleisch.

Mit jeder Bewegung wuchs mein Drang, unsere Vereinigung zu vollenden, bohrte ich mich in ihren erhitzten, weichen Schoß. Schneller, härter, tiefer, bis ich ihren lustvollen Schrei hörte und mich nicht länger zurückhielt. Während ich mich in ihren Gral ergoß, blickte ich in das verschlafene Gesicht der steinernen Muttergottes und bedauerte die immerwährende Jungfrau für das, was ihr bei der unbefleckten Empfängnis entgangen war.

Kapitel 3

Der große schwarze Vogel

Ich schlief in jener Nacht tief und traumlos, doch am nächsten Tag träumte ich unentwegt von der Zigeunerin. Mich erfüllte der unbändige Drang, mich der rauschhaften Vereinigung mit ihr erneut hinzugeben. Als die Vesperglocke läutete, vermochte ich mich nicht länger zurückzuhalten und lief zur Freistattzelle. Im Gang vor der Zuflucht bezähmte ich meine Eile und hielt sorgsam Ausschau. Vielleicht läutete ein Mesner an Quasimodos Stelle die Glocke. Doch ich konnte den Glöckner nirgends entdekken und pochte erleichtert gegen die niedrige Tür.

»Komm rein, Armand!«

Verblüfft trat ich ein und sah den Rücken der Zigeunerin, die aus dem kleinen Fenster spähte. Sie trug die Tracht der Augustinerinnen, aber nicht den Schleier. Ihr samtiges schwarzes Haar umspielte die Schultern und bildete einen vollendeten Kontrast zum Weiß des Kleides.

»Woher wußtest du, daß ich es bin?«

»Quasimodo hätte ich kommen gehört, und Frollo hätte nicht angeklopft«, antwortete sie, ohne sich zu mir umzudrehen. »Außerdem habe ich es gespürt.«

»Die Kraft des Sonnensteins?«

»Ja, noch stärker als gestern abend.«

Ich trat hinter sie und legte sanft die Hände auf ihre Schultern. »Was gibt es da draußen?«

»Ich weiß nicht …« Sie stieß einen tiefen Seufzer aus und drehte sich zu mir herum. »Ich sehe an den Mauern der Kathedrale hinab und frage mich wieder und wieder, wo der Smaragd versteckt ist.«

Ich nahm ihre Worte kaum wahr. Zu sehr war ich von ihrem Gesicht vereinnahmt, von den tiefen Sorgenfalten, die es entstellten. Hatte ich sie gestern nicht gesehen, weil es im Chorgang zu finster gewesen war?

»Was hast du, Armand? Sieht man mir an, daß der schwarze Vogel mich gepackt hat?«

»Welcher Vogel?«

»Der große Todesvogel.«

»Du sprichst in Rätseln, aber ich spüre deine Furcht.«

»Weniger Furcht, mehr Bedauern und Sorge. Wenn ich tot bin, kann ich der Welt keine neue Esmeralda schenken. Das bedaure ich. Aber meine Sorge ist, daß die Welt keine Hüterin des Sonnensteins mehr benötigt, weil seine Macht mißbraucht und die Welt ausgelöscht wurde. Vielleicht weiß der Todesvogel das und hat mich deshalb besucht.«

»Sprich doch nicht immer vom Tod ...« Ich stockte. »Wir teilen unsere Lust, wir wollen gemeinsam das große Geheimnis lösen, und doch kenne ich nicht einmal deinen wahren Namen.«

»Sita.«

Ich sprach den Namen nach, und er klang wie eine fremdartige Melodie, geheimnisvoll, verzaubernd. »Was bedeutet das?«

»In der Sprache der Landes, in dem mein Volk vor vielen Menschenaltern lebte, ist es die Bezeichnung für die Furche im Erdboden, in die der Bauer seine Aussaat streut, den Beginn des Lebens. Die Alten erzählen von einer Sita, die freiwillig auf den Scheiterhaufen stieg, um ihren Gemahl von ihrer Reinheit zu überzeugen. Und wahrhaftig, der Feuergott Agni verschonte sie. Wie die Sita aus den alten Geschichten soll auch die Esmeralda allen Anfechtungen widerstehen.«

Der Gedanke an die vergangene Nacht ließ mich erröten.

»Keine Angst, Armand, *das* meinte ich nicht. Im Gegenteil, mit wem sonst hätte ich mich vereinigen sollen, damit eine neue Esmeralda zur Welt kommt?«

»Damit eine neue …« Ich schluckte und trat einen Schritt zurück. »Du meinst, du hast mich benutzt, um …«

»Um durch die Vereinigung mit dir neues Leben entstehen zu lassen. Immerhin bin ich nicht die Jungfrau Maria. Was hast du, fühlst du dich ausgenutzt? Wenn es dich beruhigt, auch ich habe große Lust verspürt. Du solltest dich lieber geehrt fühlen, denn nicht jeder ist würdig, Vater der Esmeralda zu sein.« Eben noch hatte der Anflug eines Lächelns ihre Lippen umspielt, jetzt verdüsterte sich ihr Antlitz wieder. »Aber zu spät, der große Vogel hat seine schwarzen Schwingen über mir ausgebreitet.«

Wohl wahr, ich hätte gern noch länger den Empörten gespielt, doch Esmeraldas – Sitas – tiefer Kummer ließ keinen Platz für falschen Stolz. Erneut legte ich die Hände auf ihre Schultern und bat sie eindringlich, mir von diesem Vogel zu erzählen.

Wir setzten uns auf das schmale Bett, und sie sagte leise, wie in Gedanken versunken: »Es war immer so, es ist so, und es wird immer so sein. Auf dem Mondberg, hoch oben, dicht bei den Gestirnen, da hausen zwei riesige Vögel, größer als jeder Mensch, der weiße und der schwarze. Beide fliegen zur Menschenwelt hinab, um den Willen des Schicksals zu vollstrecken. Wenn der weiße Vogel kommt und die Mondblume in den Schoß einer Frau legt, weiß sie, daß ihr das Glück der Fruchtbarkeit beschieden ist. Kommt aber der schwarze Vogel und verdunkelt mit seinen mächtigen Schwingen den Himmel, weiß der Mensch, daß er sich auf den Tod vorbereiten muß. Denn der schwarze Vogel wird bald zurückkehren, nur noch einmal, um ihn mit seinen scharfen Krallen zu packen und aus dem Leben zu reißen. Es war immer so, es ist so, und es wird immer so sein.«

»Und du hast den schwarzen Vogel gesehen, Sita?«

»Nachdem wir uns geliebt hatten, legte ich mich mit einem seltsamen Gefühl zum Schlafen nieder. Ich spürte, daß etwas Besonderes bevorstand, und ich war glücklich, denn nach unserer Vereinigung erwartete ich den großen weißen Vogel, die Blume der Fruchtbarkeit. Aber dann hörte ich ein Rauschen, und etwas schlug schwer gegen die Fensterscheibe. Etwas Dunkles, eine riesige Schwinge. Der schwarze Vogel ...«

»Eine Wolke wird den Nachthimmel verdunkelt haben, der Wind hat an deinem Fenster gerüttelt.«

»Du kamst bei Nacht zurück zu Notre-Dame und weißt, daß nicht eine Wolke am Himmel stand, daß der Wind so fest schlief wie der Bär zur Winterzeit.«

»Dann hast du geträumt!«

»Vielleicht habe ich das, aber es ändert nichts. Denn der Tod ist der letzte Schlaf, und der schwarze Vogel ist sein Bote.«

Mir fiel kein tröstendes Wort mehr ein. Zudem zweifelte ich, ob ein Versuch zu trösten angebracht gewesen wäre. Bei jedem anderen Menschen hätte ich das Gerede von diesem schwarzen Vogel für reinen Aberglauben gehalten, für heidnischen Unsinn. Aber Sita, la Esmeralda, die Hüterin des Sonnensteins mit ihren geheimnisvollen Kräften, mochte Dinge schauen, die gewöhnlichen Menschen verborgen blieben.

Ich nahm sie in die Arme und zog sie an mich. So sanken wir aufs Bett und blieben engumschlungen auf der Strohmatratze liegen. Nicht in Lust vereint wie in der Nacht. Nicht wie Mann und Weib, nicht wie zwei, die einander begehren. Wir waren Fremde, deren Wege das Schicksal nur für kurze Zeit zusammengeführt hatte und die das wußten. Selbst wenn Sita nicht den schwarzen Vogel geschaut hätte, wären die Tochter des Ägypterherzogs und ein Kopist aus Sablé kaum ein und denselben Weg durchs Leben gegangen. Ob die Welt ihre Ananke erlebte oder nicht, Sita und mir war nichts Gemeinsames beschieden.

Je länger ich darüber nachdachte, desto gewisser wurde ich, daß sie in der vergangenen Nacht den Mann Armand geliebt hatte, nicht den Menschen. Was unterschied mich schon von ihrem Angetrauten Pierre Gringoire außer der Umstand, daß er seine Narrheit offen zur Schau trug?

So lagen wir, ich weiß nicht wie lange, still beieinander und teilten die beruhigende Wärme unserer Leiber, nicht aber unsere Gefühle, nicht die Gedanken. Während Sita sich von ihrem aufwühlenden Traum erholte und ihren Kopf an meiner Schulter barg, fragte ich mich immer wieder, ob ich im Chorgang wirklich sie geliebt hatte. Gewiß, es war ihr erhitzter, zitternder Leib gewesen, der meine Lust erweckte und stillte. Aber hatte ich mir nicht insgeheim gewünscht, Colette möge an ihrer Stelle sein?

Ein Schrei ganz dicht an meinem Ohr ließ mich auffahren. »Dort am Fenster!« keuchte Sita und streckte den Arm aus.

Ich rechnete damit, den schwarzen Todesvogel zu erblicken, und griff in meiner Verwirrung nach dem Dolch, bereit, Sita gegen den Tod selbst zu verteidigen.

An der grauen Glasscheibe klebte ein Gesicht, wie es nur einmal entstanden sein konnte. Schiefe Züge und wulstige Verwerfungen hätten einen Unwissenden rätseln lassen, ob er Mensch oder Tier vor sich sah.

Ich aber kannte die Fratze genau und starrte in das Auge, das gestern nacht vergeblich nach der Esmeralda gesucht hatte. Es war aufgerissen, als wolle es nach oben verschwinden, sich auf ewig unter der struppigen Braue verbergen, um den Anblick nicht länger ertragen zu müssen: die Zigeunerin in meinen Armen. Die verworfenen Züge zuckten wild, und ich glaubte, in dem Auge einen feuchten Schimmer zu sehen. Dann war der Spuk verschwunden, und hinter dem Fenster war nichts als der Himmel von Paris.

Den Dolch stoßbereit in der Rechten, sprang ich vom Bett und starrte die Tür an, wartete auf die schlurfenden Schritte des Buckligen. Ich war mir bewußt, daß meine Klinge gegen Quasimodos Urgewalt eine kümmerliche Waffe war. Doch war ich nicht gewillt, mir widerstandslos das Rückgrat brechen zu lassen. Es blieb still. Keine Schritte, kein Quasimodo. Endlich steckte ich den Dolch zurück in die lederne Scheide und wandte mich zu Sita um, die bekümmert dreinschaute.

»Ich wollte nicht schreien«, sagte sie kläglich. »Aber ich bin erschrocken, als ich so plötzlich sein Gesicht sah.«

»Kein Wunder, mir ist noch kein häßlicherer Anblick untergekommen.«

»In der Sprache meines Volkes gibt es kein Wort für häßlich.«

»Sag es ihm, Sita, dann ist er vielleicht ein wenig beruhigt.«

»Das werde ich«, versprach sie.

Sita fand keine Gelegenheit, ihr Versprechen einzuhalten. Quasimodo umsorgte sie weiterhin und hätte wohl jeden Scharwächter, der versucht hätte, sie aus Notre-Dame zu zerren, in der Luft zerrissen, aber er blieb unsichtbar wie ein guter Geist. Er stellte Wein und Wasser, Brot und Käse vor ihre Tür, manchmal sogar eine klobige, mit unsicherer Hand geformte Tonvase mit frischen Blumen, aber er schien keinen Dank zu wollen, schien sich nichts weiter zu erhoffen. Er war der Liebende, dessen Herz gebrochen war und trotzdem nicht aufhörte zu schlagen, zu lieben. Aber vielleicht tue ich ihm unrecht, und es war noch mehr: wahre Treue.

Das gab Sita und mir Gelegenheit, nach dem Sonnenstein zu suchen. Gemeinsam war uns nicht mehr Erfolg beschieden als mir allein, und sie sagte schließlich: »Die größte Ausstrahlung der Kraft, die ich in Notre-Dame spüre, geht von dir aus, Armand.«

Es mußte das Erbe meines Vorfahren Amiel-Aicart sein, der den Stein auf der Flucht von Montségur getragen hatte. Aber das half uns nicht weiter.

So vergingen Tage und Nächte in Eintönigkeit. Sie sahen Sita und mich als Suchende, aber nie wieder als Liebende. Hätte der arme Quasimodo das gewußt, vielleicht hätte es ihm geholfen. Seit die Todesahnung sie beschlichen hatte, schien alles diesseitige Verlangen in Sita erloschen. Vielleicht lag es aber auch an mir, ließ ich sie spüren, daß ich mir Vorwürfe machte wegen Colette.

Der Juni wich dem Juli, und ich begann mich daran zu gewöhnen, daß ein Tag war wie der andere – bis ich erneut auf Pierre Gringoire traf.

Kapitel 4

Der Weise und der Narr

Ich hatte gerade die mittägliche Kürbissuppe vertilgt und beschlossen, ein wenig den Sonnenschein auf der Turmgalerie zu genießen, bevor ich mich wieder in das Kometenbuch vertiefte. Ungeachtet der Suche nach dem Smaragd fuhr ich in der Arbeit fort, denn alle paar Tage erkundigte sich Dom Frollo nach meinen Fortschritten. Um mich zu zerstreuen, sah ich abwechselnd dem Markttreiben unten auf dem Platz und den Bauarbeitern auf dem Südturm zu, die mit der Ausbesserung des Bleidaches begonnen hatten. Ein paar arme Teufel mühten sich damit ab, schwere Rollen dünn ausgewalzten Bleis auf den Turm zu schleppen.

Da ich mich den ganzen Vormittag über mit Gringoires Aufzeichnungen beschäftigt hatte, hielt ich es zunächst für ein Trugbild, als ich seine magere Gestalt im Menschengewühl auf dem Domplatz erblickte. Ich kniff die Augen zu und schaute noch einmal genau hin. Kein Zweifel, es war der Schreiber, Dichter und Hanswurst. Sein gelb-rotes Narrenkleid ließ ihn unverkennbar aus der Menge hervorstechen. Er führte keine Possen auf, sondern stand mit in den Nacken gelegtem Kopf neben der Bude eines Ledermachers und starrte an den Portalen der Kathedrale hinauf. Zu mir?

Es konnte nicht anders sein. Mathias oder Villon mußte eine wichtige Nachricht für mich haben. Schon einmal hatten sie Gringoire als Boten benutzt. Ich lief zum Nordturm und dort eilig die Treppe hinunter, erreichte keuchend die Kathedrale und stürmte auf das Portal der Heiligen Jungfrau zu. Jetzt erst fiel mir ein, daß meine Eile verräterisch wirken konnte, und ich verlangsamte meinen für diesen geweihten Ort unangemessen raschen Schritt. Wenn Gringoire eine wichtige Nachricht für mich hatte, würde er warten. Ein zwingender Gedanke, wie mir schien, doch als ich ins Freie trat, erkannte ich meinen Irrtum.

Um den hölzernen Klappstand des Ledermachers drängten sich Männer und Frauen, die Schuhe, Schürzen, Humpen und Flaschen in Augenschein nahmen, aber Gringoire war nicht darunter. Ich sprang die Treppe vor dem Portal hinunter, schob mich durch das Gedränge und sah mich immer wieder nach allen Seiten um, bis ich die halbhohe Mauer erreichte, die den Domplatz begrenzte. Schon wollte ich aufgeben, da erspähte ich das gelb-rote Narrengewand hinter einem Ochsenkarren, der in die Rue Saint-Christophe einbog.

Gringoire ging auf die Christophoruskirche zu, und er war nicht allein. An seiner Seite sah ich eine Gestalt im dunklen Kanonikergewand, den Kopf von einer Kapuze verhüllt. Und doch ahnte ich, wer es war. Wenn meine Ahnung nicht trog, bot dieses Zusammentreffen Anlaß zur Besorgnis.

Ich schlich den beiden nach. Sie verschwanden in der Pfarrkirche, die sich im Schatten der mächtigen Kathedrale klein und unbedeutend ausnahm. Sobald ich die Kirche betreten hatte, zog ich mich hinter eine dicke Säule zurück, bis sich meine Augen an das Halbdunkel gewöhnt hatten. Ein paar Betende knieten vor den Statuen der Heiligen und vor dem Altarraum. Zwei oder drei kleine Gruppen standen nahe dem Portal und sprachen über weltliche Geschäfte. Langsam durchmaß ich das Kirchenschiff, hielt mich im Schatten und versuchte zugleich, die anderen Schatten auszuspähen.

Mit Erfolg: Gringoires auffällige Bekleidung war auch im

dämmrigen Kirchenlicht nicht zu übersehen. Er stand mit seinem Begleiter hinter einer Statuengruppe, die das Urteil Salomos darstellte. In der Nähe standen ein paar Holzbänke, und auf einer davon ließ ich mich mit gesenktem Haupt wie zum Gebet nieder. In Wahrheit galt meine ganze Andacht dem halblauten Wortwechsel.

Gringoire: »... diesen Simpel Clopin richtig scharfgemacht auf den Schatz von Notre-Dame. Er brennt schon darauf, ein reicher Mann zu werden und seinem Kreuzbruder die gerettete Tochter zu bringen. Natürlich hofft Clopin, daß Mathias dafür eine Truhe Goldstücke rausrückt. In drei oder vier Tagen sind die Gauner soweit.«

Der andere: »Das ist zu spät. Morgen wird das Parlament zusammentreten, um das Asylrecht in Notre-Dame aufzuheben. Unser Bischof ist Ratsherr im Parlament und wird der Aufhebung zustimmen.«

Gringoire: »Ein seltener Vorfall, daß die Kirche selbst ihr Asylrecht aufhebt. Steht nicht in den Psalmen, Gott sei unsere Zuflucht für und für?«

Der andere: »Das zeigt, wie ernst König Ludwig, der Bischof und das Parlament die Sache nehmen. Noch immer spricht ganz Paris von der dem Galgen entsprungenen Zigeunerin. Man befürchtet einen Aufstand und will der Sache schleunigst ein Ende setzen.«

Gringoire: »Aber dann müßte die Kathedrale noch heute gestürmt werden ...«

Der andere: »Ganz genau. Ihr und Jehan müßt es schaffen. Wenn die Zigeunerin den Soldaten in die Hände fällt und plaudert, haben wir den König auf dem Hals.«

Gringoire: »Aber sie hat selbst unter der Folter ihr Geheimnis bewahrt.«

Der andere: »Weil sie nicht danach gefragt wurde. Jetzt aber schickt der König Truppen nach Paris, Tristan l'Hermite führt sie an.«

Gringoire: »Meint Ihr, der König ahnt etwas? Dann wäre es das beste, Ihr rammt der Zigeunerhure ein Messer in den Leib.«

Der andere: »Wie denn, wenn Quasimodo sie beschützt?«

Gringoire: »Ihr seid der Meister des Buckligen.«

Der andere: »Damit ist es vorbei, wie ich schmerzhaft erfahren mußte. Also seht zu, daß Clopin Notre-Dame noch heute nacht stürmt! Ich verdopple die Menge Goldes, die ich Euch versprochen habe.«

Gringoire: »Fein, das verdoppelt meinen Eifer. Wollt Ihr ihn nicht verdreifachen?«

Der andere: »Meinetwegen. Ich hoffe nur, ich kann mich auf Euch verlassen!«

Gringoire: »Hoffen und harren macht manchen zum Narren, sagt Ovid. Aber sagt nicht Sophokles, hoffen dürfe man alles?«

Der andere seufzte: »Das kommt davon, wenn die Leute nicht nur die Heilige Schrift lesen.«

Gringoire kicherte: »Ein Narr spricht, ein Weiser denkt.«

Sie traten hinter den Steinfiguren hervor, und ich zog den Kopf noch weiter ein. Wenn sie mich erkannten, konnte das böse Folgen haben. Nach allem, was ich erlauscht hatte, durften sie es sich nicht leisten, mich laufenzulassen.

Da ich sie nicht sehen konnte, horchte ich auf ihre Schritte und hielt den Atem an. Erst als ich sicher war, daß sie das Gotteshaus verlassen hatten, atmete ich auf. Ich wartete noch eine halbe Stunde, damit keiner der beiden mich aus der Kirche treten sah, dann eilte ich in den Tempelbezirk, denn was ich soeben mit angehört hatte, bot Anlaß zu größter Besorgnis.

»Armand, seid Ihr sicher, daß *er* es war?« fragte mein Vater, als ich ihm und Leonardo in Villons unterirdischer Kammer berichtet hatte, wer bei Gringoire gewesen war.

»Ganz sicher«, antwortete ich. »Ich habe die Stimme zu oft gehört, um mich zu täuschen. Außerdem erklärt das, weshalb Gringoire auf dem Domplatz herumlungerte. Er wartete nicht auf mich, sondern auf ...«

»Dom Frollo!« schnaubte Leonardo. »Immer wieder er. Wir hätten ihm längst einen Dolch zwischen die Rippen jagen sollen.«

»Das hat Gringoire ihm in bezug auf Sita auch empfohlen«, entgegnete ich. »Eure Methoden scheinen sich von denen der Dragowiten nicht wesentlich zu unterscheiden.«

Der Italiener warf mir einen tadelnden Blick zu. »Nicht die Methoden sind wichtig, sondern das Ergebnis.«

»Wahr gesprochen, Bruder Leonardo. Wenn die Gauner und Bettler tatsächlich Notre-Dame stürmen, wird Frollo die Gelegenheit nutzen, sich der Zigeunerin zu bemächtigen.«

»Damit sie für ihn nach dem Sonnenstein sucht?« fragte Leonardo.

»Natürlich. Und weigert sie sich ... nun, Armand hat eben gesagt, was dann mit ihr geschieht.« Villon saß vor seinem Schachspiel und schob zwei schwarze Bauern über die Felder, bis sie im weißen Lager standen. »Pierre Gringoire und Jehan Frollo. Letzteren hatten wir im Verdacht, ein Spion seines Bruders zu sein. Aber bei Gringoire bin ich überrascht, er hat die Rolle des verliebten Narren glänzend gespielt.«

»Wir haben verdammt gut daran getan, ihm unser Quartier nicht zu verraten«, sagte Leonardo mit versteinertem Gesicht. »Sonst hätten die Dragowiten uns längst ausradiert!«

»Phoebus de Châteaupers hatte weniger Glück«, bemerkte ich. »Jetzt ist mir klar, daß Gringoire seiner Angetrauten nicht aus Eifersucht folgte, als sie sich mit dem Hauptmann traf. Er hat die beiden an Dom Frollo verraten und wohl auch die Scharwache alarmiert. Selten war ein buntgescheckter Narr so gefährlich.«

»Wir sind jetzt gewarnt und werden die Wachen verdoppeln«, sagte Villon. »Wichtig ist, daß wir auch Mathias und seine Tochter warnen. Leonardo wird sofort zum Wunderhof gehen und den Herzog unterrichten. Vielleicht kann Mathias seinen Kreuzbruder Clopin von der Wahnsinnstat abbringen. Und Armand muß Sita benachrichtigen.«

»Was nützt ihr das?« fragte ich. »Sie kann die Kathedrale nicht verlassen, ohne von den Scharwächtern ergriffen zu werden.«

»Sie muß es versuchen. Wenn das Parlament das Asylrecht aufhebt, ist sie ohnehin verloren. Vom Henker hat sie nichts anderes zu erwarten als von Dom Frollo. – Was habt Ihr, Armand, warum antwortet Ihr nicht?«

Ich hörte ihn kaum und gab auch jetzt keine Antwort. Meine Gedanken kreisten um Sitas Vision, um den schwarzen Todesvogel.

Kapitel 5

Flammen über Notre-Dame

Nach meiner Rückkehr suchte ich Notre-Dame nach Sita ab, um sie endlich im Kirchenschiff zu finden, wo sie wie ins Gebet versunken kniete. In ihrer Novizinnentracht fühlte sie sich vor einem übermütigen Einfall der Scharwächter sicher, zumal der schwarze Schleier ihr Gesicht weitgehend verhüllte. Sie hatte den Kopf in den Nakken gelegt und blickte zu der hohen Deckenwölbung hinauf, wo sich der Stein in Luft und die Erdenschwere des Menschen in himmlische Leichtigkeit auflösen wollte. Die Kunst der Baumeister, so hohe, kühne, fast schwebende Konstruktionen zu erschaffen, mußte göttlichen Ursprungs sein und führte jeden Gedanken zu diesem Ursprung zurück. Und doch fragte ich mich, ob die Hüterin des verlorenen Sonnensteins nicht ganz andere Überlegungen anstellte.

Es war, als hätte sie mein Nahen gespürt. Sie senkte ihr Haupt und wandte sich zu mir um, noch bevor ich sie erreichte. Ihre Miene war ernst, erschrocken, und ich fragte nach der Ursache.

»Ich hatte einen Traum mit offenen Augen, eine Erscheinung«, antwortete sie leise und in sich gekehrt, als hänge sie den Bildern dieser Erscheinung noch nach. »Ich sah die Kathedrale eingehüllt von Flammen, als ergösse sich ein feuriger Katarakt aus Himmelsschleusen über das Bauwerk. Und ich wurde von den züngelnden Sturzbächen aus Notre-Dame geschwemmt.«

»Genau das kann geschehen, wenn wir nicht einen Weg

finden, dich fortzuschaffen«, sagte ich und berichtete ihr, was ich gehört hatte. »Vielleicht sollten wir versuchen, die Kathedrale nach der Vesper ganz offen zu verlassen. Viele Augustinerinnen kommen zur Abendandacht her. Wenn du dich ihnen zugesellst, wird man dich für eine der Ihren halten.«

»Nein«, erwiderte sie nach kurzem Überlegen.

»Du meinst, wir können die Wachen nicht täuschen?«

»Nein, ich will in Notre-Dame bleiben.«

»Aber Clopin plant einen Sturm auf die Kathedrale! Das kann für dich böse enden. Die Erscheinung, oder was es war, sollte dir eine Warnung sein.«

»Vielleicht wollte sie mich auch davor warnen, etwas Unüberlegtes zu tun.«

»Ach? Und hierzubleiben und auf das Verhängnis zu warten, nennst du überlegt?«

Sita lächelte zu meiner Verwirrung und legte sanft eine Hand auf meine Schulter. »Glaub mir, Armand, ich habe es mir überlegt. In dem Tumult, den Clopins Angriff hervorrufen wird, bietet sich vielleicht eine Gelegenheit, in Frollos Allerheiligstes einzudringen.«

»Seine Hexenküche, ja«, murmelte ich und blickte hinauf zur Decke, als könne ich durch sie hindurch auf den Nordturm schauen. »Natürlich habe ich auch schon oft daran gedacht, aber ich glaube kaum, daß der Sonnenstein sich ausgerechnet in Frollos Turmstube befindet. Dann wäre der Archidiakon längst darauf gestoßen.«

»Ich bin ganz deiner Meinung, Armand. Doch wenn Frollos Zelle schon nicht den Sonnenstein beherbergt, dann vielleicht die Antwort auf ein anderes Rätsel, das ebenso wichtig ist.«

»Du meinst die Machina Mundi, die Weltmaschine.«

»Klug geschlossen, Armand. Der Sonnenstein allein genügt nicht, um die große Transmutation herbeizuführen.

Die Dragowiten müssen seine Kraft mit der vereinen, die in der Machina Mundi wohnt. Einen Hinweis auf ihren Standort zu finden wäre ein Wagnis wert.«

»Auch das Wagnis, ein Leben zu verlieren? Dein Leben, Sita?«

»Ja!«

»Ich weiß nicht«, sagte ich kopfschüttelnd. »Frollos Zelle ist stets verschlossen.«

»Das habe ich bereits festgestellt, aber ich bin recht geschickt darin, mit den einfachsten Mitteln Schlösser aufzubrechen.« Sie zog eine bronzene Haarnadel unter dem Schleier hervor und hielt sie mir unter die Nase. »Damit kriege ich beinahe jedes Schloß in kurzer Zeit auf, nur bei Frollos Zelle dauerte es lange. Zu lange. Frollo erschien, als habe ihn etwas oder jemand gewarnt, und ich mußte mich verstecken.«

»Und ausgerechnet heute abend willst du dein Glück erneut versuchen?«

»Gerade heute abend! Der Angriff der Gauner wird Frollo ablenken und mir ausreichend Zeit verschaffen.«

Ich teilte ihre Ansicht nicht, hielt das, was vielleicht zu gewinnen war, für unverhältnismäßig gering im Vergleich zu dem, was es kosten konnte: Sitas Leben. Dom Frollo mochte in seiner Hexenküche sonstwas treiben. Selbst wenn er dort einen Hinweis auf die Maschine des Raimundus Lullus verbarg, hieß das nicht, daß Sita ihn entdecken konnte. Ihr Vorhaben erschien mir töricht, so als suche sie nach ihrem Traum vom schwarzen Vogel geradezu den Tod.

Während ich noch überlegte, wie ich sie umstimmen sollte, stellte sie sich plötzlich auf die Zehenspitzen und blickte über die Köpfe steinerner Dämonen hinweg zum Hauptportal. »Er ist's, der hübsche Italiener«

Die Worte weckten meine Eifersucht. Sie meinte Leonardo, der das Portal durchschritten hatte und sich forschend umsah. Ich trat auf den Gang und winkte ihm. Mit raschen Schritten kam er näher und sagte mit ernster Miene: »Ich komme geradewegs vom Wunderhof, von Clopin Trouillefou und Mathias Hungadi Spicali. Dem Herzog und mir ist es nicht gelungen, den Gaunerkönig umzustimmen. Clopin faselt davon, die Esmeralda zu retten, wenn ihr eigener Vater es schon nicht versuche. Seine Gaunerehre gebiete es ihm. Und seine Männer verteilen den Kirchenschatz, bevor sie ihn überhaupt gesehen haben. Wir müssen sofort aus Notre-Dame verschwinden!«

Sita beharrte auf ihrem Entschluß und ließ sich auch von dem mit Engelszungen redenden Italiener nicht bekehren.

»Dann müßt wenigstens Ihr mich begleiten, Armand«, seufzte Leonardo schließlich. »Euer Vater würde mir niemals verzeihen, wenn Ihr den beutewütigen Gaunern zum Opfer fielet.«

»Nein, ich bleibe auch«, sagte ich zur großen Überraschung der beiden. »Ich verlasse Notre-Dame nur an Sitas Seite!«

Leonardo starrte mich eine Weile mit offenem Mund an und sagte dann: »Armand, Ihr seid ein Narr, aber ein tapferer.«

»Kann es Tapferkeit ohne Narretei geben?« fragte ich. »Der Ausspruch ist nicht übel. Falls die Sache schiefgeht, merkt ihn Euch für meinen Grabstein.«

Der Italiener nickte. »Ich werde Maître Villon berichten, daß er stolz sein kann auf die Dummheit seines Sohns. Möge der Vater der Guten Seelen mit Euch sein, und natürlich auch mit Euch, Sita!«

Als er die Kathedrale verließ, verblaßte die Sonne und mit ihr die leuchtende Kraft der Fensterrose. Das Kirchenschiff wirkte mit einem Schlag düster, kalt und bedrohlich. Ich blickte dem Italiener nach zum Portal des Jüngsten Gerichts und fragte mich, ob ich soeben mein eigenes Urteil gesprochen hatte.

Sie kamen um Mitternacht. Das dumpfe Dröhnen ihrer Schritte schreckte mich auf, und die Schreibfeder fiel mir aus der zuckenden Hand. Meine Aufzeichnungen über das, was mir in Paris widerfahren war, versteckte ich im Bettkasten. Sie waren lückenhaft, mehr eine Skizze als ein genauer Bericht. Vieles war zu ergänzen, auszumalen, und ich wußte nicht einmal, ob ich je dazu kommen würde.

Ich trat auf die Galerie zwischen den Türmen, wo ich Sita traf. Als ich die vielhundertköpfige Menge sah, wünschte ich, ich wäre mit Leonardo gegangen. Doch nun war es zu spät. Notre-Dame wurde bedrängt von einer düsteren Masse, die aus allen Gassen und Winkeln quoll. Die Seine-Insel schien übervoll von den finsteren Gestalten, die schlurfend, scharrend und stampfend, keuchend und pfeifend auf die Ostspitze der Insel zurückten, als wollten sie allein durch die Masse ihrer Leiber die Mauern von Notre-Dame eindrücken. Eine Armee der Nacht, geboren aus der Finsternis und beschützt von ihr. Daß die Kolonnen, die von den Brücken zwischen Insel und Neustadt herüberkamen und sich vor Notre-Dame vereinigten, im Dunkeln marschierten, ließ sie noch unheimlicher, noch gefährlicher erscheinen.

Erst als die Gauner, die Bettler, die Beutelschneider und Diebe, die Halsabschneider und Galgenstricke Notre-Dame vollständig eingekreist hatten, flammten wie auf ein geheimes Kommando hin mehrere Fackeln auf. Fratzen, wie gerade der Hölle entstiegen, starrten zu Sita und mir herauf, als könnten sie uns hier oben im Schatten der Türme sehen. Bärtige und narbenzerfurchte Gesichter, pockige und totenblasse, zahnlose und hauerbewehrte. Blanke Gier nach Beute stand darin geschrieben, Lust an der Zerstörung, etwas Vertiertes, das der Mensch in der Masse annimmt. Die Masse zertrampelt jeden hohen Gedanken und läßt nur Raum für das, was allen gemeinsam ist: die niedersten Gefühle.

Es war eine Armee aus Männern, Frauen und Kindern, aus Greisen und Krüppeln, arm- oder beinlosen Gestalten, deren kriegerische Panzerung ihrer tatsächlichen Kampfkraft Hohn sprach. Echte Kriegswaffen blitzten neben zweckentfremdeten Werkzeugen; grindige Klauen reckten Schwerter, Dolche, Äxte, Hellebarden, Lanzen und Armbrüste empor, dazwischen krumme Holzknüppel, Feuerhaken, Hämmer, Meißel, Ledermesser, Sensen und Mistgabeln. Sogar die Kinder hatten sich bewaffnet, mit Geräten, die oft größer waren als sie selbst.

Über den Fratzen, Klingen und Fackeln erhob sich das wichtige Zeichen jeder Armee, ein Banner. Es war in der Tat passend gewählt: eine Heugabel, an deren Zinken ein bluttriefendes Stück Aas steckte. Im Fackellicht erkannte ich die kräftige Gestalt des Gaunerkönigs und an seiner Seite den mit Goldflitter geschmückten Anführer einer bunt ausstaffierten Hilfsarmee.

»Mein Vater!« stieß Sita erstaunt hervor. »Er ... beteiligt sich an dem Angriff ...«

»Vermutlich sieht er darin die einzige Möglichkeit, helfend einzugreifen«, sagte ich. »Damit hat er recht und gleichwohl kaum Aussicht auf Erfolg. Clopins Pöbel ist in der Überzahl und in einer Stimmung, in der eine Goldkrone hundert Menschenleben aufwiegt, das eines Kopisten und einer Zigeunerin allemal.«

Als der Domplatz mit den Kreaturen der Gaunerarmee randvoll war, stieg Clopin Trouillefou auf die Umfassungsmauer, um die Feldherrenansprache zu halten, die jeder Schlacht vorangeht und kühles Denken in flammende Begeisterung, Bedachtsamkeit in Raserei, mitfühlende Menschen in erbarmungslose Raubtiere verwandelt. Seine aufpeitschenden Worte hallten über den ganzen Platz und waren auch auf der Turmgalerie deutlich zu verstehen. Er rief Louis de Beaumont, den Bischof von Paris, an, dessen Palast zwischen der Kathedrale und dem linken Flußarm stand, und erklärte ihm offiziell den Krieg. Dazu glaubte Clopin sich befugt, nannte er sich selbst doch König der Gauner, Großfürst und Prinz der Ausgestoßenen, Bischof der Narren. Er schwadronierte von seiner und aller Ausgestoßenen Schwester, la Esmeralda, deren heiliges Gastrecht der Bischof durch die Aufhebung des Asyls verletze, erwähnte aber mit keinem Wort die Kirchenschätze, die seine Schar zu plündern hoffte. Wie alle Feldherren ihre Armeen mit der Aussicht aufs Plündern nur dann anspornen, wenn die allgemeine Verrohung durch den Krieg jeden Appell an Vaterlandsliebe, Ehre und Treue sinnlos erscheinen läßt. Zur Bekräftigung seiner Worte pflanzte Clopin sein blutiges Feldzeichen auf, indem er es feierlich in die kotige Ritze zwischen zwei Pflastersteinen steckte.

Der Bischof von Paris war entweder zu stolz oder zu klug, um sich dem feindlichen Heer zwecks einer Gegenrede zu stellen. Nicht einmal seine Wachen rückten aus, was angesichts der gegnerischen Übermacht kaum tapfer, dafür aber um so klüger war. Vermutlich hatte Louis de Beaumont entschieden, lieber die Kathedrale zu opfern und seinen Palast zu verteidigen. Häuser zur Ehre Gottes gab es schließlich zuhauf, aber den Bischof von Paris gab es nur einmal.

Auch sonst stellte sich dem Gaunerheer kein Widerstand entgegen. Beim Aufflackern der Fackeln und während Clopins Ansprache waren hier und da in den Häusern Lichter angegangen, und einige Bürger hatten die Fenster aufgestoßen. Als sie gewahr wurden, zu welchem Feldzug sich der Abschaum von Paris hier zusammengerottet hatte, erloschen die Lichter wieder, und die Fenster wurden hastig zugeschlagen. Warum für die Kathedrale das Leben wagen? Beten konnte man auch in den Pfarrkirchen.

So konnte Clopin ungehindert seinen Befehl erteilen: »Vorwärts, Kameraden! Ans Werk, ihr Zänker!«

Ein dreißigköpfiger Stoßtrupp löste sich aus der Masse und erklomm die Stufen zum Hauptportal. Vierschrötige Kerle, die schwere Hämmer, Zangen und eiserne Brechstangen trugen. Es wäre wohl einfacher gewesen, sich an einer der kleinen Pforten zu versuchen, aber das schien der große Feldherr Clopin Trouillefou nicht zu bemerken. Vielleicht handelte er auch nach dem Grundsatz, daß ein großes Heer eine große Angriffsfläche braucht. Jedenfalls setzte unter uns ein lautes Hämmern und Kratzen ein, begleitet von Rufen und Flüchen der sich vergeblich abmühenden Zänker. Andere Gauner scharten sich um sie. Ihre enttäuschten Gesichter zeigten, wie wenig es unter dem Spitzbogen des Hauptportals voranging.

Ich drehte mich zu Sita um, wollte sie fragen, ob wir nicht doch die Flucht durch eine der Seitentüren versuchen sollten, bevor die Gauner hereinströmten. Die Ägypterin war verschwunden. Ich ahnte, wohin, und wollte ihr folgen, doch ein unheimliches Geräusch, ein dumpfes Schaben, hielt mich zurück.

Der Holzpfeiler, der, von Zauberkraft getragen, auf die Galerie zu schweben schien, lag in Wahrheit in den starken Händen Quasimodos. Er war auf den Ansturm aufmerksam geworden und hatte den Balken von der Baustelle auf dem Südturm geholt, um ihn als Waffe einzusetzen. Unter lautem Keuchen schob er das gewaltige Holzstück über die Galerie und wuchtete es über die Brüstung.

Das Riesengeschoß fiel an der Fassade entlang, schrammte sie, riß ein paar Glieder der Steinfiguren ab und drehte sich unentwegt um sich selbst, den Flügeln einer Windmühle gleich. Es stürzte geradewegs auf die Treppe und schlug einem runden Dutzend Gauner Schädel und Knochen ein. Dann polterte es mit dem Lärm einer Feldschlangensalve die Stufen hinab zwischen die unter Schrekkensschreien auseinanderspritzenden Menschen. Einige stolperten über ihre Kameraden und waren zu langsam. Der Balken holte sie ein und brach ihnen die Beine, wie ein Herbststurm dürres Geäst abknickt.

Wimmernd blieben die Verletzten auf dem sich leerenden Domplatz liegen. Auch die Zänker ergriffen die Flucht vor dem unsichtbaren Gegner. Clopin zog sich mit seiner Armee hinter die Grenzmauer zurück, von wo die völlig Verwirrten ratlos zur Kathedrale und in den Himmel starrten, aus dem das Verhängnis auf ihre Mitstreiter herabgefallen war. Die Turmgalerie lag im Dunkel, jenseits der Kraft ihrer Fackeln, und der schreckliche Quasimodo blieb ihnen verborgen.

Clopin tat, was ein Feldherr tut, wenn der Sieg mehr zählt als alles andere. Er schickte seine Soldaten erneut an die Front und schrie einen ersehnten Befehl: »Plündern!«

Die Armee aber verharrte still. Der Kampfgeist ihres Anführers wollte nicht auf sie übergehen, solange es keine Wahl gab außer der, sich vor den Portalen zusammenzudrängen und auf herabstürzende Balken zu warten. Die Zänker scharten sich um Clopin und erklärten ihm wohl, daß man sich an den starken Portalen wenn nicht die Zähne ausbeißen, dann doch die Zangen ausreißen würde.

Clopin wußte Rat und rief: »Ein Rammbock muß her, und der Himmel selbst hat ihn uns gesandt. Gott ist mit uns, er hat uns den Schlüssel zur Kathedrale in die Hand gegeben!« In gespielter Ehrfurcht verneigte er sich, und im Schein einer Fackel sah ich das wölfische Grinsen auf seinem Gesicht. Er hatte gewonnen, den Bann gebrochen.

Mehrere Männer scharten sich um den Balken, hoben ihn auf und verwandelten ihn in einen mächtigen Tausendfüßler, der über den Platz stürmte, die Stufen erklomm und mit schwerem Dröhnen gegen das Hauptportal stieß. Wenn ich sage, daß die Mauern des Westwerks unter dem Anprall erzitterten, ist das keine Übertreibung. Wieder und wieder rammten die Gauner unter Hurra-Schreien das Tor.

Mochte der Bischof sich in seinem Palast verschanzen, mochten die Bürger sich in ihren Stuben schlafend stellen, die Kathedrale hatte einen Verteidiger, der eine ganze Kompanie aufwog: Quasimodo. Auch wenn ihm das warme Fleisch der Zigeunerin vielleicht mehr am Herzen lag als der kalte Stein des Gotteshauses, die Wirkung blieb sich gleich. Daß der Gaunerkönig die Befreiung der Esmeralda proklamiert hatte, war dem Tauben entgangen. Er sah die Meute da unten gegen Notre-Dame anstürmen und nahm das als einen Angriff auf seinen Schützling. Für den einfachen Verstand des Glöckners waren die Gauner Asylbrecher, also bekämpfte er sie mit allen Mitteln.

Während das Tor unter den Rammstößen erbebte, sprang Quasimodo wie ein Dämon zwischen Südturm und Galerie hin und her, um an der Brüstung aufzuhäufen, was nicht niet- und nagelfest war. Steinquader zur Ausbesserung des Gemäuers, aber auch Werkzeug, sogar eine Schubkarre. Als er genügend Geschosse aufgehäuft hatte, eröffnete er seine Kanonade und setzte sie mit der unerbittlichen Gleichmäßigkeit eines Uhrwerks fort. Wie ein schwingendes Pendel nahm er ein Geschoß auf, beugte sich über die Brüstung, ließ es fallen, bewegte sich zurück und packte einen weiteren Stein oder was er sonst herbeigeschleppt hatte. So schnell, daß immer zwei Geschosse gleichzeitig in der Luft waren und die Gauner, in deren dichtgedrängte Reihen große Lücken gerissen wurden, eine Vielzahl von Verteidigern irgendwo über sich wähnten.

Als einige zu mutmaßen begannen, die Kathedrale selbst wehre sich gegen die Angreifer und schüttle ihre Steine auf sie herab, fuhr Clopin Trouillefou mit mahnenden Worten dazwischen. Gott sei erbost über die bevorstehende Aufhebung des Asylrechts und daher auf ihrer Seite. Der tödliche Hagel komme von den Pfaffen, die man aufspießen und rösten werde, sobald das Tor aufgebrochen sei. Und als ein paar Gauner erneut zurückweichen wollten, zog Clopins weiße Peitsche blutige Striemen über ihre Gesichter.

Die Überzahl der Belagerer hatte sich von dem Schrecken des Riesenbalkens erholt und setzte den Ansturm trotz Quasimodos Beschuß fort. Ein ums andere Mal krachte der Rammbock gegen das Tor, das ächzte und zitterte wie ein Mensch im Todeskampf. Clopin ließ seine Peitsche knallen und gab so den Takt für die Rammstöße an. Mathias hielt sich mit seinen Zigeunern im Hintergrund. Sie lagerten in den Hauseingängen jenseits der Grenzmauer und bereiteten sich darauf vor, Sita zu Hilfe zu eilen, sobald die Gauner die Kathedrale stürmten.

Das schwere Ächzen des Portals schien einen baldigen Erfolg der Rammstöße anzukündigen. Quasimodo ließ sich nicht entmutigen und sprang erneut zwischen Südturm und Galerie hin und her. Wie ein Besessener schichtete er ein Reisigbündel auf, darüber Bretter und kleine Balken und darauf schließlich die Bleirollen, die tagsüber von den Arbeitern heraufgeschafft worden waren. Gespannt und verwirrt zugleich verfolgte ich sein Treiben, in dem ich keinen Sinn erblicken konnte. Hatte die Raserei ihn vollends um den Verstand gebracht?

Er kehrte mit einer Laterne aus dem Turm zurück und schleuderte sie mit einem kriegerischen Grunzen gegen den Holzstapel. Das Glas zerplatzte mit hellem Klirren, und das brennende Öl ergoß sich aus dem Bronzebehälter über das Holz. Sogleich bissen die Flammen zu, fraßen sich mit gieriger Hast weiter und hatten bald den ganzen öldurchtränkten Stapel erfaßt. Sie loderten hoch und schlugen weit über die Brüstung, als wollten sie ganz Notre-Dame verschlingen. Der wild flackernde Feuerschein ließ Quasimodos gräßliches Antlitz noch schrecklicher erscheinen, mal von roter Höllenglut erfüllt, dann wieder im finsteren Schatten auf Beute lauernd.

Das Blei krümmte sich, warf Blasen, zerfloß unter der unbändigen Hitze, ergoß sich wie der heiße Auswurf Satans über die Dachplatte der Galerie und wollte nach meinen Füßen lecken. Hastig sprang ich zurück, auf einen großen Steinquader, den die Bauarbeiter hier deponiert hatten.

Das Blei breitete sich nicht weiter aus. Es floß durch zwei Regenrinnen ab, die unter der Brüstung saßen und in spitzohrigen Dämonenfratzen über dem Hauptportal endeten. Jetzt erst erfaßte ich die ganze Abgefeimtheit von Quasimodos Plan. Der Glöckner hatte keineswegs den Kopf verloren, sondern zu einem Gegenschlag ausgeholt, wie ihn nur ein grausamer Geist ersinnen kann. Er hatte von anderen Menschen gelernt, grausam zu sein, und er tat es für die Esmeralda.

Ich hatte Sita keineswegs vergessen, war aber ein Gefangener des flüssigen Bleis, das blubbernd um meinen Steinquader kroch, und mußte, ob ich wollte oder nicht, die unmenschliche Bestrafung der Gauner mit ansehen: Die beiden Wasserspeier spuckten unaufhörlich kochendes Blei auf die Köpfe der dichtgedrängten Gauner. Zwei dicke glühende Strahlen, die sich auf halber Höhe zu einer Todeskaskade vereinigten, verbrannten das Leben der Unglücklichen, fraßen sich durch Kleider, Haut und Knochen. Wer Glück im Unglück hatte, dem wurde das Leben sofort ausgebrannt. Die anderen, am ganzen Leib verbrüht, schrien lauter und entsetzter, als ich je einen Menschen hatte schreien hören.

Die noch laufen konnten, flohen, in weitaus wilderer Panik als zuvor beim Niederkrachen des Holzbalkens, den die Zänker längst hatten fallen lassen. Faustgroße Bleitropfen schlugen wie feuriger Hagel in die Menge und streckten immer neue Männer, Frauen und Kinder nieder, die sich schon in Sicherheit wähnten. Andere wurden von ihren zu Tode erschrockenen Kameraden zu Boden gestoßen und von der sich über Stufen und Vorplatz ergießenden Bleiflut eingeholt, bevor sie wieder auf die Füße kamen. Unter qualvollen Schreien verendeten sie in der zähflüssigen Masse, die nichts freigab, was sie einmal erfaßt hatte.

Die Gauner mußten glauben, Notre-Dame habe sich in ein wütendes Ungetüm verwandelt, ein riesenhaftes Untier, ein Höllengeschöpf, das Feuer und Rauch spie. Der Wind riß Brandfetzen aus der von Quasimodo entfachten Glut und wehte sie wie fliegende Feuergeister über die Insel. Schwarzer Rauch quoll auf und breitete sich nach allen Seiten aus. Ich bekam zeitweilig kaum Luft, mußte heftig husten, und dem buckligen Meister des Infernos erging es nicht besser.

Taumelnd näherte er sich dem Feuer, entweder vom beißenden Qualm geblendet oder in dem Bestreben, die Glut zu schüren und den Rauchausstoß zu vermindern. Plötzlich schrie er auf und drehte sich wie ein tanzender Gaukler um die eigene Achse: Seine Kleidung hatte Feuer gefangen.

Die Flammen waren unersättlich, jetzt wollten sie sogar ihren Schöpfer fressen. Er warf sich auf einer kleinen Erhöhung hinter der Waberlohe zu Boden und wälzte sich heulend und wimmernd hin und her. Ich konnte ihm nicht helfen, wurde ich doch immer noch vom heißen Blei umspült und wollte nicht so enden wie die jämmerlichen Kreaturen auf dem Vorplatz, die, mit dem erkaltenden Metall überzogen, aussahen wie die Geschöpfe eines Alchemisten, der vergeblich versucht hatte, Menschen in Statuen zu transmutieren.

Quasimodo hatte erkannt, worin allein seine Rettung liegen konnte. Er riß sich, noch immer am Boden liegend, die brennenden Kleider vom Leib. Stück um Stück enthüllte er sein häßliches, stark behaartes, scheinbar in völliger Willkür zusammengefügtes Fleisch. Als er sich in Jacke und Hose verhedderte, zerfetzte er den Stoff mit grober Gewalt, bis er schließlich in seiner ganzen bemitleidenswerten, abstoßenden Häßlichkeit auf dem Boden lag. Aber er hatte die Flammen gelöscht, die ihn verzehren wollten. Der tiefe, urwüchsige Laut, den er darob ausstieß, konnte ein triumphaler Siegesschrei sein oder ein erleichterter Seufzer.

Wo makellose Schönheit uns anlockt, verzaubert und uns derart in ihren Bann zieht, daß wir der Welt entrückt sind, müßte ihr Gegensatz, die vollkommene Häßlichkeit, uns abschrecken, unsere Augen wie von selbst verschließen. Aber es ist nicht so. Der Mensch starrt das Häßliche an wie das Schöne, ergötzt sich an Verunstaltung und Siechtum wie an den vollendeten Formen und dem blühenden Leben einer drallen Maid. Vielleicht flößt der Anblick abgrundtiefer Häßlichkeit dem Menschen das Gefühl ein, weit über einer solchen Kreatur zu stehen. Vielleicht spielt auch die Neugier eine Rolle, die alles Unbekannte, und mag es noch so absonderlich daherkommen, zu erforschen trachtet. So gibt man gern einen Sol her, um auf dem Jahrmarkt die Mißwüchsigen zu betrachten und die Zwerge, die man eigens zu diesem Zweck heranzüchtet.

Und so starrte ich auf die bebenden Fleischklumpen des stoßweise atmenden Buckligen. Langsam erhob er sich, und der Schein des großen Feuers beleuchtete jeden unnatürlichen Hügel, jede Verkrümmung und den ungeschlachten Höcker, die stete Last seines armseligen Lebens. Das alles traf mich nicht so sehr wie das, was ich erspähte, als er mir den Rücken zukehrte und über die Brüstung auf den Domplatz sah. Mitten auf seinem Gesäß prangte ein seltsames Zeichen. Meine Augen erkannten es sofort, auch wenn mein Verstand sich dagegen sträubte. Ich hatte es schon einmal gesehen, als Spiegelbild auf meinem eigenen Arsch, im unterirdischen Quartier Villons – des Vaters.

Es traf mich wie ein Faustschlag, mit solcher Wucht, daß ich mit den Armen rudern mußte, um nicht von dem Steinquader zu fallen. Wie das Feuer Quasimodos den oberen Teil des Westwerks erhellte, fühlte auch ich mich erleuchtet. Ich verstand auf einmal, weshalb Quasimodo in meinen Träumen eine so wichtige Rolle spielte. War dies ein gewaltiger Zufall, eine irrwitzige Laune des Schicksals? Oder lag dem ein Plan zugrunde, den ich nicht durchschaute, ein vorherbestimmter Ablauf im undurchschaubaren Spiel um die Ananke der Menschheit?

Quasimodo ließ mir keine Zeit zu weiteren Überlegungen. »Sie kommen zurück!« brüllte er. »Sie klettern zu den Königen rauf. Ich muß sie aufhalten!«

Das Blei war erkaltet, und die Gauner hatten noch immer nicht genug. Clopin trieb sie mit flammender Rede und dem Knallen seiner Peitsche an, inmitten ihrer qualvoll verendeten Kameraden den nächsten Angriff vorzutragen. Von irgendwoher hatten sie eine große Leiter geholt, die sie vor dem Hauptportal anlegten, um die Königsgalerie zu ersteigen. Von dort führte eine Tür ins Innere der Kathedrale, wie ich von meinen zahlreichen Streifzügen wußte.

Der nackte Glöckner hüpfte eilig zur nächsten Treppe davon, und ich folgte ihm, nachdem ich mich vergewissert hatte, daß das erkaltete, erstarrte Blei keine Gefahr mehr darstellte. Ich wollte Quasimodo sagen, daß er nicht länger das einsame Findelkind war. Daß er eine Familie hatte, einen Vater und einen Bruder.

Quasimodo war schneller und stand schon auf der Königsgalerie, als ich atemlos dort ankam. Aber er war nicht schnell genug gewesen. Der erste Angreifer war über die Brüstung gestiegen und stand dem Glöckner gegenüber. Einen größeren Gegensatz konnte es kaum geben, der nackte Bucklige und der Schwerbewaffnete, der eine glänzende Rüstung trug wie ein Ritter in der Schlacht oder beim Turnierkampf. Es mußte ihn einige Mühe gekostet haben, seine eiserne Panzerung und das halbe Waffenarsenal, das er mit sich herumtrug, die Leiter hinaufzuwuchten. In der Rechten hielt er eine Armbrust.

Der Glöckner sprang zur Leiter, als sich der struppige Kopf eines Gauners über die Brüstung schob. Die Galerie lag, die Freitreppe nicht mitgerechnet, sechzig Fuß hoch. Und auf dieser ganzen Länge war die Leiter mit bewaffneten Angreifern besetzt, einer wehrhaften Schlange gleich, die unaufhaltsam in die Höhe kroch.

Doch Quasimodo hielt sie auf. Ehe der Gauner mit dem struppigen Haar über die Brüstung klettern konnte, packte der Bucklige ihn an den Schultern und stieß ihn in die Tiefe. Er fiel mit ausgebreiteten Armen – ein Vogel, dessen Flügel versagten – in die dichte Menschentraube am Fuß der Leiter.

Gleich darauf ergriff Quasimodo die oberen Spitzen der Leiter und schüttelte sie heftig, so daß ein Angreifer nach dem anderen den unfreiwilligen Sturzflug antrat. Den Gaunern schien kein Glück beschieden. Erst regnete es Steine, dann flüssiges Blei und jetzt Sterbende, die kreischend zwischen ihre Kameraden klatschten. Die weggestoßene Leiter stand für lange Augenblicke aufrecht, als könne sie sich nicht entscheiden. Endlich kippte sie nach hinten und schlug auf den Vorplatz, wo ihre Sprossen zerbrachen wie zuvor die Knochen der Gestürzten.

Mit einem triumphierenden Aufschrei wandte sich Quasimodo dem Mann in der Ritterrüstung zu. Da klappte der Eiserne das Visier hoch und enthüllte glatte Züge, die eher zu einem Knappen als zu einem Ritter paßten.

»Du willst dich doch nicht an mir vergreifen, mein ungeschlachtes Brüderchen«, rief Jehan Frollo de Molendino.

»Das würde mein großer Bruder Claude gar nicht gern sehen!«

Tatsächlich hielt Quasimodo inne und blieb, unschlüssig wankend, vor dem verräterischen Scholaren stehen. Jehan gehörte zur Armee der Gauner und war aus Quasimodos Sicht ein Feind, aber als Bruder Dom Claudes umgab ihn eine Aura der Unantastbarkeit.

»Hui, wie häßlich du bist!« entfuhr es Jehan. »Ohne Kleider sieht man's erst richtig. Der Schöpfer muß grad nicht hingeschaut haben, als er dich zusammenwurschtelte. Wie kannst du nur deinen eigenen Anblick ertragen? Hast ganz recht, daß du mit deinem einzigen, traurigen Auge so bedröppelt glotzt. Es wird eine gute Tat sein, dich von dem Auge und damit von deinem eigenen Anblick zu erlösen, alter Zyklop!«

Der Bucklige starrte ihn unverwandt an. Er schien Jehans Worte zu verstehen, zumindest ihren Sinn. Auf seinem Gesicht mischte sich Trauer mit Wut.

Mit seinem typischen meckernden Lachen spannte der Scholar die Armbrust und zielte auf Quasimodos Kopf. Nur ein Gedanke beherrschte mich: Ich mußte die Schandtat verhindern!

Ich löste mich aus den Schatten, die mich bislang vor den beiden verborgen hatten, und warf mich auf Jehan, wollte ihm die Waffe entreißen. Da sirrte der kurze gefiederte Pfeil auch schon davon. Immerhin hatte ich ihn aus der ursprünglichen Bahn gebracht, so daß er nicht Quasimodos Auge traf, dafür aber seinen linken Arm.

Der Glöckner stand völlig unbeindruckt, gab keinen Schmerzenslaut von sich, verzog nicht einmal das Gesicht. Das sah ich aus den Augenwinkeln, während ich mit Jehan zu Boden stürzte. Mit der rechten Hand zog Quasimodo den Pfeil aus seinem Fleisch, zerbrach ihn auf dem Knie und ließ das Holz achtlos zu Boden fallen. Er trat auf uns zu, riß

Jehan hoch und warf ihn mit solcher Gewalt gegen die Mauer, daß der Harnisch erbost knirschte und der Jüngling ein lautes Stöhnen ausstieß.

»Seid Ihr nackt ein schönerer Anblick, Jehan?« grunzte Quasimodo, der die Arme des Scholaren mit einer seiner riesigen Hände festhielt.

Die andere Hand machte sich an die Beantwortung der Frage, indem sie Jehan Stock für Stück von Rüstung und Waffen befreite. Der Bucklige rupfte den anderen wie ein Huhn und schleuderte erst das Eisen, dann die Kleidung durch die Galerie, bis Jehan ebenso entblößt war wie der Ziehsohn seines Bruders. Das Feuer auf der Turmgalerie warf seinen rötlichen Schein herunter und ließ die beiden Nackten wie zum Leben erwachte Skulpturen aussehen.

»Ihr seid wirklich viel hübscher als ich«, stieß Quasimodo hervor. »Euer Anblick versetzt die Weiber wohl in Verzücken, meiner nur in Schrecken. Und doch habe ich die Macht, Euch mit einem Handstreich zu töten!«

Seine Rechte legte sich um Jehan Frollos Hals und schloß sich langsam zusammen. Schon bekam der Scholar kaum noch Luft, und sein Gesicht lief blau an.

Ich war aufgestanden und trat neben Quasimodo. »Haltet ein! Jehan hat Strafe verdient. Aber das wäre purer Mord.«

Quasimodo sah mich erstaunt an und ließ sein Opfer los. Jehan sackte an der Wand entlang zu Boden und blieb, nach Atem ringend, im Staub liegen.

»Wir müssen der Esmeralda helfen!« sagte der Glöckner. Auch wenn er schwer zu verstehen war, gab es am Sinn seiner Worte keinen Zweifel: Wer sich gegen die Zigeunerin stellte, war sein Feind. Das galt für die beiden Frollos und genauso für mich, obschon ich ihn eben gerettet hatte.

Ich wollte ihm klarmachen, daß sein Handeln nichts einbrachte außer einer Vielzahl von Toten. Schon rüstete sich das Gaunerheer zu einem neuen Angriff, trug Leitern und Seile zusammen und erhielt aus den umliegenden Gassen Zulauf. Es hatte sich herumgesprochen, daß Clopin Trouillefou Notre-Dame zur Plünderung freigegeben hatte, und keiner der zweibeinigen Pariser Straßenköter wollte sich die Beute entgehen lassen. Auch wenn der Glöckner es nicht einsah, er stand auf verlorenem Posten. Ich wollte verhindern, daß er am Ende selbst zu den Toten zählte, wollte den Bruder, den ich soeben gefunden hatte, nicht gleich wieder verlieren.

Bevor ich noch ein Wort herausbringen konnte, verlor ich den Boden unter den Füßen, doch meine hart aufschlagende Stirn fand ihn schnell wieder. Ein Blitz schlug in meinen Schädel; ich verspürte einen stechenden Schmerz, der alles um mich herum auszulöschen drohte. Nur undeutlich nahm ich wahr, wie sich ein Arm um meine Brust legte und mich nach hinten zog. Etwas Hartes, Scharfes drückte gegen meine Kehle, und warme Flüssigkeit rieselte mir über Hals und Brust. Daß es mein Blut war, erkannte ich, als ich wieder klarer denken konnte.

Jehan kauerte hinter mir, hielt mich mit einem Arm umschlungen und bedrohte mich mit dem Dolch, den er in der anderen Hand hielt. Es war eine der Waffen, die Quasimodo ihm abgenommen hatte. Jehan hatte mich überwältigt, mir die Füße weggezogen und den Dolch vom Boden aufgeklaubt. Heißer Atem strich im Rhythmus seiner Erregung über meine Wange. Erregung, die nicht nur der Todesgefahr entsprang, in der er schwebte, sondern auch der Lust, selbst den Tod zu bringen.

Ich spürte es überdeutlich. Es war eine jähe, klare Erkenntnis, wie sie uns häufig in den unerwartetsten und unpassendsten Augenblicken trifft. Auf einmal wußte ich, daß Jehan nicht nur der Spitzel und Agitator seines Bruders war. Zu der Sicherheit, mit der er das Messer hielt, gesellte sich das Wohlgefühl, das der Anblick meines Blutes ihm verschaffte. Ich sah ihn auf dem Wunderhof beim Kartenspiel, und ich sah die Stabzehn in Odons Mund. Ich erblickte Odon, dessen Kehle zerschnitten war wie die von Schwester Victoire.

»Ihr könnt mir nicht die Gurgel durchschneiden, Jehan«, krächzte ich mit kläglich zitternder Stimme.

»Täuscht Euch nicht, Meister Federkiel«, gackerte Jehan in mein Ohr. »Quasimodo mag furchteinflößend sein, aber mit dem Dolch in der Hand kann ich mich seiner erwehren. Was also sollte mich hindern, in Eurem Rachen für Durchzug zu sorgen?«

»Euch fehlt die Stabzehn, um Euer Werk zu krönen.«

»Ah, Ihr seid im Bilde. Seit wann?«

»Bedauerlicherweise erst seit eben. Eins paßt zum anderen. Ihr wart nicht zufällig in der Nähe, als Odon starb – Ihr wart sein Tod. Ein geschulter Mann wie Falcone wäre Euch eher auf die Schliche gekommen.«

»Ihr werdet bald Gelegenheit haben, ihm Euer Lob zu übermitteln.«

Als Quasimodo langsam näher trat, erhöhte Jehan den Druck des Messers, und wieder floß Blut über meine Brust. Die angenehme Wärme, die sich mit der klebrigen Flüssigkeit ausbreitete, war trügerisch, ließ den Tod gar nicht erschreckend erscheinen.

»Bleib stehen, Polyphem!« blaffte der Schnitter von Notre-Dame Quasimodo an. »Oder willst du, daß der Retter deines Augenlichts stirbt?«

Mit einem wütenden Knurren hielt der Glöckner inne. Ob er Jehans Worte verstanden hatte oder nicht, die Lage war eindeutig. Wie er so mit vorgeneigtem Oberkörper und pendelnden Armen dastand, mutete Quasimodo an wie ein Affe, der auf die Befehle seines menschlichen Meisters wartet. Er vermochte mir nicht zu helfen. Was er auch unternahm, jede Bewegung, die Jehan mißfiel, konnte meinen Tod zur Folge haben. Alles lag bei mir.

Ich nahm meine ganze Kraft zusammen und stieß beide Ellbogen nach hinten, tief in Jehans Fleisch. Pfeifend wich die Luft aus seinem Leib. Der Druck der Dolchklinge wurde schwächer. Ich packte den Arm, mit dem er die Waffe hielt, mit beiden Händen und drehte ihn in entgegengesetzte Richtung. Für Jehan mußte es sich anfühlen, als würden tausend Nadeln in seinen Arm gestoßen. Er schrie und ließ den Dolch fallen.

Wie ein niederstürzender Falke kam Quasimodo über uns, klaubte Jehan vom Boden und stemmte ihn mit beiden Armen in die Luft. So trat er an die Brüstung, wo er Jehan mit einer Hand an den Fußgelenken packte und über dem Abgrund herumwirbelte, als wolle er sich als David mit der Schleuder versuchen. Sein Geschoß war Jehan, der nicht einmal zum Schreien kam.

Ich griff nicht ein. Seit ich wußte, daß er der Schnitter war, konnte ich für Joannes von der Mühle kein Mitleid mehr empfinden. Auch nicht, als Quasimodo ihn losließ. Ich hörte ein trockenes Geräusch, das Bersten eines Schädels, einen dumpfen Aufprall und einen vielhundertfachen Aufschrei unten vom Domplatz.

Schwankend kam ich auf die Füße, lehnte mich gegen die Brüstung und sah hinunter. Jehans Körper lag zerschmettert zwischen Himmel und Erde auf einem Vorsprung des Mauerwerks. Quasimodo und die achtundzwanzig steinernen Könige sahen zu ihm hinab, mitleidlos, wie es die Art der Herrscher ist. Die starren Augen der ehernen Könige nahmen alles zur Kenntnis und erschraken nie.

Quasimodo aber erschrak und ich mit ihm. Was sich an der Hauptfassade abspielte, war ein Alptraum, der Notre-Dame keine Hoffnung ließ. Die Gauner kletterten in Scharen zur Galerie hinauf, mit neuen Leitern, mit Strickleitern oder einfach mit Seilen, die an den Skulpturen befestigt waren. Viele benutzten auch nur Hände und Füße, um an den Ausschmückungen des Mauerwerks emporzusteigen. Gier auf Beute und Blutdurst trieben sie voran, verzerrten ihre Gesichter zu geifernden Höllenfratzen. Schwer zu sagen, wer häßlicher war, die ameisenhaft heraufkrabbelnden Gauner oder die Steinfiguren, an denen sie emporstiegen. Letztere, die Dämonen von Notre-Dame, hatten ihre Kathedrale verraten und sich mit den nächtlichen Dämonen da draußen verbündet.

»Wir müssen hier weg, ehe sie die Galerie erreichen!« rief ich Quasimodo zu.

Er hörte nicht auf mich, wohl nicht nur wegen seiner Taubheit. Mit schreckgeweitetem Auge sank er auf die Knie, faltete die Hände und begann zu beten. Das Haupt hatte er zu der Figurengruppe erhoben, die oberhalb der Königsgalerie vor der Fensterrose stand: die Gottesmutter mit dem Jesusknaben auf dem Arm, flankiert von zwei Engeln. Er flehte die heilige Jungfrau Maria an, so inbrünstig, daß er nichts anderes mehr wahrnahm. Ich ergriff seinen Arm, wollte ihn von der Galerie zerren, doch er stieß mich gewaltsam weg. Mein Kopf prallte gegen eine Mauer, was einen weiteren schmerzhaften Blitz auslöste.

So schrecklich es schien, im Augenblick konnte ich nichts für Quasimodo tun. Ich mußte Sita finden, sie warnen. Vielleicht gelang es ihr, den Glöckner aus seiner ebenso frommen wie lebensgefährlichen Erstarrung zu befreien.

Ich ahnte, wo ich Sita suchen mußte. Vielleicht hätte ich es schon eher tun sollen, aber die sich überschlagenden Ereignisse hatten mich in ihren Bann gezogen. Jetzt hastete ich zum Nordturm, die Treppe hinauf und weiter zu Dom Frollos Hexenküche. Die Tür stand offen, meine Ahnung schien sich zu bewahrheiten. Als ich vorsichtig eintrat, atmete ich die strenge Luft unzähliger Experimente. Die Zelle war leer. Ein umgestürzter Stuhl, ein auf dem Boden liegendes Buch und drumherum einige zersprungene Gläser zeugten von einem Kampf.

»Sita!«

Von Sorge um sie erfüllt, stieß ich ihren Namen halb unbewußt aus. Daher erstaunte es mich, als jemand antwortete: »Armand, hilf ...«

Das war ihre Stimme, gedämpft zwar, aber unverkennbar. Daß Sita mitten im Satz abbrach, konnte nichts Gutes bedeuten. Ich lief aus der Zelle und blickte mich um, sah jedoch nichts als Schatten. Die Dunkelheit schwächt die Augen, aber sie schärft das Gehör. Ich vernahm ein Geräusch auf der Treppe und setzte mich schleunigst in Bewegung.

Schwere Schritte hasteten unter mir die Wendeltreppe hinab. Ich sprang hinterher, sah aber erst unten, wen ich verfolgte: Dom Claude Frollo und Pierre Gringoire. Sie schleppten jemanden mit sich, über dessen Kopf ein Tuch gezogen war. Gleichwohl erkannte ich Sitas schlanke Gestalt. Das Tuch, das ihr Gesicht bedeckte, war der schwarze Novizinnenschleier. Die beiden Männer hasteten durch das nördliche Seitenschiff, ihre Gefangene zwischen sich. Einmal stolperte Gringoire über ein weißes Knäuel. Es war Djali, die ihrer Herrin auch jetzt noch folgte.

Ich hatte die Vierung noch nicht erreicht, da verschwanden die anderen auf der Höhe der Roten Pforte aus meinem Blickfeld. Vielleicht war das Tor zum Klosterhof offen. Oder, was noch wahrscheinlicher war, Dom Frollo besaß einen Schlüssel.

Das Tor stand tatsächlich sperrangelweit auf, als ich es erreichte. Und keine Gauner drangen in die Kathedrale ein? Als ich auf den Klosterhof trat, hörte ich lauten Kampflärm, Arkebusenschüsse und Fanfarenstöße. Also hatten die Truppen des Königs in die Schlacht um Notre-Dame eingegriffen. Dann würden Clopin und die Seinen vollauf damit beschäftigt sein, ihre Haut zu retten. Der berauschende Traum von Notre-Dames Schätzen war ausgeträumt.

Als ich mich in dem düsteren, verlassenen Klosterhof umsah, entdeckte ich eine kleine Mauerpforte, die eine Handbreit aufklaffte. Sie konnte erst kürzlich geöffnet worden sein. Gewiß hatten die frommen Brüder die Pforte verschlossen, als die Gaunerarmee gen Notre-Dame marschierte. Ich lief durch das Tor hinaus auf das sumpfige Ödland, das die Ostspitze der Insel bedeckte. Und ich sah ein Boot ablegen, in dem sich Dom Frollo, Gringoire, Sita und die Ziege Djali befanden.

Sitas Gesicht war noch immer mit dem Schleier verhüllt, aber sie schien bei Bewußtsein, hielt ihre Ziege an sich gepreßt. Frollo hatte die Riemen ergriffen und ruderte mit machtvollen Schlägen auf den Fluß hinaus, der Neustadt entgegen. Der Kahn wurde zum bloßen Schatten auf der nächtlichen Seine, während ich vergeblich nach einem zweiten Boot suchte.

Es gab nur einen Weg, die Entführer und ihr Opfer zu verfolgen, und ich beschloß, ihn zu gehen, wie aussichtslos es auch erscheinen mochte. Durch das Eingreifen der Soldaten war Quasimodo vor der Rache der Gauner gerettet und bedurfte meiner Hilfe nicht. Also lief ich am Klosterbezirk entlang zur Notre-Dame-Brücke. Ich wollte zur Neustadt, so gering die Wahrscheinlichkeit auch war, daß ich dort eine Spur von Sita fand.

Vor der Kathedrale geriet ich in ein blutiges Gemetzel. Lanzenreiter fuhren unter die Gauner und spießten sie auf. Königliche Schützen hatten sich in den Laubengängen der umstehenden Häuser postiert, um immer wieder todbringendes Blei und Pfeile in Clopins schrumpfende Streitmacht zu schleudern. Auf der Turmgalerie flackerte wild das von Quasimodo entzündete Feuer, als freue sich die Hölle über die unzähligen Neuzugänge dieser Nacht. Über allem entlud sich ein ohrenbetäubendes Gewitter aus Detonationen, Hornsignalen, Befehlen, Hufgetrappel und einem vielhundertstimmigen Todesschrei.

Ein Reitertrupp preschte mir über die Brücke entgegen und brachte den Soldaten vor Notre-Dame Verstärkung. Ich drängte mich in den Schatten der Häuser und erreichte unbehelligt das rechte Seine-Ufer, wo ich flußaufwärts lief. Mein Kopf schmerzte von der rohen Behandlung auf der Königsgalerie, und vergeblich suchte ich nach einem Grund für Sitas Entführung. Hatte Frollo sie verschleppt, weil sie in seine Hexenküche eingedrungen war, sein Geheimnis ergründet hatte? Aber dann hätte er sie doch einfach töten können! Benötigte er sie als Geisel, um den Zigeunerherzog gefügig zu machen?

Ein Menschenauflauf auf dem Grève-Platz riß mich aus den Gedanken. Die Menge drängte sich um den Galgen zusammen, was mir einen gehörigen Schreck einjagte. Eine Hinrichtung mitten in der Nacht war höchst ungewöhnlich und gewiß kein Zufall. Mein Puls ging schneller, ich begann zu rennen.

Und dann hörte ich die Rufe: »Hängt die Hexe! Befreit uns von der Zigeunerin!« Des Volkes Stimmung war umgekippt, so leicht wie zuvor die von Quasimodo weggestoßene Leiter, und sie verlangte nach Blut, nach dem Blut von Sita! Das Geschrei war eindeutig: »Die Hexe hat alle verzaubert. Ihretwegen will das Lumpenpack die Kathedrale stürmen!« – »Zigeuner sind Streuner, und ihren Frauen kann man nicht trauen!« – »Knüpft das Hexenweib auf, damit ihr Bann von uns genommen wird!«

Ich stieß und schob mich durch die Menge, bis ich dicht vor dem steinernen Galgengerüst stand, das von einer ganzen Schar Bewaffneter zu Fuß und zu Pferd abgeriegelt wurde. Mehrere Soldaten mit dem königlichen Wappen schleppten eine Leiter herbei und stellten sie vor dem Galgen auf. Andere bewachten Sita, die still und starr neben dem Gerüst stand. Ihr Gesicht, nicht länger unter dem Schleier verborgen, war bleich und teilnahmslos. Ohne jegliche Hoffnung. Dunkle Haarsträhnen fielen über Stirn, Augen und Wangen, zuckten im Fackelschein wie Schlangen, die nach Sitas Blut gierten. Dom Frollo und Gringoire waren nirgends zu sehen.

Was sich ereignet hatte, konnte ich nur vermuten. Es gab zwei Möglichkeiten. Entweder hatte Claude Frollo seine Gefangene den Soldaten ausgeliefert, um seine Hände nicht mit ihrem Blut zu beflecken, oder die Bewaffneten hatten ihn und Gringoire überrascht und sich der Zigeunerin bemächtigt.

Ihr Anführer war kein Geringerer als Tristan l'Hermite, des Königs Generalprofos. Er saß auf einem kräftigen Braunen und erteilte mit scharfer Stimme die Befehle. Selbst jetzt, da er ganz Herr der Lage war, hielt er den Blick gesenkt. Es schien, als fürchte er den Tod, den er brachte. Oder war ihm das Sterben gleichgültig, solange es nicht ihn selbst betraf? Hielt er den Tod gar für die Erlösung der Seele? Sah ich vor mir den Großmeister der Dragowiten?

Auf seinen Wink packte der Henker Sita und zog sie zu der Leiter, über der die Hanfschlinge im Wind schaukelte. Ich stürzte vor und rief Sitas Namen. Ihr in weite Ferne gerichteter Blick belebte sich, suchte die Menge ab, blieb an mir hängen. Ihre Lippen öffneten sich, und sie schrie: »Djaaaliii!«

War sie in ihrer Todesangst irre geworden? Wie anders war zu erklären, daß sie mich mit dem Namen ihrer Ziege ansprach? Noch dazu, wo von dem Tier weit und breit nichts zu sehen war!

Ich wollte zum Generalprofos laufen und ihn um Schonung für die Gefangene bitten. Ihr Geist war offenkundig verwirrt. Sie gehörte in ein Hospital, nicht an den Galgen. Das war der einzige Weg, Sitas Leben zu retten!

Ein Lanzenreiter, der in mir nur einen vorlauten Schaulustigen sah, drängte seinen Gaul zwischen mich und Tristan und trat mit dem Stiefelabsatz gegen meine Stirn. Der dritte Schlag in dieser Nacht und vielleicht der härteste. Mein Kopf explodierte. Übelkeit ergriff mich und riß mich in einen schwindelerregenden Strudel hunderter bunter Farben, an dessen Ende mich tiefe Schwärze einhüllte, ein finsterer Schlund ohne Licht und Geräusche, ohne Leben.

Kapitel 6

Totengeläut

Ein scharfer Schmerz in meiner linken Hand entriß mich der Betäubung. Ich fühlte mich elend, matt, schwindlig und sah die Welt hinter einem Dämmerschleier, als ich mich endlich entschloß, die Augen zu öffnen. Wieder stach etwas in meine Hand. Ich zog sie weg, hörte lautes Gekreische und ein hektisches Flattern. Ein Windstoß zog über mein Gesicht, und ein schwarzer Vogel stieg über mir empor.

Ich sah näher hin und erkannte, daß es nur eine Rabenkrähe war. Sie flog in den Himmel, wo die verblassenden Sterne einen letzten aussichtslosen Kampf gegen das heranktiechende Tageslicht führten. Die Morgendämmerung hüllte mit ihrem unwirklichen Traumlicht alles in einen Schleier. Gegen etwas Hartes gelehnt, lag ich auf dem Rükken. Ich hob meine Linke und sah eine blutende Wunde auf dem Handrücken, zerfasertes Fleisch, an dem die Krähe sich hatte gütlich tun wollen. Als sei ich ein Stück Aas. Am Himmel kreiste ein ganzer Krähenschwarm, offenbar in der Hoffnung auf reichliche Beute. Darunter lag ein großer freier Platz inmitten des Pariser Häusergewirrs: die Grève.

Allmählich kehrte meine Erinnerung zurück. Trotz der Schmerzen, die meinen Kopf bei jeder Bewegung durchschnitten, zog ich mich in eine sitzende Stellung und blickte mich um. Noch waren weder die Händlern und Arbeiter noch jene Unglücklichen, die vergeblich um Arbeit und Brot anstanden, auf dem Platz erschienen. Und doch hielten sich ein paar Menschen hier auf, Bewaffnete in Uniformen, Soldaten des Königs, die lässig und müde an einem Steinsockel lehnten, um ein bizarres Schauspiel zu bewachen.

Die frische Morgenbrise versetzte die lebensgroße Puppe über ihren Köpfen in ein leichtes Schaukeln und ließ ihr weißes Kleid ebenso flattern wie das schwarze Haar. Schließlich erkannte ich die Wahrheit und wollte schreien, brachte aber nur ein Krächzen heraus, das, verglichen mit dem Kreischen der Krähen, kläglich anmutete.

Die Puppe war ein Mensch.

La Esmeralda.

Sita!

Leblos wie eine Puppe hing sie am Galgengerüst, der Hanfstrick hatte ihr das Genick gebrochen. Ihre weit geöffneten Augen blickten starr in die Welt, die nicht länger die ihre war. Die Krähen, die in Sita ihr Frühstück sahen, konnten sie nicht erschrecken.

Ich selbst lehnte an dem stufenförmigen Sockel des großen Steinkreuzes, das sich als Zeichen christlicher Gnade mitten auf dem Platz erhebt. Mir schien es als der blanke Hohn, am liebsten hätte ich es angespuckt. Aber auch das konnte Sita nicht mehr helfen. Diese Welt, in der die Menschen Gnade in Stein meißeln, hatte ihr unwiderruflich den Rücken zugekehrt wie die Soldaten, für die das Bild der Gehenkten etwas Alltägliches war.

Der Gedanke, daß Sitas Rettung durch Quasimodo und ihr Asyl in Notre-Dame vergebens gewesen waren, bereitete mir größere Pein als die Schmerzen, die sich in meinem Kopf und meiner Hand ausbreiteten. Ich wollte es nicht wahrhaben, verstieg mich in die Idee, daß die Ägypterin nicht tot, sondern nur ohnmächtig war. Hatte ich selbst nicht auch wie ein Toter auf dem Platz gelegen und sogar die erfahrenen Aasfresser, die über mir kreisten, überzeugt? Vielleicht, so redete ich mir ein, konnte ich Sitas Leben retten!

Ich umschlang den Steinsockel wie eine Geliebte und zog mich an ihm hoch. Meine Knie waren weich wie Haferschleim. Ohne den stützenden Stein wäre ich wieder zu Boden gesunken. Trotz der Morgenkühle trat Schweiß auf meine Stirn, und halbdurchsichtige Ringe vollführten seltsame Kunststücke vor meinen Augen. Ich atmete tief und ruhig, bis die tanzenden Ringe verschwanden und ich das Gefühl hatte, daß meine Beine mir wieder gehorchten. Dann ließ ich den Kreuzsockel los und wankte auf den Galgen zu.

Ein Soldat drückte seine Pikenspitze gegen meine Brust. »Hehe, Gevatter, laß den Galgen in Ruh! Das Volk soll sehen, daß die Hexe tot ist. Der Generalprofos hat's befohlen, damit es nicht neuen Aufruhr zu ihrer Befreiung gibt. Wenn ihr Lumpen jetzt schon anfangt, ihr für eure Zaubermittel die Haare und Fingernägel auszureißen, ist bald nicht mehr viel übrig. Und mit Tristan l'Hermite will ich mich nicht anlegen!«

Ein zweiter Soldat, der sich müde auf seine Hellebarde stützte, grinste breit. »Der abgerissene Kerl sieht mir gar nicht aus wie'n Leichenfledderer. Guck mal, Freund, wie er die Hexe anstarrt. Wie'n verliebter Gockel.«

»Oder wie'n heißblütiger Hengst«, krähte der Pikenier. »Warum auch nicht, die Füße sind zwar von der Folter verkrüppelt und der Hals is'n bißchen verrenkt, aber alle wichtigen Teile sind heil.«

Der Hellebardist nickte und lachte: »An der Jungfer und dem Fisch der mittlere Teil der beste ist.«

Sein Kamerad erhöhte den Druck des spitzen Eisens. »Troll dich, Strolch! Leichen zum Abspritzen gibt's genug auf dem Friedhof der Unschuldigen Kindlein.«

Notgedrungen wich ich ein paar Schritte zurück und geriet in eine seltsame Prozession, die aus der Gerberstraße auf den Grève-Platz schritt. Es waren die Ägypter in ihrer prächtigen Kleidung und ihrem glitzernden Schmuck. Auf Tambourinen und Flöten spielten sie eine traurige Melodie, die nicht zu ihrem farbenfrohen Aufzug passen wollte. Ich begriff, daß sie sich so festlich gekleidet hatten, um die Tote zu ehren. An ihrer Spitze ging Mathias. Er ließ den Trauerzug anhalten, als die alarmierten Soldaten sich zusammenrotteten und ihre Waffen hoben.

»Ihr braucht keine Angst zu haben«, sagte Mathias zu den Wachtposten. »Wir wollen nur unsere tote Tochter holen.«

Ein rotgesichtiger Sergeant trat vor und warf sich in die Brust. »Unmöglich! Der Generalprofos des Königs hat befohlen, daß die Hexe nicht angetastet wird.«

Mathias ging auf ihn zu und sagte in vertraulichem Ton: »Wiegt das Wort des Generalprofoses so schwer wie ein Beutel Goldkronen?«

Der Sergeant riß die Augen auf und wurde sichtbar schwankend in seinem Entschluß. »Also ... im Tageslicht läßt sich schwer was machen. Aber ... vielleicht könnten in der Nacht ein paar mitleidige Straßenkehrer das Mädchen vom Galgen nehmen.«

Mathias nickte. »Dann holen wir unsere Schwester in der Nacht.«

»Nein, mit euch nehmen dürft ihr sie nicht. Wenn Tristan das hört, läßt er uns aufknüpfen. Aber man könnte sie in die Gewölbe von Montfaucon bringen, wie man es mit anderen Gehenkten tut. Ich denke, das wär vertretbar. Am besten morgen nacht, dann haben sich alle an der Toten satt gesehen.«

»Dann nach Montfaucon«, seufzte Mathias und überreichte dem Sergeanten ein pralles Ledersäckchen. Sofort gaben die Soldaten ihre drohende Haltung auf und stürzten sich auf ihren Anführer. Kaum hatte der Sergeant den Beutel geöffnet, waren die Goldkronen auch schon verteilt.

Ich ging zu Mathias und fragte: »Wollt Ihr Eure Tochter wirklich am Galgen hängen lassen?«

Das wilde Feuer in seinen Augen, das eben noch erkaltet schien, entflammte aufs neue. Er packte mich hart an den Armen, fletschte die gelben Zähne wie ein tollwütiger Hund und zischte: »Ihr hättet Euch um sie kümmern sollen, als sie noch lebte, Gadscho! Ihr wart mit Sita in Notre-Dame. Warum habt Ihr sie nicht beschützt?«

»Aus demselben Grund, aus dem auch Ihr versagt habt. Wart Ihr mit Euren Männern in der Nacht etwa nicht vor Notre-Dame?«

»Ja, aber ...«

»Und konntet Ihr verhindern, daß Dom Frollo und Gringoire Sita verschleppten?«

»Das wußte ich nicht«, sagte er leise und ließ von mir ab.

Die Soldaten linsten mißtrauisch zu uns herüber. Mathias zog mich in die Schatten der Gerberstraße, wo ich ihm das traurige Abenteuer der letzten Nacht berichtete.

»Wie Sita in Tristans Hände gelangt ist, weiß ich nicht«, schloß ich. »Und ich kann auch nicht sagen, was sie in Frollos Hexenküche gefunden hat.«

»Aber sie lebte noch, als Ihr auf den Grève-Platz ranntet! Hat sie nichts zu Euch gesagt?«

»Sie war verwirrt, sah mich an und rief dann nach ihrer Ziege.«

»Nach Djali?«

»Ja, Herzog, sie schrie Djalis Namen in die Nacht. Die Ziege war mit ihr im Boot, aber auf dem Grève-Platz sah ich sie nicht.«

Mathias wandte mir abrupt den Rücken zu und sprach in der Zigeunersprache zu seinem Volk. An der hastigen und dennoch klaren Sprechweise erkannte ich, daß er einen Befehl erteilte. Und ich hörte zweimal den Namen Djali. Die Männer und Frauen stürzten davon, verteilten sich in den umliegenden Gassen, huschten über den Grève-Platz, verschmolzen mit den letzten Schatten der Nacht.

»Ihr habt ihnen befohlen, nach Djali zu suchen, nicht wahr?«

»Ja«, sagte Mathias. »Sita war auf ihren Tod vorbereitet. Ihr Geist war gewiß nicht umnachtet, als sie zum Galgen geführt wurde. Wenn sie Euch ansah und dabei Djalis Namen schrie, kann das nur eine Botschaft an Euch gewesen sein.«

»Aber was soll die verdammte Ziege uns nützen?«

»Wenn wir Djali finden, *falls* wir sie finden, werden wir es wissen. Ihr solltet nach Notre-Dame zurückkehren. Vielleicht entdeckt Ihr dort einen Hinweis. Auch wenn Tristans Männer kaum einen Stein auf dem anderen gelassen haben.«

»Wovon sprecht Ihr, Herzog?«

»Nachdem Clopins Armee vertrieben war, haben die Soldaten in Notre-Dame gewütet, wie es die Gauner kaum schlimmer vermocht hätten. Angeblich suchten sie nach Sitas Zaubermitteln. Aber vielleicht wollte Tristan l'Hermite etwas ganz anderes finden ...«

Mathias blieb im Eingang der Gerbergasse stehen, sah zum Galgengerüst und nahm Abschied von seiner Tochter. Ich verließ den Grève-Platz mit widerstreitenden Gefühlen. Eine kurze, aber heftige Leidenschaft hatte mich mit Sita verbunden, und ich hatte mich als ihr Beschützer gefühlt. Daß ich dabei versagt hatte, schmerzte. So wie es schmerzte, Sita am Galgen zurückzulassen. Und zugleich war ich froh, den Anblick nicht länger ertragen zu müssen.

Ich hielt auf die Notre-Dame-Brücke zu, blieb aber vor dem Brückenkopf am Ufer stehen und starrte auf die Seine, die im erstarkenden Morgenlicht silbriggrau schimmerte. Dunkle Gebilde, die von der Strömung unter der Brücke hindurch und weiter nach Westen getragen wurden, weckten Erinnerungen an meine Kindheit. Die Holzfäller von Sablé hatten die gefällten Stämme in die Sarthe gerollt, und der Fluß hatte sie bis zur Sägemühle mitgenommen. Einmal hatte ich einen schwimmenden Stamm erklommen, war fast den ganzen Weg auf ihm geritten und hatte mir vorgestellt, ich sei ein Ritter auf seinem Streitroß. Daß dieser Ritter vollkommen durchnäßt zur Abtei zurückkehrte, hatten die frommen Brüder nicht ersprießlich gefunden, und sie hatten ihm ein paar Dutzend Vaterunser und Avemaria sowie einen Monat nächtliches Kellerfegen aufgebrummt.

Was in der Seine trieb, waren keine Baumstämme, auch wenn es auf den ersten Blick so aussah. Je heller es wurde, desto deutlicher erkannte ich Kleider, Arme, Beine und Gesichter. Tote!

Drüben am anderen Ufer räumten Soldaten den Domplatz und die Gassen rund um Notre-Dame auf, befreiten sie von den gefallenen Gaunern, die sie zum Fluß schleppten und achtlos ins Wasser warfen. Das ging schneller, als sie mühsam zum Friedhof zu karren und zu verscharren.

Viele Leichen lagen noch vor Notre-Dame, und die Aasvögel fanden reichlich Beute. Der König der Gauner blieb im Tod mit den Seinen vereint. Das Geschoß einer Arkebuse hatte seinen Bauch aufgerissen, und gleich mehrere Krähen taten sich an den hervorquellenden Eingeweiden gütlich. Die weiße Peitsche in der Hand des Gefallenen konnte sie nicht erschrecken, Clopin Trouillefou würde die Riemen nie wieder knallen lassen.

Einige Tote, die vor dem Hauptportal lagen, blieben von den Vögeln unbehelligt. Die Leichen waren mit dem Blei überzogen, das auf der Treppe und um sie herum eine unförmige, metallisch schimmernde Masse bildete. Ein erstarrter See, der seine Ertrunkenen mit bleiernen Armen festhielt.

Es war schrecklich gewesen, Zeuge des Abschlachtens zu sein, fast noch schrecklicher aber war es, im kalten Morgenlicht das Ergebnis zu betrachten. Die Kathedrale ähnelte einem riesigen bleichen Skelett, die Strebebögen waren abstehende Knochen. Plötzlich ging hinter Notre-Dame die Sonne auf und tauchte das Gebäude in kräftiges rotes Licht, das aussah wie Feuer. Jeder einzelne Stein brannte in diesem Feuer, das mir als göttliche Strafe für die Sünden der Nacht erschien.

Die Portale standen offen, und ich lief in die Kirche, um den Toten zu entfliehen. Ich erstieg die Wendeltreppe im Nordturm und wurde, kaum war ich oben angelangt, von kräftigen Händen gepackt. Als hätte er mir aufgelauert, war Quasimodo, in ein paar achtlos übergeworfene Lumpen gehüllt, aus einem dunklen Winkel gesprungen und schüttelte mich wie ein hungriger Vagabund einen Birnenbaum. Immer wieder grunzte er: »Wo ist sie?«

Ich führte ihn hinaus auf die Plattform, zeigte über den Fluß zum Grève-Platz. Langsam und deutlich, damit er mich verstand, sagte ich: »Sieh zum Galgengerüst. Erkennst du ihr weißes Kleid?«

Lange stand er mit vorgeneigtem Oberkörper und schief gelegtem Haupt starr an der Brüstung und blinzelte ins junge Sonnenlicht. Ich war auf einen Tobsuchtsanfall vorbereitet, darauf, daß er mich in seiner Wut packte und in den Abgrund schleuderte, wie er es gestern mit Jehan Frollo getan hatte. Deshalb hielt ich einigen Abstand zu ihm. Doch als er sich mit einem tiefen Seufzer umdrehte, lag kein Zorn in seinen Zügen. Nur unendliche Traurigkeit. Obschon er sich nie berechtigte Hoffnungen auf Sita hatte machen können, schien er den Verlust tiefer zu empfinden als ich. Tränen rannen über sein Gesicht, als er an mir vorbei zum Südturm hinkte. Vergebens suchte ich nach tröstenden Worten und sah schließlich schweigend zu, wie er in der Glockenstube verschwand.

Kurz darauf setzte ein dröhnendes Läuten ein, und die Soldaten auf dem Vorplatz blickten erstaunt an der Fassade hoch. Als ich zu ihnen hinabsah, bemerkte ich, daß Jehan Frollo noch auf dem Mauervorsprung lag, rücklings, mit großen schwarzen Augen. Nein, es waren keine Augen, sondern die leeren Höhlen. Die Krähen hatten sich einen Lekkerbissen gegönnt und dabei für göttliche Gerechtigkeit gesorgt: Den jungen Frollo hatte das Schicksal getroffen, das er Quasimodo zugedacht hatte.

Das Geläut wurde lauter und immer lauter, bis die Plattform zwischen den Türmen vibrierte. Das mußte die Große Marie sein, die nur an ganz besonderen Feiertagen geläutet wurde oder in Stunden der Not. Ich lief in die Glockenstube des Südturms und fand meine Vermutung bestätigt.

Quasimodo vollbrachte allein, was sonst nur ein Dutzend Männer schaffte. Er läutete die Große Marie mit solcher Gewalt, daß sie aus ihrer Halterung zu fliegen drohte. Der Glockenstuhl erbebte, erzitterte, schien zu schwanken. Unablässig schwang die schwere Bronzeglocke hin und her – und ihr Glöckner kauerte auf ihr!

Mit Armen und Beinen hielt Quasimodo die Glocke umklammert wie ein Liebender in höchster Leidenschaft seine Braut. So tanzte er mit seiner Marie, spürte ihre Vibrationen, die zu den seinen wurden, brüllte und jauchzte mit weit aufgerissenem Mund, daß ich es nur für höchste Lust halten konnte.

Er schien mich nicht zu bemerken. Seine Welt bestand nur aus Marie und ihm, aus den mächtigen Glockentönen, die selbst seine toten Ohren erreichen mußten, aus den Schwingungen, die er mit jeder Faser aufnahm. Hätte er es vermocht, wäre er wohl mit der Glocke verschmolzen wie die unglücklichen Gauner mit dem zerflossenen Blei. Es wäre für ihn das größte Glück gewesen.

Die Handflächen gegen die Ohren gepreßt, stand ich im Glockenstuhl und verfolgte das Schauspiel ungläubig. Hatte Quasimodo den Verstand verloren, daß er die Freuden seiner zitternden, stöhnenden Braut genoß – der einzigen, die sich ihm hemmungslos hingab –, während Sita da draußen am Galgen hing? Erst allmählich begriff ich, daß dies seine Art des Abschiednehmens war: Sitas Totengeläut.

Ich verließ die Glockenstube, bevor meine Trommelfelle platzten wie die des Glöckners. Auch draußen auf der Plattform war das Läuten noch laut genug. Ich hielt mein Gesicht in den Wind, der hier oben selbst dann zu spüren war, wenn die Luft unten in den engen Gassen stand. Doch statt der erhofften Erfrischung spürte ich Ekel, der Wind trug den Aasgeruch zu mir. Die Toten verfolgten mich.

Eilig floh ich in den Nordturm, zu Dom Frollos Hexenküche. Die Tür war offen wie in der Nacht. Wozu sie noch verschließen, wenn das Geheimnis gelüftet war? Außerdem glaubte ich nicht, daß Claude Frollo hierher zurückgekehrt war. Er mußte mit Quasimodos Vergeltung für Sitas Entführung rechnen – und für ihren Tod.

Zögernd betrat ich den einst geheimnisvollen, jetzt entweihten Ort. Das Durcheinander war weitaus größer als in der Nacht. Gläser und Krüge waren zerschlagen. Flüssigkeiten in allen Farben waren ausgelaufen, erfüllten den Raum mit ihren mannigfachen Dämpfen, fraßen sich in Holz und Stein. Hier hatte ein Suchender gewütet oder ein Tobender. Vielleicht ein Suchender, der zu toben begann, weil er das Gesuchte nicht fand.

Aber wenn Tristan l'Hermite hinter Dom Frollos Geheimnis her war, konnte er unmöglich der Großmeister sein. Oder spielte Tristan den Suchenden nur, um König Ludwig zu täuschen? Hatte er hier getobt, um eine Spur zu verwischen? Eins fiel mir auf: Sämtliche Bücher waren aus der Zelle verschwunden.

Schon wollte ich den verwüsteten Ort verlassen, da bemerkte ich einen griechischen Schriftzug, der tief in eine Mauer geritzt war: ΑΝΑΓΚΗ.

Ananke – Verhängnis!

Es ließ mich nicht los, wollte mich verspotten. Hatte Frollo die Buchstaben in stiller Verzweiflung eingeritzt, oder waren sie ein Hinweis? Was auch immer, mir konnte es nicht mehr helfen.

In mir wuchs die Gewißheit, daß meine Mission in Notre-Dame erfüllt war. Hier gab es kein Geheimnis mehr für mich zu ergründen, und ich verspürte kein Verlangen, noch länger für Dom Frollo als Kopist zu arbeiten.

Als ich meine Zelle betrat, um mein Bündel zu schnüren, fand ich ein ähnliches Durcheinander vor wie in Frollos Hexenküche. Tisch und Stühle waren umgestürzt, die Matratze zerschnitten, das Stroh auf dem Boden verstreut. Und die Bücher fehlten: Gringoires Kometenbuch, meine Abschrift und das Büchlein mit meinen Anmerkungen. Hatte Frollo die Sachen geholt oder Tristan l'Hermite?

Wer immer es gewesen war, mein Geheimversteck im Bettkasten hatte er nicht entdeckt. Ich packte meine Aufzeichnungen und Avrillots geringelten Drachen zu meinen wenigen Habseligkeiten. Nicht, daß mir an der Holzfigur gelegen war, aber wenn ihr eine Bedeutung zukam, durfte ich sie nicht zurücklassen. Ich wollte sie Villon übergeben, sollte er sich weiter damit herumschlagen.

Marie sang nicht länger. Quasimodo hockte zwischen den Türmen auf den Resten des Steinhaufens, den er zur Beschießung der Gaunerarmee errichtet hatte. Den Kopf in die Hände gestützt, starrte er mit finsterem Blick über die Dächer, vielleicht zum Grève-Platz, reglos wie die Steindämonen, denen er in seiner eigentümlichen Häßlichkeit glich. Es sah aus, als halte er einen stummen Trauergottesdienst.

Weil ich seine Andacht nicht stören wollte, setzte ich mich einfach neben ihn und sann über die Launen des Schicksals nach, das zwei Brüder, die nichts voneinander wußten, in solch einer Stunde zusammenführte. Irgendwann bewegte sich sein Kopf, starrte sein Auge mich an, fragte er: »Was wollt Ihr von mir?«

»Ich will dich mitnehmen.«

»Mich?« Er grunzte etwas, das einem ungläubigen Lachen nahekam. »Niemand will mich.«

»Doch, Quasimodo, ich.«

»Warum?«

»Weil wir Brüder sind.«

Er schüttelte sein schweres Haupt. »Ich verstehe Euch nicht.«

In vielen, ob seiner Taubheit mühsamen Worten erklärte ich es ihm, erzählte ich von Villon und der eingebrannten Muschel, die ich in der Nacht bei ihm gesehen hatte. Schließlich ließ ich meine Hose herunter und zeigte ihm mein Brandmal.

»Wir sind wirklich Brüder?«

Er fragte so ungläubig, wie die Sache an sich unglaubwürdig war. Ich konnte seine Zweifel nur zu gut verstehen, aber in Paris hatte ich gelernt, das Unglaubliche als alltäglich hinzunehmen.

»Das sind wir. Und wenn du willst, bringe ich dich zu unserem Vater.«

Er versank wieder in seiner Erstarrung, dachte lange nach und sagte endlich: »Nein, ich habe keinen Vater.«

»Aber doch!« rief ich. »Ich hab's dir gerade erklärt.«

»Ihr versteht nicht, Armand. Es ist zu spät für einen Vater, für einen Bruder, für Menschen.« Er schlug mit der Faust gegen seine Brust. »Hier drin ist es tot, wie meine Ohren tot sind. Ich kann die Menschen nicht verstehen, und sie verstehen mich nicht. Dort hinten am Galgen ist das letzte gestorben, wofür mein Herz noch geschlagen hat.«

»Aber was willst du tun, Quasimodo?«

»Ich werde Dom Frollo suchen.«

»Willst du dem Verräter weiterhin dienen?«

»Ihm?« Ein gefährliches Grollen drang tief aus seinem Innern. »Wenn ich ihn finde, wird er büßen!«

»Du willst ihn töten?«

»Was sonst!«

Er sprang auf. Ich ergriff seine Hand, wollte ihn festhalten. Kurz blickte er auf mich herab und sah mich beinahe zärtlich an. Dann riß er sich los und lief davon, floh vor mir, seinem Bruder, vor den Menschen.

Sicher und geschickt wie eine Bergziege auf den höchsten Felsen sprang er über das Dach der Kirche. Plötzlich hing er in der Luft, und ich fürchtete schon, er würde sich zu Tode stürzen. Aber mit einem kühnen Satz landete er auf einem südlichen Strebebogen und rutschte darauf nach unten wie ein spielendes Kind. So verschwand er aus meinem Blickfeld.

Ich verfluchte das Schicksal. Nach so langer Trennung den Bruder zum Bruder zu bringen, nur damit sie einander wieder verlieren! Darin lag nichts Gerechtes, nichts Gnädiges, nur pure Lust am Schmerz der Menschen. War das Gottes Walten? Bestätigte es nicht vielmehr die Dragowiten, die in dieser Welt nichts Gutes sahen?

Mit diesem bitteren Gedanken verließ ich die Kathedrale von Notre-Dame. Für immer, wie ich hoffte.

ACHTES BUCH

Kapitel 1

Die sprechende Ziege

Ich irrte lange durch die Gassen und kehrte schließlich in einer Schenke ein, wo ich meinen Schmerz über Sitas Tod und den Verlust meines Bruders vergebens mit einem Krug schlechten Weins zu betäuben suchte. Am Ende ging ich zum Tempelviertel. Was sonst blieb mir übrig?

Einer von Villons Wachtposten führte mich in das unterirdische Reich und dort in einen großen Raum, in dem ich einige Bekannte erblickte: Villon, Leonardo und seine beiden Freunde sowie Mathias. Und Djali. Die Ziege trank gelangweilt aus einem Wassernapf. Die Gesichter der sich über einen niedrigen Tisch beugenden Männer wirkten höchst angespannt. Auf dem Tisch lag ein Stück Papier, das sie interessiert betrachteten.

»Ah, endlich kommt Ihr, Armand!« Ein Fremder hätte Villons Totengrinsen nicht als erfreutes Lächeln zu deuten gewußt. »Fast wäre Euch die Neuigkeit entgangen.«

»Daß Mathias Djali gefunden hat?« fragte ich.

»Djali hat uns gefunden«, berichtigte mich der Zigeunerherzog. »Sie kam gegen Mittag ins Lager gelaufen, ist wohl lange durch die Gassen geirrt. Ein Glück, daß niemand sie eingefangen hat.«

»Ja, ein Glück für Djali«, sagte ich ohne wirkliche Anteilnahme. »Sonst würde sie jetzt an einem Bratspieß stecken.«

»Ein Glück für uns!« erwiderte Villon. »Djali hat uns ein wichtiges Geheimnis erzählt.«

»Mit ihren Buchstabentafeln?« erwiderte ich ungläubig

und zeigte auf das Ledersäckchen, das Djali immer am Hals getragen hatte. Sie trug noch immer ihr goldenes Halsband, das Säckchen aber lag auf dem Tisch, einige der Buchsbaumtäfelchen wahllos verstreut daneben. »Ich dachte, das seien nur Kunststücke, die Sita der Ziege beigebracht hat. Oder steckt wirklich der Teufel in Djali?«

»Die Spielerei mit den Buchstaben ist billiger Schwindel«, sagte Villon und erntete einen bösen Blick des Zigeunerherzogs. »Djali trug noch etwas in ihrem Beutel, und das hat zu uns gesprochen, recht eindeutig zum Glück.«

Er klopfte mit dem Zeigefinger auf das Papier, das ausgebreitet auf dem Tisch lag. Es war eine Buchseite, ein Holzschnitt von einem großen Gebäudekomplex. Im Vordergrund sah man ein paar im freien Gelände stehende Häuser, einige davon durch Zäune verbunden, ein paar Bäume und einen kleinen Rundturm mit spitz zulaufendem Helm. Dahinter erhob sich eine Festung mit Wehrgängen auf den breiten Mauern, Türmen und Schwalbennestern für die Schützen. Ein Graben lief um die Mauer, und nur durch eine Zugbrücke vorn links gelangte man ins Innere. Die rechte Ecke der vorderen Mauer wurde von einem runden Donjon beschützt. Man hätte das Ganze für die Trutzburg eines Kriegsherrn halten können, wäre das Innere nicht von einer prachtvollen Kirche und einem großen Kloster, das sich zur Rechten anschloß, beherrscht worden. Am oberen Bildrand, außerhalb der Wehrmauer, lagen eine Kapelle, eine Windmühle und ein paar Felder, zum Teil eingezäunt. Und über allem hatte eine schwungvolle Hand mit roter Tinte einen griechischen Schriftzug hingemalt: ΑΝΑΓΚΗ.

»Dom Frollos Schrift!« entfuhr es mir.

Villon beugte sich vor. »Armand, seid Ihr sicher?«

»Und ob!« Ich berichtete von den Buchstaben, die in Frollos Hexenküche in die Wand geritzt waren. »Dieser Schriftzug hier stammt von derselben Hand.«

»Das ist die endgültige Bestätigung!« rief Villon triumphierend. Es war einer der seltenen Augenblicke, in denen sein gezeichnetes Gesicht aufleuchtete. »Damit habt Ihr unserer Sache einen zweifachen Dienst erwiesen, Armand! Durch Euch wissen wir, daß diese Abbildung Dom Frollo gehört hat. Und ohne Euch hätten wir sie kaum entdeckt. Hättet Ihr Mathias nicht erzählt, daß Sitas letztes Wort der Name ihrer Ziege war, hätte der Herzog Djali nicht nach einer Botschaft durchsucht.«

Allmählich begriff ich und sagte halb laut, mehr zu mir selbst: »Dann hat Sita dieses Bild in Frollos Zelle gefunden. Es muß aus dem Buch stammen, das gestern nacht auf dem Zellenboden lag. Wahrscheinlich hat Sita das Papier in Djalis Beutel gesteckt, als sie die Ziege auf dem Boot im Arm hielt.«

Villon hustete heftig. »Jetzt wissen wir, wo wir die Machina Mundi zu suchen haben.«

»Ihr kennt den Ort?«

»Natürlich, und Ihr müßtet ihn auch kennen. Erinnert Euch an das linke Seine-Ufer, westlich des Quartier Latin. Das Wetter war schlecht, als wir nach Plessis-les-Tours aufbrachen, aber bei unserer Rückkehr müßt Ihr diese Mauern gesehen haben.«

Er hatte recht. Auf dem Papier waren die Gebäude aus einem anderen Blickwinkel dargestellt, aber nun erkannte ich sie. »Saint-Germain-des-Prés!«

Villon nickte knapp. »Ja, die Kirche des heiligen Germain, einstmals Bischof von Paris. Stark befestigt, weil sie und das Benediktinerkloster außerhalb der Stadtmauern liegen. Die Normannen, die vor sechshundert Jahren die Seine heraufkamen, sind gleich viermal über Saint-Germain hergefallen.«

»Und warum glaubt Ihr, daß dort die Weltmaschine verborgen ist?«

»Weshalb sonst hätte Frollo ausgerechnet dieses Bild mit der Aufschrift ›ΑΝΑΓΚΗ‹ versehen sollen? Wahrscheinlich tat er es im Überschwang der Gefühle, als die Dragowiten die Maschine entdeckten. Außerdem gibt es noch eine wichtige Tatsache, die diese Vermutung stützt: Ungesicherten Gerüchten zufolge hielt Raimundus Lullus sich einige Zeit in der Abtei von Saint-Germain auf. Wir wissen, daß Lullus das Wissen der Morgenländer erforschte. Früher, als die römischen Legionen das Land beherrschten, stand an der Stelle der Abtei ein Tempel der Isis. Und der Mönch Abbon, von dem wir über die Belagerung durch die Normannen wissen und der in Saint-Germain lebte, schrieb, der Name ›Paris‹ bedeutet ›Stadt der Isis‹.«

Ich räusperte mich und wandte ein: »Soll der Name nicht von dem gallischen Stamm der Parisier rühren, der die Stadt einst gegründet hat?«

Da Villon sich unter einem Hustenkrampf krümmte und roten Auswurf auf den Boden spie, ergriff Leonardo das Wort: »Der Name ist bedeutungslos. Wichtig ist die Tatsache, daß auf den Wiesen von Saint-Germain einst Isis verehrt wurde, deren Statue, dies als Beweis, in der Kirche des Klosters steht.« Er sah Mathias an. »Ich nehme an, Ihr könnt uns mehr über die Bedeutung der Isis erzählen, Herzog von *Ägypten.*«

Mathias lächelte kaum merklich. »Isis wurde von den Ägyptern verehrt, lange bevor ihr Kult zu den Römern kam. Sie ist die den Tod überwindende Göttin, die Herrin der Welt, die Muttergöttin. Sie verkörpert die Allmacht des Lebens und Sterbens, aber auch das Leben über den Tod hinaus. Als Seth, der König der Unterwelt, Osiris, den Gemahl der Isis, tötete und zerstückelte, suchte Isis die einzelnen Teile des Osiris, setzte sie wieder zusammen und erweckte ihren Gemahl zu neuem Leben.«

»Ein Symbol für das Leben, das uns nach dem Tod erwartet, für die Unsterblichkeit unserer Seele«, fügte Villon unter hohlem Röcheln hinzu.

Leonardo nickte heftig. »Isis, die Allmächtige, ist die Verkörperung der Machina Mundi.«

Mathias sah ihn streng an. »Ich würde eher sagen, die Machina Mundi verkörpert die Macht der Göttin Isis.«

»Eins ist wie das andere«, sagte Villon. »Die Philosophen im Gefolge des Pythagoras sahen in Isis die Verkörperung der ganzen unter der Sonne liegenden Welt, die absolute Ursächlichkeit aller Dinge, die alles gebärende Urmacht. Machina Mundi!«

Das alles schien mir ein wenig hoch gegriffen, aber auch ich wollte mich an dem gelehrten Disput beteiligen, und so warf ich ein: »Heißt es nicht, der Marienkult sei mit dem der Isis verwandt, sei ihm sogar entsprungen?«

Leonardo schenkte mir ein breites Grinsen: »Ihr werdet noch ein echter Ketzer, Signore Armand. Aber Euer Gedanke ist zweifellos richtig. Beide Male wird die Göttergebärende verehrt, Unsere Liebe Frau. Womit die Verbindung zur Kathedrale von Notre-Dame offensichtlich ist.«

»Deren Geheimnis wir immer noch nicht ergründet haben«, meinte Tommaso säuerlich.

»Solange der Sonnenstein dort verborgen ist, können auch die Dragowiten seine Kraft nicht nutzen«, fuhr Leonardo fort. »Und wenn wir die Machina Mundi zerstören, ist die Gefahr gebannt.«

»Es sei denn, die Dragowiten bauen eine neue Weltmaschine«, entgegnete Mathias. »Zumindest würden wir Zeit gewinnen. Aber wo sollen wir die Weltmaschine suchen und wie? Das ist eine Festung.« Er legte seine Hand auf den Plan der Abtei und schaute zweifelnd drein.

Villon hatte sich ein wenig erholt und sagte: »Zu Eurer ersten Frage, Herzog: Ich glaube nicht, daß die Maschine in den Gebäuden der Abtei zu suchen ist. Das wäre zu unsicher. Mögen die Dragowiten auch Verbündete in Saint-Germain-des-Prés haben, gewiß steht die Mehrheit der frommen Brüder nicht auf ihrer Seite.«

Die Falten im Gesicht des Zigeuners zuckten unwillig. »Dann wird es noch schwieriger, das scheinbar gelöste Rätsel wieder nebelhaft.«

»Aber warum denn, Herzog?« meinte Villon ruhig. »Überlegt doch, wo Ihr eine solche Maschine errichten würdet, wenn sie unentdeckt bleiben soll. Und zieht in Betracht, daß Isis auch als Erdgöttin verehrt wird, als Göttin der Unterwelt.«

»Ja«, sagte Mathias gedehnt. »Ihr habt recht, Maître Villon, mich einen Narren zu nennen. Warum solltet Ihr allein so klug sein, Euch unter die Erde zurückzuziehen!«

»Zumal sich auch der Großmeister mit seinem Neunerbund unterirdisch traf, wie unser Freund Armand bestätigen wird«, pflichtete Leonardo ihm bei. »Gehen wir also davon aus, daß irgendwo unter der Abtei, vermutlich in den alten Gewölben des Isis-Tempels, die Weltmaschine steht. Jetzt bleibt die Frage zu klären, wie wir ungehindert nach ihr suchen können.«

»Das Wie klärt sich mit dem Wann«, sagte Villon. »Der Jahrmarkt wird uns helfen, der Markt von Saint-Germain. Im Schutz seines Trubels können wir uns ungehindert auf dem Gelände bewegen.«

»Der Markt von Saint-Germain ist doch schon vorüber«, warf ich ein. »Er begann bereits im Februar.«

»Das ist so eine Geschichte«, sagte Villon und hustete erneut. »Philipp der Schöne hatte den Mönchen den einträglichen Markt untersagt, um den Markthallen größeren Aufschwung zu verschaffen. Das ist jedenfalls der Grund, der in den Chroniken vermerkt ist. Aber Philipp, der die Templer auf die Scheiterhaufen schickte, war selbst hinter dem großen Geheimnis her. Er muß geahnt haben, daß Saint-

Germain-des-Prés einen Schatz birgt, und wollte nicht, daß sich zu viele in seiner Nähe tummeln.«

»Ja, so muß es gewesen sein«, sagte Leonardo. »Nur starb Philipp kurz nach dem Templerprozeß und hatte keine Zeit mehr, sich um die Weltmaschine zu kümmern.«

Villon fuhr fort: »Im letzten Jahr konnte der Abt von Saint-Germain bei König Ludwig durchsetzen, daß die Abtei ihren Jahrmarkt wieder abhalten darf, allerdings im Februar, um nicht zu viele Menschen aus Saint-Denis und von den Märkten der Champagne wegzulocken. Das ist eine ungünstige Jahreszeit für auswärtige Händler, das Wetter ist schlecht und die Tage zum Reisen sind kurz. Entsprechend dürftig sind die Einnahmen der Mönche gerade in diesem Jahr gewesen. Deshalb konnten sie Ludwig erweichen, und nun dürfen sie im Sommer einen zweiten Markt abhalten. Er beginnt in fünf Tagen. Und wir werden dort sein!«

Mit aller Kraft, die in dem ausgemergelten, krankheitsgeschüttelten Leib noch steckte, hieb er seine geballte Rechte auf den Tisch, mitten auf das Papier mit dem verhängnisvollen Schriftzug.

Nach der Unterredung verabschiedete sich Mathias, um in sein Lager zurückzukehren und seine Leute auf den großen Schlag in fünf Tagen vorzubereiten. Djali zog er an einer Leine mit sich. Eine eher unwürdige Behandlung für die mögliche Retterin der Welt, wie ich fand. Die drei Italiener zogen sich zurück, um, wie Leonardo es ausdrückte, »ein paar kleine Spielereien auszutüfteln, die uns im Tempel der Isis vielleicht hilfreich sein können«.

Mir war es ganz recht, daß ich allein mit Villon zurückblieb. So konnte ich ihm ungestört von Quasimodo und seinem Brandmal berichten. Mein Vater hockte auf einem dreibeinigen Schemel, den Rücken gegen den Tisch mit dem Holzschnitt gelehnt, und hörte mir scheinbar teilnahmslos zu. Seine Augen waren geschlossen, als schlafe er. Nur das feine Zittern der Lider und das kaum merkliche Heben und Senken des Brustkorbs verrieten, daß noch Leben in ihm war. War er erschöpft, oder lauschte er ergriffen meinem Bericht?

Als ich mit Quasimodos Flucht aus Notre-Dame geendet hatte, herrschte für eine kleine Ewigkeit Schweigen. Fast war ich versucht, ihn anzustoßen, um herauszufinden, ob er nicht tatsächlich eingeschlafen war, da schlug er die Augen auf und sagte in seinem eigenartig wispernden Tonfall: »Ich glaube nicht an eine Laune des Schicksals. Habt Ihr Euch bei dem Muschelzeichen ganz sicher nicht getäuscht, Armand?«

Ich schüttelte den Kopf. »Es sah genauso aus wie das Ding auf meiner linken Arschbacke.«

»Das kann kein Zufall sein, nein!« Er stieß einen tiefen Seufzer aus und spuckte rötlichen Schleim. »Vielleicht hat Eure Mutter es nicht gewußt, aber eine unsichtbare Macht muß sie geleitet haben, als sie ihr Kind, Euren Bruder, ausgerechnet vor Notre-Dame aussetzte.«

»Die Macht des Sonnensteins?«

Villon nickte müde. »Alles entspringt einer Quelle, und alles fließt wieder zusammen.«

»Oder auch nicht«, murrte ich. »Ich glaube kaum, daß wir Quasimodo wiedersehen.«

»Das Schicksal gab Euch den Bruder, um ihn Euch gleich wieder zu nehmen. Mir aber hat es den zweiten Sohn ganz verwehrt.«

»Mir kommen die Tränen«, raunzte ich. »Wir müssen Quasimodo suchen!«

Villon runzelte die Stirn, was Falten über die zahlreichen Narben warf, und fragte: »Wozu?«

»Wozu?« Ich konnte es kaum fassen. »Wir müssen ihn finden, ihm zeigen, daß er einen Vater und einen Bruder hat, ihm das geben, was ihm bislang vorenthalten war.«

»Eine Eiche, die einmal verwachsen ist, könnt Ihr nicht geradebiegen.«

»Quasimodo ist ein Mensch!«

»Der sein Schicksal selbst gewählt hat, als er Notre-Dame verließ.«

Mein Unverständnis wuchs sich zu regelrechtem Zorn aus, und ich schrie: »Ist Euch gleichgültig, was mit Eurem Sohn geschieht?«

»Wir haben keine Zeit, uns um Quasimodo zu kümmern. Was zählt ein Mensch, wenn die ganze Menschheit bedroht ist?«

»Vielleicht ginge es der Menschheit besser, wenn sie des einzelnen Menschen mehr achtete«, schnaubte ich und sah im Geiste Quasimodo vor mir, wie er traurig auf der Turmgalerie von Notre-Dame hockte. Und Sita, wie sie leblos am Galgen der Grève hing.

»Die Seligkeit aller wiegt schwerer als die eines einzelnen!« sagte Villon mit Überzeugung.

»Wenn der einzelne leidet, können niemals alle selig sein!« widersprach ich ebenso entschieden. Ich stand vor ihm und hatte die Arme nach ihm ausgestreckt, ohne zu wissen, ob ich ihn aufrütteln, ihn vor Zorn erwürgen oder ihn um Verständnis für seinen mißgestalteten Sohn anflehen wollte.

Er umfaßte mit beiden Händen meine Rechte und drückte sie. Seine Hände fühlten sich kalt und knochig an wie die des Todes. »Ich verstehe Eure Erregung, Armand. Ihr solltet Euch ausruhen, dann werdet Ihr einsehen, wie recht ich habe.«

Aber ich wollte das nicht einsehen. Deshalb suchte ich den großen Raum auf, in dem ich die Kleider gewechselt hatte, als ich zum erstenmal im Refugium der Katharer war. In der unterirdischen Schenke fügte ich dem bereits getrunkenen

Fusel einen zweiten Krug billigen Roten hinzu, der meinen Kopf benebelte, aber meine Wut auf Villon nicht abschwächte. Die Worte der Menschen um mich her verschwammen und ebenso die Konturen des Raums, doch das Bild des unglücklichen Buckligen stand deutlich vor mir.

Ich verstand die Entscheidung meines – unseres – Vaters nicht, hielt sie für hartherzig. Noch fünf Tage bis zum Markt von Saint-Germain, doch wohl Zeit genug, Quasimodo zu suchen! Brauchte Villon tatsächlich jeden Mann? Oder war ihm der bucklige Sohn gleichgültig, da er ihm zu nichts nütze war? Ja, so muß es sein, redete ich mir ein. War nicht auch ich dem Vater gleichgültig gewesen, bis er mich für seine Pläne gebrauchen konnte? Oder mißbrauchen!

Ich hieb mehrmals mit der Faust auf den Tisch, als könnte der Schmerz in meiner Hand den in meiner Seele betäuben. Der irdene Becher fiel zu Boden und zersprang. Ich trank aus dem Krug weiter, merkte kaum, daß die rote Flüssigkeit an meinem Kinn hinunterrann, auf und in mein Wams troff.

Bis mir der Krug mit sanfter Gewalt weggenommen wurde und eine helle Stimme tadelnd fragte: »Wollt Ihr Euch besaufen oder Euer Wams rot färben, Armand?«

»Beides«, knurrte ich, während ich mich zwang, durch den Nebel vor meinen Augen zu sehen. Ich erkannte die schönen, sehr ernsten Züge Colettes. »Ihr als frischgebakkene Katharerin seid den Lastern gewiß abhold.«

»Nicht alle Reinen sind das, sonst gäb's hier keinen Wein. Ich aber habe auch vorher nicht getrunken.«

»Ich habe mich schon als Knabe besoffen, als mir durch Zufall der Schlüssel zum Weinkeller der Abtei Sablé in die Hände fiel.«

»Und was hat es Euch gebracht?«

»Hundert Avemaria, zweihundert Vaterunser, drei Monate Küchendienst und einen Brummschädel.«

»Ihr habt nicht daraus gelernt.«

Ich wollte mir den Weinkrug zurückholen, aber sie hielt ihn fest. »Euer Vater hat mir aufgetragen, mich um Euch zu kümmern, Armand. Ich werde Euch zu Eurer Zelle führen. Dort könnt Ihr schlafen und auf den Brummschädel warten.«

An ihrem festen Blick erkannte ich, daß sie nicht nachgeben würde. Es gab zwei gute Gründe, nicht mir ihr zu streiten: Erstens war ich betrunken, und zweitens war sie eine Frau und behielt schon allein deshalb zweifelsohne recht. So folgte ich ihr durch finstere Gänge, die mir endlos und verworren erschienen.

Die Zelle war klein und, da unter der Erde gelegen, ohne Fenster. Neben einem einfachen Bettgestell mit Strohmatratze gab es nur einen kleinen Tisch und einen wackligen Schemel. Ich spielte den beleidigten Trunkenbold, kehrte Colette den Rücken zu und begann, mein Bündel aufzuschnüren.

»Euer Vater meint es gut mit Euch, Armand. Morgen, wenn Euer Rausch verflogen ist, werdet Ihr das erkennen. Ich wäre froh, wenn ich meinen Vater noch hätte.« Nach einer kleinen Pause fügte sie hinzu: »All die Dinge, die wir erleben, sind schmerzhaft und verwirrend, aber es führt zu nichts, wenn Ihr Euch betäubt.«

Wütend fuhr ich zu ihr herum und schnappte: »Ausgerechnet Ihr müßt mir das sagen, Colette! Ihr, die Ihr Euch betäubt habt wie niemand sonst. O nein, nicht mit Wein, das nicht, Ihr tut das auf ganz andere Art. Ihr werdet zur Reinen, entsagt allen weltlichen Versuchungen, bloß um Euch nicht mehr damit beschäftigen zu müssen. Ich habe für ein paar Stunden meinen Verstand betäubt, Ihr dagegen auf ewig Eure Seele!«

Ihre Lippen zitterten, und vielleicht hätte sie geweint, wären ihre Tränen nicht versiegt gewesen. Mit bebender Stimme sagte sie: »Ihr müßt meine Entscheidung hinnehmen, Armand. Es hat keinen Sinn, mich zu beschimpfen.«

»Warum regt Ihr Euch dann so auf?« fragte ich, beseelt von dem Triumph des Betrunkenen, der die Schwäche seines Gegenübers durchschaut hat. »Doch wohl nur, weil ich die Wahrheit gesagt habe. – Ach, zum Teufel mit euch Guten Seelen!«

Ich drehte mich wieder von ihr weg, kramte in demonstrativer Mißachtung ihrer Person in meinem Bündel und fühlte etwas Hartes in meiner Hand. Es war der geringelte Drache, mit dem mein Verhängnis begonnen hatte. Ich wollte die Holzfigur, die mir kein Glück gebracht hatte, endlich loswerden. Ruckartig drehte ich mich um und schleuderte sie neben Colettes Füße in eine Ecke der Zelle. »Da habt Ihr Eure elende Ananke!«

Dem Aufprall folgte ein leises Knacken. Das Holz zersprang wie ein rohes Ei, das aus Unachtsamkeit der Hand entglitt. Nur zerfiel der Ouroboros nicht in mehrere unregelmäßige Stücke, sondern in zwei gleiche Hälften. Etwas Grünes fiel heraus und kullerte ein Stück über den unebenen Boden, bis es in einer kleinen Kuhle liegenblieb.

Ich konnte es nicht genau sehen. Zunächst dachte ich, der Weindunst verneble meine Augen. Bis ich erkannte, daß ein gleichmäßiges Leuchten von dem Gegenstand ausging, eine grüne Aura. Ich hätte erschrecken müssen, aber es gefiel mir. Das Licht tat den Augen nicht weh, ich empfand es als angenehm, fast als vertrauenerweckend, als befinde sich in seinem Innern ein freundlich gesinntes Lebewesen. Das Leuchten war wie ein alter Bekannter aus ferner Vergangenheit. *Damals … damals … auf Montségur …*

»Beim Vater der Guten Seelen, das ist der Sonnenstein!« keuchte Colette. »Der Smaragd aus Luzifers Krone! Armand, Ihr habt ihn bei Euch getragen …«

»Tja, sieht wohl so aus«, sagte ich mit schwerer Zunge

und fühlte mich so elend, daß ich mich mehr aufs Bett fallen ließ, als daß ich mich setzte. »Ist das nicht lustig?«

»Lustig nennt Ihr das? Wie könnt Ihr …«

»Na, alles rennt seit Monaten hinter diesem verfluchten Sonnenstein her, und ich sitze quasi drauf. Habe drauf geschlafen, weil das Ding die ganze Zeit über in meinem Bettkasten lag.« Der Gedanke sorgte in meinem weingetrübten Verstand für unwillkürliche Erheiterung, und ich kicherte hektisch. »Der Zölestiner hatte das Rätsel längst gelöst. Wahrscheinlich war er mit dem Smaragd unterwegs zu Villon, als er in den Umzug der flämischen Gesandtschaft geriet und notgedrungen mitlaufen mußte. Und Godin ahnte etwas, wohl nicht, daß Avrillot den Stein gefunden hatte, aber doch, daß er des Rätsels Lösung nahe war.«

Ich brach in schallendes Gelächter aus. Was blieb mir übrig? Sollte ich weinen über all das sinnlos vergossene Blut? Weder Luzifer noch Gott läßt sich von Tränen rühren und das Schicksal schon gar nicht.

»Wir müssen den Stein sofort zum Bischof bringen!« sagte Colette.

Ihre Stimme bereitete mir Kopfschmerzen, so wie jedes Geräusch. Verfluchter süßer Wein! Ich fühlte mich unendlich müde und schwer wie Blei.

»Bringt Ihr den Stein zu meinem Vater. Sagt ihm, nun braucht er mich nicht mehr. Ich habe meinen Zweck erfüllt.«

Colette zögerte kurz, bevor sie sich bückte und den Smaragd berührte. Das Leuchten erstarb, und sie hielt einen grünen Stein in den Händen. Nichts wies darauf hin, daß besondere Kräfte in ihm wohnten, die Macht der Schöpfung und der Zerstörung.

Ich schloß die Augen und bekam gerade noch mit, wie Colette meine Zelle verließ und leise die Tür hinter sich schloß. Dann erlöste mich tiefer Schlaf von der Last, für das

Schicksal der Menschheit verantwortlich zu sein, für das meines armen Bruders und für das der schönen Esmeralda. Ich war von allem befreit, wenigstens für ein paar weinselige Stunden.

Kapitel 2

Ein schmerzhaftes Erwachen

Der Wein bewahrte mich vor üblen Träumen, das war sein angenehmes Gesicht. Doch irgendwann zeigte er auch seine unangenehme Seite, und ich erwachte mit tausendfachem Stechen und Hämmern im Schädel: der Preis für das kurzzeitige Vergessen. Ich nahm an, daß es Morgen war, meinem fensterlosen Gemach war das gleich. Die kleine Lampe auf dem Tisch flackerte mit dem letzten Rest Öl gegen den Tod an. Das Brombeeröl erfüllte die Zelle mit einem vollmundigen, süßen Duft, und ich spürte, wie sich mein leerer Magen schmerzhaft zusammenzog. Wein berauscht, aber er sättigt nicht.

Unendlich langsam erhob ich mich. Jede noch so kleine Bewegung hielt den Schmied in meinem Kopf zu neuem Wüten an. Mit unsicheren Schritten ging ich zur Tür, da stieß mein rechter Fuß gegen etwas und warf es durch den kleinen Raum. Es war ein Teil des hölzernen Ouroboros.

Der Sonnenstein!

Also war es kein Trugbild meines umnebelten Verstandes gewesen. Ich hatte tatsächlich, wenn auch höchst zufällig, den lange gesuchten Smaragd entdeckt. Villon und seine Leute mußten sich in heller Aufregung befinden, vielleicht auch im Überschwang des Triumphs. Sie waren den Dragowiten zuvorgekommen; nun konnten sie in Ruhe nach der Weltmaschine suchen.

Ich hob die beiden Hälften der Holzfigur auf und sah in der Umrandung der einen acht Zapfen und in der anderen acht Löcher. Damit konnte man den Ouroboros, das Schutzbehältnis für den Sonnenstein, fest zusammenstekken. So fest, daß mir sein Geheimnis verborgen geblieben war.

Zu meiner Überraschung erzählte mir ein Wachtposten, daß es bereits Nachmittag war. Elender Wein! Ich wollte meinem Vater das zersprungene Behältnis überreichen und ihm mitteilen, daß ich die Katharer verlassen würde, um nach meinem Bruder zu suchen. Der Wachtposten führte mich in einen großen Raum, in dem mehrere Männer und Frauen unter den Augen Villons und der drei Italiener mit allerlei Werkzeug und anderen Geräten hantierten, deren Zweck mir rätselhaft war.

»Der Schläfer ist erwacht«, rief Leonardo und grinste mir entgegen. »*In vino sopor.* – Im Wein liegt die Trägheit.«

Ich verzog das Gesicht. »Ihr seid dafür doppelt fleißig.«

»Mit gutem Grund«, sagte Villon düster. »Schließlich gilt es, die Weltmaschine zu finden, bevor die Dragowiten den Sonnenstein entdecken.«

»Darüber macht Ihr Euch noch Sorgen?« Verwundert kratzte ich mir den brummenden Schädel. »Jetzt, da Ihr gegenüber den Dragowiten so sehr im Vorteil seid?«

Villon und die Italiener sahen mich verständnislos an, und Atalante meinte: »Im Wein liegt nicht nur Trägheit, sondern auch Durcheinander für den Kopf.«

»Eher Schmerz für den Kopf«, knurrte ich. »Aber ich kann noch klar genug denken, um mich an gestern abend zu erinnern.«

»Und?« fragte Villon, der mich mit einer Mischung aus Neugier und Verwirrung ansah. »Was war gestern abend?«

»Ihr tut so, als sei Euch völlig gleichgültig, was Colette Euch überbracht hat.«

»Colette?« Ein pfeifendes Atmen, das sich zu einem kleinen Husten auswuchs, zwang meinen Vater, kurz innezuhalten. Dann fuhr er fort: »Ich habe sie seit gestern morgen nicht mehr gesehen.«

»Ihr scherzt«, meinte ich unsicher.

»Warum sollte ich?« Er wurde ungeduldig, packte mich an den Schultern, schüttelte mich. »Verdammt, Armand, was wollt Ihr mir sagen?«

Wortlos streckte ich ihm die beiden Hälften des Ouroboros entgegen. Er nahm sie, wog sie in seinen Händen und betrachtete sie eingehend.

»Leichter als zuvor und hohl, ein Behältnis. Aber wie habt Ihr das entdeckt, Armand?«

»Es war ein Zufall. Ich habe den Drachen aus Wut auf Euch auf den Boden meiner Zelle geschleudert.«

»Und was befand sich darin?«

Ich wagte es nicht zu sagen, nicht unter diesen peinlichen Umständen. Aber mein betretener Blick genügte.

Für eine kleine Ewigkeit schien Villon fassungslos, ein heftiges Zittern lief durch seinen dürren Leib. Tommaso sprang zu ihm und stützte ihn, sonst wäre er womöglich gestürzt. Als Villon sich wieder gefaßt hatte, stieß er mit brüchiger Stimme hervor: »Bitte, Armand, sagt, das es nicht wahr ist!«

»Es ist wahr. Ich habe den Smaragd gesehen, sein Leuchten gespürt. Es war wie damals ... auf dem Montségur.«

Wie zu sich selbst flüsterte Villon: »Als ich Bruder Avrillot am Dreikönigsmorgen in den Gassen des Hôtel-Dieu traf, sagte er mir, er sei der Lösung des Rätsels nahe. Aber er selbst ahnte nicht, daß er so dicht dran war, daß er den Smaragd noch an jenem Tag finden würde ...« Plötzlich bäumte mein Vater sich auf und schrie mich an: »Warum habt Ihr mir den Stein nicht sofort gebracht?«

»Weil ich zu müde war und zu betrunken. Außerdem dachte ich, der Smaragd sei bei Colette in guten Händen. Sie wollte ihn Euch übergeben.«

»Sie hat ihn sicher zu jemand anderem gebracht«, sagte Leonardo.

Auch wenn er es nicht aussprach, war eindeutig, daß er die Dragowiten meinte. Trotzdem fragte ich wider besseres Wissen: »Sie hat das Vaterunser empfangen, warum sollte sie ihre Brüder und Schwestern verraten?«

»Um dem Menschen zu helfen, der ihr am nächsten steht«, sagte Villon leise. »Für den Sonnenstein tun die Dragowiten alles. Falls Marc Cenaine noch lebt, ist der Smaragd das beste Lösegeld.«

Ich stieß eine Reihe von Flüchen aus, wie die frommen Brüder im Kloster sie benutzen, wenn sie glauben, daß niemand zuhört. »Wäre ich nicht so benommen gewesen, hätte ich vielleicht etwas gemerkt. Sie sprach über ihren Vater.«

»Was hat sie gesagt?« bellte Villon.

»Ich weiß es nicht mehr genau. Mein Schädel ...« Ich griff an meine pochenden Schläfen, denen das angestrengte Nachdenken zusetzte.

Villon gab den Italienern einen Wink. Tommaso und Atalante packten mich und schleppten mich zu dem großen Wasserfaß, in dem die Schmiede ihre glühenden Eisen abschreckten. Bevor ich noch recht begriff, wie mir geschah, steckten sie mich kopfüber in das Faß.

Wasser rings um mich! Ich wollte Atem schöpfen und schluckte das Naß. Wollte Villon, der alte Hurenbock, mich zur Strafe ertränken? Endlich zogen sie mich aus der Tonne, aber nur, um mich nach kurzem Verschnaufen erneut unterzutauchen.

Dann endlich, als ich schon nicht mehr zu hoffen wagte, Licht und Luft, freies Atmen!

Ich hockte auf dem Boden, den Rücken an das Faß gelehnt, keuchte und schnaubte und rotzte Wasser. Mein Brustkorb pumpte, meine Lungen bebten. Haare und Kleider klebten an mir. Villon, die Italiener und andere Katharer umringten mich, als wollten sie Gericht über mich halten.

»Ist Euer Kopf jetzt klarer?« fragte Villon, der Gerichtsherr.

»Was Euch betrifft, ist er das schon seit gestern!« fuhr ich ihn an.

»Jetzt sprechen wir nicht über mich, sondern über Colette. Was genau hat sie über ihren Vater gesagt?«

»Es war nur ein Satz«, sagte ich und zog ihn aus meinem dröhnenden Hirn: *»Ich wäre froh, wenn ich meinen Vater noch hätte.«*

»Mehr nicht?« fragte Villon enttäuscht.

»Mehr nicht. Das Bad hat sich wohl für keinen von uns gelohnt.«

»Aber doch!« erwiderte Atalante. »Euer Geruch, Signore Armand, war ein wenig *penetrante*. Wie sagt man hier in Frankreich?«

»Penetrant«, erklärte Leonardo.

Villon stieß einen tiefen Seufzer aus. »Zumindest bestätigt Armands Aussage unseren Verdacht, daß Colette zu den Dragowiten übergelaufen ist.«

»Vielleicht ist es noch nicht zu spät«, meinte Leonardo. »Es wird für das Mädchen nicht ganz einfach sein, mit den Abtrünnigen in Verbindung zu treten. Nachdem Dom Frollo aus Notre-Dame geflohen ist, dürften sich die Dragowiten in einiger Aufregung befinden. Mit ein wenig Glück können wir Colette abfangen.«

»Versuchen wir es«, sagte Villon, doch er klang nicht sehr hoffnungsvoll. »Alle verfügbaren Leute sollen nach ihr suchen. Wir müssen außerdem auch die Ägypter benachrichtigen.«

»Das übernehme ich«, sagte ich matt. »Ich brauche frische Luft.«

Als ich den Wunderhof erreichte, waren die Zigeuner gerade im Aufbruch begriffen. Ungeduldig hörte sich der Herzog meinen Bericht an, dann sagte er zu meiner Überraschung: »Wir suchen morgen nach Colette. Es dämmert bereits, und in der Nacht werden wir sie kaum finden. Außerdem wartet Sita auf uns. Kommt Ihr mit?«

Ich begleitete ihn, weil ich Sita gegenüber eine Schuld fühlte, die ich nicht abtragen, vielleicht aber ein wenig mildern konnte, wenn ich ihr das letzte Geleit gab. Die Ägypter zogen zum Grève-Platz, wo der Sergeant von gestern sie erwartete. Allerdings war er nur gegen einen zweiten Beutel Goldkronen bereit, die Gehenkte vom Galgen zu nehmen.

Die Soldaten, die jetzt den Umzug anführten, untersagten jeglichen Lärm und alle Totenlieder. Stumm ging es durch die hereinbrechende Nacht zum Montfaucon, dem Galgenhügel, der selbst in der Finsternis schon von weitem in schrecklicher Pracht zu erkennen war. Außerhalb der Ringmauer, zwischen dem Tempelviertel und Saint-Martin, erhob sich der weißfahle Kalkhügel im Mondlicht wie ein gigantischer Totenschädel. Ein wuchtiger Mauerklotz aus altem, zerbröckelndem Gestein thronte auf der Kuppe und trug als Krone an drei von vier Seiten sechzehn breite Steinsäulen von dreißig Fuß Höhe. Hölzerne Balken führten von Säule zu Säule, und an jedem Balken hingen eiserne Ketten, die im Nachtwind einen klirrenden Schauergesang von sich gaben – das einzige Totenlied, das für Sita angestimmt wurde. An vielen der Ketten hingen Skelette oder halb verweste Leichen und schaukelten sanft hin und her, als genössen sie die Ruhe, die sie im Leben nicht gefunden hatten. Das Leuchten der Totenschädel im Mondlicht mutete an wie ein fröhlicher Willkommensgruß von Gevatter Tod. Wenn der Wind besonders heftig gegen die Gehenkten fuhr und ihre blanken Knochen schüttelte, glich es einem aufmunternden Winken.

Wir erstiegen den Hügel, an dessen Fuß ein Steinkreuz und zwei kleinere Galgen standen, als seien die vielen Ketten nicht genug, um alle Schinder, Räuber, Mörder und Betrüger von Paris aufzunehmen. Unter unseren Füßen knirschte verfaulendes Gebein. Das Mauerwerk war innen hohl, ein Knochenhaus. Der Sergeant führte uns hinein, und atemberaubender Gestank hüllte uns ein. Ein kalter Hauch, der nicht von dieser Welt war, zog über meine Haut. Im Licht unserer Fackeln tanzten unzählige Skelette, viele nur noch einzelne Knochen. Für Sita fanden wir einen Platz in einer kleinen Nebenkammer, wo wir sie sorgsam auf den Boden legten.

Mathias sagte feierlich: »Gehe nun, Sita, und schreite über die Brücke des reinen Gewissens in das große reiche Land, in dem du alles findest, was du begehrst. Trinke aus den Flüssen der sauren und süßen Milch, labe dich an den Speisen der Seele. Auf daß sie noch reiner werde bis zum nächsten Leben.«

Als wir ins Freie traten, suchte ich nach Worten, um Mathias meine Trauer zu bekunden, doch ich brachte nur ein hilfloses, klägliches Stammeln hervor.

Der Herzog sah mich mit einem tiefen Lächeln an und sagte: »Der Mensch ist lebendige Erde, die auf toter Erde wandelt. Wir alle sind Tote, nur wissen wir nicht, wann wer wo begraben wird.«

Colette blieb verschwunden, ebenso wie Dom Frollo und Pierre Gringoire. Wie Quasimodo. Und wie der Sonnenstein.

Man munkelte in Paris, Claude Frollo sei beim Sturm auf Notre-Dame zu Tode gekommen. Der Dämon Quasimodo, der dem Archidiakon lange Zeit dienstbar gewesen sei, habe sich in jener unheiligen Nacht dessen Seele geholt und sei mit ihr zur Hölle gefahren. Die Leute sind nicht zufrieden, wenn sie nicht schwatzen können.

Ich blieb bei den Katharern. Es war meine Schuld, wenn der Sonnenstein den Dragowiten in die Hände fiel. Deshalb wollte ich alles in meiner Macht Stehende tun, um das Verhängnis abzuwenden.

Zunächst aber half ich Villons Leuten, ihr Versteck im Tempelbezirk zu räumen. Nach Colettes Verrat war es nicht länger sicher. Vieles wurde zerstört, anderes weggeschafft, die wichtigsten Zugänge verschütteten wir. Zum Abbau der Denkmaschine fehlte die Zeit, also wurde sie zu Klump gehauen. Vielleicht das Beste, was man mit einem solchen Teufelsding tun konnte.

Wir tauchten in den alten Quartieren der Muschelbrüder unter. Villon, die Italiener und ich fanden eine Bleibe auf dem Hinterhof der Dicken Margot. Als wir zwei Abende vor dem Beginn des Jahrmarkts in einer Hinterstube der Schenke mit der Wirtin zusammensaßen, sagte sie: »Ich kann nicht glauben, daß die Kleine eine Verräterin ist. Sie hat ein gutes Herz.«

»Daß sie mit dem Smaragd verschwunden ist, spricht für sich«, erwiderte Villon. »Sie mag ein gutes Herz haben, aber gerade das hat sie zu ihrem fatalen Entschluß verleitet. Um ihren Vater zu retten, opfert sie die Menschheit.«

Ich beteiligte mich nicht an dem Gespräch. Wer hätte verstanden, daß ich fast froh war über Colettes Verrat? Wenn ihre Gefühle stärker waren als ihre Treue zu den Katharern, war für mich – für uns beide – vielleicht noch nicht alles verloren. Ihr Gelübde der Keuschheit war eine Kette mit morschen Gliedern, die von zwei füreinander schlagenden Herzen gesprengt werden konnte.

Natürlich wußte ich, daß ich mich an einen Strohhalm klammerte. Aber so ist des Menschen Herz. Es hängt selbst dann an seinem kleinen Glück, wenn über der ganzen Menschheit das Verhängnis schwebt.

KAPITEL 3

Das Geheimnis von Saint-Germain

LEONARDO UND SEINE BEIDEN GEFÄHRTEN waren zweifellos verrückt, François Villon ebenso. Und natürlich auch ich, der ich mich auf ihre Narreteien einließ. Der Gedanke brannte sich mit der heißen Kraft der Mittagssonne in meinem Schädel fest, während wir über die Wiesen rund um die Abtei Saint-Germain-des-Prés zogen.

Seit dem Morgen, an dem der Jahrmarkt, der eigentlich ein Halbjahresmarkt war, begonnen hatte, waren wir unterwegs, eine seltsame Truppe von Gauklern und Sachern. Leonardo spielte auf seiner silbernen Pferdekopflaute, und Atalante sang dazu – hingebungsvoll und mit guter, klarer Stimme – italienische Weisen. Villon, Tommaso und ich schleppten an ledernen Riemen überschwere Bauchläden vor uns her und verkauften billige Messer, Scheren, Feilen und Ohrenlöffel. Mein Vater allerdings gab nur vor, seine Waren feilzubieten. Er hielt sich immer in der Mitte unserer Gruppe, ließ sich von uns anderen abschirmen und beobachtete das absonderliche Gerät, das Leonardo entworfen und mit Tommasos Hilfe gebaut hatte.

In Villons Bauchkasten war ein dünnes Metallrohr verankert, das erzittern sollte, sobald wir in die Nähe der Weltmaschine gelangten. Die Begründung hatte ich nicht recht verstanden, und es schien mir mehr mit Zauberei als mit den Wissenschaften zusammenzuhängen, auch wenn Leonardo das Gegenteil behauptete.

Im übrigen sollte es meine Schuld sein, daß Leonardo und

Tommaso nur drei dieser Zitterstangen, wie wir sie nannten, hatten bauen können. Die Herstellung war nicht einfach, und seit wir das Versteck im Tempelbezirk geräumt hatten, waren die Italiener der günstigen Arbeitsbedingungen beraubt. Hätte ich besser auf den Sonnenstein achtgegeben, hätten wir das Versteck nicht verlassen müssen. Der verfluchte Leonardo hätte mir das nicht zu sagen brauchen, um meinen Eifer anzuspornen.

Aber wo sollten wir suchen? Mein Blick flog über die endlosen Reihen aus Verkaufsbuden, Lagerschuppen, Spieltischen und Bühnen, die sich auf dem sanft ansteigenden Hang am linken Seine-Ufer erstreckten und zwischen denen sich Händler, Gaukler, Musikanten, Komödianten, Artisten, Bettler, sowie, zumeist in völlig schamloser Weise, Knaben, Dirnen und ihre Freier tummelten. Hier wurde einfach alles verkauft, bis hin zum warmen Fleisch der Metzen beiderlei Geschlechts. Ausgenommen waren nur Waffen und Bücher, erstere zur Sicherheit der Marktbesucher und aller Pariser Bürger, letztere, weil ein Feilbieten gelehrter Werke angeblich die Ehre der nahen Sorbonne verletzt hätte. Dabei trieben es gerade die Scholaren am hemmungslosesten, viele mit Tier- und Dämonenmasken angetan, andere mit dem eigenen verzückten Gesicht. Oft war das Gedränge von Menschen und Tieren zwischen den Buden so dicht, daß kaum ein Durchkommen war.

Und nur drei Zitterstangen! Falls die Dinger, was ich stark bezweifelte, überhaupt auf die Machina Mundi oder auf das brennende Erz, von dem Leonardo berichtet hatte, ansprachen. Die zweite Stange befand sich bei einer Katharergruppe, die den geheimen Eingang zur Zuflucht der Dragowiten näher am Seine-Ufer suchte, die dritte bei Mathias und seinen Zigeunern. Die übrigen Katharer und Ägypter suchten auf gut Glück den Markt ab, hielten Augen und Ohren offen und sollten alles melden, was ihnen verdächtig erschien. Aber was sollte einem bei solch buntem, ausgelassenem Treiben verdächtig erscheinen?

Am Nachmittag, als wir die Buden der Töpfer hinter uns ließen, begegneten wir dem tanzenden Bären. Der riesige Zoltan vollführte zu einer von Rudko geblasenen Flötenmelodie mehr oder minder geschmeidige Verrenkungen, sehr zum Gefallen des Publikums. Milosch und Yaron sammelten die Gaben der Umstehenden ein und brachten sie Mathias, der auf einem Baumstumpf hockte und die Münzen in einen Holzkasten fallen ließ. Nur ein Teil des Kastens war für die Münzen bestimmt, im anderen befand sich die Zitterstange, allerdings ohne im mindestens zu zittern. Gleich der Villons.

»Es ist zwecklos«, seufzte der Herzog. »Diese Stangen erbeben allenfalls, wenn man sie vor Verzweiflung gegen die nächste Wand wirft.«

»Sie schlagen aus, wenn sie die Kraft des brennenden Erzes spüren«, wiederholte Leonardo mit fester Stimme. »Wenn sie es bis jetzt nicht getan haben, sind wir noch nicht in die Nähe der Weltmaschine gelangt.«

»Vielleicht, vielleicht auch nicht«, brummte ich zweifelnd. »Die Sache mit dem brennenden Erz hab ich ohnehin nicht begriffen.«

»Jetzt ist nicht die Zeit, es Euch zu erklären«, fauchte Leonardo. »Ihr könnt mir vertrauen. Ich hatte genug von dem Erz zur Verfügung, um die Zitterstangen zu erproben.«

»Was ist das für ein Erz?« fragte ich, noch immer nicht überzeugt. »Woher kommt es? Was bewirkt es?«

Villon gab mir die Antwort: »Die Templer förderten es unter ihrem dragowitischen Großmeister Bertrand de Blanchefort in der Nähe eines kleinen Bergdorfs in Occitanien, Rennes-le-Château. Nach Lullus braucht man dieses Erz, um den großen Weltenbrand zu entfachen. Von dem Erz geht eine unsichtbare Kraft aus, gefährlich und zerstörerisch. Wer zu lange mit ihm in Berührung ist, stirbt einen langsamen, qualvollen Tod. Deshalb ließ Betrand de Blanchefort Bergleute und Erzgießer aus Deutschland kommen. Sie konnten sich mit den Einheimischen nicht verständigen und das Geheimnis nicht weitererzählen. Und wenn sie starben, fragte niemand nach ihnen.«

Unsere Gruppen trennten sich, um die Suche fortzusetzen. So vergingen die Stunden, und wir arbeiteten uns in die Nähe der bewehrten Abtei vor. Der Abend nahte, und noch immer zitterte die Zitterstange nicht. Erschöpft setzten wir uns an einen der unter freiem Himmel stehenden Tische einer Schenke, die aus einem Holzgerüst und darüber gespannten Stoffbahnen bestand. Bei Wein und Wasser, Brot und gebratenen Eiern mit Zwiebelmus sammelten wir neue Kräfte, aber nicht neuen Mut. Ich betrachtete die lärmende Menge um uns her und konnte mir einfach nicht vorstellen, daß hier lauter verlorene Seelen ihren Totentanz aufführten.

Sehnsüchtig sah ich einer Schar tanzender Scholaren und Dirnen zu, die soffen und lachten und sich vergnügten. Für sie gab es keine Machina Mundi, keine Bedrohung ihrer ewigen Glückseligkeit. Sie scherten sich nicht darum, was ihre Seelen nach dem Tod erwartete. Lebt nicht jeder in der Welt, die er sich schafft?

Bevor ich in Trübsinn verfallen oder zu tieferer Einsicht gelangen konnte, verschluckte ich einen Löffel Zwiebelmus und hustete mir die Seele aus dem Leib, als habe Villon mich angesteckt. Leonardo klopfte mir auf den Rücken, bis es mir besserging und ich den Hustenreiz mit einem Schluck Wein gänzlich beruhigen konnte.

»Nicht so gierig schlingen, Signore Armand«, ermahnte mich der Italiener. »An gekochten Zwiebeln zu ersticken ist weder ein rühmlicher noch ein angenehmer Tod.«

»Verdammt, haltet endlich den Mund!« fuhr ich ihn an. »Ich habe mich nicht aus Gier verschluckt, sondern vor

Überraschung. Vor Schreck, wenn Ihr so wollt. Seht Ihr die Tänzer neben dem Ofen des Pastetenbäckers? Für einen Augenblick erblickte ich dahinter das Gesicht des Mannes, vor dem ich mich bislang verstecken konnte: Gilles Godin.«

Wir sprangen auf, und Leonardo warf ein paar Münzen auf den Tisch. Eilig tauchten wir in die Menge ein, umkreisten die ausgelassenen Tänzer und spähten in alle Richtungen. Vergebens, Godin war nirgends zu sehen.

Villon blickte nach Westen, wo fünf große Lagerschuppen im Schatten einiger Pappeln standen. »Eigenartig, aber vorhin fiel es mir nicht auf. Niemand treibt sich dort herum. Ist es nicht sonderbar, daß da nicht einmal ein streunender Köter herumstreift oder eine Dirne den Schutz der Schuppen nutzt, um ihren Freier zu beglücken? Als sei der Ort verflucht, umgeben von einer abstoßenden Aura.«

Wir drückten uns zwischen die langgestreckten Gebäude und fanden sie tatsächlich verlassen. Hinter ihnen wölbte sich eine mit Disteln, Brennesseln und anderem Unkraut bewachsene Böschung. Ich rüttelte an der Tür eines der Schuppen und stellte fest, daß sie verschlossen war. Tommaso vermochte sie mit einem schlanken Hakenschlüssel zu öffnen, und wir betraten den düsteren Raum, in dem wir nichts weiter fanden als lange Reihen großer Tuchballen, zu mehreren aufeinandergestapelt.

»Das Marktlager der Tuchhändler«, sagte ich enttäuscht. »Wieder nichts!«

Erst jetzt fiel mir auf, daß mein Vater uns nicht in den Schuppen gefolgt war. Ich entdeckte ihn in der Böschung. Bis zu den Knien stand er in den Brennesseln und starrte auf seinen Bauchkasten. Er hatte die Kapuze zurückgeschoben und sah uns entgegen. Die alten Augen leuchteten, als er rief: »Sie bewegt sich, die Stange zittert!« Er blickte wieder auf seinen Kasten und wir mit ihm. Das schmale Metallrohr, das mit beiden Enden in festen Halterungen saß, zitterte in unregelmäßigen Abständen kaum merklich. »Ich wollte euch gerade in den Schuppen folgen, als ich es bemerkte. Je näher ich der Böschung kam, desto stärker wurde es. Versuchen wir es jenseits der Böschung.«

Ungeachtet der schmerzhaften Bisse von Dornen, Disteln und Brennnesseln kämpften wir uns hangabwärts voran. Deutlich spürte ich die Erregung, die uns alle erfaßt hatte, das Jagdfieber. Mit jedem Schritt zitterte die Metallstange stärker, als werde sie von einer geheimnisvollen Kraft magisch angezogen. Oder, als fürchte sie sich vor dem Ort, den wir suchten.

Atalante übernahm die Führung, zog seinen Dolch und schlug immer wieder auf Ranken und Buschwerk ein, um uns das Fortkommen ein wenig zu erleichtern. Am Grund des Hangs angelangt, stieß er unvermittelt einen erstickten Laut aus und stürzte zu Boden. Sein Fuß hatte sich am Boden verfangen. Leonardo reichte ihm die Hand und zog ihn wieder auf die Beine.

»Ein Erdloch«, meinte Tommaso. »Der Bau eines Fuchses oder eines Kaninchens.«

»Hier gibt es weder Füchse noch Kaninchen«, widersprach Villon. »Keine Vögel, keine Schmetterlinge und keine Bienen. Obwohl die Tiere ungestört wären, fliehen sie diesen Ort.«

Jetzt fiel es uns allen auf. Weder Vogelzwitschern noch Bienensummen erfüllte den warmen Julinachmittag. Gespenstische Stille hätte geherrscht, wäre nicht der Marktlärm gewesen. Wir konnten das bunte Treiben nicht mehr sehen, hörten nur ein ständig auf- und abschwellendes Gemenge aus Musik und den Stimmen von Mensch und Tier, fern und doch deutlich, wie das Brandungsrauschen eines verborgenen Strandes. Mir war, als hätten wir eine unsichtbare Grenze überschritten und eine fremde Sphäre betreten, in der das Gelärm unserer Welt nur ein Echo war, die Menschen nur Schatten. Obwohl die Sonne am wolkenlosen Himmel stand, fröstelte ich.

Leonardo kniete sich hin und untersuchte das Erdloch. Er ließ sich Atalantes Dolch geben, zerschnitt ein paar Farne und Dornenranken und legte ein zweites, tieferes Loch frei. Als wir ihm helfen wollten, stellten wir fest, daß die meisten Ranken gar nicht im Erdreich wurzelten. Man hatte sie aufgeschichtet, um eine in den Boden gehauene Treppe zu verbergen. Niemand mußte es aussprechen, jeder wußte, daß wir dem Ziel nahe waren. Villon hatte seinen Bauchkasten auf den Boden gestellt: Die Stange zitterte wie wild, wäre am liebsten aus den Halterungen gesprungen.

»*Ecco!*« keuchte Atalante, als vor uns ein Loch gähnte, das etwa einen Klafter im Quadrat maß. Mit Brettern verstärkte Stufen bildeten den Anfang einer steilen Treppe, die im finsteren Erdschlund verschwand.

»Nicht viel zu sehen«, beschwerte ich mich.

»Vergeßt nicht, daß Ihr einige meiner Erfindungen bei Euch tragt, Signore Armand.« Leonardo trat zu mir, wühlte in meinem Bauchkasten und holte unter den Waren einen Bronzewürfel hervor, der an einer Seite mit einem Loch versehen war. Vor dem Loch hing ein dickes, halbkugelförmiges Glas. Der Italiener öffnete eine Klappe des Bronzewürfels und entzündete mit einem Feuerstein den Docht einer darin verborgenen Öllampe. Dann verschloß er den Würfel wieder und hielt ihn in das Erdloch. Helles Licht fiel in einem dicken Strahl auf die Treppenstufen und zwei massive Stützbalken. »Ich nenne das einen Lichtscheinwerfer«, sagte Leonardo nicht ohne Stolz. »Die Glaslinse verstärkt den Schein der Öllampe um ein Vielfaches und bündelt ihn.«

»Sehr schön, aber was hilft es uns?« murrte ich. »Wir sehen im Licht, was wir zuvor erahnten, aber nicht mehr. Wohin führt die Treppe? Führt sie überhaupt weiter?«

»Wir steigen ein kurzes Stück nach unten«, ordnete Villon an. »Sobald wir sicher sind, den Weg zur Machina Mundi gefunden zu haben, kehren wir um und holen Verstärkung.«

Leonardo hatte sich die Pferdekopflaute mit einem Lederriemen über den Rücken gehängt und ging mit dem Leuchtwürfel voran. Ich folgte ihm, nach mir kamen Villon, Tommaso und Atalante. Immer wieder mußten wir uns bücken, um nicht mit dem Kopf gegen die Decke aus Erdreich und Gestein zu stoßen. Schon nach wenigen Schritten blieb Leonardo stehen und richtete den gelben Lichtstrahl auf die Stufen unter seinen Füßen. »Überall frisch abgebröckeltes Erdreich. Die Treppe ist in jüngster Zeit häufig benutzt worden.«

Nach ein paar weiteren Schritten mündete die Treppe in einen Stollen, der in leichter Abschrägung tiefer ins Erdreich führte und mit Pfeilern und Balken abgestützt war. Die Zitterstange machte ihrem Namen alle Ehre und erbebte noch heftiger als zuvor.

»Irgendwo am Ende dieses Ganges befindet sich die Machina Mundi«, sagte Villon beinah ehrfurchtsvoll. »Rasch, kehren wir um! Man kann nie zu stark sein, um dem Bösen zu trotzen.«

Als wir uns umdrehten, erfaßte Leonardos Lichtstrahl mehrere Gestalten, die sich am unteren Ende der Treppe zusammendrängten. Männer in einfachen Kitteln, aber von höchst bedrohlichem Aussehen mit den Armbrüsten, die sie auf uns richteten. Ihre Gesichter waren hart, abweisend, ließen keinen Zweifel daran, daß die Armbruster nicht gekommen waren, um uns beizustehen.

»Wir sind Narren.« Villon sprach damit aus, was ich schon lange dachte. »Wir hätten damit rechnen müssen, daß die Dragowiten den Eingang zur Weltmaschine nicht unbewacht lassen!«

»Wie wahr Ihr sprecht«, sagte ein schlanker, hochaufgeschossener Mann in edler Kleidung, der hinter den Armbrustern erschien. »Ihr seid ein kluger Gegner, Magister Villon, und es ist mir eine Ehre, Euch gefangenzunehmen. Dom Frollo hat sich also nicht getäuscht, als er sagte, wir müßten über kurz oder lang mit Eurem Erscheinen rechnen.«

Ich kannte den Edelmann mit dem grauen Haar und dem schmalen Gesicht, hatte ihn schon zweimal gesehen, am Dreikönigstag in der Großen Halle des Justizpalastes und bei der Zusammenkunft der Neun. Es war Rittmeister Jehan de Harlay, der Befehlshaber der berittenen Nachtwache von Paris.

»Lauft, flieht!« stieß Atalante, der den Feinden am nächsten stand, hervor, und sprang ihnen mit gezücktem Dolch entgegen.

Leonardo löschte das Licht des Scheinwerfers, indem er eine Klappe vor die Öffnung zwischen Lampe und Linse schob. Jemand, Tommaso oder Villon, zerrte an meinem Arm und zog mich mit sich. Wir konnten nur in eine Richtung fliehen: weg von den Armbrustern und der Treppe, tiefer hinein in das unterirdische Reich.

Hinter uns hörten wir das Sirren von Armbrustbolzen und einen kurzen Schmerzensschrei. Er wurde von der barschen Stimme des Rittmeisters übertönt: »Ihnen nach! Fangt sie, oder tötet sie!«

Kapitel 4

Machina Mundi

War die Finsternis unsere Verbündete oder unsere Feindin? Sie umhüllte uns mit ihrem schwarzen Mantel, schützte uns vor der Entdeckung durch die Dragowiten und vor den tödlichen Bolzen. Aber sie zog uns auch immer tiefer in den Stollen hinein, der Machina Mundi entgegen – dem Verhängnis. Wir rannten, stießen uns immer wieder die Köpfe an der unregelmäßigen Decke, stolperten und stürzten, rappelten uns auf und hasteten weiter, um Biegungen, durch Abzweigungen, ängstlich bemüht, einander nicht zu verlieren und den Abstand zu den Verfolgern zu halten. Daß sie unsichtbar waren, nur in Form von schnellen Schritten, lautem Keuchen und vereinzelten kurzen Rufen wahrzunehmen, machte sie nicht weniger gefährlich. Im Gegenteil, sie waren wie Phantome, Verbündete oder Ausgeburten dieser unterirdischen Nacht, die jederzeit und von überall her auftauchen konnten. Die Gefahr, die der Mensch sich ausmalt, ist unendlich viel erschreckender als die, die er mit den Augen sieht.

Vor uns erschien ein kaum wahrnehmbares Glimmen, wie ein noch nicht zur Gänze geborenes Licht, das stärker wurde, dem Schwarz erst Schemen, dann Konturen entriß. Wir nahmen wieder Gestalt an, erhielten die Gewißheit, Menschen zu sein und nicht die körperlosen Bewohner eines Schattenreichs. Wir alle waren abgehetzt und zerschrammt, aber das schlimmste war: Wir zählten nur noch vier. Atalante war zurückgeblieben, von de Harlays Männern gefangen oder von einem Armbrustholzen um sein junges Leben gebracht.

Als hinter uns der Hall von schnellen Schritten lauter wurde, hasteten wir weiter, dem Licht entgegen. Obwohl es uns die Körper, die Existenz zurückgab, begrüßten wir es nicht, denn es enthüllte uns auch den Jägern, machte uns zu Zielscheiben für ihre Geschosse. Zugleich beleuchtete es die Wände aus jahrhundertealten Gesteinsbrocken, hier und da mit Schriftzeichen verziert, die wir im Vorbeilaufen zu undeutlich sahen, um sie zu entziffern. Deutlich genug allerdings, um zu erkennen, daß sie römischen und griechischen Ursprungs waren.

»Kein Zweifel, ein alter Tempel der Isis«, keuchte Leonardo.

»Wohl ein zweiter Tempel unter dem bekannten Tempel«, fügte Villon hinzu. Sein Atem rasselte gefährlich. Hätten wir ihn nicht abwechselnd mitgeschleppt, er wäre den Häschern längst in die Hände gefallen. »Ein höchst geheimer Ort für nicht minder geheime Zusammenkünfte und Rituale. Vielleicht wurden hier verbotene Götzendienste vollzogen, vielleicht Menschen geopfert.«

Das Licht wurde spürbar heller und enthüllte uns einen atemberaubenden Anblick. Ich blieb stehen, als sei ich gegen eine unsichtbare Wand gelaufen. Was sich in dem rötlichen Leuchten vor uns ausbreitete, konnte nur die Hölle sein. Auch ohne die Dämonen, die hier ihrem Teufelswerk nachgingen, wäre die riesige Höhle, in die der Tunnel mündete, mächtig erschienen, wie ein in die Tiefe getriebenes Gegenstück der gen Himmel strebenden Kathedrale von Notre-Dame. Nicht wie die Kirche zur Ehre Gottes, sondern zum Ruhme Satans erschaffen.

Felsnadeln wuchsen aus dem Boden, der Decke und aus den Seitenwänden, manche einzeln, andere vereinigt zu steinernen Knoten, Ösen oder gar Treppen und Brücken, die von Menschenhand ausgebaut worden waren. Übergangslos verschmolzen diese Wunder der Natur mit der Menschen Arbeit, die vor vielen Jahrhunderten von den Anbetern der Isis geleistet worden war. Von Kannelüren durchzogene Säulen und Standbilder aus der antiken Mythologie reckten sich zur Felsdecke empor, einige bewundernswert gut erhalten, andere nur noch klägliche Gesteinsbrocken, die hier und da frische Bruchspuren aufwiesen. Offenbar hatten die Dämonen, die jetzt in dieser Hölle herrschten, die Überreste des alten Kults beseitigt, um Platz für ihr Ungeheuer zu schaffen, das sich durch die ganze Höhle erstreckte ...

Die Machina Mundi!

Groß hatte ich sie mir vorgestellt, aber so gewaltig denn doch nicht. Vor allem nicht so unüberschaubar, verworren und so lebendig wirkend. Ich hatte an eine Vergrößerung der Denkmaschine gedacht, die Leonardo und seine Gefährten nach den Plänen des Lullus gebaut hatten. Aber im Vergleich zu dem kochenden, brodelnden, stampfenden, zischenden, schmatzenden Ungetüm, das mit seinen urgewaltigen Atemzügen die Höhle unter Saint-Germain sprengen wollte, war die Denkmaschine nicht mehr als ein Kinderspielzeug.

Ich weiß nicht, wo anfangen und wo enden, wenn ich die Weltmaschine beschreiben soll. Zwar sah ich viel im höllischen Flammenschein, aber längst nicht alles. Zu wenig, um die diabolische Konstruktion wirklich zu durchschauen. Und sollte ich nicht froh darüber sein? Die Anleitung zum Bau einer Weltmaschine würde ich, selbst wenn ich könnte, niemals geben, nicht unter der schlimmsten Folter – so hoffe ich. Aber ich wäre auch nicht dazu imstande, zu verwirrend erschien mir damals und erscheint mir auch jetzt, da meine Feder zögert, das Gebilde aus Stein und Holz und allen möglichen Metallen.

Kessel und offene Wasserbecken waren durch verschlungene Rohrsysteme miteinander verbunden. Rußige Männer in dunklen Kitteln schaufelten Kohlen in Öfen, die mehrere Klafter hoch und breit waren und aus deren geöffneten Schlünden die rotglühenden Flammen leckten. Andere Männer, gekleidet in die weißen Mäntel der Tempelritter, Dämonen in Menschengestalt, riefen den dunkel gewandeten Unterteufeln Befehle zu. Hebel, zu deren Bedienung zwei, drei Männer nötig waren, wurden umgelegt, riesige Räderwerke in Bewegung gesetzt. Ein zigfaches Rasseln, als rücke eine ganze Schar gerüsteter Ritter an, erfüllte die Höhle, während das Räderwerk eine endlose Reihe von Ketten hoch über die Köpfe der Menschen zog. In die Ketten waren in regelmäßigen Abständen kleine, nicht mehr als handgroße Würfel aus einem mal bläulich, dann wieder silberweiß schimmernden Metall eingeflochten.

Ein schnelles Rattern mischte sich in das Geräusch. Es kam von Villons Zitterstange, die heftig vibrierte, ihre Halterungen sprengte, durch die Luft wirbelte und gegen die Felswand prallte, wo sie klirrend zu Boden fiel.

»Das brennende Erz!« Villon starrte die rasselnden Ketten an wie eine Geisterarmee. »Die Würfel sind aus dem Erz gegossen. Das Verhängnis ist nahe!«

»In jeder Hinsicht«, knurrte Leonardo. »Hört nur auf die Schritte hinter uns. Wir sollten machen, daß wir weiterkommen!«

»Zu spät«, sagte ich und zeigte nach vorn, von wo uns eine ganze Reihe finster dreinblickender Gestalten entgegenkam, angeführt von Claude Frollo. Er trug den weißen Mantel mit dem Tatzenkreuz, in der Rechten hielt er das gezogene Schwert. Um seine Hüften hing ein ledernes Wehrgehänge mit hölzerner, lederummantelter Schwertscheide. Aus dem Kirchenmann war ein Krieger geworden. Auch die anderen, teils in Templermäntel, teils in einfachere Kutten gekleidet, waren bewaffnet, die Weißmäntel mit Schwertern, die anderen mit Piken und Armbrüsten.

Zurück konnten wir nicht. Von dort eilte Jehan de Harlay mit seiner bewaffneten Schar heran. Natürlich hätten wir versuchen können, in dem Gewirr aus Stein, Holz und Metall unterzutauchen oder auf eine nahe Felsbrücke zu steigen. Aber der Anblick von de Harlays Gefangenem hielt uns zurück: Atalante mit leichenblassem Gesicht und blutüberströmtem rechten Arm, in dem noch der gefiederte Bolzen steckte. Das Geschoß hatte die alte Wunde, die er sich beim Kampf mit den Ägyptern zugezogen hatte, wieder aufgerissen. Zwei Dragowiten zogen ihn mit sich, und bei jedem Schritt verzerrten sich seine Züge vor Schmerz. Wegzulaufen hätte bedeutet, ihn im Stich zu lassen. Mehr noch, der Dolch, den einer der Dragowiten gegen Atalantes Brust drückte, machte uns deutlich, was im Fall unserer Flucht mit dem Gefährten geschehen würde.

»Laßt Atalante leben!« rief Leonardo ihnen entgegen, nachdem er einen Blick mit Villon gewechselt hatte. »Wir ergeben uns.«

»Alles andere wäre auch eine vergebliche Anstrengung«, sagte der Mann, den halb Paris für ein Opfer Satans hielt, womit die guten Bürger wohl gar nicht so unrecht hatten. Claude Frollos Männer umstellten uns, und wir lieferten ihnen unsere Dolche aus. Der Archidiakon, falls man ihn noch so bezeichnen durfte, blieb vor Villon stehen und musterte ihn eingehend. In seinem Blick lag Neugier und sogar ein Anflug von Ehrfurcht. »Ihr seid es also wirklich, der Magister und Poet, der berühmte Villon!«

»Vergeßt den Bischof nicht, Abtrünniger«, erwiderte Villon. »Im übrigen bin ich eher berüchtigt als berühmt.«

Frollo sah ihn herausfordernd an. »Und ich bin kein Abtrünniger, sondern im Gegensatz zu Euch jemand, der den rechten Weg gefunden hat.«

»Satans Weg als den rechten zu bezeichnen ist ein starkes Stück!« schnaubte Villon.

Frollo reckte sein Kinn vor, fast berührte es Villons Gesicht. »Satans Jünger geben sich dadurch zu erkennen, daß sie die Rechtgläubigen als Anhänger des Bösen verunglimpfen.«

Villons Mundwinkel zuckten, seine Augen weiteten sich. Es war, als sähe er Claude Frollo in ganz neuem Licht. »Ihr ... glaubt es wirklich! Bislang ahnte ich es nur. Ihr denkt tatsächlich, Ihr beschreitet den rechten Weg.«

»Was sonst?«

»Kehrt um, Frollo!« rief Villon. »Die Schlange hat Euch verführt. Begreift Ihr nicht, daß Ihr Evas Rolle spielt?«

»Geschwätz! Satans Dämonen sind für ihre flinken Zungen bekannt. Ich werde Euch zum Großmeister führen, damit er Euch die Maske der Scheinheiligkeit herunterreißt.«

»Tut das«, seufzte Villon, scheinbar in sein Schicksal ergeben. »Ich kann es kaum erwarten.«

Frollo wandte sich an de Harlay. »Gut gemacht, Bruder. Waren das die einzigen Eindringlinge?«

»Wir haben keine weiteren gesehen.«

»Habt Ihr Euch vergewissert, Bruder de Harlay?«

»Wann denn? Wir mußten diesen hier nachstellen.«

»Und wer bewacht den Eingang jetzt?«

»Niemand. Ich brauchte jeden Mann zur Verfolgung.«

»Der Eingang ist unbewacht?« Frollos Miene verdüsterte sich. »Laßt das nicht den Großmeister hören. Seht schnell zu, daß Ihr mit Euren Männern wieder auf Posten geht!«

De Harlays Männer ließen Atalante los und folgten dem eilenden Rittmeister in den dämmrigen Tunnel. Tommaso trat zu seinem verwundeten Freund und stützte ihn. Er und Leonardo sahen Atalante besorgt an, fast zärtlich wie eine um ihren Sohn bangende Mutter oder eine um ihren Geliebten zitternde Maid. Gleich einer geschlagenen Armee folgten wir Claude Frollo durch den Höhlenkomplex. Wir trugen die Bauchläden und Leonardo seine Laute, was uns in den Augen der Dragowiten einen komischen Anstrich verleihen mußte.

In der Höhle hätte es kühl sein müssen, viel kühler als draußen im Licht der Julisonne, doch das Gegenteil war der Fall. Die in den Öfen verbrennende Kohle und das in den Kesseln kochende Wasser trieben den Schweiß aus allen Poren. Die Luft war feucht, dick und schwer, ein Gemisch aus den Gerüchen von schwitzenden Menschen, harzigem Holz, rostendem Eisen und den Hauch der Jahrhunderte verströmendem Gestein. Der schwüle Brodem umschlang uns gleich einem Seeungeheuer, dessen vorstoßende Tentakel unsere Münder und Nasen verschlossen, uns den Atem raubten. War das die uns zugedachte Höllenpein? Sollten wir uns in dieser klebrigen Masse auflösen, um von den gierigen Schlünden des Maschinenmonstrums, den Türen von Öfen und Kesseln, aufgesogen zu werden?

Mir war, als wachse die Maschine mit jedem Schweißtropfen und jedem Atemzug, den sie uns stahl. Die Machina Mundi löste die Welt in klebrigen Dunst auf, um sich daran zu laben, sich ihrer ganz zu bemächtigen und eins mit ihr zu werden. Die Weltmaschine blähte sich auf zur Maschinenwelt. Mich beschlich die Angst, Teil der Maschine zu werden, Eisen statt Fleisch, brennende Kohlen statt eines pochenden Herzens, zischender Dampf statt menschlichen Atems, mechanische Arbeit bei Tag und Nacht statt eines Lebens voller widerstreitender Gefühle, voller Glück und Leid.

Was ich dann erblickte, wollte mir endgültig den Atem abschnüren. Ich spürte einen Stich im Herzen und das würgende Gefühl in der Kehle, das einen überkommt, wenn große Überraschung und ebensogroße Angst zusammentreffen. Diesmal bangte ich nicht um mein eigenes kleines Leben – ich fürchtete um Colette!

Drei bis vier Klafter über unseren Köpfen schwebte sie in der Luft, über einem großen Becken mit brodelndem Wasser, eine Gefangene der Weltmaschine. *Zwei* Gefangene. Ihr Vater, Marc Cenaine, kauerte neben ihr in dem Eisenkäfig, der an einer Kette über dem Wasserbecken hing. Er sah noch abgezehrter, noch kränker aus als vier Monate zuvor im Kerker der Verfluchten. Ein Wunder, daß er überhaupt noch lebte, *falls* er noch lebte. Mit geschlossenen Augen hockte er in dem Käfig, in sich zusammengesunken, eine Hülle aus Haut und Knochen, die von Geist und Seele verlassen schien. Sein Totenschädel, der wie ein – allerdings von verfilztem Haar und Bart bedecktes – Spiegelbild von Villons Kopf wirkte, lag in Colettes Schoß gebetet. Auch sie war abgemagert und schmutzig, ihre Kleidung bestand nur noch aus zerrissenen Fetzen.

Der Anblick wollte mir das Herz zerreißen, und doch spürte ich zugleich ein kleines Glücksgefühl. Zumindest lebte Colette, und das allein war für mich ein Grund zum Jubeln. Ihre Augen blickten auf mich herunter, erkannten mich, weiteten sich. Gleichzeitig öffnete sie die rissigen Lippen, wollte mir etwas zurufen. Aber entweder brachte sie keinen Laut hervor, oder ihre Worte wurden vom Zischen und Ächzen der Maschine und vom nicht enden wollenden Gerassel der noch immer über uns entlangziehenden Würfelketten verschluckt.

Unwillkürlich war ich unter dem Käfig stehengeblieben, auch wenn es aussichtslos schien, die Geliebte zu erreichen. Keine Treppe, keine Leiter führte zu ihr. Der Käfig hing an einer Kette, die über eine Rolle zu einer Winde führte. Die ganze Konstruktion war an einem schwenkbaren Balken aufgehängt. Ihn hätte ich herumschwenken müssen, um den Käfig von dem Wasserbecken zu entfernen. Kaum war mir der Gedanke gekommen, da drängten mich die Dragowiten schon weiter, fort von der Geliebten, die ich längst verloren hatte.

Über eine brüchige Treppe aus Römertagen ging es hinauf zu einer in den Fels geschlagenen Kapelle. Ihr säulengestütztes Vordach, das in einem mit zahlreichen Ornamenten geschmückten Giebel auslief, wies bedenkliche Risse auf. Von hier aus überblickte die steinerne Herrscherin ihren Tempel. Ihr Bild weckte Abscheu und Entsetzen in mir wie wohl in jedem guten Christenmenschen.

Die Muttergottes saß, vier Klafter groß, auf einem Steinblock und gab ihre linke Brust dem kleinen Jesuskind, nackt wie sie selbst. Um sein Haupt schimmerte eine goldene Gloriole blutrot im Feuerschein. Was dieses vertraute Bild zu einem verdammenswerten Ketzerwerk machte, war das Gesicht der heiligen Jungfrau. Es hatte nichts Menschliches an sich, war das einer Kuh, auf deren Haupt zwei mächtige Hörner saßen. Welch ein Frevel! Verhöhnten die Ketzer auf diese Art Unsere Liebe Frau Maria?

»Isis und Horus«, hörte ich zu meiner Linken jemanden andächtig flüstern. Es war Villon, und jetzt erst begriff ich. Die Figur mit dem Kuhschädel war Isis, die Göttin der Fruchtbarkeit, und der Knabe mit dem leuchtenden Schein über dem Haupt war ihr Sohn Horus, der Gott von Sonne und Himmel. Wie sehr die Statue Abbildern des Jesuskindes mit seiner Mutter ähnelte, war verblüffend. Wäre der Kuhschädel, Symbol des fruchtbaren Rindes, nicht gewesen, hätte die Skulptur auch in der Kathedrale von Notre-Dame stehen können, und ich fragte mich, ob die Übereinstimmung zufällig war oder auf eine tiefere Verbindung zwischen der Göttin der Ägypter und der Muttergottes der Christen hinwies.

Vier alte Bekannte, wie Frollo im weißen Kreuzmantel und mit umgehängtem Schwert, erwarteten uns vor der

Götterstatue: Andry Musnier, Denis Le Mercier, Jacques Charmolue und Gilles Godin. Als der Notar mich erkannte, trat er hastig zwei Schritte vor, musterte mich wie ein Raubtier seine Beute und rief mit sich überschlagender Stimme: »Das ist der Kerl, mit dem der Zölestiner Avrillot vor seinem Tod sprach!«

»Das ist jetzt nicht mehr von Belang«, erwiderte Frollo kühl. »Hättet Ihr ihn eher erkannt, Bruder Godin, wäre uns viel Mühe erspart geblieben. Er war, ohne es zu wissen, der Hüter des Sonnensteins.«

»Ich habe ihn doch in ganz Paris gesucht!«

»Ihr müßt ein paarmal dicht an ihm vorübergegangen sein, als Ihr mich in Notre-Dame besuchtet. Er ist nämlich niemand anderer als mein Kopist Armand Sauveur.«

»Der da?« Godin verschluckte sich fast. »Beim Vater der Guten Seelen, hätte ich das geahnt!«

»Monsieur Sauveur war immer dabei, wie sich zeigt.« Frollo schien belustigt, ein Zug, den ich an ihm kaum kannte. »Wart Ihr etwa auch der Lauscher im Tempel unter Notre-Dame?«

Ich nickte und fragte: »Habt Ihr das die ganze Zeit gewußt?«

»Nein, aber geahnt habe ich so etwas.«

»Eine Zusammenkunft alter Bekannter«, meinte ich. »Fehlt nur noch der närrische Poet Gringoire.«

»Den werdet Ihr hier vergeblich suchen«, sagte Frollo mit verächtlichem Unterton. »Ich benötigte ihn nicht länger und habe ihn aus meinen Diensten entlassen. Was er tat, tat er für Geld. Hier aber sind nur Männer zu gebrauchen, die bereit sind, für ihren Glauben zu sterben.«

»Habt Ihr keine Angst vor einem Verrat, wenn Gringoire käuflich ist?« fragte ich.

»Er weiß, wie wir mit Verrätern verfahren. Ich schätze, unser Poet schläft lieber ruhig, als Nacht für Nacht mit einem Besuch der Maulwürfe zu rechnen. Zudem hat es bald keine Bedeutung mehr, was Gringoire tut oder läßt, so wie das Verhalten jedes einzelnen Menschen ohne Bedeutung sein wird.«

»Weil es dann keine Menschen mehr gibt«, ergänzte eine dumpfe Stimme gerade in dem Augenblick, als die Würfelketten über den Wasserbecken zum Stillstand kamen und ihr beständiges Rasseln mit leisem Klirren erstarb. Aus dem Schatten hinter der Isisstatue trat ein unheimliches Wesen, bei dessen Anblick Tommaso und Atalante Laute der Überraschung ausstießen: der Herr dieser Unterwelt.

Kapitel 5

Ananke!

AUCH ICH HÄTTE VIELLEICHT einen erschrockenen Ruf von mir gegeben, wäre mir der Anblick nicht bekannt gewesen. Das Gesicht aus Metall, das im Feuerschein wirkte wie zerschmelzendes Eisen. Die Smaragdaugen, die das Licht als grüne Flammenstrahlen zurückwarfen. Wie damals trug der Großmeister den weißen Templermantel und hielt in der Rechten das Zeichen seiner Würde, den Abakusstab. Es war eine Wiederbegegnung, auf die ich gern verzichtet hätte.

Ein Raunen drang an meine Ohren, es kam von Leonardo: »Beschäftigt Frollo und die anderen Irren! Ich bin bald soweit.«

Leonardo stand mir am nächsten, und nur ich schien seine leisen Worte vernommen zu haben. Ich wußte, daß wir noch ein paar Überraschungen für die Dragowiten auf Lager hatten, aber ich bezweifelte, daß uns das gegen ihre Übermacht helfen würde.

»Wer seid Ihr?« herrschte ich den Maskierten an. »Warum verbergt Ihr Euer Gesicht hinter einer Maske?«

»Damit man mich nicht erkennt, du Tölpel. Was dachtest du?«

Der Großmeister klang eher belustigt als verärgert. Aufgrund des hohlen, dumpfen Klangs, den die Maske seiner Stimme verlieh, konnte ich es nicht genau einschätzen. Vergebens bemühte ich mich deshalb auch, die Stimme einem von König Ludwigs engsten Beratern zuzuordnen. Seine

Worte hatten einen metallischen, mechanischen Hall, als sei der Großmeister ein Teil der riesigen Maschine.

»Vielleicht versteckt Ihr Euch, damit man das Böse in Eurem Antlitz nicht sieht«, entgegnete ich. »Eure Männer könnten erkennen, daß sie dem Verführer und Verderber dienen, nicht dem Erlöser!«

Jetzt lachte er laut, wenn auch nicht aus Erheiterung, sondern verächtlich. »Mit solchem Gerede machst du uns nicht irre, Mann. Satan mag dir noch so viele Lügen in den Mund legen, es ist vergebliche Mühe.«

»Eure Worte sind die Satans!« schrie ich.

Der Großmeister hatte genug von mir, wandte sich um und winkte einen mir unbekannten Mann im weißen Mantel aus dem Schatten. Mit beiden Händen trug der auffallend hagere Templer eine silberglänzende Schale, in der jener Smaragd lag, der angeblich aus Luzifers Krone stammte. Der Sonnenstein! Er leuchtete nicht, sah nach gar nichts Besonderem aus.

Und doch verneigte sich der Großmeister vor dem grünen Stein und sprach: »Die Zeit des Leidens und der Zweifel ist vorbei. Nur noch wenige Atemzüge, und die Menschheit wird vom Fluch des Fleisches erlöst sein. Bruder Frollo, Eure Verdienste sind groß. Euch gebührt die Ehre, den Sonnenstein an seinen Platz in der Weltmaschine zu bringen.«

»Jetzt?« entfuhr es Villon. »Ihr wollt es jetzt tun?«

»Warum nicht, die Weltmaschine ist schon lange bereit«, erwiderte ruhig der Großmeister. »Wir haben nur noch auf den Sonnenstein gewartet und auf den Jahrmarkt, dessen Trubel die Brüder von Saint-Germain-des-Prés von uns ablenkt. Ihr seid also genau zur rechten Zeit erschienen, Villon. Vielleicht ist der Vater der Guten Seelen mit Euch und Euren Abtrünnigen. Dann werden auch eure Seelen zurückkehren ins Paradies des ewigen Lichts.«

Er gab Frollo einen Wink, und der Archidiakon nahm die

Schale mit dem Smaragd an sich, ging an uns vorbei die Treppe hinunter.

Villon starrte ihm nach und keuchte: »Die Kraft der Zerstörung wird sich entfalten, wenn die Transmutation der Atome vollzogen wird!«

»Nicht die Kraft der Zerstörung, sondern die der Erlösung«, erwiderte der Maskierte. »Demokrit hat erkannt, daß im Zusammenstoß der Atome ein Atem von beseelter Kraft wohnt, und schon Cicero sprach in diesem Zusammenhang von der Seelenbildung.«

»Wollt Ihr nicht auch noch Epikur nennen?« fragte Villon scharf. »Er behauptet, der Zusammenstoß der Atome lasse Seelen, Welten, ja sogar Götter entstehen!«

»Ah, endlich gelangt Ihr zur Einsicht und stimmt mir bei«, sagte der Großmeister.

»Keineswegs. Wer Epikur richtig liest, erkennt, daß seine Vorstellung von der atomaren Macht Gott und eine göttliche Lenkung der Welt leugnet. So wie Ihr, Mann mit dem verhüllten Antlitz. Ihr gebraucht die Macht der atomaren Transmutation nicht zum Guten. Ihr wollt keine Seelen retten, Ihr wollt sie verdammen, indem Ihr diese Welt zerstört. Die Macht, die Götter erschaffen kann, soll einen einzigen Gott aus dem Gefängnis der Materie befreien: Satan!«

»Soviel Ihr auch redet, Villon, Ihr bringt immer nur dieselben Lügen vor.« Der Großmeister wandte sich an Frollo, der am Fuß der Treppe stehengeblieben war und dem Disput lauschte. »Laßt Euch nicht beirren, Bruder Frollo. Nur zu, vollendet den großen Plan!«

Langsam, vielleicht ein wenig zögernd, schritt Frollo an den Öfen und Kesseln entlang. Ich fragte mich, wann Leonardo endlich etwas unternehmen wollte. Wie beiläufig fingerte er am Riemen seiner Laute herum, bis Charmolue ihn anfuhr: »Was treibst du da, Kerl?«

»Ich will ein Lied singen, wenn's erlaubt ist. Das scheint

mir die rechte Art, in den Tod zu gehen. Und wenn's wahrhaftig die Rettung unserer Seelen sein sollte, ist ein fröhliches Lied erst recht angebracht.«

Der Prokurator blinzelte unentschlossen und wandte sich zum Großmeister um.

Der sagte: »Laßt ihn ruhig singen. Vielleicht muß der Abtrünnige sich Mut machen, weil er ahnt, daß die Rettung seiner Seele so ungewiß ist wie das Glück beim Würfelspiel.«

Ich beobachtete Frollo, der eine hölzerne Leiter erklomm, und konnte nicht fassen, daß Leonardo in diesem Augenblick Muße zum Singen fand. Doch kaum hatten seine Finger in die Saiten gegriffen, verstand ich ihn. Er entlockte dem Instrument neben den Tönen kleine Geschosse, stählerne Nadeln, die das Maul des Pferdekopfes ausspie.

Die erste Nadel fuhr Charmolue in die Brust. Der Prokurator riß die Augen auf vor Erstaunen und Schmerz. Seine massigen Hände griffen an die Brust, wie um den Pfeil aus der Wunde zu ziehen, aber das Geschoß war so klein, daß es unter dem Mantel verschwunden war. Dennoch war seine Wirkung groß, durch Gift, wie ich später erfuhr. Charmolue sackte auf die Knie, und blutiger Schaum troff von seiner hängenden Unterlippe. Die gurgelnden Laute, die er ausstieß, waren der rechte Gesang zu Leonardos Todesmelodie.

Ein zweites Geschoß traf den Universitätsbuchhändler Musnier und warf ihn neben Charmolue zu Boden, während Leonardo rief: »Die Rauchkugeln, rasch!«

Ich war so verwirrt, daß ich zögerte. Nicht so Tommaso. Er nahm die Tonkugel aus seinem Bauchkasten und schleuderte sie unter die bewaffneten Dragowiten. Die irdene Schale zerplatzte und ebenso die Trennwände der inneren Kammern. Die Stoffe, die Leonardo in die Kugel gefüllt hatte, vermischten sich, und sofort hüllte eine dicke grauschwarze Rauchwolke die Dragowiten ein. Hustend, würgend und tastend stolperten sie mit tränenden Augen umher.

Als weitere Dragowiten ihren Brüdern über die Steintreppe zu Hilfe kommen wollten, löste ich mich aus meiner Starre und warf die zweite der beiden faustgroßen Rauchkugeln, die Leonardo gefertigt hatte. Mit dem gleichen Erfolg: Die Dragowiten stolperten und stürzten von der Treppe. Der Rauch stank noch ärger als der Dunst der Weltmaschine und biß auch in unseren Augen. Tränen rannen mir über die Wangen.

Der Großmeister, Godin, Le Mercier und der hagere Templer, der eben den Sonnenstein gebracht hatte, zogen ihre Schwerter und drangen auf uns ein. Noch ein Schuß aus Leonardos wunderlicher Laute, und der Hagere fiel getroffen vor die Füße seiner Gefährten.

Godin sprang über den Gefallenen hinweg und erhob das Schwert gegen Leonardo. Offenbar waren die Giftnadeln aufgebraucht. Der Italiener riß sein Instrument hoch, um Godins Schlag abzufangen. Ich sprang ihm bei, zog den versteckten Dolch aus dem Geheimfach in meinem Bauchkasten und rammte ihn Godin bis zum Heft in die Seite. Es kostete mich keine große Überwindung, ich brauchte nur an den unglückseligen Zölestiner zu denken.

Ein Zucken lief über das fleischige Gesicht des Notars, und er stammelte: »Ich hätte dich umbringen sollen …«

»Dazu hättest du ihn finden müssen, Dummkopf!« knurrte Leonardo und hieb ihm die Laute auf den Hinterkopf. Das brachte den kräftigen Mann endgültig zu Fall. Zuckend und stöhnend lag er vor uns, ein Bündel hilflosen, blutenden Fleisches.

Unser Angriff kam überraschend und hatte kurzzeitigen Erfolg, doch scheiterte er, wie ich es befürchtet hatte, an der feindlichen Übermacht. Hustend und spuckend traten die ersten Dragowiten aus dem sich allmählich verziehenden

Rauch und fielen über uns her. Einer versetzte Leonardo mit dem Schaft einer Pike einen Hieb auf den Kopf und beförderte ihn neben Godin auf den Boden. Mir drückte jemand von hinten eine Armbrust in den Rücken, bereit, mich bei der kleinsten Bewegung zu durchbohren. Also gehorchte ich seinem Befehl und ließ den Dolch fallen. Auch Tommaso und Atalante, der sich aufgrund seiner Verwundung kaum wehren konnte, mußten sich den Dragowiten ergeben. Nur Villon konnte ich nirgends entdecken.

»Ihr seid tapfer und einfallsreich, aber auch dumm«, sagte der Großmeister. »Wozu kämpfen, wenn man bereits verloren hat?«

Er stockte und sah sich um. In diesem unpassenden Augenblick kam mir der Gedanke, daß er die Welt durch seine Smaragdaugen in einem einzigen Grün sehen mußte.

»Wo steckt der König der Muschelbrüder?« fragte der Großmeister, und zum erstenmal nahm ich einen Anflug von Unsicherheit bei ihm wahr. »Wer hat diesen Villon gesehen?«

Ein Aufschrei aus mehreren Kehlen war die Antwort. Jetzt sah auch ich meinen Vater, der in dem allgemeinen Durcheinander Frollo gefolgt war und hinter ihm auf die Weltmaschine kletterte. Der Archidiakon, der auf einem schmalen Holzsteg in etwa drei Klafter Höhe stand, erblickte den Verfolger, stellte die Schale mit dem Sonnenstein ab und zog sein Schwert.

Villon traf keine Anstalten zu einem Angriff, hatte auch gar keine Waffe. Zehn Fuß vor Frollo blieb er stehen und sagte: »Tut es nicht, Dom Claude! Ich weiß, daß Ihr nur ein Verblendeter seid. Ich habe es in Euren Augen gesehen. Ihr tut alles, um Euer Ziel zu erreichen, aber nur, weil Ihr glaubt, das Rechte zu tun. Doch Ihr irrt. Wenn Ihr die Kraft des Sonnensteins entfaltet, werden die Seelen nicht gerettet. Dann obsiegt Satan für immer!«

»Lüge!« bellte Frollo, und die Adern auf seiner Stirn traten hervor. »Ihr Abtrünnigen lügt seit Jahrhunderten, um Satans Herrschaft zu verlängern.« Er zeigte auf den Sonnenstein. »Dies ist die Kraft, die das Böse besiegt!«

»Ihr besiegt die Menschheit, indem Ihr den armen Seelen die Möglichkeit zur Läuterung nehmt.« Villon klang traurig, mutlos. Er glaubte an seine Wahrheit so fest wie Frollo an die seine. Wer konnte in wenigen Augenblicken einen Glauben erschüttern, der sich durch Jahrhunderte verfestigt hatte?

Nach einem Blick zu dem Käfig mit Colette und ihrem Vater versuchte ich es dennoch, indem ich schrie: »Frollo, erinnert Euch an unser Gespräch in Quasimodos Zelle! Habt Ihr mir nicht von den Maschinen erzählt, von denen die Menschen verdrängt werden, vom Sieg der Materie über Geist und Seele?«

»Ich erinnere mich«, erwiderte Frollo. »Und?«

»Jetzt macht Ihr Euch zum Handlanger einer Maschine, zu ihrem Sklaven. Maschine steht gegen Mensch, und Ihr helft der Maschine!«

»Es ist keine beliebige Maschine, sondern die Machina Mundi des Raimundus Lullus.«

»Was ändert das? Wie kann eine Maschine, ein Haufen toter Materie, helfen, Seelen zu retten? Sie kann Menschen nur zu ihresgleichen machen, zu toter Materie!«

Ich sah in Frollos Gesicht den Zweifel, den ich geweckt hatte und der die letzte Hoffnung der Menschheit war. Sein Blick glitt an den endlosen Windungen und Auswüchsen der Weltmaschine entlang, richtete sich auf den Sonnenstein, dann auf Villon, auf mich und auf den maskierten Großmeister. Frollo suchte nach einer Antwort, einer Lösung, einer Erklärung.

»Habe ich mich in Euch geirrt, Bruder Frollo?« erscholl die laute Stimme des Großmeisters. »Ich habe Euch vertraut. Worum wir und unsere Brüder seit Jahrhunderten gerungen haben, liegt in Euren Händen, und plötzlich zweifelt Ihr. Euer Glaube an die richtige Sache muß auf sehr wackligen Füßen stehen!«

»Nein, Vater des Erkennens«, rief Frollo, sichtlich froh, eine Entscheidung getroffen zu haben. »Ich weiß, was ich zu tun habe. Ich werde die verfluchten Seelen retten!«

Mit der Linken nahm er den Sonnenstein von der Schale und drehte sich um, wollte seinen Weg fortsetzen. Da sprang Villon ihn an und hielt seinen linken Arm fest.

»Nicht, Frollo. Hört auf die Worte meines Sohns! Er hat wahr gesprochen.«

»Euer Sohn?« In Frollos Augen blitzte es auf, dann brummte er: »Und wenn schon. Laßt mich endlich los, alter Narr!«

Er wollte Villon abschütteln, doch der hing an seinem Arm wie eine Klette und versuchte, ihm den Sonnenstein zu entreißen. Der Archidiakon hob das Schwert auf Schulterhöhe und stach es meinem Vater durch die Brust. Ich glaube, ich spürte den Schmerz mit derselben Heftigkeit wie Villon. Nie werde ich vergessen, wie mein Vater langsam zu Boden rutschte und leblos liegenblieb. Es schien mir nutzlos, über den Verlust eines geliebten Menschen zu trauern, da bald alle Lebewesen dieser Welt und die Welt mit ihnen ausgelöscht sein würden, und doch fühlte ich den unendlich tiefen Schmerz.

»Du bist also Villons Sohn«, sagte der Großmeister. Ich spürte, wie die Augen hinter den Smaragden mich musterten. »Vielleicht kein Zufall, daß Avrillot dir den Sonnenstein gab, wie? Hättest nur besser darauf aufpassen sollen. Du hast verspielt, was Amiel-Aicart einst unter großen Mühen errang.«

Er hatte recht, und das tat weh. Nicht die Schande des Versagens schmerzte, sondern das, was daraus erwuchs.

Wie versteinert stand ich da und blickte zu dem Steg, auf dem mein toter Vater lag. Am Ende hatte auch er versagt. Frollo ging mit dem Sonnenstein zu einer silbrig glänzenden Halterung am Ende des Stegs, und ich ahnte, daß dies der Teil der Machina Mundi war, der begierig auf den Smaragd wartete.

»Nie wieder wird einer aus Amiel-Aicarts Geschlecht auch nur in die Nähe des Sonnensteins gelangen«, fuhr der Maskierte mit deutlicher Befriedigung fort.

Irren ist menschlich, hat der große Hieronymus geschrieben. Hat er geahnt, daß auch Satan irren kann? Der Großmeister, Satans Verbündeter, hatte seine letzten Worte kaum ausgesprochen, da wurden sie schon von dem Wesen widerlegt, das sich von der anderen Seite, halb verdeckt von der Halterung für den Sonnenstein, auf den Holzsteg schwang. Es baute sich vor Frollo auf und fletschte haßerfüllt die mächtigen Hauer. Der letzte Nachfahre Amiel-Aicarts, sah man von mir ab, stellte sich Dom Frollo entgegen: Quasimodo.

Wußte der Teufel – und wahrscheinlich nicht einmal der –, wie der Glöckner hierherkam. Hatte er die Zeit genutzt, in der Jehan de Harlay den Eingang zum Isis-Tempel unbewacht ließ? War er uns heimlich gefolgt? Während der Tage, als wir das Quartier im Tempelviertel räumten, hatte ich mehrmals das Gefühl gehabt, beobachtet zu werden.

Frollo stand kaum zwei Schritte von der Halterung entfernt, doch um sie zu erreichen, mußte er an dem Buckligen vorbei. Und Quasimodo machte nicht den Eindruck, als würde er das dulden.

»Du hast la Esmeralda verraten!« schrie er seinen Ziehvater an. »Du bist schuld an ihrem Tod!«

»Das stimmt nicht, Quasimodo. Ich wollte sie retten, aber die Schergen des Königs haben sie mir entrissen.« Frollo sprach langsam und deutlich und begleitete die

Worte mit jenen Handzeichen, die nur er und sein Zögling verstanden.

»Warum bist du nicht nach Notre-Dame zurückgekehrt?«

»Weil die Männer des Königs mich dann verhaftet hätten.«

»Du lügst«, stellte Quasimodo fest. »Du hast mich immer belogen und benutzt.«

Der Archidiakon starrte Quasimodo schweigend an. Ich wußte um seine magische Fähigkeit, einem anderen seinen Willen aufzuzwingen. In Quasimodos Zelle hatte ich es am eigenen Leib erfahren. Konnte Quasimodo, der ihm viele Jahre lang bedingungslos gehorcht hatte, dieser Kraft widerstehen?

Der Großmeister wandte sich an die Bewaffneten: »Das verdammte Monstrum droht unsere Pläne zu durchkreuzen. Alle Armbruster sofort zu Frollo. Schießt den Buckligen von der Brücke!«

Vier Männer eilten die Treppe hinunter und waren kaum unten angelangt, als ich ihnen nachsprang. Ich hatte zugesehen, wie mein Vater starb, und wollte nicht auch noch Zeuge sein, wie man meinen Bruder tötete. Wäre ich nicht auf einem der Armbruster gelandet, hätte ich mir einige Knochen gebrochen, so aber mußte der Dragowit, der unter mir zusammenbrach, die Schmerzen aushalten. Neben mir stöhnte ein anderer Armbruster auf, als Leonardo ihm aufs Kreuz sprang.

»Gute Idee, Armand!« rief der Italiener und ließ die ineinander verschränkten Hände auf das Genick des Dragowiten krachen. »Tut es mir nach.«

Der Mann unter mir wollte sich gerade aufrappeln, als ich seinen Kopf packte und mit der Stirn hart auf den Felsboden schlug. Es gab ein häßliches Knacken, ich achtete nicht weiter darauf.

Leonardo und ich liefen den beiden anderen Armbrustern nach. Sie erreichten die Leiter vor uns und kletterten hinauf. Als ich mich endlich hinter dem Italiener auf den Steg schwang, schwirrten schon die Bolzen durch die Luft. Beide fuhren in Quasimodos Brust. Ich hatte beim Sturm des Gaunervolks auf Notre-Dame erlebt, wie vollkommen unbeeindruckt der Glöckner durch den Pfeil blieb, den Jehan Frollo ihm in den Arm jagte. Aber zwei Geschosse, noch dazu in die Brust, waren etwas anderes. Quasimodo taumelte rückwärts und fiel auf den Rand des Stegs.

Leonardo und ich sprangen die Armbruster von hinten an und stießen sie von der Brücke. Mein Gegner schlug auf den Steinboden auf und blieb dort in unnatürlicher Verrenkung liegen. Der andere fiel in ein Becken mit kochendem Wasser; bevor ihn die Brühe verschluckte, stieß er noch einen gellenden Schrei aus. Ich warf einen ängstlichen Blick zu dem Käfig mit Colette und Marc Cenaine, der etwa zwölf Klafter von mir entfernt über einem ähnlichen Becken hing.

Leonardo hetzte über den Steg, sprang über Villons reglosen Körper hinweg und eilte auch schon weiter, auf Dom Frollo zu. Ich konnte ihn nicht mehr einholen und ging neben meinem Vater in die Knie. Als ich seinen Kopf herumdrehte, sah ich seinen gebrochenen Blick. Auch wenn die Welt verloren war, ich hätte ihm gern noch gesagt, daß ich ihm alles verzieh, daß mein Herz für ihn schlug, wie nur das Herz eines Sohnes für den Vater schlagen kann.

Unter Tränen sah ich, daß Leonardos Anstrengungen vergebens waren. Frollo drückte den Smaragd in die metallene Halterung. Gleichzeitig schrie der Großmeister einen Befehl durch die Höhle, und einige Männer begannen, an langen Kurbeln zu drehen. Die Ketten mit den erzenen Würfeln senkten sich in das heiße Wasser. Die Flüssigkeit explodierte förmlich, als halte sie der eigenen Hitze nicht länger stand.

Dampf und Rauch quollen durch die ganze Höhle. Die Brücke schwankte und erbebte wie zuvor Villons Zitterstab. Es konnte sich nur noch um wenige Augenblicke handeln, dann würde auch ich in das heiße Wasser fallen.

Doch Leonardo gab nicht auf. Er duckte sich unter Frollos Schwerthieb weg und rammte sein gesenktes Haupt in den Leib des Gegners. Frollo wankte einen unsicheren Schritt nach hinten und wurde von dem sich aufhäumenden Quasimodo umgerissen. Mein Bruder packte den Kopf seines Ziehvaters und drehte ihn mit einem Ruck zur Seite, bis das Genick brach. Quasimodos Gesicht glänzte vor Befriedigung.

Der Sonnenstein strahlte eine ungeheure Kraft aus oder nahm sie in sich auf, ich weiß es nicht. Er glühte, aber nicht in seinem ursprünglichen Grün, sondern in einem blendenden Weiß. Wie das Kleid von Sita, als sie am Morgen nach ihrer Hinrichtung am Galgen hing.

Das ist die Transmutation! durchfuhr es mich. *Das Verhängnis – Ananke!*

Leonardo packte den weißglühenden Stein mit beiden Händen und zog ihn mit Gewalt aus der Halterung. Ich hatte erwartet, daß seine Hände verbrennen würden, aber es ging etwas anderes, Unheimliches, mit ihm vor. Für kurze Zeit war er von einer weißstrahlenden Aura umgeben, als sei die Kraft des Sonnensteins auf ihn übergegangen. Er schrie auf und ließ den Stein los, so daß er in das Wasserbecken fiel. Mit lautem Zischen stieg eine neue Dampfwolke auf und hüllte uns ein.

»Weg hier!« schrie ich Leonardo und Quasimodo zu, bevor ich von der Brücke sprang und die Leiter hinunterrutschte, ohne auf Hautabschürfungen und Prellungen zu achten. Ich hörte das Krachen immer neuer Explosionen, spürte, wie die ganze Höhle erbebte. Ob Leonardo die Welt gerettet hatte, wußte ich nicht, aber es war klar, daß sich die

Höhle in größter Gefahr befand. Selbst die Dragowiten rannten panisch durcheinander.

Auch ich rannte, aber mit festem Ziel. Noch immer schwebte der Eisenkäfig mit den beiden Gefangenen über einem der dampfenden, spritzenden Heißwasserbecken. Endlich erreichte ich die Schwenkvorrichtung des Balkens und setzte sie mit mehr Glück als Verstand in Bewegung. Vielleicht half mir auch die Kraft der Verzweiflung, die einen Mann beflügelt, wenn er die Geliebte in Lebensgefahr weiß. Knarrend und rasselnd schwenkte der Holzbalken mit dem Käfig herum, und ich drehte an der Kurbel, ließ den Käfig herab, bis er unsanft auf den Boden aufschlug. Colette und ihr Vater wurden kräftig durchgeschüttelt, aber was war das schon im Vergleich zu der Gefahr, in der sie eben noch im wahrsten Wortsinn geschwebt hatten!

Ein neues Beben erschütterte die Höhle, und faustgroße Steinbrocken regneten von der bröckelnden Decke herab, während ich verzweifelt nach einem Weg suchte, die verschlossene Tür des Käfigs zu öffnen. Weder besaß ich geeignetes Werkzeug, noch ahnte ich, wo sich der Schlüssel befand.

Da löste sich ein Schemen aus dem dichter werdenden Dunst. Quasimodo wankte auf mich zu. Er hatte die Bolzen aus seinem Leib gerissen wie er es schon mit Jehan Frollos Pfeil getan hatte. Seine Brust war über und über mit Blut verklebt, und noch immer sprudelte es rot aus den Wunden. Ein Mann von geringerer Kraft wäre längst zusammengebrochen.

Quasimodo aber war stark genug, sich an der Käfigtür zu versuchen, nachdem ich ihm durch Zeichen verdeutlicht hatte, worum es ging. Er spannte seine mächtigen Muskeln an, sog Luft in sich hinein, bis seine aufgeblasenen Backen dick wie Kürbisse waren. Dann entlud er alle Kraft in einem Augenblick und riß die Käfigtür aus den Angeln.

»Schnell, raus hier!« rief ich. Jetzt war keine Zeit für große Worte.

Colette kroch ins Freie und keuchte: »Vater ist sehr schwach ...«

Ich zog ihn aus dem Käfig und erschrak darüber, wie leicht er war, wirklich nur Haut und Knochen. Er konnte kaum eine Hand bewegen, geschweige denn aus eigener Kraft die Höhle verlassen.

»Ich trage ihn«, sagte Quasimodo und hob Cenaine hoch.

Ich hakte Colette unter. So taumelten wir durch die fauchende, qualmende, zerberstende Höhle zu dem Tunnel, der ins Freie führte, nicht wissend, ob die Welt noch so viel Zeit hatte, wie wir brauchten, um den unterirdischen Gang zu durchqueren.

Kapitel 6

Das Antlitz des Bösen

Vielleicht war es gut daß wir durch völlige Finsternis flohen. Um uns her brach immer wieder Erdreich und Gestein aus Decke und Wänden. Womöglich hätten wir den Mut verloren, hätten wir das alles mit angesehen. So vernahmen wir nur das Bersten, Zischen und Krachen, das uns aus der Höhle folgte wie das Gebrüll einer wilden Bestie, die ihrer Beute nachjagt. Was uns vorwärts trieb, war der verzweifelte Wunsch, dem Inferno zu entkommen.

Als wir tatsächlich irgendwann aus dem Höllenschlund ins Freie taumelten, erschien es mir so unglaublich, daß ich weinend zu Boden sank und nicht aufhören konnte, Gräser, Gestein und Unkraut zu befühlen. Selbst die häßlichste Distel erschien mir wunderschön, denn sie war der Beweis für den Fortbestand der Welt.

Die Transmutation und damit das Verhängnis – die Ananke – hatte nicht stattgefunden!

Leonardo hatte rechtzeitig eingegriffen, aber zu welchem Preis …

Immer mehr Dragowiten taumelten ins Freie, verwirrt und zerschunden und wohl kaum begierig, gegen uns vorzugehen. Doch zur Sicherheit hatten wir uns in einer Mulde versteckt, die im Schatten der einsetzenden Dämmerung lag. Als ich Leonardo und Tommaso erblickte, die Atalante mit sich schleppten, sprang ich auf und winkte ihnen. Atalante hatte die Verletzung am Arm und, wie Tommaso, etliche Schrammen und kleinere Wunden davongetragen.

Leonardo aber erschien mir wie ein Geist, wie ein völlig verwandeltes Wesen, als habe er die Transmutation durchgemacht, die er der Welt erspart hatte.

Sein ehemals glattes, schönes Gesicht war von tiefen Furchen durchzogen, war das eines Greises und nicht mehr das eines vor jugendlicher Kraft strotzenden Mannes. Das vormals blonde, lockige Haar hing in schlohweißen Strähnen herunter, war oben so ausgedünnt, daß der kahle Schädel durchschimmerte. Die Kopfhaut, das Gesicht und besonders die Hände wiesen Brandblasen auf, die Kleidung war versengt. War das die Kraft des weißglühenden Sonnensteins gewesen, oder war Leonardo ein Opfer des kochendes Wassers?

Als ich ihn vorsichtig darauf ansprach, sagte er nur: »Das ist kein hoher Preis für die Rettung der Menschheit. Andere haben ihr Leben gegeben.«

»Ihr sprecht von meinem Vater.«

»Und von den beiden.«

Er zeigte mit der Pferdekopflaute, die er aus irgendeinem Grund aus der einstürzenden Höhle gerettet hatte, zu Colette, Marc Cenaine und Quasimodo. Colette hielt den Kopf ihres Vaters im Schoß und wiegte ihn sanft hin und her. Seine Augen waren geschlossen, sein Herz hatte aufgehört zu schlagen. Mein Bruder hatte einen Toten gerettet.

Und Quasimodo selbst würde auch bald zu den Toten gehören. Wie ein waidwundes Tier lag er seitlich im Gras und sah zu, wie das Blut aus seinem Körper floß. Ich beugte mich über ihn und brachte nicht mehr über die Lippen als ein klägliches »Bruder …«

Es war das erstemal, daß ich ein glückliches Lächeln auf dem entstellten Gesicht erblickte. Ich ergriff seine Rechte und drückte sie. Auch er nannte mich Bruder und wollte etwas hinzufügen, aber ein heftiger Krampf begann seinen

Leib zu schütteln. In den vergangenen Monaten war ich oft genug – viel zu oft! – Zeuge des Sterbens gewesen und wußte genau, daß nun Quasimodo an der Reihe war.

Noch einmal öffnete er seine schwärzlichen Lippen, sah mich mit trübem Auge an und flüsterte: »Bringt mich ... Esmeralda ...«

Ein letzter Krampf durchzuckte seinen Leib, sein Kopf fiel zur Seite auf meine Brust. Ich hielt einen Toten in den Armen.

Jede Traurigkeit, jeder Haß, ja sogar jede Häßlichkeit war aus seinem Gesicht verschwunden. Im Tod wirkte es friedlich und glücklich wie nie zuvor. Er war in den Armen seines Bruders gestorben, den Namen der Geliebten auf den Lippen und ihr Bild im Herzen. Das Sterben hatte es besser mit ihm gemeint als das Leben. Mit sanftem Druck schloß ich das kleine Auge und sprach ein lautloses Gebet für die gequälte Seele meines Bruders.

Unter uns nahm das zerstörerische Höllenwerk seinen Fortgang. Dumpf schallten unterirdische Explosionen zu uns herauf, und jedesmal erschütterte ein Beben das Erdreich. Die Kraft des Sonnensteins war zu kurz freigesetzt gewesen, um die Welt auszulöschen, aber lange genug, um die Machina Mundi zu zerstören. Vermutlich hatte Leonardos Eingreifen in den Vorgang der Transmutation dazu geführt, daß die Maschine des Raimundus Lullus sich selbst vernichtete.

Tommaso hatte die Böschung erstiegen, um sich umzusehen. Als er, leicht hinkend, zu uns zurückkehrte, sagte er: »Die Abtei selbst liegt weit genug von der Höhle entfernt und ist verschont geblieben. Von dem Markt kann man das nicht behaupten. Ganze Gassen mit Ständen und Lagerschuppen sind eingestürzt, die Trümmer haben viele Menschen verletzt. Das Durcheinander auf dem Markt ist fast so schlimm wie das da unten. Ich glaube ...«

Er behielt für sich, was er glaubte, und starrte mit offenem Mund zu dem Tunneleingang, der vor unseren Augen zusammenbrach. Bevor die Machina Mundi endgültig von der Erde verschluckt wurde, wankten zwei schmutzbedeckte Gestalten ins Freie: Denis Le Mercier und der maskierte Großmeister. Der Vorsteher des Blindenhauses fiel auf die Knie und atmete tief durch. Der Großmeister stand aufrecht neben ihm, scheinbar vollkommen unbeeindruckt.

»Das Böse ist stärker als seine Schöpfung«, flüsterte Leonardo. »Zeit, ihm ins Antlitz zu schauen!«

Er ging auf die beiden Männer zu, nur die Laute in der Hand. Hatte er vergessen, daß er alle Nadeln verschossen hatte? Tommaso hob einen Ast vom Boden auf, eine kümmerliche Keule, und gesellte sich zu seinem Freund. Atalante war zu geschwächt, um einzugreifen. Ich vergewisserte mich mit einem schnellen Blick, daß Colette keine Gefahr drohte, und stand auf. Mit nichts als einem faustgroßen Stein bewaffnet, folgte ich den beiden Italienern.

Der Großmeister zog sein Schwert und rief seinem Gefährten etwas zu. Le Mercier kam wieder auf die Beine und riß gleichfalls das Schwert aus der Scheide. Die letzten Templer stellten sich zum Kampf. Beide waren kräftige Männer und schienen geübt im Führen der Waffen.

Fünf Schritte vor ihnen blieb Leonardo stehen und sagte: »Euer Spiel ist aus, Großmeister, und Ihr seid der Verlierer. Ergebt Euch in Euer Schicksal und zeigt Euer Gesicht!«

»Warum sollte ich das tun?«

Der Ton des Großmeisters wirkte so gelassen wie seine ganze Haltung.

»Weil bald unsere Freunde hier auftauchen werden.«

»Nun, meine Freunde sind bereits da!«

Wie hatten wir nur Jehan de Harlay, den Hüter des Höhleneingangs vergessen können! Er hatte längst mit seinem knappen Dutzend Armbrustern in unserem Rücken Stellung bezogen. Ich verfluchte mich für unsere Nachlässigkeit, mochte sie auch mit der Erschöpfung zu erklären sein, die den überstandenen Gefahren folgte. Und ich bangte um Colette, von der ich nun durch die Armbrustschützen abgeschnitten war.

»Das Spiel ist erst nach der letzten Runde vorüber«, belehrte uns der Großmeister. »Und die letzte Runde gewinnt, wer die größten Reserven hat.«

»Was wollt Ihr noch gewinnen?« fragte Leonardo. »Eure Teufelsmaschine ist zerstört, der Sonnenstein verloren.«

»Man kann ihn wiederfinden und eine neue Weltmaschine bauen.«

Ich empfand beinahe so etwas wie Bewunderung für den Maskierten. Seine gelassene Haltung und seine Zuversicht hätten dieses Gefühl verdient gehabt, hätten sie einer besseren Sache gegolten. Doch in Anbetracht der Zerstörung und des vielfachen Todes, den der letzte Großmeister der Tempelritter zu verantworten hatte, gewannen tiefster Abscheu und bittere Verachtung in mir die Oberhand.

Ich zwang meinen Verstand, sich ganz auf die verfahrene Lage zu konzentrieren, nach einem Ausweg zu suchen, nach einer Rettung für Colette. Aber was konnten wir drei mit unserer höchst unzulänglichen, ja lächerlichen Bewaffnung schon gegen de Harleys Armbruster ausrichten?

Vielleicht verschaffte ein verzweifelter und für uns mit Sicherheit tödlicher Angriff Colette die Gelegenheit zur Flucht. Aber besaß sie noch die Kraft und den Willen dazu? Ich bezweifelte das, als ich sie bei ihrem toten Vater kauern sah, in sich zusammengesunken und bar jeder Hoffnung.

Leonardo fuhr unbeirrt fort, auf den Großmeister einzureden: »Der Stein aus Luzifers Krone besitzt keine Macht mehr. Ich habe gesehen, wie er seine Kraft an die Maschine abgab, wie er sein grünes Leuchten verlor.«

»Wegen Eures Eingreifens war der Sonnenstein nur kurz mit der Weltmaschine verbunden. Es ist gut möglich, daß er nicht alle Kraft verloren hat.«

Leonardos Erwiderung ging in einem fürchterlichen Gebrüll unter. Seltsamerweise sah der Italiener erleichtert aus, schien genau darauf gewartet zu haben. Als ich das Untier sah, das wie ein rasender Rachegott zwischen die Armbruster fuhr, verstand ich ihn.

»Auf den Boden!« schrie Leonardo und ließ sich auch schon fallen.

Tommaso und ich taten es ihm nach, gerade noch rechtzeitig, bevor zwei, drei Armbrustbolzen über uns hinwegsirrten. Die anderen Armbruster kamen nicht zum Schuß. Die zottige Bestie, Zoltan, riß sie um, sofern sie nicht die Flucht ergriffen. Der zwergenhafte Rudko saß auf Zoltans Rücken und lenkte das Tier mit kurzen Zurufen. Blitzschnell flogen die Bärenpranken durch die Luft und schlugen ein paar Dragowiten zu Boden, während der erregte Zoltan laut schnaubte und heulte.

Hinter dem verwegenen Reiter tauchte Mathias mit seinen Zigeunern auf. Es war ein kurzer Kampf Mann gegen Mann, den die Dragowiten, nun in der Minderzahl, verloren. De Harlay fiel als letzter; Milosch und Yaron rammten ihm gleichzeitig ihre Dolche in Brust und Hals.

Auch die beiden Templer vor uns waren zu Boden gegangen, niedergestreckt von den Armbrustholzen, die uns zugedacht gewesen waren. Le Mercier war ein Bolzen ins Herz gefahren, er war tot. Nicht so sein Großmeister.

Der hatte eine Verwundung an der linken Schulter davongetragen und lag halb benommen auf dem Rücken. Die Maske war von seinem Kopf gerutscht. Das Gesicht mit den ebenmäßigen Zügen hätte einnehmend wirken können, hätte es nicht eine große Härte und Grausamkeit ausgestrahlt. Ich kannte es anders, mit einer anderen Maske, einem täuschend gewinnenden Lächeln.

Jetzt zeigte Olivier le Daim, der Barbier des Königs, sein wahres Gesicht. Und es war, wie Leonardo gesagt hatte, wahrhaftig das Antlitz des Bösen. So kalt, so böse, so grausam. Die Augen glitzerten wie Seen aus Eis, als könnten sie niemals Wärme und Anteilnahme ausstrahlen. Zu Recht nannte man ihn le Diable – den Teufel. Wenn er nicht Satan selbst war, dann war er vom Bösen besessen!

Leonardo, Tommaso und ich standen über ihm und starrten ihn an, gebannt von der Magie des abgrundtief Bösen. Welche Geschichte mochte hinter dem Schicksal dieses Mannes stehen? Wann und warum hatte er seine Seele dem Bösen verkauft?

Zu lange standen wir tatenlos da. Plötzlich sprang Olivier le Daim auf die Beine, als spüre er seine Schulterwunde gar nicht. Die Rechte hielt noch immer das Schwert, und er führte es in einem weiten Kreis gegen uns. Wir wichen zurück und duckten uns, damit der Rasende uns nicht die Köpfe abschlug. Der Teufel in Menschengestalt nutzte die Zeit, sich umzudrehen und in die Abendschatten der Böschung einzutauchen.

Leonardo rief Mathias, und der Herzog schickte dem Fliehenden ein gutes Dutzend Männer hinterher. Die Verfolger kehrten erst zurück, als die Nacht zur Gänze hereingebrochen war – ohne auch nur eine Spur des Entsprungenen entdeckt zu haben.

»Wird er sein Teufelswerk fortsetzen?« fragte ich.

»Das steht zu befürchten«, antwortete Leonardo düster. »Immerhin ist er der Günstling des Königs. Wir können jetzt nichts weiter tun, als Philippe de Commynes wissen zu lassen, welche Natter Ludwig an seinem Busen nährt.«

Olivier le Daims Flucht stimmte mich nicht so unglücklich, wie ich es hätte sein sollen. Ich empfand es als Erleichterung, dem Bösen nicht länger ins Angesicht blicken zu müssen.

Kapitel 7

Quasimodos Hochzeit

In der darauffolgenden Nacht zog noch einmal ein großer Trauerzug zum Galgenhügel von Montfaucon. Mathias und seine Zigeuner, Leonardo und Tommaso, Colette und ich. Der verwundete Atalante war im neuen Zigeunerlager außerhalb der Stadt geblieben. Auf einer Bahre trugen wir den toten Quasimodo, dem wir das letzte Geleit gaben. Im Leben war er nur einmal von den Menschen getragen worden, an jenem Tag, als ich ihn zum erstenmal erblickte, dem Tag seiner Krönung zum Papst der Narren.

Der Schmerz über den Verlust von Bruder und Vater wurde von dem Wissen gemildert, daß beide ihr Leben für die gerechte Sache gegeben hatten, für die Rettung der Seelen. Und auf Quasimodo wartete im Tod eine ganz eigene Belohnung, die Vermählung mit seiner geliebten Esmeralda, mit Sita. Wir erfüllten seinen letzten Wunsch und trugen ihn zu ihr, in die kleine Leichenkammer, und betteten ihn direkt neben sie. Ich legte ihre Hände ineinander.

War es nur ein Schattenspiel im unsteten Fackellicht, oder lag tatsächlich ein Lächeln auf Quasimodos Lippen? Als wisse der Tote um sein Glück.

Am nächsten Morgen verabschiedeten sich Leonardo und Tommaso von uns, um nach Plessis-les-Tours zu gehen und Philippe de Commynes über den teuflischen Barbier in Kenntnis zu setzen. Atalante sollte einstweilen bei den Zigeunern in Pflege bleiben.

»Und was habt Ihr dann vor, Maître Leonardo?« fragte ich, als wir einander die Hände reichten.

»Ich werde mit meinen Freunden nach Milano gehen, wo der Herzog uns eine gute Anstellung geboten hat.«

»Als was?«

Leonardo zuckte mit den Schultern. »Ich weiß es noch nicht genau. Angeboten habe ich mich als Erfinder, Architekt, Festungsbauer, Konstrukteur von Kriegsmaschinen und Künstler.«

Lächelnd sagte ich: »Da ich Eure vielfältigen Talente kennengelernt habe, bin ich sicher, daß Ihr Euren Weg machen werdet.«

Leonardo und Tommaso bestiegen die Pferde, die Mathias ihnen zur Verfügung gestellt hatte, und trabten in den jungen Morgen hinein.

Ich suchte Colette und fand sie kniend an dem Grab, das wir für ihren Vater errichtet hatten und über dem sich ein einfaches Holzkreuz mit der Aufschrift ›Ein guter Christ und tapferer Mann bis in den Tod‹ erhob. Colettes Augen waren gerötet, sie hatte wieder weinen können.

»Alles vergeblich«, sagte sie leise. »Ich habe euch alle verraten – und wozu?«

»Für deinen Vater, um ihn zu retten.«

»Ich habe ihm nicht das Leben gebracht, sondern den Tod.«

»Nicht du bist schuld. Die Dragowiten hätten deinen Vater im Tausch gegen den Sonnenstein freilassen müssen. Du bist von ihnen verraten worden.«

»Der Lohn einer Verräterin«, sagte sie bitter und schlug die Augen nieder.

Ich hockte mich dicht neben sie und sagte: »Wäre es um meinen Vater gegangen, hätte ich nicht anders gehandelt als du.«

Sie sah mich überrascht an. »Heißt das, du verzeihst mir,

Armand? Obwohl ich schuld bin am Tod deines Vaters und deines Bruders?«

»Jeder hat sein Schicksal gefunden. Mein Vater war bereits vom Tod gezeichnet, und für Quasimodo gab es unter den Lebenden keine Hoffnung und kein Glück. Laß uns das Vergangene vergessen!« Ich stand auf und reichte ihr die Hand. »Kommst du mit?«

»Wohin?« fragte sie zögernd.

»Ich weiß es noch nicht. Irgendwo muß es einen Ort geben, der einen fleißigen Kopisten und seine Gemahlin ernähren kann.«

Als Colette ihre Hand in meine legte, waren alle Anstrengungen und alle Trauer wie weggewischt. Wie mein Bruder hatte auch ich mein Glück gefunden.

Das Erbeben der Erde, das den Markt von Saint-Germain-des-Prés verwüstet und viele Menschen Leben oder Gesundheit gekostet hatte, sorgte in Paris für Unruhe. Der Abt von Saint-Denis, der den Markt von Saint-Germain als unliebsame Konkurrenz betrachtete, verbreitete das Gerücht, dies sei die Strafe Gottes für die Habgier, zweimal im Jahr einen Markt abzuhalten. Und er fand beim König Gehör. Fortan blieb der Markt von Saint-Germain auf den Februar beschränkt.

Es war eine der letzten Entscheidungen, die Ludwig XI. traf. Am Montag, dem fünfundzwanzigsten August, erkrankte die Große Spinne, und am darauffolgenden Sonnabend schloß sie für immer die Augen. Ob dieses Hinscheiden die natürliche Folge von Alter und Gebrechen war oder ob Gevatter Tod seitens der Dragowiten oder der Wahrhaft Reinen Unterstützung erhielt, entzieht sich meiner Kenntnis. Mit Ausnahme von Colette habe ich keinen von denen, die in diese Angelegenheit verwickelt waren, jemals wiedergesehen.

Bei den Machtkämpfen, die sich nach Ludwigs Tod entspannen, ging es nur vordergründig um den Königsthron, in Wahrheit war es das letzte Gefecht zwischen den Wahrhaft Reinen und den Dragowiten; soviel kann ich auch aus der Entfernung sagen. Diesmal mußte Olivier le Daim das Spiel endgültig verloren geben. Ich weiß nicht, wie Philippe de Commynes es bewerkstelligte, aber er brachte den Großmeister erst ins Gefängnis und dann, im Jahr nach den hier geschilderten Ereignissen, an den Galgen von Paris.

Commynes selbst ging allerdings auch nicht unangefochten aus der Sache hervor und war für einige Zeit gezwungen, die Gastfreundschaft der königlichen Kerker in Anspruch zu nehmen. Vermutlich mußte Ludwigs Sohn, der als Karl VIII. den Thron bestieg und zu diesem Zeitpunkt noch ein Knabe war, erst Klarheit über das geheime Intrigenspiel gewinnen.

Der vielfältig begabte Leonardo trat tatsächlich in den Dienst des Herzogs von Mailand und machte auf so manchem Gebiet von sich reden. Von Tommaso hörte ich, er sei kein anderer als der ebenfalls vielgenannte Magier und Künstler Zoroastro da Peretola. Atalante erntete Ruhm als Sänger und Schauspieler und wurde anno 1490 nach Mantua gerufen, um die Hauptrolle in Polizianos *Flava d'Orfeo* zu übernehmen.

Was aus der Pariser Gemeinde der Wahrhaft Reinen wurde, ist mir ebensowenig bekannt wie das Schicksal von Mathias Hungadi Spicali und seinem kleinen, tapferen Volk. Ziehen die Ägypter noch immer rastlos durch die Lande, oder haben sie, da mit dem Verglühen des Sonnensteins ihre Mission hinfällig wurde, eine dauerhafte Zuflucht gefunden? Die Antwort mögen die Schicksalsvögel auf dem Mondberg wissen.

Ich selbst beschied mich mit der Stelle des Stadtschreibers in einem abgelegenen Ort weit weg von Paris, dessen Namen ich hier ebenso verschweige wie den, unter dem die Menschen in diesem Ort mich kennen. Man kann nie wissen, zu welchen Rachegelüsten sich Satan versteigt, selbst wenn er besiegt ist. Nach Paris kehrte ich niemals zurück. Mögen die alten Mauern von Notre-Dame noch so viele Geheimnisse bewahren, ich werde der letzte sein, der versucht, sie ihnen zu entreißen. Mehr, als die Seelen der Menschheit zu retten, kann ein Mann nicht tun.

Obgleich – zuweilen, wenn ich von Raub und Mord, von Krieg und Plünderung draußen in der Welt höre, frage ich mich, ob ich wirklich auf der rechten Seite stand. Tat ich den Menschen einen Gefallen, als ich mithalf, sie all dem weiterhin, vielleicht für Jahrhunderte oder länger noch, auszusetzen? Oder ist es das größte Verhängnis, die wahre Ananke, ein Mensch auf dieser Welt zu sein?

Meine Arbeit trägt genug ein, um Colette, unserem Sohn Marc und unserer Tochter Paquette ein sorgenfreies Leben zu ermöglichen. In meiner freien Zeit vervollständige ich meine Aufzeichnungen über jene Ereignisse, denen beinahe die gesamte Menschheit zum Opfer gefallen wäre. Vielleicht ist in späteren Zeiten die Wahrheit einmal von Bedeutung.

Wann immer ein fahrender Sänger in unseren Ort kommt und eine von François Villons Balladen vorträgt, erhält er von mir einen besonders üppigen Lohn. Manchmal des Nachts, wenn Colette friedlich an meiner Seite schläft, ist mir, als stünden Villon und Quasimodo neben unserem Bett und lächelten mir zu. Ich weiß dann nicht, ob ich wache oder träume. Aber Glück und Zufriedenheit überwältigen mich, und ich lächle zurück.

Victor Hugo und das Geheimnis von Notre-Dame

Nachwort des Herausgebers

Victor Hugos Roman

Als im Jahre 1831 der Roman *Notre-Dame de Paris* des jungen französischen Dichters Victor Hugo (1802–1885) erschien, wußte das begeisterte Publikum nicht, welch schwierige Schaffensphase hinter dem Autor lag, und es ahnte nicht, daß die dickleibige zweibändige Ausgabe unvollständig war. Zwei Hinweise darauf, daß der Stoff für den Schriftsteller etwas Besonderes darstellte. Zugleich Hinweise auf das Geheimnis, das Hugos Roman umgibt und das mit dem Auffinden der hier veröffentlichten Aufzeichnungen des Armand Sauveur de Sablé gelüftet wird.

Drei Jahre lang hatte Hugo recherchiert, Quellen über das mittelalterliche Paris studiert und die Gebäude besucht, die aus jener Zeit noch erhalten waren. Zweifellos war er an der Geschichte überaus interessiert, und doch wurde es eine Spätgeburt mit äußerst schmerzhaften Wehen und Kaiserschnitt.

Am 15. November 1828 schließt Hugo mit dem Verleger Charles Gosselin einen Vertrag, in dem er ihm für ein Jahr das Verlagsrecht an dem geplanten Roman gegen ein Entgelt von viertausend Francs überträgt; damals eine beachtliche Summe. Hugo verpflichtet sich, das Manuskript bis zum 15. April 1829 abzugeben. Aber dann geht er dem Stoff, der ihn zuvor so gefesselt hat, plötzlich – ohne ersichtlichen Grund – aus dem Weg, schreibt statt dessen Theaterstücke und hat Gosselin am vereinbarten Abgabetermin nichts zu bieten, obwohl er als verheirateter Mann und Vater von drei Kindern das Honorar sehr gut gebrauchen könnte. Ein Jahr lang versucht Gosselin, seinen unwilligen Autor mit immer drängenderen Briefen an die Arbeit zu kriegen, und am 5. Juni 1830 wird endlich ein neuer Vertrag geschlossen. Abgabetermin ist nun der 1. Dezember desselben Jahres, und für jede Woche Verzögerung muß Hugo eine Konventionalstrafe von eintausend Francs bezahlen, ein Viertel des gesamten Honorars!

Am 28. Juli 1830 kommt Hugos nach der Mutter benannte Tochter Adele, die später Vielgeprüfte, zur Welt, und der Autor hat ein weiteres hungriges Maul zu stopfen. Trotzdem kann er sich bis Anfang September nicht entschließen, an die Arbeit zu gehen. Er muß sich regelrecht dazu zwingen. Was im September geschieht, hat seine Frau Adele später so dargestellt: »Er kaufte sich eine Flasche Tinte und einen enorm großen grauen Wollschal, der ihn von Kopf bis Fuß einhüllte, schloß seine Gesellschaftskleidung weg, um nicht der Versuchung des Ausgehens zu erliegen, und begab sich in seinen Roman wie in ein Gefängnis. Er war sehr unglücklich.«

Eingemummt in seinen gigantischen Schal, sitzt Hugo bei offenem Fenster und kühler Herbstluft über der Arbeit. Endlich kann er schreiben, so als hätte er sich vor dem Gang in das »Gefängnis« seines Romans zu einem Entschluß durchgerungen, der seine vorherige Abneigung entkräftet hat, wenn er sich dabei auch »sehr unglücklich« fühlt.

Den Abgabetermin kann Hugo zwar wieder nicht einhalten, aber da das Manuskript im Januar 1831 weitgehend fertiggestellt ist, wird ihm die Konventionalstrafe erlassen. Anfang März liegt der Roman Gosselin endlich vor, ab Mitte des Monats wird die zweibändige Erstausgabe verkauft, und bis April sind schon sechs Nachauflagen gedruckt. Die Leser stürzen sich auf das Buch und erfahren erst später, daß es trotz seines gewaltigen Umfangs eine unvollständige Ausgabe ist. Zwei weitere Kapitel, weitgehend theoretische Abhandlungen über Wissenschaft und Alchemie, Architektur und Buchdruck, waren angeblich verlorengegangen und sind, so Hugo, erst im Jahre 1832 zur dreibändigen Neuauflage beim neuen Verleger Renduel wieder aufgetaucht.

Die Hugo-Forschung meint, der Autor habe diese Kapitel aus Verärgerung über Gosselin absichtlich zurückgehalten, weil dieser eine Ausgabe in drei statt in zwei Bänden und eine damit verbundene Honorarerhöhung verweigerte. Aber konnte es Hugo, der sich dem eigenen Projekt so lange widersetzt hatte, plötzlich um Geld gehen?

Der Fund von Armand Sauveurs Manuskript läßt vieles in einem neuen Licht erscheinen. Die Abenteuer, die Saveur schildert, ereignen sich vor demselben Hintergrund wie Hugos Roman, doch schnell entwickelt sich eine Geschichte hinter der Geschichte, verborgen im Schatten von Hugos berühmtem Werk. Deshalb schien mir, als mir die Veröffentlichung der Aufzeichnungen angetragen wurde, der Titel *Im Schatten von Notre-Dame* passend wie kein anderer.

Aber wer sagt uns nun die Wahrheit, Victor Hugo oder Armand Sauveur? Vielleicht keiner von beiden so ganz, denn Sauveur gibt selbst an, gewisse Dinge aus verständlichen Gründen lieber zu verschweigen. Dennoch erscheint sein Bericht stimmiger als der Roman von Hugo, der sich von etlichen Kritikern Hinweise auf Fehler und Anachronismen vorhalten lassen mußte.

Bei Hugo tritt als Profos von Paris Robert d'Estouteville

auf, der diesen Titel tatsächlich führte. Doch nach seinem Tod im Jahre 1479 konnte er das Amt schwerlich noch 1482 bekleiden, dem Jahr, in dem Hugo seine Handlung ansiedelt. 1482 war längst Jacques d'Estouteville in die Fußstapfen seines Vaters getreten, wie Sauveur es korrekt notiert hat.

Überhaupt das Jahr 1482, das Hugo sogar im Untertitel seines Romans erwähnt – es stimmt einfach nicht. Aus Hugos Manuskript geht hervor, daß er die Handlung ursprünglich ein Jahr später ansiedeln wollte, und viele Hinweise im Text deuten dann auch auf 1483. In einem Gespräch zweier Romanfiguren wird der kalte Winter von 1480 erwähnt, »vor drei Jahren«. Und die flämische Gesandtschaft, die nach dem Tod der Maria von Burgund die Vermählung des Dauphins von Frankreich mit Margarethe von Flandern absichern sollte, konnte erst im Januar 1483 und nicht ein Jahr zuvor nach Paris kommen, weil Maria von Burgund erst im März 1482 starb! Daraufhin wurde im Dezember 1482 im Vertrag von Arras die Vermählung beschlossen, die im Januar 1483 im Beisein der flämischen Gesandtschaft von Ludwig und seinem Sohn in Paris beeidet wurde.

Auch sonst ist Hugo in seinen Daten wenig korrekt. Daß die Krönung Ludwigs XI. anno 61 stattfand, wie er schreibt, stimmt noch, wenn er dann aber hinzusetzt »also vor achtzehn Jahren«, würde das die Romanhandlung noch weiter vorverlegen, auf das Jahr 1479 (womit wiederum der Auftritt von Robert d'Estouteville gerechtfertigt wäre). Hugo schreibt, am 29. März sei der Tag des heiligen Eustachius, aber dieser Tag wird, wie in allen Heiligenkalendern nachzulesen, am 20. September begangen. Und so weiter.

Man wird einwenden dürfen, daß Hugo einen Roman geschrieben hat, keine wissenschaftliche Abhandlung, und daß Daten und Fakten in einem Roman nicht so wichtig sind wie Sprache, Handlung, Farbe, Emotionen. All das ist richtig, und das penetrante Aufzählen von Unstimmigkeiten wäre geradezu kleinkariert, bliebe nicht der seltsame Umstand, daß Hugo lange und ausführlich für das Buch recherchiert und daß er die Handlung ursprünglich im richtigen Jahr, 1483, angesiedelt hat. Das Todesdatum Maria von Burgunds ist in den historischen Quellen nachzulesen, ebenso, daß der Vertrag von Arras im Dezember 1482 geschlossen wurde. Also hat Hugo die Handlung wissentlich um ein Jahr vorverlegt, woraus wir folgern dürfen, daß auch viele andere, wenn nicht alle, der oben genannten Ungereimtheiten auf eine Verschleierungsabsicht des Dichters zurückzuführen sind.

Jetzt, da wir das Originalmanuskript des Kopisten Armand Sauveur kennen, können wir die Ereignisse zumindest ungefähr rekonstruieren. Offensichtlich ist, daß Hugo dieses Manuskript in die Hände bekam, auf welchen Wegen auch immer, und auf dieser Basis seinen Roman gestaltete. Es gibt Hinweise, daß der junge Hugo in freundschaftlicher Verbindung zu den Nachfahren des Physikers Joseph Sauveur (1653–1716, Begründer des Begriffs »Akustik«) stand, der wiederum ein Nachfahre unseres Armand Sauveur sein könnte. Auf diesem Weg ist Armands Bericht vielleicht zu Hugo gelangt. Hugo war noch jung an Jahren, als er *Notre-Dame* schrieb, hatte aber schon zahlreiche Auszeichnungen erhalten und war 1825 Ritter der Ehrenlegion geworden. Trotz seiner Jugend also ein Mann, dem man Armands geheimen Bericht anvertrauen konnte.

Und mit dem ganzen Elan der Jugend machte er sich an die Arbeit, recherchierte die Hintergründe von Armands unglaublicher Erzählung und fand einen Verleger – Gosselin. Dann aber muß sich etwas ereignet haben, das ihn zögern ließ. Hatte er jetzt erst erkannt, wie brisant der Stoff war? Waren gar, von seinen Nachforschungen aufgestört, späte Erben der Wahrhaft Reinen oder der Dragowiten an ihn herangetreten? Vielleicht erkannte er, daß die Gefahr, die in der Kraft des Sonnensteins lag, noch immer über der Menschheit schwebte. Vielleicht brauchte er auch Zeit, um Spuren zu verwischen, Fährten in Paris und Fährten in Armands Manuskript. Daher die zahlreichen Änderungen in den Daten und auch in der Handlung, in der es keinen direkten Bezug mehr zum Sonnenstein und zur Machina Mundi gibt, wohl aber versteckte Hinweise.

Hugo schreibt in seinem Roman »von einem Gespenstermönch, der nächtens Paris durchstreifte« und läßt Dom Frollo ein wenig unmotiviert zur Esmeralda sagen: »Das Verhängnis hat dich ergriffen und in das furchtbare Räderwerk der Maschine geworfen, die ich im Finsteren erbaut habe.« Und als sei dieser Hinweis nicht deutlich genug, kommt Hugo auf Frollos alchemistische Aktivitäten zu sprechen und auf die Inschrift ›ΑΝΑΓΚΗ‹, die Hugo, angeblich oder tatsächlich, noch in einer Zellenwand Notre-Dames gesehen hat – in Frollos Hexenküche?

Wenn Hugo aber schon so ausführliche Hinweise auf Frollos düstere Verstrickungen gibt, weshalb läßt er Olivier le Daim zwar als Handlanger König Ludwigs auftreten, nicht aber als die finstere Gestalt, als die Armand »le Diable« enttarnte? Warum immer wieder diese Verschiebungen der Gewichtungen in Hugos Roman, die Anspielungen und Halbwahrheiten? Um vor den einen (den Dragowiten?) Spuren zu verwischen, den anderen (den Wahrhaft Reinen?) aber genügend Hinweise zu liefern? Wir können es nur vermuten.

Victor Hugos Flucht

1851 muß Victor Hugo Frankreich verlassen, aus einem allgemein bekannten Grund, vielleicht aber auch aus einem geheimen. Der bekannte Grund ist seine Gegnerschaft zu Louis Napoleon Bonaparte, der im Dezember 1851 durch einen Staatsstreich das Präsidentenamt erringt und sich schon im darauffolgenden Jahr zum Kaiser Napoleon III. ausrufen läßt. Über Brüssel geht es 1852 auf die Kanalinsel Jersey und 1855 ins endgültige Exil auf die Nachbarinsel Guernsey, die während der Herrschaft Napoleons III. für fünfzehn Jahre Hugos Refugium ist. Auch als der Usurpator in Paris ihm 1859 die Amnestie anbietet, bleibt der Dichter auf »dem gastlichen und freien Felsen«, wie er Guernsey einmal nannte. Nur aus Trotz gegen Kaiser Napoleon, aus Treue zur republikanischen Sache – oder auch aus einem anderen, verborgenen Grund? War Hugo vor einer dunklen Macht geflohen, weitaus schrecklicher als das neue Regime?

1856 kauft Hugo Hauteville House, ein Anwesen in Guernseys Hauptstadt St. Peter Port, von dem aus er nicht nur den Hafen, sondern bei gutem Wetter auch das Meer bis zur französischen Küste überblicken kann. Zu diesem Zweck baut Hugo sich einen Ausguck unter dem Dach. Man kann nur rätseln, ob er seiner Heimat von hier aus sehnsüchtige Blicke zuwirft oder ob er furchtsam auf einen Verfolger wartet, der jeden Tag in St. Peter Port an Land gehen kann, auf einen Erben Dom Frollos und Olivier le Daims.

Hugo erweist sich als geradezu besessener Innenarchitekt und läßt das ganze Haus so rigoros umgestalten, daß es noch heute eine Attraktion für Touristen darstellt; eine Führung durch die innenarchitektonische Kuriosität ist der Höhepunkt eines Besuchs in St. Peter Port. Keine Wand und kein Winkel, kein Tisch und kein Stuhl, denen Hugo nicht den Stempel seines eigenwilligen Geschmacks aufgedrückt hat. Bedeutsamer als Wände und Decken, die mit nichts anderem verziert sind als mit Porzellantellern und -schüsseln oder Delfter Kacheln, sind die geheimen Fächer und Gänge überall im Haus und die auffällig vielen Spiegel, sechsundfünfzig Stück, die ein ausgeklügeltes System bilden, mit dessen Hilfe Hugo auch in den hintersten Winkel des Hauses spähen konnte – ein würdiger Vorläufer heutiger Videoüberwachung.

Ist Hugo im Exil einem Wahn verfallen? Wartet er auf einen Feind, der niemals kommt? Oder ist der Gegner schon da und bringt unbemerkt das Grauen über Hauteville House? Es gibt Berichte über Geisterspuk und spiritistische Sitzungen, die Hugo mit Besuchern und Verwandten abhält. Am auffälligsten und erschreckendsten aber ist das Schicksal seiner Tochter Adèle, die schon auf Guernsey in tiefe Depressionen verfällt, sogar Anzeichen des Wahnsinns zeigt und der Krankheit später gänzlich erliegt. 1863 verläßt sie die Insel für immer, vielleicht eine Flucht und nicht nur Ausfluß ihrer hoffnungslosen Liebe zu dem britischen Leutnant Albert Pinson, dem sie nach Kanada folgt und der eine andere Frau heiratet.

Auf den ersten Blick mag es kühn erscheinen, all diese Geschehnisse in Beziehung zu Hugos Roman *Notre-Dame* zu setzen. Aber eins darf neben der Summe all der versteckten Hinweise nicht vergessen werden: Wenn man Hauteville House betreten will, muß man durch ein Portal schreiten, das mit Terrakottafiguren aus dem Roman verziert ist. Als hätte Hugo dieses Werk zum Motto seines Hauses, seiner ganzen Flucht erhoben. Sein Sohn Charles nannte diese Verzierung einmal »das Titelbild von Hauteville House«.

Hugo verläßt Guernsey erst 1870, nach Napoleons Sturz, kehrt aber noch mehrmals nach Hauteville House zurück. Seine Erben überschreiben das Anwesen 1927 der Stadt Paris, die es zum Hugo-Museum umgestaltet. Jahre später findet man dort, versteckt in einem der vielen Geheimfächer, die Aufzeichnungen des Armand Sauveur de Sablé.

Wie bei Victor Hugo gibt es auch bei Armand Sauveur ein paar Punkte, die mit unserer Überlieferung nicht in Einklang zu bringen sind. Aber wer irrt da, der spätmittelalterliche, schon stark der Renaissance verhaftete Chronist oder unsere manchmal recht wackligen Quellen? Hinweisen möchte ich in diesem Zusammenhang nur auf vier Männer, die uns in Sauveurs Bericht begegnen.

Der erste, Pierre Gringoire, spielt auch bei Hugo eine wichtige Rolle. Aber der Schauspieler und Stückeschreiber Pierre Gringoire, den uns die Quellen benennen, wurde erst um 1475 geboren und konnte 1482/83 nur ein Knabe sein.

Der zweite, Leonardo da Vinci, soll nach einem oberflächlichen Blick auf manche Zeittafeln schon 1482 in die Dienste des Mailänder Herzogs getreten sein. Ein Widerspruch zum vorliegenden Bericht? Nur wer genauer nachforscht, stößt auf die finstere Wolke über dieser Zeitangabe, und ein Biograph Leonardos, Kenneth Clark, hat ehrlicherweise die Angabe [1482 – Übersiedlung nach Mailand] in deutliche Klammern gesetzt.

Wer den wackeren Bogenschützen Quentin Durward nur aus den Schriften Sir Walter Scotts kennt, wird sich mit Recht wundern, ihn von Sauveur als historische Gestalt belegt zu sehen. Aber vielleicht ist es kein Zufall, daß Victor Hugo sich mehrmals auf Scott berief. Finden sich vielleicht in den Werken des großen Schotten Hinweise zur Lösung all der Geheimnisse, die hier nur angerissen werden können? Eine Frage, deren Beantwortung den Anglisten und Historikern überlassen bleibt. Nur das als Fingerzeig: Als Scotts Roman *Quentin Durward* 1823, im Jahre seiner Erstveröffentlichung, in Frankreich erschien, besorgte Madame Gosselin die Übersetzung, die Gattin des zukünftigen Verlegers von *Notre-Dame*.

François Villon schließlich führte bislang nur eine Phantomexistenz, soweit es sein Leben nach der Verbannung aus Paris im Jahre 1463 betrifft. Sein Sterbedatum galt als ungesichert, wurde von verschiedenen Seiten in den 1460er Jahren vermutet. Jedoch nennen Weber/Baldarmus in ihrer *Geschichte des Mittelalters* und Huizinga im *Herbst des Mittelalters,* leider ohne uns ihre Quellen zu verraten, ausdrücklich 1484 als Villons Todesjahr, und damit sind sie nicht weit von Sauveurs Angabe entfernt.

Wer, anstatt die Lösung der vielen Rätsel auf vergilbtem Papier zu suchen, selbst auf Entdeckungsreise gehen will, dem sei natürlich die Pariser Kathedrale empfohlen, zu einem Zeitpunkt, da die Touristenströme etwas nachlassen. *Der Glöckner von Notre-Dame* ist nur in der deutschen Version der Titelheld. Bei Victor Hugo steht, gewiß nicht zufällig, die Kathedrale selbst im Mittelpunkt des Titels: *Notre-Dame de Paris.*

Glossar

Abakusstab: Würdezeichen des Großmeisters der Templer, das am oberen Ende das Tatzenkreuz zeigt

Abélard, Pierre (1079–1142): Gelehrter und Dichter, der gegen den Willen des Kanonikers Fulbert heimlich dessen Nichte Héloïse heiratete und von Fulbert zur Strafe entmannt wurde

Archidiakon: Vorsteher eines Kirchensprengels

Barbakane: befestigtes Vorwerk einer Burg

Coeur, Jacques (um 1395–1456): reicher Kaufmann und Finanzminister des französischen Königs Karl VII.

Conciergerie: Gefängnis im Justizpalast von Paris, benannt nach dem »Concierge«, dem Intendanten des ehemaligen Königs- und späteren Justizpalastes

Dalmatika: helles Diakons- und Bischofsgewand

Donjon: Bergfried

Elfmalzwanziger (les Onze Vingts): Bezeichnung für die 220 unberittenen Polizei-Sergeanten, die in Paris für Ordnung sorgten

Filius maior: Stellvertreter eines Katharerbischofs

Fuß: Längenmaß, ca. 30 Zentimeter

Gaillon-Haus: Kanonikerhaus, in dem ab 1455 die Chorknaben von Notre-Dame untergebracht waren

Gadscho: Bezeichnung der Zigeuner für einen Nichtzigeuner

Grand-Châtelet: oft auch nur »Châtelet« genannter Sitz des Pariser Profos, Ort seiner Rechtsprechung und Gefängnis; als befestigter Kopf des Pont-aux-Changeurs (später »Pont-au-Change«) auf dem rechten Seine-Ufer Wächter über den Zugang zur Ile de la Cité

Hôtel-Dieu: dem Domkapitel von Notre-Dame angeschlossenes Hospital

Infirmarius: Mönch, der die Kranken pflegt

Kanoniker: Geistlicher, der nach den Kirchengesetzen lebt oder in ein Kirchenregister eingetragen ist

Klafter: Flächen-, Raum- und Längenmaß, als letzteres ca. 180 Zentimeter

Komplet: letzte kanonische Gebetsstunde am Abend, bevor sich die Kanoniker zur Nachtruhe begeben

Marienglas: Glasersatz in Form durchsichtiger Spaltstücke von Gips und Glimmer

Mette: Nachtgottesdienst

Non: Nachmittagsgebet

Oblat: Laie, der sich an ein Kloster bindet

Occitanien: alte Bezeichung für die südfranzösische Landschaft Languedoc

Offertorium: Darbringung von Brot und Wein mit den dazugehörigen gesungenen Meßgebeten; Teil der kirchlichen Liturgie

Pallasch: schwerer Degen

Petit-Châtelet: befestiger Kopf des Petit-Pont auf dem linken Seine-Ufer, Wachstation und Gefängnis

Primero: im Spätmittelalter populäres Kartenspiel mit vierzig Karten, Vorläufer des Pokerspiels; ein Blatt bestand aus vier Karten

Profos von Paris: ursprünglich Vorsteher der Pariser Schiffahrtshändler, dann als königlicher Beamter oberster Gerichtsherr mit Sitz im Grand-Châtelet

Prokurator: ein kirchlicher Prozeßvertreter

Quartier Latin: das »Lateinerviertel« auf der linken Seite der Seine; so genannt, weil Latein vom Mittelalter bis ins 19. Jahrhundert offiziell die einzig zulässige Sprache im hier gelegenen Universitätsbereich war

Roraffe: Figur, die aufgrund einer mechanischen Vorrichtung beim Orgelspiel tanzt

Sacher: Bauchladenhändler; fahrende Händler

Scharwache: Pariser Stadtwache

Schritt: Längenmaß, in Frankreich 75 Zentimeter

Scriptorium: Schreibstube eines Klosters

Seneschall: Statthalter, Heerführer und Gerichtsherr

Sext: Mittagsgebet

Sol: Kupfermünze, Vorläufer des Sou

Sorbonne: Bezeichnung der Pariser Universität nach dem Kaplan Robert de Sorbon, der anno 1257 ein Kolleg (»la Sorbonne«) für mittellose Theologiestudenten gründete

Tschuri: Zigeunerbezeichnung für einen Dolch

Turnoser Groschen: Silbermünze nach dem Münzfuß von Tours, der im alten Frankreich neben dem Pariser Münzfuß bestand; nach dem Pariser Münzfuß galt ein Pfund fünfundzwanzig Sols, nach dem von Tours zwanzig Sols

Vesper: Gottesdienst bei Einbruch der Abenddämmerung

Vollkommener: Katharer, der auf spiritueller Ebene einen engelsgleichen Zustand erreicht hat und dessen Seele erlöst ist

Zwölferschar (la Douzaine): aus zwölf berittenen Sergeanten bestehende Leibwache des Pariser Profoses

Zeittafel

1022	Kleriker aus Orleans verfallen dem Katharismus, der in Frankreich großen Zulauf findet.
Um 1119	Gründung des Templerordens durch Hugue de Payens.
1128	Bestätigung der Ordensregel, die Bernard von Clairvaux für die Templer verfaßt hat, durch Papst Honorius II. auf dem Konzil von Troyes.
Um 1140	Die Templer lassen sich in Paris nieder.
1156–1169	Bertrand de Blanchefort, dessen Abstammung und dessen Eintrittsdatum in den Templerorden unbekannt sind, ist bis zu seinem Tod im Jahre 1169 Großmeister der Templer. Er läßt bei Rennes-le-Château von deutschen Arbeitern Erz fördern und verhütten, ohne daß die Hintergründe dieser geheimnisumwitterten Tätigkeit bekannt werden.
1163	Die Bauarbeiten an der Kathedrale von Notre-Dame beginnen.

1167	Auf dem Konzil der Katharer in Saint-Félix-de-Caraman setzt Niketas den radikalen Dualismus durch, nach dem Gott und Satan gleichwertige Gegenspieler sind.
1184	Geburt der Inquisition durch Erlaß des Papstes Lucius III.
1209	Beginn der Albigenserkriege, der Kreuzzüge gegen die Katharer
Um 1235–1315	Leben und Wirken des Alchemisten Ramón Lull, bekannt als Raimundus Lullus. Er erfindet eine Denkmaschine aus konzentrischen Kreisen, die zur Erzeugung von Begriffskombinationen gegeneinander bewegt werden; die Erfindung soll Leibniz zu seiner Rechenmaschine inspiriert haben.
1244	Fall der Katharerfestung Montségur und Ende der Katharerkreuzzüge.
Um 1300	Raimundus Lullus baut in Rom und Paris Missionsschulen für Mohammedaner.
1302	Die zwölf, entsprechend der damaligen Zahl an Stadtvierteln, dem Grand-Châtelet als Sitz des Profoses zugeteilten Polizeibeamten erhalten den Titel ›Untersuchungskommissar‹. Gegen Ende des Jahrhunderts wird der erste ›Kriminalleutnant‹ ernannt.

1307	Beginn der von König Philipp IV. angeordneten Verhaftungen von französischen Templern.
1312	Papst Clemens V. hebt den Templerorden auf Drängen König Philipps auf.
1314	Jacques de Molay, der letzte offizielle Großmeister des Templerordens, wird zusammen mit Geoffroy de Charnay, Präzeptor der Normandie, auf einer Seine-Insel verbrannt. Nach einer umstrittenen Überlieferung hat Molay einen gewissen Jean-Marc Larmenius zu seinem Nachfolger ernannt, der die Reste der Templer um sich schart und den Orden im geheimen fortführt. – König Philipp IV. erleidet einen tödlichen Jagdunfall. – Papst Clemens V. stirbt. – Raimundus Lullus wird in Nordafrika durch Steinwürfe schwer verletzt und stirbt im darauffolgenden Jahr.
Um 1330–1418	Leben und Wirken des Alchemisten Nicolas Flamel, der zunächst als Kopist in Paris arbeitet. 1382 soll ihm und seiner Frau Claude Pernelle die alchemistische Herstellung von Gold gelungen sein. Jedenfalls verfügt er in der Folgezeit über beträchtlichen Reichtum, stiftet vierzehn Hospitäler und drei Kapellen und läßt sieben Kirchen renovieren.

1339–1453 (mit Unterbrechungen)	Hundertjähriger Krieg zwischen England und Frankreich.
1420	Paris fällt in die Hände der Engländer.
1423	Geburt des späteren Königs Ludwig XI.
1427	Eine Gruppe Zigeuner, die nach eigenen Angaben aus Ägypten kommt, gelangt nach Paris, wird in Saint-Denis isoliert und bald ganz aus der Stadt vertrieben.
1429	Jeanne d'Arc befreit Orleans und versucht vergeblich, Paris zurückzuerobern.
1430	Jeanne d'Arc wird von burgundischen Truppen gefangen und an die Engländer ausgeliefert.
1431	Jeanne d'Arc wird in Rouen als Ketzerin verbrannt. – Geburt des François Villon als François de Montcorbier (oder des Loges).
1436	Paris fällt wieder an Frankreich.
1440	Gilles de Rais, Marschall von Frankreich und Waffengefährte der Jeanne d'Arc, wird unter anderem wegen Mordes, Ketzerei, Teufelsbeschwörung und Verbrechen wider die Natur in Nantes hingerichtet.

Um 1445/50	Johannes Gutenberg erfindet den Buchdruck mit beweglichen Metall-Lettern.
Um 1447	Geburt des Philippe de Commynes.
1452	Geburt des Leonardo da Vinci als unehelicher Sohn des Notars Ser Piero da Vinci und der Bauerntochter Caterina.
1456	Jeanne d'Arc wird rehabilitiert und als »Tochter der Kirche« anerkannt.
1461	Ludwig XI. wird zum König gekrönt und erläßt eine Generalamnestie, aufgrund deren auch François Villon aus dem Kerker freikommt.
1463	François Villon wird auf zehn Jahre aus Paris verbannt und ist seitdem nicht mehr aktenkundig geworden.
1464	Commynes tritt in die Dienste des Burgunderherzogs (Karl der Kühne).
1465	Jahr des Kometen. – Karl Graf von Charolais, der spätere Karl der Kühne, schließt sich mit anderen König Ludwig XI. feindlich gesinnten Fürsten zur Liga des Öffentlichen Wohls zusammen, die gegen Ludwig Krieg führt; es kommt zur Schlacht bei Montlhéry.

1466 Paris wird von der Pest heimgesucht.

1467 Ludwig XI. erläßt eine Generalamnestie, um Menschen in das von der Pest entvölkerte Paris zu locken.

1468 Johannes Gutenberg stirbt.

1469 Die ersten Pariser Druckerpressen werden in der Sorbonne aufgestellt.

1472 Commynes verläßt Karl den Kühnen und den burgundischen Hof, um in die Dienste König Ludwigs XI. zu treten.

1477 Karl der Kühne fällt bei Nancy im Kampf gegen Lothringen. Ludwig XI. zieht daraufhin das Herzogtum Burgund wieder an die französische Krone. – Maria von Burgund, die Tochter Karls des Kühnen, heiratet Maximilian von Österreich, den Sohn Kaiser Friedrichs III.

1482 Die Abtei Saint-Germain-des-Prés erhält von König Ludwig XI. das Marktrecht zurück. – Im März stirbt unerwartet Maria von Burgund. – Im September zieht sich Ludwig XI. nach Plessis-les-Tours zurück und mauert sich dort regelrecht ein. – Im Dezember wird der Vertrag von Arras unterzeichnet, in dem die Vermählung des französischen Dauphins Karl mit Margarethe von Flandern beschlossen wird (zu der es nicht kommt).

Um 1482/83	Leonardo da Vinci tritt mit seinen Gefährten Atalante Migliorotti und Tommaso Masini, auch bekannt als Zoroastro da Peretola, in die Dienste des Mailänder Herzogs.
1483	Im Januar besucht eine flämische Gesandtschaft Paris, um der Vereidigung des Königs und des Dauphins auf den Vertrag von Arras beizuwohnen. – Im August erkrankt König Ludwig XI. und stirbt. Ihm folgt sein minderjähriger Sohn Karl VIII. unter der Regentschaft von Anne de Beaujeu auf den Thron.
1484	Olivier le Daim, Berater und Vertrauter König Ludwigs, wird in Paris hingerichtet.
1488	Commynes im Gefängnis.
1511	Commynes stirbt.
1515	Tommaso Masini stirbt 1515 in Rom.
1519	Leonardo da Vinci stirbt im Schloß von Cloux und wird in Amiens beigesetzt.
1522	Atalante Migliorotti stirbt 1522 in Rom, wo er die Stellung eines Kontrolleurs der Bauarbeiten im Vatikan bekleidete.

Tessa Korber

Die Karawanenkönigin

Ein opulenter Roman voller Exotik und Erotik.

Syrien im 3. Jahrhundert. Nach dem Mord an ihrem Ehemann übernimmt die schöne Zenobia die Herrschaft über die Wüstenstadt Palmyra. Geschickt setzt sie sich gegen Verschwörungen durch, erobert Ägypten und ebenso die Männer. Gefährlich wird es erst, als sie sich mit dem römischen Kaiser anlegt ...

»Was für ein Leben, was für ein Tempo! Eine grandiose Leistung.«

Rheinischer Merkur

Roland Mueller

Der Goldschmied

Eine Lesereise durchs Mittelalter, die einen farbigen Bogen von London über Augsburg nach Venedig spannt.

Als der junge Gwyn Carlisle in London seine Ausbildung zum Goldschmied beginnt, wird bald klar, dass er über außergewöhnliches Talent verfügt. Er findet Aufnahme bei einem der berühmtesten Meister, Randolph Borden, der ihn nach Kräften fördert. Gwyn ist jedoch bald in tiefe Leidenschaft zu der jungen und schönen Frau des Meisters verstrickt – eine Liebe, die ihm nach dem Tode des Meisters fast zum Verhängnis wird und ihn zur Flucht quer durch Frankreich bis nach Augsburg und Venedig treibt.

Ein neuer Autor – und sein faszinierender Roman aus dem mittelalterlichen Europa.

Knaur